中华经典小说注释系列

三言 喻世明言

〔明〕冯梦龙 编著

陈熙中 校注

中华书局

图书在版编目(CIP)数据

　　三言.喻世明言/(明)冯梦龙编著;陈熙中校注. —北京:中华书局,2014.10(2023.9重印)
　　(中华经典小说注释系列)
　　ISBN 978-7-101-10455-4

　　Ⅰ.三… Ⅱ.①冯…②陈… Ⅲ.①话本小说–小说集–中国–明代②《喻世明言》–注释 Ⅳ.I242.3

　　中国版本图书馆 CIP 数据核字(2014)第 222403 号

书　　　名	三言·喻世明言	
编 著 者	〔明〕冯梦龙	
校 注 者	陈熙中	
丛 书 名	中华经典小说注释系列	
责任编辑	张彩梅	
责任印制	陈丽娜	
出版发行	中华书局	
	（北京市丰台区太平桥西里 38 号　100073）	
	http://www.zhbc.com.cn	
	E-mail:zhbc@zhbc.com.cn	
印　　　刷	三河市鑫金马印装有限公司	
版　　　次	2014 年 10 月第 1 版	
	2023 年 9 月第 6 次印刷	
规　　　格	开本/880×1230 毫米　1/32	
	印张 21⅝　插页 2　字数 500 千字	
印　　　数	20001-23000 册	
国际书号	ISBN 978-7-101-10455-4	
定　　　价	48.00 元	

新注本"三言"题记

吴小如

即将出版的冯梦龙纂辑的"三言"新注本,是由北大校友陈熙中、吴书荫、张明高三位同志分别进行注释的。熙中等在北大中文系肄业时,都听过我讲课,而且几十年来,一直有过从。我既痴长几岁,他们因而很希望我把这次的新注本初稿审读一遍,我也乐于先睹为快。我先后读了熙中注的《古今小说》《喻世明言》和书荫注的《警世通言》前二十回,并分别提出一些意见;而明高注的《醒世恒言》全稿还未及拜读,我就因突患脑病而无法系统地仔细地认真读书了,只抽样似地翻了几回。这样,审读工作也自然半途而废,这是应向他们三位深切致歉的。但他们三位和出版社责编同志仍希望我能为这一套新注本写点什么,借以留个纪念。盛情难却,只好勉强从命。于是有此《题记》之作。

一

自二十世纪以来,在中国古典文学研究领域中,应该说,中国小说史研究的成绩是比较突出的。自鲁迅著《中国小说史略》筚路蓝缕以发其端,确不愧为开山之作。同时有马廉(隅卿)、郑振铎(西谛)诸家,以治小说版本之学著称,且大力进行了搜奇抉秘的收藏工作。稍后更有孙楷第治小说书目,傅芸子、王古鲁自东瀛广求孤本,阿英则致力于晚清稗史,赵景深、李家瑞等更把研究范围旁及其它通俗文学,以与古典小说相印证。这些专门家为古典小说研究确实打下了坚实基础,为后人做出了不可泯灭的贡献。全国解放以来,我们研究古典小说之所以能取得较大成绩,同上述这些提供原始资料和研究线索的专门家的耕耘收集是分不开的。我们不妨称他们所治的学问为小说文献学。当然,这种学问仍属于史料学或考据学范畴,同后来治古典小说者着重分析作品的主题思想和艺术技巧并不完全是一回事。但我以为,这两个方面却是相辅相成,互相补充,而且是缺一不可的。

照我个人的体会,鲁迅《中国小说史略》的功绩,不仅在于对《三国》、《水浒》、《西游》、《儒林外史》、《红楼梦》这几部章回体的鸿篇伟著的阐析研讨,还在于确定了宋元以来话本和平话的历史价值与枢纽作用。试想,如果没有宋元话本与平话,那么从六朝志怪、唐人传奇发展成明清时期的长篇章回小说的线索和脉络,我们便无从理清头绪,真正找到它们的因果源流的关系。根据这一理解,鲁迅的著作固然彪炳千秋,而冯梦龙所纂辑的"三言"则为我们在原始资料(我指的是话本小说具体作品)方面提供了十分丰饶的财富和坚实可信的凭藉。

二

近十余年来,在研究宋元话本这一课题方面,海内外学者,特别是西方学者,对鲁迅所提出的"话本"、"拟话本"等专门名词,曾进行过商榷性的探讨。如美国俄亥俄大学华裔教授李田意先生,即不甚同意用"拟话本"这样的提法。八十年代中期,田意先生访问北京大学,曾就此问题同笔者长谈。我个人认为,把"三言"中属于"宋元话本"部分的作品看成当时"说话人"的底本,是不大符合实际情况的。相反,这一批作品同其它被认作明代的"拟话本"一样,都是根据说话人底本加工改写而成,是再创作的书面文学,而非粗糙的民间口头文学的简陋记录。因此,把可断定为宋元之作的称为"话本",而把晚于宋元即可断定为写定于明代的一些故事另称之为"拟话本",硬把两者从"本质"上区别开来,窃以为是不够谨严,不够科学的。不如一律称之为"话本小说",反而更醒目、更概括。换个角度说,即使是可确认为明代人写定的作品,如抱瓮老人收入《今古奇观》中的《杜十娘怒沉百宝箱》、《卖油郎独占花魁》之类,味其故事来源,恐怕同样属于民间艺人世代相传从而保存下来的供"说话"用的素材,无论从文风或体制上看,它们与所谓宋元话本的《崔待诏生死冤家》、《十五贯戏言成巧祸》等等,在性质上并无二致。总之,把这一百二十篇故事(即"三言"的全部内容)一定分成"话本"和"拟话本"两大门类,我以为是不必要的。

除上述有关"话本"、"拟话本"的问题外,近年来首先由西方学者发难,继而国内学人也纷纷响应,认为自缪荃荪提出并由他与叶德辉予以梓行问世的一批所谓《京本通俗小说》残本,乃是出于缪氏的作伪。时贤们认为,在明代根本不存在什么"京本通俗小说",缪氏只是把"三言"中几篇属于宋元时期的作品挑选出来,巧立名目,梓行以炫世而已。我对这一纯属考证性的问题不想发表意见,因为谁也无法确认在明代到底有没有《京本通俗小说》这部小说总集。不过我倒认为缪氏这一做法对中国小说史的研究有点儿具体好处,即他启发我们应当如何识别"三言"中哪些是宋元话本,哪些不是。自缪氏的书行世以来,人们给《碾玉观音》、《错斩崔宁》等几篇作品找到了下限,正如抱瓮老人编选了《今古奇观》,给书中所收除见于"二拍"的故事外的其它二十几篇作品找到了上限一样,其功绩还是不可泯灭的。至于"京本通俗小说"的究竟有或无,我以为其本身并不重要。

四十年前,在我刚刚对中国古典小说进行摸索探讨之初,我就发表过一种意见,即不宜把"三言"这一类的话本小说与西方的短篇小说等量齐观,相提并论。这些话本小说所不同于长篇章回小说者,只在于篇幅上的长短互异,却无本质上的严格区别。盖每一篇话本小说都是有开头结尾的,尽管情节离奇曲折,故事性却相当完整。这一点同我国的长篇章回小说的间架结构基本相同。而西方的短篇小说则往往只截取事物的一个剖面,或把现实社会的生活帷幕只拉开一角,让你无须窥得全豹,不像中国的话本小说那样,总是从头到尾把人物和情节的来龙去脉一一交代清楚。我们不妨套用鲁迅评《儒林外史》的话而反言之:"虽为短制,实等长篇。"而《儒林外史》中所描写的人物和故事,却往往东鳞西爪,有始无终,更接近西方的短篇。这一点看似平常,我倒觉得是研究中国小说史特别是研究话本小说的一个极其重要的环节。

三

"五四"以后,亚东书局出版了大量古典小说的新式标点本,当时已被视为"新潮"了。至于为古典小说作注释,则一直未被提上日程。正式为古典小说作注,这是1949年全国解放以后的新事物。人民文学出版社在这方面是做了大量工作的。他们组织了专家学者,不仅为几部长篇章回小说加了注释,还由严敦易先生注《警世通言》,顾学颉先生注《醒世恒言》(皆于1956年初版),最后更邀请了我已故的好友许政扬先生注释了《古今小说》即《喻世明言》(1958年出版)。由于这同样是筚路蓝缕的创始之作,我们首先应肯定他们为读者服务所付出的劳动以及他们所获得的劳动成果。但当时的客观条件,一不允许注释者们精雕细刻,出版社总希望注释本愈早同读者见面愈好,因此注释的条目难免失之粗疏简略;二则由于兹事体大,又属"自我作古",既无前车可以倚傍借鉴,于是注释成果也很难尽善尽美。这本不足为奇。事隔多年,譬如积薪,后来居上,不仅读者的眼界高了,连出版社本身也感到原有的注本已不能餍饫读者的要求。于是人民文学出版社出版了《红楼梦》的新注本,继而四川又出版了《三国》、《水浒》和《西游》的新注本;而今天,又推出了"三言"的新注本。这是从读者需要出发,也是很有意义的一项工作。

新注本"三言"最大的一个特点是比原来严、顾、许三位先生的旧注本条目增多了,尽管三位注者对注释文字主观上力求简括,但内容毕竟比旧注本详尽多了。当然,既要重新注释,除增加新条目外,总该另有一番新面貌,不能率由旧章,陈陈相因,于是凡原注欠详审者则补足充实之,原注有粗疏纰缪处则匡正修订之,原书版本有误植讹字以致注文有歧义误解者则校改勘定之。这纯粹是后来人应当做的工作,义不容辞,责无旁贷,而绝对不等于说严、顾、许三位先生的学识素养不逮今天从事新注的三位中年学者。如果我们从质量上看到新注本确有"青出于蓝"、"后来居上"的地方,我想这乃是应该为学术界庆幸后继有人的事。

下面我想仅就自己审读与抽样般选读过的一些条目分别举几个例子以说明新注本的特色。一、补旧注之不足者。如"瘦马"条,新注本补引了张岱《陶庵梦忆》,为旧注做了补充;又如"司农白行简"条,旧本只注唐代有司农寺,而未检《新唐书·白行简传》,新注也予以补引。二、匡订旧注之疏漏者。如"三节还乡挂锦衣"条,旧注但云"古代制度,皇帝召臣下,用三节",而1991年重排本更加上了"唐宋间仪卫随从,都分为三节"云云,与前注及本文均不合。此处是写五代吴越王钱镠,他一身兼任镇海军、镇东军及淮南三节度使,故云"三节"。清人王鸣盛《十七史商榷》对此已曾指出,旧注失之。又如"破分"条,新注释为"破例"、"破格",是对的;旧注误释为"花一份,支一份"。三、原书正文有讹误字,旧注或误释,或未深究,而新注加以校正勘定者。如"鹿迷秦相应难辨"条,从"三言"中找到内证,"秦"当为"郑"字之误,典出《列子·周穆王》,乃"蕉鹿梦"故事,旧注或未加诠释,或误引赵高指鹿为马事,皆未洽。又如"贩盐百般,至临安发卖"条,旧注已疑"般"为"船"字之讹,新注则据《西湖游览志余》、《坚瓠甲集》等所引文字,定为"艘"字之误。又如"欲叩末曲"条,"曲"字费解,经参上下文勘定,当是"由"字。"欲叩末由"者,欲问天而无从之意,旧注未加诠解,盖失于勘正误字也。

至于新增加的条目,则依然是筚路蓝缕性质,因为数太多,不再举例。但由于前无倚傍,又乏经验,则错误肯定是难免的。匡谬正讹,是有待于来哲。我和熙中等皆企予望之。

1993年8月,小如病中作于北京。

校注说明

　　一、本书以上海古籍出版社影印明代天许斋刊本《古今小说》（即《喻世明言》）为底本，小说正文未作任何删节。

　　二、原书的错字、漏字等，属于误刻、漏刻者，据其他版本和选本进行校补。凡明显错漏，径行补正；或将正字、漏字分别用圆括号、方括号标出。属于原作者疏漏之处，一般不改正文，而于注释中予以说明。

　　三、凡属早期白话中的通用的假借字和俗写字，如"早"作"蚤"、"桌"作"卓"等，一般不予改动，只在第一次出现时于注释中说明。

　　四、本书对于难词、俗语、典故、史实以及职官、人名、地名等，加以必要的注释。在注释时，除查阅各种资料外，还吸取了前人的注释和研究成果。

　　五、本书的校注工作一定存在错误和不足之处，敬希读者不吝指教。

目 录

叙

史统散而小说兴①。始乎周季②，盛于唐，而浸淫于宋③。韩非、列御寇诸人④，小说之祖也。《吴越春秋》等书⑤，虽出炎汉⑥，然秦火之后⑦，著述犹希。迨开元以降⑧，而文人之笔横矣⑨。若通俗演义，不知何昉⑩。按南宋供奉局⑪，有说话人，如今说书之流。其文必通俗，其作者莫可考。泥马倦勤⑫，以太上享天下之养，仁寿清暇，喜阅

①史统散：著史的传统散失。指史学的传统观念、体制等不再受到严格遵奉。统：一脉相承的系统，如"道统"、"文统"。散，解散，散亡。

②周季：周代末年。

③浸淫：泛滥，蔓延，扩展。

④列御寇：即列子，相传为战国时郑人，著有《列子》，《汉书·艺文志》列入道家。今本《列子》疑为魏晋时人假托。

⑤《吴越春秋》：东汉赵晔撰。记述吴国、越国的史事，收集了不少民间传说，近于小说。

⑥炎汉：即汉代。汉代皇帝自称以火德而王，故称"炎汉"。

⑦秦火：指秦始皇焚书。

⑧迨：等到。开元：唐玄宗年号（713—741）。

⑨横：横肆，纵放。指大量写作。

⑩昉（fǎng）：起始。

⑪供奉局：宋代并无供奉局之设。唐代有翰林供奉（原先叫翰林待诏），宋代"供奉"是内侍（宦官）官阶名，有内东头供奉官和内西头供奉官。这里所说"供奉局"，是泛指宫内伺候皇帝的机构。唐、宋宫内均有以技艺侍奉皇帝的人。据《梦粱录》、《武林旧事》等记载，宋宫廷内有说话人为皇帝讲唱小说等。

⑫泥马倦勤：指宋高宗赵构让位给太子昚（孝宗），自为太上皇。泥马，传说赵构为康王时，金人追他，有泥马渡他过江，因得以脱险。倦勤，帝王厌倦于政事的辛劳。

话本，命内珰日进一帙①，当意，则以金钱厚酬。于是内珰辈广求先代奇迹及闾里新闻，倩人敷演进御②，以怡天颜。然一览辄置，卒多浮沉内庭，其传布民间者，什不一二耳。然如《玩江楼》、《双鱼坠记》等类③，又皆鄙俚浅薄，齿牙弗馨焉④。暨施、罗两公，鼓吹胡元⑤，而《三国志》、《水浒》、《平妖》诸传⑥，遂成巨观。要以韫玉违时⑦，销熔岁月⑧，非龙见之日所暇也⑨。

皇明文治既郁⑩，靡流不波⑪；即演义一班，往往有远过宋人者，而或以为恨乏唐人风致，谬矣。食桃者不费杏⑫，绨縠毳锦⑬，惟时所适。以唐说律宋⑭，将有以汉说律唐，以春秋战国说律汉，不至于尽

---

①内珰（dāng）：宦官。

②倩人敷演进御：请人铺叙发挥后进呈。敷演，这里指改编成话本。

③《玩江楼》、《双鱼坠记》：即《柳耆卿诗酒玩江楼记》（见于《清平山堂话本》）和《孔淑芳双鱼扇坠传》（见《熊龙峰四种小说》）。

④齿牙弗馨：比喻没有味道。有味道叫"齿颊生香"。馨，香。

⑤鼓吹胡元：指在元代宣扬小说。胡元，"胡"是古代汉人对北方和西方的外族人的泛称，因元朝为蒙古人所建，故称"胡元"。

⑥《平妖》：即《三遂平妖传》，题"东原罗贯中编次"。

⑦要：要之，总之。韫（yùn）玉违时：把玉藏起来，躲避时世。意思是施、罗等人写作小说意在隐才避世。违，离去，避开。

⑧销熔岁月：消磨时光。

⑨非龙见之日所暇：意思是不像太平盛世那样，只是作为闲暇时的业余爱好（因为太平之时，士大夫便能出仕，在政治上施展抱负）。龙见之日，比喻太平盛世。见，同"现"。

⑩皇明：明朝。封建时代称本朝时为"皇"字表示尊敬。郁：有文采。这里指文化昌盛。

⑪靡流不波：比喻到处都盛行。靡，无。

⑫不费：不以为多余。

⑬绨（chī）縠（hú）毳（cuì）锦：绨是细葛布，縠是有皱纹的纱，毳是鸟兽的细毛，锦是有彩色花纹的丝织品，它们适合于不同的时令。

⑭以唐说律宋：意思是以唐代的标准来要求宋代。律，衡量，比照。

扫羲圣之一画不止^①！可若何？大抵唐人选言^②，入于文心^③；宋人通俗，谐于里耳^④。天下之文心少而里耳多，则小说之资于选言者少^⑤，而资于通俗者多。试今说话人当场描写^⑥，可喜可愕，可悲可涕，可歌可舞；再欲捉刀^⑦，再欲下拜，再欲决脰^⑧，再欲捐金；怯者勇，淫者贞，薄者敦^⑨，顽钝者汗下。虽小诵《孝经》、《论语》，其感人未必如是之捷且深也。噫，不通俗而能之乎？茂苑野史氏^⑩，家藏古今通俗小说甚富，因贾人之请^⑪，抽其可以嘉惠里耳者，凡四十种，畀为一刻^⑫。余顾而乐之，因索笔而弁其首^⑬。

绿天馆主人题^⑭

---

①尽扫羲圣之一画：意思是最古的时候没有文字和八卦，如果越古越好，那么势必把伏羲创造的卦画也完全否定掉。羲圣，指伏羲氏。他是古代神话传说中的人类始祖，相传八卦是他创制的。八卦的基本符号是"—"和"--"。古人认为文字起源于八卦。

②选言：指典雅的语言。

③文心：指文人之心。

④里耳：普通百姓的耳朵。

⑤资于：借助于。

⑥试今：疑为"试令"之误。

⑦再欲捉刀：再，通"载"，表并列。捉刀，持刀。这句与下面三句是说听众情不自禁地要像故事中的英雄人物一样行动。

⑧决脰(dòu)：指断颈、砍头。决，断。脰，脖子。

⑨薄者敦：寡情刻薄的人变得敦厚起来。

⑩茂苑野史氏：一般怀疑这是冯梦龙的托名。

⑪贾人：商人。指书商。

⑫畀(bì)为一刻：指交付印刷。畀，付与。刻，刻版印刷。

⑬弁：弁言、序言。这里作动词用，写序。

⑭绿天馆主人：一般也认为是冯梦龙的化名。

第一卷

蒋兴哥重会珍珠衫

　　仕至千钟非贵①，年过七十常稀。浮名身后有谁知？万事空花游戏②。　　休逞少年狂荡，莫贪花酒便宜③。脱离烦恼是和非，随分安闲得意。

　　这首词名为《西江月》，是劝人安分守己，随缘作乐④，莫为酒、色、财、气四字，损却精神，亏了行止⑤。求快活时非快活，得便宜处失便宜。说起那四字中，总到不得那"色"字利害。眼是情媒，心为欲种，起手时，牵肠挂肚；过后去，丧魄销魂。假如墙花路柳⑥，偶然适兴，无损于事。若是生心设计，败俗伤风，只图自己一时欢乐，却不顾他人的百年恩义，假如你有娇妻爱妾，别人调戏上了，你心下如何？古人有四句道得好：

　　　　人心或可昧，天道不差移。

　　　　我不淫人妇，人不淫我妻。

　　看官，则今日听我说《珍珠衫》这套词话⑦，可见果报不爽⑧，好教

①千钟：一千钟（粮食），指优厚的俸禄，借指高官。钟，古容量单位。

②空花：亦作"空华"。佛家语。指患白翳病者的视觉中产生的繁花状虚影，比喻虚幻、假相。

③花酒：指在妓院中狎妓饮酒。

④随缘：佛家语。外界事物给予自身的作用叫"缘"；自身应缘而动作，叫"随缘"，如水应风之缘而起波。这里指随其机缘而不刻意追求。

⑤行止：举止行动。这里指品行、德行。

⑥墙花路柳：指旧社会里受人玩弄侮辱的下层妇女，如娼妓。

⑦则今日：今日，现在。则，通"只"，表强调或限定。词话：一种在唱词中杂以说白的说唱文学，起源于宋代，流行于元明时期。其形式为早期小说话本所吸收，所以话本和一些章回小说在明清之间也称为词话。

⑧果报不爽：因果报应丝毫不差。爽，不合，差失。

少年子弟做个榜样。

话中单表一人，姓蒋，名德，小字兴哥，乃湖广襄阳府枣阳县人氏①。父亲叫做蒋世泽，从小走熟广东，做客买卖②。因为丧了妻房罗氏，止遗下这兴哥，年方九岁，别无男女。这蒋世泽割舍不下，又绝不得广东的衣食道路③，千思百计，无可奈何，只得带那九岁的孩子同行作伴，就教他学些乖巧。这孩子虽则年小，生得：

　　　　眉清目秀，齿白唇红。行步端庄，言辞敏捷。聪明赛过读书家，伶俐不输长大汉。人人唤做粉孩儿，个个羡他无价宝。

蒋世泽怕人妒忌，一路上不说是嫡亲儿子，只说是内侄罗小官人。原来罗家也是走广东的，蒋家只走得一代，罗家到走过三代了④。那边客店牙行⑤，都与罗家世代相识，如自己亲眷一般。这蒋世泽做客，起头也还是丈人罗公领他走起的。因罗家近来屡次遭了屈官司，家道消乏⑥，好几年不曾走动。这些客店牙行见了蒋世泽，那一遍不动问罗家消息，好生牵挂。今番见蒋世泽带个孩子到来，问知是罗家小官人，且是生得十分清秀，应对聪明，想着他祖父三辈交情，如今又是第四辈了，那一个不欢喜！

闲话休题⑦。却说蒋兴哥跟随父亲做客，走了几遍，学得伶俐乖巧，生意行中，百般都会，父亲也喜不自胜。何期到一十七岁上⑧，父亲一病身亡，且喜刚在家中，还不做客途之鬼。兴哥哭了一场，免不

---

①湖广：元代湖广行中书省，辖地包括今两湖、两广等地。明代分为湖广、广东、广西三布政司，湖广专指今湖南、湖北二省。

②做客：外出经商。

③道路：生计，买卖。

④到：同"倒"。

⑤牙行(háng)：为买卖双方说合或代客买卖而从中收取佣金的商行或个人。

⑥消乏：消耗，贫乏，折损。

⑦题：说，提起。此意义后写作"提"。

⑧何期：哪儿想到，没想到。

得揩干泪眼，整理大事。殡殓之外，做些功德超度①，自不必说。七七四十九日内，内外宗亲，都来吊孝。本县有个王公，正是兴哥的新岳丈，也来上门祭奠，少不得蒋门亲戚陪侍叙话。中间说起兴哥少年老成，这般大事，亏他独力支持。因话随话间②，就有人撺掇道："王老亲翁，如今令爱也长成了，何不乘凶完配③，教他夫妇作伴，也好过日。"王公未肯应承，当日相别去了，众亲戚等安葬事毕，又去撺掇兴哥，兴哥初时也不肯，却被撺掇了几番，自想孤身无伴，只得应允。央原媒人往王家去说，王公只是推辞，说道："我家也要备些薄薄妆奁，一时如何来得？况且孝未期年④，于礼有碍，便要成亲，且待小祥之后再议⑤。"媒人回话，兴哥见他说得正理，也不相强。

光阴如箭，不觉周年已到。兴哥祭过了父亲灵位，换去粗麻衣服，再央媒人王家去说，方才依允。不隔几日，六礼完备⑥，娶了新妇进门。有《西江月》为证：

> 孝幕翻成红幕，色衣换去麻衣⑦。画楼结彩烛光辉，合卺花筵齐备⑧。　　那羡妆奁富盛，难求丽色娇妻。今宵云雨足欢娱，来日人称恭喜。

---

① 功德：佛教用语，指行善和诵经念佛等事。超度：佛教用语，指念经或做佛事使鬼魂脱离苦难。

② 因话随话：由一个话题引起另一个话题；顺着话题说话。

③ 乘凶完配：指父母刚死，不成服（穿丧服）而婚娶。旧俗，父母死后，服丧期间不得婚嫁。有的人家因人口少或当事人年岁已大，不能久等，往往在父母刚刚死去的时候，立即完婚，行完婚礼再穿丧服。

④ 期(jī)年：一周年。

⑤ 小祥：父母死后一周年的祭礼。亦指一般死者的周年祭。

⑥ 六礼：旧时婚制有六礼，即纳采、问名、纳吉、纳征、请期、亲迎。

⑦ 色衣：也叫"色服"。指除白色和黑色以外的各种彩色的衣服，与"素服"（丧服）相对。

⑧ 合卺(jǐn)：古代婚礼中的一种仪式。把一个瓠剖为两个瓢，新郎新娘各执一瓢，饮酒成礼。后以"合卺"代指成婚。卺，瓢。花筵：华美之席。这里指喜筵。

　　说这新妇是王公最幼之女，小名唤做三大儿，因他是七月七日生的，又唤做三巧儿。王公先前嫁过的两个女儿，都是出色标致的，枣阳县中，人人称羡，造出四句口号①，道是：

　　　　天下妇人多，王家美色寡。

　　　　有人娶着他，胜似为驸马。

常言道："做买卖不着，只一时；讨老婆不着，是一世。"若干官宦大户人家，单拣门户相当，或是贪他嫁资丰厚，不分皂白，定了亲事。后来娶下一房奇丑的媳妇，十亲九眷面前，出来相见，做公婆的好没意思，又且丈夫心下不喜，未免私房走野②。偏是丑妇极会管老公，若是一般见识的，便要反目；若使顾惜体面，让他一两遍，他就做大起来③。有此数般不妙，所以蒋世泽闻知王公惯生得好女儿，从小便送过财礼，定下他幼女与儿子为婚。今日娶过门来，果然娇姿艳质，说起来，比他两个姐儿加倍标致。正是：

　　　　吴宫西子不如，楚国南威难赛④。

　　　　若比水月观音⑤，一样烧香礼拜。

　　蒋兴哥人才本自齐整，又娶得这房美色的浑家⑥，分明是一对玉人，良工琢就，男欢女爱，比别个夫妻更胜十分。三朝之后，依先换了些浅色衣服⑦，只推制中⑧，不与外事，专在楼上与浑家成双捉对，朝暮取乐。真个行坐不离，梦魂作伴。自古苦日难熬，欢时易过。

---

　　①口号：本是古诗标题用语，表示随口吟成。小说中多指打油诗、顺口溜或俗谚之类。

　　②走野："走野路"的省略语，指搞不正当的男女关系。

　　③做大：摆架子，妄自尊大。

　　④南威：春秋时晋国的一个美女，亦称"南之威"。

　　⑤若比：好比，如同。水月观音：佛教寺院和信徒所供奉的一种观音像，像中的观音作观看水中月影状。

　　⑥浑家：妻子。

　　⑦依先：依旧，仍旧。

　　⑧制中：丧中，守孝期间。

暑往寒来，早已孝服完满，起灵除孝①，不在话下。

兴哥一日间想起父亲存日广东生理②，如今担阁三年有余了，那边还放下许多客帐，不曾取得。夜间，与浑家商议，欲要去走一遭。浑家初时也答应道"该去"，后来说到许多路程，恩爱夫妻，何忍分离？不觉两泪交流。兴哥也自割舍不得，两下凄惨一场，又丢开了。如此已非一次。

光阴荏苒，不觉又捱过了二年。那时兴哥决意要行，瞒过了浑家，在外面暗暗收拾行李。拣了个上吉的日期，五日前方对浑家说知，道："常言'坐吃山空'。我夫妻两口，也要成家立业，终不然抛了这行衣食道路③？如今这二月天气不寒不暖，不上路更待何时？"浑家料是留他不住了，只得问道："丈夫此去几时可回？"兴哥道："我这番出外，甚不得已，好歹一年便回，宁可第二遍多去几时罢了。"浑家指着楼前一棵椿树道："明年此树发芽，便盼着官人回也。"说罢，泪下如雨。兴哥把衣袖替他揩拭，不觉自己眼泪也挂下来。两下里怨离惜别，分外恩情，一言难尽。

到第五日，夫妇两个啼啼哭哭，说了一夜的说话，索性不睡了。五更时分，兴哥便起身收拾，将祖遗下的珍珠细软，都交付与浑家收管。自己只带得本钱银两、帐目底本及随身衣服、铺陈之类④，又有预备下送礼的人事⑤，都装叠得停当。原有两房家人，只带一个后生些的去，留一个老成的在家，听浑家使唤，买办日用。两个婆娘，专管厨下。又有两个丫头，一个叫晴云，一个叫暖雪，专在楼中伏侍，不许远离。分付停当了，对浑家说道："娘子耐心度日。地方轻薄子弟不少，你又生得美貌，莫在门前窥瞰，招风揽火⑥。"浑家道："官人

①起灵：除灵，把停着的灵柩运走。

②生理：生意，买卖。

③终不然：难道，莫非。亦作终不道、终不成。

④铺陈：被褥，铺盖。

⑤人事：礼物。

⑥招风揽火：比喻招惹是非。

放心,早去早回。"两下掩泪而别。正是:

世上万般哀苦事,无非死别与生离。

兴哥上路,心中只想着浑家,整日的不偢不保①。不一日,到了广东地方,下了客店②。这伙旧时相识都来会面,兴哥送了些人事,排家的治酒接风③,一连半月二十日,不得空闲。兴哥在家时,原是淘虚了的身子④,一路受些劳碌,到此未免饮食不节,得了个疟疾,一夏不好,秋间转成水痢。每日请医切脉,服药调治,直延到秋尽,方得安痊。把买卖都担阁了,眼见得一年回去不成。正是:

只为蝇头微利,抛却鸳被良缘。

兴哥虽然想家,到得日久,索性把念头放慢了。

不题兴哥做客之事,且说这里浑家王三巧儿。自从那日丈夫分付了,果然数月之内,目不窥户,足不下楼。光阴似箭,不觉残年将尽,家家户户,闹轰轰的暖火盆、放爆竹、吃合家欢耍子⑤。三巧儿触景伤情,思想丈夫,这一夜好生凄楚!正合古人的四句诗,道是:

腊尽愁难尽,春归人未归。

朝来喷寂寞,不肯试新衣。

明日正月初一日,是个岁朝⑥。晴云、暖雪两个丫头,一力劝主母在前楼去看看街坊景象。原来蒋家住宅前后通连的两带楼房,第一带临着大街,第二带方做卧室,三巧儿闲常只在第二带中坐卧。

---

①不偢(chǒu)不保(cǎi):不过问,不理睬。这里指对一切都不感兴趣。偢保,同"瞅睬"。

②下:投宿,留宿。

③排家:逐家,一家挨一家。

④淘虚:淘空。多指酒色伤身。

⑤暖火盆:旧时风俗,岁末在门外或庭院中架起松柏树枝,点火焚烧。也叫"烧火盆"、"烧松盆"。合家欢:这里指年夜饭。褚人获《坚瓠集》:"(除夕)家庭举宴,长幼咸集,谓之合家欢。"顾禄《清嘉录》:"年夜饭,俗呼合家欢。"耍子:玩儿。

⑥岁朝:旧历元旦。

这一日被丫头们撺掇不过，只得从边厢里走过前楼，分付推开窗子，把帘儿放下，三口儿在帘内观看。这日街坊上好不闹杂！三巧儿道："多少东行西走的人，偏没个卖卦先生在内！若有时，唤他来卜问官人消息也好。"晴云道："今日是岁朝，人人要闲耍的，那个出来卖卦？"暖雪叫道："娘！限在我两个身上，五日内包唤一个来占卦便了。"

到初四日早饭过后，暖雪下楼小解，忽听得街上当当的敲响。响的这件东西，唤做"报君知"①，是瞎子卖卦的行头②。暖雪等不及解完，慌忙检了裤腰，跑出门外，叫住了瞎先生。拨转脚头，一口气跑上楼来，报知主母。三巧儿分付，唤在楼下坐启内坐着③，讨他课钱④，通陈过了⑤，走下楼梯，听他剖断。那瞎先生占成一卦，问是何用。那时厨下两个婆娘，听得热闹，也都跑将来了，替主母传语道："这卦是问行人的。"瞎先生道："可是妻问夫么？"婆娘道："正是。"先生道："青龙治世，财爻发动。若是妻问夫，行人在半途，金帛千箱有，风波一点无。青龙属木，木旺于春，立春前后，已动身了。月尽月初，必然回家，更兼十分财采⑥。"三巧儿叫买办的，把三分银子打发他去，欢天喜地，上楼去了。真所谓"望梅止渴"、"画饼充饥"。

大凡人不做指望，到也不在心上；一做指望，便痴心妄想，时刻难过。三巧儿只为信了卖卦先生之语，一心只想丈夫回来，从此时常走向前楼，在帘内东张西望。直到二月初旬，椿树抽芽，不见些儿动静。三巧儿思想丈夫临行之约，愈加心慌，一日几遍，向外探望。也是合当有事，遇着这个俊俏后生。正是：

---

①报君知：算命占卦的盲人手里所拿的竹板、铁片或铜锣一类东西，敲打以使人闻知，故名。

②行头：道具，用具。

③坐启：便厅，小客厅。也写作"坐起"。

④课钱：起课用的铜钱。算命占卜者掷铜钱看正反面的多少，以推断吉凶。

⑤通陈：祝告，向鬼神陈述心事。

⑥财采：财运。也指钱财。

有缘千里能相会，无缘对面不相逢。

这个俊俏后生是谁？原来不是本地，是徽州新安县人氏①，姓陈，名商，小名叫做大喜哥，后来改口呼为大郎。年方二十四岁，且是生得一表人物，虽胜不得宋玉、潘安②，也不在两人之下。这大郎也是父母双亡，凑了二三千金本钱，来走襄阳贩籴些米豆之类，每年常走一遍。他下处自在城外③，偶然这日进城来，要到大市街汪朝奉典铺中问个家信④。那典铺正在蒋家对门，因此经过。你道怎生打扮？头上带一顶苏样的百柱鬃帽⑤，身上穿一件鱼肚白的湖纱道袍⑥，又恰好与蒋兴哥平昔穿着相像。三巧儿远远瞧见，只道是他丈夫回了，揭开帘子，定睛而看。陈大郎抬头，望见楼上一个年少的美妇人，目不转睛的，只道心上欢喜了他，也对着楼上丢个眼色。谁知两个都错认了。三巧儿见不是丈夫，羞得两颊通红，忙忙把窗儿拽转，跑在后楼，靠着床沿上坐地⑦，兀自心头突突的跳一个不住⑧。谁知陈大郎的一片精魂，早被妇人眼光儿摄上去了。回到下处，心心念念的放他不下，肚里想道："家中妻子，虽是有些颜色，怎比得妇人一半！欲待通个情款⑨，争奈无门可入。若得谋他一宿，就消花这些本钱⑩，也不枉为人在世。"叹了几口气，忽然想起大市街东巷，有个

---

①徽州新安县：明代设徽州府新安卫，治所在今安徽歙县。

②宋玉、潘安：宋玉是战国时文学家。潘安是西晋文学家潘岳，岳字安仁，故省称潘安。因二人貌美，古代诗文中常用作美男子的代称。

③下处：寓处，投宿的地方。

④朝奉：本是官名，后来方言中用作对富翁、商人和店铺管事人等的称呼。

⑤苏样：苏州式样。鬃帽：一种用棕、藤编织成的帽子。鬃，亦作"棕"。

⑥湖纱：即"湖绸"。浙江湖州的丝织品很有名，故称。道袍：这里指长袍，古代家居便服。又名直裰。《警世通言》第二十二卷："穿了一件新联就的洁白湖绸道袍，赶出北门下船。"

⑦坐地：坐着，坐下。

⑧兀自：尚，还，仍旧。"兀自"另有又，再，已经等意思。

⑨情款：情意，交情。

⑩消花：花费，用掉。

卖珠子的薛婆,曾与他做过交易。这婆子能言快语,况且日逐串街走巷,那一家不认得?须是与他商议①,定有道理。

这一夜番来覆去②,勉强过了。次日起个清早,只推有事,讨些凉水梳洗,取了一百两银子,两大锭金子,急急的跑进城来。这叫做:

> 欲求生受用,须下死工夫。

陈大郎进城,一径来到大市街东巷,去敲那薛婆的门。薛婆蓬着头,正在天井里拣珠子,听得敲门,一头收过珠包,一头问道:"是谁?"才听说出"徽州陈"三字,慌忙开门请进,道:"老身未曾梳洗,不敢为礼了。大官人起得好早!有何贵干?"陈大郎道:"特特而来,若迟时,怕不相遇。"薛婆道:"可是作成老身出脱些珍珠首饰么③?"陈大郎道:"珠子也要买,还有大买卖作成你。"薛婆:"老身除了这一行货④,其余都不熟惯。"陈大郎道:"这里可说得话么?"薛婆便把大门关上,请他到小阁儿坐着,问道:"大官人有何分付?"大郎见四下无人,便向衣袖里摸出银子,解开布包,摊在卓上⑤,道:"这一百两白银,干娘收过了,方才敢说。"婆子不知高低⑥,那里肯受。大郎道:"莫非嫌少?"慌忙又取出黄灿灿的两锭金子,也放在卓上,道:"这十两金子,一并奉纳。若干娘再不收时,便是故意推调了⑦。今日是我来寻你,非是你来求我。只为这桩大买卖,不是老娘成不得,所以特地相求。便说做不成时,这金银你只管受用。终不然我又来取讨,

---

①须是:必须,必得。

②番:同"翻"。

③出脱:脱手,售出。

④行货:商品,货物。

⑤卓:同"桌"。按:"桌子"的"桌",本写作"卓",后写作"桌"或"棹"。本书原文多作"卓"。

⑥不知高低:这里是不明底细、不知内情的意思。

⑦推调:推辞,推托。

日后再没相会的时节了？我陈商不是恁般小样的人①!"看官,你说从来做牙婆的那个不贪钱钞②? 见了这般黄白之物,如何不动火③?薛婆当时满脸堆下笑来,便道:"大官人休得错怪,老身一生不曾要别人一厘一毫不明不白的钱财。今日既承大官人分付,老身权且留下。若是不能效劳,依旧奉纳。"说罢,将金锭放银包内,一齐包起,叫声:"老身大胆了。"拿向卧房中藏过,忙趄出来④,道:"大官人,老身且不敢称谢,你且说甚么买卖,用着老身之处?"大郎道:"急切要寻一件救命之宝,是处都无⑤,只大市街上一家人家方有,特央干娘去借借。"婆子笑将起来道:"又是作怪! 老身在这条巷住过二十多年,不曾闻大市街有甚救命之宝。大官人你说,有宝的还是谁家⑥?"大郎道:"敝乡里汪三朝奉典铺对门高楼子内是何人之宅?"婆子想了一回,道:"这是本地蒋兴哥家里,他男子出外做客,一年多了,止有女眷在家。"大郎道:"我这救命之宝,正要问他女眷借借。"便把椅儿掇近了婆子身边,向他诉出心腹,如此如此。婆子听罢,连忙摇首道:"此事太难! 蒋兴哥新娶这房娘子,不上四年,夫妻两个如鱼似水,寸步不离。如今没奈何出去了,这小娘子足不下楼,甚是贞节。因兴哥做人有些古怪,容易嗔嫌⑦。老身辈从不曾上他的阶头。连这小娘子面长面短,老身还不认得,如何应承得此事? 方才所赐,是老身薄福,受用不成了。"陈大郎听说,慌忙双膝跪下。婆子去扯他时,被他两手拿住衣袖,紧紧按定在椅上,动掸不得⑧。口里说:"我

---

①恁(rèn)般:这般,这样。小样:小家子气。

②牙婆:买卖的居间人叫牙人,牙婆是女牙人,一般多指以介绍人口买卖为业的妇女。

③动火:动心,起贪心,生起欲念。

④趄(xué):来回走,中途折回。这里是走回来的意思。

⑤是处:处处,到处。

⑥还是:究竟。

⑦嗔嫌:嗔怪,怨怒。

⑧动掸:同"动弹"。

陈商这条性命，都在干娘身上。你是必思量个妙计①，作成我入马②，救我残生。事成之日，再有白金百两相酬。若是推阻，即今便是个死。"慌得婆子没理会处，连声应道："是，是！莫要折杀老身，大官人请起，老身有话讲。"陈大郎方才起身，拱手道："有何妙策，作速见教。"薛婆道："此事须从容图之，只要成就，莫论岁月。若是限时限日，老身决难奉命。"陈大郎道："若果然成就，便迟几日何妨。只是计将安出？"薛婆道："明日不可太早，不可太迟，早饭后，相约在汪三朝奉典铺中相会。大官人可多带银两，只说与老身做买卖，其间自有道理。若是老身这两只脚跨进得蒋家门时，便是大官人的造化。大官人便可急回下处，莫在他门首盘桓，被人识破，误了大事。讨得三分机会，老身自来回覆。"陈大郎道："谨依尊命。"唱了个肥喏③，欣然开门而去。正是：

> 未曾灭项兴刘，先见筑坛拜将④。

当日无话。到次日，陈大郎穿了一身齐整衣服，取上三四百两银子，放在个大皮匣内，唤小郎背着⑤，跟随到大市街汪家典铺来。瞧见对门楼窗紧闭，料是妇人不在，便与管典的拱了手，讨个木凳儿坐在门前，向东而望。不多时，只见薛婆抱着一个篾丝箱儿来了。陈大郎唤住，问道："箱内何物？"薛婆道："珠宝首饰，大官人可用么？"大郎道："我正要买。"薛婆进了典铺，与管典的相见了，叫声咶噪⑥，便把箱儿打开。内中有十来包珠子，又有几个小匣儿，都盛着

---

①是必：务必。

②入马：和女人勾搭上。

③唱肥喏(rě)：一面拱手行礼，一面口里喊喏，叫唱喏，是古代男子所行之礼，元明之间也称作揖为唱喏，唱肥喏就是深深作一个揖。

④筑坛拜将：指刘邦为战胜项羽，筑坛拜韩信为大将的故事。这里用"先见筑坛拜将"来喻指成事之前，先用厚礼招募到能干的人。

⑤小郎：对年纪小的人的称呼，这里指年青的仆人。

⑥咶(guō)噪：吵闹，打扰。也用作打招呼或表示谢意的习惯语。咶，也作"聒"。

新样簇花点翠的首饰,奇巧动人,光灿夺目。陈大郎拣几吊极粗极白的珠子,和那些簪珥之类,做一堆儿放着,道:"这些我都要了。"婆子便把眼儿瞅着,说道:"大官人要用时尽用,只怕不肯出这样大价钱。"陈大郎已自会意①,开了皮匣,把这些银两白华华的,摊做一台,高声的叫道:"有这些银子,难道买你的货不起。"此时邻舍闲汉已自走过七八个人,在铺前站着看了。婆子道:"老身取笑,岂敢小觑大官人。这银两须要仔细,请收过了,只要还得价钱公道便好。"两下一边的讨价多,一边的还钱少,差得天高地远。那讨价的一口不移,这里陈大郎拿着东西,又不放手,又不增添,故意走出屋檐,件件的翻覆认看,言真道假、弹斥估两的在日光中炟耀。惹得一市人都来观看,不住声的有人喝采。婆子乱嚷道:"买便买,不买便罢,只管担阁人则甚②!"陈大郎道:"怎么不买?"两个又论了一番价。正是:

> 只因酬价争钱口③,惊动如花似玉人。

王三巧儿听得对门喧嚷,不觉移步前楼,推窗偷看。只见珠光闪烁,宝色辉煌,甚是可爱。又见婆子与客人争价不定,便分付丫鬟去唤那婆子,借他东西看看。晴云领命,走过街去,把薛婆衣袂一扯,道:"我家娘请你。"婆子故意问道:"是谁家?"晴云道:"对门蒋家。"婆子把珍珠之类,劈手夺将过来,忙忙的包了,道:"老身没有许多空闲与你歪缠!"陈大郎道:"再添些卖了罢。"婆子道:"不卖,不卖! 像你这样价钱,老身卖去多时了。"一头说,一头放入箱儿里,依先关锁了,抱着便走。晴云道:"我替你老人家拿罢。"婆子道:"不消。"头也不回,径到对门去了。陈大郎心中暗喜,也收拾银两,别了管典的,自回下处。正是:

> 眼望捷旌旗,耳听好消息。

晴云引薛婆上楼,与三巧儿相见了。婆子看那妇人,心下想道:

---

①已自:已经。

②则甚:作什么。

③酬价:议价,还价,出价。

"真天人也！怪不得陈大郎心迷，若我做男子，也要浑了①。"当下说道："老身久闻大娘贤慧，但恨无缘拜识。"三巧儿问道："你老人家尊姓？"婆子道："老身姓薛，只在这里东巷住，与大娘也是个邻里。"三巧儿道："你方才这些东西，如何不卖？"婆子笑道："若不卖时，老身又拿出来怎的？只笑那下路客人②，空自一表人才，不识货物。"说罢便去开了箱儿，取出几件簪珥，递与那妇人看，叫道："大娘，你道这样首饰，便工钱也费多少③！他们还得忒不像样，教老身在主人家面前，如何告得许多消乏？"又把几串珠子提将起来道："这般头号的货，他们还做梦哩。"三巧儿问了他讨价还价，便道："真个亏你些儿。"婆子道："还是大家宝眷，见多识广，比男子汉眼力到胜十倍。"三巧儿唤丫鬟看茶，婆子道："不扰茶了。老身有件要紧的事，欲往西街走走，遇着这个客人，缠了多时，正是：'买卖不成，担误工程。'这箱儿连锁放在这里，权烦大娘收拾。老身暂去，少停就来。"说罢便走。三巧儿叫晴云送他下楼，出门向西去了。

　　三巧儿心上爱了这几件东西，专等婆子到来酬价，一连五日不至。到第六日午后，忽然下一场大雨。雨声未绝，闹闹的敲门声响。三巧儿唤丫鬟开看，只见薛婆衣衫半湿，提个破伞进来，口儿道："晴干不肯走，直待雨淋头。"把伞儿放在楼梯边，走上楼来万福道④："大娘，前晚失信了。"三巧儿慌忙答礼道："这几日在那里去了？"婆子道："小女托赖⑤，新添了个外甥⑥。老身去看看，留住了几日，今早方回。半路上下起雨来，在一个相识人家借得把伞，又是破的，却不是晦气！"三巧儿道："你老人家几个儿女？"婆子道："只一个儿子，完婚过了。女儿到有四个，这是我第四个了，嫁与徽州朱八朝奉做偏房，

①浑：头脑不清，糊涂。这里有着迷的意思。
②下路：指长江下游一带。从前住在上游的人称下游来的人为"下路人"。
③便：只。
④万福：妇女所行之礼，一边行礼，一边说"万福"。
⑤托赖：托福，仰赖。
⑥外甥：这里指外孙。某些方言中外孙也叫"外甥"。

就在这北门外开盐店的。"三巧儿道:"你老人家女儿多,不把来当事了。本乡本土少什么一夫一妇的,怎舍得与异乡人做小?"婆子道:"大娘不知,到是异乡人有情怀。虽则偏房,他大娘子只在家里,小女自在店中,呼奴使婢,一般受用①。老身每遍去时,他当个尊长看待,更不怠慢。如今养了个儿子,愈加好了。"三巧儿道:"也是你老人家造化,嫁得着。"说罢,恰好晴云讨茶上来②,两个吃了。婆子道:"今日雨天没事,老身大胆,敢求大娘的首饰一看,看些巧样儿在肚里也好。"三巧儿道:"也只是平常生活,你老人家莫笑话。"就取一把钥匙,开了箱笼,陆续搬出许多钗、钿、缨络之类。薛婆看了,夸美不尽,道:"大娘有恁般珍异,把老身这几件东西,看不在眼了。"三巧儿道:"好说,我正要与你老人家请个实价。"婆子道:"娘子是识货的,何消老身费嘴?"三巧儿把东西检过,取出薛婆的篾丝箱儿来,放在卓上,将钥匙递与婆子道:"你老人家开了,检看个明白。"婆子道:"大娘忒精细了。"当下开了箱儿,把东西逐件搬出。三巧儿品评价钱,都不甚远。婆子并不争论,欢欢喜喜的道:"恁地③,便不枉了人。老身就少赚几贯钱,也是快活的。"三巧儿道:"只是一件,目下凑不起价钱,只好现奉一半。等待我家官人回来,一并清楚,他也只在这几日回了。"婆子道:"便迟几日,也不妨事。只是价钱上相让多了,银水要足纹的④。"三巧儿道:"这也小事。"便把心爱的几件首饰及珠子收起,唤晴云取杯见成酒来⑤,与老人家坐坐。婆子道:"造次如何好搅扰⑥?"三巧儿道:"时常清闲,难得你老人家到此作伴扳话⑦。你老人家若不嫌怠慢,时常过来走走。"婆子道:"多谢大娘错爱,老身

①一般:一样,同样。

②讨茶:拿茶来招待客人。讨,吩咐拿来。

③恁地:如此,这样。

④银水:银子的成色。足纹:足色的纹银。含银成色较高的银两叫纹银。

⑤见成:现成。见,同"现"。

⑥造次:匆忙,鲁莽。

⑦扳(pān)话:攀谈。

家里当不过嘈杂，像宅上又忒清闲了。"三巧儿道："你家儿子做甚生意?"婆子道："也只是接些珠宝客人，每日的讨酒讨浆①，刮的人不耐烦②。老身亏杀各宅们走动，在家时少，还好。若只在六尺地上转③，怕不燥死了人④。"三巧儿道："我家与你相近，不耐烦时，就过来闲话。"婆子道："只不敢频频打搅。"三巧儿道："老人家说那里话。"

只见两个丫鬟轮番的走动，摆了两副杯箸，两碗腊鸡，两碗腊肉，两碗鲜鱼，连果碟素菜，共一十六个碗。婆子道："如何盛设!"三巧儿道："见成的，休怪怠慢。"说罢，斟酒递与婆子，婆子将杯回敬，两下对坐而饮。原来三巧儿酒量尽去得，那婆子又是酒壶酒瓮，吃起酒来，一发相投了⑤，只恨会面之晚。那日直吃到傍晚，刚刚雨止，婆子作谢要回。三巧儿又取出大银钟来，劝了几钟，又陪他吃了晚饭，说道："你老人家再宽坐一时，我将这一半价钱付你去。"婆子道："天晚了。大娘请自在⑥，不争这一夜儿⑦，明日却来领罢。连这篾丝箱儿，老身也不拿去了，省得路上泥滑滑的不好走。"三巧儿道："明日专专望你。"婆子作别下楼，取了破伞，出门去了。正是：

　　世间只有虔婆嘴⑧，哄动多多少少人。

却说陈大郎在下处呆等了几日，并无音信。见这日天雨，料是婆子在家，拖泥带水的进城来问个消息，又不相值。自家在酒肆中吃了三杯，用了些点心，又到薛婆门首打听，只是未回。看看天晚，却待转身，只见婆子一脸春色，脚略斜的走入巷来⑨。陈大郎迎着

---

　①浆：本是古代酿造的一种微带酸味的饮料。泛指茶水汤汁等。

　②刮：同"聒"，吵闹，喧闹。

　③六尺地：比喻行动范围狭小。多指限在自己家里。

　④燥：焦躁，烦恼。

　⑤一发：越发，益发。

　⑥自在：自便。

　⑦不争：不在乎，不计较。

　⑧虔婆：不正派的老婆子，常用来指鸨母。

　⑨略斜：歪斜。

他，作了揖，问道："所言如何？"婆子摇手道："尚早。如今方下种，还没有发芽哩。再隔五六年，开花结果，才到得你口。你莫在此探头探脑，老娘不是管闲事的。"陈大郎见他醉了，只得转去。

次日，婆子买了些时新果子、鲜鸡、鱼、肉之类，唤个厨子安排停当，装做两个盒子，又买一瓮上好的醦酒，央间壁小二挑了，来到蒋家门首。三巧儿这日不见婆子到来，正教晴云开门出来探望，恰好相遇。婆子教小二挑在楼下，先打发他去了。晴云已自报知主母。三巧儿把婆子当个贵客一般，直到楼梯口边迎他上去。婆子千恩万谢的福了一回①，便道："今日老身偶有一杯水酒，将来与大娘消遣②。"三巧儿道："到要你老人家赔钞，不当受了。"婆子央两个丫鬟搬将上来，摆做一卓子。三巧儿道："你老人家忒迂阔了，怎般大弄起来③。"婆子笑道："小户人家，备不出甚么好东西，只当一茶奉献。"晴云便去取杯箸，暖雪便吹起水火炉来④。霎时酒暖，婆子道："今日是老身薄意，还请大娘转坐客位。"三巧儿道："虽然相扰，在寒舍岂有此理？"两下谦让多时，薛婆只得坐了客席。这是第三次相聚，更觉熟分了。

饮酒中间，婆子问道："官人出外好多时了，还不回，亏他撇得大娘下。"三巧儿道："便是，说过一年就转，不知怎地担阁了。"婆子道："依老身说，放下了怎般如花似玉的娘子，便博个堆金积玉也不为罕⑤。"婆子又道："大凡走江湖的人，把客当家，把家当客。比如我第四个女婿朱八朝奉，有了小女，朝欢暮乐，那里想家？或三年四年，才回一遍。住不上一两个月，又来了。家中大娘子替他担孤受寡，那晓得他外边之事？"三巧儿道："我家官人到不是这样人。"婆子道：

①福：即万福。只行礼（下拜时微屈其膝而身不弯），口里不说"万福"，也叫福。

②将来：拿来。

③大弄：放开手干。这里指铺张。

④水火炉：一种烧炭的铜制或银制的小炉，主要用于烫酒（以热水暖酒）。

⑤博：博得，取得。

"老身只当闲话讲,怎敢将天比地?"当日两个猜谜掷色,吃得酩酊而别。

第三日,同小二来取家火①,就领这一半价钱。三巧又留他吃点心。

从此以后,把那一半赊钱为由,只做问兴哥的消息,不时行走,这婆子俐齿伶牙,能言快语,又半痴不颠的,惯与丫鬟们打诨,所以上下都欢喜他。三巧儿一日不见他来,便觉寂寞,叫老家人认了薛婆家里,早晚常去请他,所以一发来得勤了。世间有四种人惹他不得,引起了头,再不好绝他。是那四种?

游方僧道、乞丐、闲汉、牙婆。

上三种人犹可,只有牙婆是穿房入户的,女眷们怕冷静时,十个九个到要扳他来往②。今日薛婆本是个不善之人,一般甜言软语③,三巧儿遂与他成了至交,时刻少他不得。正是:

> 画虎画皮难画骨,知人知面不知心。

陈大郎几遍讨个消息,薛婆只回言尚早。其时五月中旬,天渐炎热。婆子在三巧儿面前,偶说起家中蜗窄④,又是朝西房子,夏月最不相宜,不比这楼上高厂风凉⑤。三巧儿道:"你老人家若撇得家下,到此过夜也好。"婆子道:"好是好,只怕官人回来。"三巧儿道:"他就回,料道不是半夜三更。"婆子道:"大娘不嫌薅恼⑥,老身惯是挜相知的⑦,只今晚就取铺陈过来,与大娘作伴,何如?"三巧儿道:

---

① 家火:家伙,用具。

② 扳(pān):同"攀"。结交,攀附。

③ 一般:一番,一通。也写作"一班"。《警世通言》卷十二:"吕公见他说出一班道理,也不去逼他了。"

④ 蜗窄:形容住房窄小。

⑤ 高厂:高大宽敞。厂,同"敞"。

⑥ 薅恼:打扰,骚扰。也写作"薅恼"。

⑦ 挜(yà)相知:硬拉关系,强行结交。这里指好与不熟悉的人结交、套近乎。挜,强行使人接受。

"铺陈尽有，也不须拿得。你老人家回覆家里一声，索性在此过了一夏家去不好？"婆子真个对家里儿子媳妇说了，只带个梳匣儿过来。三巧儿道："你老人家多事，难道我家油梳子也缺了，你又带来怎地^①？"婆子道："老身一生怕的是同汤洗脸，合具梳头。大娘怕没有精致的梳具，老身如何敢用？其他姐儿们的，老身也怕用得，还是自家带了便当。只是大娘分付在那一门房安歇？"三巧儿指着床前一个小小藤榻儿，道："我预先排下你的卧处了，我两个亲近些，夜间睡不着好讲些闲话。"说罢，检出一顶青纱帐来，教婆子自家挂了，又同吃了一会酒，方才歇息。两个丫鬟原在床前打铺相伴，因有了婆子，打发他在间壁房里去睡。

从此为始，婆子日间出去串街做买卖，黑夜便到蒋家歇宿。时常携壶挈榼的殷勤热闹^②，不一而足。床榻是丁字样铺下的，虽隔着帐子，却像是一头同睡。夜间絮絮叨叨，你问我答，凡街坊秽亵之谈，无所不至。这婆子或时装醉诈风起来，到说起自家少年时偷汉的许多情事，去勾动那妇人的春心。害得那妇人娇滴滴一副嫩脸，红了又白，白了又红。婆子已知妇人心活，只是那话儿不好启齿。

光阴迅速，又到七月初七日了，正是三巧儿的生日。婆子清早备下两盒礼，与他做生^③。三巧儿称谢了，留他吃面。婆子道："老身今日有些穷忙，晚上来陪大娘，看牛郎织女做亲。"说罢自去了。

下得阶头不几步，正遇着陈大郎。路上不好讲话，随到个僻静巷里。陈大郎攒着两眉，埋怨婆子道："干娘，你好慢心肠！春去夏来，如今又立过秋了。你今日也说尚早，明日也说尚早，却不知我度日如年。再延捱几日，他丈夫回来，此事便付东流，却不活活的害死我也！阴司去少不得与你索命。"婆子道："你且莫喉急^④，老身正要

①怎地：怎么，怎样，如何。这里表示反问，相当于"干什么"。

②榼(kē)：古时盛酒或贮水的器具，也泛指盒类容器。

③做生：做生日，庆祝生日。

④喉急：性急，着急。

相请，来得恰好。事成不成，只在今晚，须是依我而行。如此如此，这般这般。全要轻轻悄悄，莫带累人。"陈大郎点头道："好计，好计！事成之后，定当厚报。"说罢，欣然而去。正是：

　　　　排成窃玉偷香阵，费尽携云握雨心。

　　却说薛婆约定陈大郎这晚成事。午后细雨微茫，到晚却没有星月①。婆子黑暗里引着陈大郎埋伏在左近，自己却去敲门。晴云点个纸灯儿②，开门出来。婆子故意把衣袖一摸，说道："失落了一条临清汗巾儿。姐姐，劳你大家寻一寻③。"哄得晴云便把灯向街上照去。这里婆子捉个空④，招着陈大郎一溜溜进门来，先引他在楼梯背后空处伏着。婆子便叫道："有了，不要寻了。"晴云道："恰好火也没了，我再去点个来照你。"婆子道："走熟的路，不消用火。"两个黑暗里关了门，摸上楼来。三巧儿问道："你没了什么东西？"婆子袖里扯出个小帕儿来，道："就是这个冤家，虽然不值甚钱，是一个北京客人送我的，却不道'礼轻人意重'⑤。"三巧儿取笑道："莫非是你老相交送的表记⑥。"婆子笑道："也差不多。"当夜两个耍笑饮酒。婆子道："酒肴尽多，何不把些赏厨下男女⑦？也教他闹轰轰，像个节夜。"三巧儿真个把四碗菜、两壶酒，分付丫鬟，拿下楼去。那两个婆娘、一个汉子，吃了一回，各去歇息不题。

　　再说婆子饮酒中间问道："官人如何还不回家？"三巧儿道："便是算来一年半了。"婆子道："牛郎织女，也是一年一会，你比他到多隔了半年。常言道一品官、二品客。做客的那一处没有风花雪月？只苦了家中娘子。"三巧儿叹了口气，低头不语。婆子道："是老身多

---

①却：恰，正。

②纸灯儿：灯笼。

③大家：大伙儿。这里用作状语，表示一起，共同。

④捉个空：趁机，趁空。

⑤却不道：常言道，岂不知。后面常引成语或俗语。

⑥表记：这里指情人赠送的信物或纪念品。

⑦男女：指奴仆。

嘴了。今夜牛女佳期，只该饮酒作乐，不该说伤情话儿。"说罢，便斟酒去劝那妇人。

约莫半酣，婆子又把酒去劝两个丫鬟，说道："这是牛郎织女的喜酒，劝你多吃几杯，后日嫁个恩爱的老公，寸步不离。"两个丫鬟被缠不过，勉强吃了，各不胜酒力，东倒西歪。三巧儿分付关了楼门，发放他先睡。他两个自在吃酒。

婆子一头吃，口里不住的说啰说皂道："大娘几岁上嫁的？"三巧儿道："十七岁。"婆子道："破得身迟，还不吃亏。我是十三岁上就破了身。"三巧儿道："嫁得恁般早？"婆子道："论起嫁，到是十八岁了。不瞒大娘说，因是在间壁人家学针指，被他家小官人调诱，一时间贪他生得俊俏，就应承与他偷。初时好不疼痛，两三遍后，就晓得快活。大娘你可也是这般么？"三巧儿只是笑。婆子又道："那话儿到是不晓得滋味的到好，尝过的便丢不下，心坎里时时发痒。日里还好，夜间好难过哩。"三巧儿道："想你在娘家时阅人多矣，亏你怎生充得黄花女儿嫁去？"婆子道："我的老娘也晓得些影像①，生怕出丑，教我一个童女方，用石榴皮、生矾两味，煎汤洗过，那东西就瘛紧了。我只做张做势的叫疼，就遮过了。"三巧儿道："你做女儿时，夜间也少不得独睡。"婆子道："还记得在娘家时节，哥哥出外，我与嫂嫂一头同睡，两下轮番在肚子上学男子汉的行事。"三巧儿道："两个女人做对，有甚好处？"婆子走过三巧儿那边，挨肩坐了，说道："大娘，你不知，只要大家知音，一般有趣，也撒得火。"三巧儿举手把婆子肩胛上打一下，说道："我不信，你说谎。"婆子见他欲心已动，有心去挑拨他，又道："老身今年五十二岁了，夜间常痴性发作，打熬不过，亏得你少年老成。"三巧儿道："你老人家打熬不过，终不然还去打汉子②？"婆子道："败花枯柳，如今那个要我了？不瞒大娘说，我也有个自取其乐，救急的法儿。"三巧儿道："你说谎，又是甚么法儿？"婆子

---

①影像：迹象，模糊的印象。
②打汉子：偷汉子。

道："少停到床上睡了,与你细讲。"

说罢,只见一个飞蛾在灯上旋转,婆子便把扇来一扑,故意扑灭了灯,叫声："阿呀!老身自去点个灯来。"便去开楼门。陈大郎已自走上楼梯,伏在门边多时了。——都是婆子预先设下的圈套。婆子道："忘带个取灯儿去了①。"又走转来,便引着陈大郎到自己榻上伏着。婆子下楼去了一回,复上来道："夜深了,厨下火种都熄了,怎么处?"三巧儿道："我点灯睡惯了,黑魆魆地,好不怕人!"婆子道："老身伴你一床睡,何如?"三巧儿正要问他救急的法儿,应道："甚好。"婆子道："大娘,你先上床,我关了门就来。"三巧儿先脱了衣服,床上去了,叫道："你老人家快睡罢。"婆子应道："就来了。"却在榻上拖陈大郎上来,赤条条的拟在三巧儿床上去②。三巧儿摸着身子,道："你老人家许多年纪,身上恁般光滑!"那人并不回言,钻进被里,就捧着妇人做嘴,妇人还认是婆子,双手相抱。那人蓦地腾身而上,就干起事来。那妇人一则多了杯酒,醉眼朦胧;二则被婆子挑拨,春心飘荡,到此不暇致详③,凭他轻薄。

> 一个是闺中怀春的少妇,一个是客邸慕色的才郎。一个打熬许久,如文君初遇相如④;一个盼望多时,如必正初谐陈女⑤。分明久旱逢甘雨,胜过他乡遇故知。

陈大郎是走过风月场的人,颠鸾倒凤,曲尽其趣,弄得妇人魂不附体。云雨毕后,三巧儿方问道："你是谁?"陈大郎把楼下相逢,如此相慕,如此苦央。薛婆用计,细细说了:"今番得遂平生,便死瞑目。"婆子走到床间,说道:"不是老身大胆,一来可怜大娘青春独宿,二来要救陈郎性命。你两个也是宿世姻缘,非干老身之事。"三巧儿

----

①取灯儿,一端涂有硫磺的松木薄片或细条,用以点火,类似今之火柴。

②拟(sǒng):用力推。

③致详:细究。

④文君、相如:卓文君、司马相如。

⑤必正、陈女:潘必正、陈妙常。传说宋代书生潘必正与道姑陈妙常恋爱,最后结为夫妇。

道:"事已如此,万一我丈夫知觉,怎么好?"婆子道:"此事你知我知,只买定了晴云、暖雪两个丫头,不许他多嘴,再有谁人漏泄? 在老身身上,管成你夜夜欢娱,一些事也没有。只是日后不要忘记了老身。"三巧儿到此,也顾不得许多了,两个又狂荡起来。直到五更鼓绝,天色将明,两个兀自不舍。婆子催促陈大郎起身,送他出门去了。

自此无夜不会,或是婆子同来,或是汉子自来。两个丫鬟被婆子把甜话儿偎他①,又把利害话儿吓他,又教主母赏他几件衣服,汉子到时,不时把些零碎银子赏他们买果儿吃,骗得欢欢喜喜,已自做了一路。夜来明去,一出一入,都是两个丫鬟迎送,全无阻隔。真个是你贪我爱,如胶似漆,胜如夫妇一般。陈大郎有心要结识这妇人,不时的制办好衣服、好首饰送他,又替他还了欠下婆子的一半价钱,又将一百两银子谢了婆子。往来半年有余,这汉子约有千金之费。三巧儿也有三十多两银子东西,送那婆子。婆子只为图这些不义之财,所以肯做牵头②。这都不在话下。

古人云:"天下无不散的筵席。"才过十五元宵夜,又是清明三月天。陈大郎思想蹉跎了多时生意,要得还乡。夜来与妇人说知,两下恩深义重,各不相舍。妇人到情愿收拾了些细软,跟随汉子逃走,去做长久夫妻。陈大郎道:"使不得。我们相交始末,都在薛婆肚里。就是主人家吕公,见我每夜进城,难道没有些疑惑? 况客船上人多,瞒得那个? 两个丫鬟又带去不得。你丈夫回来,跟究出情由③,怎肯干休? 娘子权且耐心,到明年此时,我到此觅个僻静下处,悄悄通个信儿与你,那时两口儿同走,神鬼不觉,却不安稳?"妇人道:"万一你明年不来,如何?"陈大郎就设起誓来。妇人道:"既然你有真心,奴家也决不相负。你若到了家乡,倘有便人,托他梢个书信

①偎:安慰,劝导,哄骗。
②牵头:指为男女之间搞不正当关系牵线搭桥的人。
③跟究:根究。

到薛婆处,也教奴家放意①。"陈大郎道:"我自用心,不消分付。"

又过几日,陈大郎雇下船只,装载粮食完备,又来与妇人作别。这一夜倍加眷恋,两下说一会,哭一会,又狂荡一会,整整的一夜不曾合眼。到五更起身,妇人便去开箱,取出一件宝贝,叫做"珍珠衫",递与陈大郎道:"这件衫儿,是蒋门祖传之物,暑天若穿了他,清凉透骨。此去天道渐热②,正用得着。奴家把与你做个记念,穿了此衫,就如奴家贴体一般。"陈大郎哭得出声不得,软做一堆。妇人就把衫儿亲手与汉子穿下,叫丫鬟开了门户,亲自送他出门。再三珍重而别。诗曰:

> 昔年含泪别夫郎,今日悲啼送所欢。
>
> 堪恨妇人多水性,招来野鸟胜文鸾。

话分两头。却说陈大郎有了这珍珠衫儿,每日贴体穿着,便夜间脱下,也放在被窝中同睡,寸步不离。一路遇了顺风,不两月行到苏州府枫桥地面。那枫桥是柴米牙行聚处,少不得投个主家脱货,不在话下。

忽一日,赴个同乡人的酒席。席上遇个襄阳客人,生得风流标致。那人非别,正是蒋兴哥。原来兴哥在广东贩了些珍珠、玳瑁、苏木、沉香之类③,搭伴起身。那伙同伴商量,都要到苏州发卖。兴哥久闻得"上说天堂,下说苏杭",好个大马头所在④,有心要去走一遍,做这一回买卖,方才回去。还是去年十月中到苏州的。因是隐姓为商,都称为罗小官人,所以陈大郎更不疑惑⑤。他两个萍水相逢,年相若,貌相似,谈吐应对之间,彼此敬慕。即席间问了下处,互相拜望,两下遂成知己,不时会面。

兴哥讨完了客帐,欲待起身,走到陈大郎寓所作别。大郎置酒

---

①放意:放心。

②天道:这里指天气。

③苏木:即苏枋,一种可作红色染料的木材。

④马头:同"码头"。

⑤更不:绝不,一点也不。

相待,促膝谈心,甚是款洽。此时五月下旬,天气炎热。两个解衣饮酒,陈大郎露出珍珠衫来。兴哥心中骇异,又不好认他的,只夸奖此衫之美。陈大郎恃了相知,便问道:"贵县大市街有个蒋兴哥家,罗兄可认得否?"兴哥到也乖巧,回道:"在下出外日多,里中虽晓得有这个人,并不相认,陈兄为何问他?"陈大郎道:"不瞒兄长说,小弟与他有些瓜葛。"便把三巧儿相好之情,告诉了一遍。扯着衫儿看了,眼泪汪汪道:"此衫是他所赠。兄长此去,小弟有封书信,奉烦一寄,明日侵早送到贵寓①。"兴哥口里答应道:"当得,当得。"心下沉吟:"有这等异事! 现在珍珠衫为证,不是个虚话了。"当下如针刺肚,推故不饮,急急起身别去。回到下处,想了又恼,恼了又想,恨不得学个缩地法儿,顷刻到家连夜收拾,次早便上船要行。

只见岸上一个人气呼呼的赶来,却是陈大郎。亲把书信一大包,递与兴哥,叮嘱千万寄去。气得兴哥面如土色,说不得,话不得,死不得,活不得。只等陈大郎去后,把书看时,面上写道:"此书烦寄大市街东巷薛妈妈家。"兴哥性起,一手扯开,却是八尺多长一条桃红绉纱汗巾。又有个纸糊长匣儿,内有羊脂玉凤头簪一根。书上写道:"微物二件,烦干娘转寄心爱娘子三巧儿亲收,聊表记念。相会之期,准在来春。珍重,珍重。"兴哥大怒,把书扯得粉碎,撒在河中,提起玉簪在船板上一掼,折做两段。一念想起道:"我好糊涂! 何不留此做个证见也好。"便检起簪儿和汗巾,做一包收拾,催促开船。急急的赶到家乡,望见了自家门首,不觉堕下泪来。想起:"当初夫妻何等恩爱,只为我贪着蝇头微利,撇他少年守寡,弄出这场丑来,如今悔之何及!"在路上性急,巴不得赶回。及至到了,心中又苦又恨,行一步,懒一步。进得自家门里,少不得忍住了气,勉强相见。兴哥并无言语,三巧儿自己心虚,觉得满脸惭愧,不敢殷勤上前扳话。兴哥搬完了行李,只说去看看丈人丈母,依旧到船上住了一晚。

次早回家,向三巧儿说道:"你的爹娘同时害病,势甚危笃。昨

———————

①侵早:侵晨,天刚亮。

晚我只得住下，看了他一夜。他心中只牵挂着你，欲见一面。我已顾下轿子在门首①，你可作速回去，我也随后就来。"三巧儿见丈夫一夜不回，心里正在疑虑。闻说爹娘有病，却认真了，如何不慌？慌忙把箱笼上匙钥递与丈夫，唤个婆娘跟了，上轿而去。兴哥叫住了婆娘，向袖中摸出一封书来，分付他送与王公："送过书，你便随轿回来。"

　　却说三巧儿回家，见爹娘双双无恙，吃了一惊。王公见女儿不接而回，也自骇然。在婆子手中接书，拆开看时，却是休书一纸。上写道：

　　　　立休书人蒋德，系襄阳府枣阳县人。从幼凭媒聘定王氏为妻。岂期过门之后，本妇多有过失，正合七出之条②。因念夫妻之情，不忍明言，情愿退还本宗，听凭改嫁，并无异言，休书是实。

　　　　成化二年　　月　　日　　　手掌为记③。

书中又包着一条桃红汗巾，一枝打折的羊脂玉凤头簪。王公看了大惊，叫过女儿问其缘故。三巧儿听说丈夫把他休了，一言不发，啼哭起来。王公气忿忿的一径跟到女婿家来，蒋兴哥连忙上前作揖。王公回礼，便问道："贤婿，我女儿是清清白白嫁到你家的，如今有何过失，你便把他休了？须还我个明白。"蒋兴哥道："小婿不好说得，但问令爱便知。"王公道："他只是啼哭，不肯开口，教我肚里好闷！小女从幼聪慧，料不到得犯了淫盗④。若是小小过失，你可也看老汉薄面，恕了他罢。你两个是七八岁上定下的夫妻，完婚后并不曾争论

---

①顾：通"雇"。

②七出之条：古代社会认为妻子犯了七种"过失"之中的一种，丈夫即可将她遗弃，这七种"过失"是：无子、淫佚、不事舅姑（即公婆）、口舌、盗窃、妒忌、恶疾。

③手掌为记：指盖手印。记，印记，印章。本书卷二："（梁尚宾）真个就写了离书，手印，付与田氏。"

④不到得：不至于。

一遍两遍,且是和顺。你如今做客才回,又不曾住过三朝五日,有什么破绽落在你眼里?你直如此狠毒,也被人笑话,说你无情无义。"蒋兴哥道:"丈人在上,小婿也不敢多讲。家下有祖遗下珍珠衫一件,是令爱收藏,只问他如今在否。若在时,半字休题;若不在,只索休怪了①。"王公忙转身回家,问女儿道:"你丈夫只问你讨什么珍珠衫,你端的拿与何人去了②?"那妇人听得说着了他紧要的关目③,羞得满脸通红,开不得口,一发号啕大哭起来,慌得王公没做理会处④。王婆劝道:"你不要只管啼哭,实实的说个真情与爹妈知道,也好与你分剖。"妇人那里肯说,悲悲咽咽,哭一个不住。王公只得把休书和汗巾、簪子,都付与王婆,教他慢慢的偎着女儿,问他个明白。

王公心中纳闷,走到邻家闲话去了。王婆见女儿哭得两眼赤肿,生怕苦坏了他,安慰了几句言语,走往厨房下去暖酒,要与女儿消愁。三巧儿在房中独坐,想着珍珠衫泄漏的缘故,好生难解!这汗巾簪子,又不知那里来的。沉吟了半晌道:"我晓得了。这折簪是镜破钗分之意⑤,这条汗巾,分明教我悬梁自尽。他念夫妻之情,不忍明言,是要全我的廉耻。可怜四年恩爱,一旦决绝,是我做的不是,负了丈夫恩情。便活在人间,料没有个好日,不如缢死,到得干净。"说罢,又哭了一回,把个坐兀子填高⑥,将汗巾兜在梁上,正欲自缢。也是寿数未绝,不曾关上房门。恰好王婆暖得一壶好酒走进房来,见女儿安排这事,急得他手忙脚乱,不放酒壶,便上前去拖拽。不期一脚踢番坐兀子,娘儿两个跌做一团,酒壶都泼翻了。王婆爬起来,扶起女儿,说道:"你好短见!二十多岁的人,一朵花还没有开

---

①只索:只得,只好。

②端的:究竟。

③关目:剧本或故事的情节,引申为紧要或秘密之事。

④没做理会处:没有办法。理会,处理,料理。也作"没理会处"。

⑤镜破钗分:比喻夫妻离散。这里指夫妻离异。

⑥坐兀子:小凳子。兀子,同"杌子"。

足,怎做这没下梢的事①? 莫说你丈夫还有回心转意的日子,便真个休了,恁般容貌,怕没人要你? 少不得别选良姻,图个下半世受用。你且放心过日子去,休得愁闷。"王公回家,知道女儿寻死,也劝了他一番,又嘱付王婆用心提防。过了数日,三巧儿没奈何,也放下了念头。正是:

夫妻本是同林鸟,大限来时各自飞②。

再说蒋兴哥把两条索子,将晴云、暖雪捆缚起来,拷问情由。那丫头初时抵赖,吃打不过,只得从头至尾,细细招将出来。已知都是薛婆勾引,不干他人之事。到明朝,兴哥领了一伙人,赶到薛婆家里,打得他雪片相似,只饶他拆了房子③。薛婆情知自己不是,躲过一边,并没一人敢出头说话。兴哥见他如此,也出了这口气。回去唤个牙婆,将两个丫头都卖了。楼上细软箱笼,大小共十六只,写三十二条封皮,打叉封了,更不开动。这是甚意儿? 只因兴哥夫妇,本是十二分相爱的。虽则一时休了,心中好生痛切。见物思人,何忍开看?

话分两头。却说南京有个吴杰进士,除授广东潮阳县知县④。水路上任,打从襄阳经过。不曾带家小,有心要择一美妾。一路看了多少女子,并不中意。闻得枣阳县王公之女,大有颜色,一县闻名。出五十金财礼,央媒议亲。王公到也乐从,只怕前婿有言,亲到蒋家,与兴哥说知。兴哥并不阻当。临嫁之夜,兴哥顾了人夫,将楼上十六个箱笼,原封不动,连匙钥送到吴知县船上,交割与三巧儿,当个赔嫁。妇人心上到过意不去,傍人晓得这事,也有夸兴哥做人忠厚的,也有笑他痴骏的,还有骂他没志气的,正是人心不同。

闲话休题。再说陈大郎在苏州脱货完了,回到新安,一心只想着三巧儿。朝暮看了这件珍珠衫,长吁短叹。老婆平氏心知这衫儿

---

①下梢:结局,下场。

②大限:迷信的说法,指寿数已尽,注定死亡的时期。

③只饶:只差。

④除授:本是除旧职、授新官的意愿,后只作拜官授职解。

来得跷蹊，等丈夫睡着，悄悄的偷去，藏在天花板上。陈大郎早起要穿时，不见了衫儿，与老婆取讨。平氏那里肯认。急得陈大郎性发，倾箱倒箧的寻个遍，只是不见，便破口骂老婆起来。惹得老婆啼啼哭哭，与他争嚷，闹炒了两三日。陈大郎情怀撩乱，忙忙的收拾银两，带个小郎，再望襄阳旧路而进。

将近枣阳，不期遇了一伙大盗，将本钱尽皆劫去，小郎也被他杀了。陈商眼快，走向船梢舵上伏着，幸免残生。思想还乡不得，且到旧寓住下，待会了三巧儿，与他借些东西，再图恢复。叹了一口气，只得离船上岸。

走到枣阳城外主人吕公家，告诉其事，又道："如今要央卖珠子的薛婆，与一个相识人家借些本钱营运。"吕公道："大郎不知，那婆子为勾引蒋兴哥的浑家，做了些丑事。去年兴哥回来，问浑家讨什么'珍珠衫'。原来浑家赠与情人去了，无言回答。兴哥当时休了浑家回去，如今转嫁与南京吴进士做第二房夫人了。那婆子被蒋家打得个片瓦不留，婆子安身不牢，也搬在隔县去了①。"

陈大郎听得这话，好似一桶冷水没头淋下。这一惊非小，当夜发寒发热，害起病来。这病又是郁症，又是相思症，也带些怯症②，又有些惊症，床上卧了两个多月，翻翻覆覆只是不愈。连累主人家小厮，伏侍得不耐烦。陈大郎心上不安，打熬起精神，写成家书一封。请主人来商议，要觅个便人梢信往家中，取些盘缠，就要个亲人来看觑同回③。这几句正中了主人之意，恰好有个相识的承差④，奉上司公文要往徽宁一路⑤。水陆驿递，极是快的。吕公接了陈大郎书札，又替他应出五钱银子，送与承差，央他乘便寄去。果然的"自行由得

---

①隔县：邻县。

②怯症：痨病。

③看觑：照顾，看望。

④承差：公差，差役。

⑤徽宁：指徽州府和宁国府，治所分别在今安徽的歙县和宣州。

我,官差急如火",不勾几日①,到了新安县。问着陈商家里,送了家书,那承差飞马去了。正是:

> 只为千金书信,又成一段姻缘。

话说平氏拆开家信,果是丈夫笔迹,写道:

> "陈商再拜,贤妻平氏见字:别后襄阳遇盗,劫资杀仆。某受惊患病,见卧旧寓吕家,两月不愈。字到可央一的当亲人②,多带盘缠,速来看视。伏枕草草"。

平氏看了,半信半疑,想道:"前番回家,亏折了千金资本。据这件珍珠衫,一定是邪路上来的。今番又推被盗,多讨盘缠,怕是假话。"又想道:"他要个的当亲人,速来看视,必然病势利害。这话是真,也未可知。如今央谁人去好?"左思右想,放心不下。与父亲平老朝奉商议。收拾起细软家私,带了陈旺夫妇,就请父亲作伴,顾个船只,亲往襄阳看丈夫去。到得京口③,平老朝奉痰火病发,央人送回去了。平氏引着男女,上水前进④。

不一日,来到枣阳城外,问着了旧主人吕家。原来十日前,陈大郎已故了。吕公赔些钱钞,将就入殓。平氏哭倒在地,良久方醒。慌忙换了孝服,再三向吕公说,欲待开棺一见,另买副好棺材,重新殓过。吕公执意不肯。平氏没奈何,只得买木做个外棺包裹,请僧做法事超度,多焚冥资⑤。吕公已自索了他二十两银子谢仪,随他闹炒,并不言语。

过了一月有余,平氏要选个好日子,扶柩而回。吕公见这妇人年少姿色,料是守寡不终,又且囊中有物。思想儿子吕二还没有亲事,何不留住了他,完其好事,可不两便?吕公买酒请了陈旺,央他老婆委曲进言,许以厚谢。陈旺的老婆是个蠢货,那晓得什么委曲?

---

①不勾:不够,不到。

②的当:可靠,合适。

③京口:今江苏镇江。

④上水:向上游航行,逆水。

⑤冥资:冥钞,纸钱。

不顾高低，一直的对主母说了。平氏大怒，把他骂了一顿，连打几个耳光子，连主人家也数落了几句。吕公一场没趣，敢怒而不敢言。正是：

　　　　羊肉馒头没的吃，空教惹得一身骚。

　　吕公便去撺掇陈旺逃走。陈旺也思量没甚好处了，与老婆商议，教他做脚①，里应外合，把银两首饰，偷得罄尽，两口儿连夜走了。吕公明知其情，反埋怨平氏道：不该带这样歹人出来，幸而偷了自家主母的东西，若偷了别家的，可不连累人！又嫌这灵柩碍他生理，教他快些抬去。又道后生寡妇，在此住居不便，催促他起身。平氏被逼不过，只得别赁下一间房子住了。顾人把灵柩移来，安顿在内。这凄凉景象，自不必说。

　　间壁有个张七嫂，为人甚是活动。听得平氏啼哭，时常走来劝解。平氏又时常央他典卖几件衣服用度，极感其意。不勾几月，衣服都典尽了。从小学得一手好针线，思量要到个大户人家，教习女红度日，再作区处②。正与张七嫂商量这话，张七嫂道："老身不好说得，这大户人家，不是你少年人走动的。死的没福自死了，活的还要做人，你后面日子正长哩。终不然做针线娘子得你下半世？况且名声不好，被人看得轻了。还有一件，这个灵柩如何处置，也是你身上一件大事。便出赁房钱，终久是不了之局。"平氏道："奴家也都虑到，只是无计可施了。"张七嫂道："老身到有一策，娘子莫怪我说。你千里离乡，一身孤寡，手中又无半钱，想要搬这灵柩回去，多是虚了。莫说你衣食不周，到底难守；便多守得几时，亦有何益？依老身愚见，莫若趁此青年美貌，寻个好对头③，一夫一妇的随了他去。得些财礼，就买块土来葬了丈夫，你的终身又有所托，可不生死无憾？"平氏见他说得近理，沉吟了一会，叹口气道："罢，罢，奴家卖身葬夫，

---

①做脚：做眼线，做内应，传递消息。
②区处：安排，打算，处理。
③对头：这里指对象、配偶。

傍人也笑我不得。"张七嫂道："娘子若定了主意时，老身现有个主儿在此。年纪与娘子相近，人物齐整，又是大富之家。"平氏道："他既是富家，怕不要二婚的。"张七嫂道："他也是续弦了，原对老身说：不拘头婚二婚，只要人才出众。似娘子这般丰姿，怕不中意？"原来张七嫂曾受蒋兴哥之托，央他访一头好亲。因是前妻三巧儿出色标致，所以如今只要访个美貌的。那平氏容貌，虽不及得三巧儿，论起手脚伶俐，胸中泾渭①，又胜似他。张七嫂次日就进城，与蒋兴哥说了。兴哥闻得是下路人，愈加欢喜。这里平氏分文财礼不要，只要买块好地殡葬丈夫要紧。张七嫂往来回复了几次，两相依允。

话休烦絮。却说平氏送了丈夫灵柩入土，祭奠毕了，大哭一场，免不得起灵除孝。临期，蒋家送衣饰过来，又将他典下的衣服都赎回了。成亲之夜，一般大吹大擂，洞房花烛。正是：

> 规矩熟闲虽旧事，恩情美满胜新婚。

蒋兴哥见平氏举止端庄，甚相敬重。一日，从外而来，平氏正在打叠衣箱，内有珍珠衫一件。兴哥认得了，大惊问道："此衫从何而来？"平氏道："这衫儿来得跷蹊。"便把前夫如此张致②，夫妻如此争嚷，如此赌气分别，述了一遍。又道："前日艰难时，几番欲把他典卖。只愁来历不明，怕惹出是非，不敢露人眼目。连奴家至今，不知这物事那里来的③。"兴哥道："你前夫陈大郎名字，可叫做陈商？可是白净面皮，没有须，左手长指甲的么？"平氏道："正是。"蒋兴哥把舌头一伸，合掌对天道："如此说来，天理昭彰，好怕人也！"平氏问其缘故，蒋兴哥道："这件珍珠衫，原是我家旧物。你丈夫奸骗了我的妻子，得此衫为表记。我在苏州相会，见了此衫，始知其情，回来把王氏休了。谁知你丈夫客死。我今续弦，但闻是徽州陈客之妻，谁知就是陈商！却不是一报还一报！"平氏听罢，毛骨竦然。从此恩情

---

①泾渭：泾渭分明，这里比喻有见识，能分清是非。

②张致：模样，样子，装模作样。

③物事：东西。

愈笃。这才是"蒋兴哥重会珍珠衫"的正话①。诗曰：

> 天理昭昭不可欺，两妻交易孰便宜？
>
> 分明欠债偿他利，百岁姻缘暂换时。

再说蒋兴哥有了管家娘子，一年之后，又往广东做买卖。也是合当有事。一日到合浦县贩珠，价都讲定。主人家老儿只拣一粒绝大的偷过了，再不承认。兴哥不忿，一把扯他袖子要搜。何期去得势重，将老儿拖翻在地，跌下便不做声。忙去扶时，气已断了。儿女亲邻，哭的哭，叫的叫，一阵的簇拥将来，把兴哥捉住。不由分说，痛打一顿，关在空房里。连夜写了状词，只等天明，县主早堂②，连人进状。县主准了，因这日有公事，分付把凶身锁押，次日候审。

你道这县主是谁？姓吴名杰，南畿进士③，正是三巧儿的晚老公。初选原在潮阳，上司因见他清廉，调在这合浦县采珠的所在来做官。是夜，吴杰在灯下将准过的状词细阅。三巧儿正在傍边闲看，偶见宋福所告人命一词，凶身罗德，枣阳县客人，不是蒋兴哥是谁？想起旧日恩情，不觉痛酸，哭告丈夫道："这罗德是贱妾的亲哥，出嗣在母舅罗家的。不期客边，犯此大辟④。官人可看妾之面，救他一命还乡。"县主道："且看临审如何。若人命果真，教我也难宽宥。"三巧儿两眼嚯泪，跪下苦苦哀求。县主道："你且莫忙，我自有道理。"明早出堂，三巧儿又扯住县主衣袖哭道："若哥哥无救，贱妾亦当自尽，不能相见了。"

当日，县主升堂，第一就问这起。只见宋福、宋寿弟兄两个，哭啼啼的与父亲执命⑤，禀道："因争珠怀恨，登时打闷，仆地身死⑥。望

---

①正话：正题，正文。话本小说一般由题目、入话、正话和篇尾四部分组成。

②早堂：即"早衙"。旧时官府早晚两次办公，早晨的一次称"早衙"或"早堂"。

③南畿：南都，明代指南京。

④大辟：死刑。

⑤执命：要求追查凶手偿命。

⑥仆地：倒在地上。

爷爷做主。"县主问众干证口词①，也有说打倒的，也有说推跌的。蒋兴哥辩道："他父亲偷了小人的珠子，小人不忿，与他争论。他因年老脚蹉②，自家跌死，不干小人之事。"县主问宋福道："你父亲几岁了？"宋福道："六十七岁了。"县主道："老年人容易昏绝，未必是打。"宋福、宋寿坚执是打死的。县主道："有伤无伤，须凭检验。既说打死，将尸发在漏泽园去③，俟晚堂听检。"原来宋家也是个大户，有体面的。老儿曾当过里长，儿子怎肯把父亲在尸场剔骨？两个双双叩头道："父亲死状，众目共见，只求爷爷到小人家里相验，不愿发检。"县主道："若不见贴骨伤痕，凶身怎肯伏罪？没有尸格④，如何申得上司过？"弟兄两个只是求告。县主发怒道："你既不愿检，我也难问。"慌的他弟兄两个连连叩头道："但凭爷爷明断。"县主道："望七之人⑤，死是本等⑥。倘或不因打死，屈害了一个平人⑦，反增死者罪过。就是你做儿子的，巴得父亲到许多年纪，又把个不得善终的恶名与他，心中何忍？但打死是假，推仆是真，若不重罚罗德，也难出你的气。我如今教他披麻戴孝，与亲儿一般行礼，一应殡殓之费，都要他支持⑧。你可服么？"弟兄两个道："爷爷分付，小人敢不遵依。"兴哥见县主不用刑罚，断得干净，喜出望外。当下原、被告都叩头称谢。县主道："我也不写审单⑨，着差人押出，待事完回话，把原词与你销讫便了⑩。"正是：

公堂造业真容易，要积阴功亦不难。

---

①干证：有关证人。口词：口供，口述的证词。

②脚蹉（cuò）：脚下疏忽，失脚。蹉，疏忽，闪失。

③漏泽园：官设的坟地，供家贫无葬地者安葬。这里指验尸之所。

④尸格：验尸的表格。

⑤望七：将近七十岁。

⑥本等：分内应有之事或应得之物。这里指自然之事。

⑦平人：无罪之人，平民。

⑧支持：开支，供应。

⑨审单：判决书。

⑩原词：原状。词，讼词，诉状。

试看今朝吴大尹①，解冤释罪两家欢。

却说三巧儿自丈夫出堂之后，如坐针毡，一闻得退衙，便迎住问个消息。县主道："我如此如此断了，看你之面，一板也不曾责他。"三巧儿千恩万谢，又道："妾与哥哥久别，渴思一会，问取爹娘消息。官人如何做个方便，使妾兄妹相见，此恩不小。"县主道："这也容易。"看官们，你道三巧儿被蒋兴哥休了，恩断义绝，如何恁地用情？他夫妇原是十分恩爱的，因三巧儿做下不是，兴哥不得已而休之，心中兀自不忍，所以改嫁之夜，把十六只箱笼，完完全全的赠他。只这一件，三巧儿的心肠，也不容得软了。今日他身处富贵，见兴哥落难，如何不救？这叫做知恩报恩。

再说蒋兴哥遵了县主所断，着实小心尽礼，更不惜费，宋家弟兄都没话了。丧葬事毕，差人押到县中回复。县主唤进私衙赐坐，说道："尊舅这场官司，若非令妹再三哀恳，下官几乎得罪了。"兴哥不解其故，回答不出。少停茶罢，县主请入内书房，教小夫人出来相见。你道这番意外相逢，不像个梦景么？他两个也不行礼，也不讲话，紧紧的你我相抱，放声大哭。就是哭爹哭娘，从没见这般哀惨，连县主在傍，好生不忍，便道："你两人且莫悲伤，我看你不像哥妹，快说真情，下官有处。"两个哭得半休不休的，那个肯说？却被县主盘问不过，三巧儿只得跪下，说道："贱妾罪当万死，此人乃妾之前夫也。"蒋兴哥料瞒不得，也跪下来，将从前恩爱，及休妻再嫁之事，一一诉知。说罢，两人又哭做一团，连吴知县也堕泪不止，道："你两人如此相恋，下官何忍拆开。幸然在此三年，不曾生育，即刻领去完聚。"两个插烛也似拜谢。

县主即忙讨个小轿，送三巧儿出衙；又唤集人夫，把原来赔嫁的十六个箱笼抬去，都教兴哥收领；又差典吏一员②，护送他夫妇出境。此乃吴知县之厚德。正是：

①大尹：对知府、知县的称呼。
②典吏：吏员的通称。司、道、府、州、县的吏员都叫典吏。

珠还合浦重生采①,剑合丰城倍有神②。

堪羡吴公存厚道,贪财好色竟何人!

此人向来艰子③,后行取到吏部④,在北京纳宠⑤,连生三子,科第不绝,人都说阴德之报,这是后话。

再说蒋兴哥带了三巧儿回家,与平氏相见。论起初婚,王氏在前,只因休了一番,这平氏到是明媒正娶,又且平氏年长一岁,让平氏为正房,王氏反做偏房,两个姊妹相称。从此一夫二妇,团圆到老。有诗为证:

恩爱夫妻虽到头,妻还作妾亦堪羞。

殃祥果报无虚谬⑥,咫尺青天莫远求。

---

①珠还合浦:比喻失而复得或去而复还。东汉时传说,合浦郡海中产珍珠,因历任官吏贪求无厌,珍珠渐渐转移他处。后孟尝为太守,革除前弊,珠乃复还。

②剑合丰城:比喻重逢。传说晋代张华望见丰城有剑气,乃以雷焕为丰城令,雷掘得双剑,一送张,一自佩。二人死后,双剑入延平津复合,化为二龙。

③艰子:不生儿子。

④行取:明代制度,州县官有政绩者经地方长官保举,由吏部行文调取至京,通过考选,补授科道或部属官职,或奉旨召见,叫做行取。

⑤纳宠:纳妾。

⑥殃祥果报:恶有恶报,善有善报。殃祥,祸福。果报,因果报应。

第二卷

陈御史巧勘金钗钿

世事番腾似转轮，眼前凶吉未为真。

请看久久分明应，天道何曾负善人。

闻得老郎们相传的说话①，不记得何州甚县，单说有一人，姓金，名孝，年长未娶。家中只有个老母，自家卖油为生。一日，挑了油担出门，中途因里急②，走上茅厕大解，拾得一个布裹肚③，内有一包银子，约莫有三十两。金孝不胜欢喜，便转担回家，对老娘说道："我今日造化，拾得许多银子。"老娘看见，到吃了一惊道："你莫非做下歹事偷来的么？"金孝道："我几曾偷惯了别人的东西④？却恁般说。早是邻舍不曾听得哩⑤。这裹肚，其实不知什么人遗失在茅坑旁边，喜得我先看见了，拾取回来。我们做穷经纪的人，容易得这主大财⑥？明日烧个利市⑦，把来做贩油的本钱，不强似赊别人的油卖？"老娘道："我儿，常言道贫富皆由命。你若命该享用，不生在挑油担的人家来了。依我看来，这银子虽非是你设心谋得来的⑧，也不是你辛苦挣来的，只怕无功受禄，反受其殃。这银子，不知是本地人的，远方

---

①老郎：这里是艺人们对本行中前辈的称呼。说话：话本，说话人讲说的故事。

②里急：急着想大便。

③裹肚：这里指围在腰间的带子，上面有口袋可装钱物。

④几曾：何曾。

⑤早是：幸而，幸亏。

⑥主：量词，用于钱财。也作"注"。

⑦烧利市：烧纸祭神，以求吉利或感谢神明的保佑。利市，本指买卖顺利的预兆，泛指吉利。

⑧设心：存心，有意。

客人的？又不知是自家的，或是借贷来的？一时间失脱了，抓寻不见，这一场烦恼非小，连性命都失图了①，也不可知。曾闻古人裴度还带积德②，你今日原到拾银之处，看有甚人来寻，便引来还他原物，也是一番阴德，皇天必不负你。"

金孝是个本分的人，被老娘教训了一场，连声应道："说得是，说得是！"放下银包裹肚，跑到那茅厕边去。只见闹嚷嚷的一丛人围着一个汉子，那汉子气忿忿的叫天叫地。金孝上前问其缘故。原来那汉子是他方客人，因登东③，解脱了裹肚，失了银子，找寻不见。只道卸下茅坑，唤几个泼皮来，正要下去淘摸。街上人都拥着闲看。金孝便问客人道："你银子有多少？"客人胡乱应道："有四五十两。"金孝老实，便道："可有个白布裹肚么？"客人一把扯住金孝，道："正是，正是！是你拾着？还了我，情愿出赏钱！"众人中有快嘴的便道："依着道理，平半分也是该的。"金孝道："真个是我拾得，放在家里，你只随我去便有。"众人都想道："拾得钱财，巴不得瞒过了人。那曾见这个人到去寻主儿还他？也是异事。"金孝和客人动身时，这伙人一哄都跟了去。

金孝到了家中，双手儿捧出裹肚，交还客人。客人检出银包看时，晓得原物不动。只怕金孝要他出赏钱，又怕众人乔主张他平分④，反使欺心，赖着金孝，道："我的银子，原说有四五十两，如今只剩得这些，你匿过一半了，可将来还我！"金孝道："我才拾得回来，就被老娘逼我出门，寻访原主还他，何曾动你分毫？"那客人赖定短少了他的银两。金孝负屈忿恨，一个头肘子撞去，那客人力大，把金孝一把头发提起，像只小鸡一般，放番在地，捻着拳头便要打。引得金

---

①失图：丧失。

②裴度还带积德：本书第九卷《裴晋公义还原配》中有此故事，可参看。

③登东：上厕所。

④乔主张：局外人不经当事人同意而代为作主，乱出主意。

孝七十岁的老娘,也奔出门前叫屈。众人都有些不平,似杀阵般嚷将起来①。恰好县尹相公在这街上过去②,听得喧嚷,歇了轿,分付做公的拿来审问。众人怕事的,四散走开去了;也有几个大胆的,站在傍边看县尹相公怎生断这公事。

　　却说做公的将客人和金孝母子拿到县尹面前,当街跪下,各诉其情。一边道:"他拾了小人的银子,藏过一半不还。"一边道:"小人听了母亲言语,好意还他,他反来图赖小人。"县尹问众人:"谁做证见?"众人都上前禀道:"那客人脱了银子,正在茅厕边抓寻不着,却是金孝自走来承认了,引他回去还他。这是小人们众目共睹。只银子数目多少,小人不知。"县令道:"你两下不须争嚷,我自有道理。"教做公的带那一干人到县来。县尹升堂,众人跪在下面。县尹教取裹肚和银子上来,分付库吏,把银子兑准回复③。库吏复道:"有三十两。"县主又问客人道:"你银子是许多④?"客人道:"五十两。"县主道:"你看见他拾取的,还是他自家承认的?"客人道:"实是他亲口承认的。"县主道:"他若是要赖你的银子,何不全包都拿了?却止藏一半,又自家招认出来?他不招认,你如何晓得?可见他没有赖银之情了。你失的银子是五十两,他拾的是三十两,这银子不是你的,必然另是一个人失落的。"客人道:"这银子实是小人的,小人情愿只领这三十两去罢。"县尹道:"数目不同,如何冒认得去?这银两合断与金孝领去,奉养母亲;你的五十两,自去抓寻。"金孝得了银子,千恩万谢的扶着老娘去了。那客人已经官断,如何敢争?只得含羞噙泪而去。众人无不称快。这叫做:

　　　　欲图他人,翻失自己。自己羞惭,他人欢喜。

　　看官,今日听我说"金钗钿"这桩奇事。有老婆的翻没了老婆,没老婆的翻得了老婆。只如金孝和客人两个,图银子的翻失了银

---

①杀阵:对阵厮杀。

②县尹:县令,一县的长官。相公:这里是对官员的尊称。

③兑:用天平称金银。

④许多:多少。

子,不要银子的翻得了银子。事迹虽异,天理则同。

却说江西赣州府石城县,有个鲁廉宪①,一生为官清介,并不要钱,人都称为"鲁白水"。那鲁廉宪与同县顾金事累世通家②。鲁家一子,双名学曾,顾家一女,小名阿秀,两下面约为婚,来往间亲家相呼,非止一日。因鲁奶奶病故③,廉宪携着孩儿在于任所,一向迁延,不曾行得大礼。谁知廉宪在任,一病身亡。学曾扶枢回家,守制三年,家事愈加消乏,止存下几间破房子,连口食都不周了。顾金事见女婿穷得不像样,遂有悔亲之意,与夫人孟氏商议道:"鲁家一贫如洗,眼见得六礼难备,婚娶无期。不若别求良姻,庶不误女儿终身之托。"孟夫人道:"鲁家虽然穷了,从幼许下的亲事,将何辞以绝之?"顾金事道:"如今只差人去说男长女大,催他行礼。两边都是宦家,各有体面,说不得'没有'两个字,也要出得他的门,入的我的户。那穷鬼自知无力,必然情愿退亲。我就要了他休书,却不一刀两断?"孟夫人道:"我家阿秀性子有些古怪,只怕他到不肯。"顾金事道:"在家从父,这也由不得他,你只慢慢的劝他便了。"当下孟夫人走到女儿房中,说知此情。阿秀道:"妇人之义,从一而终;婚姻论财,夷虏之道。爹爹如此欺贫重富,全没人伦,决难从命。"孟夫人道:"如今爹去催鲁家行礼,他若行不起礼,倒愿退亲,你只索罢休。"阿秀道:"说那里话!若鲁家贫不能聘,孩儿情愿守志终身④,决不改适。当初钱玉莲投江全节⑤,留名万古。爹爹若是见逼,孩儿就拼却一命,

①廉宪:廉访使的俗称。廉访使是宋、元时代的官名,主管监察事务。明代叫提刑按察使,掌一省刑狱监察之事。

②金事:官名。元代廉访使、明代监察使之下设有金事。明代都督府等也设金事。通家:世交,世代有交谊之家。

③奶奶:这里是对夫人、太太的一种称呼。

④守志:女子不改嫁。

⑤钱玉莲投江全节:传说宋代钱玉莲违背继母孙氏之意,许嫁王十朋。后王十朋贬官在外,孙氏设计强迫玉莲改嫁自己的侄子,玉莲不从,抱石投江,为人所救。戏曲《荆钗记》演此故事。

亦有何难!"孟夫人见女执性①,又苦他②,又怜他,心生一计:除非瞒过金事,密地唤鲁公子来,助他些东西,教他作速行聘,方成其美。

忽一日,顾金事往东庄收租,有好几日担阁。孟夫人与女儿商量停当了,唤园公老欧到来。夫人当面分付,教他去请鲁公子后门相会,如此如此,"不可泄漏,我自有重赏。"老园公领命,来到鲁家。但见:

> 门如败寺,屋似破窑。窗槅离披③,一任风声开闭;厨房冷落,绝无烟气蒸腾。颓墙漏瓦权栖足,只怕雨来;旧椅破床便当柴,也少火力。尽说宦家门户倒,谁怜清吏子孙贫?

说不尽鲁家穷处。

却说鲁学曾有个姑娘④,嫁在梁家,离城将有十里之地。姑夫已死,止存一子梁尚宾,新娶得一房好娘子,三口儿一处过活,家道粗足。这一日,鲁公子恰好到他家借米去了,只有个烧火的白发婆婆在家。老管家只得传了夫人之命,教他作速寄信去请公子回来:"此是夫人美情,趁这几日老爷不在家中,专等专等,不可失信。"嘱罢自去了。这里老婆子想道:此事不可迟缓,也不好转托他人传话。当初奶奶存日,曾跟到姑娘家去,有些影像在肚里。当下嘱付邻人看门,一步一跌的问到梁家。梁妈妈正留着侄儿在房中吃饭。婆子向前相见,把老园公言语细细述了。姑娘道:"此是美事!"撺掇侄儿快去。

鲁公子心中不胜欢喜,只是身上蓝缕,不好见得岳母,要与表兄梁尚宾借件衣服遮丑。原来梁尚宾是个不守本分的歹人,早打下欺心草稿,便答应道:"衣服自有,只是今日进城,天色已晚了。宦家门墙,不知深浅,令岳母夫人虽然有话,众人未必尽知,去时也须仔细。凭着愚见,还屈贤弟在此草榻,明日只可早往,不可晚行。"鲁公子

---

①执性:固执,任性。

②苦:恨,嫌,不满。

③离披:形容散乱的样子。

④姑娘:姑母。

道："哥哥说得是。"梁尚宾道："愚兄还要到东村一个人家,商量一件小事,回来再得奉陪。"又嘱付梁妈妈道："婆子走路辛苦,一发留他过宿①,明日去罢。"妈妈也只道孩儿是个好意,真个把两人都留住了。谁知他是个奸计,只怕婆子回去时,那边老园公又来相请,露出鲁公子不曾回家的消息,自己不好去打脱冒了②。正是:

欺天行当人难识③,立地机关鬼不知。

梁尚宾背却公子,换了一套新衣,悄地出门,径投城中顾金事家来。

却说孟夫人是晚教老园公开了园门伺候。看看日落西山,黑影里只见一个后生,身上穿得齐齐整整,脚儿走得慌慌张张,望着园门欲进不进的。老园公问道："郎君可是鲁公子么?"梁尚宾连忙鞠个躬应道："在下正是。因老夫人见召,特地到此,望乞通报。"老园公慌忙请到亭子中暂住,急急的进去报与夫人。孟夫人就差个管家婆出来传话："请公子到内室相见。"才下得亭子,又有两个丫鬟,提着两碗纱灯来接。弯弯曲曲行过多少房子,忽见朱楼画阁,方是内室。孟夫人揭起朱帘,秉烛而待。那梁尚宾一来是个小家出身,不曾见恁般富贵样子;二来是个村郎④,不通文墨;三来自知假货,终是怀着个鬼胎,意气不甚舒展。上前相见时,跪拜应答,眼见得礼貌粗疏,语言涩滞。孟夫人心下想道："好怪! 全不像宦家子弟。"一念又想道："常言人贫智短,他恁地贫困,如何怪得他失张失智⑤?"转了第二个念头,心下愈加可怜起来。

茶罢,夫人分付忙排夜饭,就请小姐出来相见。阿秀初时不肯,被母亲逼了两三次,想着："父亲有赖婚之意,万一如此,今宵便是永诀。若得见亲夫一面,死亦甘心。"当下离了绣阁,含羞而出。孟夫

---

①一发:索性,干脆。

②打脱冒:冒充,假冒。

③行当:这里是勾当的意思。常指坏事。

④村郎:村夫,粗人。

⑤失张失智:举止失措,忐忑不安。

人道："我儿过来见了公子，只行小礼罢。"假公子朝上连作两个揖，阿秀也福了两福，便要回步。夫人道："既是夫妻，何妨同坐？"便教他在自己肩下坐了。假公子两眼只瞧那小姐，见他生得端丽，骨髓里都发痒起来。这里阿秀只道见了真丈夫，低头无语，满腹恓惶，只饶得哭下一场。正是：真假不同，心肠各别。少顷，饮馔已到，夫人教排做两桌，上面一桌请公子坐，打横一桌娘儿两个同坐。夫人道："今日仓卒奉邀，只欲周旋公子姻事，殊不成礼，休怪休怪！"假公子刚刚谢得个"打搅"二字，面皮都急得通红了。席间，夫人把女儿守志一事，略叙一叙。假公子应了一句，缩了半句。夫人也只认他害羞，全不为怪。那假公子在席上自觉局促，本是能饮的，只推量窄，夫人也不强他。又坐了一回，夫人分付收拾铺陈在东厢下，留公子过夜。假公子也假意作别要行。夫人道："彼此至亲，何拘形迹？我母子还有至言相告。"假公子心中暗喜。只见丫鬟来禀："东厢内铺设已完，请公子安置。"假公子作揖谢酒，丫鬟掌灯送到东厢去了。

　　夫人唤女儿进房，赶去侍婢，开了箱笼，取出私房银子八十两，又银杯二对，金首饰一十六件，约值百金，一手交付女儿，说道："做娘的手中只有这些，你可亲去交与公子，助他行聘完婚之费。"阿秀道："羞答答如何好去？"夫人道："我儿，礼有经权①，事有缓急。如今尴尬之际②，不是你亲去嘱付，把夫妻之情打动他，他如何肯上紧？穷孩子不知世事，倘或与外人商量，被人哄诱，把东西一时花了，不枉了做娘的一片用心？那时悔之何及！这东西也要你袖里藏去，不可露人眼目。"阿秀听了这一班道理，只得依允，便道："娘，我怎好自去？"夫人道："我教管家婆跟你去。"当下唤管家婆来到，分付他只等夜深，密地送小姐到东厢，与公子叙话。又附耳道："送到时，你只在门外等候，省得两下碍眼，不好交谈。"管家婆已会其意了。

　　再说假公子独坐在东厢，明知有个蹊跷缘故，只是不睡。果然，

---

　　①经权：经指常规，权指权宜、变通。
　　②尴尬：处境困难，事情棘手。

一更之后，管家婆捱门而进，报道："小姐自来相会。"假公子慌忙迎接，重新叙礼。有这等事，那假公子在夫人前一个字也讲不出，及至见了小姐，偏会温存絮话！这里小姐起初害羞，遮遮掩掩，今番背却夫人，一般也老落起来①。两个你问我答，叙了半晌。阿秀话出衷肠，不觉两泪交流。那假公子也装出捶胸叹气，揩眼泪缩鼻涕，许多丑态。又假意解劝小姐，抱持绰趣②，尽他受用。管家婆在房门外听见两下悲泣，连累他也恓惶，堕下几点泪来。谁知一边是真，一边是假。阿秀在袖中摸出银两首饰，递与假公子，再三嘱付，自不必说。假公子收过了，便一手抱住小姐把灯儿吹灭，苦苦求欢。阿秀怕声张起来，被丫鬟们听见了，坏了大事，只得勉从。有人作《如梦令》词云：

> 可惜名花一朵，绣幕深闺藏护。不遇探花郎，抖被狂蜂残破③。错误，错误！怨杀东风分付④。

常言："事不三思，终有后悔。"孟夫人要私赠公子，玉成亲事，这是锦片的一团美意，也是天大的一桩事情，如何不教老园公亲见公子一面？及至假公子到来，只合当面嘱付一番，把东西赠他，再教老园公送他回去，看个下落，万无一失。千不合，万不合，教女儿出来相见，又教女儿自往东厢叙话。这分明放一条方便路，如何不做出事来？莫说是假的，就是真的，也使不得，枉做了一世牵扳的话柄⑤。这也算做姑息之爱，反害了女儿的终身。

闲话休题。且说假公子得了便宜，放松那小姐去了。五鼓时，夫人教丫鬟催促起身梳洗，用些茶汤点心之类。又嘱付道："拙夫不久便回，贤婿早做准备，休得怠慢。"假公子别了夫人，出了后花园

---

①老落：老练。

②绰趣：取乐。

③抖：抖然，突然。

④东风分付：意思是东风让春天到来。古人诗词中常用此语喻指春天。

⑤牵扳：互相指摘对方的不是。这里作不是、过失解。

门，一头走一头想道："我白白里骗了一个宦家闺女，又得了许多财帛，不曾露出马脚，万分侥幸。只是今日鲁家又来，不为全美。听得说顾金事不久便回，我如今再担阁他一日，待明日才放他去。若得顾金事回来，他便不敢去了，这事就十分干净了。"计较已定，走到个酒店上自饮三杯，吃饱了肚里，直延捱到午后，方才回家。

鲁公子正等得不耐烦，只为没有衣服，转身不得。姑娘也焦燥起来，教庄家往东村寻取儿子，并无踪迹。走向媳妇田氏房前问道："儿子衣服有么?"田氏道："他自己检在箱里，不曾留得钥匙。"原来田氏是东村田贡元的女儿①，到有十分颜色，又且通书达礼。田贡元原是石城县中有名的一个豪杰，只为一个有司官与他做对头②，要下手害他，却是梁尚宾的父亲与他舅子鲁廉宪说了，廉宪也素闻其名，替他极口分辨，得免其祸。因感激梁家之恩，把这女儿许他为媳。那田氏像了父亲，也带三分侠气，见丈夫是个蠢货，又且不干好事，心下每每不悦，开口只叫做"村郎"。以此夫妇两不和顺，连衣服之类，都是那"村郎"自家收拾，老婆不去管他。

却说姑侄两个正在心焦，只见梁尚宾满脸春色回家。老娘便骂道："兄弟在此专等你的衣服，你却在那里噇酒③，整夜不归? 又没寻你去处④!"梁尚宾不回娘语，一径到自己房中，把袖里东西都藏过了，才出来对鲁公子道："偶为小事缠住身子，担阁了表弟一日，休怪休怪! 今日天色又晚了，明日回宅罢。"老娘骂道："你只顾把件衣服借与做兄弟的，等他自己干正务，管他今日明日!"鲁公子道："不但衣服，连鞋袜都要告借。"梁尚宾道："有一双青段子鞋在间壁皮匠家允底⑤，今晚催来，明日早奉穿去。"鲁公子没奈何，只得又住了一宿。

---

①贡元:许政扬注："对贡生的一种尊称。"明代生员(秀才)经府、县选送入国子监读书者，叫贡生。

②有司官:有司的口语说法，有司就是官吏。

③噇(chuáng):毫无节制地吃喝。

④去处:地方，处所。

⑤允(zhǎng)底:上鞋底。

到明朝,梁尚宾只推头疼,又睡个日高三丈,早饭都吃过了,方才起身。把道袍、鞋、袜慢慢的逐件搬将出来,无非要延捱时刻,误其美事。鲁公子不敢就穿,又借个包袱儿包好,付与老婆子拿了。姑娘收拾一包白米和些瓜菜之类,唤个庄客送公子回去,又嘱付道:"若亲事就绪,可来回复我一声,省得我牵挂。"鲁公子作揖转身,梁尚宾相送一步,又说道:"兄弟,你此去须是仔细,不知他意儿好歹,真假何如。依我说,不如只往前门硬挺着身子进去,怕不是他亲女婿,赶你出来? 又且他家差老园公请你,有凭有据,须不是你自轻自贱①。他有好意,自然相请;若是翻转脸来,你拚得与他诉落一场②,也教街坊上人晓得。倘到后园旷野之地,被他暗算,你却没个退步。"鲁公子又道:"哥哥说得是。"正是:

　　　　背后害他当面好,有心人对没心人。

鲁公子回到家里,将衣服鞋袜装扮起来。只有头巾分寸不对③,不曾借得。把旧的脱将下来,用清水摆净④,教婆子在邻舍家借个熨斗,吹些火来熨得直直的,有些磨坏的去处,再把些饭儿粘得硬硬的,墨儿涂得黑黑的。只是这顶巾,也弄了一个多时辰,左带右带,只怕不正。教婆子看得件件停当了,方才移步径投顾金事家来。门公认是生客,回道:"老爷东庄去了。"鲁公子终是宦家的子弟,不慌不忙的说道:"可通报老夫人,说道鲁某在此。"门公方知是鲁公子,却不晓得来情,便道:"老爷不在家,小人不敢乱传。"鲁公子道:"老夫人有命,唤我到来,你去通报自知,须不连累你们⑤。"门公传话进去,禀说:"鲁公子在外要见,还是留他进来,还是辞他?"

孟夫人听说,吃了一惊,想:"他前日去得,如何又来? 且请到正

---

①须不是:肯定不是,本不是。

②诉落:数落,争辩。

③头巾:古人裹头的织品,特指读书人戴的儒巾。

④摆:投洗,漂洗。

⑤须不:必不,定不。

厅坐下。"先教管家婆出去,问他有何话说。管家婆出来瞧了一瞧,慌忙转身进去,对老夫人道:"这公子是假的,不是前夜的脸儿。前夜是胖胖儿的,黑黑儿的;如今是白白儿的,瘦瘦儿的。"夫人不信道:"有这等事!"亲到后堂,从帘内张看,果然不是了。孟夫人心上委决不下,教管家婆出去,细细把家事盘问,他答来一字无差。孟夫人初见假公子之时,心中原有些疑惑;今番的人才清秀,语言文雅,倒像真公子的样子。再问他今日为何而来,答道:"前蒙老园公传语呼唤,因鲁某羁滞乡间,今早才回,特来参谒,望恕迟误之罪。"夫人道:"这是真情无疑了。只不知前夜打脱冒的冤家,又是那里来的?"慌忙转身进房,与女儿说其缘故,又道:"这都是做爹的不存天理,害你如此悔之不及! 幸而没人知道,往事不须题起了。如今女婿在外,是我特地请来的,无物相赠,如之奈何?"正是:

> 只因一着错,满盘都是空。

阿秀听罢,呆了半晌。那时一肚子情怀,好难描写:说慌又不是慌,说羞又不是羞,说恼又不是恼,说苦又不是苦,分明似乱针刺体,痛痒难言。喜得他志气过人,早有了三分主意,便道:"母亲且与他相见,我自有道理。"

孟夫人依了女儿言语,出厅来相见公子。公子掇一把校椅朝上放下①:"请岳母大人上坐,待小婿鲁某拜见。"孟夫人谦让了一回,从傍站立,受了两拜,便教管家婆扶起看坐②。公子道:"鲁某只为家贫,有缺礼数。蒙岳母大人不弃,此恩生死不忘。"夫人自觉惶愧,无言可答。忙教管家婆把厅门掩上,请小姐出来相见。阿秀站住帘内,如何肯移步! 只教管家婆传语道:"公子不该担阁乡间,负了我母子一片美意。"公子推故道:"某因患病乡间,有失奔趋。今方践约,如何便说相负?"阿秀在帘内回道:"三日以前,此身是公子之身,

---

①校椅:同"交椅"。古代的一种椅子,腿交叉,可折叠。
②看坐:让座,请客人入坐。

今迟了三日,不堪伏侍巾栉①,有玷清门。便是金帛之类,亦不能相助了。所存金钗二股,金钿一对,聊表寸意。公子宜别选良姻,休得以妾为念。"管家婆将两般首饰递与公子,公子还疑是悔亲的说话,那里肯收。阿秀又道:"公子但留下,不久自有分晓。公子请快转身,留此无益!"说罢,只听得哽哽咽咽的哭了进去。鲁学曾愈加疑惑,向夫人发作道:"小婿虽贫,非为这两件首饰而来。今日小姐似有决绝之意,老夫人如何不出一语? 既如此相待,又呼唤鲁某则甚?"夫人道:"我母子并无异心。只为公子来迟,不将姻事为重,所以小女心中愤怨,公子休得多疑。"鲁学曾只是不信,叙起父亲存日许多情分,"如今一死一生,一贫一富,就忍得改变了? 鲁某只靠得岳母一人做主,如何三日后,也生退悔之心了?"劳劳叨叨的说个不休。

孟夫人有口难辨,倒被他缠住身子,不好动身。忽听得里面乱将起来,丫鬟气喘喘的奔来报道:"奶奶,不好了! 快来救小姐!"吓得孟夫人一身冷汗,巴不得再添两只脚在肚下,管家婆扶着左腋,跑到绣阁,只见女儿将罗帕一幅,缢死在床上。急急解救时,气已绝了,叫唤不醒,满房人都哭起来。鲁公子听小姐缢死,还道是做成的圈套,撵他出门②,兀自在厅中嚷刮③。孟夫人忍着疼痛,传话请公子进来。公子来到绣阁,只见牙床锦被上,直挺挺躺着个死小姐。夫人哭道:"贤婿,你今番认一认妻子。"公子当下如万箭攒心,放声大哭。夫人道:"贤婿,此处非你久停之所,怕惹出是非,贻累不小,快请回罢。"教管家婆将两般首饰,纳在公子袖中,送他出去。鲁公子无可奈何,只得挹泪出门去了。

这里孟夫人一面安排入殓,一面东庄去报顾金事回来。只说女儿不愿停婚,自缢身死。顾金事懊悔不迭,哭了一场,安排成丧出殡

①巾栉(zhì):洗沐用具,巾用以拭手,栉用以梳发。古时以侍巾栉为作妻子的谦词。

②撵(niǎn):撵,驱逐。

③嚷刮:吵嚷,喊叫。

不题。后人有诗赞阿秀云：

　　　死生一诺重千金，谁料奸谋祸阱深？
　　　三尺红罗报夫主，始知污体不污心。

　　却说鲁公子回家看了金钗钿，哭一回，叹一回，疑一回，又解一回，正不知什么缘故，也只是自家命薄所致耳。过了一晚，次日把借来的衣服鞋袜，依旧包好，亲到姑娘家去送还。梁尚宾晓得公子到来，到躲了出去。公子见了姑娘，说起小姐缢死一事，梁妈妈连声感叹，留公子酒饭去了。

　　梁尚宾回来，问道："方才表弟到此，说曾到顾家去不曾？"梁妈妈道："昨日去的。不知甚么缘故，那小姐嗔怪他来迟三日，自缢而死。"梁尚宾不觉失口叫声："呵呀，可惜好个标致小姐！"梁妈妈道："你那里见来？"梁尚宾遮掩不来，只得把自己打脱冒事，述了一遍。梁妈妈大惊，骂道："没天理的禽兽，做出这样勾当！你这房亲事还亏母舅作成你的。你今日恩将仇报，反去破坏了做兄弟的姻缘，又害了顾小姐一命，汝心何安？"千禽兽，万禽兽，骂得梁尚宾开口不得。走到自己房中，田氏闭了房门，在里面骂道："你这样不义之人，不久自有天报，休想善终！从今你自你，我自我，休得来连累人！"梁尚宾一肚气，正没出处，又被老婆诉说。一脚跌开房门①，揪了老婆头发便打。又是梁妈妈走来，喝了儿子出去。田氏捶胸大哭，要死要活。梁妈妈劝他不住，唤小轿抬回娘家去了。

　　梁妈妈又气又苦，又受了惊，又愁事迹败露。当晚一夜不睡，发寒发热，病了七日，呜呼哀哉。田氏闻得婆婆死了，转来奔丧带孝。梁尚宾旧愤不息，便骂道："贼泼妇！只道你住在娘家一世，如何又有回家的日子？"两下又争闹起来。田氏道："你干了亏心的事，气死了老娘，又来消遣我②！我今日若不是婆死，永不见你'村郎'之面！"梁尚宾道："怕断了老婆种？要你这泼妇见我！只今日便休了你去，

────────────

　　①跌：蹬，踢。
　　②消遣：捉弄，摆布。

再莫上门!"田氏道:"我宁可终身守寡,也不愿随你这样不义之徒。若是休了到得干净,回去烧个利市。"梁尚宾一向夫妻无缘,到此说了尽头话,瘝一口气①,真个就写了离书,手印,付与田氏。田氏拜别婆婆灵位,哭了一场。出门而去。正是:

> 有心去调他人妇,无福难招自己妻。
>
> 可惜田家贤慧女,一场相骂便分离。

话分两头。再说孟夫人追思女儿,无日不哭。想道:"信是老欧寄去的,那黑胖汉子,又是老欧引来的,若不是通同作弊,也必然漏泄他人了。"等丈夫出门拜客,唤老欧到中堂,再三讯问。却说老欧传命之时,其实不曾泄漏,是鲁学曾自家不合借衣,惹出来的奸计。当夜来的是假公子,三日后来的是真公子。孟夫人肚里明明晓得有两个人,那老欧肚里还自认做一个人。随他分辨,如何得明白?夫人大怒,喝教手下把他拖番在地,重责三十板子,打得皮开血喷。

顾金事一日偶到园中,叫老园公扫地,听说被夫人打坏,动掸不得,教人扶来,问其缘故。老欧将夫人差去约鲁公子来家,及夜间房中相会之事,一一说了。顾金事大怒道:"原来如此!"便叫打轿,亲到县中,与知县诉知其事。要将鲁学曾抵偿女儿之命。知县教补了状词,差人拿鲁学曾到来,当堂审问。鲁公子是老实人,就把实情细细说了:"见有金钗钿两般,是他所赠,其后园私会之事,其实没有。"知县就唤园公老欧对证。这老人家两眼模糊,前番黑夜里认假公子的面庞不真,又且今日家主分付了说话,一口咬定鲁公子,再不松放。知县又徇了顾金事人情,着实用刑拷打。鲁公子吃苦不过,只得招道:"顾奶奶好意相唤,将金钗钿助为聘资。偶见阿秀美貌,不合辄起淫心,强逼行奸。到第三日,不合又往,致阿秀羞愤自缢。"知县录了口词,审得鲁学曾与阿秀空言议婚,尚未行聘过门,难以夫妻而论。既因奸致死,合依威逼律问绞。一面发在死囚牢里,一面备

———————————

①瘝气:赌气。也写作"憋气"。

文书申详上司①。孟夫人闻知此信大惊，又访得他家只有一个老婆子，也吓得病倒，无人送饭。想起："这事与鲁公子全没相干，到是我害了他。"私下处些银两②，分付管家婆央人替他牢中使用，又屡次劝丈夫保全公子性命。顾佥事愈加忿怒。石城县把这件事当做新闻沿街传说。正是：

好事不出门，恶事行千里。

顾佥事为这声名不好，必欲置鲁学曾于死地。

再说有个陈濂御史，湖广籍贯，父亲与顾佥事是同榜进士，以此顾佥事叫他是年侄③。此人少年聪察，专好辨冤析枉。其时正奉差巡按江西。未入境时，顾佥事先去嘱托此事。陈御史口虽领命，心下不以为然。莅任三日，便发牌按临赣州④，吓得那一府官吏尿流屁滚。审录日期⑤，各县将犯人解进。陈御史审到鲁学曾一起，阅了招词，又把金钗钿看了，叫鲁学曾问道："这金钗钿是初次与你的么？"鲁学曾道："小人只去得一次，并无二次。"御史道："招上说三日后又去，是怎么说？"鲁学曾口称冤枉，诉道："小人的父亲存日，定下顾家亲事。因父亲是个清官，死后家道消乏，小人无力行聘。岳父顾佥事欲要悔亲，是岳母不肯，私下差老园公来唤小人去，许赠金帛。小人羁身在乡，三日后方去。那日只见得岳母，并不曾见小姐之面，这奸情是屈招的。"御史道："既不曾见小姐，这金钗钿何人赠你？"鲁学曾道："小姐立在帘内，只责备小人来迟误事，莫说婚姻，连金帛也不能相赠了，这金钗钿权留个忆念。小人还只认做悔亲的话，与岳母争辨。不期小姐房中缢死，小人至今不知其故。"御史道："恁般说，当夜你不曾到后园去了。"鲁学曾道："实不曾去。"

---

①申详：向上级官府详细呈报。

②处：筹措，备办。

③年侄：科举时代对同年登科者之子的称谓。

④发牌：官吏向下属发送公文。官员上路，必先发牌。也叫"行牌"。按临：巡视，巡行。

⑤审录：审讯。

御史想了一回："若特地唤去,岂止赠他钗钿二物? 详阿秀抱怨口气,必然先有人冒去东西,连奸骗都是有的,以致羞愤而死。"便叫老欧问道："你到鲁家时,可曾见鲁学曾么?"老欧道："小人不曾面见。"御史道："既不曾面见,夜间来的你如何就认得是他?"老欧道："他自称鲁公子,特来赴约,小人奉主母之命,引他进见的,怎赖得没有?"御史道："相见后,几时去的?"老欧道："闻得里面夫人留酒,又赠他许多东西,五更时去的。"鲁学曾又叫屈起来,御史喝住了。又问老欧："那鲁学曾第二遍来,可是你引进的?"老欧道："他第二遍是前门来的,小人并不知。"御史道："他第一次如何不到前门,却到后园来寻你?"老欧道："我家奶奶着小人寄信,原教他在后园来的。"御史唤鲁学曾问道："你岳母原教你到后园来,你却如何往前门去?"鲁学曾道："他虽然相唤,小人不知意儿真假,只怕园中旷野之处,被他暗算;所以径奔前门,不曾到后园去。"御史想来,鲁学曾与园公分明是两样说话,其中必有情弊。御史又指着鲁学曾问老欧道："那后园来的,可是这个嘴脸,你可认得真么? 不要胡乱答应。"老欧道："昏黑中小人认得不十分真,像是这个脸儿。"御史道："鲁学曾既不在家,你的信却寄与何人的?"老欧道："他家只有个老婆婆,小人对他说的,并无闲人在旁。"御史道："毕竟还对何人说来?"老欧道："并没第二个人知觉。"

御史沉吟半晌,想道："不究出根由,如何定罪? 怎好回复老年伯[1]?"又问鲁学曾道："你说在乡,离城多少? 家中几时寄到的信?"鲁学曾道："离北门外只十里,是本日得信的。"御史拍案叫道："鲁学曾,你说三日后方到顾家,是虚情了。既知此信,有恁般好事,路又不远,怎么迟延三日? 理上也说不去!"鲁学曾道："爷爷息怒,小人细禀。小人因家贫,往乡间姑娘家借米。闻得此信,便欲进城。怎奈衣衫蓝缕,与表兄借件遮丑,已蒙许下。怎奈这日他有事出去,直到明晚方归。小人专等衣服,所以迟了两日。"御史道："你表兄晓得

①年伯:对父亲同年登科者的尊称。

你借衣服的缘故不?"鲁学曾道:"晓得的。"御史道:"你表兄何等人?叫甚名字?"鲁学曾道:"名唤梁尚宾,庄户人家。"御史听罢,喝散众人:"明日再审。"正是:

> 如山巨笔难轻判,似佛慈心待细参。
>
> 公案见成翻者少,覆盆何处不冤含①?

次日,察院小开门②,挂一面宪牌出来③。牌上写到:"本院偶染微疾,各官一应公务,俱候另示施行。本月　日。"府县官朝暮问安,自不必说。

话分两头。再说梁尚宾自闻鲁公子问成死罪,心下到宽了八分。一日,听得门前喧嚷,在壁缝张看时,只见一个卖布的客人,头上带一顶新孝头巾,身穿旧白布道袍,口内打江西乡谈,说是南昌府人,在此贩布买卖,闻得家中老子身故,星夜要赶回,存下几百匹布,不曾发脱,急切要投个主儿,情愿让些价钱。众人中有要买一匹的,有要两匹三匹的,客人都不肯,道:"怎地零星卖时,再几时还不得动身。那个财主家一总脱去,便多让他些也罢。"梁尚宾听了多时,便走出门来问道:"你那客人存下多少布? 值多少本钱?"客人道:"有四百余匹,本钱二百两。"梁尚宾道:"一时间那得个主儿? 须是肯折些,方有人贪你。"客人道:"便折十来两,也说不得④。只要快当,轻松了身子好走路。"梁尚宾看了布样,又到布船上去翻复细看,口里只夸:"好布,好布!"客人道:"你又不做个要买的,只管翻乱了我的布包,担阁人的生意。"梁尚宾道:"怎见得我不像个买的?"客人道:"你要买时,借银子来看。"梁尚宾道:"你若加二肯折⑤,我将八十两银子,替你出脱了一半。"客人道:"你也是呆话! 做经纪的,那里折得起加二? 况且只用一半,这一半我又去投谁? 一般样担阁了。我

---

① 覆盆:翻过来放着的盆子,里面阳光照不到,比喻无处申诉的冤枉。

② 察院:都察院的简称。这里指巡按御史驻节的官署。

③ 宪牌:官府的告示牌或捕人的票牌。这里指告示牌。

④ 说不得:只好如此;没有办法。

⑤ 加二:这里是二成的意思。

说不像要买的!"又冷笑道:"这北门外许多人家,就没个财主,四百匹布便买不起! 罢,罢,摇到东门寻主儿去。"

梁尚宾听说,心中不忿,又见价钱相因①,有些出息,放他不下,便道:"你这客人好欺负人! 我偏要都买了你的,看如何?"客人道:"你真个都买我的? 我便让你二十两。"梁尚宾定要折四十两,客人不肯。众人道:"客人,你要紧脱货;这位梁大官,又是贪便宜的。依我们说,从中酌处,一百七十两,成了交易罢。"客人初时也不肯,被众人劝不过,道:"罢! 这十两银子,奉承列位面上。快些把银子兑过,我还要连夜赶路。"梁尚宾道:"银子凑不来许多,有几件首饰,可用得着么?"客人道:"首饰也就是银子,只要公道作价。"梁尚宾邀入客坐②,将银子和两对银钟,共兑准了一百两;又金首饰尽数搬来,众人公同估价,勾了七十两之数。与客收讫,交割了布匹。梁尚宾看这场交易尽有便宜,欢喜无限。正是:

> 贪痴无底蛇吞象,祸福难明螳捕蝉。

原来这贩布的客人,正是陈御史装的。他托病关门,密密分付中军官聂千户③,安排下这些布匹,先雇下小船,在石城县伺候。他悄地带个门子私行到此④,聂千户就扮做小郎跟随,门子只做看船的小厮,并无人识破,这是做官的妙用。

却说陈御史下了小船,取出见成写就的宪牌填上梁尚宾名字,就着聂千户密拿。又写书一封,请顾金事到府中相会。比及御史回到察院,说病好开门,梁尚宾已解到了,顾金事也来了。御史忙教摆酒后堂,留顾金事小饭。坐间,顾金事又提起鲁学曾一事。御史笑道:"今日奉屈老年伯到此,正为这场公案,要剖个明白。"便教门子

---

①相因:便宜。

②客坐:客厅。

③中军官:小说、戏曲中多指侍从武官或传令官。千户:金、元、明时代的武官名,统兵一千人左右。元代于各路设千户所,隶属于万户府。千户又称千夫长,为世袭军职。

④门子:官衙中从事看门、传达、站班等杂务的差役。

开了护书匣①，取出银钟二对，及许多首饰，送与顾金事看。顾金事认得是家中之物，大惊问道："那里来的?"御史道："令爱小姐致死之由，只在这几件东西上。老年伯请宽坐，容小侄出堂，问这起数与老年伯看②，释此不决之疑。"

御史分付开门，仍唤鲁学曾一起复审。御史且教带在一边，唤梁尚宾当面③。御史喝道："梁尚宾，你在顾金事家，干得好事!"梁尚宾听得这句，好似青天里闻了个霹雳，正要硬着嘴分辨。只见御史教门子把银钟、首饰与他认赃，问道："这些东西那里来的?"梁尚宾抬头一望，那御史正是卖布的客人，唬得顿口无言，只叫："小人该死。"御史道："我也不动夹棍，你只将实情写供状来。"梁尚宾料赖不过，只得招称了。你说招词怎么写来? 有词名《锁南枝》二只为证④：

> 写供状，梁尚宾。只因表弟鲁学曾，岳母念他贫，约他助行聘。为借衣服知此情，不合使欺心，缓他行。

> 乘昏黑，假学曾，园公引入内室门，见了孟夫人，把金银厚相赠。因留宿，有了奸骗情。三日后学曾来，将小姐送一命。

御史取了招词，唤园工老欧上来："你仔细认一认，那夜间园上假装鲁公子的，可是这个人?"老欧睁开两眼看了，道："爷爷，正是他。"御史喝教皂隶，把梁尚宾重责八十；将鲁学曾枷杻打开，就套在梁尚宾身上。合依强奸论斩⑤，发本县监候处决⑥。布匹百匹，追出，仍给铺户取价还库。其银两、首饰，给与老欧领回。金钗、金钿，断

---

①护书匣：放书札柬帖的小匣。

②起数：本指犯罪案件的次数，后亦指案件。

③当面：这里指过堂、见官。

④有词名《锁南枝》二只为证：这里说的"词"是唱词，《锁南枝》是南戏的曲牌名。"二只"，许政扬校注本作"一只"，后诸本多从之。按：原文"二只"不误。文中的《锁南枝》，从"写供状"至"缓他行"为一只；从"乘昏黑"起至结末是重复前曲，而字数有不同，即所谓"前腔换头"。曲中之换头另算一只曲子，与词中之换头不同。

⑤合：应该。

⑥监候：判处死刑不立即执行，暂行监禁，等候秋审、朝审复核。

还鲁学曾。俱释放宁家①。鲁学曾拜谢活命之恩。正是：

　　奸如明镜照，恩喜覆盆开。

　　生死俱无憾，神明御史台。

　　却说顾佥事在后堂，听了这番审录，惊骇不已。候御史退堂，再三称谢道："若非老公祖神明烛照②，小女之冤，几无所伸矣。但不知银两、首饰，老公祖何由取到？"御史附耳道："小侄如此如此。"顾佥事道："妙哉！只是一件，梁尚宾妻子，必知其情，寒家首饰，定然还有几件在彼。再望老公祖一并速问。"御史道："容易。"便行文书，仰石城县提梁尚宾妻严审③，仍追余赃回报④。顾佥事别了御史自回。却说石城县知县见了察院文书，监中取出梁尚宾问道："你妻子姓甚？这一事曾否知情？"梁尚宾正怀恨老婆，答应道："妻田氏，因贪财物，其实同谋的。"知县当时金禀差人提田氏到官⑤。

　　话分两头。却说田氏父母双亡，只在哥嫂身边，针指度日。这一日，哥哥田重文正在县前，闻知此信，慌忙奔回，报与田氏知道。田氏道："哥哥休慌，妹子自有道理。"当时带了休书上轿，径抬到顾佥事家，来见孟夫人。夫人发一个眼花，分明看见女儿阿秀进来。及至近前，却是个蓦生标致妇人⑥，吃了一惊，问道："是谁？"田氏拜倒在地，说道："妾乃梁尚宾之妻田氏。因恶夫所为不义，只恐连累，预先离异了。贵宅老爷不知，求夫人救命。"说罢，就取出休书呈上。

　　夫人正在观看，田氏忽然扯住夫人衫袖，大哭道："母亲，俺爹害

---

①宁家：元明时官府审判用语，指将案犯或与案子有关的人员发放或保释回家。

②老公祖：官场中对长官的尊称。

③仰：旧时公文用语，对下时表示命令。

④仍：且，并且。

⑤金禀："金禀"当是"金票"之误。"金"同"签"。签票：旧时官府交给差役捕人的凭证，犹今之逮捕证。这里指签发捕人凭证。按：《今古奇观》第二十四所收此篇，即作"金票"。

⑥蓦生：同"陌生"。

得我好苦也!"夫人听得是阿秀的声音,也哭起来。便叫道:"我儿,有甚话说?"只见田氏双眸紧闭,哀哀的哭道:"孩儿一时错误,失身匪人,羞见公子之面,自缢身亡,以完贞性。何期爹爹不行细访,险些反害了公子性命。幸得暴白了①,只是他无家无室,终是我母子担误了他。母亲若念孩儿,替爹爹说声,周全其事,休绝了一脉姻亲。孩儿在九泉之下,亦无所恨矣。"说罢,跌倒在地。夫人也哭昏了。管家婆和丫鬟、养娘都团聚将来②,一齐唤醒。那田氏还呆呆的坐地,问他时全然不省。夫人看了田氏,想起女儿,重复哭起,众丫鬟劝住了。夫人悲伤不已,问田氏:"可有爹娘?"田氏回说:"没有。"夫人道:"我举眼无亲,见了你,如见我女儿一般,你做我的义女肯么?"田氏拜道:"若得伏侍夫人,贱妾有幸。"夫人欢喜,就留在身边了。顾佥事回家,闻说田氏先期离异,与他无干,写了一封书帖,和休书送与县官,求他免提,转回察院。又见田氏贤而有智,好生敬重,依了夫人收为义女。夫人又说起女儿阿秀负魂一事③,他千叮万嘱:"休绝了鲁家一脉姻亲。"如今田氏少艾④,何不就招鲁公子为婿,以续前姻?顾佥事见鲁学曾无辜受害,甚是懊悔。今番夫人说话有理,如何不依?只怕鲁公子生疑,亲到其家,谢罪过了,又说续亲一事。鲁公子再三推辞不过,只得允从。就把金钗钿为聘,择日过门成亲。

　　原来顾佥事在鲁公子面前,只说过继的远房侄女。孟夫人在田氏面前,也只说赘个秀才,并不说真名真姓。到完婚以后,田氏方才晓得就是鲁公子,公子方才晓得就是梁尚宾的前妻田氏。自此夫妻

①暴白:剖白,辨白。

②养娘:一般释作"侍婢",或认为是女仆、丫头、奶妈的统称。按:宋元明小说中"丫鬟"与"养娘"往往同时连提,二者当有所区别,但其区别今已难确指。养娘似是指买来或雇佣的侍候女主人和带领小孩的女仆。丫鬟都是未婚的女孩,养娘则未婚已婚都有。奶妈专指给小孩喂奶的女仆。

③负魂:指死人的魂魄附在活人身上,使活人代死人说话和行动。这是旧时的迷信传说。

④少艾:年轻貌美。

两口和睦,且是十分孝顺。顾佥事无子,鲁公子承受了他的家私,发愤攻书。顾佥事见他三场通透①,送入国子监②,连科及第③。所生二子,一姓鲁,一姓顾,以奉两家宗祀。梁尚宾子孙遂绝。诗曰:

> 一夜欢娱害自身,百年姻眷属他人。

> 世间用计行奸者,请看当时梁尚宾。

---

①三场通透:意思是对于科举考试所要求的各种文章已经熟习、精通,可以应试了。科举时代的某些考试,要考三场即初场、二场、三场,每场所考科目不同。《西游记》第九回:"不拘军民人等,但有读书儒流,文义明畅,三场精通者,前赴长安应试。"

②国子监:封建王朝的最高学府,国子监的学生叫监生。

③连科及第:泛指连续在几次不同等级的科举考试中都中选。

第三卷

新桥市韩五卖春情

情宠娇多不自由，骊山举火戏诸侯。

只知一笑倾人国，不觉胡尘满玉楼。

这四句诗，是胡曾《咏史诗》[①]。专道着昔日周幽王宠一个妃子，名曰褒姒，千方百计的媚他。因要取褒姒一笑，向骊山之上，把与诸侯为号的烽火烧起来。诸侯只道幽王有难，都举兵来救。及到幽王殿下，寂然无事。褒姒呵呵大笑。后来犬戎起兵来攻，诸侯皆不来救，犬戎遂杀幽王于骊山之下。又春秋时，有个陈灵公，私通于夏徵舒之母夏姬[②]，与其臣孔宁、仪行父日夜往其家，饮酒作乐。徵舒心怀愧恨，射杀灵公。后来六朝时，陈后主宠爱张丽华、孔贵嫔，自制《后庭花》曲[③]，姱美其色[④]，沉湎淫逸，不理国事。被隋兵所追，无处躲藏，遂同二妃投入井中，为隋将韩擒虎所获，遂亡其国。诗云：

欢娱夏厩忽兴戈[⑤]，眢井犹闻《玉树歌》[⑥]。

试看二陈同一律，从来亡国女戎多[⑦]。

当时，隋炀帝也宠萧妃之色。要看扬州景，用麻叔度为帅，起天

---

①胡曾：唐代诗人，写有《咏史诗》一百五十首，常为后世小说所引用。按："情宠娇多不自由"句，胡曾《褒城》原诗作"恃宠娇多得自由"。

②夏姬：郑穆公之女，原为陈国大夫御叔之妻。

③《后庭花》：全名《玉树后庭花》。

④姱美：夸耀赞美。

⑤夏厩：陈灵公与孔宁、仪行父到夏徵舒家饮酒，夏徵舒在马厩中伏设弓弩，等灵公出来，射而杀之。

⑥眢(yuān)井：枯井。隋灭陈时，陈后主与张、孔二妃躲在景阳宫枯井中。

⑦女戎：女兵。意思是女人之祸国，就好比国家被女兵消灭一样。故女戎，意同女祸。

下民夫百万，开汴河一千余里，役死人夫无数；造凤舰龙舟，使宫女牵之，两岸乐声闻于百里。后被宇文化及造反江都，斩炀帝于吴公台下，其国亦倾。有诗为证：

> 千里长河一旦开，亡隋波浪九天来。
>
> 锦帆未落干戈起，惆怅龙舟更不回①。

至于唐明皇宠爱杨贵妃之色，春纵春游，夜专夜宠②。谁想杨妃与安禄山私通，却抱禄山做孩儿③。一日，云雨方罢，杨妃钗横鬓乱，被明皇撞见，支吾过了。明皇从此疑心，将禄山除出在渔阳地面做节度使。那禄山思恋杨妃举兵反叛。正是：

> 渔阳鞞鼓动地来，惊破《霓裳羽衣曲》④。

那明皇无计奈何，只得带取百官逃难。马嵬山下兵变，逼死了杨妃，明皇直走到西蜀。亏了郭令公血战数年⑤，才恢复得两京⑥。

且如说这几个官家⑦，都只为贪爱女色，致于亡国捐躯。如今愚民小子，怎生不把色欲警戒！说话的⑧，你说那戒色欲则甚？自家今日说一个青年子弟，只因不把色欲警戒，去恋着一个妇人，险些儿坏了堂堂六尺之躯，丢了泼天的家计⑨，惊动新桥市上，变成一本风流

---

① "千里"四句：此诗也是胡曾《咏史诗》之一，题为《汴水》。

② "春纵"二句：《宣和遗事》作"春从春游，夜专夜寝"。白居易《长恨歌》诗："春从春游夜专夜。"意思是无论春日游玩，夜间休息，唐明皇只要杨贵妃陪同。从游，随从出游。"从"、"游"二字拆开，是出于诗歌句法的需要。

③ "却抱"句：史称安禄山"请为贵妃养儿"，"母事贵妃"。《宣和遗事》作"却抱养禄山做孩儿"。

④ "渔阳"二句：引自白居易《长恨歌》。鞞(pí)鼓，小鼓和大鼓。古代军中或乐队使用。

⑤ 郭令公：郭子仪。

⑥ 两京：唐代的长安为西京，洛阳为东京。

⑦ 且如：即如，譬如。官家：皇帝。

⑧ 说话的：说书人。宋代民间艺人讲说故事，叫做"说话"。故事本身，也可叫"说话"。

⑨ 泼天：表极甚之辞，形容极大、极多等。

说话。正是：

> 好将前事错，传与后人知。

说这宋朝临安府，去城十里，地名湖墅；出城五里，地名新桥。那市上有个富户吴防御①，妈妈潘氏②，止生一子，名唤吴山，娶妻余氏，生得四岁一个孩儿。防御门首开个丝绵铺，家中放债积谷。果然是金银满箧，米谷成仓！去新桥五里，地名灰桥市上，新造一所房屋，令子吴山，再拨主管帮扶③，也好开一个铺。家中收下的丝绵，发到铺中卖与在城机户④。吴山生来聪俊，粗知礼义；干事朴实，不好花哄⑤。因此防御不虑他在外边闲理会⑥。

且说吴山每日蚤晨到铺中卖货⑦，天晚回家。这铺中房屋，只占得门面，里头房屋都是空的。忽一日，吴山在家有事。至晌午才到铺中。走进看时，只见屋后河边泊着两只剥船⑧，船上许多箱笼、桌、凳、家伙，四五个人尽搬入空屋里来。船上走起三个妇人：一个中年胖妇人、一个老婆子、一个小妇人，尽走入屋里来。只因这妇人入屋，有分教吴山⑨：

> 身如五鼓衔山月⑩，命似三更油尽灯。

吴山问主管道："甚么人不问事由，擅自搬入我屋来？"主管道："在城

---

①防御：本是唐、宋时官名，叫防御使。后来防御成了一般称呼，类似员外、朝奉。

②妈妈：妻子，老伴。

③主管：管家或店铺中掌事伙计。

④在城：本城。机户：从事纺织的手工业户。

⑤花哄：瞎起哄，胡闹。

⑥闲理会：管闲事，惹是生非。理会，处理事务。

⑦蚤晨：早晨。蚤，同"早"。

⑧剥船：同"驳船"。

⑨有分教：亦作"有分交"。话本和旧小说中的套语，用以提示情节的发展，意思是由于前面所说的情况，产生后面所说的结果。有分，有缘分，有可能。

⑩五鼓：五更。衔山月：落山时的月亮。

人家。为因里役①，一时间无处寻屋，央此间邻居范老来说，暂住两三日便去。正欲报知，恰好官人自来。"吴山正欲发怒，见那小娘子敛袂向前深深的道个万福："告官人息怒，非干主管之事，是奴家大胆，一时事急，出于无奈，不及先来宅上禀知，望乞恕罪。容住三四日，寻了屋就搬去。房金依例拜纳。"吴山便放下脸来道："既如此，便多住些时也不妨，请自稳便②。"妇人说罢，就去搬箱运笼。吴山看得心痒，也替他搬了几件家伙。

说话的，你说吴山平生鲠直，不好花哄。因何见了这个妇人，回嗔作喜，又替他搬家伙？ 你不知道，吴山在家时，被父母拘管得紧，不容他闲走。他是个聪明俊俏的人，干事活动，又不是一个木头的老实。况且青春年少，正是他的时节，父母又不在面前，浮铺中见了这个美貌的妇人③，如何不动心？ 那胖妇人与小妇人都道："不劳官人用力。"吴山道："在此间住，就是自家一般，何必见外?"彼此俱各欢喜。天晚，吴山回家，分付主管与里面新搬来的说："写纸房契来与我。"主管答应了，不在话下。

且说吴山回到家中，并不把搬来一事说与父母知觉。当夜心心念念，想着那小妇人。次日早起，换身好衣服，打扮齐整，叫个小厮寿童跟着，摇摆到店中来④。正是：

　　没兴店中赊得酒⑤，命衰撞着有情人。

吴山来到铺中，卖了一回货。里面走动的八老来接吃茶⑥，要纳

---

①里役：乡里差役。宋代乡役制度，曾以里正（一里之长）为"衙前"，职掌官物的押运和供应。后衙前改为雇役，相当于"门子"，故下文有"在衙门跟官"云云。按小说中所写，韩家并非里役，所谓"为因里役"只是托词。

②稳便：稳当，方便。常用作客套语，犹请便、自便。

③浮铺：店面，铺面。

④摇摆：形容行走时的样子。这里即指行走。

⑤没兴：倒霉，运气不好；没有兴致。

⑥八老：娼妓的仆役。

房状①。吴山心下正要进去。恰好得八老来接，便起身入去。只见那小妇人笑容可掬，接将出来万福："官人请里面坐。"吴山到中间轩子内坐下。那老婆子和胖妇人都来相见陪坐，坐间止有三个妇人。吴山动问道："娘子高姓？怎么你家男儿汉不见一个？"胖妇人道："拙夫姓韩，与小儿在衙门跟官。蚤去晚回，官身不得相会②。"坐了一回，吴山低着头睃那小妇人③。这小妇人一双俊俏眼觑着吴山道："敢问官人青春多少④？"吴山道："虚度二十四岁。拜问娘子青春？"小妇人道："与官人一缘一会⑤，奴家也是二十四岁。城中搬下来，偶辏遇官人⑥，又是同岁，正是有缘千里能相会。"那老妇和胖妇人看见关目，推个事故起身去了，止有二人对坐。小妇人到把些风流话儿挑引吴山。吴山初然只道好人家⑦，容他住，不过研光而已⑧。谁想见面，到来刮涎⑨，才晓得是不停当的⑩。欲待转身出去，那小妇人又走过来，挨在身边坐定，作娇作痴，说道："官人，你将头上金簪子来借我看一看。"吴山除下帽子，正欲拔时，被小妇人一手按住吴山头髻，一手拔了金簪，就便起身道："官人，我和你去楼上说句话。"一头说，径走上楼去了。吴山随后跟上楼来讨簪子。正是：

　　　　由你奸似鬼，也吃洗脚水。

吴山走上楼来，叫道："娘子！还我簪子。家中有事，就要回去。"妇人道："我与你是宿世姻缘，你不要妆假，愿谐枕席之欢。"吴山道：

---

①房状：房契。

②官身：有官差在身的人。

③睃（suō）：斜着眼看。

④青春：年龄（用于年轻人）。

⑤一缘一会：这大概是由"缘会"一词产生出来的俗语，小说中常见，意思是天缘相凑，有缘分。缘会，相会的缘分。

⑥辏（còu）遇：凑巧相遇。辏，通"凑"。

⑦初然：起初。

⑧研（yà）光：这里指调情。

⑨刮涎：勾引，挑逗。

⑩不停当：不妥当，这里指不安分。

"行不得！倘被人知觉，却不好看，况此间耳目较近。"待要下楼，怎奈那妇人放出那万种妖娆，搂住吴山，倒在怀中，将尖尖玉手，扯下吴山裙裤①，情兴如火擦捺不住。携手上床，成其云雨。霎时云收雨散，两个起来偎倚而坐。吴山且惊且喜，问道："姐姐，你叫做甚么名字？"妇人道："奴家排行第五，小字赛金。长大，父母顺口叫道金奴。敢问官人排行第几？宅上做甚行业？"吴山道："父母止生得我一身，家中收丝放债，新桥市上出名的财主。此间门前铺子，是我自家开的。"金奴暗喜道："今番缠得这个有钱的男儿，也不枉了。"

　　原来这人家是隐名的娼妓，又叫做"私窠子"②，是不当官吃衣饭的③。家中别无生意，只靠这一本帐。那老妇人是胖妇人的娘，金奴是胖妇人的女儿。在先，胖妇人也是好人家出来的。因为丈夫无用，阄閦不得④，已干这般勾当。金奴自小生得标致，又识几个字，当时已自嫁与人去了。只因在夫家不踹叠⑤，做出来，发回娘家。事有凑巧，物有偶然，此时胖妇人年纪约近五旬，孤老来得少了⑥，恰好得女儿来接代，也不当断这样行业⑦，索性大做了。原在城中住，只为这样事被人告发，慌了，搬下来躲避。却恨吴山偶然撞在他手里，圈套都安排停当，漏将入来⑧，不由你不落水。怎地男儿汉不见一个？但看有人来，父子们都回避过了，做成的规矩。这个妇人，但贪他

---

①裙裤：泛指男女下身的衣着。古代下衣称裙，男女同用。

②私窠子：私娼。明谢肇淛《五杂组·人部四》："又有不隶于官，家居而卖奸者，谓之土妓，俗谓之私窠子。"

③当官：即"当官身"。明代隶于教坊司的妓女叫官妓。当官身指去官府应差。吃衣饭：指营业，谋生。《金瓶梅词话》第九十八回："原来不当官身衣饭，别无生意，只靠老婆赚钱，谓之隐名娼妓，今时呼为私窠子是也。"

④阄閦(zhèng chuài)：挣扎，勉力支撑。也写作"挣挫"、"挣閦"等。

⑤不踹叠：不安分。

⑥孤老：女子所私之人，包括嫖客、姘夫。

⑦不当：不该，不合。

⑧漏：引诱。

的,便着他的手,不止陷了一个汉子。

当时金奴道:"一时慌促搬来,缺少盘费。告官人,有银子乞借应五两①,不可推故②。"吴山应允了。起身整了衣冠,金奴依先还了金簪。两个下楼,依旧坐在轩子内。吴山自思道:"我在此耽阁了半晌,虑恐邻舍们谭论。"又吃了一杯茶。金奴留吃午饭,吴山道:"我耽阁长久,不吃饭了。少间就送盘缠来与你。"金奴道:"午后特备一杯菜酒③,官人不要见却。"说罢,吴山自出铺中。

原来外边近邻见吴山进去。那房屋却是两间六椽的楼屋,金奴只占得一间做房,这边一间就是丝铺,上面却是空的。有好事哥哥④,见吴山半晌不出来,伏在这间空楼壁边。入马之时,都张见明白⑤。比及吴山出来,坐在铺中,只见几个邻人都来和哄道⑥:"吴小官人,恭喜恭喜!"吴山初时已自心疑他们知觉,次后见众人来取笑,他通红了脸皮,说道:"好没来由! 有甚么喜贺!"内中有原张见的,是对门开杂货铺的沈二郎,叫道:"你兀自赖哩,拔了金簪子,走上楼去做甚?"吴山被他一句说着了,顿口无言,推个事故,起身要走。众人拦住道:"我们斗分银子⑦,与你作贺。"

吴山也不顾众说,使性子往西走了。去到娘舅潘家,讨午饭吃了。踱到门前,向一个店家借过等子⑧,将身边买丝银子称了二两,放在袖中。又闲坐了一回,捱到半晚,复到铺中来。主管道:"里面住的正在此请官人吃酒。"恰好八老出来道:"官人,你那里闲耍? 教

①借应:借用,借。
②推故:借故推脱。
③菜酒:只备简单菜蔬的酒水,是招待客人时的谦词。
④哥哥:这里是对年轻男子或年龄相近的男子的称呼。
⑤张见:张望,看见。
⑥和哄:起哄。
⑦斗:凑。
⑧等子:同"戥子"。

老子没处寻①。家中特备菜酒,止请主管相陪,再无他客。"吴山就同主管走到轩子下。已安排齐整,无非鱼、肉、酒、果之类。吴山正席,金奴对坐,主管在旁。三人坐定,八老筛酒。吃过几杯,主管会意,只推要收铺中,脱身出来。吴山平日酒量浅,主管去了,开怀与金奴吃了十数杯,便觉有些醉来。将袖中银子送与金奴,便起身挽了金奴手道:"我有一句话和你说,这桩事,却有些不谐当。邻舍们都知了,来打和哄。倘或传到我家去,父母知道,怎生是好? 此间人眼又紧,口嘴又歹,容不得人。倘有人不惬气②,在此飞砖掷瓦,安身不稳。姐姐,依着我口③,寻个僻静所在去住,我自常来看顾你。"金奴道:"说得是! 奴家就与母亲商议。"说罢,那老子又将两杯茶来。吃罢,免不得又做些干生活④。吴山辞别动身,嘱付道:"我此去未来哩⑤,省得众人口舌。待你寻得所在,八老来说知,我来送你起身。"说罢,吴山出来铺中,分付主管说话,一径自回,不在话下。

　　且说金奴送吴山去后,天色已晚。上楼卸了浓妆,下楼来吃了晚饭,将吴山所言移屋一节,备细说与父母知道。当夜各自安歇。次早起来,胖妇人分付八老悄地打听邻舍消息。八老到门前站了一回,趱到间壁粜米张大郎门前⑥,闲坐了一回。只听得这几家邻舍指指捯捯,只说这事。八老回家,对这胖妇人说道:"街坊上嘴舌不是养人的去处⑦。"胖妇人道:"因为在城中被人打搅,无奈搬来,指望寻个好处安身,久远居住,谁想又撞这般的邻舍⑧!"说罢叹了口气。一面教老公去寻房子,一面看邻舍动静计较。

---

①老子:老头子,这里是老年男子的自称。

②不惬气:不服气,不满。

③口:说,话。

④干生活:指男女之事。

⑤未来:不来。

⑥趱(cǎn):往,去。这里疑是"趱"之误字。

⑦养人:让人存活。

⑧撞:碰上。

　　却说吴山自那日回家，怕人嘴舌，瞒着父母，只推身子不快，一向不到店中来①。主管自行卖货。金奴在家清闲不惯，八老又去招引旧时主顾，一般来走动。那几家邻舍初然只晓得吴山行踏②，次后见往来不绝，方晓得是个大做的。内中有生事的道："我这里都是好人家，如何容得这等麤齪的在此住③？常言道：'近奸近杀。'倘若争锋起来④，致伤人命，也要带累邻舍。"说罢，却早那八老听得，进去说，今日邻舍们又如此如此说。胖妇人听得八老说了，没出气处，碾那老婆子道⑤："你七老八老，怕兀谁⑥？不出去门前叫骂这短命多嘴的鸭黄儿⑦！"婆子听了，果然就起身走到门前叫骂道："那个多嘴贼鸭黄儿，在这里学放屁！若还敢来应我的⑧，做这条老性命结识他⑨。那个人家没亲眷来往？"邻舍们听得，道："这个贼做大的出精老狗，不说自家干这般没理的事，到来欺邻骂舍！"开杂货店沈二郎正要应那婆子，中间又有守本分的劝道："且由他！不要与这半死的争好歹，赶他起身便了。"婆子骂了几声，见无人来采他⑩，也自入去。

　　却说众邻舍都来与主管说："是你没分晓，容这等不明不白的人在这里住。不说自家理短，反教老婆子叫骂邻舍。你耳内须听得。我们都到你主家说与防御知道，你身上也不好看。"主管道："列位高邻息怒，不必说得，蚤晚就着他搬去。"众人说罢，自去了。主管当时

---

①一向：许久，近来。

②行踏：行走，游逛。

③麤齪（cáo）：也写作"麤槽"。肮脏，不干净。

④争锋：争风。

⑤碾：撺，赶。

⑥兀谁：谁。兀是发语词，相当于"阿"。

⑦鸭黄儿：骂人语，相当于王八蛋。宋代浙江人称妻子有外遇的丈夫为"鸭"。

⑧若还：如果。有时"若还"是若要、要想的意思。

⑨做：拼（着）。

⑩采：同"睬"。

到里面对胖妇人说道："你们可快快寻个所在搬去，不要带累我。看这般模样，住也不秀气①。"胖妇人道："不劳分付，拙夫已寻屋在城，只在旦晚就搬。"说罢，主管出来。胖妇人与金奴说道："我们明蚤搬入城。今日可着八老悄地与吴小官说知，只莫教他父母知觉。"

八老领语，走到新桥市上吴防御丝绵大铺，不敢径进。只得站在对门人家檐下蹲去，一眼只看着铺里。不多时，只见吴山踱将出来。看见八老，慌忙走过来，引那老子离了自家门首，借一个织熟绢人家坐下，问道："八老有甚话说？"八老道："家中五姐领官人尊命，明日搬入城去居住，特着老汉来与官人说知。"吴山道："如此最好，不知搬在城中何处？"八老道："搬在游奕营羊毛寨南横桥街上②。"吴山就身边取出一块银子，约有二钱，送与八老道："你自将去买杯酒吃。明日晌午，我自来送你家起身。"八老收了银子，作谢了，一径自回。

且说吴山到次日巳牌时分，唤寿童跟随出门，走到归锦桥边南货店里③，买了两包干果，与小厮拿着，来到灰桥市上铺里。主管相叫罢④，将日逐卖丝的银子帐来算了一回。吴山起身，入到里面与金奴母子叙了寒温，将寿童手中果子，身边取出一封银子，说道："这两包粗果，送与姐姐泡茶⑤，银子三两，权助搬屋之费。待你家过屋后⑥，再来看你。"金奴接了果子并银两，母子两个起身谢道："重蒙见惠，何以克当！"吴山道："不必谢，日后正要往来哩。"说罢，起身看时，箱笼家火已自都搬下船了。金奴道："官人，去后几时来看我？"

---

①不秀气：做事不漂亮，不聪明。

②游奕营：宋代临安（杭州）地名，殿前司禁旅游奕军军寨所在地。下文"营里军家"，即指游奕军。

③归锦桥：在临安城北门外，俗称"卖鱼桥"，自此而至左家桥、夹城巷，皆称"湖墅"，俗讹为"湖州市"。（见《西湖游览志》）

④相叫：相见行礼，打招呼。

⑤泡茶：宋、元、明人喝茶，往往把干果、蜜饯等沏在茶里，叫做泡茶。

⑥过屋：搬家。

吴山道："只在三五日间，便来相望。"金奴一家别了吴山，当日搬入城去了。正是：

此处不留人，自有留人处。

且说吴山原有害夏的病①，每过炎天时节，身体便觉疲倦，形容清减。此时正值六月初旬，因此请个针灸医人，背后灸了几穴火，在家调养，不到店内。心下常常思念金奴，争奈灸疮疼，出门不得。却说金奴从五月十七搬移在横桥街上居住。那条街上俱是营里军家，不好此事，路又僻拗，一向没人走动。胖妇人向金奴道："那日吴小官许下我们三五日间就来，到今一月，缘何不见来走一遍？若是他来，必然也看觑我们。"金奴道："可着八老去灰桥市上铺中探望他。"当时八老去，就出艮山门到灰桥市上丝铺里见主管。八老相见罢，主管道："阿公来，有甚事？"八老道："特来望吴小官。"主管道："官人灸火在家未痊，向不到此。"八老道："主管若是回宅，烦寄个信，说老汉到此不遇。"八老也不耽阁，辞了主管便回家中，回覆了金奴。金奴道："可知不来，原来灸火在家。"

当日金奴与母亲商议，教八老买两个猪肚磨净，把糯米莲肉灌在里面，安排烂熟。次蚤，金奴在房中磨墨挥笔，拂开鸾笺写封简②，道："贱妾赛金再拜，谨启情郎吴小官人：自别尊颜，思慕之心，未尝少怠、悬悬不忘于心。向蒙期约，妾倚门凝望，不见降临。昨遣八老探拜，不遇而回。妾移居在此，甚是荒凉。听闻贵恙灸火疼痛，使妾坐卧不安。空怀思忆，不能代替。谨具猪肚二枚，少申问安之意，幸希笑纳。情照不宣。仲夏二十一日，贱妾赛金再拜。"写罢，折成简子，将纸封了，猪肚装在盒里，又用帕子包了。都交付八老，叮嘱道："你到他家，寻见吴小官，须索与他亲收③。"

八老提了盒子，怀中揣着简帖，出门径往大街。走出武林门，直

---

①害夏：苦夏，疰(zhù)夏。
②鸾笺：彩笺，彩色信纸。
③须索：必须，定要。

到新桥市上吴防御门首，坐在街檐石上。只见小厮寿童走出，看见叫道："阿公，你那里来，坐在这里？"八老扯寿童到人静去处说："我特来见你官人说话。我只在此等，你可与我报与官人知道。"寿童随即转身，去不多时，只见吴山踱将出来。八老慌忙作揖："官人，且喜贵体康安！"吴山道："好！阿公，你盒子里什么东西？"八老道："五姐记挂官人灸火，没甚好物，只安排得两个猪肚，送来与官人吃。"吴山遂引那老子到个酒店楼上坐定，问道："你家搬在那里好么？"八老道："甚是消索①。"怀中将束帖子递与吴山。吴山接束在手，拆开看毕，依先折了藏在袖中。揭开盒子拿一个肚子，教酒博士切做一盘②，分付盪两壶酒来③。吴山道："阿公，你自在这里吃，我家去写回字与你。"八老道："官人请稳便。"吴山来到家里卧房中，悄悄的写了回简，又秤五两白银，复到酒店楼上，又陪八老吃了几杯酒。八老道："多谢官人好酒，老汉吃不得了。"起身回去。吴山遂取银子并回束说道："这五两银子，送与你家盘缠。多多拜覆五姐，过三两日，定来相望。"八老收了银、简，起身下楼，吴山送出酒店。

　　却说八老走到家中，天晚入门，将银、简都付与金奴收了。将简拆开灯下看时，写道："山顿首，字覆爱卿韩五娘妆次④：向前会间⑤，多蒙厚款。又且云情雨意，枕席钟情，无时少忘。所期正欲趋会，生因贱躯灸火，有失卿之盼望。又蒙遣人垂顾，兼惠可口佳肴，不胜感感。二三日间，容当面会。白金五两⑥，权表微情，伏乞收入。吴山再拜。"看简毕，金奴母子得了五两银子，千欢万喜，不在话下。

　　且说吴山在酒店里，捱到天晚，拿了一个猪肚，悄地里到自卧

---

①消索：即"萧索"。冷落，萧条。

②酒博士：酒保，酒店的伙计。博士，宋元时代对具有某种技艺或专门从事某种职业的人的尊称，如茶博士、油博士等。

③盪（dàng）：同"烫"，暖酒。

④妆次：旧时信函中对女子的敬称。

⑤向前：先前，从前。

⑥白金：银子。

房,对浑家说:"难得一个识熟机户,闻我炙火,今日送两个熟肚与我。在外和朋友吃了一个,拿一个回来与你吃。"浑家道:"你明日也用作谢他①。"当晚吴山将肚子与妻在房吃了,全不教父母知觉。过了两日。第三日,是六月二十四日。吴山起蚤,告父母道:"孩儿一向不到铺中,喜得今日好了,去走一遭。况在城神堂巷有几家机户赊帐要讨,入城便回。"防御道:"你去不可劳碌。"吴山辞父,讨一乘兜轿抬了②,小厮寿童打伞跟随。只因吴山要进城,有分教金奴险送他性命。正是:

> 二八佳人体似酥,腰间仗剑斩愚夫。

> 虽然不见人头落,暗里教君骨髓枯。

吴山上轿,不觉蚤到灰桥市上。下轿进铺,主管相见。吴山一心只在金奴身上,少坐,便起身分付主管:"我入城收拾机户赊帐,回来算你日逐卖帐。"主管明知到此处去,只不敢阻,但劝:"官人贵体新痊,不可别处闲走,空受疼痛。"吴山不听,上轿预先分付轿夫,径进艮山门,迤逦到羊毛寨南横桥,寻问湖市搬来韩家。旁人指说:"药铺间壁就是。"吴山来到门首下轿,寿童敲门。里面八老出来开门,见了吴山,慌入去说知。吴山进门,金奴母子两个堆下笑来迎接,说道:"贵人难见面。今日甚风吹得到此?"吴山与金奴母子相唤③,到里面坐定吃茶。金奴道:"官人认认奴家房里。"吴山同金奴到楼上房中。正所谓:

> 合意友来情不厌,知心人至话相投。

金奴与吴山在楼上,如鱼得水,似漆投胶,两个无非说些深情密意的话。少不得安排酒肴,八老搬上楼来,掇过镜架,就摆在梳妆卓上。八老下来,金奴讨酒,才敢上去。两个并坐,金奴筛酒一杯④,双手敬

---

① 用:要,应该。作谢:致谢,道谢。

② 兜轿:只有坐位而没有轿厢的便轿,也叫"兜子"、"兜笼"。

③ 相唤:即"相叫"。

④ 筛酒:斟酒。

与吴山道："官人灸火，妾心无时不念。"吴山接酒在手道："小生为因灸火，有失期约。"酒尽，也筛一杯回敬与金奴。吃过十数杯，二人情兴如火，免不得再把旧情一叙。交欢之际，无限恩情。事毕起来，洗手更酌。又饮数杯，醉眼朦胧，余兴未尽。吴山因灸火在家，一月不曾行事。见了金奴，如何这一次便罢？吴山合当死，魂灵都被金奴引散乱了，情兴复发，又弄一火。正是：

> 爽口物多终作疾，快心事过必为殃。

吴山重复①，自觉神思散乱，身体困倦，打熬不过，饭也不吃，倒身在床上睡了。金奴见吴山睡着，走下楼到外边，说与轿夫道："官人吃了几杯酒，睡在楼上。二位太保宽坐等一等②，不要催促。"轿夫道："小人不敢来催。"金奴分付毕，走上楼来，也睡在吴山身边。

　　且说吴山在床上方合眼，只听得有人叫："吴小官好睡！"连叫数声。吴山醉眼看见一个胖大和尚，身披一领旧褊衫③，赤脚穿双僧鞋，腰系着一条黄丝绦，对着吴山打个问讯。吴山跳起来还礼道："师父上刹何处④？因甚唤我？"和尚道："贫僧是桑菜园水月寺住持⑤，因为死了徒弟，特来劝化官人。贫僧看官人相貌，生得福薄，无缘受享荣华，只好受些清淡，弃俗出家，与我做个徒弟。"吴山道："和尚好没分晓！我父母半百之年，止生得我一人，成家接代，创立门风，如何出家？"和尚道："你只好出家，若还贪享荣华，即当命夭。依贫僧口，跟我去罢。"吴山道："乱话！此间是妇人卧房，你是出家人，到此何干？"那和尚睁着两眼，叫道："你跟我去也不？"吴山道："你这

①重复：重新，再次。

②太保：这里是对仆役的尊称。太保本是官名。古时三公之一，宋元时也用作对巫师、武士以及仆役等的称呼。

③褊衫：即"偏衫"。僧尼的一种服装，像袈裟之类的法衣。

④上刹：对佛寺的敬称。

⑤桑菜园水月寺：原文作"桑菜园寺水月住持"。《西湖游览志》卷六："梯云岭，石磴峻绝，岭下旧有水月寺。宋太平兴国二年建，元末毁。"住持，佛教寺院中担任主管职务的僧人，也称"方丈"、"长老"。

秃驴,好没道理! 只顾来缠我做甚?"和尚大怒,扯了吴山便走,到楼梯边,吴山叫起屈来,被和尚尽力一推,望楼梯下面倒撞下来。撒然惊觉①,一身冷汗。开眼时,金奴还睡未醒,原来做一场梦。觉得有些恍惚,爬起坐在床上,呆了半晌。金奴也醒来,道:"官人好睡。难得你来,且歇了,明蚤去罢。"吴山道:"家中父母记挂,我要回去,别日再来望你。"金奴起身,分付安排点心。吴山道:"我身子不快,不要点心。"金奴见吴山脸色不好,不敢强留。吴山整了衣冠,下楼辞了金奴母子急急上轿。

　天色已晚,吴山在轿思量,白日里做场梦,甚是作怪。又惊又忧,肚里渐觉疼起来。在轿过活不得,巴不得到家,分付轿夫快走。捱到自家门首,肚疼不可忍,跳下轿来,走入里面,径奔楼上。坐在马桶上,疼一阵,撒一阵,撒出来都是血水。半晌,方上床。头眩眼花,倒在床上,四肢倦怠,百骨酸疼,大底是本身元气微薄,况又色欲过度。防御见吴山面青失色,奔上楼来,吃了一惊道:"孩儿因甚这般模样?"吴山应道:"因在机户人家多吃了几杯酒,就在他家睡。一觉醒来热渴,又吃了一碗冷水,身体便觉拘急②,如今作起泻来。"说未了,咬牙寒禁③,浑身冷汗如雨,身如炭火一般。防御慌急下楼,请医来看,道:"脉气将绝,此病难医。"再三哀恳太医④,乞用心救取。医人道:"此病非干泄泻之事,乃是色欲过度,耗散元气,为脱阳之症,多是不好。我用一帖药,与他扶助元气。若是服药后,热退脉起,则有生意。"医人撮了药自去。父母再三盘问,吴山但摇头不语。将及初更,吴山服了药,伏枕而卧。忽见日间和尚又来,立在床边,叫道:"吴山,你强熬做甚? 不如早随我去。"吴山道:"你快去,休来缠我!"那和尚不由分说,将身上黄丝绦缚在吴山项上,扯了便走。

────────

①撒然:形容突然惊醒的样子。

②拘急:指身体痉挛、抽搐。

③寒禁:同"寒噤"。

④太医:本指御医,宋元时也用作对一般医生的敬称。

吴山攀住床棂,大叫一声惊醒,又是一梦。开眼看时,父母、浑家皆在面前。父母问道:"我儿因甚惊觉?"吴山自觉神思散乱,料捱不过,只得将金奴之事,并梦见和尚,都说与父母知道。说罢,哽哽咽咽哭将起来。父母、浑家尽皆泪下。防御见吴山病势危笃,不敢埋怨他,但把言语来宽解。吴山与父母说罢,昏晕数次。复苏,泣谓浑家道:"你可善侍公姑①,好看幼子。丝行资本,尽彀盘费②。"浑家哭道:"且宽心调理,不要多虑。"吴山叹了气一口,唤丫鬟扶起,对父母说道:"孩儿不能复生矣。爹娘空养了我这个忤逆子,也是年灾命危③,逢着这个冤家。今日虽悔,噬脐何及!传与少年子弟,不要学我干这等非为的事,害了自己性命。男子六尺之躯,实是难得!要贪花恋色的,将我来做个样。孩儿死后,将身尸丢在水中,方可谢抛妻弃子、不养父母之罪。"言讫,方才合眼,和尚又在面前。吴山哀告:"我师,我与你有甚冤仇,不肯放舍我?"和尚道:"贫僧只因犯了色戒,死在彼处,久滞幽冥,不得脱离鬼道。向日偶见官人白昼交欢,贫僧一时心动,欲要官人做个阴魂之伴。"言罢而去。吴山醒来,将这话对父母说知。吴防御道:"原来被冤魂来缠。"慌忙在门外街上,焚香点烛,摆列羹饭④,望空拜告:"慈悲放舍我儿生命,亲到彼处设醮追拔⑤。"祝毕,烧化纸钱。防御回到楼上,天晚,只见吴山朝着里床睡着,猛然番身坐将起来,睁着眼道:"防御,我犯如来色戒,在羊毛寨里寻了自尽。你儿子也来那里淫欲,不免把我前日的事,陡然想起,要你儿子做个替头,不然求他超度。适才承你羹饭纸钱,许我荐拔,我放舍了你的儿子,不在此作祟。我还去羊毛寨里等你超拔,若得脱生,永不来了。"说话方毕,吴山双手合掌作礼,洒然而觉,

①公姑:公婆,丈夫的父母。

②彀(gòu):同"够"。

③危:当是"厄"之误。

④羹饭:祭祀亡灵的食品。

⑤设醮追拔:做法事超度死者。设醮,打醮。追拔,追荐。

颜色复旧。浑家摸他身上,已住了热。起身下床解手,又不泻了。一家欢喜。复请原日医者来看,说道:"六脉已复,有可救生路。"撮下了药,调理数日,渐渐好了。

防御请了几众僧人,在金奴家做了一昼夜道场。只见金奴一家做梦,见个胖和尚拿了一条拄杖去了。吴山将息半年,依旧在新桥市上生理。一日,与主管说起旧事,不觉追悔道:"人生在世,切莫为昧己勾当。真个明有人非,幽有鬼责,险些儿丢了一条性命。"从此改过前非,再不在金奴家去①。亲邻有知道的,无不钦敬。正是:

痴心做处人人爱②,冷眼观时个个嫌。

觑破关头邪念息③,一生出处自安恬④。

---

① 在:到。《水浒传》第三十七回:"把橹一摇,那只小船早荡在江心里去。"

② 处:表示时间,相当于"时"。变文《欢喜国王缘》:"六宫送处皆垂泪,三殿辞时哭断肠。""痴心"二句亦见本书卷三十八。

③ 觑破关头:看破红尘,参透世情。这里主要指参破色欲这一关。

④ 出处:进退,出仕和隐退。这里泛指人的日常活动。

第四卷

闲云庵阮三偿冤债

好姻缘是恶姻缘，莫怨他人莫怨天。

但愿向平婚嫁早[①]，安然无事度余年。

这四句，奉劝做人家的[②]，早些毕了儿女之债。常言道：男大须婚，女大须嫁；不婚不嫁，弄出丑吒[③]。多少有女儿的人家，只管要拣门择户，扳高嫌低，担误了婚姻日子。情窦开了，谁熬得住？男子便去偷情嫖院[④]；女儿家拿不定定盘星，也要走差了道儿。那时悔之何及！

则今日说个大大官府，家住西京河南府梧桐街兔演巷[⑤]，姓陈，名太常。自是小小出身，累官至殿前太尉之职[⑥]。年将半百，娶妾无子，止生一女，名叫玉兰。那女孩儿生于贵室，长在深闺，青春二八，真有如花之容，似月之貌。况描绣针线，件件精通；琴棋书画，无所不晓。那陈太常常与夫人说："我位至大臣，家私万贯，止生得这个女儿，况有才貌，若不寻个名目相称的对头[⑦]，枉居朝中大臣之位。"便唤官媒婆分付道："我家小姐年长，要选良姻，须是三般全的方可

---

①向平：东汉人向长，字子平，隐居不仕，在子女婚嫁后，便漫游五岳名山，不知所终。后称子女婚嫁事为"向平之愿"，子女婚嫁事毕为"向平愿了"。

②做人家：成家立业，建立家庭，过生活。

③丑吒：丑恶。这里指丑事。

④嫖（piáo）院：嫖妓。嫖，同"嫖"。

⑤西京河南府：宋代以河南府洛阳为西京。

⑥殿前太尉：指殿前都指挥使，殿司的统兵官。太尉在宋代本是武臣阶官之最高一级，但宋代对武将一般尊称为太尉。

⑦名目：这里指名声、名位。

来说。一要当朝将相之子,二要才貌相当,三要名登黄甲①。有此三者,立赘为婿。如少一件,枉自劳力。"因此往往选择,或有登科及第的,又是小可出身②;或门当户对,又无科第。及至两事俱全,年貌又不相称了,以此蹉跎下去。光阴似箭,玉兰小姐不觉一十九岁了,尚没人家。

时值正和二年上元令节③,国家有旨庆赏元宵。五凤楼前架起鳌山一座④,满地华灯,喧天锣鼓。自正月初五日起,至二十日止,禁城不闭⑤,国家与民同乐。怎见得? 有只词儿,名《瑞鹤仙》,单道着上元佳景:

瑞烟浮禁苑,正绛阙春回⑥;新正方半,冰轮桂华满⑦。溢花衢歌市⑧,芙蓉开遍。龙楼两观⑨,见银烛星毬灿烂⑩。卷珠帘,尽日笙歌,盛集宝钗金钏。堪羡! 绮罗丛里,兰麝香中,正宜游玩。风柔夜暖,花影乱,笑声喧。闹蛾儿满地⑪,成团打块,簇着冠儿斗转⑫。喜皇都,旧日风光,太平再见。

---

①名登黄甲:指考中进士。进士名册,用黄纸书写,故称黄甲。甲,宋代科举考试自一等至五等称"五甲"。

②小可:轻微,低下。

③正和:当作"政和"。上元令节:上元佳节,即元宵节。

④五凤楼:宋代西京洛阳宫城南三门的中门城楼。唐时称洛阳为东京,已有此楼,后梁太祖朱温曾重建。鳌山:宋时于元宵节夜,为燃放花灯搭的彩山,也叫"山棚"、"灯山"。

⑤禁城:宫城,皇城。

⑥绛阙:宫殿的朱色门阙。

⑦冰轮:明月。桂华:即桂花。传说月中有桂树。

⑧花衢歌市:泛指繁华热闹的街市。花衢,也叫"花街",多指妓院聚集的地方。

⑨两观(guàn):宫门前两边的望楼。

⑩星毬:即灯毬,指球形的灯笼。

⑪闹蛾儿:宋时元宵节妇女插戴的一种头饰,用乌金纸剪成蛱蝶草虫等形,点染朱粉,再以小铜丝缠缀针上而成。

⑫冠儿:指妇女所戴的帽子。

只为这元宵佳节,处处观灯,家家取乐,引出一段风流的事来。

话说这兔演巷内,有个年少才郎,姓阮,名华,排行第三,唤做阮三郎。他哥哥阮大与父亲专在两京商贩①,阮二专一管家。那阮三年方二九,一貌非俗;诗词歌赋,般般皆晓。笃好吹箫。结交几个豪家子弟,每日向歌馆娼楼,留连风月。时遇上元灯夜,知会几个弟兄来家②,笙箫弹唱,歌笑赏灯。这伙子弟在阮三家,吹唱到三更方散。阮三送出门,见行人稀少,静夜月明如昼,向众人说道:"恁般良夜,何忍便睡? 再举一曲何如?"众人依允,就在阶沿石上向月而坐,取出笙、箫、象板③,口吐清音,呜呜咽咽的又吹唱起来。正是:

> 隔墙须有耳,窗外岂无人?

那阮三家,正与陈太尉对衙。衙内小姐玉兰,欢要赏灯,将次要去歇息④。忽听得街上乐声缥缈,响彻云际。料得夜深,众人都睡了,忙唤梅香⑤,轻移莲步,直至大门边,听了一回,情不能已。有个心腹的梅香,名曰碧云。小姐低低分付道:"你替我去街上看甚人吹唱。"梅香巴不得趋承小姐,听得使唤这事,轻轻地走到街边,认得是对邻子弟,忙转身入内,回复小姐道:"对邻阮三官与几个相识,在他门首吹唱。"那小姐半晌之间,口中不道,心下思量:"数日前,我爹曾说阮三点报朝中驸马⑥,因使用不到⑦,退回家中。想就是此人了,才貌必然出众。"又听了一个更次,各人分头散去。小姐回转香房,一夜不曾合眼,心心念念,只想着阮三:"我若嫁得恁般风流子弟,也不

---

① 两京:宋代东京汴梁(开封)和西京洛阳。

② 知会:通知,约请。

③ 象板:象牙拍板,一种打击乐器。

④ 将次:将要,刚刚。

⑤ 梅香:丫鬟,婢女。旧时多以"梅香"作婢女的名字,因此成了婢女的代称。

⑥ 点报朝中驸马:明代始公开招选驸马,民间子弟也可报名,最后由皇帝在选中的三人中钦点一人为驸马。(参见许政扬:《话本征时》)

⑦ 使用:这里指送礼、贿赂。

枉一生夫妇。怎生得会他一面也好①?"正是:

邻女乍萌窥玉意②,文君早乱听琴心。

且说次日天晓,阮三同几个子弟到永福寺中游玩,见烧香的士女佳人,来往不绝,自觉心性荡漾。到晚回家,仍集昨夜子弟,吹唱消遣。每夜如此,迤逦至二十日。这一夜,众子弟们各有事故,不到阮三家里。阮三独坐无聊,偶在门侧临街小轩内,拿壁间紫玉鸾箫③,手中按着宫、商、角、徵、羽,将时样新词曲调,清清地吹起。吹不了半只曲儿,忽见个侍女推门而入,深深地向前道个万福。阮三停箫问道:"你是谁家的姐姐?"丫鬟道:"贱妾碧云④,是对邻陈衙小姐贴身伏侍的。小姐私慕官人,特地着奴请官人一见。"那阮三心下思量道:"他是个官宦人家,守阍耳目不少⑤,进去易,出来难。被人瞧见盘问时,将何回答?却不枉受凌辱?"当下回言道:"多多上复小姐⑥,怕出入不便,不好进来。"碧云转身回复小姐。小姐想起夜来音韵标格⑦,一时间春心摇动,便将手指上一个金镶宝石戒指儿,褪将下来,付与碧云,分付道:"你替我将这件物事,寄与阮三郎,将带他来见我一见⑧,万不妨事。"碧云接得在手,"一心忙似箭,两脚走如飞",慌忙来到小轩。阮三官还在那里。碧云手儿内托出这个物来,致了小姐之意。阮三口中不道,心下思量:"我有此物为证,又有梅香引路,何怕他人?"随即与碧云前后而行。到二门外,小姐先在门傍守候,觑着阮三目不转睛,阮三看得女子也十分仔细。正欲交言,

---

①怎生:怎样,无论如何。

②窥玉:宋玉《登徒子好色赋》说,邻家有一美女登墙窥看他,达三年之久。

③紫玉鸾箫:即"紫玉箫",一种用紫竹制作的箫。紫玉,指紫竹。鸾箫,即箫。古人称笙、箫等细乐为"鸾吹",称笙、箫为"鸾笙"、"鸾箫"。

④贱妾:古代妇女自称的谦词。

⑤守阍(hūn):守门。

⑥上复:禀报,奉告。

⑦音韵标格:指人的气韵风度。标格,风度,风范。

⑧将带:带领,携带。

门外吆喝道："太尉回衙!"小姐慌忙回避归房,阮三郎火速回家。

自此,把那戒指儿紧紧的戴在左手指上,想那小姐的容貌,一时难舍。只恨闺阁深沉,难通音信。或在家,或出外,但是看那戒指儿①,心中十分惨切。无由再见,追忆不已。那阮三虽不比宦家子弟,亦是富室伶俐的才郎。因是相思日久,渐觉四肢羸瘦,以至废寝忘餐。忽经两月有余,恹恹成病。父母再三严问,并不肯说。正是:

　　　　口含黄柏味,有苦自家知。

却说有一个与阮三一般的豪家子弟,姓张,名远,素与阮三交厚。闻得阮三有病月余,心中悬挂。一日早,到阮三家内询问起居。阮三在卧榻上听得堂中有似张远的声音,唤仆邀入房内。张远看看阮三面黄肌瘦,咳嗽吐痰,心中好生不忍,嗟叹不已!坐向榻床上去问道:"阿哥,数日不见,怎么染着这般晦气? 你害的是甚么病?"阮三只摇头不语。张远道:"阿哥,借你手我看看脉息。"阮三一时失于计较,便将左手抬起,与张远察脉。张远按着寸关尺②,正看脉间,一眼瞧见那阮三手指上戴着个金嵌宝石的戒指。张远口中不说,心下思量:"他这等害病,还戴着这个东西,况又不是男子之物,必定是妇人的表记。料得这病根从此而起。"也不讲脉理,便道:"阿哥,你手上戒指从何而来? 怎般病症,不是当耍。我与你相交数年,重承不弃③,日常心腹,各不相瞒。我知你心,你知我意,你可实对我说。"阮三见张远参到八九分的地步④,况兼是心腹朋友,只得将来历因依⑤,尽行说了。张远道:"阿哥,他虽是个宦家的小姐,若无这个表记,便对面相逢,未知他肯与不肯;既有这物事,心下已允。待阿哥将息贵体,稍健旺时,在小弟身上,想个计策,与你成就此事。"阮三道:"贱

————————

①但是:但凡,只要是。

②寸关尺:中医指手腕上的经脉部位,即寸口、关上、尺中。

③重承:深蒙。重,副词。表示程度深,相当于"极"、"甚"。

④参:领会,领悟。

⑤因依:缘由,原委。

恙只为那事而起，若要我病好，只求早图良策。"枕边取出两锭银子，付与张远道："倘有使用，莫惜小费。"张远接了银子道："容小弟从容计较，有些好音，却来奉报①。你可宽心保重。"

张远作别出门，到陈太尉衙前站了两个时辰。内外出入人多，并无相识，张远闷闷而回。次日，又来观望，绝无机会。心下想道："这事难以启齿，除非得他梅香碧云出来，才可通信。"看看到晚，只见一个人捧着两个磁瓮，从衙里出来，叫唤道："门上那个走差的闲在那里？奶奶着你将这两瓮小菜送与闲云庵王师父去。"张远听得了，便想道："这闲云庵王尼姑，我平昔相认的。奶奶送他小菜，一定与陈衙内往来情熟②。他这般人，出入内里，极好传消递息，何不去寻他商议？"又过了一夜。到次早，取了两锭银子，径投闲云庵来。这庵儿虽小，其实幽雅。怎见得？有诗为证：

> 短短横墙小小亭，半檐疏玉响玲玲③。
>
> 尘飞不到人长静，一篆炉烟两卷经④。

庵内尼姑，姓王，名守长，他原是个收心的弟子⑤。因师弃世日近，不曾接得徒弟，止有两个烧香、上灶烧火的丫头。专一向富贵人家布施。佛殿后新塑下观音、文殊、普贤三尊法像，中间观音一尊，亏了陈太尉夫人发心喜舍⑥，妆金完了⑦，缺那两尊未有施主。这日正出庵门，恰好遇着张远，尼姑道："张大官何往？"张远答道："特来。"尼姑回身请进，邀入庵堂中坐定。茶罢，张远问道："适间师父要往那里去？"尼姑道："多蒙陈太尉家奶奶布施，完了观音圣像，不

---

①却来：再来。

②情熟：相熟，熟识。

③疏玉：疏竹。玉，喻竹。

④篆：指浮动的烟缕。这里用作量词。按：此诗为宋代女作家朱淑真所作，题为《书王庵道姑壁》。

⑤收心：指改邪归正。弟子：宋元时称妓女为弟子。

⑥发心：发愿。喜舍：行善施舍。

⑦妆金：给佛像贴金。

曾去回复他。昨日又承他差人送些小菜来看我，作意备些薄礼①，来日到他府中作谢，后来那两尊，还要他大出手哩②。因家中少替力的人，买几件小东西，也只得自身奔走。"张远心下想道："又好个机会。"便向尼姑道："师父，我有个心腹朋友，是个富家。这二尊圣像，就要他独造也是容易，只要烦师父干一件事。"张远在袖儿里摸出两锭银子，放在香桌上道："这银子权当开手③，事若成就，盖庵盖殿，随师父的意。"那尼姑贪财，见了这两锭细丝白银④，眉花眼笑道："大官人，你相识是谁？委我干甚事来？"张远道："师父，这事是件机密事，除是你干得⑤，况是顺便。可与你到密室说知。"说罢，就把二锭银子，纳入尼姑袖里，尼姑半推不推收了。二人进一个小轩内竹榻前坐下，张远道："师父，我那心腹朋友阮三官，于今岁正月间，蒙陈太尉小姐使梅香寄个表记来与他，至今无由相会。明日师父到陈府中去见奶奶，乘这个便，倘到小姐房中，善用一言，约到庵中与他一见，便是师父用心之处。"尼姑沉吟半晌，便道："此事未敢轻许！待会见小姐，看其动静，再作计较。你且说甚么表记？"张远道："是个嵌宝金戒指。"尼姑道："借过这戒指儿来，暂时自有计较⑥。"张远见尼姑收了银子，又不推辞，心中大喜。当时作别，便到阮三家来，要了他的金戒指，连夜送到尼姑处了。

却说尼姑在床上想了半夜，次日天晓起来，梳洗毕，将戒指戴在左手上，收拾礼盒，着女童挑了，迤逦来到陈衙，直至后堂歇了。夫人一见，便道："出家人如何烦你坏钞？"尼姑稽首道："向蒙奶奶布

---

①作意：打算，起意。

②出手：拿出来。这里指出钱、施舍。

③开手：指请人办事时给的初次酬劳。

④细丝白银：成色较好的银子，含白铜量少，纹丝细致。成色低的银子叫"水丝"。

⑤除是：只有，除非。

⑥暂时：一时，短时间内。

施,今观音圣像已完,山门有幸①。贫僧正要来回覆奶奶。昨日又蒙厚赐,感谢不尽。"夫人道:"我见你说没有好小菜吃粥,恰好江南一位官人,送得这几瓮瓜菜来,我分两瓮与你。这些小东西,也谢什么!"尼姑合掌道:"阿弥陀佛! 滴水难消②。虽是我僧家口吃十方③,难说是应该的④。"夫人道:"这圣像完了中间一尊,也就好看了。那两尊以次而来,少不得还要助些工费。"尼姑道:"全仗奶奶做个大功德,今生恁般富贵,也是前世布施上修来的。如今再修去时,那一世还你荣华受用。"夫人教丫鬟收了礼盒,就分付厨下办斋,留尼姑过午。少间,夫人与尼姑吃斋,小姐也坐在侧边相陪。斋罢,尼姑开言道:"贫僧斗胆,还有句话相告:小庵圣像新完,涓选四月初八日⑤,我佛诞辰,启建道场,开佛光明⑥。特请奶奶、小姐,光降随喜,光辉山门则个⑦。"夫人道:"老身定来拜佛,只是小姐怎么来得?"那尼姑眉头一蹙,计上心来,道:"前日坏腹⑧,至今未好,借解一解。"那小姐因为牵挂阮三,心中正闷,无处可解情怀。忽闻尼姑相请,喜不自胜。正要行动,仍听夫人有阻⑨,巴不得与那尼姑私下计较。因见尼姑要解手,便道:"奴家陪你进房。"两个直至闺室。正是:

　　背地商量无好话,私房计较有奸情。

　　尼姑坐在触桶上道⑩:"小姐,你初八日同奶奶到我小庵觑一觑,若何?"小姐道:"我巴不得来,只怕爹妈不肯。"尼姑道:"若是小姐坚意要去,奶奶也难固执。奶奶若肯时,不怕太尉不容。"尼姑一

---

　　①山门:佛寺的大门,这里代指寺院。

　　②滴水难消:比喻即使菲薄之物也不配受用。

　　③十方:佛教称东、西、南、北、东南、西南、东北、西北及上、下为十方。

　　④难说:不好说。表示不宜、不该。

　　⑤涓选:选取吉日。涓,择取。

　　⑥开佛光明:这里指给塑好的佛像点眼睛,也叫"开眼"、"开眼光"。

　　⑦则个:句末语气词,表祈使。

　　⑧坏腹:腹泻。

　　⑨仍:乃,却。

　　⑩触桶:便桶。

头说话，一头去拿粗纸，故意露出手指上那个宝石嵌的金戒指来。小姐见了大惊，便问道："这个戒指那里来的？"尼姑道："两月前，有个俊雅的小官人进庵，看妆观音圣像，手中褪下这个戒指儿来，带在菩萨手指上，祷祝道：'今生不遂来生愿，愿得来生逢这人。'半日间对着那圣像，潜然挥泪。被我再四严问，他道：'只要你替我访这戒指的对儿，我自有话说。'"小姐见说了意中之事，满面通红。停了一会，忍不住又问道："那小官人姓甚？ 常到你庵中么？"尼姑回道："那官人姓阮，不时来庵闲观游玩。"小姐道："奴家有个戒指，与他到是一对。"说罢，连忙开了妆盒，取出个嵌宝戒指，递与尼姑。尼姑将两个戒指比看，果然无异，笑将起来。小姐道："你笑什么？"尼姑道："我笑这个小官人，痴痴的只要寻这戒指的对儿；如今对到寻着了，不知有何话说？"小姐道："师父，我要……"说了半句，又住了口。尼姑道："我们出家人，第一口紧。小姐有话，不妨分付。"小姐道："师父，我要会那官人一面，不知可见得么？"尼姑道："那官人求神祷佛，一定也是为着小姐了。要见不难，只在四月初八这一日，管你相会。"小姐道："便是爹妈容奴去时，母亲在前，怎得方便？"尼姑附耳低言道："到那日来我庵中，倘斋罢闲坐，便可推睡，此事就谐了。"小姐点头会意，便将自己的戒指都舍与尼姑。尼姑道："这金子好把做妆佛用，保小姐百事称心。"说罢，两个走出房来。夫人接着，问道："你两个在房里多时，说甚么样话？"惊得那尼姑心头一跳，忙答道："小姐因问我浴佛的故事①，以此讲说这一晌②。"又道："小姐也要瞻礼佛像，奶奶对太尉老爷说声，至期专望同临。"夫人送出厅前，尼姑深深作谢而去。正是：

　　　　惯使牢笼计，安排年少人。

　　再说尼姑出了太尉衙门，将了小姐舍的金戒指儿，一直径到张

①浴佛：相传农历四月八日为释迦牟尼的生日，佛教信徒于此日用香汤灌洗佛像，叫浴佛。

②一晌：既可指很短时间，也可指较长时间。这里指后者。

远家来。张远在门首伺候多时了,远远地望见尼姑,口中不道,心下思量:"家下耳目众多,怎么言得此事?"提起脚儿,慌忙迎上一步道:"烦师父回庵去,随即就到。"尼姑回身转巷,张远穿径寻庵,与尼姑相见。邀入松轩,从头细话,将一对戒指儿度与张远①。张远看见道:"若非师父,其实难成,阮三官还有重重相谢。"张远转身就去回复阮三。阮三又收了一个戒指,双手带着,欢喜自不必说。

至四月初七日,尼姑又自到陈衙邀请,说道:"因夫人小姐光临,各位施主人家,贫僧都预先回了②。明日更无别人,千万早降。"夫人已自被小姐朝暮聒絮的要去拜佛③,只得允了。那晚,张远先去期约阮三。到黄昏人静,悄悄地用一乘女轿抬到庵里。尼姑接入,寻个窝窝凹凹的房儿④,将阮三安顿了。分明正是:

> 猪羊送屠户之家,一脚脚来寻死路。

尼姑睡到五更时分,唤女童起来,佛前烧香点烛,厨下准备斋供。天明便去催那采画匠来,与圣像开了光明,早斋就打发去了。少时陈太尉女眷到来,怕不稳便,单留同辈女僧,在殿上做功德诵经。将次到巳牌时分,夫人与小姐两个轿儿来了。尼姑忙出迎接,邀入方丈⑤。茶罢,去殿前、殿后拈香礼拜。夫人见旁无杂人,心下欢喜。尼姑请到小轩中宽坐,那伙随从的男女各有个坐处。尼姑支分完了⑥,来陪夫人小姐前后行走,观看了一回,才回到轩中吃斋。斋罢,夫人见小姐饭食稀少,洋洋瞑目作睡⑦。夫人道:"孩儿,你今日想是起得早了些。"尼姑慌忙道:"告奶奶,我庵中绝无闲杂之辈,

---

①度与:交与,给与。
②回:回绝。
③聒(guō)絮:絮絮叨叨。
④窝窝凹凹:形容地方幽深偏僻。
⑤方丈:一丈四方之室,指寺院中僧尼长老、住持的居室或客殿。亦指寺院、道观的住持。
⑥支分:分派,打发。
⑦洋洋:同"佯佯"。假装。

便是志诚老实的女娘们①，也不许他进我的房内。小姐去我房中，拴上房门睡一睡，自取个稳便，等奶奶闲步一步。你们几年何月来走得一遭！"夫人道："孩儿，你这般困倦，不如在师父房内睡睡。"

小姐依了母命，走进房内，刚拴上门，只见阮三从床背后走出来，看了小姐，深深的作揖道："姐姐，候之久矣。"小姐慌忙摇手，低低道："莫要则声②！"阮三倒褪几步③，候小姐近前，两手相挽，转过床背后，开了侧门，又到一个去处：小巧漆桌藤床，隔断了外人耳目。两人搂做一团，说了几句情话，双双解带，好似渴龙见水。这场云雨，其实畅快。有《西江月》为证：

> 一个想着吹箫风韵，一个想着戒指恩情。相思半载欠安宁，此际相逢侥幸。　　一个难辞病体，一个敢惜童身；枕边吁喘不停声，还嫌道欢娱俄顷。

原来阮三是个病久的人，因为这女子，七情所伤，身子虚弱。这一时相逢，情兴酷浓，不顾了性命。那女子想起日前要会不能，今日得见，倒身奉承，尽情取乐。不料乐极悲生，为好成歉④。一阳失去，片时气断丹田；七魄分飞，顷刻魂归阴府。

正所谓：

> 天有不测风云，人有旦夕祸福。

小姐见阮三伏在身上，寂然不动。用双手儿搂定郎腰，吐出丁香⑤，送郎口中。只见牙关紧咬难开，摸着遍身冰冷，惊慌了云雨娇娘。顶门上不见了三魂，脚底下荡散了七魄⑥，番身推在里床，起来忙穿襟袄，带转了侧门，走出前房，喘息未定。怕娘来唤，战战兢兢，

---

①志诚：虔诚，诚实。

②则声：作声。

③倒褪：这里同"倒退"。

④为好成歉：做好事反而造成不利于己的结果。歉，歹，坏。

⑤丁香：这里借喻女人的舌头。

⑥三魂、七魄：道家认为人的魂有三种，魄有四种。

向妆台重整花钿,对鸾镜再匀粉黛。恰才整理完备,早听得房外夫人声唤①,小姐慌忙开门,夫人道:"孩儿,殿上功德也散了,你睡才醒?"小姐道:"我睡了半晌,在这里整头面②,正要出来和你回衙去。"夫人道:"轿夫伺候多时了。"小姐与夫人谢了尼姑,上轿回衙去不题。

且说尼姑王守长送了夫人起身,回到庵中,厨房里洗了盘碗器皿,佛殿上收了香火供食,一应都收拾已毕。只见那张远同阮二哥进庵,与尼姑相见了,称谢不已,问道:"我家三官今在那里?"尼姑道:"还在我里头房里睡着。"尼姑便引阮二与张远开了侧房门,来卧床边叫道:"三哥,你怎的好睡,还未醒!"连叫数次不应,阮二用手摇也不动,口鼻全无气息。仔细看时,呜呼哀哉了。阮二吃了一惊,便道:"师父,怎地把我兄弟坏了性命?这事不得干净③!"尼姑慌道:"小姐吃了午斋便推要睡,就入房内,约有两个时辰。殿上功德完了,老夫人叫醒来,恰才去得不多时。我只道睡着,岂知有此事。"阮二道:"说便是这般说,却是怎了?"尼姑道:"阮二官,今日幸得张大官在此,向蒙张大官分付,实望你家做檀越施主④,因此用心,终不成要害你兄弟性命?张大官,今日之事,却是你来寻我,非是我来寻你。告到官司,你也不好,我也不好。向日蒙施银二锭,一锭我用去了,止存一锭不敢留用,将来与三官人凑买棺木盛殓。只说在庵养病,不料死了。"说罢,将出这锭银子,放在卓上道:"你二位,凭你怎么处置。"

张远与阮二默默无言,呆了半晌。阮二道:"且去买了棺木来再议。"张远收了银子,与阮二同出庵门,迤逦路上行着。张远道:"二哥,这个事本不干尼姑事。三哥是个病弱的人,想是与女子交会,用过了力气,阳气一脱,就是死的。我也只为令弟面上情分好,况令弟

---

①声唤:叫唤。
②头面:首饰,妇女头上装饰品的总称。
③干净:这里是了结的意思。
④檀越施主:即施主。檀越是梵语的音译,意即施主。

前日,在床前再四叮咛,央浼不过①,只得替他干这件事。"阮二回言道:"我论此事,人心天理,也不干着那尼姑事,亦不干你事。只是我这小官人年命如此②,神作祸作③,作出这场事来。我心里也道罢了,只愁大哥与老官人回来怨畅④,怎的了?"连晚与张远买了一口棺木,抬进庵里,盛殓了,就放在西廊下,只等阮员外、大哥回来定夺。正是:

> 酒到散筵欢趣少,人逢失意叹声多。

忽一日,阮员外同大官人商贩回家,与院君相见⑤,合家欢喜。员外动问三儿病症,阮二只得将前后事情,细细诉说了一遍。老员外听得说三郎死了,放声大哭了一场,要写起词状⑥,与陈太尉女儿索命⑦:"你家贱人来惹我的儿子!"阮大、阮二再四劝道:"爹爹,这个事想论来,都是兄弟作出来的事,以致送了性命。今日爹爹与陈家讨命,一则势力不敌,二则非干太尉之事。"勉劝老员外选个日子,就庵内修建佛事,送出郊外安厝了。

却说陈小姐自从闲云庵归后,过了月余,常常恶心气闷,心内思酸,一连三个月经脉不举。医者用行经顺气之药,如何得应⑧?夫人暗地问道:"孩儿,你莫是与那个成这等事么?可对我实说。"小姐晓得事露了,没奈何,只得与夫人实说。夫人听得呆了,道:"你爹爹只要寻个有名目的才郎,靠你养老送终。今日弄出这丑事,如何是好?只怕你爹爹得知这事,怎生奈何?"小姐道:"母亲,事已如此,孩儿只是一死,别无计较。"夫人心内又恼又闷,看看天晚,陈太尉回衙,见

---

①央浼(měi):央求。浼,同"浼"。

②年命:年寿命运。

③神作祸作:意思是由鬼神暗中支使而造成灾祸。

④怨畅:埋怨,怨恨。

⑤院君:这里是对富户人家的妻子的尊称。

⑥起:这里是量词。词状:状词,诉状。写起词状,就是写一篇词状。

⑦与:向。

⑧应:应验,效验。

夫人面带忧容,问道:"夫人,今日何故不乐?"夫人回道:"我有一件事恼心。"太尉便问:"有甚么事恼心?"夫人见问不过,只得将情一一诉出①。太尉不听说万事俱休,听得说了,怒从心上起,道:"你做母的不能看管孩儿,要你做甚?"急得夫人阁泪汪汪②,不敢回对。太尉左思右想,一夜无寐。

天晓出外理事,回衙与夫人计议:"我今日用得买实做了③。如官府去,我女孩儿又出丑,我府门又不好看,只得与女孩儿商量作何理会。"女儿扑簌簌吊下泪来④,低头不语。半晌间,扯母亲于背静处,说道:"当原是儿的不是⑤,坑了阮三郎的性命。欲要寻个死,又有三个月遗腹在身,若不寻死,又恐人笑。"一头哭着,一头说:"莫若等待十个月满足,生得一男半女,也不绝了阮三后代,也是当日相爱情分。妇人从一而终,虽是一时苟合,亦是一日夫妻,我断然再不嫁人。若天可怜见,生得一个男子,守他长大,送还阮家,完了夫妻之情。那时寻个自尽,以赎玷辱父母之罪。"夫人将此话说与太尉知道,太尉只叹了一口气,也无奈何。暗暗着人请阮员外来家计议,说道:"当初是我闺门不谨,以致小女背后做出天大事来,害了你儿子性命,如今也休题了。但我女儿已有三个月遗腹,如何出活⑥?如今只说我女曾许嫁你儿子,后来在闲云庵相遇,为想我女,成病几死,因而彼此私情。庶他日生得一男半女⑦,犹有许嫁情由,还好看相⑧。"阮员外依允,从此就与太尉两家来往。

---

①将情:把实情。

②阁泪:含泪,强忍住眼泪使不掉下来。

③买实做:意思不详,这里大概是指找一个稳妥的办法,而不向外声张。

④吊:掉落。

⑤当原:当初。也写作"当元"。许政扬校注本在"当"字后增一"初"字,实误。

⑥出活:出脱,开脱。

⑦庶:但愿,幸而,或许。

⑧好看相:面子上好看,体面。看相,外表,表面的样子。

十月满足,阮员外一般遣礼催生①,果然生个孩儿。到了三岁,小姐对母亲说,欲待领了孩儿,到阮家拜见公婆,就去看看阮三坟墓。夫人对太尉说知,俱依允了。拣个好日,小姐备礼过门,拜见了阮员外夫妇。次日,到阮三墓上哭奠了一回。又取出银两,请高行真僧,广设水陆道场②,追荐亡夫阮三郎。其夜梦见阮三到来,说道:"小姐,你晓得夙因③? 前世你是个扬州名妓,我是金陵人,到彼访亲,与你相处情厚,许定一年之后再来,必然娶你为妻,及至归家,惧怕父亲,不敢禀知,别成姻眷。害你终朝悬望④,郁郁而死。因是夙缘未断,今生乍会之时,两情牵恋。闲云庵相会,是你来索冤债;我登时身死,偿了你前生之命。多感你诚心追荐,今已得往好处托生。你前世抱志节而亡,今世合享荣华。所生孩儿,他日必大贵,烦你好好抚养教训。从今你休怀忆念。"玉兰小姐梦中一把扯住阮三,正要问他托生何处,被阮三用手一推,惊醒将来⑤,嗟叹不已。方知生死恩情,都是前缘夙债。

从此小姐放下情怀,一心看觑孩儿。光阴似箭,不觉长成六岁,生得清奇,与阮三一般标致,又且资性聪明。陈太尉爱惜真如掌上之珠,用自己姓,取名陈宗阮,请个先生教他读书。到一十六岁,果然学富五车⑥,书通二酉⑦。十九岁上,连科及第,中了头甲状元,奉旨归娶。陈、阮二家争先迎接回家,宾朋满堂,轮流做庆贺筵席。当

①遣礼催生:旧时习俗,妇女临产前,母家送礼到婿家,叫"催生礼"。小说中玉兰并未嫁至阮家,故反由阮家送礼。

②水陆道场:佛教法会的一种。僧尼设坛诵经,礼佛拜忏,遍施饮食,以超度水陆一切亡灵。

③夙因:前世的因缘。

④终朝:整天。悬望:挂念,盼望。

⑤将来:用在动词后,表示动作开始或完成。

⑥学富五车:形容学问渊博。《庄子》里说,惠施的书有五车之多。

⑦书通二酉(yǒu):形容读书多。二酉,指大酉、小酉二山。在今湖南沅陵西北。相传古时小酉山石穴中有秦人留下的藏书千卷。后人因以"二酉"来比喻丰富的藏书。

初陈家生子时,街坊上晓得些风声来历的,免不得点点搠搠,背后讥诮。到陈宗阮一举成名,翻夸奖玉兰小姐贞节贤慧,教子成名,许多好处。世情以成败论人,大率如此!后来陈宗阮做到吏部尚书留守官①,将他母亲十九岁上守寡,一生不嫁,教子成名等事,表奏朝廷,启建贤节牌坊②。正所谓:贫家百事百难做,富家差得鬼推磨。虽然如此,也亏陈小姐后来守志,一床锦被遮盖了③,至今河南府传作佳话。有诗为证,诗曰:

　　兔演巷中担病害,闲云庵里偿冤债。

　　周全末路仗贞娘④,一床锦被相遮盖。

----

①留守官:皇帝出巡或亲征时,以亲王或大臣镇守京师,称"京城留守"。

②启建:兴建,建造。《太平御览》卷七十三:"王隐《晋书》曰:杜预启建河桥于富平津。"《警世通言》卷十一:"另封白银十两,付老尼启建道场。"贤节牌坊:即贞节牌坊。贤节,贤惠贞节。

③一床锦被遮盖:宋元时俗语,意思是以美遮丑,把过失、破绽等掩盖起来。也用来比喻请求别人通融。

④末路:困难的境地。

第五卷

穷马周遭际卖𥐠媪

前程暗漆本难知①，秋月春花各有时。

静听天公分付去，何须昏夜苦奔驰？

话说大唐贞观改元，太宗皇帝仁明有道，信用贤臣。文有十八学士②，武有十八路总管③。真个是鸳班济济④，鹭序彬彬⑤。凡天下有才有智之人，无不举荐在位，尽其抱负。所以天下太平，万民安乐。

就中单表一人，姓马，名周，表字宾王，博州茌平人氏⑥。父母双亡，一贫如洗；年过三旬，尚未娶妻，单单只剩一身。自幼精通书史，广有学问；志气谋略，件件过人。只为孤贫无援，没有人荐拔他。分明是一条神龙困于泥淖之中，飞腾不得。眼见别人才学万倍不如他的，一个个出身通显，享用爵禄，偏则自家怀才不遇⑦。每日郁郁自叹道："时也，运也，命也。"一生挣得一副好酒量，闷来时只是饮酒，尽醉方休。日常饭食，有一顿，没一顿，都不计较，单少不得杯中之物。若自己没钱买时，打听邻家有酒，便去噇吃。却又大模大样，不

---

①暗漆：暗黑，不明。

②十八学士：唐太宗开文学馆，以杜如晦、房玄龄等十八人为学士。

③十八路总管：这里所说与史实不符，十八路是宋代的行政区划。总管，指地方的最高军事长官。北周改都督为总管，唐初仍之，相当于后来的节度使。所谓"十八路总管"是泛指有众多的高级将领。

④鸳班济济：指朝官众多。鸳班，喻朝班，朝官排列的位次。鸳，这里通"鹓"，传说为凤一类的鸟。

⑤鹭序彬彬：指百官班次齐整。鹭序，与"鸳班"意思相同。

⑥博州：今山东聊城。茌(chí)平：今属山东聊城。

⑦偏则：偏偏只是。则，同"只"。

谨慎,酒后又要狂言乱叫、发风骂坐①。这伙三邻四舍被他聒噪的不耐烦,没一个不厌他。背后唤他做"穷马周",又唤他是"酒鬼"。那马周晓得了,也全不在心上。正是:

> 未逢龙虎会②,一任马牛呼。

且说博州刺史姓达,名奚③,素闻马周明经有学④,聘他为本州助教之职⑤。到任之日,众秀才携酒称贺,不觉吃得大醉。次日,刺史亲到学宫请教⑥。马周兀自中酒,爬身不起。刺史大怒而去。马周醒后,晓得刺史曾到,特往州衙谢罪,被刺史责备了许多说话。马周口中唯唯,只是不能悛改⑦。每遇门生执经问难,便留住他同饮。支得俸钱,都付与酒家。兀自不敷⑧,依旧在门生家噇酒。一日,吃醉了,两个门生左右扶住,一路歌咏而回。恰好遇着刺史前导⑨,喝他回避,马周那里肯退步?瞋着双眼到骂人起来,又被刺史当街发作了一场。马周当时酒醉不知,次日醒后,门生又来劝马周,在刺史处告罪。马周叹口气道:"我只为孤贫无援,欲图个进身之阶,所以屈志于人。今因酒过,屡被刺史责辱,何面目又去鞠躬取怜?古人不为五斗米折腰,这个助教官儿也不是我终身养老之事。"便把公服交付门生,教他缴还刺史,仰天大笑,出门而去。正是:

> 此去好凭三寸舌,再来不值一文钱。

自古道:"水不激不跃,人不激不奋。"马周只为吃酒上受刺史责辱不过,叹口气出门,到一个去处,遇了一个人提携,直做到吏部尚

---

①发风:这里指发酒疯。骂坐:谩骂同坐的人。

②龙虎会:喻君臣相会。

③博州刺史姓达,名奚:据史书,该刺史叫达奚恕,达奚是复姓。

④明经:通晓经学。

⑤助教:古代学官名,位次于博士。

⑥学宫:学舍,学校。

⑦悛(quān)改:悔改。

⑧不敷:不足。

⑨前导:古代官吏出行时前面的仪仗队。

书地位。此是后话。

　　且说如今到那里去？他想着："冲州撞府①，没甚大遭际②，则除是长安帝都，公侯卿相中，有个能举荐的萧相国③，识贤才的魏无知④，讨个出头日子，方遂平生之愿。"望西迤逦而行。不一日，来到新丰。

　　原来那新丰城是汉高皇所筑。高皇生于丰里⑤，后来起兵，诛秦灭项，做了大汉天子，尊其父为太上皇。太上皇在长安城中，思想故乡风景。高皇命巧匠照依故丰，建造此城，迁丰人来居住。凡街市、屋宇，与丰里制度一般无二。把张家鸡儿、李家犬儿，纵放在街上，那鸡犬也都认得自家门首，各自归家。太上皇大喜，赐名新丰。今日大唐仍建都于长安，这新丰总是关内之地⑥，市井稠密，好不热闹！只这招商旅店，也不知多少。

　　马周来到新丰市上，天色已晚，只拣个大大客店，踱将进去。但见红尘滚滚，车马纷纷，许多商贩客人，驮着货物，挨三顶五的进店安歇⑦。店主王公迎接了，慌忙指派房头⑧，堆放行旅。众客人寻行逐队，各据坐头⑨，讨浆索酒。小二哥搬运不迭，忙得似走马灯一般。马周独自个冷清清地坐在一边，并没半个人保他。马周心中不忿，拍案大叫道："主人家，你好欺负人！偏俺不是客，你就不来照顾，是

---

①冲州撞府：闯江湖，这里指在京师以外的各地奔走。

②遭际：遭逢际会。多指遭到受人赏识、重用的机会。

③萧相国：汉丞相萧何，曾向刘邦举荐韩信。

④魏无知：汉代人，曾向刘邦举荐陈平。

⑤丰里：刘邦出生于江苏沛县丰邑中阳里。

⑥关内：古代在今陕西建都的王朝，通称函谷关或潼关以西京城附近地区为关内。又称关中。

⑦挨三顶五：形容人多，三五成群，络绎不绝。

⑧房头：房间。

⑨坐头：座位。

何道理？"王公听得发作，便来收科道①："客官不须发怒。那边人众，只得先安放他；你只一位，却容易答应。但是用酒用饭②，只管分付老汉就是。"马周道："俺一路行来，没有洗脚，且讨些干净热水用用。"王公道："锅子不方便，要热水再等一会。"马周道："既如此，先取酒来。"王公道："用多少酒？"马周指着对面大座头上一伙客人，问主人家道："他们用多少，俺也用多少。"王公道："他们五位客人，每人用一斗好酒。"马周道："论起来还不勾俺半醉，但俺途中节饮，也只用五斗罢。有好嗄饭尽你搬来③。"王公分付小二过了。一连暖五斗酒，放在桌上，摆一只大磁瓯，几碗肉菜之类。马周举瓯独酌，旁若无人。约莫吃了三斗有余，讨个洗脚盆来，把剩下的酒，都倾在里面；踋脱双靴④，便伸脚下去洗濯。众客见了，无不惊怪。王公暗暗称奇，知其非常人也。同时岑文本画得有《马周濯足图》⑤，后有烟波钓叟题赞于上⑥，赞曰：

> 世人尚口，吾独尊足。
>
> 口易兴波，足能跰陆⑦。
>
> 处下不倾⑧，千里可逐。
>
> 劳重赏薄，无言忍辱。
>
> 酬之以酒，慰尔仆仆⑨。
>
> 令尔忘忧，胜吾厌腹⑩。

---

①收科：找台阶收场，圆场。

②但是：但凡，凡是。

③嗄（xià）饭：即"下饭"。指菜肴。作动词用时，意思是就着菜肴等把饭吃下去。

④踋（xǐ）脱：踩脱。踋，踩，踏。

⑤岑文本：字景仁，唐太宗时官至中书令。

⑥烟波钓叟：所指不详。按：唐代诗人张志和隐居江湖，自称"烟波钓徒"。

⑦跰（bù）陆：走路。跰，步行。

⑧不倾：不倒塌。

⑨仆仆：形容行走劳累。

⑩厌腹：吃饱肚子。厌，同"餍"，吃饱。

吁嗟宾王,见超凡俗。

当夜安歇无话。次日,王公早起会钞①,打发行客登程。马周身无财物,想天气渐热了,便脱下狐裘与王公当酒钱。王公见他是个慷慨之士,又嫌狐裘价重,再四推辞不受。马周索笔,题诗壁上。诗云:

古人感一饭,千金弃如屣②。

匕箸安足酬③? 所重在知己。

我饮新丰酒,狐裘不用抵。

贤哉主人翁,意气倾闾里④!

后写往平人马周题。王公见他写作俱高⑤,心中十分敬重。便问:"马先生如今何往?"马周道:"欲往长安求名。"王公道:"曾有相熟寓所否?"马周回道:"没有。"王公道:"马先生大才,此去必然富贵。但长安乃米珠薪桂之地⑥,先生资斧既空⑦,将何存立? 老夫有个外甥女,嫁在彼处万寿街卖𫗧赵三郎家⑧。老夫写封书,送先生到彼作寓,比别家还省事。更有白银一两,权助路资,休嫌菲薄。"马周感其厚意,只得受了。王公写书已毕,递与马周。马周道:"他日寸进⑨,决不相忘。"作谢而别。

行至长安,果然是花天锦地,比新丰市又不相同。马周径问到万寿街赵卖𫗧家,将王公书信投递。原来赵家积世卖这粉食为生,

①会钞:付账。这里指结账。

②"古人"二句:汉代韩信少时家贫,有一位漂洗衣服的老妇曾给他饭吃,后韩信为楚王,以千金报答这位老妇。成语"一饭千金"即指此事。

③匕箸:羹匙和筷子。这里喻饮食。匕,古人取食的器具,类今之羹匙。

④倾闾里:胜过一般人。闾里,乡里,同一乡里的人。

⑤写作:指书法和文章。

⑥米珠薪桂:米贵如珠玉,柴贵如桂木,形容物价昂贵。薪,柴火。

⑦资斧:"斧"应作"斧"。旅费。

⑧𫗧(duī):古时一种蒸饼。

⑨寸进:微小的进步。自谦语,多指官位的升迁。

前年赵三郎已故了。他老婆在家守寡,接管店面,这就是新丰店中王公的外甥女儿。年纪虽然三十有余,兀自丰艳胜人。京师人顺口都唤他做"卖餶媪"。北方的"媪"字,即如南方的"妈"字一般。这王媪初时坐店卖餶,神相袁天罡一见大惊①,叹道:"此媪面如满月,唇若红莲,声响神清,山根不断②,乃大贵之相!他日定为一品夫人,如何屈居此地?"偶在中郎将常何面前③,谈及此事。常何深信袁天罡之语,分付苍头④,只以买餶为名,每日到他店中闲话,说发王媪嫁人⑤,欲娶为妾。王媪只是干笑,全不统口⑥。正是:

> 姻缘本是前生定,不是姻缘莫强求。

却说王媪隔夜得一异梦,梦见一匹白马,自东而来到他店中,把粉餶一口吃尽。自己执箠赶逐⑦,不觉腾上马背。那马化为火龙,冲天而去。醒来满身都热,思想此梦非常。恰好这一日,接得母舅王公之信,送个姓马的客人到来,又马周身穿白衣。王媪心中大疑,就留住店中作寓。一日三餐,殷勤供给。那马周恰似理之当然一般,绝无谦逊之意。这里王媪也始终不怠。叵耐邻里中有一班浮荡子弟⑧,平日见王媪是个俏丽孤孀,闲常时倚门靠壁,不三不四,轻嘴薄舌的狂言挑拨,王媪全不招惹,众人到也道他正气。今番见他留个远方单身客在家,未免言三语四,造出许多议论。王媪是个精细的人,早已察听在耳朵里,便对马周道:"贱妾本欲相留,奈孀妇之家,人言不雅。先生前程远大,宜择高枝栖止,以图上进;若埋没大才于

---

①袁天罡:即袁天纲。唐成都人,善于相人。

②山根:相面术士称鼻梁为山根。

③中郎将:武官名。秦汉时已置,统领皇帝的侍卫。至唐宋仍有中郎将,名目繁多。

④苍头:男仆。

⑤说发:说动,劝说。

⑥统口:松口,应允。

⑦箠(chuí):鞭子。

⑧叵(pǒ)耐:不可容忍,可恨。叵,同"叵",不可。

此,枉自可惜。"马周道:"小生情愿为人馆宾①,但无路可投耳。"

言之未已,只见常中郎家苍头又来买䭔。王媪想着常何是个武臣,必定少不得文士相帮。乃向苍头问道:"有个薄亲马秀才②,饱学之士,在此觅一馆舍,未知你老爷用得着否?"苍头答应道:"甚好。"原来那时正值天旱,太宗皇帝诏五品以上官员,都要悉心竭虑,直言得失,以凭采用③。论常何官职,也该具奏,正欲访求饱学之士,倩他代笔。恰好王媪说起马秀才,分明是饥时饭、渴时浆,正搔着痒处。苍头回去禀知常何,常何大喜,即刻遣人备马来迎。马周别了王媪,来到常中郎家里。常何见马周一表非俗,好生钦敬。当日置酒相待,打扫书馆,留马周歇宿。

次日,常何取白金二十两,彩绢十端④,亲送到馆中,权为贽礼⑤。就将圣旨求言一事,与马周商议。马周索取笔研⑥,拂开素纸,手不停挥,草成便宜二十条⑦。常何叹服不已。连夜缮写齐整,明日早朝进呈御览。太宗皇帝看罢,事事称善。便问常何道:"此等见识议论,非卿所及,卿从何处得来?"常何拜伏在地,口称:"死罪!这便宜二十条,臣愚实不能建白⑧。此乃臣家客马周所为也。"太宗皇帝道:"马周何在? 可速宣来见朕。"黄门官奉了圣旨⑨,径到常中郎家宣马周。马周吃了早酒,正在鼾睡,呼唤不醒。又是一道旨意下来,催促到第三遍,常何自来了。此见太宗皇帝爱才之极也。史官有诗云:

①馆宾:馆客,门客。

②薄亲:对人谦称自己的亲戚。

③以凭:公文用语,如"以凭遵守"、"以凭施行"、"以凭稽考"、"以凭升黜"等。"以凭采用",意思是以此为根据予以采用。

④端:量词。这里同"匹"。

⑤贽(zhì)礼:见面时馈送的礼物。这里指聘请时表示敬意的礼物。

⑥研(yàn):通"砚"。

⑦便(biàn)宜:指从有利国家、合乎时宜出发而应做的事情或应采取的措施。

⑧建白:对国事提出建议,陈述意见。

⑨黄门官:太监,宦官。

三道征书络绎催，贞观天子惜贤才。

朝廷爱士皆如此，安得英雄困草莱①？

常何亲到书馆中，教馆童扶起马周，用凉水喷面，马周方才苏醒。闻知圣旨，慌忙上马。常何引到金銮见驾。拜舞已毕②，太宗玉音问道③："卿何处人氏？曾出仕否？"马周奏道："臣乃茌平县人，曾为博州助教。因不得其志，弃官来游京都。今获觐天颜，实出万幸。"太宗大喜。即日拜为监察御史，钦赐袍笏官带。马周穿着了，谢恩而出。仍到常何家，拜谢举荐之德。常何重开筵席，把酒称贺。

至晚酒散，常何不敢屈留马周在书馆住宿。欲备轿马，送到令亲王媪家去。马周道："王媪原非亲戚，不过借宿其家而已。"常何大惊，问道："御史公有宅眷否？"马周道："惭愧，实因家贫未娶。"常何道："袁天罡先生曾相王媪有一品夫人之贵，只怕是令亲，或有妨碍；既然萍水相逢，便是天缘。御史公若不嫌弃，下官即当作伐④。"马周感王媪殷勤，亦有此意，便道："若得先辈玉成，深荷大德。"是晚，马周仍在常家安歇。

次早，马周又同常何面君。那时鞑虏突厥反叛⑤，太宗皇帝正遣四大总管兴兵征剿，命马周献平虏策。马周在御前，口诵如流，句句中了圣意，改为给事中之职⑥。常何举贤有功，赐绢百匹。常何谢恩出朝，分付马上就引到卖馄店中，要请王媪相见。王媪还只道常中郎强要娶他，慌忙躲过，那里肯出来。常何坐在店中，叫苍头去寻个老年邻妪，替他传话："今日常中郎来此，非为别事，专为马给谏求亲⑦。"王媪问其情由，方知马给谏就是马周。向时白马化龙之梦，今

①草莱：草野。

②拜舞：跪拜与舞蹈，是古代官员朝拜帝王的礼节。

③玉音：对人言词的敬称。这里指皇帝的说话。

④作伐：作媒。

⑤鞑虏：旧时对北方少数民族的蔑称。突厥：古代民族名。

⑥给事中：官名。隋唐以后为门下省要职，掌驳正政令之违失。

⑦给(jǐ)谏：唐宋时给事中与谏议大夫的合称。这里指给事中。

已验矣。此乃天付姻缘，不可违也。常何见王媪允从了，便将御赐绢匹，替马周行聘；赁下一所空宅，教马周住下。择个吉日，与王媪成亲，百官都来庆贺。正是：

　　　分明乞相寒儒①，忽作朝家贵客②。

王媪嫁了马周，把自己一家一火③，都搬到马家来了。里中无不称羡，这也不在话下。

　　却说马周自从遇了太宗皇帝，言无不听，谏无不从，不上三年，直做到吏部尚书，王媪封做夫人之职。那新丰店主人王公，知马周发迹荣贵，特到长安望他，就便先看看外甥女。行至万寿街，已不见了卖䭔店，只道迁居去了。细问邻舍，才晓得外甥女已寡，晚嫁的就是马尚书，王公这场欢喜非通小可④。问到尚书府中，与马周夫妇相见，各叙些旧话。住了月余，辞别要行。马周将千金相赠，王公那里肯受。马周道："壁上诗句犹在，一饭千金，岂可忘也？"王公方才收了，作谢而回，遂为新丰富民。此乃投瓜报玉⑤，施恩报恩，也不在话下。

　　再说达奚刺史，因丁忧回籍⑥，服满到京⑦。闻马周为吏部尚书，自知得罪，心下忧惶，不敢补官。马周晓得此情，再三请他相见。达奚拜倒在地，口称："有眼不识泰山，望乞恕罪。"马周慌忙扶起道："刺史教训诸生，正宜取端谨之士。嗜酒狂呼，此乃马周之罪，非贤

---

①乞相：乞丐相。

②朝家：朝廷。

③一家一火：一应家伙，所有家产。火，原文误作"人"。

④非通小可：即"非同小可"。不同寻常。通，这里与"同"可通用。

⑤投瓜报玉：语本《诗经·卫风·木瓜》："投我以木瓜，报之以琼琚。"意思是别人赠我以微物，我以贵重之物回报他。

⑥丁忧：遭逢父母丧事。封建社会规定，父母死后，子女要守丧三年，在这期间不作官，不婚娶，不赴宴，不应考。

⑦服满：守丧期满。服，服丧，居丧。

刺史之过也。"即日举荐达奚为京兆尹①。京师官员见马周度量宽洪,无不敬服。马周终身富贵,与王媪偕老。后人有诗叹云:

> 一代名臣属酒人,卖馉王媪亦奇人。
>
> 时人不具波斯眼②,枉使明珠混俗尘。

①京兆尹:汉代管辖京兆地区(京城附近)的行政长官,后用以称京都地区的行政长官。

②波斯眼:波斯(伊朗)商人多经营珍宝古董,善于识别其真伪,因此以"波斯眼"借指识别力很强的眼睛。

第六卷

葛令公生遣弄珠儿

当时五霸说庄王，不但强梁压上邦[①]。

多少倾城因女色[②]，绝缨一事已无双。

话说春秋时，楚国有个庄王，姓芈，名旅，是五霸中一霸。那庄王曾大宴群臣于寝殿，美人俱侍。偶然风吹烛灭，有一人从暗中牵美人之衣，美人扯断了他系冠的缨索，诉与庄王，要他查名治罪。庄王想道："酒后疏狂，人人常态。我岂为一女子上坐人罪过[③]，使人笑戏？轻贤好色，岂不可耻？"于是出令曰："今日饮酒甚乐，在坐不绝缨者不欢。"比及烛至，满座的冠缨都解，竟不知调戏美人的是那一个。后来晋楚交战，庄王为晋兵所困，渐渐危急。忽有一将，杀入重围，救出庄王。庄王得脱，问："救我者为谁？"那将俯伏在地，道："臣乃昔日绝缨之人也。蒙吾王隐蔽，不加罪责，臣今愿以死报恩。"庄王大喜道："寡人若听美人之言，几丧我一员猛将矣。"后来大败晋兵，诸侯都叛晋归楚，号为一代之霸。有诗为证：

美人空自绝冠缨，岂为蛾眉失虎臣。

莫怪荆襄多霸气[④]，骊山戏火是何人？

世人度量狭窄，心术刻薄，还要搜他人的隐过，显自己的精明；莫说犯出不是来，他肯轻饶了你？这般人一生有怨无恩，但有缓急[⑤]，也没人与他分忧替力了。像楚庄王恁般弃人小过，成其大业，真乃英雄举动，古今罕有。说话的，难道真个没有第二个了？看官，

---

①强梁：强劲有力，勇武。上邦：大国。

②倾城：使邦国倾覆。城，这里指国家。

③坐：这里指治罪，判罪。

④荆襄：荆州、襄州，古楚地。

⑤但有：凡有。缓急：这里用作偏义复词，指危急困难。

我再说一个与你听。你道是那一朝人物？却是唐末五代时人。那五代？梁、唐、晋、汉、周，是名五代。梁乃朱温，唐乃李存勖，晋乃石敬瑭，汉乃刘知远，周乃郭威。方才要说的，正是梁朝中一员虎将，姓葛，名周，生来胸襟海阔，志量山高①；力敌万夫，身经百战。他原是芒砀山中同朱温起手做事的②，后来朱温受了唐禅③，做了大梁皇帝，封葛周中书令兼领节度使之职④，镇守兖州。这兖州与河北逼近，河北便是后唐李克用地面⑤，所以梁太祖特着亲信的大臣镇守，弹压山东，虎视那河北。河北人仰他的威名，传出个口号来，道是：

　　　　山东一条葛，无事莫撩拨⑥。

从此人都称为"葛令公"⑦。手下雄兵十万，战将如云，自不必说。

　　其中单表一人，覆姓申徒，名泰，泗水人氏，身长七尺，相貌堂堂，轮的好刀，射的好箭。先前未曾遭际，只在葛令公帐下做个亲军⑧。后来葛令公在甑山打围⑨，申徒泰射倒一鹿，当有三班教师前来争夺⑩。申徒泰只身独臂，打赢了三班教师，手提死鹿，到令公面前告罪。令公见他胆勇，并不计较，到有心抬举他。次日，教场演

----

①志量：志向和抱负。

②芒砀山：芒山、砀山的合称，在今安徽砀南与河南永城交界处。

③受禅(shàn)：王朝更迭时，新皇帝接受旧帝让给的帝位。

④中书令：中书省的长官，隋、唐时与门下省的侍中、尚书省的尚书令共议国政，同为宰相。

⑤李克用：李存勖之父，长期与朱温交战。

⑥撩拨：挑逗，招惹。

⑦令公：对中书令的尊称。

⑧亲军：亲兵，随身护卫的士兵。

⑨甑山：在今山东兖州东北。打围：打猎。

⑩当：即，当即。三班教师：指在军中教授武艺的低级军官。三班，宋代有三班奉职、三班差使、三班借职、三班借差等，均为低级武官名，这里用"三班"泛指低级军官。按：本篇小说故事发生在宋代以前，但官职等往往用宋名。

武①，夸他弓马熟闲，补他做个虞候②，随身听用。一应军情大事，好生重托。他为自家贫未娶，只在府厅耳房内栖止，这伙守厅军壮都称他做"厅头"。因此上下人等，顺口也都唤做"厅头"，正是：

萧何治狱为秦吏，韩信曾官执戟郎③。

蠖屈龙腾皆运会④，男儿出处又何常？

话分两头，却说葛令公姬妾众多，嫌宅院狭窄，教人相了地形，在东南角旺地上⑤，另创个衙门，极其宏丽，限一年内务要完工。每日差"厅头"去点闸两次⑥。时值清明佳节，家家士女踏青，处处游人玩景。葛令公分付设宴岳云楼上⑦。这个楼是兖州城中最高之处，葛令公引着一班姬妾，登楼玩赏。原来令公姬妾虽多，其中只有一人出色，名曰弄珠儿。那弄珠儿生得如何？

目如秋水，眉似远山。小口樱桃，细腰杨柳。妖艳不数太真⑧，轻盈胜如飞燕⑨。恍疑仙女临凡世，西子南威总不如。

葛令公十分宠爱，日则侍侧，夜则专房。宅院中称为"珠娘"。这一日，同在岳云楼饮酒作乐。那申徒泰在新府点闸了人工，到楼前回话。令公唤他上楼，把金莲花巨杯赏他三杯美酒。申徒泰吃了，拜谢令公赏赐，起在一边。忽然抬头，见令公身边立个美妾，明

---

①教场：军队操演或比武的场地。亦作"校场"。

②虞候：这里指作为将帅亲随的小军官。

③执戟郎：秦汉时的宫廷侍卫官叫"执戟"，因值勤时手持戟而名。韩信曾说"臣事项王，官不过郎中，位不过执戟"（见《史记·淮阴侯列传》）。

④蠖（huò）屈龙腾：蠖屈比喻失意、不遇；龙腾比喻得志、显达。蠖，虫名，即尺蠖。

⑤旺地：迷信者认为可使人兴盛的地方。

⑥点闸：查点。闸，与"查"同义。

⑦岳云楼：本为古兖州城楼，杜甫曾登此楼赋诗，有"浮云连海岱"句，故称岳云楼。

⑧不数（shǔ）：不亚于。数，亚于，次于。太真：杨贵妃。史载唐玄宗召见她时，"妃衣道士服，号曰'太真'"。

⑨飞燕：汉成帝皇后赵飞燕，善舞，体轻，故称"飞燕"。

眸皓齿,光艳照人。心中暗想:"世上怎有恁般好女子? 莫非天上降下来的神仙么?"那申徒泰正当壮年慕色之际,况且不曾娶妻,平昔间也曾听得人说令公有个美姬,叫做珠娘,十分颜色,只恨难得见面。今番见了这出色的人物,料想是他了。不觉三魂飘荡,七魄飞扬,一对眼睛光射定在这女子身上。真个是观之不足,看之有余。不提防葛令公有话问他,叫道:"厅头,这工程几时可完? 呀,申徒泰,申徒泰! 问你工程几时可完!"连连唤了几声,全不答应。自古道心无二用,原来申徒泰一心对着那女子身上出神去了,这边呼唤,都不听得,也不知分付的是甚话。葛令公看见申徒泰目不转睛,已知其意,笑了一笑,便教撤了筵席,也不叫唤他,也不说破他出来。

却说伏侍的众军校看见令公叫呼不应,到替他捏两把汗。幸得令公不加嗔责,正不知甚么意思,少不得学与申徒泰知道①。申徒泰听罢大惊,想道:"我这条性命,只在早晚,必然难保。"整整愁了一夜。正是:

是非只为闲撩拨,烦恼皆因不老成。

到次日,令公升厅理事,申徒泰远远跕着②,头也不敢抬起。巴得散衙,这日就无事了。一连数日,神思恍惚,坐卧不安。葛令公晓得他心下忧惶,到把几句好言语安慰他,又差他往新府专管催督工程,遣他闸去。申徒泰离了令公左右,分明拾了性命一般。才得三分安稳,又怕令公在这场差使内寻他罪罚,到底有些疑虑,十分小心勤谨,早夜督工,不辞辛苦。

忽一日,葛令公差虞候许高来替申徒泰回衙。申徒泰闻知,又是一番惊恐,战战兢兢的离了新府,到衙门内参见。禀道:"承恩相呼唤,有何差使?"葛令公道:"主上在夹寨失利③,唐兵分道入寇,李

---

①学与:说给。学,说。

②跕(zhàn):这里同"站"。

③夹寨:在今山西长治。

存璋引兵侵犯山东境界，见有本地告急文书到来。我待出师拒敌①，因帐下无人，要你同去。"申徒泰道："恩相钧旨，小人敢不遵依。"令公分付甲仗库内，取熟铜盔甲一副，赏了申徒泰。申徒泰拜谢了，心中一喜一忧：喜的是跟令公出去，正好立功；忧的怕有小小差迟，令公记其前过，一并治罪。正是：

　　青龙白虎同行②，吉凶全然未保。

　　却说葛令公简兵选将③，即日兴师。真个是旌旗蔽天，锣鼓震地。一行来到郯城。唐将李存璋正待攻城，闻得兖州大兵将到，先占住琅琊山高阜去处，大小下了三个寨。葛周兵到，见失了地形，倒退三十里屯扎，以防冲突。一连四五日挑战，李存璋牢守寨栅，只不招架。到第七日，葛周大军拔寨都起，直逼李家大寨搦战。李存璋早做准备，在山前结成方阵，四面迎敌。阵中埋伏着弓箭手，但去冲阵的，都被射回。葛令公亲自引兵阵前看了一回，见行列齐整，如山不动，叹道："人传李存璋柏乡大战④，今观此阵，果大将之才也。"这个方阵，一名"九宫八卦阵"，昔日吴王夫差与晋公会于黄池⑤，用此阵以取胜。须俟其倦息，阵脚稍乱，方可乘之，不然实难攻矣。当下出令，分付严阵相持，不许妄动。看看申牌时分，葛令公见军士们又饥又渴，渐渐立脚不定。欲待退军，又怕唐兵乘胜追赶，踌躇不决。忽见申徒泰在旁，便问道："'厅头'，你有何高见？"申徒泰道："据泰愚意，彼军虽整，然以我军比度，必然一般疲困。诚得亡命勇士数人，出其不意，疾驰赴敌，倘得陷入其阵，大军继之，庶可成功耳。"令

---

①待：欲，将要，行将。

②青龙白虎：迷信传说中以青龙为吉神，白虎为凶神。

③简：选择。

④柏乡大战：911年，晋王李存勖在柏乡大破梁军，时李存璋为三镇排阵使。柏乡，今属河北。

⑤黄池：在今河南封丘南。公元前482年，鲁哀公与晋定公、吴王夫差等会盟于此，吴与晋争歃血的先后（实为争霸），但并无战事。小说所写系虚构。

公抚其背道:"我素知汝骁勇,能为我陷此阵否?"申徒泰即便掉刀上马①,叫一声:"有志气的快跟我来破贼!"帐前并无一人答应。申徒泰也不回顾,径望敌军奔去。

葛周大惊!急领众将,亲出阵前接应。只见申徒泰一匹马、一把刀,马不停蹄,刀不停手。马不停蹄,疾如电闪;刀不停手,快若风轮。不管三七二十一,直杀入阵中去了。原来对阵唐兵,初时看见一人一骑,不将他为意。谁知申徒泰拼命而来,这把刀神出鬼没,遇着他的,就如砍瓜切菜一般,往来阵中,如入无人之境。恰好遇着先锋沈祥,只一合斩于马下,跳下马来,割了首级,复飞身上马,杀出阵来,无人拦挡。葛周大军已到,申徒泰大呼道:"唐兵阵乱矣!要杀贼的快来!"说罢将首级掷于葛周马前,番身复杀入对阵去了。葛周将令旗一招,大军一齐并力,长驱而进,唐兵大乱。李存璋禁押不住②,只得鞭马先走。唐兵被梁家杀得七零八落,走得快的,逃了性命,略迟慢些,就为沙场之鬼。李存璋,唐朝名将,这一阵杀得大败亏输,望风而遁,弃下器械马匹,不计其数。梁家大获全胜。葛令公对申徒泰道:"今日破敌,皆汝一人之功。"申徒泰叩头道:"小人有何本事!皆仗令公虎威耳!"令公大喜,一面写表申奏朝廷;传令犒赏三军,休息他三日,第四日班师回兖州去。果然是:

　　喜孜孜鞭敲金镫响,笑吟吟齐唱凯歌回。

　　却说葛令公回衙,众侍妾罗拜称贺③。令公笑道:"为将者出师破贼,自是本分常事,何足为喜!"指着弄珠儿对众妾说道:"你们众人只该贺他的喜。"众妾道:"相公今日破敌,保全地方,朝廷必有恩赏。凡侍巾栉的,均受其荣,为何只是珠娘之喜?"令公道:"此番出师,全亏帐下一人力战成功。无物酬赏他,欲将此姬赠与为妻。他终身有托,岂不可喜?"弄珠儿恃着平日宠爱,还不信是真,带笑的说

①掉(nuò)刀:持刀。
②禁押:禁压,管束。
③罗拜:环绕下拜。

道："相公休得取笑。"令公道："我生平不作戏言,已曾取库上六十万钱[1],替你具办资妆去了[2]。只今晚便在西房独宿,不敢劳你侍酒。"弄珠儿听罢大惊,不觉泪如雨下,跪禀道："贱妾自侍巾栉,累年以来,未曾得罪。今一旦弃之他人,贱妾有死而已,决难从命。"令公大笑道："痴妮子,我非木石,岂与你无情?但前日岳云楼饮宴之时,我见此人目不转睛,晓得他钟情与汝。此人少年未娶,新立大功,非汝不足以快其意耳。"弄珠儿扯住令公衣袂,撒娇撒痴,千不肯,万不肯,只是不肯从命。令公道："今日之事,也由不得你。做人的妻,强似做人的妾。此人将来功名,不弱于我,乃汝福分当然。我又不曾误你,何须悲怨!"教众妾扶起珠娘,莫要啼哭。众妾为平时珠娘有专房之宠,满肚子恨他,巴不得撺他出去。今日闻此消息,正中其怀,一拥上前,拖拖拽拽,扶他到西房去,着实窝伴他[3],劝解他。弄珠儿此时也无可奈何,想着令公英雄性子,在儿女头上不十分留恋,叹了口气,只得罢了。从此日为始,令公每夜轮遣两名姬妾,陪珠娘西房宴宿,再不要他相见。有诗为证:

> 昔日专房宠,今朝召见稀。
>
> 非关情太薄,犹恐动情痴。

再说申徒泰自郯城回后,口不言功,禀过令公,依旧在新府督工去了。这日工程报完,恰好库吏也来禀道："六十万钱资妆,俱已备下,伏乞钧旨。"令公道："权且寄下,待移府后取用。"一面分付阴阳生择个吉日[4],阖家迁在新府住居,独留下弄珠儿及丫鬟、养娘数十人。库吏奉了钧帖,将六十万钱资妆,都搬来旧衙门内,摆设得齐齐整整,花堆锦簇。众人都疑道："令公留这旧衙门做外宅,故此重新摆设。"谁知其中就里!

---

①已曾:已经。

②资妆:嫁妆。

③窝伴:抚慰,陪伴。亦写作"窝盘"。

④阴阳生:以星相、占卜、择日等为业的人。

　　这日，申徒泰同着一般虞候，正在新府声喏庆贺[1]。令公独唤申徒泰上前，说道："郯城之功，久未图报。闻汝尚未娶妻，小妾颇工颜色，特奉赠为配。薄有资妆，都在旧府。今日是上吉之日，便可就彼成亲，就把这宅院判与你夫妻居住。"申徒泰听得，到吓得面如土色，不住的磕头，只道得个"不敢"二字，那里还说得出什么说话！令公又道："大丈夫意气相许，头颅可断，何况一妾！我主张已定，休得推阻。"申徒泰兀自谦让，令公分付众虞候，替他披红插花，随班乐工奏动鼓乐。众虞候喝道："申徒泰，拜谢了令公！"申徒泰恰似梦里一般，拜了几拜，不由自身做主，众人拥他出府上马。乐人迎导而去，直到旧府。只见旧时一班直厅的军壮[2]，预先领了钧旨，都来参谒。前厅后堂，悬花结彩。丫鬟、养娘等引出新人交拜，鼓乐喧天，做起花烛筵席。申徒泰定睛看时，那女子正是岳云楼中所见。当时只道是天上神仙霎时出现。因为贪看他颜色，险些儿获其大祸，丧了性命。谁知今日等闲间做了百年眷属[3]，岂非侥幸？进到内宅，只见器用供帐，件件新，色色备，分明钻入锦绣窝中[4]，好生过意不去。当晚就在西房安置，夫妻欢喜，自不必说。

　　次日，双双两口儿都到新府拜谢葛令公。令公分付挂了回避牌，不消相见。刚才转身回去，不多时，门上报到令公自来了[5]，申徒泰慌忙迎着马头下跪迎接。葛令公下马扶起，直至厅上。令公捧出告身一道[6]，请申徒泰为参谋之职[7]。原来那时做镇使的，都请得有

---

　　①声喏：即"唱喏"。

　　②直厅：守厅。

　　③等闲间：随便，无意中。

　　④分明：简直，明明。

　　⑤报到：这里是报道、禀报的意思。

　　⑥告身：委任官职的文凭，委任状。

　　⑦参谋：官名。唐天下兵马元帅下有行军参谋，宋都督府亦设参谋，为将帅僚属，参与谋议军事。

空头告身①,但是军中合用官员,随他填写取用,然后奏闻朝廷,无有不依。况且申徒泰已有功绩申奏去了,朝廷自然优录的。令公教取官带与申徒泰换了,以礼相接。自此申徒泰洗落了"厅头"二字,感谢令公不尽。

一日,与浑家闲话,问及令公平日恁般宠爱,如何割舍得下? 弄珠儿叙起岳云楼目不转睛之语,"令公说你钟情于妾,特地割爱相赠"。申徒泰听罢,才晓得令公体悉人情,重贤轻色,真大丈夫之所为也。这一节传出,军中都知道了,没一个人不夸扬令公仁德,都愿替他出力尽死。终令公之世,人心悦服,地方安静。后人有诗赞云:

> 重贤轻色古今稀,反怨为恩事更奇。
>
> 试借兖州功簿看,黄金台上有名姬②。

----

①空头告身:空白告身,可随时填写人名。

②黄金台:故址在今河北易县东南。相传战国时燕昭王筑台于此,置千金于台上,以招纳天下贤士,故名。

第七卷

羊角哀舍命全交

一本作"羊角哀一死战荆轲"

　　背手为云覆手雨,纷纷轻薄何须数①?
　　君看管鲍贫时交,此道今人弃如土。

　　昔时,齐国有管仲,字夷吾;鲍叔,字宣子,两个自幼时以贫贱结交。后来鲍叔先在齐桓公门下信用显达②,举荐管仲为首相,位在己上。两人同心辅政,始终如一。管仲曾有几句言语道:"吾尝三战三北③,鲍叔不以我为怯,知我有老母也。吾尝三仕三见逐,鲍叔不以我为不肖,知我不遇时也。吾尝与鲍叔谈论,鲍叔不以我为愚,知时有利不利也。吾尝与鲍叔为贾,分利多,鲍叔不以我为贪,知我贫也。生我者父母,知我者鲍叔!"所以古今说知心结交,必曰:"管鲍"。今日说两个朋友,偶然相见,结为兄弟,各舍其命,留名万古。

　　春秋时,楚元王崇儒重道,招贤纳士。天下之人闻其风而归者,不可胜计。西羌积石山④,有一贤士,姓左,双名伯桃,幼亡父母,勉力攻书,养成济世之才,学就安民之业。年近四旬,因中国诸侯互相吞并⑤,行仁政者少,恃强霸者多,未尝出仕。后闻得楚元王慕仁好义,遍求贤士,乃携书一囊,辞别乡中邻友,径奔楚国而来。迤逦来

---

①轻薄:这里指为人不厚道、不重信义。数:列举,数说。此四句为杜甫《贫交行》诗,"背手为云"原诗作"翻手作云"。

②信用:信任和委用。

③北:败北,打败仗。

④西羌:我国古代的羌族,主要分布在今甘肃、青海、四川一带,部落众多,总称西羌。积石山:在今甘肃临夏。

⑤中国:中原地区。

到雍地①,时值隆冬,风雨交作。有一篇《西江月》词,单道冬天雨景:

　　　　习习悲风割面,濛濛细雨侵衣。催冰酿雪逞寒威,不比他时和气。　　　山色不明常暗,日光偶露还微。天涯游子尽思归,路上行人应悔。

左伯桃冒雨荡风②,行了一日,衣裳都沾湿了。看看天色昏黄,走向村间,欲觅一宵宿处。远远望见竹林之中,破窗透出灯光,径奔那个去处。见矮矮篱笆围着一间草屋,乃推开篱障,轻叩柴门。中有一人,启户而出。左伯桃立在檐下,慌忙施礼曰:"小生西羌人氏,姓左,双名伯桃。欲往楚国,不期中途遇雨。无觅旅邸之处。求借一宵,来早便行,未知尊意肯容否?"那人闻言,慌忙答礼,邀入屋内。伯桃视之,止有一榻,榻上堆积书卷,别无他物。伯桃已知亦是儒人,便欲下拜。那人云:"且未可讲礼,容取火烘干衣服,却当会话。"当夜烧竹为火,伯桃烘衣。那人炊办酒食,以供伯桃,意甚勤厚。伯桃乃问姓名。其人曰:"小生姓羊,双名角哀,幼亡父母,独居于此。平生酷爱读书,农业尽废。今幸遇贤士远来,但恨家寒,乏物为款,伏乞恕罪。"伯桃曰:"阴雨之中,得蒙遮蔽,更兼一饮一食,感佩何忘!"当夜,二人抵足而眠,共话胸中学问,终夕不寐。

　　比及天晓,淋雨不止③。角哀留伯桃在家,尽其所有相待,结为昆仲。伯桃年长角哀五岁,角哀拜伯桃为兄。一住三日,雨止道干。伯桃曰:"贤弟有王佐之才,抱经纶之志,不图竹帛④,甘老林泉,深为可惜。"角哀曰:"非不欲仕,奈未得其便耳。"伯桃曰:"今楚王虚心求士,贤弟既有此心,何不同往?"角哀曰:"愿从兄长之命。"遂收拾些小路费粮米,弃其茅屋,二人同望南方而进。

————————

①雍地:古雍州之地,通常指关中地区(在今陕西)。

②荡风:顶风。荡,碰触。

③淋雨:连绵雨。也可指大雨。

④"贤弟"三句:王佐之才,辅助帝王的才能。经纶之志,治理天下的志向。不图竹帛,不想建功立业,在史册上留名。竹帛,竹简和白绢,古代用以书写文字。后以竹帛代指书册、史乘。

行不两日，又值阴雨，羁身旅店中，盘费罄尽，止有行粮一包，二人轮换负之，冒雨而走。其雨未止，风又大作，变为一天大雪，怎见得？你看：

　　　　风添雪冷，雪趁风威。纷纷柳絮狂飘①，片片鹅毛乱舞。团空搅阵②，不分南北西东；遮地漫天，变尽青黄赤黑。探梅诗客多清趣，路上行人欲断魂。

二人行过岐阳③，道经梁山路④，问及樵夫，皆说："从此去百余里，并无人烟，尽是荒山旷野，狼虎成群，只好休去。"伯桃与角哀曰："贤弟心下如何？"角哀曰："自古道死生有命。既然到此，只顾前进，休生退悔。"又行了一日，夜宿古墓中，衣服单薄，寒风透骨。

次日，雪越下得紧，山中仿佛盈尺。伯桃受冻不过，曰："我思此去百余里，绝无人家，行粮不敷，衣单食缺。若一人独往，可到楚国；二人俱去，纵然不冻死，亦必饿死于途中，与草木同朽，何益之有？我将身上衣服脱与贤弟穿了，贤弟可独赍此粮，于途强挣而去。我委的行不动了，宁可死于此地。待贤弟见了楚王，必当重用，那时却来葬我未迟。"角哀曰："焉有此理？我二人虽非一父母所生，义气过于骨肉。我安忍独去而求进身耶？"遂不许，扶伯桃而行。行不十里，伯桃曰："风雪越紧，如何去得？且于道傍寻个歇处。"见一株枯桑，颇可避雪，那桑下止容得一人，角哀遂扶伯桃入去坐下。伯桃命角哀敲石取火，爇些枯枝，以御寒气。比及角哀取了柴火到来，只见伯桃脱得赤条条地，浑身衣服，都做一堆放着。角哀大惊，曰："吾兄何为如此？"伯桃曰："吾寻思无计，贤弟勿自误了，速穿此衣服，负粮前去，我只在此守死。"角哀抱持大哭曰："吾二人死生同处，安可分

---

　　①柳絮：喻雪花。
　　②团空搅阵：形容大雪纷飞。团空，在空中凝聚成团，多形容雪花、柳絮等。《张协状元》："去时团空柳飘绵。"搅阵，冲锋陷阵。此处形容雪花乱舞的样子。
　　③岐阳：在今陕西岐山县。
　　④梁山：在今陕西乾县西北。

离?"伯桃曰:"若皆饿死,白骨谁埋?"角哀:"若如此,弟情愿解衣与兄穿了,兄可赍粮去,弟宁死于此。"伯桃曰:"我平生多病,贤弟少壮,比我甚强;更兼胸中之学,我所不及。若见楚君,必登显宦。我死何足道哉!弟勿久滞,可宜速往。"角哀曰:"令兄饿死桑中,弟独取功名,此大不义之人也,我不为之。"伯桃曰:"我自离积石山,至弟家中,一见如故。知弟胸次不凡①,以此劝弟求进。不幸风雨所阻,此吾天命当尽。若使弟亦亡于此,乃吾之罪也。"言讫,欲跳前溪觅死。角哀抱住痛哭,将衣拥护,再扶至桑中。伯桃把衣服推开。角哀再欲上前劝解时,但见伯桃神色已变,四肢厥冷②,口不能言,以手挥令去。角哀寻思:"我若久恋,亦冻死矣,死后谁葬吾兄?"乃于雪中再拜伯桃而哭曰③:"不肖弟此去,望兄阴力相助。但得微名,必当厚葬。"伯桃点头半答④,角哀取了衣粮,带泣而去。伯桃死于桑中。后人有诗赞云:

　　寒来雪三尺,人去途千里。
　　长途苦雪寒,何况囊无米?
　　并粮一人生,同行两人死;
　　两死诚何益?一生尚有恃。
　　贤哉左伯桃!陨命成人美。

　角哀捱着寒冷,半饥半饱,来到楚国,于旅邸中歇定。次日入城,问人曰:"楚君招贤,何由而进?"人曰:"宫门外设一宾馆,令上大夫裴仲接纳天下之士⑤。"角哀径投宾馆前来,正值上大夫下车。角哀乃向前而揖,裴仲见角哀衣虽蓝缕,器宇不凡,慌忙答礼,问曰:

①胸次:胸怀,胸襟。
②四肢厥冷:中医学名词。指手足四肢由下而上冷至肘膝的症状。厥,手足僵冷。
③再拜:拜了又拜,表示恭敬。
④半:程毅中认为此"半"字应作"而"(详见《清平山堂话本校注》)。
⑤上大夫:中国古代官阶之一。周王室及各诸侯国的官阶分为卿、大夫、士三等,每等中又各分为上、中、下三级。裴仲:疑为虚构之人名。

"贤士何来?"角哀曰:"小生姓羊,双名角哀,雍州人也①。闻上国招贤②,特来归投。"裴仲邀入宾馆,具酒食以进,宿于馆中。次日,裴仲到馆中探望,将胸中疑义盘问角哀,试他学问如何。角哀百问百答,谈论如流。裴仲大喜,入奏元王,王即时召见,问富国强兵之道。角哀首陈十策,皆切当世之急务。元王大喜,设御宴以待之,拜为中大夫,赐黄金百两,彩段百匹。角哀再拜流涕,元王大惊而问曰:"卿痛哭者何也?"角哀将左伯桃脱衣并粮之事,一一奏知。元王闻其言,为之感伤。诸大臣皆为痛惜。元王曰:"卿欲如何?"角哀曰:"臣乞告假,到彼处安葬伯桃已毕,却回来事大王③。"元王遂赠已死伯桃为中大夫,厚赐葬资,仍差人跟随角哀车骑同去。

角哀辞了元王,径奔梁山地面,寻旧日枯桑之处。果见伯桃死尸尚在,颜貌如生前一般。角哀乃再拜而哭,呼左右唤集乡中父老,卜地于浦塘之原。前临大溪,后靠高崖,左右诸峰环抱,风水甚好。遂以香汤沐浴伯桃之尸,穿戴大夫衣冠;置内棺外椁,安葬起坟。四围筑墙栽树,离坟三十步建享堂④,塑伯桃仪容。立华表,柱上建牌额。墙侧盖瓦屋,令人看守。造毕,设祭于享堂,哭泣甚切。乡老从人⑤,无不下泪。祭罢,各自散去。角哀是夜明灯燃烛而坐,感叹不已。忽然一阵阴风飒飒,烛灭复明。角哀视之,见一人于灯影中,或进或退,隐隐有哭声。角哀叱曰:"何人也?辄敢贪夜而入⑥!"其人不言。角哀起而视之,乃伯桃也。角哀大惊问曰:"兄阴灵不远,今来见弟,必有事故⑦。"伯桃曰:"感贤弟记忆,初登仕路,奏请葬吾,更赠重爵,并棺椁衣衾之美,凡事十全。但坟地与荆轲墓相连近,此人

---

①雍州:古九州之一。大致包括今陕西、甘肃、青海。

②上国:本指中原各国,这里是对楚国的敬称。

③却:便,就,再。

④享堂:供奉神位的祭堂。

⑤乡老:这里指前面所说的乡中父老。

⑥辄:擅自。

⑦事故:缘故,原因,事端。

在世时，为刺秦王不中被戮，高渐离以其尸葬于此处。神极威猛。每夜仗剑来骂吾曰：'汝是冻死饿杀之人，安敢建坟居吾上肩，夺吾风水？若不迁移他处，吾发墓取尸，掷之野外！'有此危难，特告贤弟。望改葬于他处，以免此祸。"角哀再欲问之，风起忽然不见。角哀在享堂中，一梦惊觉，尽记其事。

　　天明，再唤乡老，问："此处有坟相近否？"乡老曰："松阴中有荆轲墓，墓前有庙。"角哀曰："此人昔刺秦王，不中被杀，缘何有坟于此？"乡老曰："高渐离乃此间人，知荆轲被害，弃尸野外，乃盗其尸，葬于此地。每每显灵。土人建庙于此，四时享祭，以求福利。"角哀闻其言，遂信梦中之事。引从者径奔荆轲庙，指其神而骂曰："汝乃燕邦一匹夫，受燕太子奉养，名姬重宝，尽汝受用。不思良策以副重托，入秦行事，丧身误国。却来此处惊惑乡民，而求祭祀。吾兄左伯桃，当代名儒，仁义廉洁之士，汝安敢逼之？再如此，吾当毁其庙，而发其冢，永绝汝之根本！"骂讫，却来伯桃墓前祝曰："如荆轲今夜再来，兄当报我。"归到享堂，是夜秉烛以待。果见伯桃哽咽而来，告曰："感贤弟如此，奈荆轲从人极多，皆土人所献。贤弟可束草为人，以彩为衣①，手执器械，焚于墓前。吾得其助，使荆轲不能侵害。"言罢不见。角哀连夜使人束草为人，以彩为衣，各执刀枪器械，建数十于墓侧，以火焚之。祝曰："如其无事，亦望回报。"

　　归至享堂，是夜闻风雨之声，如人战敌。角哀出户观之，见伯桃奔走而来，言曰："弟所焚之人，不得其用。荆轲又有高渐离相助，不久吾尸必出墓矣。望贤弟早与迁移他处殡葬，免受此祸。"角哀曰："此人安敢如此欺凌吾兄！弟当力助以战之。"伯桃曰："弟，阳人也，我皆阴鬼。阳人虽有勇烈，尘世相隔，焉能战阴鬼也？虽刍草之人②，但能助喊，不能退此强魂。"角哀曰："兄且去，弟来日自有区处。"次日，角哀再到荆轲庙中大骂，打毁神像，方欲取火焚庙，只见

---

①彩：颜色。

②虽：即使，纵然。刍草之人：本指割草的人。这里借指力气大的活人。

乡老数人,再四哀求曰:"此乃一村香火,若触犯之,恐贻祸于百姓。"须臾之间,土人聚集,都来求告。角哀拗他不过,只得罢了。

回到享堂,修一道表章,上谢楚王,言:"昔日伯桃并粮与臣,因此得活,以遇圣主。重蒙厚爵,平生足矣,容臣后世尽心图报。"词意甚切。表付从人,然后到伯桃墓侧,大哭一场。与从者曰:"吾兄被荆轲强魂所逼,去住无门①,吾所不忍。欲焚庙掘坟,又恐拂土人之意。宁死为泉下之鬼,力助吾兄,战此强魂。汝等可将吾尸葬于此墓之右,生死共处,以报吾兄并粮之义。回奏楚君,万乞听纳臣言,永保山河社稷。"言讫,掣取佩剑,自刎而死。从者急救不及,速具衣棺殡殓,埋于伯桃墓侧。

是夜二更,风雨大作,雷电交加,喊杀之声,闻数十里。清晓视之,荆轲墓上,震烈如发,白骨散于墓前。墓边松柏,和根拔起。庙中忽然起火,烧做白地。乡老大惊,都往羊、左二墓前,焚香展拜。从者回楚国,将此事上奏元王。元王感其义重,差官往墓前建庙,加封上大夫,敕赐庙额曰"忠义之祠",就立碑以记其事,至今香火不断。荆轲之灵,自此绝矣。有古诗云:

> 古来仁义包天地,只在人心方寸间。
>
> 二士庙前秋日净,英魂常伴月光寒。

---

①去住无门:去留(进退)两难。住,原文作"往",今改。门,门径。

第八卷

吴保安弃家赎友

　　古人结交惟结心,今人结交惟结面。结心可以同死生,结面那堪共贫贱?九衢鞍马日纷纭①,追攀送谒无晨昏。座中慷慨出妻子,酒边拜舞犹弟兄。一关微利已交恶,况复大难肯相亲?君不见,当年羊、左称死友,至今史传高其人。

　　这篇词名为《结交行》,是叹末世人心险薄,结交最难。平时酒杯往来,如兄若弟;一遇虮大的事,才有些利害相关,便尔我不相顾了。真个是:酒肉弟兄千个有,落难之中无一人。还有朝兄弟,暮仇敌,才放下酒杯,出门便弯弓相向的。所以陶渊明欲息交②,嵇叔夜欲绝交③,刘孝标又做下《广绝交论》④,都是感慨世情,故为忿激之谭耳。如今我说的两个朋友,却是从无一面的。只因一点意气上相许,后来患难之中,死生相救,这才算做心交至友。正是:

　　　　说来贡禹冠尘动⑤,道破荆卿剑气寒⑥。

　　话说大唐开元年间,宰相代国公郭震,字元振,河北武阳人氏,

---

①九衢:四通八达的道路。

②陶渊明欲息交:陶渊明的《归去来辞》中有"请息交以绝游"的话。

③嵇叔夜欲绝交:三国魏文学家嵇康(字叔夜)写过《与山巨源绝交书》。

④刘孝标:南朝梁文学家刘峻(字孝标)继后汉朱穆《绝交论》而作《广绝交论》。

⑤贡禹冠尘动:西汉人贡禹和王吉(字子阳)是好朋友,两人取舍进退相同,世称"王阳在位,贡公弹冠"。弹冠:用指弹去冠上灰尘,准备去做官。冠尘动就是弹冠的意思。

⑥道破:说穿。这里与"说来"相对,就是说、说到的意思。《醒世恒言》卷五:"说时节妇生颜色,道破奸雄丧胆魂。"《警世通言》卷二十一:"说时义气凌千古,话到英风透九霄。"荆卿:即荆轲。荆轲为燕太子丹刺秦王,事不成被杀。

有侄儿郭仲翔,才兼文武,一生豪侠尚气,不拘绳墨,因此没人举荐。他父亲见他年长无成,写了一封书,教他到京参见伯父,求个出身之地。元振谓曰:"大丈夫不能掇巍科①,登上第,致身青云;亦当如班超、傅介子②,立功异域,以博富贵。若但借门第为阶梯,所就岂能远大乎③?"仲翔唯唯。适边报到京:南中洞蛮作乱。原来武则天娘娘革命之日④,要买嘱人心归顺,只这九溪十八洞蛮夷,每年一小犒赏,三年一大犒赏。到玄宗皇帝登极,把这犒赏常规都裁革了。为此群蛮一时造反,侵扰州县。朝廷差李蒙为姚州都督⑤,调兵进讨。李蒙领了圣旨,临行之际,特往相府辞别,因而请教。郭元振曰:"昔诸葛武侯七擒孟获,但服其心,不服其力。将军宜以慎重行之,必当制胜。舍侄郭仲翔,颇有才干,今遣与将军同行。俟破贼立功,庶可附骥尾以成名耳。"即呼仲翔出,与李蒙相见。李蒙见仲翔一表非俗;又且当朝宰相之侄,亲口嘱托,怎敢推委。即署仲翔为行军判官之职⑥。

　　仲翔别了伯父,跟随李蒙起程。行至剑南地方,有同乡一人,姓吴,名保安,字永固,见任东川遂州方义尉⑦。虽与仲翔从未识面,然素知其为人,义气深重,肯扶持济拔人的。乃修书一封,特遣人驰送于仲翔。仲翔拆书读之,书曰:

---

　　①掇巍科:与下文"登上第"同义。掇,取。巍科,古代称科举考试名次在前者,犹言高第。

　　②傅介子:汉代人,汉昭帝时出使西域,后以计斩楼兰王,归封义阳侯。

　　③所就:所建立的功业。就,成就,完成。

　　④革命:实施变革以应天命。古代认为帝王受命于天,故称朝代更替为革命。

　　⑤姚州:治所在今云南姚安北。都督:唐于各州设都督府,都督为一州最高军政长官。

　　⑥署:委任,任命。判官:唐地方长官如节度使等设有判官,略等于副使。

　　⑦方义:县名,今四川遂宁。尉:县尉,掌治安。

吴保安不肖,幸与足下生同乡里,虽缺展拜①,而慕仰有日。以足下大才,辅李将军以平小寇,成功在旦夕耳。保安力学多年,仅官一尉;僻在剑外,乡关梦绝②。况此官已满,后任难期,恐厄选曹之格限也③。稔闻足下④,分忧急难,有古人风。今大军征进,正在用人之际。傥垂念乡曲⑤,录及细微,使保安得执鞭从事⑥,树尺寸于幕府⑦,足下丘山之恩,敢忘衔结⑧?

仲翔玩其书意⑨,叹曰:"此人与我素昧平生,而骤以缓急相委,乃深知我者。大丈夫遇知己而不能与之出力,宁不负愧乎⑩?"遂向李蒙夸奖吴保安之才,乞征来军中效用。李都督听了,便行下文帖到遂州去,要取方义尉吴保安为管记⑪。

才打发差人起身,探马报蛮贼猖獗,逼近内地。李都督传令,星夜趱行。来到姚州,正遇着蛮兵抢掳财物,不做准备,被大军一掩⑫,都四散乱窜,不成队伍,杀得他大败全输。李都督恃勇,招引大军,乘势追逐五十里。天晚下寨,郭仲翔谏曰:"蛮人贪诈无比,今兵败远遁,将军之威已立矣!宜班师回州,遣人宣播威德,招使内附;不可深入其地,恐堕诈谋之中。"李蒙大喝曰:"群蛮今已丧胆,不乘此机扫清溪洞,更待何时?汝勿多言,看我破贼!"

----

①展拜:拜谒。

②乡关:故乡。

③厄选曹之格限:不能通过吏部有关升迁的规定。厄,受阻,被困。选曹,这里指掌管铨选官吏事务的吏部。格限,指规定的资格。

④稔(rěn)闻:素闻。

⑤乡曲:乡里。这里指同乡。

⑥执鞭从事:比喻追随左右,奉事。

⑦尺寸:这里指微小的功业。

⑧衔结:衔环结草,指感恩图报。

⑨玩:玩味,细细体会。

⑩负愧:抱愧。

⑪管记:管理文牍的官。

⑫掩:冲杀,袭击。

次日，拔寨都起。行了数日，直到乌蛮界上。只见万山叠翠，草木蒙茸，正不知那一条是去路。李蒙心中大疑，传令："暂退平衍处屯扎①。"一面寻觅土人，访问路径。忽然山谷之中，金鼓之声四起，蛮兵弥山遍野而来。洞主姓蒙名细奴逻，手执木弓药矢，百发百中。驱率各洞蛮酋穿林渡岭，分明似鸟飞兽奔，全不费力。唐兵陷于伏中，又且路生力倦，如何抵敌？李都督虽然骁勇，奈英雄无用武之地。手下爪牙看看将尽，叹曰："悔不听郭判官之言，乃为犬羊所侮！"拔出靴中短刀，自刺其喉而死。全军皆没于蛮中。后人有诗云：

　　马援铜柱标千古②，诸葛旗台镇九溪③。

　　何事唐师皆覆没？将军姓李数偏奇④。

又有一诗，专咎李都督不听郭仲翔之言，以自取败。诗云：

　　不是将军数独奇，悬军深入总堪危。

　　当时若听还师策，总有群蛮谁敢窥⑤？

　　其时，郭仲翔也被掳去。细奴逻见他丰神不凡，叩问之，方知是郭元振之侄，遂给与本洞头目乌罗部下。原来南蛮从无大志，只贪图中国财物。掳掠得汉人，都分给与各洞头目。功多的，分得多；功少的，分得少。其分得人口，不问贤愚，只如奴仆一般，供他驱使，斫柴割草，饲马牧羊。若是人口多的，又可转相买卖。汉人到此，十个九个只愿死，不愿生。却又有蛮人看守，求死不得。有恁般苦楚！

----

①平衍：平坦、宽广。

②马援铜柱：东汉时马援南征交趾，在边界上立铜柱以表功。

③诸葛旗台镇九溪：顾学颉注："诸葛，指三国时蜀丞相诸葛亮。九溪，指当时西南的一部分少数民族。司城南十里有武侯祠，其东东岳堰内有一土墩，周回三十余丈，高六尺，随水高下，虽盛潦，不没；俗谓之'武侯旗台'。"（见《武侯全书》卷十五）

④数奇（jī）：命运不好，遇事多不利。《史记·李将军列传》："以为李广老，数奇，毋令当单于。"

⑤总有：纵有，即使有。

这一阵厮杀,掳得汉人甚多。其中多有有职位的,蛮酋一一审出,许他寄信到中国去,要他亲戚来赎,获其厚利。你想被掳的人,那一个不思想还乡的? 一闻此事,不论富家贫家,都寄信到家乡来了。就是各人家属①,十分没法处置的,只得罢了;若还有亲有眷,那移补凑得来②,那一家不想借贷去取赎? 那蛮酋忍心贪利,随你孤身穷汉,也要勒取好绢三十匹,方准赎回;若上一等的,凭他索诈。乌罗闻知郭仲翔是当朝宰相之侄,高其赎价,索绢一千匹。

仲翔想道:"若要千绢,除非伯父处可办。只是关山迢递,怎得寄个信去?"忽然想着:"吴保安是我知己,我与他从未会面,只为见他数行之字,便力荐于李都督,召为管记。我之用情,他必谅之③。幸他行迟,不与此难,此际多应已到姚州④。诚央他附信于长安⑤,岂不便乎?"乃修成一书,径致保安。书中具道苦情及乌罗索价详细:"倘永固不见遗弃,传语伯父,早来见赎,尚可生还。不然,生为俘囚,死为蛮鬼,永固其忍之乎?"永固者,保安之字也。书后附一诗云:

箕子为奴仍异域⑥,苏卿受困在初年⑦。

①就是:连词。表示进一层,常与前面分句中的"不但"、"别说"等对应。这里的意思是,不但被掳之人想回家,就连各人家属也都积极设法取赎。
②那移:同"挪移"。
③谅:体察,察知。
④此际:此时。
⑤诚:如果。
⑥箕子为奴仍异域:这句以箕子自比,说自己像箕子一样为奴,而且身处异域,比箕子更苦。箕子,商代贵族,曾劝谏纣王,纣王不听,于是佯狂为奴。仍,况且,更加,表示递进一层。
⑦苏卿受困在初年:这句以苏武自比,说自己像苏武一样被异族所扣,但时间还不长(意思是希望早日得救)。苏卿,苏武,字子卿,汉武帝时奉命出使匈奴,被扣达十九年之久。初年,初期。

　　知君义气深相悯，愿脱征骖学古贤①。

　　仲翔修书已毕，恰好有个姚州解粮官，被赎放回。仲翔乘便就将此书付之，眼盼盼看着他人去了，自己不能奋飞。万箭攒心，不觉泪如雨下。正是：

　　眼看他鸟高飞去，身在笼中怎出头？

　　不题郭仲翔蛮中之事。且说吴保安奉了李都督文帖，已知郭仲翔所荐。留妻房张氏和那新生下未周岁的孩儿在遂州住下，一主一仆飞身上路，赶来姚州赴任。闻知李都督阵亡消息，吃了一惊，尚未知仲翔生死下落，不免留身打探②。恰好解粮官从蛮地放回，带得有仲翔书信，吴保安拆开看了，好生凄惨。便写回书一纸，书中许他取赎，留在解粮官处，嘱他觑便寄到蛮中，以慰仲翔之心。忙整行囊，便望长安进发。这姚州到长安三千余里，东川正是个顺路，保安径不回家，直到京都，求见郭元振相公。谁知一月前元振已薨，家小都扶柩而回了。

　　吴保安大失所望，盘缠罄尽，只得将仆、马卖去，将来使用。覆身回到遂州，见了妻儿，放声大哭。张氏问其缘故，保安将郭仲翔失陷南中之事，说了一遍。"如今要去赎他，争奈自家无力，使他在穷乡悬望，我心何安？"说罢又哭。张氏劝止之，曰："常言巧媳妇煮不得没米粥，你如今力不从心，只索付之无奈了。"保安摇首曰："吾向者偶寄尺书，即蒙郭君垂情荐拔；今彼在死生之际，以性命托我，我何忍负之？不得郭回，誓不独生也！"于是倾家所有，估计来止直得绢二百匹③。遂撇了妻儿，欲出外为商，又怕蛮中不时有信寄来，只在姚州左近营运④。朝驰暮走，东趋西奔；身穿破衣，口吃粗粝。虽

---

　　①愿脱征骖（cān）学古贤：希望学习古代贤人脱骖相助。春秋时，齐相晏婴在路上看见越石父被囚，便解左骖（驾车的边马）赎之，载归，延之为上客。后成为济人急难的典故。征骖，驾车远行的马。

　　②留身：这里指自己留下来。

　　③直：价值，值得。

　　④营运：经营。

一钱一粟，不敢妄费，都积来为买绢之用。得一望十，得十望百，满了百匹，就寄放姚州府库。眠里梦里只想着"郭仲翔"三字，连妻子都忘记了。整整的在外过了十个年头，刚刚的凑得七百匹绢，还未足千匹之数。正是：

　　　离家千里逐锥刀①，只为相知意气饶②。

　　　十载未偿蛮洞债，不如何日慰心交？

　　话分两头。却说吴保安妻张氏，同那幼年孩子，孤孤凄凄的住在遂州。初时还有人看县尉面上，小意儿周济他③，一连几年不通音耗④，就没人理他了。家中又无积蓄，捱到十年之外，衣单食缺，万难存济⑤，只得并迭几件破家火⑥，变卖盘缠，领了十一岁的孩儿，亲自问路，欲往姚州寻取丈夫吴保安。夜宿朝行，一日只走得三四十里。比到得戎州界上，盘费已尽，计无所出。欲待求乞前去，又含羞不惯；思量薄命，不如死休。看了十一岁的孩儿，又割舍不下。左思右想，看看天晚，坐在乌蒙山下，放声大哭，惊动了过往的官人⑦。那官人姓杨，名安居，新任姚州都督，正顶着李蒙的缺。从长安驰驿到任，打从乌蒙山下经过，听得哭声哀切，又是个妇人，停了车马，召而问之。张氏手搀着十一岁的孩儿，上前哭诉曰："妾乃遂州方义尉吴保安之妻，此孩儿即妾之子也。妾夫因友人郭仲翔陷没蛮中，欲营求千匹绢往赎，弃妾母子，久住姚州，十年不通音信。妻贫苦无依，亲往寻取，粮尽路长，是以悲泣耳。"安居暗暗叹异道："此人真义士！恨我无缘识之。"乃谓张氏曰："夫人休忧。下官忝任姚州都督，一到

----

①锥刀：比喻细微的利润。

②饶：多。

③小意儿：小殷勤。也指小恩惠。

④音耗：音信，消息。

⑤存济：存活，过活。

⑥并迭：打迭，收拾。

⑦官人：这里指官员。

彼郡，即差人寻访尊夫。夫人行李之费①，都在下官身上。请到前途馆驿中，当与夫人设处②。"张氏收泪拜谢。虽然如此，心下尚怀惶惑。杨都督车马如飞去了。张氏母子相扶，一步步捱到驿前。杨都督早已分付驿官伺候，问了来历，请到空房饭食安置。次日五鼓，杨都督起马先行。驿官传杨都督之命，将十千钱赠为路费，又备下一辆车儿，差人夫送到姚州普溯驿中居住。张氏心中感激不尽。正是：

> 好人还遇好人救，恶人自有恶人磨。

　　且说杨安居一到姚州，便差人四下寻访吴保安下落。不三四日，便寻着了。安居请到都督府中，降阶迎接，亲执其手，登堂慰劳。因谓保安曰："下官常闻古人有死生之交，今亲见之足下矣。尊夫人同令嗣远来相觅，见在驿舍，足下且往，暂叙十年之别。所需绢匹若干，吾当为足下图之。"保安曰："仆为友尽心，固其分内，奈何累及明公乎③？"安居曰："慕公之义，欲成公之志耳。"保安叩首曰："既蒙明公高谊，仆不敢固辞。所少尚三分之一，如数即付，仆当亲往蛮中，赎取吾友。然后与妻孥相见，未为晚也。"时安居初到任，乃于库中撮借官绢四百匹，赠与保安，又赠他全副鞍马。保安大喜，领了这四百匹绢，并库上七百匹，共一千一百之数，骑马直到南蛮界口④，寻个熟蛮⑤，往蛮中通话，将所余百匹绢，尽数托他使费。只要仲翔回归，心满意足。正是：

> 应时还得见⑥，胜是岳阳金⑦。

---

①行李之费：路费。行李，行旅，出门远行。

②设处：设法筹措。

③明公：对有名位者的尊称。

④界口：交界之出入口。

⑤熟蛮：这里指少数民族中归顺的或文化程度较高的成员。

⑥应时：即刻，随时。

⑦胜是：胜似。岳阳金：吴晓铃等疑是"栎阳金"之误。按：吴说是。栎阳：古地名，在今陕西临潼东北，秦献公建都于此。秦献公十八年（前367），栎阳地方从天上掉下黄金，如下雨一般。后"栎阳金"成为诗文中的典故，但在通俗小说、戏曲中大都误作"岳阳金"。（详见陈熙中《"岳阳金"考释》）

却说郭仲翔在乌罗部下，乌罗指望他重价取赎，初时好生看待，饮食不缺。过了一年有余，不见中国人来讲话，乌罗心中不悦，把他饮食都裁减了。每日一餐，着他看养战象。仲翔打熬不过，思乡念切，乘乌罗出外打围①，拽开脚步，望北而走。那蛮中都是险峻的山路，仲翔走了一日一夜，脚底都破了，被一般看象的蛮子，飞也似赶来，捉了回去。乌罗大怒，将他转卖与南洞主新丁蛮为奴，离乌罗部二百里之外。那新丁最恶，差使小不遂意，整百皮鞭，鞭得背都青肿，如此已非一次。仲翔熬不得痛苦，捉个空，又想逃走。争奈路径不熟②，只在山凹内盘旋，又被本洞蛮子追着了，拿去献与新丁。新丁不用了，又卖到南方一洞去，一步远一步了。那洞主号菩萨蛮，更是利害。晓得郭仲翔屡次逃走，乃取木板两片，各长五六尺，厚三四寸，教仲翔把两只脚立在板上，用铁钉钉其脚面，直透板内，日常带着二板行动。夜间纳土洞中，洞口用厚木板门遮盖，本洞蛮子就睡在板上看守，一毫转动不得。两脚被钉处，常流脓血，分明是地狱受罪一般。有诗为证：

> 身卖南蛮南更南，土牢木锁苦难堪。
> 十年不达中原信，梦想心交不敢谭。

却说熟蛮领了吴保安言语来见乌罗，说知求赎郭仲翔之事。乌罗晓得绢足千匹，不胜之喜！便差人往南洞转赎郭仲翔回来。南洞主新丁，又引至菩萨蛮洞中，交割了身价，将仲翔两脚钉板，用铁钳取出钉来。那钉头入肉已久，脓水干后，如生成一般。今番重复取出，这疼痛比初钉时更自难忍，血流满地，仲翔登时闷绝。良久方醒，寸步难移。只得用皮袋盛了，两个蛮子扛抬着，直送到乌罗帐下。乌罗收足了绢匹，不管死活，把仲翔交付熟蛮，转送吴保安收领。吴保安接着，如见亲骨肉一般。这两个朋友，到今日方才识面。未暇叙话，各睁眼看了一看，抱头而哭，皆疑以为梦中相逢也。郭仲

---

①打围：打猎。
②争奈：怎奈，无奈。

翔感谢吴保安,自不必说。保安见仲翔形容憔悴,半人半鬼,两脚又动掸不得,好生凄惨!让马与他骑坐,自己步行随后,同到姚州城内回复杨都督。原来杨安居曾在郭元振门下做个幕僚,与郭仲翔虽未厮认①,却有通家之谊。又且他是个正人君子,不以存亡易心。一见仲翔,不胜之喜。教他洗沐过了,将新衣与他更换,又教随军医生医他两脚疮口,好饮好食将息。不匀一月,平复如故。

且说吴保安从蛮界回来,方才到普溯驿中与妻儿相见。初时分别,儿子尚在襁褓,如今十一岁了。光阴迅速,未免伤感于怀。杨安居为吴保安义气上,十分敬重。他每对人夸奖,又写书与长安贵要,称他弃家赎友之事。又厚赠资粮,送他往京师补官。凡姚州一郡官府,见都督如此用情,无不厚赠。仲翔仍留为都督府判官。保安将众人所赠,分一半与仲翔留下使用。仲翔再三推辞,保安那里肯依,只得受了。吴保安谢了杨都督,同家小往长安进发。仲翔送出姚州界外,痛哭而别。保安仍留家小在遂州,单身到京,升补嘉州彭山丞之职。那嘉州仍是西蜀地方,迎接家小又方便,保安欢喜赴任去讫,不在话下。

再说郭仲翔在蛮中日久,深知款曲②。蛮中妇女,尽有姿色,价反在男子之下。仲翔在任三年,陆续差人到蛮洞购求年少美女,共有十人。自己教成歌舞,鲜衣美饰,特献与杨安居伏侍,以报其德。安居笑曰:"吾重生高义,故乐成其美耳。言及相报,得无以市井见待耶?"仲翔曰:"荷明公仁德③,微躯再造,特求此蛮口奉献,以表区区。明公若见辞,仲翔死不瞑目矣!"安居见他诚恳,乃曰:"仆有幼女,最所钟爱,勉受一小口为伴,余则不敢如命。"仲翔把那九个美女,赠与杨都督帐下九个心腹将校,以显杨公之德。

时朝廷正追念代国公军功,要录用其子侄。杨安居表奏:"故相

①厮认:相认,认识。
②款曲:内情,详细情况。
③荷:承蒙,承受(恩惠)。

郭震嫡侄仲翔,始进谏于李蒙,预知胜败;继陷身于蛮洞,备著坚贞。十年复返于故乡,三载效劳于幕府。荫既可叙^①,功亦宜酬。"于是郭仲翔得授蔚州录事参军^②。自从离家到今,共一十五年了,他父亲和妻子在家闻得仲翔陷没蛮中,杳无音信,只道身故已久。忽见亲笔家书,迎接家小临蔚州任所,举家欢喜无限。

仲翔在蔚州做官两年,大有声誉,升迁代州户曹参军^③。又经三载,父亲一病而亡,仲翔扶枢回归河北。丧葬已毕,忽然叹曰:"吾赖吴公见赎,得有余生。因老亲在堂,方谋奉养,未暇图报私恩。今亲殁服除,岂可置恩人于度外乎?"访知吴保安在宦所未回,乃亲到嘉州彭山县看之。

不期保安任满,家贫无力赴京听调,就便在彭山居住。六年之前,患了疫症,夫妇双亡,藁葬在黄龙寺后隙地^④。儿子吴天祐从幼母亲教训,读书识字,就在本县训蒙度日^⑤。仲翔一闻此信,悲啼不已。因制缞麻之服,腰绖执杖^⑥,步到黄龙寺内,向冢号泣,具礼祭奠。奠毕,寻吴天祐相见,即将自己衣服,脱与他穿了,呼之为弟,商议归葬一事。乃为文以告于保安之灵,发开土堆,止存枯骨二具。仲翔痛哭不已,旁观之人,莫不堕泪。仲翔预制下练囊二个^⑦,装保安夫妇骸骨。又恐失了次第,敛葬时一时难认,逐节用墨记下,装入练囊,总贮一竹笼之内,亲自背负而行。吴天祐道,是他父母的骸

---

①荫叙:按先辈功业大小,给予不同等级的荫封。荫,封建时代子孙因先世有功劳而得到封赏或免罪。叙,按规定的等级次序授官职。

②蔚州:治所在今河北蔚县。录事参军:州郡属官,职掌州院庶务及纠弹下属官吏过失。

③代州:治所在今山西代县。户曹参军:州郡属官,职掌户籍、赋税等。

④藁(gǎo)葬:草草埋葬。

⑤训蒙:教育儿童。

⑥腰绖(dié)执杖:腰系麻带,手持丧棒。腰绖,旧时丧服上系于腰间的麻带或草带。执杖,旧时举行父母葬仪时手执丧棒。

⑦练囊:用绢作的袋子。

骨,理合他驮,来夺那竹笼。仲翔那肯放下,哭曰:"永固为我奔走十年,今我暂时为之负骨,少尽我心而已。"一路且行且哭,每到旅店,必置竹笼于上坐,将酒饭浇奠过了,然后与天祐同食。夜间亦安置竹笼停当,方敢就寝。自嘉州到魏郡①,凡数千里,都是步行。他两脚曾经钉板,虽然好了,终是血脉受伤。一连走了几日,脚面都紫肿起来,内中作痛。看看行走不动,又立心不要别人替力,勉强捱去。有诗为证:

> 酬恩无地只奔丧,负骨徒行日夜忙。
> 遥望阳平数千里②,不知何日到家乡?

仲翔思想:"前路正长,如何是好?"天晚就店安宿,乃设酒饭于竹笼之前,含泪再拜,虔诚哀恳:"愿吴永固夫妇显灵,保佑仲翔脚患顿除,步履方便,早到武阳,经营葬事。"吴天祐也从旁再三拜祷。到次日起身,仲翔便觉两脚轻健,直到武阳县中,全不疼痛。此乃神天护佑吉人,不但吴保安之灵也。

再说仲翔到家,就留吴天祐同居。打扫中堂,设立吴保安夫妇神位;买办衣衾棺椁,重新殡敛。自己戴孝,一同吴天祐守幕受吊③。顾匠造坟,凡一切葬具,照依先葬父亲一般。又立一道石碑,详纪保安弃家赎友之事,使往来读碑者,尽知其善。又同吴天祐庐墓三年。那三年中,教训天祐经书,得他学问精通,方好出仕。三年后,要到长安补官,念吴天祐无家未娶,择宗族中侄女有贤德者,替他纳聘,割东边宅院子,让他居住成亲,又将一半家财,分给天祐过活。正是:

> 昔年为友抛妻子,今日孤儿转受恩。

---

①魏郡:指魏州。按:郭元振是贵乡县(今河北大名)人,魏州的治所即在贵乡县。
②阳平:即指武阳。按:武阳县(今山东莘县西南朝城)旧属阳平郡。许政扬校注本误作"平阳"。
③一同:偕同。

正是投瓜还得报①,善人不负善心人。

仲翔起服到京②,补岚州长史③,又加朝散大夫④。仲翔思念保安不已,乃上疏。其略曰:

臣闻有善必劝者,固国家之典;有恩必酬者,亦匹夫之义。臣向从故姚州都督李蒙进御蛮寇⑤,一战奏捷。臣谓深入非宜,尚当持重,主帅不听,全军覆没。臣以中华世族,为绝域穷困(囚)。蛮贼贪利,责绢还俘。谓臣宰相之侄,索至千匹。而臣家绝万里,无信可通。十年之中,备尝艰苦,肌肤毁剔,靡刻不泪⑥。牧羊有志,射雁无期⑦。而遂州方义尉吴保安,适至姚州,与臣虽系同乡,从无一面,徒以意气相慕,遂谋赎臣。经营百端,撇家数载,形容憔悴,妻子饥寒。拔臣于垂死之中,赐臣以再生之路。大恩未报,遽尔淹殁。臣今幸沾朱绂⑧,而保安子天祐,食藿悬鹑⑨,臣窃愧之。且天祐年富学深,足堪任使。愿以臣官,让之天祐。庶几国家劝善之典,与下臣酬恩之义,一举两得。臣甘就退闲,没齿无怨。谨昧死披沥以闻⑩。

---

①投瓜得报:指赠人以微小的礼物而得到别人回报的厚礼。典出《诗经·木瓜》:"投我以木瓜,报之以琼琚。"

②起服:应写作"起复"。封建时代官吏服丧,服未满而复起用,叫起复。后亦指服满起用。

③岚州:在今山西岚县。长史:唐、宋在州、郡设长史,职权甚重。

④朝散大夫:唐、宋文阶官之制,从五品下称朝散大夫。

⑤进御:进兵御守。这里也就是前文说的"进讨"。

⑥靡刻:无时无刻。

⑦牧羊射雁:苏武被匈奴扣留,遣至北海牧羊。后来汉使至,向匈奴单于诈言汉天子射雁时得到苏武的书信,始得放归。

⑧沾朱绂(fú):指作官。朱绂,红色的朝服。

⑨食藿悬鹑:形容生活穷困。食藿,以豆叶为食。悬鹑,衣服破烂。因鹌鹑毛斑尾秃,如披着破衣,故以悬鹑形容衣衫褴褛。

⑩昧死披沥以闻:封建时代臣子向帝王上书时用在末尾的套语。昧死,冒死。披沥,披肝沥胆。

时天宝十二年也。疏入,下礼部详议。此一事哄动了举朝官员:"虽然保安施恩在前,也难得郭仲翔义气,真不愧死友者矣。"礼部为此覆奏①,盛夸郭仲翔之品,"宜破格俯从②,以励浇俗③。吴天祐可试岚谷县尉④,仲翔原官如故"。这岚谷县与岚州相邻,使他两个朝夕相见,以慰其情,这是礼部官的用情处。朝廷依允,仲翔领了吴天祐告身一道,谢恩出京,回到武阳县,将告身付与天祐。备下祭奠,拜告两家坟墓。择了吉日,两家宅眷,同日起程,向西京到任⑤。

那时做一件奇事,远近传说,都道吴、郭交情,虽古之管鲍、羊左,不能及也。后来郭仲翔在岚州,吴天祐在岚谷县,皆有政绩,各升迁去。岚州人追慕其事,为立"双义祠",祀吴保安、郭仲翔。里中凡有约誓,都在庙中祷告,香火至今不绝。有诗为证:

> 频频握手未为亲,临难方知意气真。
>
> 试看郭吴真义气,原非平日结交人。

---

①覆奏:详审事情,重行上奏。

②俯从:俯允,同意。

③浇俗:浮薄而不淳厚的社会风气。

④岚谷县:治所在今山西岢岚。

⑤西京:指太原。岚谷县和岚州属太原府。按:实际上唐代的西京不是太原,到五代后唐时才以太原府为西京。

第九卷

裴晋公义还原配

官居极品富千金，享用无多白发侵。

惟有存仁并积善，千秋不朽在人心。

当初，汉文帝朝中，有个宠臣，叫做邓通，出则随辇，寝则同榻，恩幸无比。其时有神相许负[①]，相那邓通之面，有纵理纹入口[②]，必当穷饿而死。文帝闻之，怒曰："富贵由我！谁人穷得邓通？"遂将蜀道铜山赐之，使得自铸钱。当时，邓氏之钱布满天下，其富敌国[③]。一日，文帝偶然生下个痈疽，脓血迸流，疼痛难忍。邓通跪而吮之，文帝觉得爽快。便问道："天下至爱者，何人？"邓通答道："莫如父子。"恰好皇太子入宫问疾，文帝也教他吮那痈疽。太子推辞道："臣方食鲜脍，恐不宜近圣恙。"太子出宫去了。文帝叹道："至爱莫如父子，尚且不肯为我吮疽；邓通爱我胜如吾子。"由是恩宠俱加。皇太子闻知此语，深恨邓通吮疽之事。后来文帝驾崩，太子即位，是为景帝。遂治邓通之罪，说他吮疽献媚，坏乱钱法。籍其家产，闭于空室之中，绝其饮食，邓通果然饿死。又汉景帝时，丞相周亚夫也有纵理纹在口。景帝忌他威名，寻他罪过，下之于廷尉狱中[④]。亚夫怨恨，不食而死。这两个极富极贵，犯了饿死之相，果然不得善终。然虽如此，又有一说，道是面相不如心相。假如上等贵相之人，也有做下亏心事，损了阴德，反不得好结果。又有犯着恶相的，却因心地端正，

---

① 许负：汉代一老妪，善相人。据《史记》记载，她曾给周亚夫看相。据《论衡》记载，给邓通看相的是另一人。

② 纵理纹入口：旧时相术家称人面部鼻端两旁的肌肤纵纹衔接口边，叫"纵理入口"，是饿死之相。

③ 敌国：与国家相匹敌，指其财富可与朝廷相比。敌，相等。

④ 廷尉：秦汉时官名，掌刑狱。

肯积阴功,反祸为福。此是人定胜天,非相法之不灵也。

如今说唐朝有个裴度,少年时,贫落未遇。有人相他纵理入口,法当饿死①。后游香山寺中,于井亭栏干上拾得三条宝带。裴度自思:"此乃他人遗失之物,我岂可损人利己,坏了心术?"乃坐而守之。少顷间,只见有个妇人啼哭而来,说道:"老父陷狱,借得三条宝带,要去赎罪。偶到寺中盥手烧香,遗失在此。如有人拾取,可怜见还,全了老父之命。"裴度将三条宝带,即时交付与妇人,妇人拜谢而去。他日,又遇了那相士。相士大惊道:"足下骨法全改,非复向日饿莩之相②,得非有阴德乎?"裴度辞以没有。相士云:"足下试自思之,必有拯溺救焚之事。"裴度乃言还带一节。相士云:"此乃大阴功,他日富贵两全,可预贺也。"后来裴度果然进身及第,位至宰相,寿登耄耋③。正是:

> 面相不如心相准,为人须是积阴功。
>
> 假饶方寸难移相④,饿莩焉能享万钟?

说话的,你只道裴晋公是阴德上积来的富贵,谁知他富贵以后,阴德更多。则今听我说"义还原配"这节故事,却也十分难得。

话说唐宪宗皇帝元和十三年,裴度领兵削平了淮西反贼吴元济,还朝拜为首相,进爵晋国公。又有两处积久负固的藩镇⑤,都惧怕裴度威名,上表献地赎罪:恒冀节度使王承宗,愿献德、隶二州;淄青节度使李师道,愿献沂、密、海三州。宪宗皇帝看见外寇渐平,天下无事,乃修龙德殿,浚龙首池,起承晖殿,大兴土木。又听山人柳

---

①法当:按相法理应。王充《论衡·骨相》:"许负指其口有纵理入口,曰:'此饿死法也。'"

②饿莩(piǎo):饿死,饿死的人。

③耄耋(mào dié):八、九十岁的年纪。泛指年老。

④假饶:假若,如果。

⑤积久负固:指经历的时间长,又凭仗着险固的地势。

泌①，合长生之药②。裴度屡次切谏，都不听。佞臣皇甫镈判度支③，程异掌盐铁④，专一刻剥百姓财物，名为羡余⑤，以供无事之费。由是投了宪宗皇帝之意，两个佞臣并同平章事⑥。裴度羞与同列，上表求退。宪宗皇帝不许，反说裴度好立朋党，渐有疑忌之心。裴度自念功名太盛，惟恐得罪。乃口不谈朝事，终日纵情酒色，以乐余年。四方郡牧⑦，往往访觅歌儿舞女，献于相府，不一而足。论起裴晋公，那里要人来献？只是这班阿谀谄媚的，要博相国欢喜，自然重价购求，也有用强逼取的，鲜衣美饰，或假作家妓，或伪称侍儿，遣人殷殷勤勤的送来。裴晋公来者不拒，也只得纳了。

　　再说晋州万泉县，有一人，姓唐，名璧，字国宝，曾举孝廉科⑧，初任括州龙宗县尉，再任越州会稽丞⑨。先在乡时，聘定同乡黄太学之女小娥为妻⑩。因小娥尚在稚龄，待年未嫁。比及长成，唐璧两任游宦，都在南方，以此两下蹉跎，不曾婚配。那小娥年方二九，生得脸似堆花，体如琢玉；又且通于音律，凡箫管、琵琶之类，无所不工。晋州刺史奉承裴晋公，要在所属地方选取美貌歌姬一队进奉。已有了五人，还少一个出色掌班的。闻得黄小娥之名，又道太学之女，不可轻得，乃捐钱三十万，嘱托万泉县令求之。那县令又奉承刺史，遣人到黄太学家致意。黄太学回道："已经受聘，不敢从命。"县令再三强求，黄太学只是不允。时值清明，黄太学举家扫墓，独留小娥在家。

----

①山人：这里指方士、术士。

②合：合药，调制药物。

③判度支：指任度支郎中。判，署理。唐宋时以高官兼任低职也叫判。度支，唐代在户部设置度支郎中，掌管国家财政。

④盐铁：唐代置盐铁使，掌收运盐铁之税。

⑤羡余：正赋外的无名税收，为唐以来巧取豪夺的杂税。

⑥同平章事：同中书门下平章事的简称，在唐代其地位类似宰相。

⑦郡牧：郡守。

⑧孝廉科：本为汉代选拔人才的科目，孝指孝悌，廉指清廉。

⑨丞：佐官名。这里指县丞，县令之副职。

⑩太学：本是古代国家设立的最高学府，在唐代属国子监。这里指太学生。

县令打听的实，乃亲到黄家，搜出小娥，用肩舆抬去。着两个稳婆相伴①，立刻送到晋州刺史处交割。硬将三十万钱，撒在他家，以为身价。比及黄太学回来，晓得女儿被县令劫去，急往县中，已知送去州里。再到晋州，将情哀求刺史。刺史道："你女儿才色过人，一入相府，必然擅宠。岂不胜作他人箕帚乎②？况已受我聘财六十万钱，何不赠与汝婿，别图配偶？"黄太学道："县主乘某扫墓，将钱委置，某未尝面受，况止三十万，今悉持在此，某只愿领女，不愿领钱也。"刺史拍案大怒道："你得财卖女，却又瞒过三十万，强来絮聒，是何道理？汝女已送至晋国公府中矣，汝自往相府取索，在此无益。"黄太学看见刺史发怒，出言图赖，再不敢开口，两眼含泪而出。在晋州守了数日，欲得女儿一见，寂然无信。叹了口气，只得回县去了。

却说刺史将千金置买异样服饰，宝珠璎珞，妆扮那六个人，如天仙相似。全副乐器，整日在衙中操演。直待晋国公生日将近，遣人送去，以作贺礼。那刺史费了许多心机，破了许多钱钞，要博相国一个大欢喜。谁知相国府中，歌舞成行；各镇所献美女，也不计其数。这六个人，只凑得闹热，相国那里便看在眼里，留在心里？从来奉承，尽有折本的，都似此类。有诗为证：

　　割肉剜肤买上欢，千金不吝备吹弹。
　　相公见惯浑闲事③，羞杀州官与县官！

话分两头。再说唐璧在会稽任满，该得升迁。想黄小娥今已长成，且回家毕姻，然后赴京未迟。当下收拾宦囊，望万泉县进发。到家次日，就去谒见岳丈黄太学。黄太学已知为着姻事，不等开口，便将女儿被夺情节，一五一十，备细的告诉了。唐璧听罢，呆了半晌，咬牙切齿恨道："大丈夫浮沉薄宦，至一妻之不能保，何以生为？"黄

---

①稳婆：民间的或在官府服役的接生婆，俗呼为"老娘"。
②箕帚：借指妻妾。箕帚本是扫除用的工具，旧时称妇人操持家内杂务、服侍丈夫为奉箕帚。
③浑闲事：寻常事。

太学劝道："贤婿英年才望①,自有好姻缘相凑,吾女儿自没福相从,遭此强暴,休得过伤怀抱,有误前程。"唐璧怒气不息,要到州官、县官处与他争论。黄太学又劝道："人已去矣,争论何益? 况干碍裴相国②。方今一人之下,万人之上,倘失其欢心,恐于贤婿前程不便。"乃将县令所留三十万钱抬出,交付唐璧道:"以此为图婚之费。当初宅上有碧玉玲珑为聘,在小女身边,不得奉还矣。贤婿须念前程为重,休为小挫以误大事。"唐璧两泪交流,答道:"某年近三旬,又失此良偶,琴瑟之事③,终身已矣。蜗名微利,误人之本,从此亦不复思进取也!"言讫,不觉大恸。黄太学也还痛起来。大家哭了一场方罢。唐璧那里肯收这钱去,径自空身回了。

次日,黄太学亲到唐璧家,再三解劝,撺掇他早往京师听调④。得了官职,然后徐议良姻。唐璧初时不肯,被丈人一连数日强逼不过,思量在家气闷,且到长安走遭,也好排遣。勉强择吉,买舟起程。丈人将三十万钱暗地放在舟中,私下嘱付从人道:"开船两日后,方可禀知主人拿去京中,好做使用,讨个美缺。"唐璧见了这钱,又感伤了一场,分付苍头:"此是黄家卖女之物,一文不可动用!"在路不一日,来到长安。雇人挑了行李,就裴相国府中左近处,下个店房,早晚府前行走,好打探小娥信息。过了一夜,次早到吏部报名,送历任文簿,查验过了。回寓吃了饭,就到相府门前守候。一日最少也蹓过十来遍。住了月余,那里通得半个字? 这些官吏们一出一入,如马蚁相似⑤,谁敢上前把这没头脑的事问他一声! 正是:

---

①英年才望:有才能声望的青年。英年,青年,盛壮之年。才望,才能和声望,也指有才能声望的人。

②干碍:关涉,妨碍。

③琴瑟之事:指婚姻之事。《诗经·关雎》:"窈窕淑女,琴瑟友之。"后以琴瑟比喻夫妇或夫妇间感情和谐。

④听调:听候调派。

⑤马蚁:即蚂蚁。马蚁是一种大蚁,后成蚁的通称,多写作"蚂蚁"。

　　　　侯门一入深如海，从此萧郎是路人①。

　　一日，吏部挂榜，唐璧授湖州录事参军。这湖州，又在南方，是熟游之地，唐璧也到欢喜。等有了告敕②，收拾行李，雇唤船只出京。行到潼津地方③，遇了一伙强人。自古道：慢藏诲盗④，只为这三十万钱，带来带去，露了小人眼目，惹起贪心，就结伙做出这事来。这伙强人从京城外，直跟至潼津，背地通同了船家，等待夜静，一齐下手。也是唐璧命不该绝，正在船头上登东，看见声势不好，急忙跳水，上岸逃命。只听得这伙强人乱了一回，连船都撑去。苍头的性命也不知死活。舟中一应行李，尽被劫去，光光剩个身子。正是：

　　　　屋漏更遭连夜雨，船迟又被打头风⑤！

那三十万钱和行囊，还是小事。却有历任文簿和那告敕，是赴任的执照，也失去了，连官也做不成。唐璧那一时真个是控天无路，诉地无门。思量：“我直恁时乖运塞，一事无成！欲待回乡，有何面目？欲待再往京师，向吏部衙门投诉，奈身畔并无分文盘费⑥，怎生是好？这里又无相识借贷，难道求乞不成？”欲待投河而死，又想：“堂堂一躯，终不然如此结果？”坐在路旁，想了又哭，哭了又想，左算右算，无计可施，从半夜直哭到天明。

　　喜得绝处逢生，遇着一个老者，携杖而来，问道：“官人为何哀泣？”唐璧将赴任被劫之事，告诉了一遍。老者道：“原来是一位大人，失敬了。舍下不远，请那步则个⑦。”老者引唐璧约行一里，到于

------

①萧郎：代指美好的男子，或女子爱恋的男子。唐代崔郊的姑母有一婢女，后卖给高官于頔，崔郊十分思慕她，赠之以诗曰：“公子王孙逐后尘，绿珠垂泪滴罗巾。侯门一入深如海，从此萧郎是路人。”于頔见诗后，命婢归郊。

②告敕：同“告身”。

③潼津：唐置潼津县，在今陕西潼关西。

④慢藏诲盗：因保管疏忽而招致盗贼注意。

⑤打头风：逆风。

⑥身畔：身边。

⑦那步：同“挪步”。

家中，重复叙礼。老者道："老汉姓苏，儿子唤做苏凤华，见做湖州武源县尉，正是大人属下。大人往京，老汉愿少助资斧。"即忙备酒饭管待。取出新衣一套，与唐璧换了；捧出白金二十两，权充路费。

　　唐璧再三称谢，别了苏老，独自一个上路，再往京师旧店中安下。店主人听说路上吃亏，好生凄惨。唐璧到吏部门下，将情由哀禀。那吏部官道是告敕、文簿尽空，毫无巴鼻①，难辨真伪。一连求了五日，并不作准②。身边银两，都在衙门使费去了。回到店中，只叫得苦，两泪汪汪的坐着纳闷。只见外面一人，约莫半老年纪，头带软翅纱帽，身穿紫裤衫，挺带皂靴③，好似押牙官模样④，踱进店来。见了唐璧，作了揖，对面而坐，问道："足下何方人氏？到此贵干？"唐璧道："官人不问犹可，问我时，教我一时诉不尽心中苦情！"说未绝声，扑簌簌掉下泪来。紫衫人道："尊意有何不美？可细话之，或者可共商量也。"唐璧道："某姓唐，名璧，晋州万泉县人氏。近除湖州录事参军⑤，不期行至潼津，忽遇盗劫，资斧一空。历任文簿和告敕都失了，难以之任⑥。"紫衫人道："中途被劫，非关足下之事，何不以此情诉知吏部，重给告身，有何妨碍？"唐璧道："几次哀求，不蒙怜准，教我去住两难，无门恳告。"紫衫人道："当朝裴晋公，每怀恻隐，极肯周旋落难之人。足下何不去求见他？"唐璧听说，愈加悲泣道："官人休题起'裴晋公'三字，使某心肠如割。"紫衫人大惊道："足下何故而出此言？"唐璧道："某幼年定下一房亲事，因屡任南方，未成婚配。却被知州和县尹用强夺去，凑成一班女乐，献与晋公，使某壮年无室。此事虽不由晋公，然晋公受人谄媚，以致府县争先献纳，分

---

　　①巴鼻：根据，来由。也写作"巴壁"、"巴臂"等。

　　②作准：准许。

　　③挺带：皮带。

　　④押牙官：唐宋官名，管领仪仗侍卫。牙本指牙旗，后讹变为"衙"，也写作"押衙"。

　　⑤除：拜官，授职。

　　⑥之任：赴任，上任。

明是他拆散我夫妻一般，我今日何忍复往见之？"紫衫人问道："足下所定之室，何姓何名？当初有何为聘？"唐璧道："姓黄，名小娥，聘物碧玉玲珑，见在彼处。"紫衫人道："某即晋公亲校①，得出入内室，当为足下访之。"唐璧道："侯门一入，无复相见之期。但愿官人为我传一信息，使他知我心事，死亦瞑目。"紫衫人道："明日此时，定有好音奉报。"说罢，拱一拱手，踱出门去了。

唐璧转展思想，懊悔起来："那紫衫押牙，必是晋公亲信之人，遣他出外探事的。我方才不合议论了他几句，颇有怨望之词，倘或述与晋公知道，激怒了他，降祸不小！"心下好生不安，一夜不曾合眼。

巴到天明，梳洗罢，便到裴府窥望。只听说令公给假在府，不出外堂，虽然如此，仍有许多文书来往，内外奔走不绝，只不见昨日这紫衫人。等了许久，回店去吃了些午饭，又来守候，绝无动静。看看天晚，眼见得紫衫人已是谬言失信了。嗟叹了数声，凄凄凉凉的回到店中。

方欲点灯，忽见外面两个人，似令史妆扮②，慌慌忙忙的走入店来，问道："那一位是唐璧参军？"谑得唐璧躲在一边，不敢答应。店主人走来问道："二位何人？"那两个人答曰："我等乃裴府中堂吏③，奉令公之命，来请唐参军到府讲话。"店主人指道："这位就是。"唐璧只得出来相见了，说道："某与令公素未通谒，何缘见召？且身穿亵服④，岂敢唐突！"堂吏道："令公立等，参军休得推阻。"两个左右腋扶着，飞也似跑进府来。到了堂上，教："参军少坐，容某等禀过令公，却来相请。"两个堂吏进去了。不多时，只听得飞奔出来，复道："令公给假在内，请进去相见。"一路转弯抹角，都点得灯烛辉煌，照耀如

①亲校：亲随小校，随身侍从的下级军官。
②令史：官府中胥吏的通称。
③堂吏：这里指相府的办事吏员。
④亵服：在家穿的便服。

白日一般。两个堂吏前后引路，到一个小小厅事中①，只见两行纱灯排列，令公角巾便服②，拱立而待③。唐璧慌忙拜伏在地，流汗浃背，不敢仰视。令公传命扶起道："私室相延④，何劳过礼?"便教看坐。唐璧谦让了一回，坐于旁侧，偷眼看着令公，正是昨日店中所遇紫衫之人，愈加惶惧，捏着两把汗，低了眉头，鼻息也不敢出来。

原来裴令公闲时常在外面私行耍子，昨日偶到店中，遇了唐璧。回府去，就查"黄小娥"名字，唤来相见，果然十分颜色。令公问其来历，与唐璧说话相同；又讨他碧玉玲珑看时，只见他紧紧的带在臂上。令公甚是怜悯，问道："你丈夫在此，愿一见乎?"小娥流泪道："红颜薄命，自分永绝⑤。见与不见，权在令公，贱妾安敢自专。"令公点头，教他且去。密地分付堂候官⑥，备下资装千贯；又将空头告敕一道，填写唐璧名字，差人到吏部去，查他前任履历及新授湖州参军文凭，要得重新补给。件件完备，才请唐璧到府。唐璧满肚慌张，那知令公一团美意?

当日令公开谈道："昨见所话⑦，诚心恻然。老夫不能杜绝馈遗，以致足下久旷琴瑟之乐，老夫之罪也。"唐璧离席下拜道："鄙人身遭颠沛，心神颠倒。昨日语言冒犯，自知死罪，伏惟相公海涵!"令公请起道："今日颇吉，老夫权为主婚，便与足下完婚。薄有行资千贯奉助⑧，聊表赎罪之意。成亲之后，便可于飞赴任⑨。"唐璧只是拜谢，也不敢再问赴任之事。只听得宅内一派乐声嘹亮，红灯数对，女乐一

---

①厅事：官府办公的地方。后也指私宅的堂屋。这里指后者。

②角巾：有棱角的头巾，本为古代隐士的冠饰。

③拱立：恭敬地站着。

④相延：接待。

⑤自分：自思，自料。

⑥堂候官：供高级官员役使的小吏。

⑦见：听见，听说，听到。

⑧行资：路费。

⑨于飞：比翼而飞，比喻夫妇和好亲爱。语出《诗经》。这里指夫妇相随。

队前导,几个押班老嬷和养娘辈①,簇拥出如花如玉的黄小娥来。唐璧慌欲躲避。老嬷道:"请二位新人,就此见礼。"养娘铺下红毡,黄小娥和唐璧做一对儿立了,朝上拜了四拜,令公在傍答揖。早有肩舆在厅事外,伺候小娥登舆,一径抬到店房中去了。令公分付唐璧:"速归逆旅,勿误良期。"唐璧跑回店中,只听得人言鼎沸,举眼看时,摆列得绢帛盈箱,金钱满箧。就是起初那两个堂吏看守着,专等唐璧到来,亲自交割。又有个小小箧儿,令公亲判封的②。拆开看时,乃官诰在内,复除湖州司户参军。唐璧喜不自胜,当夜与黄小娥就在店中,权作洞房花烛。这一夜欢情,比着寻常毕姻的更自得意。正是:

运去雷轰荐福碑③,时来风送滕王阁④。

今朝婚宦两称心,不似从前情绪恶。

唐璧此时有婚有宦,又有了千贯资装,分明是十八层地狱的苦鬼,直升至三十三天去了。若非裴令公仁心慷慨,怎肯周旋得人十分满足?

次日,唐璧又到裴府谒谢。令公预先分付门吏辞回:"不劳再见。"唐璧回寓,重理冠带,再整行装,在京中买了几个僮仆跟随,两口儿回到家乡,见了岳丈黄太学。好似枯木逢春,断弦再续,欢喜无

---

①押班:领班。

②判封:签封。判,判押,判署,签字画押。

③雷轰荐福碑:江西鄱阳县有荐福寺,寺碑为欧阳询所写。据说,宋代范仲淹任饶州太守时,有一个书生诉说他从来没吃饱过,是世上最穷苦的人。当时人推崇欧阳询的字,一本荐福碑的拓本可卖到一千铜钱。范仲淹想拓印一千本送给这个书生,让他带到京师去发售,纸墨都已准备好,但碑却在前一天晚上被雷电击碎。人们常用这个故事比喻运气不好。

④风送滕王阁:传说唐代洪州(南昌)都督阎伯屿在滕王阁设宴大会宾客,王勃因省父路过江西,头天船还停泊在彭泽县马当镇,离洪州七百余里,由于神风相助,第二天一早就到了洪州,得以参与宴会,写出了名篇《滕王阁序》。人们用这个故事比喻运气好。可参阅《醒世恒言》第四十卷《马当神风送滕王阁》。

限。过了几日，夫妇双双往湖州赴任。感激裴令公之恩，将沉香雕成小像，朝夕拜祷，愿其福寿绵延。后来裴令公寿过八句，子孙蕃衍，人皆以为阴德所致。诗云：

无室无官苦莫论，周旋好事赖洪恩。

人能步步存阴德，福禄绵绵及子孙。

第十卷

滕大尹鬼断家私

玉树庭前诸谢①，紫荆花下三田②。埙篪和好弟兄贤③，父母心中欢忻。　　多少争财竞产，同根苦自相煎④。相持鹬蚌枉垂涎，落得渔人取便。

这首词名为《西江月》，是劝人家弟兄和睦的。且说如今三教经典，都是教人为善的。儒教有十三经、六经、五经⑤，释教有诸品大藏金经⑥，道教有《南华冲虚经》⑦，及诸品藏经⑧，盈箱满案，千言万语，

---

① 玉树庭前诸谢：东晋谢安在教训子侄时，问他们："子弟亦何预人事，而正欲使其佳？"他的侄子谢玄回答说："譬如芝兰玉树，欲使其生于庭阶耳。"（就好比人们总希望自己的庭院中长着芝兰玉树。）后人们便用"芝兰玉树"比喻优秀子弟。

② 紫荆花下三田：传说汉代田真兄弟三人分家，商量要把堂前的一棵紫荆树也劈为三分，树忽然枯死。真对两个弟弟说："树本同枝，闻将分斫，所以憔悴，是人不如木也。"于是三人决定不再分产，树亦由枯变荣。

③ 埙(xūn)篪(chí)：埙和篪都是乐器，两者合奏，声音和谐。比喻兄弟和睦。《诗经·何人斯》："伯氏吹埙，仲氏吹篪。"

④ "同根"句：比喻兄弟之间相互争斗。传说曹植曾作《七步诗》，末两句为："本自同根生，相煎何太急！"

⑤ 十三经、六经、五经：十三经是《易》、《书》、《诗》、《周礼》、《仪礼》、《礼记》、《春秋左传》、《春秋公羊传》、《春秋穀梁传》、《论语》、《孝经》、《尔雅》、《孟子》。六经是《易》、《诗》、《书》、《春秋》、《礼》、《乐》。五经是《诗》、《书》、《易》、《礼》、《春秋》。

⑥ 诸品大藏金经：指大藏经，汉文佛经的总称。诸品，众多的篇章。品，梵语"跋渠"的意译，佛经的篇章。

⑦ 《南华冲虚经》：唐代天宝元年(742)诏号庄子为南华真人，所著书《庄子》为《南华真经》；诏号列子为冲虚真人，《列子》为《冲虚真经》。

⑧ 藏经：这里指道藏，道家典籍的汇刻。

看来都是赘疣。依我说，要做好人，只消个两字经，是"孝弟"两个字①。那两字经中，又只消理会一个字，是个"孝"字。假如孝顺父母的，见父母所爱者亦爱之，父母所敬者亦敬之。何况兄弟行中，同气连枝，想到父母身上去，那有不和不睦之理？就是家私田产，总是父母挣来的，分什么尔我？较什么肥瘠？假如你生于穷汉之家，分文没得承受，少不得自家挽起眉毛②，挣扎过活。见成有田有地，兀自争多嫌寡，动不动推说爹娘偏爱，分受不均。那爹娘在九泉之下，他心上必然不乐。此岂是孝子所为？所以古人说得好，道是：

　　难得者兄弟，易得者田地。

　　怎么是难得者兄弟？且说人生在世，至亲的莫如爹娘，爹娘养下我来时节，极早已是壮年了，况且爹娘怎守得我同去？也只好半世相处。再说至爱的莫如夫妇，白头相守，极是长久的了。然未做亲以前，你张我李，各门各户，也空着幼年一段。只有兄弟们，生于一家，从幼相随到老。有事共商，有难共救，真像手足一般，何等情谊！譬如良田美产，今日弃了，明日又可挣得来的；若失了个弟兄，分明割了一手，折了一足，乃终身缺陷。说到此地，岂不是难得者兄弟，易得者田地？若是为田地上，坏了手足亲情，到不如穷汉，赤光光没得承受，反为干净，省了许多是非口舌。

　　如今在下说一节国朝的故事③，乃是"滕县尹鬼断家私"。这节故事是劝人重义轻财，休忘了"孝弟"两字经。看官们或是有弟兄没弟兄，都不关在下之事，各人自去摸着心头，学好做人便了。正是：

　　善人听说心中刺，恶人听说耳边风。

　　话说国朝永乐年间，北直顺天府香河县④，有个倪太守，双名守

---

①孝弟：孝顺父母，敬爱兄长。也作"孝悌(tì)"。

②挽起眉毛：皱起眉头。

③国朝：本朝。这里指明朝。

④北直顺天府：北直隶的简称。明成祖永乐十九年(1421)定都北京后，称直属北京的地区为北直隶，南京称南直隶。顺天府，明永乐元年(1403)改北平府为顺天府，治所在大兴县、宛平县(今属北京)。

谦,字益之,家累千金,肥田美宅。夫人陈氏,单生一子,名曰善继,长大婚娶之后,陈夫人身故。倪太守罢官鳏居,虽然年老,只落得精神健旺。凡收租、放债之事,件件关心,不肯安闲享用。其年七十九岁,倪善继对老子说道:"人生七十古来稀。父亲今年七十九,明年八十齐头了①,何不把家事交卸与孩儿掌管,吃些见成茶饭②,岂不为美?"老子摇着头,说出几句道:

> 在一日,管一日。替你心,替你力,挣些利钱穿共吃。直待两脚壁立直③,那时不关我事得。

每年十月间,倪太守亲往庄上收租,整月的住下。庄户人家,肥鸡美酒,尽他受用。那一年,又去住了几日。偶然一日,午后无事,绕庄闲步,观看野景。忽然见一个女子同着一个白发婆婆,向溪边石上捣衣。那女子虽然村妆打扮,颇有几分姿色:

> 发同漆黑,眼若波明。纤纤十指似栽葱,曲曲双眉如抹黛。随常布帛,俏身躯赛著绫罗④;点景野花⑤,美丰仪不须钗钿。五短身材偏有趣,二八年纪正当时。

倪太守老兴勃发,看得呆了。那女子捣衣已毕,随着老婆婆而走。那老儿留心观看,只见他走过数家,进一个小小白篱笆门内去了。倪太守连忙转身,唤管庄的来,对他说如此如此,教他访那女子跟脚⑥,曾否许人,若是没有人家时,我要娶他为妾,未知他肯否? 管庄的巴不得奉承家主,领命便走。

原来那女子姓梅,父亲也是个府学秀才⑦。因幼年父母双亡,在

---

①齐头:整(指数字)。

②茶饭:泛指饮食。一说,宋、元、明时人往往称菜肴为茶。

③壁立直:笔直,直挺挺。

④赛:胜于,比得上。

⑤点景:点缀,装饰。

⑥跟脚:这里同"根脚"。底细,出身。

⑦府学秀才:府学生员。府学,古代官学的一种,由府级设立。明代称府、州、县学的生员为秀才。

外婆身边居住。年一十七岁,尚未许人。管庄的访得的实了,就与那老婆婆说:"我家老爷见你女孙儿生得齐整,意欲聘为偏房。虽说是做小,老奶奶去世已久,上面并无人拘管。嫁得成时,丰衣足食,自不须说;连你老人家年常衣服、茶、米,都是我家照顾;临终还得个好断送①,只怕你老人家没福。"老婆婆听得花锦似一片说话,即时依允。也是姻缘前定,一说便成。管庄的回覆了倪太守,太守大喜!讲定财礼,讨皇历看个吉日,又恐儿子阻挡,就在庄上行聘,庄上做亲。成亲之后,一老一少,端的好看。有《西江月》为证:

> 一个乌纱白发,一个绿鬓红妆。枯藤缠树嫩花香,好似奶公相傍②。　　一个心中凄楚,一个暗地惊慌。只愁那话忒郎当,双手扶持不上。

当夜倪太守抖擞精神,勾消了姻缘簿上。真个是:

> 恩爱莫忘今夜好,风光不减少年时。

过了三朝,唤个轿子抬那梅氏回宅,与儿子、媳妇相见。阖宅男妇,都来磕头,称为"小奶奶"。倪太守把些布帛赏与众人,各各欢喜。只有那倪善继心中不美,面前虽不言语,背后夫妻两口儿议论道:"这老人忒没正经! 一把年纪,风灯之烛,做事也须料个前后。知道五年十年在世,却去干这样不了不当的事③! 讨这花枝般的女儿,自家也得精神对付他,终不然担误他在那里,有名无实。还有一件,多少人家老汉身边有了少妇,支持不过;那少妇熬不得,走了野路,出乖露丑,为家门之玷。还有一件,那少妇跟随老汉,分明似出外度荒年一般,等得年时成熟,他便去了。平时偷短偷长,做下私房,东三西四的寄开;又撒娇撒痴,要汉子制办衣饰与他。到得树倒鸟飞时节,他便颠作嫁人④,一包儿收拾去受用。这是木中之蠹,米

---

①断送:发葬治丧。亦指送葬之物如棺木、衣衾等。

②奶公相傍:奶公伴随(小女孩)。奶公,奶母的丈夫。

③不了不当:不了当,没完没了,拖泥带水。

④颠作:吵闹。

中之虫。人家有了这般人，最损元气的。"又说道："这女子娇模娇样，好像个妓女，全没有良家体段①，看来是个做声分的头儿②，擒老公的太岁③。在咱爹身边，只该半妾半婢，叫声姨姐，后日还有个退步。可笑咱爹不明，就叫众人唤他做'小奶奶'，难道要咱们叫他娘不成？咱们只不作准他，莫要奉承透了，讨他做大起来④，明日咱们颠到受他呕气⑤。"夫妻二人，唧唧哝哝，说个不了，早有多嘴的，传话出来。倪太守知道了，虽然不乐，却也藏在肚里。幸得那梅氏秉性温良，事上接下⑥，一团和气，众人也都相安。

过了两个月，梅氏得了身孕，瞒着众人，只有老公知道。一日三，三日九，捱到十月满足，生下一个小孩儿出来，举家大惊！这日正是九月九日，乳名取做重阳儿。到十一日，就是倪太守生日。这年恰好八十岁了，贺客盈门。倪太守开筵管待，一来为寿诞，二来小孩儿三朝，就当个汤饼之会⑦。众宾客道："老先生高年⑧，又新添个小令郎，足见血气不衰，乃上寿之征也。"倪太守大喜！倪善继背后又说道："男子六十而精绝，况是八十岁了，那见枯树上生出花来？这孩子不知那里来的杂种，决不是咱爹嫡血，我断然不认他做兄弟。"老子又晓得了，也藏在肚里。

光阴似箭，不觉又是一年。重阳儿周岁，整备做晬盘故事⑨。里

---

①体段：举止，气派，格局。

②做声分：装腔作势。

③太岁：本是古代天文学中假设的星名。喻凶恶强暴的人。

④讨：招惹。

⑤颠到：反而。呕气：恶气，闷气。

⑥事上接下：侍奉尊长，接待下人。

⑦汤饼会：旧俗生孩子后第三天请客吃汤面的宴会。

⑧老先生：对年高望重者的敬称。宋元以后，"老先生"也成为官场中的一种称呼，由对内阁、九卿等高官的尊称，渐变为官员彼此的敬称。

⑨晬(zuì)盘：旧俗于婴儿周岁时，用盘子盛纸笔、刀箭、珍宝等物，让他抓取，以占测其将来的志趣，叫试晬，也叫试儿、抓周。盛物之盘叫晬盘。晬，婴儿周岁。故事：旧日的行事制度，先例。

亲外眷，又来作贺。倪善继到走了出门，不来陪客。老子已知其意，也不去寻他回来，自己陪着诸亲吃了一日酒。虽然口中不语，心内未免有些不足之意。自古道："子孝父心宽。"那倪善继平日做人，又贪又狠，一心只怕小孩子长大起来，分了他一股家私，所以不肯认做兄弟。预先把恶话谣言①，日后好摆布他母子。那倪太守是读书做官的人，这个关窍怎不明白②？只恨自家老了，等不及重阳儿成人长大，日后少不得要在大儿子手里讨针线③，今日与他结不得冤家，只索忍耐。看了这点小孩子，好生痛他；又看了梅氏小小年纪，好生怜他。常时想一会，闷一会，恼一会，又懊悔一会。

再过四年，小孩子长成五岁。老子见他伶俐，又试会顽耍，要送他馆中上学。取个学名，哥哥叫善继，他就叫善述。拣个好日，备了果酒，领他去拜师父。那师父就是倪太守请在家里教孙儿的，小叔侄两个同馆上学，两得其便。谁知倪善继与做爹的不是一条心肠。他见那孩子取名善述，与己排行，先自不像意了④。又与他儿子同学读书，到要儿子叫他叔叔，从小叫惯了，后来就被他欺压；不如唤了儿子出来，另从个师父罢。当日将儿子唤出，只推有病，连日不到馆中。倪太守初时只道是真病。过了几日，只听得师父说："大令郎另聘了个先生，分做两个学堂，不知何意？"倪太守不听犹可，听了此言，不觉大怒，就要寻大儿子问其缘故。又想道："天生恁般逆种，与他说也没干⑤，由他罢了！"含了一口闷气，回到房中，偶然脚慢⑥，拌着门槛一跌，梅氏慌忙扶起，搀到醉翁床上坐下⑦，已自不省人事。急请医生来看，医生说是中风。忙取姜汤灌醒，扶他上床。虽然心

①谣言：这里作动词用，散播（谣言）。

②关窍：诀窍。这里有花招的意思。

③讨针线：讨衣饭。指靠人过日子。

④像意：如意，满意。

⑤没干：没有用处。

⑥脚慢：脚下疏忽。

⑦醉翁床：一种可以倚可以睡的床，专供酒饭后休息之用，故名。

下清爽,却满身麻木,动掸不得。梅氏坐在床头,煎汤煎药,殷勤伏侍,连进几服,全无功效。医生切脉道:"只好延捱日子,不能全愈了。"倪善继闻知,也来看觑了几遍。见老子病势沉重,料是不起,便呼么喝六,打童骂仆,预先装出家主公的架子来。老子听得,愈加烦恼。梅氏只得啼哭,连小学生也不去上学,留在房中,相伴老子。倪太守自知病笃,唤大儿子到面前,取出簿子一本,家中田地、屋宅及人头帐目总数①,都在上面,分付道:"善述年方五岁,衣服尚要人照管;梅氏又年少,也未必能管家。若分家私与他,也是枉然,如今尽数交付与你。倘或善述日后长大成人,你可看做爹的面上,替他婆房媳妇,分他小屋一所,良田五六十亩,勿令饥寒足矣。这段话,我都写绝在家私簿上,就当分家,把与你做个执照。梅氏若愿嫁人,听从其便;倘肯守着儿子度日,也莫强他。我死之后,你一一依我言语,这便是孝子,我在九泉,亦得瞑目。"倪善继把簿子揭开一看,果然开得细,写得明,满脸堆下笑来,连声应道:"爹休忧虑,恁儿一一依爹分付便了②。"抱了家私簿子,欣然而去。

梅氏见他走得远了,两眼垂泪,指着那孩子道:"这个小冤家,难道不是你嫡血?你却和盘托出,都把与大儿子了,教我母子两口,异日把什么过活?"倪太守道:"你有所不知,我看善继不是个良善之人,若将家私平分了,连这小孩子的性命也难保。不如都把与他,像了他意,再无妒忌。"梅氏又哭道:"虽然如此,自古道子无嫡庶,忒杀厚薄不均③,被人笑话。"倪太守道:"我也顾他不得了。你年纪正小,趁我未死,将孩子嘱付善继。待我去世后,多则一年,少则半载,尽你心中,拣择个好头脑④,自去图下半世受用,莫要在他们身边讨气吃。"梅氏道:"说那里话!奴家也是儒门之女,妇人从一而终;况又

---

①人头帐目:指别人所欠的帐目。人头:指人。

②恁:这里同"您"。

③忒杀:太,过分。亦写作"忒煞"。

④好头脑:指合适的对象(夫婿)。头脑,对象,人物。

有了这小孩儿,怎割舍得抛他? 好歹要守在这孩子身边的。"倪太守道:"你果然肯守志终身么? 莫非日久生悔①?"梅氏就发起大誓来。倪太守道:"你若立志果坚,莫愁母子没得过活。"便向枕边摸出一件东西来,交与梅氏。梅氏初时只道又是一个家私簿子,却原来是一尺阔、三尺长的一个小轴子。梅氏道:"要这小轴儿何用?"倪太守道:"这是我的行乐图②,其中自有奥妙。你可悄地收藏,休露人目。直待孩子年长,善继不肯看顾他,你也只含藏于心。等得个贤明有司官来,你却将此轴去诉理,述我遗命求他细细推详,自然有个处分③,尽勾你母子二人受用。"梅氏收了轴子。话休絮烦,倪太守又延了数日,一夜痰厥,叫唤不醒,呜呼哀哉死了,享年八十四岁。正是:

> 三寸气在千般用④,一日无常万事休⑤。
> 早知九泉将不去⑥,作家辛苦着何由⑦!

且说倪善继得了家私簿,又讨了各仓各库匙钥,每日只去查点家财什物,那功夫走到父亲房里问安。直等呜呼之后,梅氏差丫鬟去报知凶信,夫妻两口方才跑来,也哭了几声"老爹爹"。没一个时辰,就转身去了,到委着梅氏守尸。幸得衣衾棺椁诸事都是预办下的,不要倪善继费心。殡殓成服后,梅氏和小孩子两口守着孝堂,早暮啼哭,寸步不离。善继只是点名应客,全无哀痛之意,七中便择

---

①莫非:莫不是,或许。表示揣测和反问。

②行乐图:指画像。

③处分:处置,安排。

④三寸气:犹言一口气,借指生命。

⑤无常:佛教语,指世间一切事物都处于生灭变异之中。常用作人死的婉词,此处即指死亡。

⑥将不去:拿不去。

⑦作家:持家,治理家业。着何由:为什么。着,为,因。何由,什么原因。

日安葬①。回丧之夜②，就把梅氏房中，倾箱倒箧，只怕父亲存下些私房银两在内。梅氏乖巧，恐怕收去了他的行乐图，把自己原嫁来的两只箱笼，到先开了，提出几件穿旧衣裳，教他夫妻两口检看。善继见他大意，到不来看了。夫妻两口儿乱了一回，自去了。梅氏思量苦切，放声大哭。那小孩子见亲娘如此，也哀哀哭个不住。恁般光景，任是泥人应堕泪③，从教铁汉也酸心④。

　　次早，倪善继又唤个做屋匠来看这房子，要行重新改造，与自家儿子做亲。将梅氏母子，搬到后园三间杂屋内栖身。只与他四脚小床一张和几件粗台粗凳，连好家火都没一件。原在房中伏侍有两个丫鬟，只拣大些的又唤去了，止留下十一二岁的小使女。每日是他厨下取饭，有菜没菜，都不照管。梅氏见不方便，索性讨些饭米，堆个土灶，自炊来吃。早晚做些针指⑤，买些小菜，将就度日。小学生到附在邻家上学，束修都是梅氏自出。善继又屡次教妻子劝梅氏嫁人，又寻媒妪与他说亲，见梅氏誓死不从，只得罢了。因梅氏十分忍耐，凡事不言不语，所以善继虽然凶狠，也不将他母子放在心上。

　　光阴似箭，善述不觉长成一十四岁。原来梅氏平生谨慎，从前之事，在儿子面前一字也不题。只怕娃子家口滑⑥，引出是非，无益有损。守得一十四岁时，他胸中渐渐泾渭分明，瞒他不得了。一日，向母亲讨件新绢衣穿，梅氏回他："没钱买得。"善述道："我爹做过太守，止生我弟兄两人。见今哥哥恁般富贵，我要一件衣服，就不能勾了，是怎地？既娘没钱时，我自与哥哥索讨。"说罢就走。梅氏一把

----

①七中：旧俗人死后每隔七日祭奠一次，共祭七次，七七共四十九日，叫"做七"。"七中"指还在做七期间，未满四十九日。

②回丧：也叫"回煞"。旧时迷信说法，人死后会变成凶神"丧煞"，至一定日期回到丧家，这日家人须外出避灾。

③任是：即便是，即使是。

④从教：任凭，无论。

⑤针指：同"针黹"。针线活。

⑥口滑：说话不谨慎。与"口紧"相反。

扯住道："我儿，一件绢衣，直甚大事，也去开口求人。常言道：'惜福积福'，'小来穿线，大来穿绢'。若小时穿了绢，到大来线也没得穿了。再过两年，等你读书进步，做娘的情愿卖身来做衣服与你穿着。你那哥哥不是好惹的，缠他什么！"善述道："娘说得是。"口虽答应，心下不以为然，想着："我父亲万贯家私，少不得兄弟两个大家分受。我又不是随娘晚嫁、拖来的油瓶①，怎么我哥哥全不看顾？娘又是恁般说，终不然一匹绢儿，没有我分，直待娘卖身来做与我穿着。这话好生奇怪！哥哥又不是吃人的虎，怕他怎的？"

心生一计，瞒了母亲，径到大宅里去。寻见了哥哥，叫声："作揖。"善继到吃了一惊，问他："来做什么？"善述道："我是个缙绅子弟，身上蓝缕，被人耻笑。特来寻哥哥，讨匹绢去做衣服穿。"善继道："你要衣服穿，自与娘讨。"善述道："老爹爹家私，是哥哥管，不是娘管。"善继听说"家私"二字，题目来得大了，便红着脸问道："这句话，是那个教你说的？你今日来讨衣服穿，还是来争家私？"善述道："家私少不得有日分析②，今日先要件衣服，装装体面。"善继道："你这般野种，要什么体面！老爹爹纵有万贯家私，自有嫡子嫡孙，干你野种屁事！你今日是听了甚人撺掇，到此讨野火吃③？莫要惹着我性子，教你母子二人无安身之处！"善述道："一般是老爹爹所生，怎么我是野种？惹着你性子，便怎地？难道谋害了我娘儿两个，你就独占了家私不成？"善继大怒，骂道："小畜生，敢挺撞我！"牵住他衣袖儿，捻起拳头，一连七八个栗暴，打得头皮都青肿了。善述挣脱了，一道烟走出，哀哀的哭到母亲面前来，一五一十，备细述与母亲知道。梅氏抱怨道："我教你莫去惹事，你不听教训，打得你好！"口里虽如此说，扯着青布衫，替他摩那头上肿处，不觉两泪交流。有诗为证：

---

①晚嫁：再嫁。拖来的油瓶：旧时俗称再嫁妇女带到夫家的儿女。

②分析：分拆，分家。

③讨野火吃：寻野食吃。意思是找便宜。

　　少年嫠妇拥遗孤①,食薄衣单百事无。

　　只为家庭缺孝友,同枝一树判荣枯②。

　　梅氏左思右量,恐怕善继藏怒③,到遣使女进去致意,说小学生不晓世事,冲撞长兄,招个不是。善继兀自怒气不息。次日侵早,邀几个族人在家,取出父亲亲笔分关④,请梅氏母子到来,公同看了,便道:"尊亲长在上,不是善继不肯养他母子,要撵他出去。只因善述昨日与我争取家私,发许多说话,诚恐日后长大,说话一发多了,今日分析他母子出外居住。东庄住房一所,田五十八亩,都是遵依老爹爹遗命,毫不敢自专,伏乞尊亲长作证。"这伙亲族,平昔晓得善继做人利害,又且父亲亲笔遗嘱,那个还肯多嘴,做闲冤家?都将好看的话儿来说。那奉承善继的说道:"千金难买亡人笔。照依分关,再没话了。"就是那可怜善述母子的,也只说道:"男子不吃分时饭,女子不著嫁时衣。多少白手成家的!如今有屋住、有田种,不算没根基了,只要自去挣持。得粥莫嫌薄,各人自有个命在。"

　　梅氏料道在园屋居住,不是了日!只得听凭分析,同孩儿谢了众亲长,拜别了祠堂,辞了善继夫妇,教人搬了几件旧家火和那原嫁来的两只箱笼,雇了生口骑坐⑤,来到东庄屋内。只见荒草满地,屋瓦稀疏,是多年不修整的。上漏下湿,怎生住得?将就打扫一两间,安顿床铺。唤庄户来问时,连这五十八亩田,都是最下不堪的:大熟之年,一半收成还不能勾;若荒年,只好赔粮。梅氏只叫得苦。到是小学生有智,对母亲道:"我弟兄两个,都是老爹爹亲生,为何分关上如此偏向?其中必有缘故。莫非不是老爹爹亲笔?自古道:家私不论尊卑。母亲何不告官申理?厚薄凭官府判断,到无怨心。"梅氏被孩儿题起线索,便将十来年隐下衷情,都说出来道:"我儿休疑分关

---

①嫠(lí)妇:寡妇。

②判:分。

③藏怒:怀藏怒火,怀恨于心。

④分关:分家的文书。

⑤生口:同"牲口"。

之语,这正是你父亲之笔。他道你年小,恐怕被做哥的暗算,所以把家私都判与他,以安其心。临终之日,只与我行乐图一轴。再三嘱付:'其中含藏哑谜,直待贤明有司在任,送他详审,包你母子两口有得过活,不致贫苦'。"善述道:"既有此事,何不早说,行乐图在那里?快取来与孩儿一看。"梅氏开了箱儿,取出一个布包来。解开包袱,里面又有一重油纸封裹着。拆了封,展开那一尺阔、三尺长的小轴儿,挂在椅上,母子一齐下拜。梅氏通陈道:"村庄香烛不便,乞恕亵慢。"善述拜罢,起来仔细看时,乃是一个坐像,乌纱白发,画得丰采如生。怀中抱着婴儿,一只手指着地下,揣摩了半晌,全然不解。只得依旧收卷包藏,心下好生烦闷。

　　过了数日,善述到前村要访个师父讲解,偶从关王庙前经过。只见一伙村人抬着猪羊大礼,祭赛关圣①。善述立住脚头看时,又见一个过路的老者,挂了一根竹杖,也来闲看,问着众人道:"你们今日为甚赛神?"众人道:"我们遭了屈官司,幸赖官府明白,断明了这公事。向日许下神道愿心,今日特来拜偿。"老者道:"什么屈官司?怎生断的?"内中一人道:"本县向奉上司明文,十家为甲。小人是甲首②,叫做成大。同甲中,有个赵裁,是第一手针线③,常在人家做夜作,整几日不归家的。忽一日出去了,月余不归。老婆刘氏央人四下寻觅,并无踪迹。又过了数日,河内浮出一个尸首,头都打破的,地方报与官府④。有人认出衣服,正是那赵裁。赵裁出门前一日,曾与小人酒后争句闲话。一时发怒,打到他家,毁了他几件家私,这是有的。谁知他老婆把这桩人命告了小人。前任漆知县,听信一面之词,将小人问成死罪。同甲不行举首⑤,连累他们都有了罪名。小人

----

①祭赛:祭祀酬神。赛,酬神,还愿。

②甲首:甲长。

③第一手:技艺最好的能手。

④地方:旧时称里甲长、地保为地方。

⑤举首:告发,出首。

无处伸冤,在狱三载。幸遇新任滕爷,他虽乡科出身①,甚是明白。小人因他热审时节哭诉其冤②。他也疑惑道:'酒后争嚷,不是大仇,怎的就谋他一命'?准了小人状词,出牌拘人覆审。滕爷一眼看着赵裁的老婆,千不说,万不说,开口便问他曾否再醮?刘氏道:'家贫难守,已嫁人了。'又问:'嫁的甚人?'刘氏道:'是班辈的裁缝③,叫沈八汉。'滕爷当时飞拿沈八汉来问道:'你几时娶这妇人?'八汉道:'他丈夫死了一个多月,小人方才娶回。'滕爷道:'何人为媒?用何聘礼?'八汉道:'赵裁存日曾借用过小人七八两银子,小人闻得赵裁死信,走到他家探问,就便催取这银子。那刘氏没得抵偿,情愿将身许嫁小人,准折这银两,其实不曾央媒。'滕爷又问道:'你做手艺的人,那里来这七八两银子?'八汉道:'是陆续凑与他的。'滕爷把纸笔教他细开逐次借银数目。八汉开了出来,或米或银共十三次,凑成七两八钱之数。滕爷看罢,大喝道'赵裁是你打死的,如何妄陷平人?'便用夹棍夹起,八汉还不肯认。滕爷道:'我说出情弊④,教你心服。既然放本盘利,难道再没第二个人托得,恰好都借与赵裁?必是平昔间与他妻子有奸,赵裁贪你东西,知情故纵。以后想做长久夫妻,便谋死了赵裁。却又教导那妇人告状,撋在成大身上⑤。今日你开帐的字,与旧时状纸笔迹相同,这人命不是你是谁?'再教把妇人拶指,要他承招。刘氏听见滕爷言语,句句合拍,分明鬼谷先师一般⑥,魂都惊散了,怎敢抵赖。拶子套上,便承认了。八汉只得也招

---

①乡科出身:举人出身。乡科,即乡试,考中者为举人。

②热审:明代规定每年小满后十日起,至立秋前一日,以天气炎热,对在押犯人,分别审拟发落,例从减等处理,叫做"热审"。

③班辈:这里指同辈。

④情弊:欺蒙,作弊,隐情。

⑤撋:搓。这里指故意把罪状扯到别人身上。

⑥鬼谷先师:指鬼谷子,传说是战国时纵横家之祖,苏秦、张仪都是他的学生。民间把他作为智术高超的代表,传说他是星相占卜业的祖师,故称先师。

了。原来八汉起初与刘氏密地相好,人都不知。后来往来勤了,赵裁怕人眼目,渐有隔绝之意。八汉私与刘氏商量,要谋死赵裁,与他做夫妻。刘氏不肯。八汉乘赵裁在人家做生活回来,哄他店上吃得烂醉,行到河边,将他推倒,用石块打破脑门,沉尸河底。只等事冷,便娶那妇人回去。后因尸骸浮起,被人认出,八汉闻得小人有争嚷之隙,却去唆那妇人告状。那妇人直待嫁后,方知丈夫是八汉谋死的,既做夫妻,便不言语。却被滕爷审出真情,将他夫妻抵罪,释放小人宁家。多承列位亲邻斗出公分①,替小人赛神。老翁,你道有这般冤事么?"老者道:"恁般贤明官府,真个难遇!本县百姓有幸了。"倪善述听在肚里,便回家学与母亲知道,如此如此,这般这般:"有恁地好官府,不将行乐图去告诉,更待何时?"母子商议已定。打听了放告日期②,梅氏起个黑早,领着十四岁的儿子,带了轴儿,来到县中叫喊。大尹见没有状词,只有一个小小轴儿,甚是奇怪,问其缘故。梅氏将倪善继平昔所为,及老子临终遗嘱,备细说了。滕知县收了轴子,教他且去:"待我进衙细看③。"正是:

> 一幅画图藏哑谜,千金家事仗搜寻。

> 只因嫠妇孤儿苦,费尽神明大尹心。

不题梅氏母子回家。且说滕大尹放告已毕,退归私衙,取那一尺阔、三尺长的小轴,看是倪太守行乐图:一手抱个婴孩,一手指着地下。推详了半日,想道:"这个婴孩就是倪善述,不消说了。那一手指地,莫非要有司官念他地下之情,替他出力么?"又想道:"他既有亲笔分关,官府也难做主了。他说轴中含藏哑谜,必然还有个道理。若我断不出此事,枉自聪明一世。"每日退堂,便将画图展玩,千

---

①斗出公分:出分子,集资送礼或办事。斗,凑。

②放告:旧时官府定期开衙受理诉讼,叫放告。

③进衙:指进入衙内私室,即官员与家属的住处,也就是下文所说的"私衙"。参看本书卷十七:"太守也不进衙,径坐草堂。"卷十八:"随童大惊,撞入私衙。"

思万想。如此数日,只是不解。

也是这事合当明白,自然生出机会来。一日午饭后,又去看那轴子。丫鬟送茶来吃,将一手去接茶瓯,偶然失挫①,泼了些茶把轴子沾湿了。滕大尹放了茶瓯,走向阶前,双手扯开轴子,就日色晒干②。忽然,日光中照见轴子里面有些字影,滕知县心疑,揭开看时,乃是一幅字纸,托在画上,正是倪太守遗笔。上面写道:

> 老夫官居五马③,寿逾八旬。死在旦夕,亦无所恨。但孽子善述④,方年周岁,急未成立⑤。嫡善继素缺孝友,日后恐为所戕。新置大宅二所及一切田户,悉以授继。惟左偏旧小屋,可分与述。此屋虽小,室中左壁埋银五千,作五坛;右壁埋银五千,金一千,作六坛,可以准田园之额⑥。后有贤明有司主断者,述儿奉酬白金三百两。八十一翁倪守谦亲笔。

> 　　　　　　　　　　　　　　　　　　年月日花押⑦

原来这行乐图,是倪太守八十一岁上与小孩子做周岁时,预先做下的。古人云知子莫若父,信不虚也。滕大尹最有机变的人,看见开着许多金银,未免垂涎之意。眉头一皱,计上心来,差人"密拿倪善继来见我,自有话说"。

却说倪善继独罟家私⑧,心满意足,日日在家中快乐。忽见县差奉着手批拘唤,时刻不容停留。善继推阻不得,只得相随到县。正直大尹升堂理事,差人禀道:"倪善继已拿到了。"大尹唤到案前,问

---

①失挫:失误,疏忽。

②日色:日光,阳光。

③五马:汉代太守出行时用五马驾车,后用五马作太守的代称。

④孽子:庶子,非正妻所生之子。

⑤急:一时间,短时间。

⑥准:折合,抵偿。

⑦花押:旧时公文契约上的草书签名或代替签名的特种符号。后凡签字画押,通称花押。

⑧独罟(gǔ):独占。罟,网,亦指用网捕捉。

道："你就是倪太守的长子么?"善继应道："小人正是。"大尹道："你庶母梅氏有状告你,说你逐母逐弟,占产占房,此事真么?"倪善继道："庶弟善述,在小人身边,从幼抚养大的。近日他母子自要分居,小人并不曾逐他,其家财一节,都是父亲临终亲笔分析定的,小人并不敢有违。"大尹道："你父亲亲笔在那里?"善继道："见在家中,容小人取来呈览。"大尹道："他状词内告有家财万贯,非同小可;遗笔真伪,也未可知。念你是缙绅之后,且不难为你。明日可唤齐梅氏母子,我亲到你家查阅家私。若厚薄果然不均,自有公道,难以私情而论。"喝教皂快押出善继①,就去拘集梅氏母子,明日一同听审。公差得了善继的东道②,放他回家去讫,自往东庄拘人去了。

再说善继听见官府口气利害,好生惊恐。论起家私,其实全未分析,单单持着父亲分关执照,千钧之力,须要亲族见证方好。连夜将银两分送三党亲长③,嘱托他次早都到家来。若官府问及遗笔一事,求他同声相助。这伙三党之亲,自从倪太守亡后,从不曾见善继一盘一盒,岁时也不曾酒杯相及④。今日大块银子送来,正是闲时不烧香,急来抱佛脚,各各暗笑,落得受了买东西吃。明日见官,旁观动静,再作区处。时人有诗云:

　　　休嫌庶母妄兴词,自是为兄意太私。

　　　今日将银买三党,何如匹绢赠孤儿?

且说梅氏见县差拘唤,已知县主与他做主。过了一夜,次日侵早,母子二人,先到县中去见滕大尹。大尹道："怜你孤儿寡妇,自然该替你说法⑤。但闻得善继执得有亡父亲笔分关,这怎么处?"梅氏道："分关虽写得有,却是保全孩子之计,非出亡夫本心。恩相只看

---

①皂快:泛指衙门中的差役。府、县衙役分皂、快、壮三班。

②东道:这里指馈赠的东西。

③三党:指三族,即父族、母族、妻族。

④岁时:每年一定的季节或时间。

⑤说法:这里有设法、说情、活动的意思。

家私簿上数目①,自然明白。"大尹道:"常言道清官难断家事。我如今管你母子一生衣食充足,你也休做十分大望。"梅氏谢道:"若得免于饥寒足矣,岂望与善继同作富家郎乎?"滕大尹分付梅氏母子:"先到善继家伺候。"

倪善继早已打扫厅堂,堂上设一把虎皮交椅,焚起一炉好香。一面催请亲族:"早来守候。"梅氏和善述到来,见十亲九眷都在眼前,一一相见了,也不免说几句求情的话儿。善继虽然一肚子恼怒,此时也不好发泄。各各暗自打点见官的说话②。

等不多时,只听得远远喝道之声,料是县主来了。善继整顿衣帽迎接;亲族中,年长知事的,准备上前见官;其幼辈怕事的,都站在照壁背后张望,打探消耗③。只见一对对执事两班排立④,后面青罗伞下⑤,盖着有才有智的滕大尹。到得倪家门首,执事跪下,吆喝一声。梅氏和倪家兄弟,都一齐跪下来迎接。门子喝声:"起去!"轿夫停了五山屏风轿子⑥,滕大尹不慌不忙,踱下轿来。将欲进门,忽然对着空中,连连打恭,口里应对,恰像有主人相迎的一般。众人都吃惊,看他做甚模样。只见滕大尹一路揖让,直到堂中。连作数揖,口中叙许多寒温的言语。先向朝南的虎皮交椅上打个恭,恰像有人看坐的一般,连忙转身,就拖一把交椅,朝北主位排下,又向空再三谦让,方才上坐。众人看他见神见鬼的模样,不敢上前,都两旁站立呆看。只见滕大尹在上坐拱揖,开谈道:"令夫人将家产事告到晚生手里,此事端的如何?"说罢,便作倾听之状。良久,乃摇首吐舌道:"长公子太不良了。"静听一会,又自说道:"教次公子何以存活⑦?"停一

①恩相:对长官的尊称。相,相公。
②打点:准备。
③消耗:消息。
④执事:仪仗(器物)。也可指执事人(官员的随从、仆役)。
⑤青罗伞:明代五品官用青罗伞。罗伞,仪仗用的伞盖。
⑥五山屏风:胡士莹注:"指轿上遮风的设备,上画山水。"
⑦存活:生存,过活。

会，又说道："右偏小屋，有何活计①?"又连声道："领教，领教。"又停一时，说道："这项也交付次公子? 晚生都领命了。"少停又拱揖道："晚生怎敢当此厚惠?"推逊了多时，又道："既承尊命恳切，晚生勉领，便给批照与次公子收执②。"乃起身，又连作数揖，口称："晚生便去。"众人都看得呆了。

　　只见滕大尹立起身来，东看西看，问道："倪爷那里去了?"门子禀道："没见甚么倪爷。"滕大尹道："有此怪事?"唤善继问道："方才令尊老先生，亲在门外相迎；与我对坐了，讲这半日说话，你们谅必都听见的。"善继道："小人不曾听见。"滕大尹道："方才长长的身儿，瘦瘦的脸儿，高颧骨，细眼睛，长眉大耳，朗朗的三牙须，银也似白的，纱帽皂靴，红袍金带，可是倪老先生模样么?"谎得众人一身冷汗，都跪下道："正是他生前模样。"大尹道："如何忽然不见了? 他说家中有两处大厅堂，又东边旧存下一所小屋，可是有的?"善继也不敢隐瞒，只得承认道："有的。"大尹道："且到东边小屋去一看，自有话说。"众人见大尹半日自言自语，说得活龙活现，分明是倪太守模样，都信倪太守真个出现了。人人吐舌，个个惊心。谁知都是滕大尹的巧言。他是看了行乐图，照依小像说来，何曾有半句是真话! 有诗为证：

　　　圣贤自是空题目③，惟有鬼神不敢触。

　　　若非大尹假装词，逆子如何肯心服?

　　倪善继引路，众人随着大尹，来到东偏旧屋内。这旧屋是倪太守未得第时所居，自从造了大厅大堂，把旧屋空着，只做个仓厅，堆积些零碎米麦在内，留下一房家人。看见大尹前后走了一遍，到正屋中坐下，向善继道："你父亲果是有灵，家中事体，备细与我说了。教我主张，这所旧宅子与善述，你意下何如?"善继叩头道："但凭恩

---

①活计：这里指财产，谋生用具。

②批照：执照，凭证。后文"照帖"同。

③"圣贤"句：意思是圣贤所讲的"孝弟"之类大道理，一般人听不进去。

台明断^①。"大尹讨家私簿子细细看了，连声道："也好个大家事^②。"看到后面遗笔分关，大笑道："你家老先生自家写定的，方才却又在我面前，说善继许多不是，这个老先儿也是没主意的^③。"唤倪善继过来："既然分关写定，这些田园帐目，一一给你，善述不许妄争。"梅氏暗暗叫苦，方欲上前哀求，只见大尹又道："这旧屋判与善述，此屋中之所有，善继也不许妄争。"善继想道："这屋内破家破火，不直甚事。便堆下些米麦，一月前都粜得七八了，存不多儿，我也勾便宜了。"便连连答应道："恩台所断极明。"大尹道："你两人一言为定，各无翻悔。众人既是亲族，都来做个证见。方才倪老先生当面嘱付说：'此屋左壁下，埋银五千两，做五坛，当与次儿。'"善继不信，禀道："若果然如此，即使万金，亦是兄弟的，小人并不敢争执。"大尹道："你就争执时，我也不准。"便教手下讨锄头、铁锹等器，梅氏母子作眼^④，率领民壮，往东壁下掘开墙基，果然埋下五个大坛。发起来时，坛中满满的，都是光银子^⑤。把一坛银子上秤称时，算来该是六十二斤半，刚刚一千两足数。众人看见，无不惊讶。善继益发信真了："若非父亲阴灵出现，面诉县主，这个藏银，我们尚且不知，县主那里知道？"只见滕大尹教把五坛银子一字儿摆在自家面前，又分付梅氏道："右壁还有五坛，亦是五千之数。更有一坛金子，方才倪老先生有命，送我作酬谢之意，我不敢当，他再三相强，我只得领了。"梅氏同善述叩头说道："左壁五千，已出望外；若右壁更有，敢不依先人之命。"大尹道："我何以知之？据你家老先生是恁般说，想不是虚话。"再教人发掘西壁，果然六个大坛，五坛是银，一坛是金。善继看着许多黄白之物，眼里都放出火来，恨不得抢他一锭；只是有言在前，一字也不敢开口。滕大尹写个照帖，给与善述为照，就将这房家人，判与善述母

---

①恩台：对长官的尊称。

②家事：家产，家业。

③老先儿：老先生，对前辈长者的俗称。

④作眼：引路，作向导。

⑤光银子：白银。

子。梅氏同善述不胜之喜,一同叩头拜谢。善继满肚不乐,也只得磕几个头,勉强说句"多谢恩台主张"。大尹判几条封皮,将一坛金子封了,放在自己轿前,抬回衙内,落得受用。众人都认道真个倪太守许下酬谢他的,反以为理之当然,那个敢道个"不"字。这正叫做"鹬蚌相持,渔人得利"。若是倪善继存心忠厚,兄弟和睦,肯将家私平等分析,这千两黄金,弟兄大家该五百两,怎到得滕大尹之手?白白里作成了别人,自己还讨得气闷,又加个不孝不弟之名,千算万计,何曾算计得他人,只算计得自家而已!

闲话休题。再说梅氏母子,次日又到县拜谢滕大尹。大尹已将行乐图取去遗笔,重新裱过,给还梅氏收领。梅氏母子方悟行乐图上,一手指地,乃指地下所藏之金银也。此时有了这十坛银子,一般置买田园,遂成富室。后来善述娶妻,连生三子,读书成名。倪氏门中,只有这一枝极盛。善继两个儿子,都好游荡,家业耗废。善继死后,两所大宅子,都卖与叔叔善述管业。里中凡晓得倪家之事本末的,无〔不〕以为天报云。诗曰:

> 从来天道有何私,堪笑倪郎心太痴,
> 忍以嫡兄欺庶母,却教死父算生儿。
> 轴中藏字非无意,壁下埋金属有司。
> 何似存些公道好①,不生争竞不兴词②。

---

①何似:何如。
②兴词:引发官司。兴,生,产生。词,词讼,诉讼,讼词。

第十一卷

赵伯升茶肆遇仁宗

　　三寸舌为安国剑①，五言诗作上天梯②。
　　青云有路终须到③，金榜无名誓不归。
　　话说大宋仁宗皇帝朝间，有一个秀士④，姓赵，名旭，字伯升，乃是西川成都府人氏⑤。自幼习学文章，诗、书、礼、乐，一览下笔成文，乃是个饱学的秀才。喜闻东京开选⑥，一心要去应举，特到堂中，禀知父母。其父赵伦，字文宝，母亲刘氏，都是世代诗礼之家。见子要上京应举，遂允其请。赵旭择日束装，其父赠诗一首。诗云：
　　但见诗书频入目⑦，莫将花酒苦迷肠⑧。
　　来年三月桃花浪⑨，夺取罗袍转故乡。
其母刘氏亦叮咛道："愿孩儿蚤夺魁名，不负男儿之志。"赵旭拜别了二亲，遂携琴、剑、书箱，带一仆人，径望东京进发。有亲友一行人，送出南门之外。赵旭口占一词⑩，名曰《江神子》。词云：

---

①安国：使国家安定。按：此四句诗亦见于元杂剧《冻苏秦衣锦还乡》等。

②五言诗：指科举考试中的五言试帖诗。唐以来，科举考试中以古人诗句或成语命题，限定韵脚，其诗大都为五言或七言、六韵或八韵的排律。这种诗体叫试帖诗。

③青云：比喻高位。

④秀士：德行才艺出众的士人。明清时也称秀才为秀士。

⑤西川：北宋置西川路，治所在成都府(今成都)。

⑥开选：开科考选。

⑦诗书频入目：指经常温习诗书。

⑧苦：甚、很。表示程度深。迷肠：指因耽于酒色而心思迷惑。

⑨桃花浪：即桃花汛。农历二三月桃花盛开时，冰化雨积，河水暴涨，叫"桃花汛"，也叫"春汛"。传说每年桃花浪起，江海大鱼集聚在黄河龙门下，跃过龙门的即化为龙。后来便以桃花浪比喻春试，以跳龙门比喻登第。

⑩口占：作诗文不起草稿，随口而成。后多指当场作诗。

旗亭谁唱《渭城》诗①？两相思，怯罗衣②。野渡舟横，杨柳折残枝③。怕见苍山千万里，人去远，草烟迷。　　芙蓉秋露洗胭脂④，断风凄，晚霜微。剑悬秋水⑤，离别惨虹霓⑥。剩有青衫千点泪⑦，何日里，滴休时。

赵旭词毕，作别亲友，起程而行。于路饥餐渴饮，夜住晓行。不则一日⑧，来到东京。遂入城中观看景致。只见楼台锦绣，人物繁华，正是龙虎风云之地。行到状元坊，寻个客店安歇，守待试期。入场赴选，三场文字已毕，回归下处，专等黄榜⑨。赵旭心中暗喜："我必然得中也。"次日，安排蚤饭已罢。店对过有座茶坊，与店中朋友

---

①旗亭：酒楼。《渭城》诗：指王维《送元二使安西》诗，诗云："渭城朝雨裛轻尘，客舍青青柳色新。劝君更尽一杯酒，西出阳关无故人。"后入乐府，成为送别曲，反复诵唱，称为《阳关三叠》，又名《渭城曲》。后人用"歌《渭城》"代指送别。按：此词部分字句与金代元好问《江神子·观别》词相同，当由元词改编而成。

②怯罗衣：弱不胜衣之意。怯，瘦弱。罗衣，轻软丝织品制成的衣服。

③杨柳折残枝：古人有折柳赠别的习俗。后因以折柳为送别之词。

④洗胭脂：指花凋零。洗，指风霜雨雪使花木凋落。胭脂，这里喻鲜艳的红色。

⑤秋水：形容剑光冷峻明澈。《警世通言·一窟鬼癞道人除怪》："剑横秋水，靴踏狻猊。"

⑥离别惨虹霓：意思是因伤离别，宝剑的光彩也变得暗淡了。虹霓，这里指剑或剑的光彩。古人常把剑光或剑气与虹霓相类比，如唐苏味道《咏虹》诗："独留长剑彩。"唐王士源《亢仓子》："蜚景之剑，威夺白日，气成紫霓。"古代的名剑也有以"白虹"、"惊霓"命名的。

⑦青衫：指低级官员或秀才所穿的衣服。

⑧不则一日：不止一日，常含有时间过得很快的意思。不则，不止，不只。

⑨黄榜：指殿试后朝廷发布的录取进士的榜文，因用黄纸书写，故名。也指皇帝的文告。

同会茶之间①,赵旭见案上有诗牌②,遂取笔,去那粉壁上③,写下词一首。词云:

> 足蹑云梯④,手攀仙桂⑤,姓名已在登科内⑥。马前喝道状元来,金鞍玉勒成行队。　　宴罢归来,醉游街市,此时方显男儿志。修书急报凤楼人⑦,这回好个风流婿。

写毕,赵旭自心欢喜。至晚各归店中,不在话下。

当时仁宗皇帝早朝升殿,考试官阅卷已毕,齐到朝中。仁宗皇帝问:"卿所取榜首,年例三名,今不知何处人氏?"试官便将三名文卷呈上御前。仁宗亲自观览。看了第一卷,龙颜微笑,对试官道:"此卷作得极好! 可惜中间有一字差错。"试官俯伏在地,拜问圣上:"未审何字差写?"仁宗笑曰:"乃是个'唯'字。原来'口'傍,如何却写'厶'傍?"试官再拜叩首,奏曰:"此字皆可通用。"仁宗问道:"此人姓甚名谁? 何处人氏?"拆开弥封看时⑧,乃是四(西)川成都府人氏,姓赵,名旭,见今在状元坊店内安歇。仁宗着快行急宣⑨。

那时赵旭在店内蒙宣,不敢久停,随使命直到朝中⑩。借得蓝袍

---

①会茶:会聚饮茶。

②诗牌:题诗用的木板。也叫"诗板"。

③去:在。粉壁:白色墙壁。《警世通言》卷六:"酒保道:'解元借笔砚,莫不是要题诗赋? 却不可污了粉壁,本店自有诗牌。'"按:赵旭是故意在粉壁上题诗,与《警世通言》卷六中的俞良相同。

④云梯:喻上天之路。

⑤仙桂:神话传说里月亮中的桂树。旧时称中进士为折桂。

⑥登科:应试得中。这里指登科记,即科举时代及第士人的名录。

⑦凤楼:指女子居住的处所。

⑧弥封:为防止舞弊,把试卷上写姓名处折角或盖纸糊住。

⑨快行:宋代宫廷中供奔走传达命令的吏役,也叫"快行家"、"快行客"。

⑩使命:这里指使者,奉使命办事的人。

槐简①，引见御前，叩首拜舞。仁宗皇帝问道："卿乃何处人氏？"赵旭
叩头奏道："臣是四(西)川成都府人氏，自幼习学文艺②，特赴科场，
幸瞻金阙③。"帝又问曰："卿得何题目？作文字多少？内有几字？"赵旭
叩首，一一回奏，无有差错。仁宗见此人出语如同注水，暗喜称奇，只
可惜一字差写。上曰："卿卷内有一字差错。"赵旭惊惶俯伏，叩首拜
问："未审何字差写？"仁宗云："乃是个'唯'字。本是个'口'傍，卿如何
却写作'厶'傍？"赵旭叩头回奏道："此字皆可通用。"仁宗不悦，就御案
上取文房四宝，写下八个字，递与赵旭曰："卿家看想④，写着'单单、去
吉、吴矣、吕台'⑤，卿言通用，与朕拆来⑥。"赵旭看了半晌，无言抵对。
仁宗曰："卿可暂退读书。"赵旭羞愧出朝，回归店中，闷闷不已。

　　众朋友来问道："公必然得意！"赵旭被问，言说此事，众皆大惊。
遂乃邀至茶坊，啜茶解闷。赵旭蓦然见壁上前日之辞，嗟吁不已，再
把文房四宝，作词一首。词云：

　　　　羽翼将成，功名欲遂，姓名已称男儿意⑦。东君为报牡丹
　　芳⑧，琼林赐与他人醉⑨。　　　　"唯"字曾差，功名落地，天公误我

---

①蓝袍槐简：指低级官员的服饰。蓝袍，即蓝衫。旧时八、九品小官所穿的
　衣服。槐简，槐木笏。宋代文官五品以上用象笏，六品至九品用木笏。赵
　旭因无官职，所以只能借用低级官员的服饰。

②文艺：指文章之事，撰述和写作方面的学问。

③金阙：指天子的宫阙，皇城。

④看想：阅看研究，审定。也作"看详"。

⑤单(shàn)：姓，同"單"。《正字通·厶部》："単，俗單字。"《郏京山髦记》云：
　'唐进士有姓單者，主司误书單。乞改正。主司曰：方口尖口何足辨？答
　曰：台州吴县作吕州矣县可乎？主司无以应。'"

⑥拆：辨析。

⑦"姓名"句：指本已考中，即前面一首词中所说"姓名已在登科内"。

⑧东君：司春之神。为报：报告，告诉。

⑨琼林赐与他人醉：这句意思是别人中了进士。琼林，指琼林苑，为宋代皇
　帝赐宴新科进士之处。后相沿成例，称为"琼林宴"。此词言自己本来可
　以及第，却因故名落孙山。

平生志。问归来,回首望家乡,水远山遥,三千余里。

待得出了金榜,着人看时,果然无赵旭之名。吁嗟涕泣,流落东京,羞归故里。再持三年,必不负我。在下处闷闷不悦,谩题四句于壁上①。诗曰:

> 宋玉徒悲,江淹是恨②。
>
> 韩愈投荒,苏秦守困③。

赵旭写罢,在店中闷倦无聊,又作词一首,名《浣溪沙》,道:

> 秋气天寒万叶飘,蛩声唧唧夜无聊,夕阳人影卧平桥④。
>
> 菊近秋来都烂熳,从他霜后更萧条⑤,夜来风雨似今朝。

思忆家乡,功名不就,展转不寐,起来独坐,又作《小重山》词一首,道:

> 独坐清灯夜不眠⑥,寸肠千万缕,两相牵。鸳鸯秋雨傍池莲,分飞苦,红泪晚风前⑦。　　回首雁翩翩,写来思寄去,远如天。安排心事待明年,愁难待,泪滴满青毡。

自此流落东京。至秋夜,仆人不肯守待,私奔回家去。赵旭孤身旅邸,又无盘缠⑧,每日上街与人作文写字。争奈身上衣衫蓝缕,

---

①谩题:随便写上。谩,这里同"漫"。

②"宋玉"二句:宋玉徒悲,宋玉的《九辩》以"悲哉秋之为气也"一句开头。江淹是恨,梁代文学家江淹写有《恨赋》。是,实,与"徒"相对。

③"韩愈"二句:韩愈投荒,韩愈因谏迎佛骨,曾被贬为潮州刺史。投荒,流放到荒远之地。苏秦守困,战国时纵横家苏秦早年出游,数年后大困而归,受到兄弟嫂妹妻妾的窃笑。苏秦既惭愧又伤心,于是闭室不出,发愤读书。

④平桥:没有弧度的桥。

⑤从他:任他。

⑥清灯:即"青灯"。指油灯,因其光青莹,故名。清,这里通"青"。

⑦红泪:美人泪,妇女的眼泪。典出王嘉《拾遗记》。也泛指悲伤的眼泪或血泪。

⑧盘缠:旅费,包括长期在外的日常生活费用。

著一领黄草布衫①,被西风一吹,赵旭心中苦闷,作词一首,词名《鹧鸪天》,道:

> 黄草遮寒最不宜,况兼久敝色如灰,肩穿袖破花成缕,可奈金风蚤晚吹。　才挂体②,泪沾衣,出门羞见旧相知。邻家女子低声问:"觅与奴糊隔帛儿③?"

时值秋雨纷纷,赵旭坐在店中。店小二道:"秀才,你今如此穷窘,何不去街市上茶坊酒店中吹笛? 觅讨些钱物,也可度日。"赵旭听了,心中焦躁,作诗一首。诗曰:

> 旅店萧萧形影孤,时挑野菜作羹蔬。
>
> 村夫不识调羹手④,问道能吹笛也无?

光阴荏苒,不觉一载有余。忽一日,仁宗皇帝在宫中,夜至三更时分,梦一金甲神人,坐驾太平车一辆⑤,上载着九轮红日,直至内廷。猛然惊觉,乃是南柯一梦。至来日,蚤朝升殿,臣僚拜舞已毕,文武散班。仁宗宣问司天台苗太监曰⑥:"寡人夜来得一梦,梦见一金甲神人,坐驾太平车一辆,上载九轮红日,此梦主何吉凶?"苗太监奏曰:"此九日者,乃是个'旭'字,或是人名,或是州郡。"仁宗曰:"若是人名,朕今要见此人,如何得见? 卿与寡人占一课。"原来苗太监

---

① 黄草布:一种用黄草心织成的布,产于苏州、湖州一带,极细者与葛布无异。

② 挂体:挂身,披上(衣服)。这里指仅能遮体。挂,穿,披。

③ 隔帛儿:即"袼褙",用碎布或旧布加衬纸糊成的厚片,多用于做布鞋。

④ 调羹手:喻宰相之才。调羹,义同"调鼎",语出《书经》。意谓治理国家,如同调理鼎中之羹。后比喻宰相之职。

⑤ 太平车:一种载重大车,车两侧有栏板,用多头牲畜牵引。据说这种车子,"日不能行三十里,少蒙雨雪,则跬步不进,故俗谓之太平车。"(邵博《邵氏闻见后录》)

⑥ 司天台:官署名。掌管观察天象变化、考定历数等事。唐代叫司天台,宋代叫司天监。

曾遇异人，传授诸葛马前课①，占问最灵。当下奉课②，奏道："陛下要见此人，只在今日。陛下须与臣扮作白衣秀士，私行街市，方可遇之。"仁宗依奏，卸龙衣，解玉带，扮作白衣秀才，与苗太监一般打扮。出了朝门之外，径往御街并各处巷陌游行③。将及半晌，见座酒楼，好不高峻。乃是有名的樊楼④。有《鹧鸪天》词为证：

> 城中酒楼高入天，烹龙煮凤味肥鲜。公孙下马闻香醉，一饮不惜费万钱。　　招贵客，引高贤，楼上笙歌列管弦。百般美物珍羞味，四面栏杆彩画檐。

仁宗皇帝与苗太监上楼饮酒，君臣二人，各分尊卑而坐。王正盛夏⑤，天道炎热。仁宗手执一把月样白梨玉柄扇⑥，倚着栏杆看街。将扇柄敲槛，不觉失手，坠扇楼下。急下去寻时，无有。仁宗教苗太监更占一课。苗太监领旨，发课罢⑦，详道⑧："此扇也只在今日重见。"二人饮酒毕，算还酒钱，下楼出街。

行到状元坊，有座茶肆。仁宗道："可吃杯茶去。"二人入茶肆坐下，忽见白壁之上，有词二只，句语清佳，字画精壮，后写："锦里秀才赵旭作⑨。"仁宗失惊道："莫非此人便是？"苗太监便唤茶博士问道："壁上之词是何人写的？"茶博士答道："告官人，这个作词的，他是一

---

①马前课：也叫"马前数"，占法的一种。因方法简便，吉凶立定，故称马前课。前加"诸葛"，表示这种占法为诸葛亮所发明，实际只是假托。

②奉课：卜课，占课。

③御街：京城中皇帝出行的街道。北宋东京汴梁的御街是自宣德楼往南去的一条街，阔约二百余步，中心御道禁止人马通行。

④樊楼：本名白矾楼，后改为丰乐楼，是北宋京城中的一座大酒楼，位于东华门外景明坊。

⑤王正：指王朝所颁行的历法。

⑥月样：这里指圆形。白梨：指白色。后文作"月样玉柄白梨扇子"，未知孰是。《平妖传》第二十三回："拿着一把月样白纸扇儿。"

⑦发课：起课。

⑧详：推ុ，审察。

⑨锦里：地名，在四川成都城南，人们常以锦里作为成都的代称。

个不得第的秀才，羞归故里，流落在此。"苗太监又问道："他是何处人氏？今在何处安歇？"茶博士道："他是西川成都府人氏，见在对过状元坊店内安歇。专与人作文度日，等候下科开选。"仁宗想起前因，私对苗太监说道："此人原是上科试官取中的榜首，文才尽好，只因一字差误，朕怪他不肯认错，遂黜而不用，不期流落于此。"便教茶博士："去寻他来，我要求他文章，你若寻得他来，我自赏你。"茶博士走了一回，寻他不着。叹道："这个秀才，真个没福，不知何处去了。"茶博士回覆道："二位官人，寻他不见。"仁宗道："且再坐一会，再点茶来①。"一边吃茶，又教茶博士去寻这个秀才来。茶博士又去店中并各处酒店寻问，不见。道："真乃穷秀才！若遇着这二位官人，也得他些资助，好无福分！"茶博士又回覆道："寻他不见。"

二人还了茶钱，正欲起身，只见茶博士指道："兀那赵秀才来了②！"苗太监道："在那里？"茶博士指街上："穿破蓝衫的来者便是。"苗太监教请他来。茶博士出街接着道："赵秀才，我茶肆中有二位官人等着你，教我寻你，两次不见。"赵旭慌忙走入茶坊，相见礼毕，坐于苗太监肩下，三人吃茶。问道："壁上文词，可是秀才所作？"赵旭答道："学生不才，信口胡诌，甚是笑话。"仁宗问道："秀才是成都人，却缘何在此？"赵旭答道："因命薄下第，羞归故里。"正说之间，赵旭于袖中捞摸。苗太监道："秀才袖中有何物？"赵旭不答，即时袖中取出，乃是月样玉柄白梨扇子，双手捧与苗太监看时，上有新诗一首。诗道：

　　屈曲交枝翠色苍，困龙未际土中藏③。

　　他时若得风雨（云）会，必作擎天白玉梁。

苗太监道："此扇从何而得？"赵旭答道："学生从樊楼下走过，不知楼上何人坠下此扇，偶然插于学生破蓝衫袖上，就去王丞相家作松诗，

---

①点茶：沏茶，泡茶。

②兀那：那。兀为发语词，无义。

③未际：未遇，未得到赏识和重用。际，际会，际遇。

起笔因书于扇上①。"苗太监道:"此扇乃是此位赵大官人的,因饮酒坠于楼下。"赵旭道:"既是大官人的,即当奉还。"仁宗皇帝大喜。又问:"秀才,上科为何不第?"赵旭答言:"学生三场文字俱成,不想圣天子御览,看得一字差写,因此不第,流落在此。"仁宗曰:"此是今上不明。"赵旭答曰:"今上至明。"仁宗曰:"何字差写?"赵旭曰:"是'唯'字。学生写为'厶'傍,天子高明,说是'口'旁。学生奏说:'皆可通用。'今上御书八字'单單、去吉、吴矣、吕台'。'卿言通用,与朕拆来。'学生无言抵对,因此黜落,至今淹滞,此乃学生考究不精,自取其咎,非圣天子之过也。"仁宗问道:"秀才家居锦里,是西川了。可认得王制置么②?"赵旭答道:"学生认得王制置,王制置不认得学生。"仁宗道:"他是我外甥,我修封书,着人送你同去投他,讨了名分③,教你发迹如何④?"赵旭倒身便拜:"若得二位官人提携,不敢忘恩。"苗太监道:"秀才,你有缘遇着大官人抬举,你何不作诗谢之?"赵旭应诺,作诗一首。诗曰:

> 白玉隐于顽石里,黄金埋入污泥中。
>
> 今朝遇贵相提掇⑤,如立天梯上九重。

仁宗皇帝见诗,大喜道:"何作此诗? 也未见我荐得你不。我也回诗一首。"诗曰:

> 一字争差因失第⑥,京师流落误佳期。
>
> 与君一束投西蜀,胜似山呼拜凤墀⑦。

---

①起笔:拿起笔来,开始动笔。

②制置:制置使,宋代官名。为一路或数路地区的统兵大员,掌管边防军务。

③名分:旧时指人的名义、身分和地位。这里指官职。

④发迹:指由卑微而得志显达,或由贫困而富贵。

⑤提掇:提携。

⑥争差:差错。

⑦山呼拜凤墀(chí):在宫殿前向皇帝朝拜。喻指在朝廷作官。山呼,封建时代举行对皇帝的祝颂仪式时,臣民叩头高呼万岁三次,叫"山呼"。凤墀,即"丹墀",宫殿前的石阶。

赵旭得大官人诗,感恩不已。又有苗太监道:"秀才,大官人有诗与你,我岂可无一言乎?"乃赠诗一首。诗曰:

　　旭临帝阙应天文,本得名魁一字浑①。

　　今日柬投王制置,锦衣光耀赵家门。

苗太监道:"秀才,你回下处去,待来日蚤辰,我自催促大官人,着人将书并路费一同送你起程。"赵旭问道:"大官人第宅何处?学生好来拜谢。"苗太监道:"第宅离此甚远,秀才不劳访问。"赵旭就在茶坊中拜谢了,三人一同出门,作别而去。

　　到来日,赵旭蚤起等待。果然昨日那没须的白衣秀士,引着一个虞候,担着个衣箱包袱,只不见赵大官人来。赵旭出店来迎接,相见礼毕。苗太监道:"夜来赵大官人依着我,委此人送你起程。付一锭白银五十两,与你文书,赍到成都府去。文书都在此人处,着你路上小心径往。"赵旭再三称谢,问道:"官人高姓大名?"苗太监道:"在下姓苗,名秀,就在赵大官人门下做个馆宾。秀士见了王制置时,自然晓得。"赵旭道:"学生此去倘然得意,决不忘犬马之报。"遂吟诗一首,写于素笺,以寓谢别之意。诗曰:

　　旧年曾作登科客,今日还期暗点头②。

　　有意去寻丞相府,无心偶会酒家楼。

　　空中扇坠蓝衫插,袖里诗成黄阁留③。

　　多谢贵人修尺一④,西川制置径相投。

苗太监领了诗笺,作别自回,赵旭遂将此银凿碎,算还了房钱,整理

---

①名魁:名第,高第。魁,最先,第一。古代科举考试,殿试第一名叫大魁。浑:混同,不分。

②暗点头:传说欧阳修当主考官,阅卷时觉得似乎座位后有一个朱衣人不时暗中点头,凡他点头时,所阅试卷便总是合格的。因此后人以"暗点头"或"朱衣点头"代指科举中选。

③黄阁:指丞相府。汉代丞相听事阁涂黄色,故称黄阁。

④修尺一:修书,写信。尺一,古代皇帝的诏令用长一尺一寸的诏版书写,故称皇帝的诏书为尺一。后亦泛指书信。

衣服齐备，三日后起程。

　　于路饥餐渴饮，夜住晓行，不则一日，约莫到成都府地面百余里之外，听得人说："差人远接新制置，军民喧闹。"赵旭闻信大惊，自想："我特地来寻王制置，又离任去了，我直如此命薄！怎生是好？"遂吟诗一首，诗曰：

　　　　尺书手捧到川中，千里投人一旦空。

　　　　辜负高人相汲引，家乡虽近转忧冲①。

虞候道："不须愁烦，且前进，打听的实如何②。"赵旭行一步，懒一步，再行二十五里，到了成都地面。接官亭上③，官员人等喧哄，都说："伺候新制置到任，接了三日，并无消息。"虞候道："秀才，我与你到接官亭上看一看。"赵旭道："不可去，我是个无倚的人。"虞候不管他说，一直将着袱包，挑着衣箱，径到接官亭上歇下。虞候道："众官在此等甚？何不接新制置？"众官失惊，问道："不见新制置来？"虞候打开袱包，拆开文书，道："这秀才便是新制置。"赵旭也吃了一惊。虞候又开了衣箱，取出紫袍金带、象简乌靴，戴上舒角幞头④，宣读了圣旨。赵旭谢恩，叩首拜敕，授西川五十四州都制置。众官相见，行礼已毕。赵旭着人去寻个好寺院去处暂歇，选日上任。自思前事："我状元到手，只为一字黜落。谁知命中该发迹，在茶肆遭遇赵大官人，原来正是仁宗皇帝。"此乃是：

　　　　着意种花花不活，无心栽柳柳成阴。

赵旭问虞候道："前者，白衣人送我起程的，是何官宰？"虞候道："此是司天台苗太监，旨意分付，着我同来。"赵旭自道："我有眼不识太山也⑤。"

----

①忧冲：同"忧忡"，忧虑不安。

②的实：的确，确实。

③接官亭：设在城外的迎送往来官员的亭子。

④舒角幞(fú)头：幞头是古代的一种头巾。宋代的幞头有直脚、局脚、交脚、朝天、顺风等式样。舒角幞头即直脚幞头，为当时所通用的一种。

⑤太山：即泰山。

择日上任，骏马雕鞍，张三檐伞盖①，前面队伍摆列，后面官吏跟随，威仪整肃，气象轩昂。上任已毕，归家拜见父母。父母蓦然惊惧，合家迎接，门前车马喧天。赵旭下马入堂，紫袍金带，象简乌靴，上堂参拜父母。父母问道："你科举不第，流落京师，如何便得此职？又如何除授本处为官？"赵旭具言前事，父母闻知，拱手加额，感日月之光，愿孩儿忠心补报皇恩。赵旭作诗一首，诗曰：

> 功名着意本抡魁②，一字争差不得归。
>
> 自恨禹门风浪急③，谁知平地一声雷！

父母心中，不胜之喜。合家欢悦，亲友齐来庆贺，做了好几日筵席。旧时逃回之仆，不念旧恶，依还收用④。思量仁宗天子恩德，自修表章一道，进谢皇恩，从此西川做官，兼管军民。父母俱迎在衙门中奉养。所谓一子受皇恩，全家食天禄。有诗为证：

> 相如持节仍归蜀⑤，季子怀金又过周⑥。
>
> 衣锦还乡从古有，何如茶肆遇宸游⑦？

---

①三檐伞盖：伞盖是古代的一种仪仗物，长柄，圆顶，伞面边缘垂有流苏。伞边有二层、三层之分。二层的叫两檐伞，三层的叫三檐伞，三檐伞的品级高于两檐伞。

②抡魁：中状元。也泛指榜首。抡，选择，选拔。

③禹门：即龙门，相传为大禹所凿，故又名禹门。

④依还：依旧。

⑤相如持节仍归蜀：汉代司马相如为蜀郡成都人，曾事梁孝王。梁孝王死后，相如返蜀，家贫无以自业。临邛富豪卓王孙反对女儿卓文君与相如相爱，相如与文君一度只能靠卖酒为生。因汉武帝喜欢相如的辞赋，被召至京师为郎。后来武帝拜他为中郎将，奉使西南夷，相如又回到蜀中，这时蜀郡太守以下的官员都出城迎接，卓王孙也献牛酒以交欢。

⑥季子怀金又过周：苏秦游说六国合纵成功后，为纵约长，佩六国相印，一次因事经过故乡洛阳。这时当年讥笑他的兄弟妻嫂，侧目不敢仰视。苏秦笑问其嫂："何前倨而后恭也？"嫂回答说："见季子位高金多也。"季子，苏秦字季子。一说，"季子"是嫂嫂对小叔的称呼。过周，洛阳是东周的都城，所以"过周"就是经过洛阳的意思。

⑦宸游：天子出游。

第十二卷

众名姬春风吊柳七

北阙休上诗①,南山归敝庐②。

不才明主弃,多病故人疏。

白发催年老,青阳逼岁除③。

永怀愁不寐④,松月下窗虚⑤。

这首诗,乃唐朝孟浩然所作。他是襄阳第一个有名的诗人,流寓东京,宰相张说甚重其才,与之交厚。一日,张说在中书省入直⑥,草应制诗⑦,苦思不就。遣堂吏密请孟浩然到来,商量一联诗句。正尔烹茶细论⑧,忽然唐明皇驾到。孟浩然无处躲避,伏于床后。明皇蚤已瞧见,问张说道:"适才避朕者,何人也?"张说奏道:"此襄阳诗人孟浩然,臣之故友。偶然来此,因布衣,不敢唐突圣驾。"明皇道:"朕亦素闻此人之名,愿一见之。"孟浩然只得出来,拜伏于地,口称:"死罪。"明皇道:"闻卿善诗,可将生

---

①北阙休上诗:孟浩然《岁暮归南山》原诗此句作"北阙休上书",意思是不求作官。北阙,古代宫殿北面的门楼,是臣子等候朝见或上书奏事的地方。后用作帝王宫禁和朝廷的别称。休,休止,罢休。

②南山:指终南山,在今陕西西安南。

③青阳逼岁除:意思是时间过得快。青阳,春天。岁除,年终,一年的最后一天。

④永怀:长怀,长远思念。

⑤松月下窗虚:原诗作"松月夜窗虚"。虚,虚静,空寂。

⑥中书省:官署名,唐代为朝廷政务机构,其长官中书令为宰相。入直:官员入宫值班供职。

⑦应制诗:应皇帝之命写的诗。应制,指应皇帝之命写作诗文。唐宋诗文有以"应制"为标题的。

⑧正尔:正当,正在。"尔"是词尾。

平得意一首，诵与朕听？"孟浩然就诵了《北阙休上诗》这一首。明皇道："卿非不才之流，朕亦未为明主；然卿自不来见朕，朕未尝弃卿也。"当下龙颜不悦，起驾去了。次日，张说入朝，见帝谢罪，因力荐浩然之才①，可充馆职②。明皇道："前朕闻孟浩然有'流星澹河汉，疏雨滴梧桐'之句，何其清新！又闻有'气蒸云梦泽，波撼岳阳楼'之句，何其雄壮！昨在朕前，偏述枯槁之辞，又且中怀怨望③，非用世之器也。宜听归南山，以成其志！"由是终身不用，至今人称为孟山人。后人有诗叹云：

> 新诗一首献当朝，欲望荣华转寂寥。
>
> 不是不才明主弃，从来贵贱命中招。

　　古人中，有因一言拜相的④，又有一篇赋上遇主的⑤，那孟浩然只为错念了八句诗，失了君王之意，岂非命乎？如今我又说一桩故事，也是个有名才子，只为一首词上误了功名，终身坎壈，后来颠到成了风流佳话。那人是谁？说起来，是宋神宗时人，姓柳，名永，字耆卿。原是建宁府崇安县人氏，因随父亲作宦，流落东京。排行第七，人都称为柳七官人。年二十五岁，丰姿洒落，人才出众，琴、棋、书、画，无所不通，至于吟诗作赋，尤其本等⑥。还有一件，最其所长，乃是填词。怎么叫做填词？假如李太白有《忆秦娥》、《菩萨蛮》⑦，王维有

---

①因：因而，于是，趁时机。

②馆职：唐宋时凡在史馆、昭文馆、集贤馆等处供职，皆称馆职。

③中怀怨望：心怀怨恨。

④一言拜相：汉武帝因信江充之诬陷，杀了戾太子，后车千秋上书为太子辩冤，明太子无罪。武帝感悟，即拜车为大鸿胪，不数月擢为丞相(事见《汉书·车千秋传》)。因此后人有"车公一言拜相"之说。

⑤一篇赋上遇主：汉武帝读了司马相如的《子虚赋》，非常欣赏，说："朕不得与此人同时哉！"后相如又献《上林赋》，武帝任他为郎官(事见《史记·司马相如列传》)。

⑥本等：本分，本职工作。这里含有擅长的意思。

⑦假如：例如，比如。

《郁轮袍》,这都是词名,又谓之诗余[1],唐时名妓多歌之。至宋时,大晟府乐官[2],博采词名,填腔进御。这个词,比切声调[3],分配十二律[4],其某律某调,句长句短,合用平、上、去、入四声字眼,有个一定不移之格。作词者,按格填入,务要字与音协,一些杜撰不得,所以谓之填词。那柳七官人于音律里面,第一精通,将大晟府乐词,加添至二百余调,真个是词家独步。他也自恃其才,没有一个人看得入眼,所以缙绅之门,绝不去走,文字之交,也没有人。终日只是穿花街,走柳巷,东京多少名妓,无不敬慕他,以得见为荣。若有不认得柳七者,众人都笑他为下品,不列姊妹之数。所以妓家传出几句口号。道是:

　　　　不愿穿绫罗,愿依柳七哥;

　　　　不愿君王召,愿得柳七叫:

　　　　不愿千黄金,愿中柳七心;

　　　　不愿神仙见,愿识柳七面。

那柳七官人,真个是朝朝楚馆,夜夜秦楼[5]。内中有三个出名上等的行首[6],往来尤密。一个唤做陈师师,一个唤做赵香香,一个唤做徐冬冬。这三个行首,赔着自己钱财,争养柳七官人。怎见得? 有戏题一词,名《西江月》为证:

　　　　调笑师师最惯,香香暗地情多,冬冬与我煞脾和[7],独自窝

---

　　①诗余:词的别名。意谓词是由诗发展而来的。

　　②大晟(shèng)府:宋代掌管音乐的官署。

　　③比切声调:使声调和谐。比,协和。切,符合。

　　④十二律:古乐的十二调。阳律六:黄钟、太簇、姑洗、蕤宾、夷则、亡射;阴律六:大吕、夹钟、中吕、林钟、南吕、应钟。

　　⑤楚馆、秦楼:楚灵王筑章华宫,选美人细腰者居之,人称楚馆。秦穆公女弄玉善吹箫,穆公为筑重楼以居之,名曰凤楼,后世称秦楼。后人因以"楚馆秦楼"指歌榭妓楼。

　　⑥行(háng)首:宋元时对上等妓女的称呼,意思是行院(妓院)的首领。后为名妓的泛称。

　　⑦煞:极,很。脾和:情投意合。

盘三个。　　"管"字下边无分①，"闲"字加点如何②? 权将"好"字自停那③，"姦"字中间着我。

这柳七官人，诗词文采，压于朝士。因此近侍官员，虽闻他恃才高傲，却也多少敬慕他的。那时天下太平，凡一才一艺之士，无不录用。有司荐柳永才名，朝中又有人保奏，除授浙江管下余杭县宰。这县宰官儿，虽不满柳耆卿之意，把做个进身之阶，却也罢了。只是舍不得那三个行首。时值春暮，将欲起程，乃制《西江月》为词，以寓惜别之意：

　　　凤额绣帘高卷④，兽环朱户频摇⑤。两竿红日上花梢，春睡厌厌难觉。　　好梦枉(狂)随飞絮，闲愁浓胜香醪⑥。不成雨暮与云朝⑦，又是韶光过了⑧。

三个行首，闻得柳七官人浙江赴任，都来饯别。众妓至者如云，耆卿口占《如梦令》云：

　　　郊外绿阴千里，掩映红裙十队。惜别语方长，车马催人速去。偷泪，偷泪，那得分身应你!

柳七官人别了众名姬，携着琴、剑、书箱，扮作游学秀士，迤逦上路，一路观看风景。行至江州，访问本处名妓。有人说道："此处只有谢玉英，才色第一。"耆卿问了住处，径来相访。玉英迎接了，见耆卿人物文雅，便邀入个小小书房。耆卿举目看时，果然摆设得精致。但见：

---

①"管"字下边：指"官"字。

②"闲"字加点：指"闲"字。

③"好"字：指女子二字。停那(nuó)：挪移。

④凤额：凤形的帘额。额，帘额，帘子的上端。

⑤兽环：金属制的兽头衔着的门环。"环"原作"檐"，据《全宋词》改。

⑥香醪(láo)：美酒。

⑦雨暮云朝：指男女欢合。宋玉《高唐赋序》说：楚怀王曾游高唐(楚台观名)，梦与巫山神女相会。神女临去时说她"旦为朝云，暮为行雨，朝朝暮暮，阳台之下"。后世便用"云雨"指男女交欢。

⑧韶光：美好时光，多指春光。

明窗净几,竹榻茶垆。床间挂一张名琴,壁上悬一幅古画。香风不散,宝炉中常爇沉檀;清风逼人,花瓶内频添新水。万卷图书供玩览,一枰棋局佐欢娱。

耆卿看他卓上摆着一册书,题云"柳七新词"。检开看时,都是耆卿平日的乐府①,蝇头细字,写得齐整。耆卿问道:"此词何处得来?"玉英道:"此乃东京才子柳七官人所作,妾平昔甚爱其词,每听人传诵,辄手录成帙。"耆卿又问道:"天下词人甚多,卿何以独爱此作?"玉英道:"他描情写景,字字逼真。如《秋思》一篇末云:'黯相望,断鸿声里,立尽斜阳。'《秋别》一篇云:'今宵酒醒何处?杨柳岸晓风残月。'此等语,人不能道。妾每诵其词,不忍释手,恨不得见其人耳。"耆卿道:"卿要识柳七官人否?只小生就是②。"玉英大惊,问其来历。耆卿将余杭赴任之事,说了一遍。玉英拜倒在地,道:"贱妾凡胎,不识神仙,望乞恕罪。"置酒款待,殷勤留宿。

耆卿深感其意,一连住了三五日;恐怕误了凭限③,只得告别。玉英十分眷恋,设下山盟海誓,一心要相随柳七官人,侍奉箕帚。耆卿道:"赴任不便。若果有此心,俟任满回日,同到长安④。"玉英道:"既蒙官人不弃贱妾,从今为始,即当杜门绝客以待。切勿遗弃,使妾有白头之叹⑤。"耆卿索纸,写下一词,名《玉女摇仙佩》。词云:

---

①乐府:本指乐府官署所采集、创作的乐歌。宋元以后的词、散曲和剧曲,因配合音乐,也可称乐府。此处指词。

②只:与"就是"、"便是"等连用,表示强调。

③凭限:官员赴任文凭上规定的到任期限。

④长安:代指京城。这里指北宋东京汴梁。

⑤白头之叹:妇女被遗弃而作晚景凄凉之叹。《西京杂记》(旧题汉刘歆作)说:"相如将聘茂陵人女为妾,卓文君作《白头吟》以自绝,相如乃止。"

飞琼伴侣①，偶别珠宫②，未返神仙行缀③。取次梳妆④，寻常言语，有得几多姝丽？拟把名花比，恐傍人笑我谈何容易。细思算，奇葩艳卉，惟是深红浅白而已。争如这多情⑤，占得人间千娇百媚。　　须信画堂绣阁，皓月清风，忍把光阴轻弃？自古及今，佳人才子，少得当年双美⑥！且恁相偎倚，未消得怜我多才多艺⑦。愿奶奶兰心蕙性⑧，枕前言下，表余深意。为盟誓，今生断不孤鸳被。

耆卿吟词罢，别了玉英上路。不一日。来到姑苏地方，看见山明水秀，到个路傍酒楼上，沽饮三杯。忽听得鼓声齐响，临窗而望，乃是一群儿童，掉了小船⑨，在湖上戏水采莲。口中唱着吴歌云：

采莲阿姐斗梳妆，好似红莲搭个白莲争⑩。红莲自道颜色好，白莲自道粉花香。　　粉花香，粉花香，贪花人一见便来抢。红个也忒贵，白个也弗强⑪。当面下手弗得，和你私下商量，好像荷叶遮身无人见，下头成藕带丝长。

柳七官人听罢，取出笔来，也做一只吴歌，题于壁上。歌云：

---

①飞琼伴侣：意思是词中所写的佳人原是仙女中人。飞琼，指许飞琼，神话中王母的侍女。

②珠宫：仙宫。与"珠庭"、"珠殿"同义。

③行（háng）缀：原指舞队行列，也泛指队列。

④取次：随便，任意。

⑤争如：同"争似"，怎如，怎似得。

⑥当（dāng）年双美：指男女双方都年轻貌美。当年，年轻，壮年。金董解元《西厢记诸宫调》卷四："薄情业种，咱两个彼各当年。"

⑦未消得：抵不上。这二句，张相解释为："言看似偎倚情深，实抵不得怜我才艺之情尤深也。"（《诗词曲语辞汇释·消（二）》）

⑧奶奶：这里是对女子的亲昵称呼，犹言姐姐。兰心蕙性：比喻女子幽静高雅的品格。

⑨掉：划船。义同"棹"。

⑩搭：吴语。和，跟。

⑪强：吴语。价贱，便宜。

十里荷花九里红，中间一朵白松松。白莲则好摸藕吃，红莲则好结莲蓬。结莲蓬，结莲蓬，莲蓬生得忒玲珑。肚里一团清趣，外头包裹重重。有人吃着滋味，一时劈破难容。只图口甜，那得知我心里苦？开花结子一场空。

这首吴歌，流传吴下①，至今有人唱之。

却说柳七官人过了姑苏，来到余杭县上任，端的为官清正，讼简词稀。听政之暇，便在大涤、天柱、由拳诸山，登临游玩，赋诗饮酒。这余杭县中，也有几家官妓，轮番承直②。但是讼牒中犯着妓者名字③，便不准行④。妓中有个周月仙，颇有姿色，更通文墨。一日，在县衙唱曲侑酒，柳县宰见他似有不乐之色，问其缘故。月仙低头不语，两泪交流。县宰再三盘问，月仙只得告诉。

原来月仙与本地一个黄秀才，情意甚密。月仙一心只要嫁那秀才，奈秀才家贫，不能备办财礼。月仙守那秀才之节，誓不接客。老鸨再三逼迫，只是不从；因是亲生之女，无可奈何。黄秀才书馆与月仙只隔一条大河⑤，每夜月仙渡船而去，与秀才相聚，至晓又回。同县有个刘二员外，爱月仙丰姿，欲与欢会。月仙执意不肯，吟诗四句道：

　　不学路傍柳，甘同幽谷兰。
　　游蜂若相询，莫作野花看。

刘二员外心生一计，嘱咐舟人，教他乘月仙夜渡，移至无人之处，强奸了他，取个执证回话⑥，自有重赏。舟人贪了赏赐，果然乘月仙下船，远远撑去。月仙见不是路⑦，喝他住船。那舟人那里肯依？

---

①吴下：泛指吴地。

②承直：同"承值"。当值，侍奉。

③讼牒：诉状。

④准行：准许，许可。这里指受理。

⑤书馆：书塾，教初学者的学校。

⑥执证：凭据，证见。

⑦不是路：不对头，情况不妙。意思与"不是头"相同。

直摇到芦花深处,僻静所在,将船泊了。走入船舱,把月仙抱住,逼着定要云雨。月仙自料难以脱身,不得已而从之。云收雨散,月仙惆怅,吟诗一首:

　　自恨身为妓,遭污不敢言。

　　羞归明月渡,懒上载花船。

　　是夜,月仙仍到黄秀才馆中住宿,却不敢声告诉,至晓回家。其舟人记了这四句诗,回复刘二员外,员外将一锭银子,赏了舟人去了。便差人邀请月仙家中侑酒,酒到半酣,又去调戏月仙,月仙仍旧推阻。刘二员外取出一把扇子来,扇上有诗四句,教月仙诵之。月仙大惊! 原来却是舟中所吟四句,当下顿口无言。刘二员外道:"此处牙床锦被,强似芦花明月,小娘子勿再推托。"月仙满面羞惭,安身无地,只得从了刘二员外之命。以后刘二员外日逐在他家占住①,不容黄秀才相处。

　　自古道:小娘爱俏,鸨儿爱钞。黄秀才虽然儒雅,怎比得刘二员外有钱有钞? 虽然中了鸨儿之意,月仙心下只想着黄秀才,以此闷闷不乐。今番被县宰盘问不过,只得将情诉与。柳耆卿是风流首领,听得此语,好生怜悯。当日就唤老鸨过来,将钱八十千付作身价,替月仙除了乐籍②。一面请黄秀才相见,亲领月仙回去,成其夫妇。黄秀才与周月仙拜谢不尽。正是:

　　风月客怜风月客,有情人遇有情人。

　　柳耆卿在余杭三年,任满还京。想起谢玉英之约,便道再到江州。原来谢玉英初别耆卿,果然杜门绝客。过了一年之后,不见耆卿通问,未免风愁月恨,更兼日用之需,无从进益,日逐车马填门,回他不脱。想着五夜夫妻,未知所言真假;又有闲汉从中撺掇,不免又随风倒舵,依前接客。有个新安大贾孙员外,颇有文雅,与他相处年余,费过千金。耆卿到玉英家询问,正值孙员外邀玉英同往湖口看

　　　①日逐:每天。

　　　②乐籍:乐户的名籍。古代官妓属于乐部,故也称乐籍。

船去了。耆卿到不遇。知玉英负约，怏怏不乐，乃取花笺一幅，制词名《击梧桐》。词云：

> 香靥深深，姿姿媚媚，雅格奇容天与。自识伊来便好看承①，会得妖娆心素②。临歧再约同欢③，定是都把平生相许。又恐恩情易破难成，未免千般思虑。　　近日重来，空房而已，苦杀叨叨言语④。便认得听人教当⑤，拟把前言轻负。见说兰台宋玉⑥，多才多艺善词赋。试与问朝朝暮暮，行云何处去？

后写："东京柳永，访玉卿不遇漫题。"耆卿写毕，念了一遍，将词笺粘于壁上，拂袖而出。回到东京，屡有人举荐，升为屯田员外郎之职。东京这班名姬，依旧来往。耆卿所支俸钱，及一应求诗求词馈送下来的东西，都在妓家销化⑦。

一日，正在徐冬冬家积翠楼戏耍。宰相吕夷简差堂吏传命，直寻将来。说道："吕相公六十诞辰，家妓无新歌上寿，特求员外一阕，幸即挥毫，以便演习。蜀锦二端，吴绫四端，聊充润笔之敬，伏乞俯纳。"耆卿允了，留堂吏在楼下酒饭。问徐冬冬有好纸否，徐冬冬在箧中取出两幅芙蓉笺纸，放于案上。耆卿磨得墨浓，蘸得笔饱，拂开一幅笺纸，不打草儿，写下《千秋岁》一阕云：

---

①看承：看待，照顾。"承"原文作"你"，据《全宋词》改。

②会得：能理会，懂得。妖娆：指娇媚的女子。心素：心意，心愿。

③临歧：分别，分手。

④苦杀叨叨言语：柳永原词作"苦没忉忉言语"，意思是没有忧愁思念的话。忉忉，忧思貌。按：柳永原词前两句为"近日书来，寒暄而已"，故接下来说"苦没忉忉言语"。小说为了故事情节的需要，将前两句改为"近日重来，空房而已"。苦杀，许注本校改为"苦没"。

⑤教当：教唆，说教。当，动词后缀，无义。

⑥兰台宋玉：宋玉《风赋序》说："楚襄王游于兰台之宫，宋玉、景差侍。"兰台，台名，传说故址在今湖北钟祥东。

⑦销化：用去，花掉。

泰阶平了①，又见三台耀②。烽火静，欃枪扫③。朝堂耆硕辅④，樽俎英雄表⑤。福无艾⑥，山河带砺人难老⑦。　渭水当年钓，晚应飞熊兆⑧；同一吕，今偏早⑨。乌纱头未白，笑把金樽倒。人争羡，二十四遍中书考⑩。

耆卿一笔写完，还剩下芙蓉笺一纸，余兴未尽，后写《西江月》一调云：

腹内胎生异锦⑪，笔端舌喷长江。纵教匹绢字难偿⑫，不屑与人称量。　我不求人富贵，人须求我文章。风流才子占词场，真是白衣卿相⑬。

---

①泰阶：古星座名，即三台。上台、中台、下台共六星，两两并排而上，如阶梯，故名。古代术数家认为，泰阶是天的三阶，三阶平则天下太平。

②三台：即泰阶，古人用以比喻三公(唐宋时指太尉、司徒、司空)。

③欃(chán)枪：彗星的别名。古人认为是凶星，主不吉。喻奸臣等邪恶势力。欃枪扫天下太平。杜甫诗："几时回节钺，戮力扫欃枪。"

④朝堂：汉代正朝左右百官治事议政之处。泛指朝廷。耆硕：年老德高者。这里指大臣。

⑤樽俎：宴席。这里指樽俎折冲，即不以武力而在宴席交谈中制胜敌人。表：显扬，表扬。

⑥无艾：无限。艾，尽，止。

⑦山河带砺：比喻爵位官禄世代相传，"带砺"亦作"带厉"。《史记·高祖功臣侯者年表》："封爵之誓曰：'使河如带，泰山若厉。国以永宁，爱及苗裔。'"意思是什么时候黄河细如衣带，泰山小如砺石(磨刀石)，国家乃绝。后因以喻指世受皇家恩宠，与国同休。

⑧飞熊兆：传说周文王因梦飞熊而遇吕尚(姜太公)于渭河之滨。后以"飞熊入梦"比喻帝王得贤臣的征兆。

⑨"同一吕"二句：意思是吕尚与吕夷简同姓，但后者做官比前者早得多。

⑩二十四遍中书考：唐代郭子仪在中书令任期中，主持官吏的考绩，前后共二十四次。后人因以"二十四考"作为称颂朝廷委员位高任久的典故。

⑪腹内胎生异锦：喻具有出众的文才。锦是有各种华丽图案花纹的丝织品，人们常用来比喻文采。

⑫纵教：同"从教"。听任，任凭。

⑬白衣卿相：指身无官职(白衣)而有卿相之质。

耆卿写毕，放在卓上。恰好陈师师家差个侍儿来请，说道："有下路新到一个美人，不言姓名，自述特慕员外，不远千里而来，今在寒家奉候，乞即降临。"耆卿忙把诗词装入封套，打发堂吏动身去了，自己随后往陈师师家来。一见了那美人，吃了一惊。那美人是谁？正是：

> 着意寻不见，有时还自来。

那美人正是江州谢玉英。他从湖口看船回来，见了壁上这只《击梧桐》词，再三讽咏，想着："耆卿果是有情之人，不负前约。"自觉惭愧。瞒了孙员外，收拾家私，雇了船只，一径到东京来问柳七官人。闻知他在陈师师家往来极厚，特拜望师师，求其引见耆卿。当时分明是断花再接，缺月重圆，不胜之喜。陈师师问其详细，便留谢玉英同住。玉英怕不稳便，商量割东边院子另住。自到东京，从不见客，只与耆卿相处，如夫妇一般。耆卿若往别妓家去，也不阻挡，甚有贤达之称。

话分两头。再说耆卿匆忙中，将所作寿词封付堂吏，谁知忙中多有错，一时失于点检，两幅词笺都封了去。吕丞相拆开封套，先读了《千秋岁》调，到也欢喜。又见《西江月》调，少不得也念一遍。念到"纵教匹绢字难偿，不屑与人称量"，笑道："当初裴晋公修福光寺，求文于皇甫湜，湜每字索绢三匹。此子嫌吾酬仪太薄耳！"又念到"我不求人富贵，人须求我文章"，大怒道："小子轻薄，我何求汝耶？"从此衔恨在心。柳耆卿却是疏散的人，写过词，丢在一边了，那里还放在心上。

又过了数日，正值翰林员缺，吏部开荐柳永名字。仁宗曾见他增定大晟乐府，亦慕其才，问宰相吕夷简道："朕欲用柳永为翰林，卿可识此人否？"吕夷简奏道："此人虽有词华，然恃才高傲，全不以功名为念。见任屯田员外，日夜留连妓馆，大失官箴[1]。若重用之，恐士习由此而变。"遂把耆卿所作《西江月》词诵了一遍。仁宗皇帝点

---

[1] 官箴：做官的戒规，官员应守的纪律。

头。早有知谏院官①，打听得吕丞相衔恨柳永，欲得逢迎其意，连章
参劾。仁宗御笔批着四句道：

　　柳永不求富贵，谁将富贵求之？

　　任作白衣卿相，风前月下填词。

　　柳耆卿见罢了官职，大笑道："当今做官的，都是不识字之辈，怎
容得我才子出头？"因改名柳三变，人都不会其意，柳七官人自解说
道："我少年读书，无所不窥，本求一举成名，与朝家出力；因屡次不
第，牢骚失意，变为词人。以文采自见，使名留后世足矣；何期被荐，
顶冠束带，变为官人。然浮沉下僚，终非所好；今奉旨放落，行且逍
遥自在②，变为仙人。"从此益放旷不检，以妓为家。将一个手板上写
道③："奉圣旨填词柳三变。"欲到某妓家，先将此手板送去，这一家便
整备酒肴，伺候过宿。次日，再要到某家，亦复如此。凡所作小词，
落款书名处，亦写"奉圣旨填词"五字，人无有不笑之者。

　　如此数年。一日，在赵香香家偶然昼寝，梦见一黄衣吏从天而
下，道说："奉玉帝敕旨，《霓裳羽衣曲》已旧，欲易新声，特借重仙笔，
即刻便往。"柳七官人醒来，便讨香汤沐浴。对赵香香道："适蒙上帝
见召，我将去矣。各家姊妹可寄一信，不能候之相见也。"言毕，瞑目
而坐。香香视之，已死矣。慌忙报知谢玉英，玉英一步一跌的哭将
来。陈师师、徐冬冬两个行首，一时都到，又有几家曾往来的，闻知
此信，也都来赵家。

　　原来柳七官人，虽做两任官职，毫无家计④。谢玉英虽说跟随他
终身，到带着一家一火前来，并不费他分毫之事。今日送终时节，谢
玉英便是他亲妻一般；这几个行首，便是他亲人一般。当时陈师师

---

①知谏院官：谏院的官员。谏院，官署名，宋仁宗明道元年（1032）设置，掌规
　谏讽喻。谏院官以司谏、正言充任，如他官兼领则称知谏院。

②行且：将要。

③手板：笏。

④家计：这里指家产。

为首,敛取众妓家财帛,制买衣衾棺椁,就在赵家殡殓。谢玉英衰绖①做个主丧①,其他三个的行首,都聚在一处,带孝守幕②。一面在乐游原上③,买一块隙地起坟,择日安葬。坟上竖个小碑,照依他手板上写的增添两字,刻云:"奉圣旨填词柳三变之墓。"出殡之日,官僚中也有相识的,前来送葬。只见一片缟素,满城妓家,无一人不到,哀声震地。那送葬的官僚,自觉惭愧,掩面而返。不逾两月,谢玉英过哀,得病亦死,附葬于柳墓之旁。亦见玉英贞节,妓家难得,不在话下。自葬后,每年清明左右,春风骀荡,诸名姬不约而同,各备祭礼,往柳七官人坟上,挂纸钱拜扫,唤做"吊柳七",又唤做"上风流冢"。未曾"吊柳七"、"上风流冢"者,不敢到乐游原上踏青④。后来成了个风俗,直到高宗南渡之后,此风方止。后人有诗题柳墓云:

> 乐游原上妓如云,尽上风流柳七坟。
>
> 可笑纷纷缙绅辈,怜才不及众红裙。

---

①衰绖(cuī dié):丧服。可作动词用,这里指穿丧服。

②守幕:守灵。

③乐游原:亦称"乐游苑"、"乐游园",古苑名。故址在今陕西西安南郊。唐时为长安士女游赏的胜地。按:宋代京城在汴梁,盖因乐游原有名,故小说随意虚构捏合。

④踏青:春日郊游。清明节踏青,为旧时风俗。

第十三卷

张道陵七试赵升

但闻白日升天去，不见青天走下来。

有朝一日天破了，大家都叫阿瘖瘖①。

这四句诗乃国朝唐解元所作②，是讥诮神仙之说，不足为信。此乃戏谑之语。从来混沌剖判③，便立下了三教：太上老君立了道教④，释迦祖师立了佛教，孔夫子立了儒教。儒教中出圣贤，佛教中出佛菩萨，道教中出神仙。那三教中，儒教忒平常，佛教忒清苦，只有道教，学成长生不死，变化无端，最为洒落。看官！我今日说一节故事，乃是张道陵七试赵升。那张道陵，便是龙虎山中历代住持道教的正一天师第一代始祖⑤，赵升乃其徒弟。有诗为证：

剖开顽石方知玉，淘尽泥沙始见金。

不是世人仙气少，仙人不似世人心。

①阿瘖瘖（wēi）：呐喊声或疼痛时呼叫声。

②唐解元：指唐寅，明代文人、画家。字伯虎。曾中乡试第一。解元，乡试第一名称为解元。

③从来：从前，原来。混沌剖判：指开天辟地。混沌，古人指天地未开辟之前的元气状态。剖判，分开。

④太上老君：道教尊奉老子，称为太上老君。

⑤龙虎山：道教名山。在江西贵溪西南八十里。两峰对峙，如龙昂虎踞，因名。相传汉张道陵修炼于此。正一天师：张道陵（一名陵）所创的道教初名"五斗米道"，传说太上老君亲授张道陵《太平洞极经》《太玄经》《五斗经》《正一经》各若干卷。后张道陵被尊为"天师"、"正一天师"。元成宗时封张道陵第三十八代后裔张与材为"正一教主"。民间一般泛称张道陵及其后裔为"张天师"或"正一天师"。

　　话说张天师的始祖，讳道陵，字辅汉，沛国人氏①，乃是张子房第八世孙②。汉光武皇帝建武十年降生，其母梦见北斗第七星从天坠下，化为一人，身长丈余，手中托一丸仙药，如鸡卵大，香气袭人。其母取而吞之，醒来便觉满腹火热，异香满室，经月不散，从此怀孕。到十月满足，忽然夜半屋中光明如昼，遂生道陵。七岁时，便能解说《道德经》③，及河图谶纬之书④，无不通晓。年十六，博通五经。身长九尺二寸；庞眉广颡⑤，朱项绿睛，隆准方颐⑥，伏犀贯顶⑦；垂手过膝，龙蹲虎步，望之使人可畏。举贤良方正⑧，入太学。一旦，喟然叹曰："流光如电，百年瞬息耳；纵位极人臣，何益于年命之数乎？"遂专心修炼，欲求长生不死之术。同学有一人，姓王，名长，闻道陵之言，深以为然，即拜道陵为师。愿相随名山访道。行至豫章郡，遇一绣衣童子。问曰："日暮道远，二公将何之？"道陵大惊，知其非常人，乃自述访道之意。童子曰："世人论道，皆如捕风捉影，必得'黄帝九鼎丹法'，修炼成就，方可升天。"于是师徒二人，拜求指示。童子口授二语，道是："左龙并右虎，其中有天府。"说罢，忽然不见。道陵记此二语，但未解其意。

　　一日，行至龙虎山中，不觉心动，谓王长曰："左龙右虎，莫非此

---

①沛国：东汉改沛郡置，治所在相县（今安徽濉溪西北）。

②张子房：张良，字子房，助汉高祖刘邦灭秦、楚，因功封留侯。

③《道德经》：即《老子》。

④河图：伏羲时有龙马出于黄河，马背有旋毛如星点，称作龙图，伏羲取法以画八卦。这是儒家关于《周易》卦形来源的传说。谶纬：谶书和纬书的合称。谶是预言吉凶得失的文字、图记。纬是以儒家经义附会人事吉凶祸福，预言治乱兴废的书。谶纬盛行于两汉之际，至隋而渐衰。

⑤庞眉广颡(sǎng)：花白的眉毛，宽阔的额头。

⑥隆准方颐：高鼻方腮。

⑦伏犀贯顶：人前额中央至头顶发际骨骼隆起，叫伏犀。迷信者认为伏犀贯顶是富贵之相。

⑧举贤良方正：作为有德行的品行正直的人被地方推举到朝廷。汉文帝时诏举"贤良方正能直言极谏者"，多为荐举。后为科举名目之一。

地乎？‘府’者，藏也，或有秘书藏于此地。”乃登其绝顶，见一石洞，
名曰壁鲁洞。洞中或明或暗，委曲异常①。走到尽处，有生成石门两
扇。道陵想道：“此必神仙之府。”乃与弟子王长端坐石门之外。凡
七日，忽然石门洞开，其中石卓、石凳俱备，卓上无物，只有文书一
卷。取而观之，题曰《黄帝九鼎太清丹经》②。道陵举手加额，叫声：
“惭愧③。”师徒二人，欢喜无限！取出丹经，昼夜观览，具知其法。但
修炼合用药物、炉火之费甚广④，无从措办。道陵先年曾学得有治病
符水，闻得蜀中风俗醇厚，乃同王长入蜀，结庐于鹤鸣山中，自称真
人，专用符水救人疾病。投之辄验⑤，来者渐广，又多有人拜于门下，
求为弟子，学他符水之法。

　　真人见人心信服，乃立为条例：所居门前有水池，凡有疾病者，
皆疏记生身以来所为不善之事⑥，不许隐瞒；真人自书忏文⑦，投池水
中，与神明共盟约，不得再犯，若复犯，身当即死。设誓毕，方以符水
饮之。病愈后，出米五斗为谢。弟子辈分路行法，所得米绢数目，悉
开报于神明，一毫不敢私用。由是百姓有小疾病，便以为神明谴责，
自来首过。病愈后，皆羞惭改行，不敢为非。如此数年，多得钱财。
乃广市药物⑧，与王长居密室中，共炼“龙虎大丹”。三年丹成，服之。
真人年六十余，自服丹药，容颜转少，如三十岁后生模样。从此能分
形散影，常乘小舟，在东西二溪往来游戏；堂上又有一真人，诵经不
辍。若宾客来访，迎送应对，或酒杯、棋局，各各有一真人，不分真

---

①委曲：曲折。

②《黄帝九鼎太清丹经》：即《黄帝九鼎神丹经诀》，道教经书，作者不详。书
　中认为，凡欲长生，必须服神丹，并列举多种炼丹方法。

③惭愧：庆幸之词，有多谢、难得、侥幸等意。

④合用：须用，该用。广：多。

⑤投：用。习惯称用药治病为“投”。

⑥疏记：分条记载，记述。生身：出生。

⑦忏文：僧道代人忏悔念诵的经文。

⑧市：购买。

假,方知是仙家妙用。

一日,有道士来言:"西城有白虎神,好饮人血,每岁,其乡必杀人祭之。"真人心中不忍。将到祭祀之期,真人亲往西城,果见乡中百姓绑缚一人,用鼓乐导引,送于白虎神庙。真人问其缘故,所言与道士相合。"若一年缺祭,必然大兴风雨,毁苗杀稼,殃及六畜,所以一方惧怕①。每年用重价购求一人,赤身绑缚,送至庙中。夜半,凭神吮血享用。以此为常,官府亦不能禁。"真人曰:"汝放此人去,将我代之,何如?"众乡民道:"此人因家贫无倚,情愿舍身充祭;得我们五十千钱,葬父嫁妹,花费已尽。今日之死,乃其分内,你何苦自伤性命?"真人曰:"我不信有神道吃人之事,若果有此事,我自愿承当,死而无怨。"众人商量道:"他自不信,不干我事,左右是一条性命。"便依了真人言语,把绑缚那人解放了。那人得了命,拜谢而去。众人便要来绑缚真人,真人曰:"我自情愿,决不逃走,何用绑缚?"众人依允。真人入得庙来,只见庙中香烟缭绕,灯烛炜煌,供养着土偶神像,狰狞可畏,案卓上摆列着许多祭品。众人叩头,宣疏已毕②,将真人闭于殿门之内,随将封锁。真人瞑目静坐以待。

约莫更深,忽听得一阵狂风,白虎神早到。一见真人,便来攫取。只见真人口、耳、眼、鼻中,都放出红光,罩定了白虎神。此乃是仙丹之力。白虎神大惊,忙问:"汝何人也?"真人曰:"吾奉上帝之命,管摄四海五岳诸神,命我分形查勘。汝何方孽畜,敢在此虐害生灵?罪业深重,天诛难免!"白虎神方欲抗辨,只见前后左右都是一般真人,红光遍体,谎得白虎神眼缝也开不得,叩头求哀。原来白虎神是金神,自从五丁开道③,凿破蜀山,金气发泄,变为白虎;每每出

———————

① 一方:一带地方,一个地区。

② 宣疏:诵读祝祷文。疏,僧道拜忏时所焚化的祈祷文。

③ 五丁开道:传说秦惠王要伐蜀而不识道路,于是造了五只石牛,把金放在石牛尾下,扬言石牛能屙金。蜀王负力信以为真,派五丁把石牛拉回国,结果开辟了通蜀的道路。一说,秦惠王把五女嫁给蜀国,蜀王派五丁迎五女。五丁,五个力士。

现,生灾作耗①。土人立庙,许以岁时祭享,方得安息。真人炼过金丹,养就真火,金怕火克,自然制伏。当下真人与他立誓:不许生事害民! 白虎神受戒而去。次日侵晨,众乡民到庙,看见真人端然不动,骇问其由。真人备言如此如此,今后更不妄害民命,有损无益。众乡民拜求名姓,真人曰:"我乃鹤鸣山张道陵也。"说罢,飘然而去。众乡民在白虎庙前,另创前殿三间,供养张真人像,从此革了人祭之事。有诗为证:

> 积功累行始成仙,岂止区区服食缘②。
>
> 白虎神藏人祭革,活人阴德在年年③。

那时广汉青石山中④,有大蛇为害。昼吐毒雾,行人中毒便死。真人又去剿除了那毒蛇,山中之人,方敢昼行。顺帝汉安元年,正月十五夜,真人在鹤鸣山精舍独坐⑤,忽闻隐隐天乐之声,从东而来,銮佩珊珊渐近⑥。真人出中庭瞻望,忽见东方一片紫云,云中有素车一乘,冉冉而下。车中端坐一神人,容若冰玉,神光照人,不可正视。车前站立一人,就是前番在豫章郡所遇的绣衣童子。童子谓真人曰:"汝休惊怖,此乃太上老君也。"真人慌忙礼拜。老君曰:"近蜀中有众鬼魔王,枉暴生民⑦,深可痛惜。子其为我治之⑧,以福生灵,则

---

①作耗:捣乱,为害。

②服食:指服食丹药,道家的养生法。缘:因为。

③阴德:旧时迷信认为在阳间(人世间)做好事,可以在阴间记功,叫"积阴德"。

④广汉:广汉郡,东汉治所在雒县(今四川广汉北)。广汉县:属广汉郡,治所在今四川射洪南。

⑤精舍:指道士、僧人修炼居住之所。

⑥銮:銮铃,车驾上的铃。佩:佩玉。珊珊:象声词,此处形容銮佩发出的声音。

⑦枉暴生民:任意残杀百姓。枉暴,违法残暴,残害无辜。

⑧其:表示希望、祈使语气的副词。如:"君其勿复言!"

子之功德无量,而名录丹台矣①。"乃授以《正一盟威秘录》②,三清众经九百三十卷③,符录丹灶秘诀七十二卷④,雌雄剑二口,都功印一枚⑤。又嘱道:"与子刻期⑥,千日之后,会于阆苑⑦。"真人叩头领讫,老君升云而去。

　　真人从此日味秘文,按法遵修。闻知益州有八部鬼帅,各领鬼兵,动亿万数⑧,周行人间,暴杀万民,枉夭无数⑨。真人奉老君诰命⑩,佩《盟威秘录》,往青城山,置琉璃高座。左供大道元始天尊⑪,右置三十六部真经,立十绝灵幡⑫,周匝法席⑬,鸣钟叩磬;布下龙虎神兵,欲擒鬼帅。鬼帅乃驱率众鬼,挟兵刃矢石,来害真人。真人将

----

　　①丹台:道家称神仙居住的地方。
　　②《正一盟威秘录》:即《太上正一盟威法箓》,道家书籍,属《道藏》"正一部"。秘录、法箓:道家的神秘文书、符咒。
　　③三清众经:泛指《道藏》"洞真"、"洞玄"、"洞神"三部的经文。三清,道家指玉清、上清、太清三清境,亦名三天。居于玉清境的天宝君为洞真教主,居于上清境的灵宝君为洞玄教主,居于太清境的神宝君为洞神教主。
　　④符录、丹灶、秘诀:指道家的三类书籍。符录,即符箓,道家的秘密文书。丹灶,道士炼丹的灶。这里指有关炼丹的书。秘诀,道家所传秘密的方术、秘要诀法。
　　⑤"雌雄剑"二句:雌雄剑、都功印,相传为象征张天师掌教权威的两种法器,规定非子孙不传。雌雄剑即后文所说"斩邪二剑"。
　　⑥刻期:约期,限定日期。
　　⑦阆苑:传说中仙人所居之处。
　　⑧动:动辄,常常。
　　⑨夭:未成年而死。这里泛指死亡。
　　⑩诰命:本指皇帝的命令。这里指太上老君的命令。
　　⑪大道元始天尊:即居于玉清境的天宝君,为道教最高的天神。元始天尊的封号为"玉清紫虚高上元皇太上大道君"。
　　⑫十绝灵幡:道教用于召请神灵的一种旌旗。又名"华幡"。《太平御览》卷六百七十五引《列仙传》:"东卿大臣见降,侍从有七人。一人执紫毛节,一人执华幡,一名十绝灵幡。"
　　⑬周匝:周围,围绕。法席:佛道讲法或举行仪式的场所。

左手竖起一指，那指头变成一大朵莲花，千叶扶疏，兵矢皆不能入。众鬼又持火千余炬来，欲行烧害。真人把袖一拂，其火即返烧众鬼。众鬼乃遥谓真人曰："吾师自住鹤鸣山中，何为来侵夺我居处？"真人曰："汝等残害众生，罪通于天。吾奉太上老君之命，是以来伐汝。汝若知罪，速避西方不毛之地，勿复行病人间①，可保无事。如仍前作业，即行诛戮，不留余种。"鬼帅不服。次日，复会六大魔王，率鬼兵百万，安营下寨，来攻真人。真人欲服其心，乃谓曰："试与尔各尽法力，观其胜负。"六魔应诺。真人乃命王长积薪放火，火势正猛，真人投身入火，火中忽生青莲花，托真人两足而出。六魔笑曰："有何难哉！"把手分开火头，扨身便跳②。两个魔王，先跳下火的，须眉皆烧坏了，负痛奔回。那四个魔王，更不敢动掸。真人又投身入水，即乘黄龙而出，衣服毫不濡湿。六魔又笑道："火其实利害，这水打甚紧？"扑通的一声，六魔齐跳入水，在水中连番几个筋斗，忙忙爬起，已自吃了一肚子淡水。真人复以身投石，石忽开裂，真人从后而出。六魔又笑道："论我等气力，便是山也穿得过，况于石乎？"硬挺着肩胛，捱进石去。真人诵咒一遍，六个魔王半身陷于石中，展动不得，哀号欲绝。其时八部鬼帅大怒，化为八只吊睛老虎③，张牙舞爪，来攫真人。真人摇身一变，变成狮子逐之。鬼帅再变八条大龙，欲擒狮子。真人又变成大鹏金翅鸟④，张开巨喙，欲啄龙睛。鬼帅再变五色云雾，昏天暗地。真人变化一轮红日，升于九霄，光辉照曜，云雾即时流散。

　　鬼帅变化已穷。真人乃拈取片石，望空撒去，须臾化为巨石，如一座小山相似。空中一线系住，如藕丝之细，悬罩于鬼营之上；石上又有二鼠，争啮那一线，岌岌欲堕。魔王和鬼帅在高处看见，恐怕灭

---

①行病：传播疾病。这里指残害百姓。

②扨(sǒng)身：挺身，纵身。扨，与"耸"通，挺，直立。

③吊睛：吊角眼，眼睛向上突起。多形容老虎的眼睛。

④大鹏金翅鸟：传说中的大鸟。

绝了营中鬼子鬼孙,乃同声哀告:"饶命！愿往西方娑罗国居住①,再不敢侵扰中土。"真人遂判令六大魔王归于北酆②,八部鬼帅窜于西域。其时魔王身离石中,和鬼帅合成一党,兀自踌躇不去。真人知众鬼不可善遣,乃口敕神符一道,飞上层霄;须臾之间,只见风伯招风,雨师降雨,雷公兴雷,电母闪电③,天将神兵,各持刃兵,一时齐集,杀得群鬼形消影绝,真人方才收了法力。谓王长曰:"蜀人今始得安寝矣。"有《西江月》为证:

> 鬼帅空施伎俩,魔王枉逞英雄。谁知大道有神通,一片精神运动。　　水火不加寒热④,腾身陷石如空。一场风雨众妖空,才识仙家妙用。

真人复谓王长曰:"吾上升之期已近,壁鲁洞乃吾得道之地,不可忘本。"于是再至豫章,结庐于龙虎山中,师徒二人,潜修九还七返之功⑤。忽一日,复聆銮佩天乐之音,与鹤鸣山所闻无二。真人急忙整身,叩伏阶前。见千乘万骑,簇拥着老君,在云端徘徊不下。真人再拜,老君乃命使者告曰:"子之功业,合得九真上仙⑥。吾昔使子入蜀,但区别人鬼,以布清净之化。子杀鬼过多,又擅兴风雨,役使鬼

---

① 娑罗国:假想的西方国名,无考。佛教中有娑罗婆悉谛夜(亦译作舍卫)国。

② 北酆:即北罗酆,指罗酆山,道教所说的鬼王都城所在地。宋以来道士附会为在四川酆都。

③ "只见"几句:风伯、雨师、雷公、电母,道教神名,指风神、雨神、雷神、电神。

④ 水火不加寒热:水不能使他更冷,火不能使他更热。意思是不怕水火。加,增加,增益。

⑤ 九还七返:道家烧炼丹药,认为烧炼时间愈久,反复次数愈多,效果愈好。九还,九还金丹,也叫九还药和九转金丹,服之三日即可成仙。七返,七返灵砂,也叫七返丹和七返还丹,食之可起死回生。

⑥ 九真上仙:道家认为太清境有九仙,上清境有九真,玉清境有九圣。九仙的次第是第一上仙、二高仙、三大仙、四玄仙、五天仙、六真仙、七神仙、八灵仙、九至仙。九真、九圣亦以上、高、大、玄、天、真、神、灵、至为次第。(见《云笈七签》卷三)这里所说九真上仙是泛指道家所奉的神仙。

神,阴景翳昼①,杀气秽空,殊非大道好生之意②。上帝正责子过,所以吾今日不得近子也。子且退居,勤行修道。同时飞举者③,数合三人④。俟数到之日,吾待子于上清八景宫中。"言讫,圣驾复去。真人乃精心忏悔,再与王长回鹤鸣山去。

　　山中诸弟子晓得真人法力广大,只有王长一人,私得其传。纷纷议论,尽疑真人偏向,有吝法之心。真人曰:"尔辈俗气未除,安能遗世⑤? 止可得吾导引房中之术⑥,或服食草木以延寿命耳。明年正月七日午时,有一人从东方来,方面短身,貂裘锦袄,此乃真正道中之人,不弱于王长也。"诸弟子闻言,半疑不信。到来年正月初七日,当正午,真人乃谓王长曰:"汝师弟至矣,可使人如此如此。"王长领了法旨,步出山门,望东而看,果见一人来至。衣服状貌,一如真人所言,诸弟子暗暗称奇。王长私谓诸弟子曰:"吾师将传法于此人,若来时,切莫与通信⑦;更加辱骂,不容入门,彼必去矣。"诸弟子相顾,以为得计。那人到门,自称姓赵,名升,吴郡人氏,慕真人道法高妙,特来拜谒。诸弟子回言:"吾师出游去了,不敢擅留。"赵升拱立伺候,众人四散走开了。到晚,径自闭门不纳。赵升露宿于门外。

　　次日,诸弟子开门看时,赵升依前拱立,求见师长。诸弟子曰:"吾师甚是私刻⑧,我等伏侍数十年,尚无丝毫秘诀传授,想你来之何益?"赵升曰:"传与不传,惟凭师长。但某远跋而来,只愿一见,以慰平生仰慕耳。"诸弟子又曰:"要见亦由你,只吾师实不在此。知他何

---

①阴景翳(yì)昼:使白天成为黑夜,弄得昏天黑地。景,日光。翳,遮蔽。

②大道好生:指道家主张爱惜生灵,不嗜杀。大道,道家信奉的主宰万物的自然法则。

③飞举:升天。

④数合:命中应该,按天理应该。

⑤遗世:超脱尘世。

⑥导引房中之术:指道教的修炼养生之术。导引术指呼吸俯仰,屈伸手足,使血脉流通,除病延年。房中术指节欲养生保气之术。

⑦通信:报信,通报。

⑧私刻:自私刻薄,吝啬。

日还山！足下休得痴等，有误前程。"赵升曰："某之此来，出于积诚①。若真人十日不归，愿等十日；百日不来，愿等百日。"众人见赵升连住数日，并不转身，愈加厌恶。渐渐出言侮慢，以后竟把作乞儿看待，恶言辱骂。赵升愈加和悦，全然不校②。每日，只于午前往村中买一餐，吃罢，便来门前伺候。晚间，众人不容进门，只就阶前露宿，如此四十余日。诸弟子私相议论道："虽然辞他不去，且喜得瞒过师父，许久尚不知觉。"只见真人在法堂鸣钟集众，曰："赵家弟子到此四十余日，受辱已足了，今日可召入相见。"众弟子大惊，才晓得师父有前知之灵也。王长受师命，去唤赵升进见。赵升一见真人，涕泣交下，叩头求为弟子。真人已知他真心求道，再欲试之，过了数日，差往田舍中，看守黍苗。

赵升奉命来到田边，只有小小茅屋一间，四围无倚，野兽往来极多。赵升朝暮伺候赶逐，全不懈怠。忽一夜，月明如昼。赵升独坐茅屋中，只见一女子，美貌非常。走进屋来，深深道个万福。说道："妾乃西村农家之女，随伴出来玩月。因往田中小解，失了伴侣，追寻不着，迷路至此。两足走得疼痛，寸步难移，乞善士可怜，容妾一宿，感恩非浅。"赵升正待推阻，那女子径往他床铺上，倒身睡下。口内娇啼宛转，只称脚痛。赵升认是真情，没奈何，只得容他睡了。自己另铺些乱草，和衣倒地，睡了一夜。次日，那女子又推脚痛，故意不肯行走，撒娇撒痴的要茶要饭。赵升只得管顾他。那女子到说些风话③，引诱赵升。到晚来，先自脱衣上铺，央赵升与他扯被加衣。赵升心如铁石，见女子着邪，连茅屋也不进了，只在田塍边露坐到晓。至第四日，那女子已不见了，只见土墙上，题诗四句，道是：

> 美色人皆好，如君铁石心。
> 少年不作乐，辜负好光阴。

---

①积诚：蕴积的诚心。
②不校：不计较。
③风话：风情话，调情的话。

字画柔媚，墨迹如新。赵升看罢，大笑道："少年作乐，能有几时？"便脱下鞋底，将字迹挞没了。正是：

> 落花有意随流水，流水无情恋落花。

光阴荏苒，不觉春去秋来。赵升奉真人之命，担了樵斧，去山后砍柴。偶然砍倒一株枯松，去得力大，唿喇一声，松根迸起。赵升将双手拔起松根，看时，下面显出黄灿灿的一窖金子。忽听得空中有人云："天赐赵升。"赵升想道："我出家之人，要这黄金何用？况且无功，岂可贪天之赐？"便将山土掩覆。收拾了柴担，觉得身子困倦，靠石而坐，少憩片时。忽然狂风大作，山凹里跳出三只黄斑老虎。赵升安坐不动，那三只虎攒着赵升①，咬他的衣服，只不伤身。赵升全然不惧，颜色不变，谓虎曰："我赵升生平不作昧心之事，今弃家入道，不远千里，来寻明师，求长生不死之路。若前世欠你宿债，今生合供你啖嚼，不敢畏避；如其不然，便可速去，休在此蒿恼人。"三虎闻言，皆弭耳低头而去②。赵升曰："此必山神遣来试我者。死生有命，吾何惧哉！"当日荷柴而归，也不对同辈说知见金逢虎之事。

又一日，真人分付赵升往市上买绢十匹。赵升还值已毕③，取绢而归。行至中途，忽闻背后有人叫喊云："劫绢贼慢走！"赵升回头看时，乃是卖绢主人，飞奔而来，一把扯住赵升，说道："绢价一些未还，如何将我绢去？好好还我，万事全休！"赵升也不争辨，但念："此绢乃吾师欲用之物，若还了他，如何回覆师父？"便脱下貂裘与绢主，准其绢价④。绢主尚嫌其少，又脱锦袄与之，绢主方去。赵升持绢献上真人。真人问道："你身上衣服，何处去了？"赵升道："偶然病热⑤，不曾穿得。"真人叹曰："不吝己财，不谈人过，真难及也。"乃将布袍一

---

①攒（cuán）着：围着。攒，聚集、簇拥。

②弭耳：帖耳，形容驯服、安顺的样子。

③还值：付钱。还，偿付。

④准：抵押，折价。

⑤病热：嫌热，怕热。病，苦，困。

件,赐与赵升,赵升欣然穿之。

又一日,赵升和同辈在田间收谷,忽见路傍一人,叩头乞食,衣裳破弊,面目尘垢,身体疮脓,臭秽可憎,两脚皆烂,不能行走。同辈人人掩鼻,叱喝他去。赵升心中独怀不忍,乃扶他坐于茅屋之内,问其疾苦。将自己饭食,省与他吃。又烧下一桶热汤,替他洗涤臭秽。那人又说身上寒冷,欲求一衣。赵升解开布袍,卸下里衣一件,与之遮寒。夜间念他无倚,亲自作伴。到半夜,那人又叫呼要解。赵声闻呼,慌忙起身,扶他解手,又扶进来。日间省饭食养他,常自半饥的过了,夜间用心照管。如此十余日,全无倦意。那人疮患将息渐好,忽然不辞而去,赵升也无怨心。后人有诗赞曰:

逢人患难要施仁,望报之时亦小人。

不吝施仁不望报,分明天地布阳春。

时值初夏,真人一日会集诸弟子,同登天柱峰绝顶。那天柱峰,在鹤鸣山之左,三面悬绝,其状如城。真人引弟子于峰头下视,有一桃树,傍生石壁,如人舒出一臂相似,下临不测深渊。那桃树上结下许多桃子,红得可爱。真人谓诸弟子曰:"有人能得此桃实,当告以至道之要。"那时诸弟子除了王长、赵升外,共二百三十四人。皆临崖窥瞰,莫不股战流汗①,连脚头也站不定。略看一看,慌忙退步,惟恐坠下。只有一人,挺然而出,乃赵升也。对众人曰:"吾师命我取桃,必此桃有可得之理;且圣师在此,鬼神呵护,必不使我死于深谷之中。"乃看准了桃树之处,挺身望下便跳。有这等异事,那一跳不歪不斜,不上不下,两脚分开,刚刚的跨于桃树之上,将桃实恣意采摘。遥望石壁上面,悬绝二三丈,四傍又无攀缘,无从爬上,乃以所摘桃子,向上掷去,真人用手一一接之。掷了又摘,摘了又掷;下边掷上边接,把一树桃子,摘个干净。真人接完桃子,自吃了一颗,王长吃了一颗,把一颗留与赵升,恰好余下二百三十四颗,分派诸弟子,每人一颗,不多不少。

---

①股战:股栗,大腿发抖。

真人问诸弟子中那个有本事，引得赵升上来。诸弟子面面相觑，谁敢答应？真人自临岩上，舒出一臂，接引赵升。那臂膊忽长二三丈，直到赵升身边。赵升随臂而上，众弟子莫不大惊。真人将所留桃实一颗，与赵升食毕。真人笑而言曰："赵升心正，能投树上，足不蹉跌。吾今欲自试投下，若心正时，当得大桃。"众弟子皆谏曰："吾师虽然广有道法，岂可自试于不测之崖乎？方才赵升幸赖吾师接引。若吾师坠下，更有何人接引吾师者？万万不可也。"有数人牵住衣裾，苦劝。惟王长、赵升，默然无言。真人不从众人之劝遂向空自掷。众人急觑桃树上，不见真人踪迹；看着下面茫茫无底又无道路可通，眼见得真人坠于深谷，不知死活存亡。诸弟子人人惊叹，个个悲啼。赵升对王长说道："师犹父也，吾师自投不测之崖，吾何以自安？不若同投下去，看其下落。"于是升、长二人，各奋身投下，刚落在真人之前。只见真人端坐于磐石之上，见升、长坠下，大笑曰："吾料定汝二人必来也。"这几桩故事，小说家唤做"七试赵升"①。那见得七试？第一试，辱骂不去。第二试，美色不动心。第三试，见金不取。第四试，见虎不惧。第五试，偿绢不吝，被诬不辨。第六试，存心济物。第七试，舍命从师。

原来这七试，都是真人的主意。那黄金、美女、大虫、乞丐，都是他役使精灵变化来的。卖绢主人，也是假的。这叫做将假试真。凡入道之人，先要断除七情。那七情？喜、怒、忧、惧、爱、恶、欲。真人先前对诸弟子说过的："汝等俗气未除，安能遗世？"正谓此也。且说如今世俗之人，骄心傲气，见在的师长说话略重了些，兀自气愤愤地。况肯为求师上，受人辱骂，着甚要紧加添四十余日露宿之苦②？只这一件，谁人肯做？至于"色"之一字，人都在这里头生，在这里头死，那个不着迷？列位看官们，假如你在闲居独宿之际，偶遇个妇

---

①小说家：宋代说话人分四家（具体说法不一），其中之一为小说家，讲说烟粉、灵怪、传奇、公案等故事。

②着甚要紧：有什么必要。着甚，凭什么。要紧，紧要，迫切。

人,不消一分半分颜色。管请你失魂落意^①,求之不得;况且十分美貌,颠倒挨身就你^②,你却不动心? 古人中,除却柳下惠,只怕没有第二个人了。又如今人为着几贯钱钞上,兄弟分颜^③,朋友破口。在路上拾得一文钱,却也叫声:"吉利!"眉花眼笑。眼见这一窖黄金,无主之物那个不起贪心? 这件又不是难得的? 今人见一只恶犬走来,心头也谎一跳,况三个大虫,全不怖畏,便是吕纯阳祖师^④,舍得喂虎,也只好是这般了。再说买绢这一节,你看如今做买做卖的,讨得一分便宜,兀自欢喜。平日间,冤枉他一言半字,便要赌神罚咒,那个肯重叠还价? 随他天大冤枉加来,付之不理,脱去衣裳绝无吝色,不是眼孔十二分大,怎容得人如此? 又如父母生了恶疾,子孙在床前服事,若不是足色孝顺的^⑤,口中虽不说,心下未免憎嫌。何况路傍乞食之人,那解衣推食^⑥,又算做小事了? 结末来,两遍投崖,是信得师父十分真切,虽死不悔。这七件都试过,才见得赵升七情上,一毫不曾粘带,俗气尽除,方可入道。正是:

　　道意坚时尘趣少,俗情断处法缘生^⑦。

　　闲话休题。真人见升、长二人,道心坚固,乃将生平所得秘诀,细细指授。如此三日三夜,二人尽得其妙。真人乃飞身上崖,二人从之,重归旧舍。诸弟子相见,惊悼不已^⑧。真人一日闭目昼坐,既觉,谓王长、赵升曰:"巴东有妖,当同往除之。"师弟三人,行至巴东,忽见十二神女笑迎于山前。真人问曰:"此地有咸泉,今在何处?"神

---

①管请:管保,一定。也作"管情"。

②挨身:挨身。

③分颜:翻脸。

④吕纯阳:即吕洞宾,传说中人物,元明以来称为八仙之一,道家正阳派奉为纯阳祖师。

⑤足色:十足,十分。

⑥解衣推食:赠人衣食,指关心别人生活。语出《史记·淮阴侯列传》:"解衣衣我,推食食我。"

⑦法缘:这里指入道的缘分。

⑧惊悼:这里指惊叹。

女答曰："前面大湫便是①。近为毒龙所占,水已浊矣。"真人遂书符一道,向空掷去。那道符从空盘旋,忽化为大鹏金翅鸟,在湫上往来飞舞。毒龙大惊,舍湫而去,湫水遂清。十二神女各于怀中探出一玉环来献,曰："妾等仰慕仙真,愿操箕帚。"真人受其环,将手缉之②,十二环合而为一。真人将环投于井中,谓神女曰："能得此环者,应吾凤命③,吾即纳之。"十二神女要取神环,争先解衣入井。真人遂书符,投于井中,约曰："千秋万世,永作井神。"即时唤集居民,汲水煎煮,皆成食盐。嘱付:"今后煮盐者,必祭十二神女。"那十二神女都是妖精,在一方迷惑男子,降灾降祸。被真人将神符镇压,又安享祭祀,再不出现了。从此巴东居民,无神女之害,而有咸井之利。

真人除妖已毕,复归鹤鸣山中。一日午时,忽见一人,黑帻④,绢衣,佩剑,捧一玉函,进曰:"奉上清真符,召真人游阆苑。"须臾,有黑龙驾一紫舆,玉女二人,引真人登车,直至金阙。群仙毕集,谓真人曰:"今日可朝太上元始天尊也。"俄有二青童,朱衣绛节⑤,前行引导。至一殿,金阶玉砌,真人整衣趋进,拜舞已毕。殿上敕青童持玉册,授真人"正一天师"之号,使以"正一盟威"之法,世世宣布,为人间天师,劝度未悟之人。又密谕以飞升之期。真人受命回山,将"盟威"、"都功"等诸品秘箓,及斩邪二剑、玉册、玉印等物⑥,封置一函。谓诸弟子曰:"吾冲举有日⑦,弟子中有能举此函者,便为嗣法⑧。"弟子争先来举,如万斤之重,休想移动得分毫。真人乃曰:"吾去后三日,自有嫡嗣至此,世为汝师也。"

---

①湫(qiū):水池。

②缉:整理。

③凤命:注定的命运。

④帻(zé):头巾。

⑤绛节:使者所持的红色符节。

⑥玉册:玉制的简册,亦作"玉策"。道家手执之物。

⑦冲举:飞举,升天。

⑧嗣法:这里指继承道法者。

至期，真人独召王长、赵升二人，谓曰："汝二人道力已深，数合冲举；尚有余丹，可分饵之。今日当随吾上升矣。"亭午，群仙仪从毕至[1]，天乐拥导，真人与王长、赵升在鹤鸣山中，白日升天。诸弟子仰视云中，良久而没。时桓帝永寿元年九月九日事，计真人年已一百二十三岁矣。

真人升天后三日，长子张衡从龙虎山适至。诸弟子方悟"嫡嗣"之语，指示封函[2]，备述真人遗命。张衡轻轻举起，揭封开看，遂向空拜受玉册、玉印。于是将诸品秘篆，尽心参讨[3]，斩妖缚邪，其应如响[4]。至今子孙嗣法，世世为天师。后人论"七试赵升"之事，有诗为证：

世人开口说神仙，眼见何人上九天？

不是仙家尽虚妄，从来难得道心坚。

①仪从：仪仗随从。
②指示：以手指点表示，指给人看。
③参讨：参究研讨。
④其应如响：应答就像发声后的回响一样迅速。这里比喻效验极灵。

第十四卷

陈希夷四辞朝命

人人尽说清闲好,谁肯逢闲闲此身[1]?

不是逢闲闲不得,清闲岂是等闲人?

则今且说个"闲"字[2],是"门"字中着个"月"字。你看那一轮明月,只见他忙忙的穿窗入户,那天上清光不动,却是冷淡无心。人学得他,便是闹中取静,才算做真闲。有的说:"人生在世,忙一半,闲一半。"假如日里做事是忙,夜间睡去便是闲了。却不知日里忙忙做事的,精神散乱,昼之所思,夜之所梦,连睡去的魂魄,都是忙的,那得清闲自在?古时有个仙长,姓庄,名周,睡去梦中化为蝴蝶,栩栩而飞,其意甚乐。醒将转来,还只认做蝴蝶化身。只为他胸中无事,逍遥洒落,故有此梦。世上多少瞌睡汉,怎不见第二个人梦为蝴蝶?可见梦睡中也分个闲忙在[3]。且莫论闲忙,一入了名利关,连睡也讨不得个足意。所以古诗云:

朝臣待漏五更寒[4],铁甲将军夜度关。

山寺日高僧未起,算来名利不如闲。

《心相篇》有云[5]:"上床便睡,定是高人;支枕无眠,必非闲客。"如今人名利关心,上了床,千思万想,那得便睡?比及睡去,忽然又惊醒

---

① 逢闲:正逢上空闲、休息的时候。有时就是空闲的意思。唐代姚合《古碑》诗:"不是逢闲客,谁人肯读来?"明代王穉登《玄墓法堂看雨中梅》:"人事逢闲少,春光遇日难。"

② 则今:同"只今"。如今,现在。

③ 在:语助词,意思略近于"呢"、"着"等。

④ 待漏:古时百官清早入朝,准备朝拜皇帝,叫待漏。漏,古代的计时器。

⑤《心相篇》:或作《心相编》,题陈抟著。

将来。尽有一般昏昏沉沉①，以昼为夜，睡个没了歇的，多因酒色过度，四肢困倦；或因愁绪牵缠，心神浊乱所致。总来不得睡趣②，不是睡的乐境。

则今且说第一个睡中得趣的，无过陈抟先生。怎见得？有诗为证：

> 昏昏黑黑睡中天③，无暑无寒也没年。
> 彭祖寿经八百岁④，不比陈抟一觉眠⑤。

俗说陈抟一觉，睡了八百年。按陈抟寿止一百十八岁，虽说是尸解为仙去了⑥，也没有一睡八百年之理。此是诨话⑦。只是说他睡时多，醒时少。他曾两隐名山，四辞朝命，终身不近女色，不亲人事，所以步步清闲。则他这睡，也是仙家伏气之法⑧，非他人所能学也。说话的，你道他隐在那两处的名山？辞那四朝的君命？有诗为证：

> 纷纷五代战尘嚣，转眼唐周又宋朝⑨。
> 多少彩禽投笼罩，云中仙鹤不能招。

话说陈抟先生，表字图南，别号扶摇子，亳州真源人氏⑩。生长五六岁，还不会说话，人都叫他"哑孩儿"。一日，在水边游戏，遇一妇人，身穿青色之衣，自称毛女。将陈抟抱去山中，饮以琼浆，陈抟便会说话，自觉心窍开爽。毛女将书一册，投他怀内，又赠以诗云：

---

①尽有：尽管有，虽然有。

②总来：总归，到底。

③睡中天：睡眠中的世界。

④彭祖：传说为尧时人，姓篯名铿，尧封之于彭城。善养生之术，年八百岁。

⑤不比：比不得，不同于。

⑥尸解：道家指修道者留下形骸，魂魄散去成仙。

⑦诨话：玩笑话。

⑧伏气：即"服气"，也叫"食气"。道家指通过呼吸吐纳以养生延年的修炼方法。

⑨唐、周：指后唐、后周。

⑩亳（bó）州：治所在今徽亳州。真源：真源县，治所在今河南鹿邑东。

药苗不满笥，又更上危巅。

回指归去路，相将入翠烟。

陈抟回到家中，忽然念这四句诗出来，父母大惊！问道："这四句诗，谁教你的?"陈抟说其缘故，就怀中取出书来看时，乃是一本《周易》。陈抟便能成诵，就晓得八卦的大意。自此无书不览，只这本《周易》，坐卧不离。又爱读《黄庭》、《老子》诸书①，洒然有出世之志。十八岁上，父母双亡。便把家财抛散，分赠亲族乡党②。自只携一石铛③，往本县隐山居住。梦见毛女授以炼形归气、炼气归神、炼神归虚之法④，遂奉而行之，足迹不入城市。梁唐士大夫慕陈先生之名⑤，如活神仙，求一见而不可得。有造谒者，先生辄侧卧，不与交接。人见他鼾睡不起，叹息而去。

后唐明宗皇帝长兴年间，闻其高尚之名，御笔亲书丹诏，遣官招之。使者络绎不绝，先生违不得圣旨，只得随使者取路到洛阳帝都，谒见天子，长揖不拜，满朝文武失色，明宗全不嗔怪。御手相搀，锦墩赐坐⑥，说道："劳苦先生远来，朕今得睹清光⑦，三生之幸。"陈抟答道："山野鄙夫，自比朽木，无用于世。过蒙陛下采录，有负圣意，乞赐放归，以全野性。"明宗道："既荷先生不弃而来，朕正欲侍教，岂可轻去?"陈抟不应，闭目睡去了。明宗叹道："此高士也，朕不可以常

①《黄庭》：《黄庭经》，道经名。

②乡党：乡里。这里指乡亲。

③石铛(chēng)：铛是一种烧煮东西用的器具，似锅，三足。石铛不一定真是石器，也可能是陶器。

④炼形归气、炼气归神、炼神归虚：指道家修炼的由低到高的三种方法，具体说法不一。大约形指自身形体，气指自身内在的精气，神指魂魄。《云笈七签》卷七十二《真元妙道修丹历验抄》说："炼身成气万年，名曰真人。又万年炼气成神，名曰神人。又炼神三千年，名曰至人。"

⑤梁、唐：指后梁、后唐。

⑥锦墩：一种墩形坐具，外面以锦包饰。

⑦清光：清秀美好的风采。敬辞，喻他人的容颜。

礼待之。"乃送至礼贤宾馆,饮食供帐甚设①。先生一无所用,蚤晚只在个蒲团上打坐。明宗屡次驾幸礼贤馆,有时值他睡卧,不敢惊醒而去。明宗心知其为异人,愈加敬重,欲授以大官,陈抟那里肯就。

有丞相冯道奏道:"臣闻七情莫甚于爱欲②,六欲莫甚于男女③。方今冬天雨雪之际,陈抟独坐蒲团,必然寒冷。陛下差一使命,将嘉酝一樽赐之④;妙选美女三人⑤,前去与他侑酒暖足。他若饮其酒,留其女,何愁他不受官爵矣!"明宗从其言,于宫中选二八女子三人,美丽无比,装束华整,更自动人。又将尚方美酝一樽⑥,遣内侍宣赐。内侍口传皇命道:"官家见天气奇冷,特赐美酝消遣;又赐美女与先生暖足,先生万勿推辞。"只见陈抟欣然对使开樽,一饮而尽,送来美人,也不推辞。内侍入宫复命,明宗龙颜大悦。次日,早朝已毕,明宗即差冯丞相亲诣礼贤馆。请陈抟入朝见驾。只等来时,加官授爵。冯丞相领了圣旨,上马前去。你道请得来,请不来? 正是:

　　神龙不贪香饵,彩凤不入雕笼⑦。

冯丞相到礼贤宾馆看时,只见三个美女,闭在一间空室之中,已不见了陈抟。问那美女道:"陈先生那里去了?"美女答道:"陈先生自饮了御酒,便向蒲团睡去。妾等候至五更方醒。他说:'劳你们辛苦一夜,无物相赠。'乃题诗一首,教妾收留,回复天子。遂闭妾等于此室,飘然出门而去,不知何往。"冯丞相引着三个美人,回朝见驾。明宗取诗看之,诗曰:

---

①供帐:本指陈设帷帐、用具、食品等,供宴饮之用。这里泛指陈设。设,完备。

②七情:人的七种感情:喜、怒、哀、惧、爱、恶、欲。

③六欲:人的六种欲望,说法不一。古人以生、死、耳、目、口、鼻为"六欲"。佛教以色欲、形貌欲、威仪姿态欲、言语音声欲、细滑欲、人想欲为"六欲"。通常用"七情六欲"泛指各种感情欲望。

④酝:酒。

⑤妙选:精选。

⑥尚方:也作"上方"。掌管供应制造帝王所用器物的官署。

⑦雕笼:加以装饰、彩画的鸟笼。

雪为肌体玉为腮,多谢君王送得来。

处士不兴巫峡梦①,空烦神女下阳台。

明宗读罢书,叹息不已。差人四下寻访陈抟踪迹,直到隐山旧居,并无影响②。不在话下。

却说陈抟这一去,直走到均州武当山③。原来这山初名太岳,又唤做太和山,有二十七峰,三十六岩,二十四涧。是真武修道、白日升天之处④。后人谓此山非真武不足以当之,更名武当山。陈抟至武当山,隐于九石岩。忽一日,有五个白须老叟来问《周易》八卦之义。陈抟与之剖晰微理,因见其颜如红玉,亦问以导养之方。五老告之以蛰法。怎唤做蛰法?凡寒冬时令,天气伏藏⑤,龟蛇之类,皆蛰而不食。当初,有一人因床脚损坏,偶取一龟支之。后十年移床,其龟尚活,此乃服气所致。陈抟得此蛰法,遂能辟谷⑥。或一睡数月不起。若没有这蛰法,睡梦中腹中饥饿,肠鸣起来,也要醒了。陈抟在武当山住了二十余年,寿已七十余岁。忽一日,五老又来对陈抟说道:"吾等五人,乃日月池中五龙也⑦。此地非先生所栖,吾等受先

---

①处士:这里指隐士。巫峡梦:楚怀王梦见巫山神女的故事,参见第十二卷"雨暮云朝"注。

②影响:消息,音信。

③均州:治所在武当县(今湖北丹江口西北)。

④真武:本作"玄武",原为古代神话中的北方之神。后为道家所信奉,并加以附会,说玄武托生为净乐国王太子,遇紫虚元君授以道秘,又遇天神授以宝剑,命其入太和山修炼,功成白日上升,奉上帝命镇守北方。宋时因避讳,改玄武为"真武"。

⑤天气:指阳气、暖气,对"地气"而言。伏藏:潜伏,隐藏。《唐开元占经》:"十月之时,阴气始盛,阳气伏藏,万物失养育之气。"

⑥辟谷:亦称"断谷"、"绝谷"或"休粮"。道家的一种修炼方法,即不食五谷。辟谷时,需服食药物,并做导引等功夫。

⑦日月池:武当山五龙宫(今存遗址)有日池、月池,二池相距仅数尺,而水色不同,日池黛绿,月池赭红。

生讲诲之益,当送先生到一个好所在去。"令陈抟:"闭目休开!"五老翼之而行①。觉两足腾空,耳边惟闻风雨之声。顷刻间,脚跟着地,开眼看时,不见了五老,但见空中五条龙夭矫而逝。陈抟看那去处,乃西岳太华山石上,已不知来了多少路,此乃神龙变化之妙。

陈抟遂留居于此。太华山道士,见其所居没有锅灶,心中甚异,悄地察之,更无他事,惟鼾睡而已。一日,陈抟下九石岩,数月不归。道士疑他往别处去了。后于柴房中,忽见一物,近前看之,乃先生也。正不知几时睡在那里的!搬柴的堆积在上,直待烧柴将尽,方才看见。又一日,有个樵夫在山下刊草②,见山凹里一个尸骸,尘埃起尸。樵夫心中怜悯,欲取而埋之。提起来看时,却认得是陈抟先生。樵夫道:"好个陈抟先生,不知如何死在这里?"只见先生把腰一伸,睁开双眼,说道:"正睡得快活,何人搅醒我来?"樵夫大笑。

华阴令王睦,亲到华山求见先生。至九石岩,见光光一片石头,绝无半间茅舍。乃问道:"先生寝止在于何所?"陈抟大笑,吟诗一首答之,诗曰:

蓬山高处是吾宫,出即凌风跨晓风③。

台榭不将金锁闭,来时自有白云封。

王睦要与他伐木建庵,先生固辞不要。此周世宗显德年间事也。这四句诗直达帝听④,世宗知其高士,召而见之,问以国祚长短⑤。陈抟说出四句,道是:"好块木头,茂盛无赛。若要长久,添重宝盖。"世宗皇帝本姓柴,名荣,木头茂盛,正合姓名。又有"长久"二字,只道是佳兆,却不知赵太祖代周为帝,国号宋,"木"字添盖乃是"宋"字。宋朝享国长久,先生已预之(知)矣。

且说世宗要加陈抟以极品之爵,陈抟不愿,坚请还山。世宗采

①翼:辅助,挽扶。

②刊:同"割"。

③凌风:庞觉《希夷先生传》中"凌风"作"凌空",于意为长。

④帝听:与"帝聪"同义,帝王的听闻。

⑤国祚(zuò):指皇位或国运。

其"来时自有白云封"之句,赐号"白云先生"。后因陈桥兵变①,赵太祖披了黄袍,即了帝位。先生适乘驴到华阴县,闻知此事,在驴背上拍掌大笑。有人问道:"先生笑甚么?"先生道:"你们众百姓造化,造化！天下是今日定了。"原来后唐末年间,契丹兵起,百姓纷纷避乱。先生在路上闲步,看见一妇人,挑着一个竹篮而走,篮内两头坐两个孩子。先生口吟二句,道是:"莫言皇帝少,皇帝上担挑。"你道那两个孩子是谁？那大的便是宋太祖赵匡胤,那小的便是宋太宗赵匡义,这妇人便是杜太后。先生二十五六年前,便识透宋朝的真命天子了。

又一日,先生游长安市上,遇赵匡胤兄弟和赵普,共是三人,在酒肆饮酒。先生亦入肆沽饮,看见赵普坐于二赵之右,先生将赵普推下去道:"你不过是紫微垣边一个小小星儿②,如何敢占在上位?"赵匡胤奇其言。有认得的,指道:"这是白云先生陈抟。"匡胤就问前程之事。陈抟道:"你弟兄两个的星,比他大得多哩!"匡胤自此自负。后来定了天下,屡次差官迎取陈抟入朝,陈抟不肯。后来赵太祖手诏促之,陈抟向使者说道:"创业之君,必须尊崇体貌③,以示天下,我等以山野废人④,入见天子,若下拜,则违吾性;若不下拜,则亵其体。是以不敢奉诏。"乃于诏书之尾,写四句附奏,云:"九重天诏,休教丹凤衔来⑤;一片野心⑥,已被白云留住。"使者复命,太祖笑而置之。

后太祖晏驾,太宗皇帝即位,念酒肆中之旧,召与相见,说过待

---

①陈桥:陈桥驿,在今河南开封东北。赵匡胤在此发动兵变,建立宋朝。

②紫微垣:星官名,与太微垣、天市垣合称三垣。古人把若干个恒星多少不等地组合起来,一组称一个星官。紫微垣在北斗北,传说为天帝之所居。

③体貌:礼节,礼貌。

④废人:无用之人。

⑤丹凤:头和翅膀上的羽毛为红色的凤鸟。常比喻下达诏书的使者。

⑥野心:隐逸闲散之心。

以不臣之礼①。又赐御诗云：

> 曾向前朝号白云②，后来消息杳无闻。
>
> 如今若肯随征召，总把三峰乞与君③。

先生见诗，乃服华阳巾、布袍草履④，来到东京，见太宗于便殿，只是长揖道："山野废人，与世隔绝，不习跪拜，望陛下优容之。"太宗赐坐，问以修养之道。陈抟对道："天子以天下为一身，假令白日升天，竟何益于百姓？今君明臣良，兴化勤政⑤，功德被乎八荒，荣名流于万世。修炼之道，无出于此。"太宗点头称善，愈加敬重。问道："先生心中，有何所欲？可为朕言之。"陈抟答道："臣无所欲，只愿求一静室。"乃赐居于建隆道观⑥。

其时太宗正用兵征伐河东⑦，遣人问先生胜负消息。先生在使者掌中，写一"休"字，太宗见之不乐。因军马已发，不曾停止。再遣人问先生时，但见他闭目而睡，鼾齁之声，直达户外。明日去看，仍复如此。一连睡了三个月，不曾起身。河东军将，果然无功而返。太宗正当嗟叹，忽见陈抟道冠野服，逍遥而来，直上金銮宝殿。太宗见其不召自来，甚以为异。陈抟道："老夫今日还山，特来辞驾。"太宗闻言，如有所失，欲加抟以帝师之号，筑宫奉事⑧，时时请教。陈抟固辞求去，呈诗一首。诗云：

> 草泽吾皇诏⑨，图南抟姓陈。
>
> 三峰千载客，四海一闲人。

---

① 不臣：不以臣下看待。表示帝王给臣民的特殊恩遇。

② 向：于，在。

③ 三峰：指华山的莲花、毛女、松桧三个山峰。乞与：给与。

④ 华阳巾：道士所戴的一种头巾。

⑤ 兴化：振兴教化。

⑥ 建隆道观：建隆观，在北宋东京阊阖门（即梁门）外西北。周世宗建，初名太清观，宋太祖以建隆改元，更名为建隆观。后毁于金兵。

⑦ 河东：指山西境内黄河以东一带地区，当时为北汉所据。

⑧ 奉事：供奉，信奉。

⑨ 草泽：荒野。引申指在野未仕之人。

世态从来薄，诗情自得真。

乞全獐鹿性①，何处不称臣？

又道："二十年之后，老夫再来候见圣颜。"太宗知不可留，特赐御宴于都堂②，使宰相、两禁官员俱侍坐③，每人制送行诗一首，以宠其归。又将太华全山，御笔判与陈抟为修真之所，他人不得侵渔④。赐号为"白云洞主希夷先生"，听其还山。此太平兴国元年事也。

到端拱五年，太宗皇帝管二十年的乾坤，尚不曾立得太子。长子楚王元佐，因九月九日，不曾预得御宴，纵火烧宫。太宗大怒，废为庶人。心爱第三子襄王元侃，未知他福分如何，口中不言，心下思想："惟有希夷先生陈抟，最善相人。当初在酒肆中，就相定我兄弟二人，当为皇帝，赵普为宰相。如今得他一来，决断其事便好。"转念犹未了，内侍报道："有太华山处士陈抟，叩宫门求见。"太宗大惊，即时宣进，问道："先生此来何意？"陈抟答道："老夫知陛下胸中有疑，特来决之。"太宗大笑道："朕固疑先生有前知之术，今果然也。朕东宫未定，有襄王元侃，宽仁慈爱，有帝王之度，但不知福分如何，烦先生到襄府一看。"陈抟领命，才到襄府门首便回。太宗问道："朕烦先生到襄府看襄王之相，如何不去而回？"陈抟道："老夫已看过了。襄府门前，奉役奔走之人，都有将相之福，何必见襄王哉？"太宗之意遂决。即日宣诏，立襄王为太子，后来真宗皇帝就是。陈抟在京师，又住了一月。忽然辞去，仍归九石岩。

其时，有门人穆伯长、种放等百余人，皆筑室于华山之下，朝夕听讲。惟有五龙蛰法，先生未尝授人。忽一日，遣门人辈于张超谷口⑤，高岩之上，凿一石室。门人不敢违命。室既凿成，先生同门人

---

①獐鹿性：比喻自由自在的真性情。

②都堂：尚书省中的大厅堂。唐尚书省称为都省，其总办公处称为都堂。

③两禁：北宋时翰林学士当值办事之处在皇宫北门两侧，因以"两禁"借指翰林院。禁，宫禁。

④侵渔：侵夺吞没。

⑤张超谷：在华山毛女峰东北，东汉时张楷居此，楷字公超，故名。

往观之。其岩最高，望下云烟如翠。先生指道："此毛女所谓'相将入翠烟'也，吾其归于此乎？"言未毕，屈膝而坐，挥门人使去。右手支颐，闭目而逝，年一百一十八岁。门人环守其尸，至七日，容色如生，肢体温软，异香扑鼻。乃制为石匣盛之，仍用石盖；束以铁锁数丈，置于石室。门人方去，其岩自崩，遂成陡绝之势。有五色云封住谷口，弥月不散。后人因名其处为希夷峡。

　　到徽宗宣和年间，有闽中道士徐知常①，来游华山。见峡上有铁锁垂下，知常攀缘而上，至于石室。见匣盖欹侧②，启而观之，惟有仙骨一具，其色红润，香气逼人。知常再拜毕，为整其盖，复攀缘而下。其时徐知常得幸于徽宗，官拜左街道录③。将此事奏知天子，天子差知常赍御香一注，重到希夷峡，要取仙骨供养在大内。来到峡边，已不见有铁锁，但见云雾重重，危岩壁立，叹息而返。至今希夷先生蜕骨在张超谷④，无复有人见之者矣！有诗为证：

　　　　从来处士窃名浮⑤，谁似希夷闲到头？
　　　　两隐名山供笑傲，四辞朝命肯淹留。
　　　　五龙蛰法前人少，八卦神机后学求。
　　　　片片白云迷峡锁，石床高卧足千秋。

---

①徐知常：字子中，福建建阳人。为冲虚大夫、蕊珠殿侍宸。能诗文，《宣和画谱》说他"画神仙事迹"。

②欹(qī)侧：倾斜，侧向一边。

③左街道录：道官名。宋代设有左街道录院和右街道录院，掌管有关道教事务。道录院设提举官，其下设正、副道录等道官。街，原文误作"术"。

④蜕骨：指尸解后遗下的骸骨。

⑤名浮：名浮于实。这里是虚名的意思。

第十五卷

史弘肇龙虎君臣会

倦压鳌头请左符①,笑寻赪尾为西湖②。
二三贤守去非远③,六一清风今不孤④。
四海共知霜鬓满,重阳曾插菊花无⑤?

---

① 倦压鳌头请左符:指苏轼因倦于在翰林学士院任职而请调外任。压鳌头,
唐代翰林院设在禁中(皇宫内),唐德宗移院于金銮坡(金銮殿之旁坡),召
见学士常在金銮殿,学士立于镌刻有巨鳌的殿陛石上,因而称翰林院为
"銮坡"或"鳌禁",称入翰林院为"压鳌头"或"上鳌头"。左符,符节的左
半。古代用符节作为官吏、军队等调动的凭证。汉代制度,太守执左符去
地方赴任,与先留在州郡的右符相合,以为验证。后用"左符"代指官吏受
命外任。按:苏轼于元祐六年(1091)自杭州任上召还,为翰林学士承旨。
因受人攻讦,以避弟嫌,请求外任,数月后以旧职(龙图阁学士)出知颍州
(治所在今安徽阜阳)。刘季孙的这首诗题为《寄苏内翰》,就是在苏轼出
任颍州时写寄的。小说下文说是"寄苏子瞻自翰院出守杭州诗",实误。
② 笑寻赪(chēng)尾为西湖:按:"赪尾",刘季孙原诗作"颍尾"。这句原是说
苏轼去颍州赴任。颍尾,指颍水入淮河处,这里泛指颍水下游即颍州一
段。苏轼在颍州所写诗中多次出现"颍尾"一词。西湖,这里指的是颍州
(阜阳)西北的西湖,今已埋。唐许浑、宋欧阳修等都曾宴赏于此。苏轼在
颍州时曾与赵令畤(德麟)一同浚治西湖,后有诗说"西湖虽小亦西子"
(《再次韵赵德麟新开西湖一首》)。小说作者当是误以此西湖为杭州的西
湖,因而将"颍尾"改成"赪尾"(赤色的鱼尾。语出《诗经》,"颍"本作"赪")。
③ 二三贤守:疑指以前出守颍州的晏殊(991—1055)、欧阳修(1007—1072)、
吕公著(1018—1089)等。
④ 六一清风:指欧阳修的高洁的品格、风度。六一,欧阳修晚年自号"六
一居士"。
⑤ 插菊花:重阳插菊花于头上,与插茱萸一样,是古人的习俗。杜牧《九日齐
山登高》诗:"尘世难逢开口笑,菊花须插满头归。"

聚星堂上谁先到？欲傍金尊倒玉壶①。

这一首诗，乃宋朝士大夫刘季孙《寄苏子瞻自翰苑出守杭州》诗②。元来东坡先生苏学士凡两次到杭州：先一次，神宗皇帝熙宁二年③，通判杭州④；第二次，元祐年中，知杭州军州事⑤。所以临安府多有东坡古迹诗句。后来南渡过江，文章之士极多。惟有洪内翰才名⑥，可继东坡之作。洪内翰曾编了《夷坚》三十二志⑦，有一代之史才。在孝宗朝，圣眷甚隆⑧。因在禁林⑨，乞守外郡，累次上章，圣上方允，得知越州绍兴府。是时，淳熙年上到任，时遇春天，有首回文诗，做得极好！乃诗人熊元素所作⑩。诗云：

融融日暖乍晴天，骏马雕鞍绣辔联。

风细落花红衬地，雨微垂柳绿拖烟，

---

①"聚星堂"二句：聚星堂，堂名，在颍州治内。皇祐年间欧阳修知颍州时，吕公著为通判，相与讲学，一时游从者如刘敞、王回辈皆名流，故以"聚星"名堂。苏轼知颍州时，好友赵景贶、陈履常（师道）和欧阳修的两个儿子欧阳棐、欧阳辨也都在颍州作官。傍金尊倒玉壶，持杯倾壶，形容醉饮。傍，本作"近"解，这里指手不离杯。金尊、玉壶，精美的酒杯、酒壶。

②刘季孙：字景文，工诗能文，苏轼荐其才，出知隰州，元祐七年（1092）卒于任上。

③熙宁二年：实际苏轼出任杭州通判是在熙宁四年（1071）。

④通判：俗称"倅"（cuì），州郡长官的副职。

⑤知杭州军州事：即杭州地区的长官。军，宋代行政区划名，与州、府、监同隶属于路。

⑥洪内翰：指洪迈。洪迈（1123—1202），字景卢，南宋文学家。孝宗时拜翰林学士，官至端明殿学士。学识渊博，撰有《容斋随笔》、《夷坚志》等，编有《万首唐人绝句》。内翰，唐宋时对翰林的称呼。

⑦《夷坚》三十二志：《夷坚志》，洪迈所撰笔记小说集，原书四百二十卷，正志十集、分志十集、三志十集、四志二集，凡三十二集。今存二〇六卷。

⑧圣眷：帝王的宠爱关注。

⑨禁林：翰林院的别称。

⑩熊元素：疑指元代诗人熊进德，字元素，上饶人。此处当是假托。

> 茸铺草色春江曲，雪剪花梢玉砌前。
>
> 同恨此时良会罕，空飞巧燕舞翩翩。

若倒转念时，又是一首好诗！

> 翩翩舞燕巧飞空，罕会良时此恨同。
>
> 前砌玉梢花剪雪，曲江春色草铺茸。
>
> 烟拖绿柳垂微雨，地衬红花落细风。
>
> 联辔绣鞍雕马骏，天晴乍暖日融融。

这洪内翰遂安排筵席于镇越堂上①，请众官宴会。那四司六局祗应供过的人②，都在堂下甚次第③。当日果献时新，食烹异味。酒至三杯，众妓中有一妓，姓王，名英。这王英以纤纤春笋柔荑④，捧着一管缠金丝龙笛⑤，当筵品弄一曲。吹得清音嘹亮，美韵悠扬，众官听之大喜。这洪内翰令左右取文房四宝来，诸妓女供侍于面前，对众官乘兴，一时文不加点，扫一只词⑥，唤做《虞美人》。词云：

> 忽闻碧玉楼头笛⑦，声透晴空碧。宫、商、角、羽任西东，映我奇观惊起碧潭龙。　　数声呜咽青霄去，不舍《梁州序》⑧。

---

①镇越堂：在绍兴府官府内，位于卧龙山蓬莱阁，系南宋宁宗朝汪纲知绍兴府时修建。按：洪迈知绍兴府在孝宗朝，早于汪纲，故当时其实尚无镇越堂。

②四司六局：宋代官府贵家所设侍役，掌管安排宴会。街市也有这种设施，为市民代办宴席。四司六局各有专掌，四司是：帐设司、茶酒司、厨司、台盘司，六局是：果子局、蜜煎(饯)局、菜蔬局、油烛局、香药局、排办局。祗(zhī)应：供奉，当差。供过：侍奉，供役。

③甚次第：很整齐，很有气派。次第，次序，秩序，规模。

④春笋：春笋形状纤细，用以比喻女子的手指。柔荑：软和的茅草嫩芽，用以形容女子手的纤细白嫩，或代指女子的手。

⑤龙笛：一种笛子，七孔，横吹，管首制成龙头，衔同心结带。

⑥扫一只词：就是填一首词，一挥而就。扫，挥笔，写，画。

⑦碧玉楼：华丽的楼。

⑧《梁州序》：唐教坊大曲有《凉州》，后称《梁州》。大曲系许多遍相连之曲，且必合乐、舞。序是大曲中的一遍。

穿云裂石响无踪,惊动梅花初谢玉玲珑①。

洪内翰珠玑满腹,锦绣盈肠,一只曲儿,有甚难处? 做了呈众官,众官看罢,皆喜道:"语意清新,果是佳作。"方才夸羡不已,只见一个官员,在众中呵呵大笑,言曰:"学士作此龙笛词,虽然奇妙,此词八句,偷了古人作的杂诗词中各一句也。"洪内翰看那官人,乃孔通判讳德明②。洪内翰大惊道:"孔丈既知如此③,可望见教否?"孔通判乃就筵上,从头一一解之。

第一句道:"忽闻碧玉楼头笛。"偷了张紫微作《道隐》诗中第四句④。诗道:

> 试问清轩可煞青⑤,霜天孤月照蓬瀛。
>
> 广寒宫里琴三弄⑥,碧玉楼头笛一声。
>
> 金井辘轳秋水冷,石床茅舍暮云清。
>
> 夜来忽作瑶池梦,十二阑干独步行⑦。

第二句道:"声透晴空碧。"偷了骆解元作《王娇姿唱词》中第三句⑧。诗道:

> 谢氏筵中闻雅唱⑨,何人隔幕在帘帷?

---

① 玉玲珑:形容花的皎洁晶莹。

② 讳:本用于称已故尊长者之名,后亦用于敬称生者之名。

③ 丈:对年长者的尊称。

④ 张紫微:所指何人,不详,当是假托。据宋代赵潜《养疴漫笔》,下面所引诗的作者是金人翟钦甫,收入《全金诗》时题作《清庵》,原诗句:"为问清庵何以清? 霜天明月照蓬瀛。广寒宫里琴三弄,白玉楼头笛一声。金井玉壶秋水冷,石田茅屋暮云平。夜来一枕游仙梦,十二瑶台独自行。"

⑤ 可煞:同"可煞"。岂是,可是,表疑问。

⑥ 三弄:乐一曲叫一弄。古曲有《梅花三弄》。

⑦ 十二阑干:曲曲折折的阑干。"十二"是言其曲折之多。

⑧ 骆解元:不详。《王娇姿唱词》实出于宋人小说《王魁传》,仅文字小异。

⑨ 谢氏筵:东晋谢安隐居会稽东山时,常蓄女妓相随,后因称所蓄女妓为谢妓或谢家妓。此诗本是王魁题给女妓桂英的,故用"谢氏筵"借指桂英家的筵席。

一声点破晴空碧,遏住行云不敢飞。

第三句道:"宫、商、角、羽任西东。"偷了曹仙姑作《风响》诗中第二句①。诗道:

碾玉悬丝挂碧空②,宫、商、角、羽任西东。

依稀似曲才堪听,又被风吹别调中。

第四句道:"映我奇观惊起碧潭龙。"偷了东坡作《橹》诗中第三、第四句③。诗道:

伊轧江心激箭冲④,天涯无际去无踪。

遥遥映我奇观处,料应惊起碧潭龙。

过处第五句道⑤:"数声呜咽青霄去。"偷了朱淑真作《雁》诗中第四句⑥。诗道:

伤怀遣我肠千缕,征雁南来无定据。

嘹嘹呖呖自孤飞⑦,数声呜咽青霄去。

第六句道:"不舍《梁州序》。"偷了秦少游作《歌舞》诗中第四句⑧。诗道:

纤腰如舞态,歌韵如莺语。

似锦罩厅前,不舍《梁州序》。

---

①曹仙姑:宋代女道士,名道冲(初名希蕴),字冲之,能诗文。生前备受宋徽宗的优遇,卒后赠号"希元观妙先生"。《风响》诗实为唐代高骈所作《风筝》诗,文字有异。风筝:指悬挂在屋檐下的金属片,也叫铁马。

②碾玉悬丝挂碧空:这是把空中的风声比做乐声。玉、丝,玉指玉制的乐器,丝指琴瑟等弦乐器。

③东坡作《橹》诗:据查,苏轼并无此诗,当是假托。

④伊轧:象声词,这里指摇橹声。

⑤过处:即"过片"、"过拍",指词的第二段(片)的开头,由此转入下半阕。

⑥朱淑真:宋代女作家,号幽栖居士,钱塘人,有诗集《断肠集》、词集《断肠词》。此《雁》诗非她所作,亦是假托。

⑦嘹嘹呖呖:象声词,这里形容雁声响亮凄清。

⑧秦少游:北宋文学家秦观,字少游。此《歌舞》诗亦非秦所作。

第七句道:"穿云裂石响无踪。"偷了刘两府作《水底火炮》诗中第三句①。诗道:

> 一激轰然如霹雳,万波鼓动鱼龙息。
>
> 穿云裂石响无踪,却虏驱邪归正直。

临了第八句道:"惊动梅花初谢玉玲珑。"偷了士人刘改之来谒见婺州陈侍郎作《元宵·望江南》词中第四句②。词道:

> 元宵景,天气正融融。柳线正垂金落索③,梅花初谢玉玲珑。明月映高空。　　贤太守,欢乐与民同。箫鼓聒残灯火市,轮蹄踏破广寒宫。良夜莫匆匆。

孔通判从头解说罢,洪内翰大喜!众官称叹道:"奇哉!奇哉!"洪内翰教左右别办一劝④。劝罢,与孔通判道:"适间门下解说得甚妙⑤,甚妙!欲求公作《龙笛》词一首,永为珍赐。"孔通判相谢罢,遂作一词,唤做《水调歌头》。词云:

> 玉人揎皓腕,纤手映朱唇。龙吟越调孤喷⑥,清浊最堪听。

---

①刘两府:指南宋大将刘锜。宋时称中书省和枢密院为两府。刘锜:字信叔,曾任枢密副都承旨,加太尉,卒后谥"开府仪同三司"(相当于"使相")。《水底火炮》诗未见他书著录,恐亦假托。

②刘改之:南宋文学家刘过,字改之,撰有《龙州集》、《龙州词》。陈侍郎:陈岩肖,字子象,金华(宋时属婺州)人,仕至兵部侍郎。撰有《庚溪诗话》。《元宵·望江南》词非刘过所作。

③金:这里指金黄色的柳枝。落索:这里是连串不断的样子。

④劝:劝酒。

⑤适间:刚才。门下:对长官或他人的敬称。

⑥龙吟:形容笛声似龙鸣。南朝梁刘孝先《咏竹诗》:"谁能制长笛,当为作龙吟。"越调:音调名,商声七调之一,为凄厉激越之声。南朝陈周弘让《赋得长笛吐清气诗》:"商声传后出,龙吟郁前吐。"

欲度宁王一曲①，莫学桓伊三弄②，听答兀中丁③。忆昔知音客，鉴别在柯亭④。　　　至更深，宜月朗，称疏星。天高气爽，霜重水绿与山青。幸遇良宵佳景，轰起一声蕲州⑤，耳畔觉泠泠⑥。裂石穿云去，万鬼尽潜形。

兀的正是⑦：

　　　　高才得见高才客，不枉留传纪好音。

　　说话的，你因甚的⑧，头回说这"八难龙笛词"⑨？自家今日不说别的⑩，说两个客人，将一对龙笛蕲材，来东峰东岱岳烧献⑪。只因烧

---

①度(duó)：度曲，制曲或按曲谱演唱。宁王：指李宪(本名成器)，是唐睿宗的长子，唐玄宗李隆基的哥哥，封宁王。宁王通音律，善吹横笛。

②莫：或。桓伊三弄：晋代桓伊善吹笛。一次王徽之(子猷)泊舟于青溪岸边，桓伊正于岸上经过，徽之令人请桓伊吹笛。此时桓伊已显贵，但素闻徽之名，即下车，为作三调，吹毕便去，客主不交一言。(见《世说新语》、《晋书》)

③听答兀中丁：意思未详。疑"答兀中丁"为象声之词。

④柯亭：东汉蔡邕避难会稽，宿于柯亭，见屋东第十六根椽竹是制笛良材，取以为笛，奇声独绝。据说桓伊有蔡邕柯亭笛，常自吹之。

⑤蕲(qí)州：蕲州(今湖北蕲春)所产竹子称蕲竹，以能制笛有名。这里即以"蕲州"代指笛。下文所说"蕲材"，即指蕲竹。

⑥泠泠(líng)：形容声音清脆。

⑦兀的：这，这个。

⑧甚的：什么。也作"甚底"、"甚地"。

⑨头回：在一些话本小说的篇首，有时在诗词和入话之后，插入一段别的故事，可以自成一回书。因它在正话之前，所以叫做"头回"，也叫"得胜头回"。

⑩自家：我，自己。

⑪东峰东岱岳：指泰山，亦称"东峰岱岳"(《警世通言》卷十三、《醒世恒言》卷三十一)或"东峰东岳"(《警世通言》卷三十六)。泰山一名岱山，为五岳中的东岳，故又称东岳、东岱、岱岳等。因泰山有道教奉祀东岳大帝(泰山神)的东岳庙(岱庙)，所以"东岳"、"东岱"、"岱岳"等也常用来指东岳庙。几篇早期话本为何在"岱岳"等之前冠以"东峰"二字，原因不详。烧献：向神灵等焚化奉献品。

这蕲材,却教郑州奉宁军一个上厅行首①,有分做两国夫人②,嫁一个好汉,后来为当朝四镇令公,名标青史。直到如今,做几回花锦似话说③。这未发迹的好汉,却姓甚名谁? 怎地发迹变泰④? 直教⑤:

> 纵横宇宙三千里,威镇华夷四百州。

有一诗,单道五代兴亡。诗云:

> 自从唐季坠朝纲,天下生灵被扰攘。
>
> 社稷安危悬卒伍,朝廷轻重系藩方。
>
> 深冬寒木固不脱⑥,未旦小星犹有光⑦。
>
> 五十三年更五姓,始知迅扫待真王⑧。

　　却说是五代唐朝里,有两个客人:王一太,王二太,乃兄弟两人。获得一对蕲州出的龙笛材,不曾开成笛。天生奇异,根似龙头之状,世所无者。特地将来兖州奉符县东峰东岱岳殿下火池内烧献⑨。烧罢,圣帝赐与炳灵公⑩。炳灵公遂令康、张二圣前去郑州奉宁军⑪,唤

---

①郑州奉宁军:北宋以郑州荥阳郡为奉宁军节度,治所在管城县(今河南郑州)。上厅行首:官妓中班行之首,管门户中其他妓女。亦泛指名妓。上厅:官厅。

②两国夫人:"国夫人"是对宰相等高官之妻的封号,有两个国夫人封号的叫"两国夫人"。

③花锦似话:有趣的故事。话,故事,特指话本。

④发迹变泰:通过立功扬名由卑贱而渐至富贵。

⑤直教:直让,竟教。"直"表示强调、肯定的语气。

⑥寒木:耐寒不凋的树木,如松柏之类。这里喻指势力强大者。脱:脱落。谢庄《月赋》:"洞庭始波,木叶微脱。"

⑦未旦:天未明。小星:这里喻指势力弱小者。

⑧迅扫:扫荡,平定。也作"汛扫"。

⑨奉符县:即今山东泰安,唐为乾封县,宋改为奉符县。火池:火盆,火塘。

⑩圣帝:指东岳泰山之神,唐玄宗开元间封为"天齐王",宋真宗大中祥符四年(1011)加封为"天齐仁圣帝"。道教认为是执掌人间赏罚和生死大事的神。炳灵公:相传为泰山神第三个儿子,后唐明宗封为"威雄将军",宋真宗加封为"炳灵公"。东岳庙中有炳灵殿。

⑪康、张二圣:东岳之佐神。道教所传的"三十六天将"中,有仁圣元帅康席和尽忠元帅张健。

开笛阎招亮来①。康、张二圣领命，即时到郑州，变做两个凡人，径来见阎招亮。这阎招亮正在门前开笛，只见两个人来相揖。作揖罢，道："一个官员，有两管龙笛薪材，欲请待诏便去开则个②。这官员急性，开毕重重酬谢，便等同去。"阎招亮即时收拾了作仗③，厮赶二人来④。顷刻间，到一个所在。阎招亮抬头看时，只见牌上写道："东峰东岱岳。"但见：

> 群山之祖，五岳为尊。上有三十八盘，中有七十二司⑤。水帘映日，天柱插空⑥。九间大殿⑦，瑞光罩碧瓦凝烟。四面高峰，偃仰见金龙吐雾。竹林寺有影无形⑧，看日山藏真隐圣⑨。

阎招亮理会不下⑩。康、张二圣相引去，参拜了炳灵公。将至一阁子内⑪，已安薪材在桌上，教阎招亮就此开笛。分付道："此乃阴间，汝

---

① 开笛：制笛。

② 待诏：本是官名，宋明时也用作对民间技艺人的通称。

③ 作（zuō）仗：工具，手工操作的用具。

④ 厮赶：一起赶路，结伴同行。厮，相，相互。

⑤ "上有"二句：三十八盘，泰山盘道共有五十余盘，著名的是从一天门到南天门的"十八盘"。这里所说三十八盘，当是约数。七十二司，指地狱中的七十二司。《水浒传》第七十四回："来到岱岳庙里看时，果然是天下第一。但见……蒿里山下，判官分七十二司。"蒿里山：相传在泰山之南，为死者葬所，因以代指阴间。

⑥ "水帘"二句：水帘，比喻从高处流下如垂帘的水，多指瀑布。泰山有飞瀑多处，其一为水帘洞。天柱，支天之柱，比喻高耸的山峰。泰山最高处玉皇顶，又称天柱峰。

⑦ 九间大殿：岱庙祀泰山之神的主殿为天贶殿，殿广九间，重檐八角，琉璃瓦覆顶，宋真宗时修建。间，两柱之间的距离。九间是帝王级的建筑规模。

⑧ 竹林寺有影无形：竹林寺在泰山西南傲来峰下百丈崖，据说每当雨后云来，由于日光折射，寺影辄悬云中，有如蜃楼，故说"有影无形"。

⑨ 看日山：指日观峰，在泰山玉皇顶东南。真、圣：真人和圣人。泛指道家神仙。

⑩ 理会不下：这里是弄不明白、不能领会的意思。

⑪ 将至：带至。将，带领。

不可远去。倘行远失路，难以回归。"分付毕，二圣自去。

招亮片时开成龙笛。吹其声，清幽可爱。等半晌，不见康、张二圣来。招亮默思量起："既到此间，不去看些所在，也须可惜。"遂出阁子来。行不甚远，见一座殿宇，招亮走至廊下，听得静鞭声急①，遂去窗缝里偷眼看时，只见：

> 虾须帘卷，雉尾扇开②。冕旒升殿，一人端拱坐中间；簪笏随朝，众圣趋跄分左右③。金钟响动，玉磬声频。悠扬天乐五云间④，引领百神朝圣帝。

圣帝降辇升殿，众神起居毕⑤。传圣旨："押过公事来⑥。"只见一个汉，项戴长枷，臂连双杻⑦，推将来。阁招亮肚里道："这个汉，好面熟！"一时间，急省不起他是兀谁。再传圣旨，令押去换铜胆铁心，却令回阳世，为四镇令公，告戒："切勿妄杀人命。"招亮听得，大惊。忽然一鬼吏喝道："凡夫怎得在此偷看公事？"当时，阁招亮听得鬼吏叫，急慌走回，来开笛处阁子里坐地。良久之间，康、张二圣，来那阁子里来。见开笛了，同招亮将龙笛来呈。吹其笛，声清韵长。炳灵公大喜道："教汝福上加福，寿上加寿。"招亮告曰："不愿加其福寿。招亮有一亲妹阁越英，见为娼妓。但求越英脱离风尘，早得从良，实所愿也。"炳灵公道："汝有此心，乃凡夫中贤人也，当令汝妹嫁一四镇令公。"招亮拜谢毕，康、张二圣送归。行至山半路高险之处，指招

---

① 静鞭：也叫"鸣鞭"。銮驾仪卫的警人用具，出行或朝会时鸣之，令人肃静。
②"虾须"二句：虾须，帘子的流苏，常用作帘子的别称。雉尾扇，古代帝王仪仗中的用具，用雉羽做成。
③ 趋跄(qiàng)：同"趋跄"，指步履急徐有节奏，合乎礼节。
④ 五云：五色(青、白、赤、黑、黄)瑞云，这里指圣帝所在地。
⑤ 起居：本为问候日常生活是否安好之用语，宋代依后唐明宗制，每五日群臣随宰相入见，叫做"起居"。这里指朝见时所行礼节。
⑥ 公事：案件，事件，也用作"公事人"之省。这里指"公事人"，即罪犯。
⑦ 杻(chǒu)：刑具名，即手铐。

亮看一去处。正看里①，被康、张二圣用手打一推，撷将下峭壁岩崖里去②。阎待诏吃一惊，猛闪开眼，却在屋里床上，浑家和儿女都在身边。问那浑家道："做甚的你们都守着我眼泪出？"浑家道："你前日在门前正做生活里，蓦然倒地，便死去。摸你心头时，有些温，扛你在床上两日。你去下世做甚的来③？"招亮从康、张二圣来叫他去许多事，一一都说。屋里人见说，尽皆骇然。自后过了几时，没话说。

时遇冬间，雪降长空，石信道有一首《雪》诗④，道得好：

六出飞花夜不收，朝来佳景有宸州⑤。
重重玉宇三千界，一一琼台十二楼⑥。
庾岭寒梅何处放？章台飞絮几时休⑦？

---

①里：相当于"时"。《张协状元》十六："妾身少年里，父母均倾弃。"

②撷（diān）：跌，摔。

③下世：来世，这里指阴间。

④石信道：据《山谷年谱》，黄庭坚友人石谅，字信道，眉州人，曾任江安令，女儿嫁黄庭坚之子。《雪》诗：据《锦绣万花谷》别集卷一，此诗作者是晏殊，文字小异。

⑤"六出"二句：六出飞花，指雪花。雪花的结晶成六角形，称为"六出"、"六出花"。宸州，京城，帝京。

⑥"重重"二句：三千界，"三千大千世界"的省称，佛教语。泛指天下。十二楼，神话传说中的仙人居处。泛指高层的楼阁。宋刘师道诗："三千世界银成色，十二楼台玉作层。"语意均同。

⑦"庾岭"二句：庾岭寒梅，泛指梅花，这里比喻雪。《水浒传》第九十三回："这雪有数般名色：一片的是蜂儿，二片的是鹅毛，三片的是攒三，四片的是聚四，五片唤做梅花，六片唤做六出。"庾岭，大庾岭，在江西、广东交界处。因岭上多植梅树，也叫"梅岭"。章台飞絮，泛指柳絮，这里也是比喻雪。东晋谢安在雪天与儿女讲论文义，俄而雪骤，谢安问："白雪纷纷何所似？"兄子胡儿说："撒盐空中差可拟。"兄女谢道韫说："未若柳絮因风起。"章台，本是战国时秦宫中的台名，汉代长安有章台街，在章台下。唐代韩翃在长安有姬柳氏，安史乱起，出家为尼。在外地作官的韩翃使人寄柳氏诗曰："章台柳，章台柳，昔日青青今在否？纵使长条似旧垂，亦应攀折他人手。"因此后人常把章台与柳树联系在一起。古人诗中常用梅花、柳絮比喻雪花，李商隐《对雪》诗："梅花大庾岭头发，柳絮章台街里飞。"语意亦同。

还思碧海银蟾畔,谁驾丹山碧凤游①?

其雪转大。阎待诏见雪下,当日手冷,不做生活,在门前闲坐地。只见街上一个大汉过去。阎待诏见了,大惊道:"这个人,便是在东岳换铜胆铁心未发迹的四镇令公,却打门前过去,今日不结识,更待何时?"不顾大雪,撩衣大步赶将来。不多几步,赶上这大汉。进一步,叫道:"官人拜揖。"那大汉却认得阎招亮,是开笛的,还个喏,道:"待诏没甚事?"阎待诏道:"今日雪下,天色寒冷。见你过去,特赶来相请,同饮数杯。"便拉入一个酒店里去。这个大汉,姓史,双名弘肇,表字化元,小字憨儿。开道营长行军兵②。按《五代史》本传上载道③:"郑州荥泽人也。为人跷勇④,走及奔马。"酒罢,各自归家。

明日,阎待诏到妹子阎越英家,说道:"我昨日见一个人来,今日特地来和你说。我多时曾死去两日⑤,东岳开龙笛。见这个人换了铜胆铁心,当为四镇令公,道令你嫁这四镇令公。我日多时只省不起这个人⑥。昨日忽然见他,我请他吃酒来。"阎越英问道:"是兀谁?"阎招亮接口道:"是那开道营有情的史大汉。"阎越英听得说是

---

①"还思"二句:碧海,指青天。银蟾,指月亮。丹山碧凤,指凤凰。丹山,山名,传说中产凤凰之山(见《吕氏春秋》)。故称凤凰为"丹山鸟"。

②开道营:《旧五代史》史弘肇传说:"梁末,每七户出一兵,弘肇在籍中,后隶本州开道都,选入禁军。"《新五代史》本传作:"弘肇为兵,隶开道指挥,选为禁兵。"五代时经常从民间募兵,作为地方军队,由各地将领指挥。"都"是唐、五代时军队的一种编制,人数有多有少,各都有自己的名称,有的即以将领的名字命名。指挥也是军队编制单位,相当于营。本篇作"开道营",《旧五代史》作"开道都",《新五代史》作"开道指挥",说明三者容易混同。长行军兵,指传递军中公文的兵士。长行,走远路,长途远行。《旧五代史》本传说史弘肇"拳勇健步,日行二百里,走及奔马"。小说下文说他被"上司指挥差往孝义店,转递军期文字",可证。

③《五代史》:指欧阳修的《新五代史》。

④跷(jiǎo)勇:勇武多力。按:《新五代史》原文作"骁勇"。

⑤多时:很久,前些时。

⑥日多时:很长时间,好多日子。也作"日许多时"。

他，好场恶气："我元来合当嫁这般人？我不信！"

自后阎待诏见史弘肇，须买酒请他①。史大汉数次吃阎待诏酒食。一日，路上相撞见，史弘肇遂请阎招亮去酒店里，也吃了几多酒共食。阎待诏要还钱，史弘肇那里肯："相扰待诏多番，今日特地还席。"阎招亮相别了，先出酒店自去。史弘肇看着量酒道②："我不曾带钱来，你厮赶我去营里讨还你。"量酒只得随他去。到营门前，遂分付道："我今日没一文，你且去。我明日自送来，还你主人。"量酒厮殢道③："归去吃骂，主人定是不肯。"史大汉道："主人不肯后要如何④？你会事时⑤，便去；你若不去，教你吃顿恶拳。"量酒没奈何，只得且回。

这史弘肇却走去营门前卖糕縻王公处⑥，说道："大伯，我欠了店上酒钱，没得还。你今夜留门⑦，我来偷你锅子。"王公只当做耍话，归去和那大姆子说⑧："世界上不曾见这般好笑，史憨儿今夜要来偷我锅子，先来说，教我留门。"大姆子见说，也笑。当夜二更三点前后，史弘肇真个来推大门。力气大，推折了门闩，走入来。两口老的听得，大姆子道："且看他怎地？"史弘肇大惊小怪，走出灶前，掇那锅子在地上，道："若还破后，难折还他酒钱。"拿条棒敲得当当响，掇将起来，翻转覆在头上。不知那锅底里有些水，浇了一头一脸，和身上

---

①须：一定，必定。

②量酒：酒保，酒店伙计。

③厮殢（tì）：纠缠，烦扰。

④后：意思与"时"相当。唐诗中"时"与"后"常为互文，如李商隐《题小松》："桃李盛时虽寂寞，雪霜多后始青葱。"本篇也有这样的例子，如"行时"对"坐后"等。

⑤会事：懂事，明白事理。

⑥糕縻：一种用米粉或面粉做成的糕饼。《玉篇》："糜，糕縻，糕饼也。""糜"即"糕"的古字。按，"糕"刻本作"糕"，许政扬校注本因而误作"糕"。

⑦留门：本指夜里不关锁门户，便于迟归的人进来。

⑧大姆子：伯母，也用作老妇人的通称，这里指王公的老伴。

都湿了①。史弘肇那里顾得干湿，戴着锅儿便走。王公大叫："有贼！"披了衣服赶将来。地方听得，也赶将来。史弘肇吃赶得慌，撇下了锅子，走入一条巷去躲避。谁知筑底巷②，却走了死路。鬼慌盘上去人家萧墙③，吃一滑，撷将下去。地方也赶入巷来，见他撷将下去，地方叫道："阎妈妈，你后门有贼，跳入萧墙来。"阎行首听得，教奶子点蜡烛去来看时④，却不见那贼，只见一个雪白异兽：

　　　　光闪烁浑疑素练，貌狰狞恍似堆银。遍身毛抖擞九秋霜⑤，一条尾摇动三尺雪。流星眼争闪闪电，巨海口露血盆。

阎行首见了，吃一惊。定睛再看时，却是史大汉弯跧蹲在东司边⑥。见了阎行首，失张失志，走起来⑦，唱个喏。这阎行首先时见他异相，又曾听得哥哥阎招亮说道他有分发迹，又道我合当嫁他，当时不叫地方捉将去，倒教他人里面藏躲。地方等了一饷，不听得阎行首家里动静。想是不在了，各散去讫。阎行首开了前门，放史弘肇出去。

当夜过了。明日饭后，阎行首教人去请哥哥阎待诏来。阎行首道："哥哥，你前番说史大汉有分发迹，做四镇令公，道我合当嫁他，我当时不信你说。昨夜后门叫有贼，跳入萧墙来。我和奶子点蜡烛去照，只见一只白大虫蹲在地上⑧。我定睛再看时，却是史大汉。我看见他这异相，必竟是个发迹的人。我如今情愿嫁他。哥哥，你怎地做个道理，与我说则个？"阎招亮道："不妨，我只就今日，便要说成

---

①和：连，连同。

②筑底巷：死胡同。

③鬼慌：着急，慌张。盘上：攀上，爬上。"上"原文误作"工"。萧墙：照壁。这里指矮墙。

④奶子：奶妈。

⑤九秋：秋天，九月。

⑥弯跧：曲身蜷伏。东司：厕所。

⑦走起来：站起来。走起，起来，起身。

⑧大虫：老虎。

这头亲。"阎待诏知道史弘肇是个发迹变泰底人，又见妹子又嫁他，肚里好欢喜，一径来营里寻他。史弘肇昨夜不合去偷王公锅子，日里先少了酒钱，不敢出门，阎待诏寻个恰好！遂请他出来，和他说道："有头好亲，我特来与你说。"史弘肇道："说甚么亲？"阎待诏道："不是别人，是我妹子阎行首。他随身有若干房财，你意下如何？"史弘肇道："好便好，只有三件事，未敢成这头亲。"阎招亮道："有那三件事？但说不妨。"史弘肇道："第一，他家财由吾使；第二，我入门后，不许再着人客①；第三，我有一个结拜的哥哥，并南来北往的好汉，若来寻我，由我留他饮食宿卧。如依得这三件事，可以成亲。"阎招亮道："既是我妹子嫁你了，是事都由你②。"当日说成这头亲，回复了妹子，两相情愿了。料没甚下财纳礼③，拣个吉日良时，到做一身新衣服，与史弘肇穿着了，招他归来成亲。

　　约过了两个月，忽上司指挥差往孝义店，转递军期文字④。史弘肇到那孝义店，过未得一个月，自押铺已下⑤，皆被他无礼过。只是他身边有这钱肯使，舍得买酒请人，因此人都让他。忽一日，史弘肇去铺屋里睡。押铺道："我没兴添这厮来蒿恼人。"正埋冤哩，只见一个人面东背西而来，向前与押铺唱个喏，问道："有个史弘肇可在这里？"押铺指着道："见在那里睡。"只因这个人来寻他，有分教：史弘肇发迹变泰。这来底人姓甚名谁？正是：

---

①着人客：接客。着，接待，接纳。

②是事：凡事，所有的事。

③下财纳礼：聘礼，指旧时订婚时男方向女方送实物及钱财。

④军期文字：军事公文。"军期"为一专名，即有指定期限的军事文书。

⑤押铺：指管理驿站铺房的头目。宋、金、元时称邮递驿站为"铺"，也叫"铺递"、"铺驿"。在铺驿递转公文的兵卒，叫"铺兵"。许政扬注："押铺：军巡铺的头目。"按：军巡铺是宋代在京城设置的防火防盗的哨所(参见《东京梦华录》、《梦粱录》)，许注恐非。

　　两脚无凭寰海内①，故人何处不相逢。

　　这个来寻史弘肇的人，姓郭，名威，表字仲文，邢州尧山县人②。排行第一，唤做郭大郎。怎生模样？

　　抬左脚，龙盘浅水；抬右脚，凤舞丹墀。红光罩顶，紫雾遮身。尧眉舜目，禹背汤肩。除非天子可安排，以下诸侯压不得。

这郭大郎因在东京不如意，曾扑了潘八娘子钗子③，潘八娘子看见他异相，认做兄弟，不教解去官司，倒养在家中。自好了，因去瓦里看④，杀了构栏里的弟子⑤，连夜逃走。走到郑州，来投奔他结拜兄弟史弘肇。到那开道营前，问人时，教来孝义店相寻。当日，史弘肇正在铺屋下睡着，押铺遂叫觉他来道："有人寻你，等多时。"史弘肇焦躁，走将起来，问："兀谁来寻我？"郭大郎便向前道："吾弟久别，且喜安乐。"史弘肇认得是他结拜的哥哥，扑翻身便拜。拜毕，相问动静了。史弘肇道："哥哥，你莫向别处去，只在我这铺屋下，权且宿卧。要钱盘缠，我家里自讨来使。"众人不敢道他甚的，由他留这郭大郎在铺屋里宿卧。郭大郎那里住得几日，□□史弘肇无礼上下。兄弟两人在孝义店上，日逐趁赌⑥，偷鸡盗狗，一味干颡不美⑦，蒿恼得一

---

①两脚无凭：指到处行走，踪迹无定。凭，依托，依附。王世贞《归路写闷》诗："路危心转迫，天远足无凭。"

②邢州：治所在今河北邢台。尧山县：治所在今河北隆尧县尧城。

③扑：此句中这个"扑"字的意思难以确断，田宗尧编著的《中国古典小说用语辞典》释为"偷"，然未提出根据。《汉语大词典》"扑"字条第十四义项："古代博戏名。盛行于宋元民间，以钱为博具，掷地视字幕决胜败。"并引此句为例。按：小说下文说"潘八娘子看见他异相，认做兄弟，不教解去官司，倒养在家中"，如果是博戏，郭威赢了，似不应有官司之争。

④瓦：宋元时都市中商旅贸易和娱乐的集中场所（包括戏场、妓院、赌场等）。也叫"瓦子"、"瓦市"、"瓦舍"、"瓦肆"等。

⑤构栏：也写作"勾阑"、"勾拦"、"构阑"等。宋元时演出杂剧和各种伎艺的固定场所，内有戏台、腰棚（看席）等，如同今之剧场。亦指妓院。

⑥趁赌：赌博。趁，赶赴，赶趁。

⑦干颡：无事生非，胡闹，纠缠。

村疃人过活不得①。没一个人不嫌,没一个人不骂。

　　话分两头。却说后唐明宗归天,闵帝登位。应有内人②,尽令出外嫁人。数中有掌印柴夫人,理会得些个风云气候③,看见旺气在郑州界上,遂将带房奁④,望旺气而来。来到孝义店王婆家安歇了,要寻个贵人。柴夫人住了几日,看街上往来之人,皆不入眼。看着王婆道:"街上如何直恁地冷静?"王婆道:"覆夫人,要热闹容易。夫人放买市⑤,这经纪人都来赶趁⑥,街上便热闹。"夫人道:"婆婆也说得是。"便教王婆四下说教人知:"来日柴夫人买市。"

　　郭大郎兄弟两人听得说,商量道:"我们何自撰几钱买酒吃⑦?明朝卖甚的好?"史弘肇道:"只是卖狗肉。问人借个盘子和架子、砧刀,那里去偷只狗子,把来打杀了,煮熟去卖,却不须去上行⑧。"郭大郎道:"只是坊佐人家⑨,没这狗子。寻常被我们偷去煮吃尽了,近来都不养狗了。"史弘肇道:"村东王保正家有只好大狗子⑩,我们便去对付休⑪。"两个径来王保正门首,一个引那狗子,一个把条棒,等他出来,要一棒捍杀打将去⑫。王保正看见了,便把三百钱出来道:"且饶我这狗子,二位自去买碗酒吃。"史弘肇道:"王保正,你好不近道

————————

①村疃(tuǎn):村庄。

②应有:所有。内人:这里指宫人、宫女。

③风云气候:这里指星气。古人以占星望气来判断国家兴亡及人事吉凶。

④房奁:嫁装。

⑤买市:宋时官方或富室豪门出于取乐等目的,定期或临时设置集市,以犒赏或买物的方式招徕小商贩来进行贸易,热闹如同庙会。

⑥赶趁:赶着做事。多指奔走谋生,如赶集做买卖、赶场卖艺等。

⑦何自:何以,何从,怎么。犹言想个什么办法。撰:这里同"赚"。

⑧上行(háng):进货。

⑨坊佐:街坊,邻舍。

⑩保正:宋代实行保甲法,十家为一保,设保长一人;五十家为一大保,设大保长一人;十大保为一都保,设正、副都保正各一人。

⑪休:语助词,用于句尾,相当于"罢"。

⑫捍杀:狠命。捍,通"悍",凶猛。

理！偌大一只狗子,怎地只把三百钱出来? 须亏我。"郭大郎道:"看老人家面上,胡乱拿去罢。"两个连夜又去别处偷得一只狗子,挦剥干净了,煮得稀烂。

明日,史弘肇顶着盘子,郭大郎驼着架子,走来柴夫人幕次前①,叫声:"卖肉。"放下架子,阁那盘子在上。夫人在帘子里看见郭大郎,肚里道:"何处不觅? 甚处不寻? 这贵人却在这里。"使人从把出盘子来②,教簌一盘。郭大郎接了盘子,切那狗肉。王婆正在夫人身边,道:"覆夫人,这个是狗肉,贵人如何吃得?"夫人道:"买市为名,不成要吃③?"教管钱的支一两银子与他。郭大郎兄弟二人接了银子,唱喏谢了自去。

少间,买市罢。柴夫人看着王婆道:"问婆婆④,央你一件事。"王婆道:"甚的事?"夫人道:"先时卖狗肉的两个汉子,姓甚的? 在那里住?"王婆道:"这两个最不近道理。切肉的姓郭,顶盘子姓史,都在孝义坊铺屋下睡卧。不知夫人问他两个,做甚么?"夫人说:"奴要嫁这一个切肉姓郭的人,就央婆婆做媒,说这头亲则个。"王婆道:"夫人偌大个贵人,怕没好亲得说,如何要嫁这般人?"夫人道:"婆婆莫管,自看见他是个发迹变泰的贵人,婆婆便去说则个。"王婆既见夫人恁地说,即时便来孝义店铺屋里,寻郭大郎,寻不见。押铺道:"在对门酒店里吃酒。"王婆径过来酒店门口,揭那青布帘,入来见了他弟兄两个,道:"大郎,你却吃得酒下! 有场天来大喜事,来投奔你,划地坐得牢里⑤!"郭大郎道:"你那婆子,你见我撰得些个银子,你便

---

① 幕次:帐幕。

② 人从:从人,随从的仆役。

③ 不成:岂,难道。

④ 问:求。"问"与"求"常互文为义,如"求田问舍","看来世上人,问的是名,求的是利。"(参见王学奇、王静竹《宋金元明清曲辞通释》)此处"问"、"央"亦同义。

⑤ 划(chǎn)地:亦作"划的"。这里有"怎么"、"倒"、"竟然"的意思,表示意外,有嗔怪、反诘语气。坐得牢:坐得住,坐着不动。

来要讨钱。我钱却没与你,要便请你吃碗酒①。"王婆便道:"老媳妇不来讨酒吃。"郭大郎道:"你不来讨酒吃,要我一文钱也没。你会事时,吃碗了去。"史弘肇道:"你那婆子,忒不近道理! 你知我们性也不好,好意请你吃碗酒,你却不吃。一似你先时破我的肉是狗肉②,几乎教我不撰一文,早是夫人教买了。你好羞人,兀自有那面颜来讨钱! 你信道我和酒也没③,索性请你吃一顿拳踢去了。"王婆道:"老媳妇不是来讨酒和钱。适来夫人问了大郎,直是欢喜,要嫁大郎,教老媳妇来说。"郭大郎听得说,心中大怒,用手打王婆一个漏掌风④。王婆倒在地上道:"苦也! 我好意来说亲,你却打我!"郭大郎道:"兀谁调发你来厮取笑⑤! 且饶你这婆子,你好好地便去,不打你。他偌大个贵人,却来嫁我?"王婆鬼慌,走起来,离了酒店,一径来见柴夫人。夫人道:"婆婆说亲不易。"王婆道:"教夫人知,因去说亲,吃他打来。道老媳妇去取笑他。"夫人道:"带累婆婆吃亏了。没奈何,再去走一遭。先与婆婆一只金钗子,事成了,重重谢你。"王婆道:"老媳妇不敢去。再去时,吃他打杀了,也没人劝。"夫人道:"我理会得。你空手去说亲,只道你去取笑他;我教你把这件物事将去为定⑥,他不道得不肯⑦。"王婆问道:"却是把甚么物事去?"夫人取出来,教那王婆看了一看,谎杀那王婆。这件物,却是甚的物?

---

①要便:要不,要末就。

②一似:如同,就像。"一似"之"一",本训为"独"(见吴小如先生《读书丛札》)。破:揭破。

③信道:知道,料到。和:连。

④漏掌风:应作"漏风掌"。张开五指的巴掌。按:《三言》中他处均作"漏风掌"。

⑤调发:调唆,挑拨。

⑥定:定物,定婚的礼物。

⑦不道得:同"不到得",不至于。

　　　　君不见张负有女妻陈平①，家居陋巷席为门。门外多逢长
者辙，丰姿不是寻常人。又不见单父吕公善择婿②，一事樊侯一
刘季。风云际会十年间，樊作诸侯刘作帝。从此英名传万古，
自然光采生门户。君看如今嫁女家，只择高楼与豪富。
夫人取出定物来，教王婆看，乃是一条二十五两金带。教王婆把去，
定这郭大郎。王婆虽然适间吃了郭大郎的亏，凡事只是利动人心，
得了夫人金钗子，又有金带为定，便忍脚不住。即时提了金带，再来
酒店里来。

　　王婆路上思量道："我先时不合空手去，吃他打来。如今须有这
条金带，他不成又打我？"来到酒店门前，揭起青布帘，他兄弟两个，
兀自吃酒未了。走向前，看着郭大郎道："夫人教传语，恐怕大郎不
信，先教老媳妇把这条二十五两金带来定大郎，却问大郎讨回定③。"
郭大郎肚里道："我又没一文，你自要来说，是与不是，我且落得拿了
这条金带，却又理会。"当时叫王婆且坐地，叫酒保添只盏来，一道吃
酒。吃了三盏酒，郭大郎觑着王婆道："我那里来讨物事做回定？"王
婆道："大郎身边胡乱有甚物，老媳妇将去，与夫人做回定。"郭大郎
取下头巾，除下一条鏖糟臭油边子来④，教王婆把去做回定。王婆接
了边子，忍笑不住，道："你的好省事！"王婆转身回来，把这边子递与
夫人。夫人也笑了一笑，收过了。

　　自当日定亲以后，免不得拣个吉日良时，就王婆家成这亲。遂

---

①张负有女妻陈平：汉代陈平长得风度不凡，但少时家贫，一般富人家都不
　肯把女儿嫁给他。有富人张负见陈平住在穷巷里，以破席子为门，而门外
　有很多贵人车子经过的痕迹，于是把自己的孙女嫁给了陈平。后来陈平
　位至丞相。

②单(shàn)父吕公善择婿：单父(今山东单县)人吕公把女儿吕雉嫁给刘邦
　(字季)，即后来的汉高祖；把另一个女儿吕媭嫁给樊哙，樊后来封为舞
　阳侯。

③回定：旧时定婚，一般男家先送定礼至女家，女家回礼称"回定"。(参见
　《梦粱录》卷二十"嫁娶")按：这里所写，是女方先送定物。

④边子：束发的带子。

请叔叔史弘肇，又教人去郑州请婶婶阎行首来相见了。柴夫人就孝义店嫁了郭大郎，却卷帐回到家中①，住了几时。夫人忽一日看着丈夫郭大郎道："我夫若只在此相守，何时会得发迹？不若写一书，教我夫往西京河南府，去见我母舅符令公，可求立身进步之计，若何？"郭大郎道："深感吾妻之意。"遂依其言。柴夫人修了书，安排行装，择日教这贵人上路。

  行时红光罩体，坐后紫雾随身。朝登紫陌②，一条捍棒作朋侪③；暮宿邮亭④，壁上孤灯为伴侣。他时变豹贵非常⑤，今日权为途路客。

这贵人，路上离不得饥餐渴饮，夜住晓行。不则一日，到西京河南府，讨了个下处。这郭大郎当初来西京，指望投奔符令公，发迹变泰。怎知道却惹一场横祸，变得人命交加。正是：

  未酬奋翼冲霄志，翻作连天大地囚⑥。

郭大郎到西京河南府看时，但见：

  州名豫郡⑦，府号河南。人烟聚百万之多，形势尽一时之

---

①卷帐：田宗尧《中国古典小说用语辞典》解释为"收拾行李"。许政扬注："新郎就婚于女家，三日之后，新夫妇携带所有嫁奁回男家，称为卷帐。"按：许注近是。本书卷三十三："做成了亲事，卷帐回，带那儿女归去了。"《中国地方志民俗资料汇编·华东卷》引乾隆四年刻本《湖州府志》："间有就婚于女家者，谓之'入赘'。赘后归婿家，谓之'卷帐回门'。"

②紫陌：本指帝都郊野的道路，这里泛指道路。

③捍（gǎn）棒：棍棒。捍，通"杆"。

④邮亭：驿馆，驿舍。

⑤变豹：即"豹变"。《易经》中有"君子豹变"的话，后也用来指人由贫贱而显贵的变化。

⑥连天大地：形容规模之巨大或程度之严重。此处"大"为"带"的假借，读如"大夫"之"大（dài）"。成语有"连天匝地"。

⑦豫郡：洛阳古为豫州治所，唐为河南府治所。

胜。城池广阔,六街内士女骈阗①;井邑繁华,九陌上轮蹄来往②。风传丝竹,谁家别院奏清音③?香散绮罗,到处名园开丽景。东连巩县,西接渑池,南通洛口之饶④,北控黄河之险。金城缭绕,依稀似偃月之形⑤;雉堞巍峨,仿佛有参天之状。虎符龙节王侯镇⑥,朱户红楼将相家。休言昔日皇都,端的今时胜地。正是:春如红锦堆中过,夏若青罗帐里行。

郭大郎在安歇处过了一夜,明早,却待来将这书去见符令公。猛自思量道:"大丈夫倚着一身本事,当自立功名;岂可用妇人女子之书,以图进身乎?"依旧收了书,空手径来衙门前招人牌下,等着部署李霸遇来投见他⑦。李霸遇问道:"你曾带得来么?"贵人道:"带得来。"李部署问:"是甚的?"郭大郎言:"是十八般武艺。"李霸遇所说,本是见面钱。见说十八般武艺,不是头了⑧,口里答应道:"候令公出厅⑨,教你参谒。"比及令公出厅,却不教他进去。

自从当日起,日逐去俟候,担阁了两个来月,不曾得见令公。店都知见贵人许多日不曾见得符令公⑩,多口道⑪:"官人,你枉了日逐

---

① 六街:唐代长安城中有左右六条大街,北宋汴京也有六街。后以六街作为都城闹市的通称。骈阗:聚集,连属。也写作"骈填"、"骈田"。

② 九陌:汉代长安城中有八街、九陌。这里泛指都城中的街道。

③ 谁家:哪家,何处。别院:正宅之外的宅院。泛指富贵人家的宅院。

④ 洛口:洛水入黄河之口,在河南巩县东南。

⑤ 偃月:半月,弦月。

⑥ 龙节:龙形的符节。

⑦ 部署:后唐设都部署,北宋前期设都部署,为地方大军区的统帅,后来此职渐废,部署成了低级武官之称。在宋元戏曲小说中,"部署"往往是指枪棒教头或比武时的主持人。投见:投奔求见。"投见他",应是郭威求见李霸遇。

⑧ 不是头:意思同"不是路"。

⑨ 出厅:官员到官厅办事。《建炎以来系年要录》卷一百六十九:"守令非疾病在假,不许不出厅治事。"

⑩ 店都知:店小二,旅店或商店的管事人员。

⑪ 多口:多嘴。

去俟候。李部署要钱，官人若不把与他，如何得见符令公?"贵人听得说，怒从心上起，恶向胆边生①:"元来这贼，却是如此!"

当日不去衙前俟候，闷闷不已，在客店前闲坐，只见一个扑鱼的在门前叫扑鱼②，郭大郎遂叫住扑。只一扑，扑过了鱼③。扑鱼的告那贵人道:"昨夜迫划得几文钱④，买这鱼来扑，指望赢几个钱去养老娘。今日出来，不曾扑得一文;被官人一扑扑过了，如今没这钱归去养老娘。官人可以借这鱼去前面扑，赢得几个钱时，便把来还官人。"贵人见他说得孝顺，便借与他鱼去扑。分付他道:"如有人扑过，却来说与我知。"扑鱼的借得那鱼去扑，行到酒店门前，只见一个人叫:"扑鱼的在那里?"因是这个人在酒店里叫扑鱼，有分郭大郎拳手相交，就酒店门前变做一个小小战场。这叫扑鱼的是甚么人?

　　　　从前积恶欺天，今日上苍报应。

酒店里叫住扑鱼的，是西京河南府部署李霸遇。在酒店里吃酒，见扑鱼的，遂叫入酒店里去扑。扑不过，输了几文钱，径硬拿了鱼。扑鱼的不敢和他争，走回来说向郭大郎道:"前面酒店里，被人拿了鱼，却赢得他几文钱，男女纳钱还官人。"贵人听得说，道:"是甚么人? 好不谙事! 既扑不过，如何拿了鱼? 鱼是我的，我自去问他讨。"这贵人不去讨，万事俱休。到酒店里看那人时，仇人厮见，分外眼睁。不是别人，却是部署李霸遇。贵人一分焦躁变做十分焦躁，在酒店门前，看着李霸遇道:"你如何拿了我的鱼?"李霸遇道:"我自

---

①向:这里与"从"同义。

②扑鱼:"扑"是"扑卖"，也叫"关扑"，宋元时小贩以赌博的方式做买卖，叫"扑卖"，也叫"滚扑"。其方法是将铜钱数枚掷在地上或盆中，以正面或背面的多少决定输赢。顾客赢则可取货而不用付钱，输则光付钱而不能取货。扑鱼就是用这种方式卖鱼。也写作"博鱼"。

③扑过:扑到，扑赢。从小说下文看，顾客扑赢叫"扑过"，扑输叫"扑不过"。

④迪划:筹划。也写作"刵(bāi)划"。

问扑鱼的要这鱼,如何却是你的?"贵人拍着手道:"我西京投事①,你要我钱,担阁我在这里两个来月,不教我见令公。你今日对我有何理说?"李霸遇道:"你明日来衙门,我周全你。"贵人大骂道:"你这砍头贼,闭塞贤路,我不算你②,我和你就这里比个大哥二哥!"郭大郎先脱膊③,众人喊一声。原来贵人幼时曾遇一道士,那道士是个异人,替他右项上刺着几个雀儿,左项上刺几根稻谷,说道:"若要富贵足,直待雀衔谷。"从此人都唤他是郭雀儿。到登极之日,雀与谷果然凑在一处。此是后话。这日郭大郎脱膊,露出花项④,众人喝采。正是:

> 近觑四川十样锦,远观洛汭一团花⑤。

李霸遇道:"你真个要厮打?你只不要走!"贵人道:"你莫胡言乱语,要厮打快来!"李霸遇脱膊,露出一身乾乾鞑鞑的横肉⑥,众人也喊一声。好似:

> 生铁铸在火池边,怪石镌来坟墓畔。

二人拳手厮打,四下人都观看。一肘二拳,三翻四合,打到分际⑦,众人齐喊一声,一个汉子在血泺里卧地⑧。当下却是输了兀谁?

> 作恶欺天在世间,人人背后把眉攒。
> 只知自有安身术,岂畏灾来在目前?

---

①投事:投奔求事,找事。这里指投军。《红白蜘蛛》:"径直去河东太原府投事充军。"

②算:算计,暗算。

③脱膊:赤膊,袒露上身。

④花项:刺花的颈项。

⑤"近觑"二句:四川十样锦,五代十国时后蜀孟氏在四川制作的十种锦缎。洛汭(ruì)一团花,指洛阳的牡丹花。汭是河流会合或弯曲之处,洛汭就是洛水入黄河处,也指洛阳一带地方。唐宋时洛阳牡丹最盛,故牡丹花又称洛阳花。

⑥乾乾鞑鞑:即"疙疙瘩瘩"。

⑦分际:本是界限的意思。引申为中间、紧要关头。

⑧血泺(pō):血泊。泺,同"泊"。

　　郭大郎正打那李霸遇，直打到血流满地。听得前面头踏指约①，喝道："令公来。"符令公在马上，见这贵人红光罩定，紫雾遮身，和李霸遇厮打。李霸遇那里奈何得这贵人？符令公教手下人："不要惊动，为我召来。"手下人得了钧旨，便来好好地道："两人且莫厮打，令公钧旨，教来府内相见。"二人同至厅下。符令公看这人时，生得尧眉舜目，禹背汤肩。令公钧旨，便问郭大郎道："那里人氏？因甚行打李霸遇②？"贵人覆道："告令公，郭威是邢州尧山县人氏，远来贵府投事。李霸遇要郭威钱，不令郭威参见令公钧颜，担阁在旅店两月有余。今日撞见，因此行打，有犯台颜③。小人死罪，死罪！"符令公问道："你既然远来投奔，会甚本事？"郭大郎覆道："郭威十八般武艺尽都通晓。"令公钧旨：教李霸遇与郭威就当厅使棒。李霸遇先时已被这贵人打了一顿，奈何不得这贵人。覆令公道："李霸遇使棒不得。适间被郭威暗算，打损身上。"令公钧旨定要使棒。郭威看着李霸遇道："你道我暗算你？这里比个大哥二哥！"二人把棒在手，唱了喏，部者喝教二人放对④。

　　　　山东大擂，河北夹枪⑤。山东大擂，鳌鱼口内喷来；河北夹枪，昆仑山头泻出。三转身，两撅脚⑥。旋风响，卧乌鸣⑦。遮拦架隔，有如素练眼前飞；打觑支撑⑧，不若耳边风雨过⑨。

──────────

　　①头踏：旧时官员出行时作前导的仪仗。也写作"头答"、"头搭"等。指约：约束，制止。亦作"止约"。

　　②行打：行有做、从事的意思，行打就是打。

　　③台颜：尊颜。称对方的敬辞。

　　④部者：就是"部署"，指比武的主持人。按："者"也可能是"署"字之误。放对：比武时摆开架势相对抗。

　　⑤山东大擂，河北夹枪：指两种不同的使棒技法。参见《水浒传》第九回"林冲棒打洪教头"。

　　⑥撅脚：顿脚。

　　⑦卧乌鸣：疑为象声之词，或为"卧马鸣"之误。

　　⑧觑："觑"本指军马旗枪整齐，这里似借用作"戳"，搠刺之意。支撑：抵挡。

　　⑨不若：这里的"不"字无义，只是用来足句或加强语气。"不若"就是"若"。

两人就在厅前使那棒,一上一下,一来一往,斗不得数合,令公符彦卿在厅上看见,喝采不迭。

> 羊祜病中推杜预,叔牙囚里荐夷吾①。
>
> 堪嗟四海英雄辈,若个男儿识丈夫②?

两人就厅下使棒。李霸遇那里奈何得这贵人? 被郭大郎一棒打番。符令公大喜! 即时收在帐前,遂差这贵人做大部署③,倒在李霸遇之上。郭大郎拜谢了令公,在河南府当职役。过了几时,没话说。

忽一日,郭部署出衙门闲干事④。行至市中,只见食店前一个官人⑤,坐在店前大惊小怪,呼左右教打碎这食店。贵人一见,遂问过卖⑥:"这官人因甚的在此喧哄寻闹?"过卖扯着部署在背后去告诉道:"这官人乃是地方中有名的尚衙内⑦,半月前见主人有个女儿,十八岁,大有颜色。这官人见了一面,归去教人来传语道:'太夫人教请小娘子过来,说话则个。若是你家缺少钱物,但请见谕。'主人道:'我家岂肯卖女儿? 只割舍得死⑧!'尚衙内见主人不肯,今日来此掀

---

①"羊祜"二句:羊祜病中推杜预:西晋时羊祜以尚书左仆射都督荆州诸军事,坐镇襄阳。屡请出兵灭吴,未能实现。临终前,举荐杜预代替自己。后来,杜预统兵灭了东吴。叔牙囚里荐夷吾:春秋初期,鲍叔牙和管仲(字夷吾)为好朋友,叔牙事齐公子小白,管仲事齐公子纠。后来小白与纠争夺君位,小白得胜成为齐桓公,纠败死,管仲被囚。由于叔牙的力荐,齐桓公任用管仲,得以成为春秋时第一个霸主。

②若个:谁,哪个。

③大部署:总教头。宋神宗时,军中选择武艺高强者任都教头,地位高于一般教头,但仍属军吏。大部署就相当于都教头。

④闲干事:疑指有不太紧要的事要办。闲,随便。

⑤食店:饭店。

⑥过卖:饭店招待顾客点菜、叫菜的伙计。

⑦衙内:本为唐代掌禁卫的官职。唐末宋初,藩镇相沿以亲子弟领衙内之职,世俗遂称官僚贵家的子弟为衙内。

⑧割舍得死:拼着一死。割舍,拼,豁出去。也作"割舍得"、"割舍的"或"割舍了"。

打。"贵人见说：

> 怒从心上起，恶向胆边生。雄威动，凤眼圆睁；烈性发，龙眉倒竖。两条怎气，从脚底板贯到顶门。心头一把无明火，高三千丈，按捺不下。

郭部署向前与尚衙内道："凡人要存仁义，暗室欺心，神目如电。尊官不可以女色而失正道。郭威言轻，请尊官上马若何？"衙内焦躁道："你是何人？"贵人道："姓郭，名威，乃是河南府符令公手下大部署。"衙内说："各无所辖，焉能管我？左右，为我殴打这厮！"贵人大怒道："我好意劝你，却教左右打我，你不识我性！"用左手揪住尚衙内，右手就身边拔出压衣刀在手①，手起刀落，尚衙内性命如何？

> 欲除天下不平事，方显人间大丈夫。

郭部署路见不平，杀了尚衙内，一行人从都走。贵人径来河南府内自首。符令公出厅，贵人覆道："告令公，郭威杀了欺压良善之贼，特来请罪。"符令公问了起末②，喝左右取长枷枷了，押下司理院问罪③。怎见得司理院的利害？

> 古名"廷尉"，亦号"推官"④，果然是事不通风，端的底令人丧胆⑤。庞眉节级⑥，执黄荆俨似牛头⑦；努目押牢⑧，持铁索浑

---

①压衣刀：一种随身佩带的小刀。

②起末：始末，经过。

③司理院：掌刑狱勘鞫的官署。五代时，各州设有马步院，掌刑狱。宋太祖时改为司寇院，宋太宗时改为司理院。

④"古名"二句：廷尉，秦汉时掌管刑狱的官。推官，唐代节度使、观察使等的属官，后来各州府也设有推官，专管刑狱。

⑤端的底：即"端的"，真的，果然。

⑥节级：这里指狱节级，看管监狱的军吏。

⑦黄荆：一种灌木。这里指荆条，古代用作刑杖。牛头：即"牛头阿旁"。佛经中说地狱里的狱卒名阿旁，牛头人手。

⑧努目：意思同"怒目"。押牢：押狱，狱卒。

如罗刹①。枷分三等②,取勘情重情轻;牢眼四方③,分别当生当死。风声紧急,乌鸦鸣噪勘官厅④;日影参差,绿柳遮笼萧相庙⑤。转头逢五道⑥,开眼见阎王。

当日,那承吏王琇承了这件公事⑦。罪人入狱,教狱子绷在廊上⑧,一面勘问。不多时,符令公钧旨,叫王琇来偏厅上。令公见王琇,遂分付几句,又把笔去那卓子面上写四字。王琇看时,乃是:"宽容郭威。"王琇道:"律有明条,领钧旨。"令公焦躁,遂转屏风入府堂去。王琇急慌唱了喏,闷闷不已,径回来司房⑨,伏案而睡。见一条小赤蛇儿,戏于案上。王琇道:"作怪!"遂赶这蛇。急赶急走,慢赶慢走;赶到东乙牢,这蛇入牢眼去,走上贵人枷上,入鼻内从七窍中穿过。王琇看这个贵人时,红光罩定,紫雾遮身。理会未下,就司房里,飒然睡觉⑩。元来人困后,多是肚中不好了,有那与决不下的事⑪;或是手头窘迫,忧愁思虑。故"困"字着个"贫"字,谓之"贫困"。"愁"字,谓之"愁困"。"忧"字,谓之"忧困"。不成"喜困"、"欢困"。王琇得了这一梦,肚里道:"可知符令公教我宽容他⑫,果然好人识好

①罗刹:佛经中恶鬼的通称。
②枷分三等:据宋王辟之《渑水燕谈录》说,旧制枷重只有二十五斤、二十斤两等,宋真宗景德初根据陈纲建议,增加十五斤的一种,共为三等。高承《事物纪原》卷十"枷重"条说,淳化二年(991)定徒流罪枷重二十斤,死罪重二十五斤,至景德四年(1007),定杖以下枷重十五斤。
③牢眼:犹"牢户",指监狱。眼,孔,洞穴。
④勘官厅:审问官的厅堂。
⑤萧相庙:指萧何庙。汉代的律令制度,多为萧何所制定,世称萧何律。因此萧何被奉为刑律之祖。
⑥五道:指五道将军,迷信传说中东岳的属神,掌管人的生死。
⑦承吏:属吏,佐吏。
⑧绷(bēng):捆绑。
⑨司房:元代州县衙门负责记录口供管理案卷的部门,即刑房。
⑩睡觉:睡醒。
⑪与决:决定,决断。
⑫可知:怪不得。也作"可知道"。

人。"王珙思量半晌,只是未有个由头出脱他。不知这贵人直有许多撕扑①:自幼便没了亲爹,随母嫁潞州常家;后来因事离了河北,筑筑磕磕②,受了万千不易;甫能得符令公周全③,做大部署,又去闲管事,惹这场横祸。至夜,居民遗漏④。王珙眉头一纵,计从心上来。只就当夜,教这贵人出牢狱。当时王珙思量出甚计来? 正是:

　　　袖中伸出拿云手⑤,提起天罗地网人。

当夜黄昏后,忽居民遗漏。王珙急去禀令公,要就热乱里放了这贵人⑥,只做因火狱中走了。令公大喜! 元来令公日间已写下书,只要做道理放他⑦,遂付书与王珙。王珙接了书,来狱中疏了贵人戴的枷;拿顶头巾,教贵人裹了;把符令公的书与贵人。分付道:"令公教你去汴京见刘太尉,可便去,不宜迟。"贵人得放出,火尚未灭。趁那撩乱之际,急走去部署房里,收拾些钱物,当夜迤逦奔那汴京开封府路上来。

　　不则一日,到开封府,讨了安歇处。明日早,径往殿司衙门伺候下书⑧。等候良久,刘太尉朝殿而回。只见:

　　　青凉伞招飐如云,马颔下珠缨拂火⑨。

乃是侍卫亲军左金吾卫上将军殿前都指挥使刘知远。贵人走向前,应声喏,覆道:"西京符令公有书拜呈,乞赐台览。"刘太尉教人接了书,随入衙。刘太尉拆开书看了,教下书人来厅前参拜了。刘太尉

---

①撅扑:挫折,命途多舛。

②筑筑磕磕:磕磕碰碰,不顺利。

③甫能:方才,好不容易。也作"甫能勾"。

④遗漏:失火。

⑤拿云手:比喻高强的本领。拿云,拿住天上的云彩。"袖中"二句指伸出援手,解救危难中人。《水浒传》第四十八回:"空中伸出拿云手,救出天罗地网人。"

⑥热乱:忙乱,吵闹混乱。

⑦做道理:想办法。

⑧殿司:"殿前都指挥使司"的简称,也称"殿前司",是掌握禁军的军事机构。

⑨珠缨:用珠串缀成的颈饰。拂火:形容如同火光般耀眼。拂,闪烁。

见郭威生得清秀，是个发迹的人，留在帐前作牙将使唤①，郭威拜谢讫。

　　自后过来（未）得数日，刘太尉因操军回衙，打从桑维翰丞相府前过。是日，桑维翰与夫人在看街里②，观着往来军民。刘知远头踏，约有三百余人，真是威严可畏。夫人看着桑维翰道："相公见否？"桑维翰道："此是刘太尉。"夫人说："此人威严若此，想官大似相公。"桑维翰笑曰："此一武夫耳，何足道哉？看我呼至帘前，使此人鞠躬听命。"夫人道："果如是，妾当奉劝；如不应其言，相公当劝妾一杯酒。"桑维翰即时令左右呼召刘太尉，又令人安靴在帘里，传钧旨赶上刘太尉，取覆道③："相公呼召太尉。"刘知远随即到府前下马，至堂下躬身应喏。正是：

　　　　直饶百万将军贵④，也须堂下拜靴尖。

　　刘太尉在堂下俟候，担阁了半日，不闻钧旨。桑维翰与夫人饮酒，忘了发付⑤，又没人敢去禀覆⑥。至晚，刘太尉只得且归，到衙内焦躁道："大丈夫功名，自以弓马得之，今反被腐儒相侮。"到明日五更，至朝见处，见桑维翰下马，入阁子里去。刘知远心中大怒："昨日侮我，教我看靴尖唱喏，今日有何面目相见？"因此怀忿，在朝见处，有犯桑维翰，晋帝遂令刘知远出镇太原府。那里是刘知远出镇太原府？则是那史弘肇合当出来，发迹变泰！正是：

　　　　特意种花栽不活，等闲携酒却成欢。

　　刘知远出镇太原府为节度使，日下朝辞出国门⑦。择了日，进发赴任。刘太尉先同帐下官属带行亲随起发，前往太原府。留郭牙将

---

①牙将：中下级军官。

②看街：亦写作"看阶"。指可以观看街景的窗户。这样的楼房叫"看街楼"。

③取覆：禀告，请求答复。

④直饶：纵然，即使。

⑤发付：打发。

⑥禀覆：请示，回报。

⑦日下：即日。

在后，管押钧眷①。行李担仗，当日起发。

  朱旗飐飐，彩帜飘飘。带行军卒，人人腰跨剑和刀；将佐亲随，个个腕悬鞭与简②。晨鸡啼后，束装晓别孤村；红日斜时，策马暮登高岭。经野市，过溪桥；歇邮亭，宿旅驿。早起看浮云陪晓翠，晚些见落日伴残霞。

指那万水千山，迤逦前进。刘知远方行得一程③，见一所大林：

  干耸千寻，根盘百里。掩映绿阴似障，槎牙怪木如龙。下长灵芝，上巢彩凤。柔条微动，生四野寒风；嫩叶初开，铺半天云影。阔遮十里地，高拂九霄云。

刘太尉方欲待过，只见前面走出一队人马，拦住路。刘太尉吃一惊，将为道是强人④，却待教手下将佐安排去抵敌。只见众人摆列在前，齐唱一声喏。为首一人禀覆道："侍卫司差军校史弘肇⑤，带领军兵，接太尉节使上太原府。"刘知远见史弘肇生得英雄，遂留在手下为牙将。史弘肇不则一日，随太尉到太原府。后面钧眷到，史弘肇见了郭牙将，扑翻身体便拜。兄弟两人再厮见，又都遭际刘太尉，两人为左右牙将。后因契丹灭了石晋⑥，刘太尉起兵入汴，史、郭二人为先锋，驱除契丹，代晋家做了皇帝，国号后汉。史弘肇自此直发迹，做到单、滑、宋、汴四镇令公⑦。富贵荣华，不可尽述。

  碧油幢拥，皂纛旗开⑧。壮士携鞭，佳人捧扇。冬眠红锦

---

①钧眷：称尊贵者的家眷。

②简：铁简，一种兵器。简，通"锏"。

③一程：一段路程。也指一些日子。

④将为道：以为，只道是。与"将谓"同义。

⑤侍卫司：五代时有侍卫亲军司，其统兵官为侍卫亲军马步军都指挥使。

⑥石晋：即后晋，石敬瑭所建。

⑦单、滑、宋、汴：单州（治所在今山东单县南）、滑州（治所在今河南滑县东）、宋州（治所在今河南商丘）、汴州（治所在今河南开封）。

⑧"碧油"二句：碧油幢，青绿色的油布车帷。皂纛（dào），用黑色丝织物制的军中大旗。

帐，夏卧碧纱厨①。两行红袖引②，一对美人扶。

这话本是京师老郎流传。若按欧阳文忠公所编的《五代史》正传上载道：梁末调民，七户出一兵。弘肇为兵，隶开道指挥，选为禁军，汉高祖典禁军为军校③。其后汉高祖镇太原，使将武节左右指挥，领雷州刺史。以功拜忠武军节度使、侍卫步军都指挥使。再迁侍卫亲军马步军都指挥使，领归德军节度使，同中书门下平章事。后拜中书令。周太祖郭威即位之日，弘肇已死，追封郑王。诗曰：

　　结交须结英与豪，劝君莫结儿女曹④。

　　英豪际会皆有用，儿女柔脆空烦劳。

---

①碧纱厨：一种避蚊蝇的帏帐，以木为架，顶及四周蒙以绿纱，可以折叠。
　按：此碧纱厨与"隔扇碧纱厨"似非一物。
②红袖：指美女。
③汉高祖：指后汉高祖刘知远。典：掌管。
④儿女曹：妇孺辈。喻指胸无大志者。曹，辈，类。

第十六卷

范巨卿鸡黍死生交

　　种树莫种垂杨枝，结交莫结轻薄儿。杨枝不耐秋风吹，轻薄易结还易离。君不见昨日书来两相忆，今日相逢不相识！不如杨枝犹可久，一度春风一回首。

　　这篇言语是《结交行》①，言结交最难。今日说一个秀才，乃汉明帝时人，姓张名劭，字元伯，是汝州南城人氏②。家本农业，苦志读书；年三十五岁，不曾婚娶。其老母年近六旬，并弟张勤努力耕种③，以供二膳④。时汉帝求贤。劭辞老母，别兄弟，自负书囊，来到东都洛阳应举。在路非只一日。到洛阳不远，当日天晚，投店宿歇。是夜，常闻邻房有人声唤。劭至晚问店小二："间壁声唤的是谁？"小二答道："是一个秀才，害时症⑤，在此将死。"劭曰："既是斯文⑥，当以看视。"小二曰："瘟病过人⑦，我们尚自不去看他⑧，秀才，你休去！"劭曰："死生有命，安有病能过人之理？吾须视之。"小二劝不住。劭乃推门而入，见一人仰面卧于土榻之上，面黄肌瘦，口内只叫："救人！"

---

①言语：词章，文辞著作。这里指诗。《结交行》：此诗为元代戴表元所作，原题《昨日行》。

②汝州：隋置，治所在今河南临汝东。据《搜神记》和《后汉记》，张劭为汝南人。汝南：汝南郡，西汉置，治所在今河南上蔡，东晋移治河南汝南。按：历代地名变更极大，小说中所写地名往往不准确，不能死看。

③并：与。

④二膳：早晚二餐。指俭朴的生活。

⑤时症：时疫，一时流行的传染病。

⑥斯文：这里指读书人。

⑦过：传染。

⑧尚自：尚且。

劭见房中书囊、衣冠,都是应举的行动①,遂扣头边而言曰②:"君子勿忧,张劭亦是赴选之人。今见汝病至笃,吾竭力救之。药饵粥食,吾自供奉,且自宽心③。"其人曰:"若君子救得我病,容当厚报。"劭随即挽人请医用药调治。蚤晚汤水粥食,劭自供给。

数日之后,汗出病减,渐渐将息,能起行立。劭问之,乃是楚州山阳人氏④,姓范,名式,字巨卿,年四十岁。世本商贾,幼亡父母,有妻小。近弃商贾,来洛阳应举。比及范巨卿将息得无事了,误了试期。范曰:"今因式病,有误足下功名,甚不自安。"劭曰:"大丈夫以义气为重,功名富贵,乃微末耳,已有分定⑤。何误之有?"范式自此与张劭情如骨肉,结为兄弟。式年长五岁,张劭拜范式为兄。

结义后,朝暮相随,不觉半年。范式思归,张劭与计算房钱⑥,还了店家。二人同行。数日,到分路之处,张劭欲送范式。范式曰:"若如此,某又送回。不如就此一别,约再相会。"二人酒肆共饮,见黄花红叶⑦,妆点秋光,以助别离之兴。酒座间杯泛茱萸⑧,问酒家,方知是重阳佳节。范曰:"吾幼亡父母,屈在商贾⑨。经书虽则留心,奈为妻子所累⑩。幸贤弟有老母在堂,汝母即吾母也。来年今

---

①行动:举止,举动。一说是使用的物品。许政扬注:"行是行李,动是动使。行动,就是行头。"但"行动"这个意思,未见他例。按:疑此处"行动"实为"行头"之误。行头:行李,行装。

②扣:靠近。

③且自:只管,暂且。

④楚州:隋置,治所在山阳县(今江苏淮安)。

⑤分(fèn)定:命定。分,福分,缘分。

⑥与:替,为。

⑦黄花:菊花。

⑧杯泛茱萸:指饮茱萸酒。古人习俗,重阳节除佩带茱萸外,还饮菊花酒或茱萸酒。唐权德舆《九日北楼宴集》:"风吟蟋蟀寒偏急,酒泛茱萸晚易醺。"泛,飘浮。

⑨屈:委屈,沉屈。这里指从商是不得已。

⑩妻子(zǐ):妻小,妻子和儿女。

日,必到贤弟家中,登堂拜母,以表通家之谊。"张劭曰:"但村落无可为款,倘蒙兄长不弃,当设鸡黍以待①,幸勿失信。"范式曰:"焉肯失信于贤弟耶?"二人饮了数杯,不忍相舍。张劭拜别范式。范式去后,劭凝望堕泪;式亦回顾泪下,两各怏怏而去。有诗为证:

> 手采黄花泛酒卮②,殷勤先订隔年期。
>
> 临歧不忍轻分别,执手依依各泪垂。

且说张元伯到家,参见老母。母曰:"吾儿一去,音信不闻,令我悬望,如饥似渴。"张劭曰:"不孝男于途中遇山阳范巨卿,结为兄弟,以此逗留多时。"母曰:"巨卿何人也?"张劭备述详细。母曰:"功名事,皆分定。既逢信义之人结交,甚快我心。"少刻,弟归,亦以此事从头说知,各各欢喜。自此张劭在家,再攻书史,以度岁月。光阴迅速,渐近重阳。劭乃预先畜养肥鸡一只,杜酝浊酒③。是日蚤起,洒扫草堂;中设母座,傍列范巨卿位;遍插菊花于瓶中,焚信香于座上④。呼弟宰鸡炊饭,以待巨卿。母曰:"山阳至此,迢递千里,恐巨卿未必应期而至。待其来,杀鸡未迟。"劭曰:"巨卿,信士也,必然今日至矣,安肯误鸡黍之约? 入门便见所许之物,足见我之待久。如候巨卿来,而后宰之,不见我惓惓之意。"母曰:"吾儿之友,必是端士⑤。"遂烹炮以待⑥。是日,天晴日朗,万里无云。劭整其衣冠,独立庄门而望。看看近午,不见到来。母恐误了农桑,令张勤自去田头收割。张劭听得前村犬吠,又往望之,如此六七遭。因看红日西沉,现出半轮新月,母出户令弟唤劭曰:"儿久立倦矣! 今日莫非巨卿不

---

①鸡黍:指招待客人的饭菜。语本《论语·微子》:"止子路宿,杀鸡为黍而食之。"

②酒卮(zhī):酒器。卮,古代盛酒的器皿。

③杜酝:自家酿造。亦指自酿的酒。

④信香:即香。佛教认为香是表达信心(信仰宗教的虔诚之心)的使者,故称香为信香。

⑤端士:正直之士。

⑥烹炮:烧煮熏炙。泛指烹调。

来？且自晚膳。"劭谓弟曰："汝岂知巨卿不至耶？若范兄不至，吾誓
不归。汝农劳劳矣，可自歇息。"母弟再三劝归，劭终不许。

候至更深，各自歇息，劭倚门如醉如痴，风吹草木之声，莫是范
来①，皆自惊讶。看见银河耿耿，玉宇澄澄，渐至三更时分，月光都没
了。隐隐见黑影中，一人随风而至。劭视之，乃巨卿也。再拜踊跃
而大喜曰："小弟自蚤直候至今，知兄非爽信也②，兄果至矣。旧岁所
约鸡黍之物，备之已久。路远风尘，别不曾有人同来③？"便请至草
堂，与老母相见。范式并不答话，径入草堂。张劭指座榻曰："特设
此位，专待兄来，兄当高座。"张劭笑容满面，再拜于地曰："兄既远
来，路途劳困，且未可与老母相见，杜酿鸡黍，聊且充饥。"言讫又拜。
范式僵立不语，但以衫袖反掩其面。劭乃自奔入厨下，取鸡黍并酒，
列于面前，再拜以进。曰："酒殽虽微④，劭之心也，幸兄勿责。"但见
范于影中，以手绰其气而不食⑤。劭曰："兄意莫不怪老母并弟不曾
远接，不肯食之？容请母出与同伏罪⑥。"范摇手止之。劭曰："唤舍
弟拜兄，若何？"范亦摇手而止之。劭曰："兄食鸡黍后进酒，若何？"
范蹙其眉，似教张退后之意。劭曰："鸡黍不足以奉长者，乃劭当日
之约，幸勿见嫌。"范曰："弟稍退后，吾当尽情诉之。吾非阳世之人，
乃阴魂也。"劭大惊曰："兄何故出此言？"范曰："自与兄弟相别之后，
回家为妻子口腹之累，溺身商贾中，尘世滚滚，岁月匆匆，不觉又是
一年。向日鸡黍之约，非不挂心；近被蝇利所牵，忘其日期。今蚤邻
右送茱萸酒至⑦，方知是重阳。忽记贤弟之约，此心如醉。山阳至

①莫是：莫非是，难道是。

②爽信：失信。

③别不曾：别不是，莫非。

④酒殽：酒肴。殽，这里通"肴"。

⑤绰（chāo）其气而不食：古人称鬼神享受祭品叫"歆享"，即以口鼻吸取肴食
　之气。绰，抓取。

⑥与同：一同。伏罪：服罪，认罪。这里是请罪的意思。

⑦邻右：与"邻左"同义。邻居。

此,千里之隔,非一日可到。若不如期,贤弟以我为何物? 鸡黍之约,尚自爽信,何况大事乎? 寻思无计。常闻古人有云:人不能行千里,魂能日行千里。遂嘱咐妻子曰:'吾死之后,且勿下葬,待吾弟张元伯至,方可入土。'嘱罢,自刎而死。魂驾阴风,特来赴鸡黍之约。万望贤弟怜悯愚兄,恕其轻忽之过,鉴其凶暴之诚①,不以千里之程②,肯为辞亲,到山阳一见吾尸,死亦瞑目无憾矣。"言讫,泪如迸泉,急离坐榻,下阶砌。劭乃趋步逐之,不觉忽踏了苍苔③,颠倒于地④。阴风拂面,不知巨卿所在。有诗为证:

> 风吹落月夜三更,千里幽魂叙旧盟。
>
> 只恨世人多负约,故将一死见平生。

张劭如梦如醉,放声大哭。那哭声,惊动母亲并弟,急起视之,见堂上陈列鸡黍酒果,张元伯昏倒于地。用水救醒,扶到堂上,半晌不能言,又哭至死。母问曰:"汝兄巨卿不来,有甚利害? 何苦自哭如此!"劭曰:"巨卿以鸡黍之约,已死于非命矣。"母曰:"何以知之?"劭曰:"适间亲见巨卿到来,邀迎入坐,具鸡黍以迎。但见其不食,再三恳之。巨卿曰:为商贾用心,失忘了日期。今盏方醒,恐负所约,遂自刎而死。阴魂千里,特来一见。母可容儿亲到山阳葬兄之尸,儿明盏收拾行李便行。"母哭曰:"古人有云:因人梦赦,渴人梦浆。此是吾儿念念在心,故有此梦警耳。"劭曰:"非梦也,儿亲见来,酒食见在,逐之不得,忽然颠倒,岂是梦乎? 巨卿乃诚信之士,岂妄报耶!"弟曰:"此未可信。如有人到山阳去,当问其虚实。"劭曰:"人禀天地而生,天地有五行,金、木、水、火、土,人则有五常,仁、义、礼、智、信以配之,惟信非同小可。仁所以配木,取其生意也。义所以配

---

① 凶暴之诚:这里指以自杀表示的诚心。自杀本不是一件好事,故称"凶暴"。

② 不以千里之程:意思是不以千里的路程为远,即不远千里。

③ 忽踏:不小心踩上。

④ 颠倒:摔倒。

金,取其刚断也。礼所以配水,取其谦下也。智所以配火,取其明达也。信所以配土,取其重厚也。圣人云:'大车无輗,小车无軏①,其何以行之哉?'又云:'自古皆有死,民无信不立②。'巨卿既已为信而死,吾安可不信而不去哉?弟专务农业,足可以奉老母。吾去之后,倍加恭敬;晨昏甘旨③,勿使有失。"遂拜辞其母曰:"不孝男张劭,今为义兄范巨卿为信义而亡,须当往吊。已再三叮咛张勤,令侍养老母。母须蚤晚勉强饮食④,勿以忧愁⑤,自当善保尊体。劭于国不能尽忠,于家不能尽孝,徒生于天地之间耳。今当辞去,以全大信。"母曰:"吾儿去山阳,千里之遥,月余便回,何故出不利之语?"劭曰:"生如浮沤⑥,死生之事,且夕难保。"恸哭而拜。弟曰:"勤与兄同去,若何?"元伯曰:"母亲无人侍奉,汝当尽力事母,勿令吾忧。"洒泪别弟,背一个小书囊,来蚤便行⑦。有诗为证:

> 辞亲别弟到山阳,千里迢迢客梦长。
>
> 岂为友朋轻骨肉?只因信义迫中肠。

沿路上饥不择食,寒不思衣。夜宿店舍,虽梦中亦哭。每日蚤起赶程,恨不得身生两翼。行了数日,到了山阳。问巨卿何处住,径奔至其家门首。见门户锁着,问及邻人。邻人曰:"巨卿死已过二七,其妻扶灵柩,往郭外去下葬。送葬之人,尚自未回。"劭问了去处,奔至郭外,望见山林前新筑一所土墙,墙外有数十人,面面相觑,各有惊异之状。劭汗流如雨,走往观之。见一妇人,身披重孝。一子约有十七八岁,伏棺而哭。元伯大叫曰:"此处莫非范巨卿灵柩

---

① 大车无輗(ní),小车无軏(yuè):语见《论语·为政》。輗和軏都是车辕的前端与车衡衔接处的销钉,用于大车的叫輗,用于小车的叫軏。

② "自古"二句:语出《论语·颜渊》。

③ 晨昏甘旨:早晚两餐。甘旨,美味。多用作奉养父母之词。

④ 勉强:努力,尽量。

⑤ 勿以:勿庸,无须,不必。

⑥ 浮沤:水面的泡沫。

⑦ 来蚤:"来早",明早。

乎?"其妇曰:"来者莫非张元伯乎?"张曰:"张劭自来不曾到此,何以知名姓耶?"妇泣曰:"此夫主再三之遗言也。夫主范巨卿,自洛阳回,常谈贤叔盛德。前者重阳日,夫主忽举止失措。对妾曰:'我失却元伯之大信,徒生何益! 常闻人不能行千里,吾宁死,不敢有误鸡黍之约。死后且不可葬,待元伯来见我尸,方可入土。今日已及二七,人劝云:'元伯不知何日得来,先葬讫,后报知未晚。'因此扶柩到此。众人拽棺入金井①,并不能动,因此停住坟前,众都惊怪。见叔叔远来如此慌速,必然是也。"元伯乃哭倒于地。妇亦大恸,送殡之人,无不下泪。

元伯于囊中取钱,令买祭物,香烛纸帛,陈列于前。取出祭文,酹酒再拜,号泣而读。文曰:

维某年月日,契弟张劭,谨以炙鸡絮酒②,致祭于仁兄巨卿范君之灵曰:於维巨卿③,气贯虹霓,义高云汉。幸倾盖于穷途④,缔盍簪于荒店⑤。黄花九日,肝膈相盟⑥;青剑三秋⑦,头颅可断。堪怜月下凄凉,恍似日间眷恋。弟今辞母,来寻碧水青

①金井:这里指墓穴。
②炙鸡絮酒:据谢承《后汉书》说,徐稚赴吊时,常于家预炙鸡一只,以一两绵絮浸渍酒中,晒干后裹鸡。到墓地,以水渍绵,使有酒气,然后置鸡酹酒以祭。后人吊祭之文多引用此语。
③於(wū):叹词。维:句中或句首助词。
④倾盖:行道相遇,停车交谈,车盖倾侧相交。古人用"倾盖"指初交相得,一见如故。
⑤盍簪:聚首,约会。《易经》中有"勿疑,朋盍簪"的话。旧注说盍是合。簪是疾,意思为"群朋合聚而疾来"。后用来指士人聚会。
⑥肝膈:犹"肺腑",比喻真诚恳切。
⑦青剑:即青锋剑。指宝剑,利剑。三秋:这里指秋季的第三个月,即农历九月。

松①；兄亦嘱妻，伫望素车白练②。故友那堪死别，谁将金石盟寒③？丈夫自是生轻，欲把昆吾锷按④。历千古而不磨，期一言之必践。倘灵爽之犹存⑤，料冥途之长伴。呜呼哀哉！尚飨。

元伯发棺视之，哭声恸地⑥。回顾嫂曰：“兄为弟亡，岂能独生耶？囊中已具棺椁之费，愿嫂垂怜，不弃鄙贱，将劭葬于兄侧，平生之大幸也。”嫂曰：“叔何故出此言也？”劭曰：“吾志已决，请勿惊疑。”言讫，掣佩刀自刎而死。众皆惊愕，为之设祭，具衣棺营葬于巨卿墓中。

本州太守闻知，将此事表奏。明帝怜其信义深重，两生虽不登第，亦可褒赠，以励后人。范巨卿赠山阳伯，张元伯赠汝南伯。墓前建庙，号“信义之祠”，墓号“信义之墓。”旌表门闾，官给衣粮，以膳其子⑦。巨卿子范纯绶，及第进士，官鸿胪寺卿⑧。至今山阳古迹犹存，题咏极多。惟有无名氏《踏莎行》一词最好，词云：

千里途遥，隔年期远，片言相许心无变。宁将信义托游魂，

---

① 碧水青松：这里指坟地。《文选·古诗十九首》“松柏夹广路”李善注引仲长统《昌言》：“古之葬者，松柏梧桐，以识其坟也。”李白《拟古十二首》：“白骨寂无言，青松岂知春？”

② 素车白练：白车白带，指奔丧用物。《后汉书·范式传》说，张劭母亲望见范巨卿“素车白马，号哭而来”。按：史书记载是张劭病死，范式来奔丧。

③ 谁将：谁肯。将，欲，打算。金石盟寒，违背金石之盟。金石，比喻交情之坚。盟寒，寒盟，背约。

④ 把昆吾锷按：指用剑自刎。昆吾，即昆吾剑，古代宝剑名，据说此剑切玉如切泥。这里泛指刀剑。锷，刀剑之刃。

⑤ 灵爽：指精气，魂魄。

⑥ 恸地：义同“动地”。恸，感动。《汉书·萧望之传》：“上乃却食，为之涕泣，哀恸左右。”颜师古注曰：“恸，动也。”《法苑珠林》卷三十七《神异篇·杂异部》：“人马亘野，悲号恸地。”《酌中志》卷二十一《辽左弃地》：“军民号天恸地，耳不忍闻。”

⑦ 膳：赡养，供给饭食。这里当指廪膳，即官府供给在学生员膳食。

⑧ 鸿胪寺卿：官名，掌朝贺庆吊之赞导相礼。

堂中鸡黍空劳劝。　　月暗灯昏,泪痕如线,死生虽隔情何限。灵辆若候故人来[1],黄泉一笑重相见。

---

[1] 灵辆(ér):灵车,丧车。

第十七卷

单符郎全州佳偶

郏鄩门开城倚天①，周公拮搆尚依然②。

休言道德无关锁，一闭乾坤八百年③。

这首诗，单说西京是帝王之都，左成皋，右渑池，前伊阙，后大河④，真个形势无双，繁华第一，宋朝九代建都于此⑤。今日说一桩故事，乃是西京人氏，一个是邢知县，一个是单推官。他两个都在孝感坊下，并门而居。两家宅眷，又是嫡亲姊妹，姨丈相称，所以往来甚密。虽为各姓，无异一家。先前，两家未做官时节，姊妹同时怀孕，私下相约道："若生下一男一女，当为婚姻。"后来单家生男，小名符郎，邢家生女，小名春娘。姊妹各对丈夫说通了，从此亲家往来，非止一日。符郎和春娘幼时常在一处游戏，两家都称他为小夫妇。以后渐渐长成，符郎改名飞英，字腾实，进馆读书；春娘深居绣阁。各不相见。

其时宋徽宗宣和七年，春三月，邢公选了邓州顺阳县知县⑥，单公选了扬州府推官，各要挈家上任。相约任满之日，归家成亲。单推官带了夫人和儿子符郎，自往扬州去做官，不题。却说邢知县到

---

①郏鄩（rǔ）：周代的雒（洛）邑，故址在今河南洛阳。西周成王时以镐（hào）京（今西安西南）为西都，洛邑为东都。公元前770年周平王迁都洛邑，自此史称东周。

②周公拮搆（gòu）：洛邑由周公管建。拮搆，同"结构"。

③八百年：指周代延续了八百年。

④"左成皋"四句：成皋，地名，在今河南荥阳县汜水镇西。渑（miǎn）池，地名，今河南渑池。伊阙，地名，即龙门，在今洛阳南。大河，古指黄河。

⑤宋朝九代：指北宋九个皇帝。按：北宋以洛阳为西京。

⑥邓州：隋置，治所在今河南邓县。顺阳县：今河南邓县。

了邓州顺阳县，未及半载，值金鞑子分道入寇①。金将斡离不攻破了顺阳②，邢知县一门遇害。春娘年十二岁，为乱兵所掠，转卖在全州乐户杨家③，得钱十七千而去。春娘从小读过经书及唐诗千首，颇通文墨，尤善应对。鸨母爱之如宝，改名杨玉，教以乐器及歌舞，无不精绝。正是：

　　三千粉黛输颜色，十二朱楼让舞歌④。

只是一件，他终是宦家出身，举止端详。每诣公庭侍宴，呈艺毕，诸妓调笑谑浪⑤，无所不至。杨玉默然独立，不妄言笑，有良人风度⑥。为这个上，前后官府，莫不爱之重之。

　　话分两头。却说单推官在任三年，时金虏陷了汴京，徽宗、钦宗两朝天子，都被他掳去。亏杀吕好问说下了伪帝张邦昌⑦，迎康王嗣统。康王渡江而南，即位于应天府⑧，是为高宗。高宗惧怕金虏，不敢还西京，乃驾幸扬州。单推官率民兵护驾有功，累迁郎官之职，又随驾至杭州。高宗爱杭州风景，驻跸建都⑨，改为临安府。有诗为证：

　　山外青山楼外楼，西湖歌舞几时休？
　　暖风熏得游人醉，却把杭州作汴州。

　　话说西北一路地方，被金虏残害，百姓从高宗南渡者，不计其

------

①金鞑子：指金人，女真族。
②斡离不：即完颜宗望(？—1127)，金太祖第二子。
③全州：治所在今广西全州。乐户：指官妓。参见"乐籍"注。
④"三千"二句：三千粉黛，即所谓"后宫三千"。粉黛，美女。十二朱楼，华丽的高楼。朱，红色。
⑤谑浪：戏谑放浪。
⑥良人：这里指良家女子，与妓女对言。
⑦吕好问(1064—1131)：靖康二年(1127)，金人立张邦昌为帝，吕摄门下省，暗通康王。说下：说服。
⑧应天府：府名，北宋初为宋州，景德三年(1006)升为应天府，大中祥符七年(1014)建为南京。故址在今河南商丘南。
⑨驻跸：帝王出行时中途停留暂住。

数,皆散处吴下。闻临安建都,多有搬到杭州入籍安插。单公时在户部,阅看户籍册子,见有一"邢祥"名字,乃西京人。自思:"邢知县名祯,此人名祥,敢是同行兄弟?自从游宦以后①,邢家全无音耗相通,正在悬念。"乃遣人密访之,果邢知县之弟,号为"四承务"者②。急忙请来相见,问其消息。四承务答道:"自邓州破后,传闻家兄举家受祸,未知的否。"因流泪不止,单公亦愀然不乐。念儿子年齿已长,意欲别图亲事。犹恐传言未的,媳妇尚在,且待干戈宁息,再行探听。从此单公与四承务仍认做亲戚,往来不绝。

再说高宗皇帝初即位,改元建炎。过了四年,又改元绍兴。此时绍兴元年,朝廷追叙南渡之功,单飞英受父荫,得授全州司户③。谢恩过了,择日拜别父母起程,往全州到任。时年十八岁,一州官属,只有单司户年少,且是仪容俊秀,见者无不称羡。上任之日,州守设公堂酒会饮④,大集声妓。原来宋朝有这个规矩:凡在籍娼户,谓之官妓;官府有公私筵宴,听凭点名,唤来祗应。这一日,杨玉也在数内。单司户于众妓中,只看得他上眼,大有眷爱之意。诗曰:

　　曾绾红绳到处随⑤,佳人才子两相宜。
　　风流的是张京兆⑥,何日临窗试画眉?

---

①游宦:离家外出做官。

②四承务:承务即"承务郎"的省称,隋唐及宋时的从八品下阶文散官。隋时承务郎同于员外郎之职。后借用为对地主或富贵人家子弟以及技艺人的称呼。"四"当指兄弟排行第四。"四承务"等于"四员外"。

③司户:官名,"司户参军"的简称。宋沿唐制,置于各州,掌管户籍、赋税、仓库。

④公堂酒:公宴。公堂,官署的厅堂。

⑤绾红绳:五代王仁裕《开元天宝遗事·牵红丝娶妇》说,宰相张嘉贞有女五人,各持一丝,令郭元振牵之,得者为婿。元振遂牵一红丝线,得第三女,大有姿色。民间也有"千里姻缘一线牵"之说。故"红丝"或"红线"、"红绳"成为婚姻或媒妁的代称。

⑥张京兆:汉宣帝时张敞为京兆尹,常为他的妻子画眉。后成为夫妻恩爱的典故。

司理姓郑①,名安,荥阳旧族,也是个少年才子。一见单司户,便意气相投,看他顾盼杨玉,已知其意。一日,郑司理去拜单司户,问道:"足下清年名族②,为何单车赴任③,不携宅眷?"单司户答道:"实不相瞒,幼时曾定下妻室,因遭虏乱,存亡未卜,至今中馈尚虚④。"司理笑道:"离索之感⑤,人孰无之? 此间歌妓杨玉,颇饶雅致,且作望梅止渴,何如?"司户初时逊谢不敢,被司理言之再三,说到相知的分际,司户隐瞒不得,只得吐露心腹。司理道:"既才子有意佳人,仆当为曲成之耳。"自此每遇宴会,司户见了杨玉,反觉有些避嫌,不敢注目;然心中思慕愈甚。司理有心要玉成其事,但惧怕太守严毅⑥,做不得手脚。

如此二年。旧太守任满升去,新太守姓陈,为人忠厚至诚,且与郑司理是同乡故旧。所以郑司理屡次在太守面前,称荐单司户之才品,太守十分敬重。一日,郑司理置酒,专请单司户到私衙清话⑦,只点杨玉一名祇候⑧。这一日,比公堂筵宴不同,只有宾主二人,单司户才得饱看杨玉,果然美丽! 有词名《忆秦娥》⑨,词云:

> 香馥馥,樽前有个人如玉。人如玉,翠翘金凤⑩,内家

----

① 司理:"司理参军"的简称。宋于各州设理院,其官叫司理参军。

② 清年:盛年,年轻。

③ 单车:一辆车,形容轻车简从。

④ 中馈尚虚:指尚未娶妻。中馈,古时指妇女在家主持饮食之事,后作为妻子的代称。

⑤ 离索:离群索居,孤单。

⑥ 严毅:严厉刚毅。

⑦ 清话:高雅的言谈。这里指闲谈。

⑧ 祇候:祇应,侍候。也指侍候人员。

⑨ 《忆秦娥》:原文"忆"误作"意"。此词作者,《草堂诗余》等题作周邦彦,文字小异。按:周的词集《片玉词》未收此词。

⑩ 翠翘金凤:饰有翠羽的金凤,指贵重的女子首饰。翠翘,翠鸟尾上的长羽。白居易《长恨歌》:"翠翘金雀玉搔头。"

妆束①。

　　　　娇羞惯把眉儿蹙，逢人只唱伤心曲。伤心曲，一声声是怨
红愁绿。

郑司理开言道："今日之会，并无他客，勿拘礼法。当开怀畅饮，务取
尽欢。"遂斟巨觥来劝单司户，杨玉清歌侑酒。酒至半酣，单司户看
着杨玉，神魂飘荡，不能自持；假装醉态不饮。郑司理已知其意，便
道："且请到书斋散步②，再容奉劝。"那书斋是司理自家看书的所在，
摆设着书、画、琴、棋，也有些古玩之类。单司户那有心情去看，向竹
榻上倒身便睡。郑司理道："既然仁兄困酒，暂请安息片时。"忙转身
而出，却教杨玉斟下香茶一瓯送去。单司户素知司理有玉成之美，
今番见杨玉独自一个送茶，情知是放松了。忙起身把门掩上，双手
抱住杨玉求欢。杨玉佯推不允，单司户道："相慕小娘子，已非一日，
难得今番机会。司理公平昔见爱，就使知觉③，必不嗔怪。"杨玉也识
破三分关窍，不敢固却，只得顺情。两个遂在榻上，草草的云雨一
场。有诗为证：

　　　　相慕相怜二载余，今朝且喜两情舒。

　　　　虽然未得通宵乐，犹胜阳台梦是虚。

　　单司户私问杨玉道："你虽然才艺出色，偏觉雅致④，不似青楼习
气，必是一个名公苗裔。今日休要瞒我，可从实说与我知道，果是何
人？"杨玉满面羞惭，答道："实不相瞒，妾本宦族，流落在此，非杨妪
所生也。"司户大惊，问道："既系宦族，汝父何官何姓？"杨玉不觉双
泪交流，答道："妾本姓邢，在东京孝感坊居住，幼年曾许与母姨之子
结婚。妾之父授邓州顺阳县知县，不幸胡寇猖獗，父母皆遭兵刃，妾
被人掠卖至此。"司户又问道："汝夫家姓甚？作何官职？所许嫁之
子，又是何名？"杨玉道："夫家姓单，那时为扬州推官。其子小名符

----

①内家：指宫中。封建时代皇宫称大内，故也称内家。
②散步：这里指在室内闲步散心。
③就使：即使。
④偏：独，特别。

郎，今亦不知存亡如何。"说罢，哭泣不止。司户心中已知其为春娘了，且不说破，只安慰道："汝今日鲜衣美食，花朝月夕，勾你受用。官府都另眼看觑，谁人轻贱你？况宗族远离，夫家存亡未卜，随缘快活，亦足了一生矣。何乃自生悲泣耶？"杨玉蹙颇答道①："妾闻'女子生而愿为之有家'，虽不幸风尘，实出无奈。夫家宦族，即使无恙，妾亦不作团圆之望。若得嫁一小民，荆钗布裙，啜菽饮水，亦是良人家媳妇，比在此中迎新送旧，胜却千万倍矣。"司户点头道："你所见亦是。果有此心，我当与汝作主。"杨玉叩头道："恩官若能拔妾于苦海之中，真乃万代阴德也。"说未毕，只见司理推门进来道："阳台梦醒也未？如今无事，可饮酒矣。"司户道："酒已过醉，不能复饮。"司理道："一分酒醉，十分心醉。"司户道："一分醉酒，十分醉德②。"大家都笑起来，重来筵上，洗盏更酌，是日尽欢而散。

过了数日，单司户置酒，专请郑司理答席，也唤杨玉一名答应。杨玉先到，单司户不复与狎昵，遂正色问曰："汝前日有言，为小民妇，亦所甘心。我今丧偶，未有正室，汝肯相随我乎？"杨玉含泪答道："枳棘岂堪凤凰所栖，若恩官可怜，得蒙收录，使得备巾栉之列，丰衣足食，不用送往迎来，固妾所愿也。但恐他日新孺人性严③，不能相容，然妾自当含忍，万一征色发声④，妾情愿持斋佞佛⑤，终身独宿，以报恩官之德耳。"司户闻言，不觉惨然，方知其厌恶风尘，出于至诚，非诳语也。少停，郑司理到来，见杨玉泪痕未干，戏道："古人

①蹙颇（cù）：眉头紧皱，形容忧愁的样子。颇，鼻梁。《孟子》中有"疾首蹙颇"的话，成语变为"疾首蹙额"。

②醉德："醉酒饱德"之省略。《诗经·大雅·既醉》："既醉以酒，既饱以德。"后以"醉德"作为酬谢主人宴饮之辞。

③孺人：古代贵族、官吏之母或妻的封号。也用作妻子的通称。

④征色发声：语出《孟子·告子下》："征于色，发于声，而后喻。"这里指把不满等公开表现在脸色上和言语中，即矛盾公开化。征，验证，体现。发，表露，发作。

⑤持斋佞佛：吃斋信佛。

云乐极生悲,信有之乎?"杨玉敛容答道:"忧从中来,不可断绝耳!"单司户将杨玉立志从良说话,向郑司理说了。郑司理道:"足下若有此心,下官亦愿效一臂。"这一日,饮酒无话。

席散后,单司户在灯下修成家书一封,书中备言岳丈邢知县全家受祸,春娘流落为娼,厌恶风尘,志向可悯。男情愿复联旧约,不以良贱为嫌。单公拆书观看,大惊,随即请邢四承务到来,商议此事,两家各伤感不已。四承务要亲往全州主张亲事①;教单公致书于太守求为春娘脱籍。单公写书,付与四承务收讫,四承务作别而行。不一日,来到全州,径入司户衙中相见,道其来历②。单司户先与郑司理说知其事,司理一力撺掇,道:"谚云:贵易交,富易妻。今足下甘娶风尘之女,不以存亡易心,虽古人高义,不是过也。"遂同司户到太守处,将情节告诉;单司户把父亲书札呈上。太守看了,道:"此美事也,敢不奉命?"次日,四承务具状告府,求为释贱归良,以续旧婚事,太守当面批准了。

候至日中,还不见发下文牒。单司户疑有他变,密使人打探消息。见厨司正在忙乱,安排筵席。司户猜道:"此酒为何而设?岂欲与杨玉举离别觞耶?事已至此,只索听之。"少顷,果召杨玉祗候,席间只请通判一人。酒至三巡,食供两套③。太守唤杨玉近前,将司户愿续旧婚,及邢祥所告脱籍之事,一一说了。杨玉拜谢道:"妾一身生死荣辱,全赖恩官提拔。"太守道:"汝今日尚在乐籍,明日即为县君④,将何以报我之德?"杨玉答道:"恩官拔人于火宅之中⑤,阴德如

---

①主张:这里是主持的意思。

②来历:来由。这里指来此的原由。

③酒至三巡,食供两套:这里描写酒宴正在进行中的套语。巡,给全座斟酒一遍。套,配成一组的食品。

④县君:古代妇人的封号。唐代五品官的母亲或妻子封为县君。宋徽宗时改县君为室人、安人、孺人等。县君亦用作命妇(受有封号的妇女)的通称。

⑤火宅:佛经中把充满痛苦烦恼的世界比做火宅,意为如居火坑之中。

山,妾惟有日夕吁天,愿恩官子孙富贵而已。"太守叹道:"丽色佳音,不可复得。"不觉前起抱持杨玉说道:"汝必有以报我。"那通判是个正直之人,见太守发狂,便离席起立,正色发作道:"既司户有宿约①,便是孺人,我等俱有同僚叔嫂之谊。君子进退当以礼,不可苟且,以伤雅道。"太守踧踖谢道②:"老夫不能忘情,非判府之言,不知其为过也。今得罪于司户,当谢过以质耳③。"乃令杨玉入内宅,与自己女眷相见。却教人召司理、司户二人,到后堂同席,直吃到天明方散。

太守也不进衙,径坐早堂,便下文书与杨家翁、媪,教除去杨玉名字。杨翁、杨媪出其不意,号哭而来,拜着太守诉道:"养女十余年,费尽心力。今既蒙明判,不敢抗拒。但愿一见而别,亦所甘心。"太守遣人传语杨玉。杨玉立在后堂,隔屏对翁、妪说道:"我夫妻重会,也是好事!我虽承汝十年抚养之恩,然所得金帛已多,亦足为汝养老之计。从此永诀,休得念想。"妪兀自号哭不止,太守喝退了杨翁、杨妪。当时差州司人从,自宅堂中抬出杨玉,径送至司户衙中;取出私财十万钱,权佐资奁之费。司户再三推辞,太守定教受了。是日,郑司理为媒,四承务为主婚,如法成亲④,做起洞房花烛。有诗为证:

> 风流司户心如渴,文雅娇娘意似狂。
>
> 今夜官衙寻旧约,不教人话负心郎。

次日,太守同一府官员,都来庆贺,司户置酒相待。四承务自归临安,回复单公去讫。司户夫妻相爱,自不必说。

光阴似箭,不觉三年任满。春娘对司户说道:"妾失身风尘,亦荷翁妪爱育,其他姊妹中相处,也有情分契厚的。今将远去,终身不

---

①宿约:前约,旧约。

②踧踖(cù jí):局促不安、惭愧的样子。

③谢过以质:诚心诚意地道歉。质,诚信。《春秋穀梁传注疏》"定公卷第十九"引何休注:"晏子曰:君子谢过以质,小人谢过以文。"

④如法:指按照礼法。

复相见。欲具少酒食，与之话别，不识官人肯容否？"司户道："汝之事，合州莫不闻之，何可隐讳？便治酒话别，何碍大体？"春娘乃设筵于会胜寺中，教人请杨翁、杨姬，及旧时同行姊妹相厚者十余人，都来会饮。至期，司户先差人在会胜寺等候众人到齐，方才来禀。杨翁、杨姬先到，以后众妓陆续而来。从人点客已齐，方敢禀知司户，请孺人登舆。仆从如云，前呼后拥，到会胜寺中，与众人相见。略叙寒暄，便上了筵席。饮至数巡，春娘自出席送酒。内中一妓，姓李，名英，原与杨姬家连居。其音乐技艺，皆是春娘教导。常呼春娘为姊，情似同胞，极相敬爱。自从春娘脱籍，李英好生思想，常有郁郁之意。是日，春娘送酒到他面前，李英忽然执春娘之手，说道："姊今超脱污泥之中，高翔青云之上，似妹子沉沦粪土，无有出期，相去不啻天堂、地狱之隔，姊今何以救我？"说罢，遂放声大哭。春娘不胜凄惨，流泪不止。原来李英有一件出色的本事：第一手好针线，能干暗中缝纫，分际不差①。正是：

> 织发夫人昔擅奇②，神针娘子古来稀。
>
> 谁人乞得天孙巧③？十二楼中一李姬。

春娘道："我司户正少一针线人，吾妹肯来与我作伴否？"李英道："若得阿姊为我方便，得脱此门路，是一段大阴德事。若司户左右要觅针线人，得我为之，素知阿姊心性，强似寻生分人也④。"春娘道："虽然如此，但吾妹平日与我同行同辈，今日岂能居我之下乎？"李英道："我在风尘中，每自退姊一步，况今日云泥迥隔，又有嫡庶之异；即使朝夕奉侍阿姊，比于侍婢，亦所甘心。况敢与阿姊比肩耶？"春娘道："妹既有此心，奴当与司户商之。"

---

①分际：这里犹言"分毫"。

②织发夫人：晋王嘉《拾遗记》说，三国时孙权的赵夫人以神胶接续发丝，织成罗縠，裁之为幔，内外视之，飘飘如烟气轻动，而房内自凉。时人谓之"丝绝"。

③天孙：织女星。

④生分：陌生，不熟悉。

　　当晚席散。春娘回衙，将李英之事对司户说了。司户笑道："一之为甚，岂可再乎！"春娘再三撺掇，司户只是不允，春娘闷闷不悦，一连几日。李英遣人以问安奶奶为名，就催促那事。春娘对司户说道："李家妹情性温雅，针线又是第一，内助得如此人，诚所罕有。且官人能终身不纳姬侍则已，若纳他人，不如纳李家妹，与我少小相处，两不见笑。官人何不向守公求之？万一不从，不过拚一没趣而已，妾亦有词以回绝李氏。倘侥幸相从，岂非全美！"司户被孺人强逼数次，不得已，先去与郑司理说知了，捉了他同去见太守①，委曲道其缘故。太守笑道："君欲一箭射双雕乎？敬当奉命，以赎前此通判所责之罪。"当下太守再下文牒，与李英脱籍，送归司户。司户将太守所赠十万钱，一半给与李姬，以为赎身之费；一半给与杨姬，以酬其养育之劳。自此春娘与李英姊妹相称，极其和睦。当初单飞英只身上任，今日一妻一妾，又都是才色双全，意外良缘，欢喜无限。后人有诗云：

> 官舍孤居思黯然，今朝彩线喜双牵。
> 符郎不念当时旧，邢氏徒怀再世缘。
> 空手忽擎双块玉，污泥挺出并头莲。
> 姻缘不论良和贱，婚牒书来五百年②。

　　单司户选吉起程，别了一府官僚，挈带妻妾，还归临安宅院。单飞英率春娘拜见舅姑③，彼此不觉伤感，痛哭了一场。哭罢，飞英又率李英拜见。单公问是何人，飞英述其来历。单公大怒。说道："吾至亲骨肉，流落失所，理当收拾④，此乃万不得已之事。又旁及外人，是何道理？"飞英皇恐谢罪⑤，单公怒气不息，老夫人从中劝解，遂引

---

①捉：这里是拉的意思。

②"婚牒"句：意为婚姻系命中注定有缘。婚牒，即民间所说的"婚姻簿"。

③舅姑：公婆，夫之父母。亦可指岳父母，妻之父母。

④收拾：这里指收容、安置。

⑤皇恐：同"惶恐"。

去李英于自己房中，要将改嫁。李英那里肯依允，只是苦苦哀求。老夫人见其至诚，且留作伴。过了数日，看见李氏小心婉顺，又爱他一手针线，遂劝单公收留与儿子为妾。

单飞英迁授令丞①，上司官每闻飞英娶娟之事，皆以为有义气，互相传说，无不加意钦敬，累荐至太常卿②。春娘无子，李英生一子，春娘抱之，爱如己出。后读书登第，遂为临安名族。至今青楼传为佳话。有诗为证：

> 山盟海誓忽更迁，谁向青楼认旧缘？
>
> 仁义还收仁义报，宦途无梗子孙贤。

---

①令丞：令史、丞史，泛指中央或地方长官的助理官。

②太常卿：官名，太常寺的长官，九卿之一，掌礼乐、宗庙等事。

第十八卷

杨八老越国奇逢

　　君不见平阳公主马前奴①，一朝富贵嫁为夫？又不见咸阳东门种瓜者②，昔日封侯何在也？荣枯贵贱如转丸，风云变幻诚多端。达人知命总度外③，傀儡场中一例看④。

　　这篇古风，是说人穷通有命，或先富后贫，先贱后贵，如云踪无定，瞬息改观，不由人意想测度。且如宋朝吕蒙正秀才未遇之时，家道艰难。三日不曾饱餐，天津桥上赊得一瓜⑤，在桥柱上磕之，失手落于桥下。那瓜顺水流去，不得到口。后来状元及第，做到宰相地位，起造落瓜亭，以识穷时失意之事⑥。你说做状元宰相的人，命运未至，一瓜也无福消受。假如落瓜之时，向人说道："此人后来荣贵。"被人做一万个鬼脸，啐干了一千担吐沫，也不为过，那个信他？所以说：前程如黑漆，暗中摸不出。又如宋朝军卒杨仁杲为丞相丁

---

①平阳公主马前奴：汉武帝姊阳信长公主下嫁平阳侯曹寿，号"平阳公主"。卫青本是曹家奴仆，曾做过平阳公主的骑从。后卫青同母姊卫子夫立为皇后，卫青也因抗击匈奴有功，拜大将军，封长平侯，三个儿子亦均封侯，贵震天下。此时平阳公主守寡，按规定要在列侯中择夫，于是嫁给了卫青。

②咸阳东门种瓜者：秦时广陵人召(shào)平，封东陵侯，秦亡后，家贫，种瓜于长安城东的青门外。

③度外：指把荣枯贵贱置之度外。

④傀儡场：演傀儡戏的场所。这里比喻人间世。意思是人们像木偶一样，命运不由自主。

⑤天津桥：在洛阳西南洛水上，隋炀帝时建，唐宋曾重修。

⑥识(zhì)：记。

晋公治第①,夏天负土运石,汗流不止,怨叹道:"同是一般父母所生,那住房子的,何等安乐!我们替他做工的,何等吃苦!正是:有福之人人伏侍,无福之人伏侍人。"这里杨仁杲口出怨声,却被管工官听得了,一顿皮鞭,打得负痛吞声。不隔数年,丁丞相得罪,贬做崖州司户。那杨仁杲从外戚起家,官至太尉,号为皇亲,朝廷就将丁丞相府第,赐与杨仁杲居住。丁丞相起夫治第②,分明是替杨仁杲做个工头。正是:

> 桑田变沧海,沧海变桑田。
>
> 穷通无定准,变换总由天。

闲话休题。则今说一节故事,叫做"杨八老越国奇逢"。那故事,远不出汉、唐,近不出二宋,乃出自胡元之世,陕西西安府地方。这西安府乃《禹贡》雍州之域③,周曰王畿,秦曰关中,汉曰渭南,唐曰关内,宋曰永兴,元曰安西。话说元朝至大年间,一人姓杨名复,八月中秋节生日,小名八老,乃西安府鳌屋县人氏④。妻李氏,生子才七岁,头角秀异⑤,天资聪敏,取名世道。夫妻两口儿爱惜,自不必说。

一日,杨八老对李氏商议道:"我年近三旬,读书不就,家事日渐消乏。祖上原在闽、广为商,我欲凑些赀本⑥,买办货物,往漳州商贩,图几分利息,以为赡家之资,不知娘子意下如何?"李氏道:"妾闻治家以勤俭为本,守株待兔,岂是良图?乘此壮年,正堪跋踄⑦,速整

---

①杨仁杲:这里所说杨仁杲的故事,据《宋史·外戚传》和魏泰《东轩笔录》,是章惠皇太后之弟杨景宗的故事。丁晋公:指丁谓。宋真宗时封晋国公,仁宗时贬崖州司户参军。治第:修建府第。

②起夫:征集夫役。

③《禹贡》:《尚书·夏书》篇名,文中把当时中国划分为九州。此句意思是西安府(按:明代所设)位于《禹贡》所说的雍州。

④鳌屋(zhōu zhì)县:今陕西周至。

⑤头角:头顶左右之突出处。常用以比喻青少年的气概或才华。

⑥赀本:同"资本"。

⑦跋踄(bù):艰辛远行。

行李，不必迟疑也。"八老道："虽然如此，只是子幼妻娇，放心不下。"李氏道："孩儿幸喜长成，妾自能教训，但愿你早去早回。"当日商量已定，择个吉日出行，与妻子分别。带个小厮，叫做随童，出门搭了船只，往东南一路进发。昔人有古风一篇，单道为商的苦处：

> 人生最苦为行商，抛妻弃子离家乡。
> 餐风宿水多劳役，披星戴月时奔忙。
> 水路风波殊未稳，陆程鸡犬惊安寝。
> 平生豪气顿消磨，歌不发声酒不饮。
> 少赍利薄多赍累，匹夫怀璧将为罪①。
> 偶然小恙卧床帏，乡关万里书谁寄？
> 一年三载不回程，梦魂颠倒妻孥惊。
> 灯花忽报行人至②，阖门相庆如更生。
> 男儿远游虽得意，不如骨肉长相聚。
> 请看江上信天翁③，拙守何曾阙生计？

话说杨八老行至漳浦，下在檗妈妈家，专待收买番禺货物。原来檗妈妈无子，只有一女，年二十三岁，曾赘个女婿，相帮过活。那女婿也死了，已经周年之外，女儿守寡在家。檗妈妈看见杨八老本钱丰厚，且是志诚老实，待人一团和气，十分欢喜，意欲将寡女招赘，以靠终身。八老初时不肯，被檗妈妈再三劝道："杨官人，你千乡万里，出外为客，若没有切己的亲戚，那个知疼着热？如今我女儿年纪又小，正好相配官人，做个'两头大'④。你归家去有娘子在家，在漳州来时，有我女儿。两边来往，都不寂寞，做生意也是方便顺溜的。老身又不费你大钱大钞，只是单生一女，要他嫁个好人，日后生男育

---

① 匹夫怀璧：古代谚语"匹夫无罪，怀璧其罪"（见于《左传》）之省。意思是百姓本没有罪，因身藏璧玉而获罪。指财宝能招致祸害。

② 灯花：灯心燃烧时结成的花状物。俗以灯花为吉兆。

③ 信天翁：一种食鱼水鸟，亦称"信天公"、"信天缘"。据说这种鸟常凝立水际不动，鱼过其下则取之，终日无鱼，亦不移地，然未闻有饿死者。

④ 两头大：指男子另处娶妻，不与正妻同住，无大小妻妾之分。

女,连老身门户都有依靠。就是你家中娘子知道时,料也不嗔怪。多少做客的,娼楼妓馆,使钱撒漫①,这还是本分之事。官人须从长计较,休得推阻。"八老见他说得近理,只得允了,择日成亲,入赘于樊家。夫妻和顺,自此无话。不上二月,樊氏怀孕。期年之后,生下一个孩儿,合家欢喜。三朝满月,亲戚庆贺,不在话下。

却说杨八老思想故乡妻娇子幼,初意成亲后,一年半载,便要回乡看觑;因是怀了身孕,放心不下,以后生下孩儿,樊氏又不放他动身。光阴似箭,不觉住了三年,孩儿也两周岁了,取名世德,虽然与世道排行,却冒了樊氏的姓,叫做樊世德。杨八老一日对樊氏说,暂回关中,看看妻子便来。樊氏苦留不住,只得听从。八老收拾货物,打点起身。也有放下人头帐目②,与随童分头并日催讨③。

八老为讨欠帐,行至州前。只见挂下榜文,上写道:"近奉上司明文:倭寇生发④,沿海抢劫,各州县地方,须用心巡警,以防冲犯。一应出入,俱要盘诘。城门晚开早闭"等语。八老读罢,吃了一惊,想道:"我方欲动身,不想有此寇警。倘或倭寇早晚来时⑤,闭了城门,知道何日平静? 不如趁早走路为上。"也不去讨帐,径回身转来。只说拖欠帐目,急切难取,待再来催讨未迟。闻得路上贼寇生发,货物且不带去,只收拾些细软行装,来日便要起程。樊氏不忍割舍,抱着三岁的孩儿,对丈夫说道:"我母亲只为终身无靠,将奴家嫁你,幸喜有这点骨血。你不看奴家面上,须牵挂着小孩子,千万早去早回,

---

①撒漫:挥霍,大手大脚。亦作"撒镘","镘"、"漫"同音通用。镘:本作"幕"(màn),指钱的反面,代指钱。撒镘就是大把花钱。"撒漫"也引申为丢弃、糟蹋。

②放:放债。

③并日:连日。

④生发:兴起,滋生,发展。

⑤早晚:表时间之词,具体意思随文而异。这里指很短的时间内,与卷一"旦晚就搬"的"旦晚"相同。

勿使我母子悬望。"言讫,不觉双眼流泪。杨八老也命好道①:"娘子不须挂怀,三载夫妻,恩情不浅,此去也是万不得已,一年半载,便得相逢也。"当晚檗妈妈治杯送行。

次日清晨,杨八老起身梳洗,别了岳母和浑家,带了随童上路。未及两日,在路吃了一惊。但见:

> 舟车挤压,男女奔忙。人人胆丧,尽愁海寇恁猖狂;个个心惊,只恨官兵无备御。扶幼携老,难禁两脚奔波;弃子抛妻,单为一身逃命。不辨贫穷富贵,急难中总则一般②;那管城市山林,藏身处只求片地。正是:宁为太平犬,莫作乱离人。

杨八老看见乡村百姓,纷纷攘攘,都来城中逃难,传说倭寇一路放火杀人,官军不能禁御③,风息至近④,唬得八老魂不附体。进退两难,思量无计,只得随众奔走,且到汀州城里,再作区处。

又走了两个时辰,约离城三里之地,忽听得喊声震地,后面百姓们都号哭起来,却是倭寇杀来了。众人先唬得脚软,奔跑不动。杨八老望见傍边一座林子,向刺斜里便走,也有许多人随他去林丛中躲避。谁知倭寇有智,惯是四散埋伏。林子内先是一个倭子跳将出来,众人欺他单身,正待一齐奋勇敌他。只见那倭子,把海叵罗吹了一声⑤,吹得呜呜的响,四围许多倭贼,一个个舞着长刀,跳跃而来,正不知那里来的。有几个粗莽汉子,平昔间有些手脚的,拚着性命,将手中器械,上前迎敌。犹如火中投雪,风里扬尘,被倭贼一刀一个,分明砍瓜切菜一般。唬得众人一齐下跪,口中只叫饶命。

原来倭寇逢着中国之人,也不尽数杀戮。掳得妇女,恣意奸淫,弄得不耐烦了,活活的放了他去。也有有情的倭子,一般私有所赠。只是这妇女虽得了性命,一世被人笑话了。其男子但是老弱,便加

---

① 命好:二字意思不详。疑有误字。
② 总则:总归,总是。同"总只"。
③ 禁御:制止,防御。
④ 风息:风声,消息,动静。
⑤ 海叵罗:海螺。军队中用作号角。

杀害;若是强壮的,就把来剃了头发,抹上油漆,假充倭子。每遇厮杀,便推他去当头阵。官军只要杀得一颗首级,便好领赏,平昔百姓中秃发癞痢,尚然被他割头请功,况且见在战阵上拿住,那管真假,定然不饶的。这些剃头的假倭子,自知左右是死,索性靠着倭势,还有捱过几日之理,所以一般行凶出力。那些真倭子,只等假倭挡过头阵,自己都尾其后而出,所以官军屡堕其计,不能取胜。昔人有诗单道着倭寇行兵之法,诗云:

> 倭阵不喧哗,纷纷正带斜①。
> 螺声飞蛱蝶②,鱼贯走长蛇。
> 扇散全无影③,刀来一片花。
> 更兼真伪混,驾祸扰中华④。

杨八老和一群百姓们,都被倭奴擒了,好似瓮中之鳖,釜中之鱼,没处躲闪,只得随顺,以图苟活。随童已不见了,正不知他生死如何。到此地位,自身管不得,何暇顾他人?莫说八老心中愁闷,且说众倭奴在乡村劫掠得许多金宝,心满意足。闻得元朝大军将到,抢了许多船只,驱了所掳人口下船,一齐开洋⑤,欢欢喜喜,径回日本国去了。

原来倭奴入寇,国王多有不知者,乃是各岛穷民,合伙泛海,如中国贼盗之类,彼处只如做买卖一般。其出掠亦各分部统,自称大王之号。到回去,仍复隐讳了。劫掠得金帛,均分受用,亦有将十分中一二分,献与本岛头目,互相容隐。如被中国人杀了,只作做买卖

---

① 纷纷正带斜:疑指阵形不整齐、不规则。
② 螺声飞蛱蝶:疑是形容号角一吹,倭寇便从四面涌出,如无数蛱蝶飞集花间。
③ 扇散:像扇形一样散开。
④ 驾祸:加祸。宋代叶适《水心集》卷九《司马温公祠堂记》:“盖是非邪正,久郁不伸,至使夷狄驾祸以明之而后止。”《三宝太监西洋记通俗演义》第三十六回:“前日的天使,是旧港国杀的,驾祸于我。”
⑤ 开洋:开船出海。

折本一般。所掳得壮健男子，留作奴仆使唤，剃了头，赤了两脚，与本国一般模样，给与刀仗，教他跳战之法。中国人惧怕，不敢不从。过了一年半载，水土习服，学起倭话来，竟与真倭无异了。

　　光阴似箭，这杨八老在日本国，不觉住了一十九年。每夜私自对天拜祷："愿神明护佑我杨复再转家乡，重会妻子。"如此寒暑无间。有诗为证：

　　　　异国飘零十九年，乡关魂梦已茫然。

　　　　苏卿困虏旄俱脱，洪皓留金雪满颠①。

　　　　彼为中朝甘守节②，我成俘虏获何愆？

　　　　首丘无计伤心切③，夜夜虔诚祷上天。

　　话说元泰定年间，日本国年岁荒歉，众倭纠伙，又来入寇，也带杨八老同行。八老心中一则以喜，一则以忧，所喜者，乘此机会，到得中国。陕西、福建二处，俱有亲属，皇天护佑，万一有骨肉重逢之日，再得团圆，也未可知。所忧者，此身全是倭奴形象，便是自家照着镜子，也吃一惊，他人如何认得？况且刀枪无情，此去多凶少吉，枉送了性命。只是一说④，宁作故乡之鬼，不愿为夷国之人。天天可怜⑤，这番飘洋，只愿在陕、闽两处便好，若在他方也是枉然。

　　原来倭寇飘洋，也有个天数，听凭风势：若是北风，便犯广东一路；若是东风，便犯福建一路；若是东北风，便犯温州一路；若是东南风，便犯淮扬一路。此时二月天气，众倭登船离岸，正值东北风大

----

①"苏卿"二句：苏卿困虏旄俱脱，苏武持节出使匈奴被扣，杖汉节牧羊，卧起操持，节旄尽落。旄，旄牛尾，指符节上的毛。古代使臣所持之符节叫"旄节"，编毛而成。洪皓留金雪满颠，洪皓是洪迈的父亲，建炎三年（1129）出使金国，被扣留长达十五年。雪满颠，形容满头白发。

②中朝：中原王朝，中国。

③首丘：指不忘故土或死后归葬故乡。古有"狐死首丘"的谚语，意思是狐死时头向着居穴所在的土丘。

④只是一说：意思不详。疑是说到底、不管怎么说的意思。

⑤天天："天"之重言，犹言"天公"、"老天爷"。

盛，一连数日，吹个不住，径飘向温州一路而来。那时元朝承平日久，沿海备御俱疏，就有几只船，几百老弱军士，都不堪拒战，望风逃走。众倭公然登岸，少不得放火杀人。杨八老虽然心中不愿，也不免随行逐队。这一番自二月至八月，官军连败了数阵，抢了几个市镇，转掠宁、绍①，又到余杭，其凶暴不可尽述。各府州县写了告急表章，申奏朝廷。旨下兵部，差平江路普花元帅领兵征剿②。这普花元帅足智多谋，又手下多有精兵良将，奉命克日兴师，大刀阔斧，杀奔浙江路上来。前哨打探倭寇占住清水闸为穴③，普花元帅约会浙中兵马，水陆并进。那倭寇平素轻视官军，不以为意。谁知普花元帅手下有十个统军，都有万夫不当之勇，军中多带火器，四面埋伏。一等倭贼战酣之际，埋伏都起，火器一齐发作，杀得他走头没路，大败亏输，斩首千余级，活捉二百余人，其抢船逃命者，又被水路官兵截杀，也多有落水死者。普花元帅得胜，赏了三军。犹恐余倭未尽，遣兵四下搜获。真个是：

　　　　饶伊凶暴如狼虎，恶贯盈时定受殃。

　　话分两头。却说清水闸上有顺济庙，其神姓冯名俊，钱塘人氏。年十六岁时，梦见玉帝遣天神传命割开其腹，换去五脏六腑，醒来犹觉腹痛。从幼失学，未曾知书，自此忽然开悟，无书不晓，下笔成文，又能预知将来祸福之事。忽一日，卧于家中，叫唤不起，良久方醒。自言适在东海龙王处赴宴，被他劝酒过醉。家人不信，及呕吐出来都是海错异味④，目所未睹，方知真实。到三十六岁，忽对人说："玉帝命我为江涛之神，三日后，必当赴任。"至期无疾而终。是日，江中波涛大作，行舟将覆，忽见朱幡皂盖，白马红缨，簇拥一神，现形云端

---

①宁、绍：指宁海、绍兴。

②平江路：元代置，今江苏吴县、常熟、昆山等县地。治所在吴县。普花元帅：指普花帖木儿，官至江南行台御史大夫。

③清水闸：在浙江上虞县通明江上。穴：指敌人盘踞、藏匿的地方。

④海错：海产种类繁多，通称为海错。

间,口中叱咤之声。俄顷,波恬浪息。问之土人,其形貌乃冯俊也。于是就其所居,立庙祠之,赐名顺济庙。绍定年间①,累封英烈王之号。其神大有灵应。倭寇占住清水闸时,杨八老私向庙中祈祷,问答得个大吉之兆②,心中暗喜。与先年一般向被掳去的③,共十三人约会,大兵到时,出首投降,又怕官军不分真假,拿去请功,狐疑不决。到这八月二十八日,倭寇大败,杨八老与十二个人,俱潜躲在顺济庙中,不敢出头。正在两难,急听得庙外喊声大举,乃是老王千户,名唤王国雄,引着官军入来搜庙。一十三人尽被活捉,捆缚做一团儿,吊在廊下。众人口称冤枉,都说不是真倭,那里保他? 此时天色已晚,老王千户权就庙中歇宿,打点明早解官请功。

事有凑巧,老王千户带个贴身伏侍的家人,叫做王兴,夜间起来出恭,闻得廊下哀号之声,其中有一个像关中声音,好生奇异。悄地点个灯去,打一看,看到杨八老面貌,有些疑惑,问道:“你们既说不是真倭,是那里人氏? 如何入了倭贼伙内,又是一般形貌?”杨八老诉道:“众人都是闽中百姓,只我是安西府盩厔县人。十九年前在漳浦做客,被倭寇掳去,髡头跣足④,受了万般辛苦。众人是同时被难的。今番来到此地,便想要自行出首。其奈形状怪异,不遇个相识之人,恐不相信,因此狐疑不决。幸天兵得胜,倭贼败亡,我等指望

---

① 绍定:南宋理宗年号(1228—1233)。

② 问筶(gào):一种问卜的方法。《汉语大字典》:“筶:卜具。多用像黄牛角的竹蔸剖成两半制成,合拢拿在手里,掷于地,观其俯仰,剖面均仰为阳筶,剖面均俯为阴筶,一阴一阳为圣筶。迷信者以此占吉凶。”按:宋程大昌《演繁露·卜教》:“后世问卜于神,有器名杯珓者,以两蚌壳投空掷地,观其俯仰,以断休咎。自有此制后,后人不专用蛤壳矣,或以竹,或以木,略斫削使如蛤形而中分为二。有仰有俯,故亦名杯珓。”许政扬注:“问筶,即掷杯珓。”珓,亦作“筊”、“校”、“较”等。

③ 向:此“向”字疑为“同”之误。

④ 髡(kūn)头跣(xiǎn)足:光头赤足。

重见天日，不期老将军不行细审，一概捆吊，明日解到军门①，性命不保。"说罢，众人都哭起来。王兴忙摇手道："不可高声啼哭，恐惊醒了老将军，反为不美。则你这安西府汉子②，姓甚名谁?"杨八老道："我姓杨名复，小名八老。长官也带些关中语音，莫非同郡人么?"王兴听说，吃了一惊："原来你就是我旧主人! 可记得随童么? 小人就是。"杨八老道："怎不记得! 只是须眉非旧，端的对面不相认了。自当初在闽中分散，如何却在此处?"王兴道："且莫细谈，明早老将军起身发解时③，我站在傍边，你只看着我，唤我名字起来，小人自来与你分解。"说罢，提了灯自去了。众人都向八老问其缘故，八老略说一二，莫不欢喜。正是:

> 死中得活因灾退，绝处逢生遇救来。

原来随童跟着杨八老之时，才一十九岁，如今又加十九年，是三十八岁了，急切如何认得? 当先与主人分散④，躲在茅厕中，侥幸不曾被倭贼所掠。那时老王千户还是百户之职⑤，在彼领兵。偶然遇见，见他伶俐，问其来历，收在身边伏侍，就便许他访问主人消息，谁知杳无音信。后来老王百户有功，升了千户，改调浙中地方做官。随童改名王兴，做了身边一个得力的家人。也是杨八老命不当尽，禄不当终，否极泰来，天教他主仆相逢。

闲话休题。却说老王千户次早点齐人众，解下一十三名倭犯，要解往军门请功。正待起身，忽见倭犯中一人，看定王兴，高声叫道："随童，我是你旧主人，可来救我!"王兴假意认了一认，两下抱头而哭。因事体年远，老王千户也忘其所以了，忙唤王兴，问其缘故。王兴一一诉说："此乃小人十九年前失散之主人也。彼时寻觅不见，不意被倭贼掳去。小人看他面貌有些相似，正在疑惑，谁想他到认

---

① 军门:对统兵官的尊称。明代称总督、巡抚为军门。

② 则:许政扬注:"这里是即、就。下文'则这随童?'犹如说就是这随童。"

③ 发解:解送，起解。

④ 当先:当初。

⑤ 百户:军官名。元千户属下的基层军官，为世袭军职。

得小人，唤起小人的旧名。望恩主辨其冤情，释放我旧主人。小人便死在阶前，瞑目无怨。"说罢，放声大哭。众倭犯都一齐声冤起来，各道家乡姓氏，情节相似。老王千户道："既有此冤情，我也不敢自专，解在帅府，教他自行分辨。"王兴道："求恩主将小人一齐解去，好做对证。"老王千户起初不允，被王兴哀求不过，只得允了。当日将一十三名倭犯，连王兴解到帅府。普花元帅道："既是倭犯，便行斩首。"那一十三名倭犯，一个个高声叫冤起来，内中王兴也叫冤枉。王国雄便跪下去，将王兴所言事情，禀了一遍。普花元帅准信①，就教王国雄押着一干倭犯，并王兴发到绍兴郡丞杨世道处，审明回报。

　　故元时节，郡丞即如今通判之职，却只下太守一肩，与太守同理府事，最有权柄。那日，郡丞杨公升厅理事，甚是齐整。怎见得？有诗为证：

　　　　吏书站立如泥塑，军卒分开似木雕。

　　　　随你凶人奸似鬼，公庭刑法不相饶。

　　老王千户奉帅府之命，亲押一十三名倭犯到杨郡丞厅前，相见已毕，备言来历。杨公送出厅门，复归公座。先是王兴开口诉冤，那一班倭犯哀声动地。杨公问了王兴口词，先唤杨八老来审。杨八老将姓名家乡备细说了。杨郡丞问道："既是螯屋县人，你妻族何姓？有子无子？"杨八老道："妻族东村李氏，止生一子，取名世道。小人到漳浦为商之时，孩儿方年七岁。在漳浦住了三年，就陷身倭国，经今又十九年。自从离家之后，音耗不通，妻子不知死亡。若是孩儿抚养得长大，算来该二十九岁了。老爷不信时，移文到螯屋县中，将三党亲族姓名，一一对验，小人之冤可白矣。"再问王兴，所言皆同。众人只齐声叫冤。杨公一一细审，都是闽中百姓，同时被掳的。杨公沉吟半晌，喝道："权且收监，待行文本处查明来历，方好释放。"

　　当下散堂，回衙见了母亲杨老夫人，口称怪事不绝。老夫人问道："孩儿今日问何公事？口称怪异，何也？"杨公道："有王千户解到

———————

①准信：相信，确信。

倭犯一十三名,说起来都是我中国百姓,被倭奴掳去的,是个假倭,不是真倭。内中一人,姓杨名复,乃关中盩厔县人氏。他说二十一年前,别妻李氏,往漳浦经商。三年之后,遭倭寇作乱,掳他到倭国去了。与妻临别之时,有儿年方七岁,到今算该二十九岁了。母亲常说孩儿七岁时,父亲往漳州为商,一去不回。他家乡姓名正与父亲相同,其妻子姓名,又分毫不异。孩儿今年正二十九岁,世上不信有此相合之事。况且王千户有个家人王兴,一口认定是他旧主。那王兴说旧名随童,在漳浦乱军分散,又与我爷旧仆同名,所以称怪。"老夫人也不觉称道:"怪事,怪事!世上相同的事也颇有,不信件件皆合,事有可疑。你明日再行吊审①,我在屏后窃听,是非顷刻可决。"

杨世道领命,次日重唤取一十三名倭犯,再行细鞫。其言与昨无二。老夫人在屏后大叫道:"杨世道我儿!不须再问,则这个盩厔县人,正是你父亲!那王兴端的是随童了。"惊得郡丞杨世道手脚不迭,一跌跌下公座来,抱了杨八老放声大哭,请归后堂,王兴也随进来。当下母子夫妻三口,抱头而哭,分明是梦里相逢一般。则这随童也哭做一堆。哭了一个不耐烦②,方才拜见父亲。随童也来磕头,认旧时主人、主母。杨八老对儿子道:"我在倭国,夜夜对天祷告,只愿再转家乡,重会妻子。今日皇天可怜,果遂所愿。且喜孩儿荣贵,万千之喜③。只是那一十二人,都是闽中百姓,与我同时被掳的,实出无奈。吾儿速与昭雪,不可偏枯④,使他怨望。"杨世道领了父亲言语,便把一十二人尽行开放,又各赠回乡路费三两,众人谢恩不尽。一面分付书吏写下文书⑤,申覆帅府;一面安排做庆贺筵席。衙内整

①吊审:提审。

②不耐烦:表示程度很深,是一种调侃的说法。

③万千:万分,非常。《西游记》第五十四回:"御弟爷爷,万千之喜了!"《二刻拍案惊奇》卷十一:"此是死中得生,万千侥倖。"

④偏枯:偏于一方面,不平衡。这里指不能一视同仁。

⑤书吏:承办文书的吏员。

备香汤，伏侍八老沐浴过了，通身换了新衣，顶冠束带。杨世道娶得夫人张氏，出来拜见公公。一门骨肉团圆，欢喜无限。

这一事闹遍了绍兴府前。本府檗太守听说杨郡丞认了父亲，备下羊酒，特往称贺，定要请杨太公相见。杨复只得出来，见了檗公，叙礼已毕，分宾而坐。檗太守欣羡不已。杨郡丞置酒留款。饮酒中间，檗太守问杨太公何由久客闽中，以致此祸。杨八老答道："初意一年半载便欲还乡，何期下在檗家，他家适有寡女，年二十三岁，正欲招夫帮家过活。老夫入赘彼家，以此淹留三载。"檗公问道："在彼三年，曾有生育否？"八老答道："因是檗家怀孕，生下一儿，两不相舍，不然也回去久矣。"檗公又问道："所生令郎可曾取名？"八老不知太守姓名，便随口应道："因是本县小儿取名世道，那檗氏所生就取名檗世德，要见两姓兄弟之意。算来檗氏所生之子，今年也该二十二岁了，不知他母子存亡下落。"说罢，下泪如雨。檗太守也不尽欢。又饮了数杯，作别回去，与母亲檗老夫人说知如此如此："他说在漳浦所娶檗家，与母亲同姓，年庚不差，莫非此人就是我父亲？"檗老夫人道："你明日备个筵席，请他赴宴，待我屏后窥之，便见端的。"

次日，杨八老具个通家名帖，来答拜檗公，檗公也置酒留款。檗老夫人在屏后偷看，那时八老衣冠济楚①，又不似先前倭贼样子，一发容易认了。檗老夫人听不多几句言语，便大叫道："我儿檗世德，快请你父亲进衙相见！"杨八老出自意外，倒吃了一惊。檗太守慌忙跪下道："孩儿不识亲颜，乞恕不孝之罪。"请到私衙，与檗老夫人相见，抱头而哭，与杨郡丞衙中无异。

正叙话间，杨郡丞遣随童到太守衙中，迎接父亲。听说太守也认了父亲，随童大惊，撞入私衙，见了檗老夫人，磕头相见。檗老夫人问起，方知就是随童。此时随童才叙出失散之后，遇了王百户始末根由。阖门欢喜无限，檗太守娶妻蒋氏，也来拜见公公。檗公命重整筵席，请杨郡丞到来，备细说明。一守一丞，到此方认做的亲兄

弟。当日连杨衙小夫人张氏都请过来，做个合家欢筵席，这一场欢喜非小，分明是：

> 苦尽生甘，否极遇泰。丰城之剑再合，合浦之珠复回。高年学究①，忽然及第连科；乞食贫儿，蓦地发财掘藏。寡妇得夫花发蕊，孤儿遇父草行根②。喜胜他乡遇故知，欢如久旱逢甘雨。两叶浮萍归大海，人生何处不相逢③。

杨八老在日本国受了一十九年辛苦，谁知前妻李氏所生孩儿杨世道、后妻檿氏所生孩儿檿世德，长大成人，中同年进士，又同选在绍兴一郡为官。今日天遣相逢，在枷锁中脱出性命，就认了两位夫人、两个贵子，真是古今罕有。第三日阖郡官员尽知奇事，都来贺喜。老王千户也来称贺，已知王兴是杨家旧仆，不相争执。王兴已娶有老婆，在老王千户家。老王千户奉承檿太守、杨郡丞，疾忙差人送王兴妻子到于府中完聚。檿太守和杨郡丞一齐备个文书，到普花元帅处，述其认父始末。普花元帅奏表朝廷，一门封赠。檿世德复姓归宗，仍叫杨世德。八老在任上安享荣华，寿登耆耋而终。此乃是死生有命，富贵在天，荣枯得失，尽是八字安排，不可强求。有诗为证：

> 才离地狱忽登天，二子双妻富贵全。
> 命里有时终自有，人生何必苦埋怨？

---

①高年学究：指年龄很大而尚未取得功名的读书人。

②草行根：草根向四方蔓延。与"花发蕊"一样，比喻境遇顺适，心情舒畅。元李衎《竹谱》卷三《竹态谱》："凡散生之竹类，先一年行根而敷生，次年出笋而成竹。"清潘永因编《宋稗类抄》卷三十五《草木》："竹性多西南行根。"

③"两叶"二句："叶"字原文作"棄"。语本白居易《答微之》诗："与君相遇知何处，两叶浮萍大海中。"按：此二句为小说、戏曲中套语，"两叶"多作"一叶"。

第十九卷

杨谦之客舫遇侠僧

宝剑长琴四海游，浩歌自是恣风流①。

丈夫莫道无知己，明月豪僧遇客舟。

杨益，字谦之，浙江永嘉人也。自幼倜傥有大节，不拘细行。博学雄文，授贵州安庄县令②。安庄县地接岭表③，南通巴蜀④，蛮獠错杂⑤，人好蛊毒战斗⑥，不知礼义文字，事鬼信神，俗尚妖法，产多金银珠翠珍宝。原来宋朝制度，外官辞朝，皇帝临轩亲问⑦，臣工各献诗章⑧，以此卜为政能否⑨。建炎二年丁卯三月，杨益承旨辞朝，高宗皇帝问杨益曰："卿为何官？"杨益奏曰："臣授贵州安庄县知县。"帝曰："卿亦询访安庄风景乎⑩？"杨益有诗一首献上，诗云：

蛮烟寥落在东风，万里天涯迢递中。

人语殊方相识少，鸟声睍睆听来同⑪。

---

①浩歌：放声歌唱。恣风流：逞风流。恣，任意，纵情。

②安庄县：宋时无安庄县，明代始置安庄卫，治所即今贵州镇宁。

③岭表：即岭南、岭外，泛指五岭以南地区。

④南通巴蜀：巴蜀（四川）在贵州之北，"南"字当是"北"字之误。

⑤獠：古籍中对我国少数民族仡佬族的侮辱性称谓。

⑥蛊毒：这里指以毒虫害人。蛊，毒虫。

⑦临轩：指皇帝不坐正殿而移至殿前。因殿前堂陛之间近檐处两边有槛楯，如车之轩（栏板），故称临轩。

⑧臣工：群臣百官。工，官。

⑨卜：预卜，预料，推断。

⑩风景：风光景物，这里也包括风气习俗在内。

⑪"人语"二句：殊方，异域，他乡。睍睆（xiàn huǎn），形容鸟声清和圆转。亦作"间关"。

　　　　桄榔连碧迷征路，象郡南天绝便鸿①。

　　　　自愧年来无寸补，还将礼乐俟元功②。

高宗听奏是诗，首肯久之，恻然心动，曰："卿处殊方，诚为可悯。暂去摄理，不久取卿回用也。"

　　杨益挥泪拜辞，出到朝外，遇见镇抚使郭仲威③。二人揖毕，仲威曰："闻君荣任安庄，如何是好？"杨益道："蛮烟瘴疫，九死一生，欲待不去，奈日暮途穷④，去时必陷死地，烦乞赐教！"仲威答道："要知端的⑤，除是与你去问恩主周镇抚⑥，方知备细。恩主见谪连州⑦，即今也要起身。"二人同来见镇抚周望，杨益叩首再拜曰："杨某近任安庄边县，烦望指示。"周望慌忙答礼，说道："安庄蛮獠出没之处，家户都有妖法⑧，蛊毒魅人。若能降伏得他，财宝尽你得了；若不能处置得他，须要仔细。尊正夫人亦不可带去⑨，恐土官无礼⑩。"杨益见说了，双泪交流，道言："怎生是好？"周望怜杨益苦切，说道："我见谪遣连州，与公同路，直到广东界上，与你分别。一路盘缠，足下不须计念。"杨益二人拜辞出来，等了半月有余，跟着周望一同起身。郭仲

---

　　①"桄榔"二句：桄榔，一种长绿树，花序的汁可制糖，茎髓可制淀粉。象郡，郡名，秦始皇时置，汉因之，治所在今广西崇左。便鸿，托人便中带的书信。鸿，鸿雁，古有鸿雁传书之说，故以代指书信。

　　②"自愧"二句：寸补，些少补益。自谦语，指贡献、成就等不大。元功，大功。

　　③镇抚使：官名。南宋在与金、伪齐接壤的淮南、京西、湖北等路分置镇抚使，掌几个府、州、军的兵民、财政。

　　④日暮途穷：这里指没有办法可想。

　　⑤端的：究竟，底细。

　　⑥恩主：对施恩于己者的敬称。

　　⑦连州：今广东连县。

　　⑧家户：家家户户。

　　⑨尊正夫人：对别人正妻的尊称。

　　⑩土官：元明时在湖、广、川、滇、贵州等各少数民族地区委派该族人为文武官员，武职有宣慰使、宣抚使、安抚使等，文职有知府、知州、知县等，统称土官，也叫土司，子孙世袭。

威治酒送别过,自去了。

　　二人来到镇江,雇只大船。周望、杨益用了中间几个大舱口,其余舱口,俱是水手搭人觅钱,搭有三四十人。内有一个游方僧人,上湖广武当去烧香的,也搭在众人舱里。这僧人说是伏牛山来的①,且是粗鲁②,不肯小心③。共舱有十二三个人,都不喜他,他倒要人煮茶做饭与他吃。这共舱的人说道:"出家人慈悲小心,不贪欲,那里反倒要讨我们的便宜?"这和尚听得说,回话道:"你这一起是小人,我要你伏侍,不嫌你也就勾了。"口里千小人、万小人骂众人。众人都气起来,也有骂这和尚的,也有打这和尚的。这僧人不慌不忙,随手指着骂他的说道:"不要骂!"那骂的人就出声不得,闭了口,又指着打他的说道:"不要打!"那打的人就动手不得,瘫了手。这几个木呆了,一堆儿坐在舱里,只白着眼看。有一辈不曾打骂和尚的人,看见如此模样,都惊张起来④,叫道:"不好了,有妖怪在这里!"喊天叫地,各舱人听得,都走来看。也惊动了官舱里周、杨二公。两个走到舱口来看,果见此事,也吃惊起来。正要问和尚,这和尚见周、杨二人是个官府,便起身朝着两个打个问讯⑤,说道:"小僧是伏牛山来的僧人,要去武当随喜的⑥,偶然搭在宝舟上,被众人欺负,望二位大人做主。"周镇抚说道:"打骂你,虽是他们不是;你如此,也不是出家人慈悲的道理。"和尚见说,回话道:"既是二位大人替他讨饶,我并不计较了。"把手去摸这哑的嘴,道:"你自说!"这哑的人便说得话起来;又把手去扯这瘫的手,道:"你自动!"这瘫的人便抬得手起来,就如

---

①伏牛山:在河南西南部,为汉水、淮河的分水岭。

②且是:确是,甚是。

③小心:谦恭。

④惊张:惊骇慌张。

⑤打个问讯:问讯,佛教敬礼法之一,合掌曲躬而请问其起居安否。后世之问讯,仅为合掌低头。行这种礼,叫打问讯。

⑥随喜:佛家称行善布施或游览佛寺为随喜。

耍场戏子一般①,满船人都一齐笑起来。周镇抚悄悄的与杨益说道:
"这和尚必是有法的,我们正要寻这样人,何不留他去你舱里问他?"
杨益道:"说得是,我舱里没家眷,可以住得。"就与和尚说道:"你既
与众人打伙不便②,就到我舱里权住罢。随茶粥饭③,不要计较。"和
尚说道:"取扰不该。"和尚就到杨益舱里住下。

一住过了三四日,早晚说些经典或世务话④,和尚都晓得。杨益
时常说些路上切要话⑤,打动和尚,又与他说道要去安庄县做知县。
和尚说道:"去安庄做官,要打点停当,方才可去。"杨益把贫难之事,
备说与和尚。和尚说道:"小僧姓李,原籍是四川雅州人,有几房移
在威清县住⑥,我家也有弟兄姊妹。我回去,替你寻个有法术手段得
的人⑦,相伴你去,才无事。若寻不得人,不可轻易去。我且不上武
当去了,陪你去广里去⑧。"杨益再三致谢,把心腹事备细与和尚说
知。这和尚见杨益开心见诚,为人平易本分,和尚愈加敬重杨公,又
知道杨公甚贫,去自己搭连内取十来两好赤金子⑨,五六十两碎银
子,送与杨公做盘缠。杨公再三推辞不肯受,和尚定要送,杨公方才
受了。

不觉在船中半个月余,来到广东、琼州地方⑩。周镇抚与杨公

---

①耍场戏子:耍戏一场。《醒世恒言》卷六:"这妖狐却也奸狡利害哩! 隔着
 几多路,却会仿着字迹人形,把两边人都弄得如耍戏一般。"

②打伙:结伴,合伙。

③随茶粥饭:家常便饭。《醒世恒言》卷六:"你这般接待了我,明日算起账
 来,却叫我如何发付? 你今后只是随茶粥饭罢。"

④世务:佛道、隐士视尘间的事务为世务。

⑤切要:紧要。这里指路途上的烦难险要。

⑥威清县:明设威清卫,在今贵州清镇。

⑦得:疑是衍字,或是"了得"之误。

⑧广里:这里指湖广的中下部地区。

⑨搭连:即"褡裢"。

⑩广东、琼州地方:琼州即今之海南岛,这里说的"来到广东、琼州地方"是指
 来到了广东、琼州地区,非指到了琼州。

说："我往东去是连州，本该在这里相陪足下，如今有这个好善心的长老在这里，可托付他，不须得我了。我只就此作别，后日天幸再会①。"又再三嘱付长老说道："凡事全仗。"长老说："不须分付，小僧自理会得。"周镇抚又安排些酒食，与杨公、和尚作别。饮了半日酒，周望另讨个小船自去了。

且说杨公与长老在船中，又行了几日，来到偏桥县地方②。长老来对杨公说道："这是我家的地方了，把船泊在马头去处，我先上去寻人，端的就来下船③，只在此等。"和尚自驮上搭连禅杖④，别了自去。一连去了七八日，并无信息，等得杨公肚里好焦。虽然如此，却也谅得过这和尚是个有信行的好汉⑤，决无诳言之事，每日只悬悬而望。到第九日上，只见这长老领着七八个人，挑着两担箱笼，若干吃食东西；又抬着一乘有人的轿子，来到船边。掀起轿帘儿，看着船舱口，扶出一个美貌佳人，年近二十四五岁的模样。看这妇女生得如何？诗云：

> 独占阳台万点春⑥，石榴裙染碧湘云⑦。
> 眼前秋水浑无底⑧，绝胜襄王紫玉君⑨。

---

①后日：日后，以后。

②偏桥县：明置偏桥卫，在今贵州施秉。

③端的：这里是准保、一定的意思。

④驮：同"驮"。

⑤谅得过：信得过。信行：诚实守信的品行。

⑥阳台：传说中的台名。楚怀王梦见巫山神女，神女说："妾在巫山之阳，高丘之阻，旦为朝云，暮为行雨，朝朝暮暮，阳台之下。"（见宋玉《高唐赋》）楚襄王也梦见过神女（见宋玉《神女赋》）。万点春：一片春色。与"一点春"相反。

⑦石榴裙染碧湘云：此句形容神女从天而下。石榴裙，本是朱红色的裙子，泛指妇女的裙子。湘云，楚云，南方的云彩。

⑧秋水：比喻女子的眼神清澈。浑：简直，几乎。

⑨襄王紫玉君：指楚襄王在云梦泽梦见的神女。宋玉《神女赋》："貌丰盈以庄姝兮，苞温润之玉颜；眸子炯其精朗兮，瞭多美而可观。"按：这里的"紫玉君"不是指传说中吴王夫差的女儿紫玉。

又诗云：

> 海棠枝上月三更，醉里杨妃自出群①。
> 马上琵琶催去急，阿蛮空恨艳阳春②。

说这长老与这妇人与杨公相见已毕，又叫过有媳妇的一房老小，一个义女，两个小厮，都来叩头。长老指着这妇人说道："他是我的嫡堂侄女儿，因寡居在家里，我特地把他来伏事大人。他自幼学得些法术，大人前路③，凡百事都依着他，自然无事。"就把箱笼东西，叫人着落停当④。天色已晚，长老一行人权在船上歇了。这媳妇、丫鬟去火舱里安排些茶饭⑤，与各人吃了，李氏又自赏了五钱银子与船家。杨公见不费一文东西，白得了一个佳人并若干箱笼人口，拜谢长老，说道："荷蒙大恩，犬马难报！"长老道："都是缘法，谅非人为。"饮酒罢，长老与众人自去别舱里歇了。杨公自与李氏到官舱里同寝，一夜绸缪，言不能尽。次日，长老起来，与众人吃了早饭，就与杨公、李氏作别，又分付李氏道："我前日已分付了，你务要小心在意，不可托大⑥！荣迁之日再会。"长老直看得开船去了，方才转身。

且说这李氏，非但生得妖娆美貌，又兼禀性温柔，百能百俐。也是天生的聪明，与杨公彼此相爱，就如结发一般。

---

①"海棠"二句：《杨太真外传》："明皇登沉香亭，召太真。时宿酒未醒，命高力士及侍儿扶掖而至，醉颜残妆，钗横鬓乱：不能再拜。明皇笑曰：'海棠春睡未足耶？'"

②"马上"二句：马上琵琶催去急，琵琶本马上之乐，故言"马上琵琶"。王翰《凉州词》："欲饮琵琶马上催。"阿蛮，是杨贵妃小字。郎瑛《七修类稿·杨妃小字》："《鹤林玉露》载唐狄昌诗曰：'马嵬烟柳正依依，又见鸾舆幸蜀归。地下阿蛮应有语，这回休更罪杨妃。'阿蛮又似妃之小字。"按：唐明皇时另有女伶谢阿蛮。

③前路：前面的路途。

④着落：安置。

⑤火舱：船尾掌舵兼作厨房之处。

⑥托大：自尊自大，粗心大意。

又行过十数日，来到牂牁江了①。说这个牂牁江，东通巴蜀川江，西通滇池夜郎②，诸江会割③，水最湍急利害，无风亦浪，舟楫难济。船到江口，水手待要吃饭饱了，才好开船过江。开了船时，风水大，住手不得，况兼江中都是尖锋石插④，要随着河道放去，若遇着时，这船就罢了⑤。船上人打点端正⑥，才要发号开船⑦，只见李氏慌对杨公说："不可开船，还要躲风三日，才好放过去。"杨公说道："如今没风，怎的倒不要开船？"李氏说道："这大风只在顷刻间来了。依我说，把船快放入浦里去躲这大风⑧。"杨公正要试李氏的本事，就叫水手问道："这里有个浦子么？"水手禀道："前面有个石圯浦，浦西北角上有个罗市，人家也多，诸般皆有，正好歇船。"杨公说："怎的把船快放入去。"水手一齐把船撑动。刚刚才要撑入浦子口，只见那风从西北角上吹将来，初时扬尘，次后拔木，一江绿水都乌黑了。那浪掀天括地，鬼哭神号，惊怕杀人。这阵大风不知坏了多少船只，直颠狂到日落时方息。李氏叫过丫环媳妇，做茶饭吃了，收拾宿了。

次日，仍又发起风来。到午后风定了，有几只小船儿，载着市上土物来卖。杨公见李氏非但晓得法术，又晓得天文，心中欢喜，就叫船上人买些新鲜果品土物，奉承李氏。又有一只船上叫卖蒟酱⑨，这蒟酱滋味如何？有诗为证：

---

①牂牁（zāng kē）江：水名，其今名已难确指，有即今之盘江、濛江、都江等说。"牁"亦作"柯"。

②夜郎：古有夜郎国、夜郎郡。据《清一统志》说，汉夜郎县，即故国，为牂柯江所出，在今贵州西界。

③会割：会合分流。割，分。许政扬校注本作"会合"。

④石插：指礁石。

⑤罢了：完了。这里指船毁了。

⑥端正：妥帖，停当。

⑦发号：发出号令，吹号。号，号角，喇叭。

⑧浦：港汊，河湾。

⑨蒟（jǔ）酱：也叫"蒌叶"。一种常绿木本植物，果实名蒟子，如桑椹，有辣味，可作酱。这里指蒟子作的酱。

　　　　白玉盘中簇绛茵①,光明金鼎露丰神②。

　　　　椹精八月枝头熟,酿就人间琥珀新。

杨公说道:"我只闻得说,蒟酱是滇蜀美味,也不曾得吃,何不买些与奶奶吃?"叫水手去问那卖蒟酱的,这一罐子要卖多少钱。卖蒟酱的说:"要五百贯足钱③。"杨公说:"恁的,叫小厮进舱里问奶奶讨钱数与他。"小厮进到舱里,问奶奶取钱买酱。李氏说:"这酱不要买他的,买了有口舌。"小厮出来回复杨公。杨公说:"买一罐酱值得甚的,便有口舌? 奶奶只是见贵了,不舍得钱,故如此说。"自把些银子与这蛮人,买了这罐酱,拿进舱里去。揭开罐子看时,这酱端的香气就喷出来,颜色就如红玛瑙一般可爱。吃些在口里,且是甜美得好,李氏慌忙讨这罐子酱盖了,说道:"老爹不可吃他的④,口舌就来了。这蒟酱我这里没有的,出在南越国。其木似榖树⑤,其叶如桑椹,长二三寸,又不肯多生。九月后,霜里方熟。土人采之,酿酝成酱,先进王家⑥,诚为珍味。这个是盗出来卖的,事已露了。"

　　原来这蒟酱是都堂着县官差富户去南越国用重价购求来的⑦,都堂也不敢自用,要进朝廷的奇味。富户吃了千辛万苦,费了若干财物,破了家,才设法得一罐子。正要换个银罐子盛了,送县官转送都堂,被这蛮子盗出来。富户因失了酱,举家慌张,四散缉获,就如

---

①绛茵:深红色的铺垫物。这里指盘中堆放着的蒟酱。

②丰神:丰美的神采。

③足钱:古代的铜钱用绳子贯穿起来,每一千钱(文)称为一贯。唐代因兵乱窘乏,以八十五钱为一百,宋代甚至以七十七钱为一百,所以一贯钱实不足千钱。足钱就是指每贯实足一千钱。也泛指足额的钱数。

④老爹:老爷,对年老男子的尊称。

⑤榖树:即楮树,也叫构树。

⑥王家:朝廷。

⑦都堂:明代称都御史、副都御史为都堂,外任总督、巡抚皆带都御史、副都御史衔,也称都堂。这里指后者。南越国:指广东、广西一带。秦始皇置桂林、南海、象郡。秦末,赵佗自立为南越武王,汉元帝元鼎六年(前111)灭亡。《史记》有《南越列传》。

死了人的一般。有人知风，报与富户。富户押着正牌①，驾起一只快船，二三十人，各执刀枪，鸣锣击鼓，杀奔杨知县船上来，要取这酱。那兵船离不远，只有半箭之地。

杨知县听得这风色慌了②，躲在舱里说道："奶奶，如何是好？"李氏说道："我教老爹不要买他的，如今惹出这场大事来。蛮子去处，动不动便杀起来，那顾礼法！"李氏又道："老爹不要慌。"连忙叫小厮拿一盆水进舱来，念个咒，望着水里一画，只见那只兵船就如钉钉在水里的一般，随他撑也撑不动，上前也上前不得，落后也落后不得，只钉住在水中间。兵船上人都慌起来，说道："官船上必然有妖法，快去请人来斗法。"这里李氏已叫水手过去，打着乡谈说道："列位不要发恼，官船偶然在贵地躲风，歇船在此，因有人拿蒟酱来卖，不知就里，一时间买了这酱，并不曾动。送还原物便罢，这价钱也不要了。"兵船上人见说得好，又知道酱不曾吃他的，说道："只要还了原物，这原银也送还。"水手回来复杨知县，拿这罐酱送过去。兵船上还了原银，两边都不动刀兵。李氏把手在水盆里连画几画，那兵船便轻轻撑了去，把这偷酱的贼送去县里问罪。杨知县说道："亏杀奶奶，救得这场祸！"李氏说道："今后只依着我，管你没事。"次日，风也不发了。正是：

　　　金波不动鱼龙寂，玉树无声鸟雀栖。

众人吃了早饭，便把船放过江。

一路上要行便行，要止便止，渐渐近安庄地方。本县吏书门皂人役接着③，都来参拜。原来安庄县只有一知一典，有个徐典史④，也

---

①押：押领，率领。正牌：指士兵。元代兵制，十人为一牌，设牌头。又，元代规定两、三户或三、五户中出军一名，由丁力强者充，称"正军户"或"正军"，其他户出钱。正军也就是在役的士兵。

②风色：情势，形势，消息。

③吏书门皂：吏员、书手、门子、皂隶。

④典史：元代设置的官名，与县尉同是知县的属官，掌管收发公文。明代废县尉，由主簿掌管缉捕，主簿出缺时，由典史兼管。

来迎接相见了,先回县里去。到得本次①,人夫接着,把行李扛抬起来,把乘四人轿抬了奶奶,又有二乘小轿,几匹马,与从人使女,各乘骑了,先送到县里去。杨知县随后起身,路上打着些蛮中鼓乐,远近人听得新知县到任,都来看。杨知县到得县里,径进后堂衙里②,安稳了奶奶家小③,才出到后堂,与典史拜见。礼毕,就吃公堂酒席。

饮酒之间,杨知县与徐典史说:"我初到这里,不知土俗民情,烦乞指教。"徐典史回话道:"不才还要长官扶持,怎敢当此!"因说道:"这里地方与马龙连接,马龙有个薛宣尉司④,他是唐朝薛仁贵之后,其富敌国。獠蛮犵狫⑤,只服薛尉司约束。本县虽与宣尉司表里⑥,衙门常规,长官行香后⑦,先去看望他,他才答礼,彼此酒礼往来,烦望长官在意。"杨知县说道:"我都知得。"又问道:"这里与马龙多远?"徐典史回话道:"离本县四十余里。"又说些县里事务。

饮酒已毕,彼此都散入衙去。杨知县对奶奶说这宣尉司的缘故。李氏说:"薛宣尉年纪小,极是作聪的⑧。若是小心与他相好,钱财也得了他的。我们回去,还在他手里。不可托大,说他是土官,不可怠慢他。"又说道:"这三日内,有一个穿红的妖人无礼,来见你时,切不可被他哄起身来,不要採(睬)他。"杨知县都记在心里了。

---

① 本次:本人所管辖的地区。次,所在之处。

② 衙里:这里指官员在衙内的住处,即"私衙"。后文说:"闹闹的就散了堂,退入衙里来。"

③ 安稳:这里指安置停当。

④ 宣尉司:应作"宣慰司"。元代在各道设置宣慰使司,管理军民事务,为行省和郡县间的承转机构。明代只在西南各少数民族地区设置宣慰司,宣慰使为土司中最高官职(从三品),由本处人世袭。

⑤ 犵(gē)狫:即"仡佬"。

⑥ 表里:内外,有区别而互为补充。这里指一是中央派出的地方官吏,一是世袭的土官。

⑦ 行香:本是古代礼拜神佛的一种仪式。明清时官吏每逢朔望日入庙焚香礼拜,或新官到任后举行入庙焚香仪式,也叫行香。

⑧ 作聪:聪明。

　　等待三日，城隍庙行香到任，就坐堂，所属都来参见。发放已毕，只见阶下有个穿红布员领戴顶方头巾的土人①，走到杨知县面前，也不下跪，口里说道："请起来，老人作揖。"知县相公问道："你是那县的老人？与我这衙门有相干也无相干？"老人也不回报甚么，口里又说道："请起来，老人作揖。"知县相公虽不採他，被他三番两次在面前如此侮弄，又见两边看的人多了，亵威损重②，又恐人耻笑，只记得奶奶说不要立起身来，那时气发了，那里顾得甚么？就叫皂隶："拿这老人下去，与我着实打！"只见跑过两个皂隶来，要拿下去打时，那老人硬着腰，两个人那里拿得倒？口里又说道："打不得！"知县相公定要打。众皂隶们一齐上，把这老人拿下，打了十板。众吏典都来讨饶③，杨公叱道："赶出去！"这老人一头走，一头说道："不要慌④！"

　　知县相公坐堂是个好日子，止望发头顺利⑤，撞出这个歹人来，恼这一场，只得勉强发落些事，投文画卯了⑥，闷闷的就散了堂，退入

────────────

①员领：也作"圆领"、"团领"、"盘领"。指领子为圆盘形的衣衫。明代官民一般均穿盘领衣，其等级区别由质地、颜色、图案等之不同来表示。许政扬注："员领：即盘领衫，为官吏的公服。"按：小说中的土人并非官吏，许注似不确。《明史·舆服志三》："庶人冠服……洪武三年，庶人初戴四带巾。改四方平定巾，杂色盘领衣，不许用黄。"可知庶人也穿盘领衣。

②亵威损重：有损威严。亵，轻慢，不恭敬。威重，威严。

③吏典：吏员，泛指地方政府的小官。

④不要慌：本是不着急、不要慌张的意思。这里是不满和警告对方的话，等于说："你等着瞧！"《金瓶梅》第三十五回："你这欺心的囚根子，不要慌，我洗净眼儿看着你哩。"《三刻拍案惊奇》第十六回："我叫你不要慌，叫你两个死在我手里罢了。"

⑤发头：开头。

⑥投文画卯：泛指日常公务。投文，投递诉状叫"投文"。官府用以晓示百姓使之前来投递诉状的牌子叫"投文牌"。这里指处理这方面的事务。画卯，旧时官府于卯时办公，吏胥差役要按时赴衙签到，听候差遣，叫做"画卯"。

衙里来。李奶奶接着,说道:"我分付老爹不要採这个穿红的人,你又与他计较!"杨公说道:"依奶奶言语,并不曾起身,端端的坐着,只打得他十板。"奶奶又说道:"他正是来斗法的人! 你若起身时,他便夜来变妖作怪,百般惊吓你。你却怕死讨饶,这县官只当是他做了。那门皂吏书,都是他一路,那里有你我做主? 如今被打了,他却不来弄神通惊你,只等夜里来害你性命。"杨公道:"怎生是好?"奶奶说道:"不妨事,老爹且宽心,晚间自有道理。"杨公又说道:"全仗奶奶。"

待到晚,吃了饭,收拾停当。李奶奶先把白粉灰按着四方,画四个符,中间空处,也画个符,就教老爹坐在中间符上。分付道:"夜里有怪物来惊吓你,你切不可动身,只端端坐在符上,也不要怕他。"李奶奶也结束①,箱里取出一个三四寸长的大金针来,把香烛砵符,供养在神前,贴贴的坐在白粉圈子外等候②。

约莫着到二更时分,耳边听得风雨之声,渐渐响近,来到房檐口,就如裂帛一声响,飞到房里来。这个恶物,如茶盘大,看不甚明白,望着杨公扑将来。扑到白圈子外,就做住③,绕着白圈子飞,只扑不进来。杨公惊得捉身不住④,李奶奶念动咒,把这道符望空烧了。却也有灵⑤,这恶物就不似发头飞得急捷了。说时迟,那时快,李奶奶打起精神,双眼定睛,看着这恶物,喝声:"住!"疾忙拿起右手来,一把去抢这恶物,那恶物就望着地扑将下来。这李奶奶随着势,就低身把手按住在地上,双手拿这恶物起来看时,就如一个大蝙蝠模样,浑身黑白花纹,一个鲜红长嘴,看了怕杀人。杨公惊得呆了半晌,才起得身来。李氏对老爹说:"这恶物是老人化身来的,若把这

---

①结束:指穿戴装束。

②贴贴:安稳,平静。

③做住:停住。

④捉身不住:身体控制不住。捉,控制,把住。

⑤却也:倒也,却是。

恶物打死在这里,那老人也就死了,恐不好解手①。他的子孙也多了,必来报仇。我且留着他。"把两片翼翅双叠做一处,拿过金针钉在白圈子里符上,这恶物动也动不得。拿个篮儿盖好了,恐猫鼠之类害他。李氏与老爹自来房里睡了。

　　次日,起来升堂,只见有二十来个老人,衣服齐整,都来跪在知县相公面前,说道:"小人都是庞老人的亲邻,庞某不知高低,夜来冲激老爹②,被老爹拿了,烦望开恩,只饶恕这一遭,小人与他自来孝顺老爹。"知县相公说道:"你们既然晓得,我若没本事,也不敢来这里做官。我也不杀他,看他怎生脱身!"众老人们说道:"实不敢瞒老爹,这县里自来是他与几个把持,不由官府做主。如今晓得老爹的法了,再也不敢冒犯老爹,饶放庞老人一个,满县人自然归顺!"知县相公又说道:"你众人且起来,我自有处。"众人喏喏连声而退。

　　知县散了堂,来衙里见李奶奶,备说讨饶一事。李氏道:"待明日这干人再来讨饶,才可放他。"又过了一夜,次日知县相公坐堂,众老人又来跪着讨饶,此时哀告苦切。知县说:"看你众人面上,且姑恕他这一次。下次再无礼,决不饶了!"众老人拜谢而去。知县退入衙里来,李氏说:"如今可放他了。"

　　到夜来,李氏走进白圈子里,拔起金针,那个恶物就飞去了。这恶物飞到家里,那庞老人就在床上爬起来,作谢众老人,说道:"几乎不得与列位见了。这知县相公犹可,这奶奶利害。他的法术,不知那里学来的,比我们的不同。过日同列位备礼去叩头③,再不要去惹他了。"请众老人吃些酒食,各人相别,说道:"改日约齐了,同去参拜。"

　　且说杨公退入衙里来,向李氏称谢。李氏道:"老爹,今日就可去看薛宣尉了。"杨公道:"容备礼方好去得④。"李氏道:"礼已备下

---

　　①解手:解决,处理。也指解决的办法。

　　②冲激:冲动激荡。这里是冲撞、冒犯的意思。

　　③过日:改日,过些天。

　　④容:需要。

了：金花金缎①，两匹文葛②，一个名人手卷③，一个古砚。"预备的，取出来就是，不要杨公费一些心。杨公出来，拨些人夫轿马，连夜去。天明时分，到马龙地方。这宣尉司偌大一个衙门，周围都是高砖城裹着；城里又筑个圃子，方圆二十余里；圃子里厅堂池榭，就如王者。知县相公到得宣尉司府门首，着人通报入去。

　　一会间，有人出来请入去。薛宣尉自也来接。到大门上，二人相见，各逊揖同进④。到堂上行礼毕，就请杨知县去后堂坐下吃茶。彼此通道寒温已毕⑤，请到花园里厅上赴宴。薛宣尉见杨知县人品虽是瘦小⑥，却有学问，又善谈吐，能诗能饮。饮酒间，薛宣尉要试杨知县才思，叫人拿出一面紫金古镜来⑦。薛宣尉说道："这镜是紫金铸的，冲莹光洁⑧，悉照秋毫。镜背有四卦，按卦扣之，各应四位之声，中则应黄钟之声。汉成帝尝持镜为飞燕画眉⑨，因用不断胶⑩，临镜呢呢而崩⑪。"杨公持看古镜，果然奇古，就作一铭，铭云：

①金花金缎：即金花缎，也叫织金花缎。一种用金丝织出花纹的贵重缎子。

②文葛：织有文采的葛布。

③手卷：只能卷舒而不能悬挂的横幅书画长卷。

④逊揖：即揖逊，揖让，宾主相见的礼仪。

⑤通道寒温：互相寒暄。通道，互道。

⑥人品：这里指人的仪表、长相。

⑦紫金：古人所说的一种珍贵矿物。一说即紫磨金，为上等黄金。后人用赤铜和黄金为之，但据说非真紫金。

⑧冲莹：纯净晶莹。

⑨飞燕：赵飞燕，汉成帝时由婕妤而立为皇后，其妹合德为昭仪，二人专宠十余年。

⑩不断胶：指一种春药。《赵飞燕外传》作"眘恤胶"，并说汉成帝死于昭仪之手。

⑪呢呢：细语貌。

　　　　猗与兹器，肇制轩辕①。大冶范金，炎帝秉虡②。凿开混沌，
　　大明中天。伏氏画卦，四象乃全③。因时制律，师旷审焉④。高
　　下清浊，宫徵周旋。形色既具，效用不愆⑤。君子视则⑥，冠裳俨
　　然；淑婉临之，朗然而天⑦。妍媸毕见，不为少迁⑧。喜怒在彼，
　　我何与焉？

杨公写毕，文不加点，送与薛宣尉看。薛宣尉把这文章番复细看，又
见写得好，不住口称赞，说是汉文晋字⑨，天下奇才，王、杨、卢、骆之
流⑩。又取出一面小古镜来，比前更加奇古，再要求一铭。杨公又作
一铭，铭云：

　　　　察见渊鱼，实惟不祥⑪。

　　　　靡聪靡明，顺帝之光⑫。

　　　　全神返照，内外两忘。

---

①"猗(yī)与"二句：猗与，叹美词。肇制，创制。轩辕，即黄帝。

②"大冶"二句：大冶，技术高明的冶炼工匠。范金，用模子浇铸金属品。范，
　模子。炎帝，传说中的古帝。一说即"神农氏"。秉虡，《诗经·商颂·长
　发》有"武王载旆，有虔秉钺"的句子，"虔"是威武的样子，"钺"是一种大
　斧。"有虔秉钺"的意思是威武地拿着钺。这里为了押韵，说成"秉虡"。

③四象：《周易·系辞上》："《易》有四象，所以示也。""四象"的说法很多，一
　说指少阳、老阳、少阴、老阴四种爻象，一说指四时。

④"因时"二句：因时制律，古人认为古乐的十二律与十二月相应。师旷，春
　秋时晋国乐师，生而目盲，善辨声乐。

⑤不愆：没有错误。

⑥视则：视之。则，相当于"之"。

⑦"淑婉"二句：淑婉，美女。朗然而天，像天空一样明亮，形容女子光彩夺
　目。

⑧不为少迁：不作一点儿更动。迁，改变。

⑨汉文晋字：像汉、晋人的文章和书法一样好。

⑩王、杨、卢、骆：指"初唐四杰"王勃、杨炯、卢照邻、骆宾王。

⑪察见渊鱼，实惟不祥：《列子》："周谚有言：察见池鱼者不祥，智料隐匿
　者有殃。"

⑫帝：天帝，指自然、天道。

薛宣尉看了这铭,说道:"辞旨精拔①,愈出愈奇。"更加敬服杨公。一连留住五日,每日好筵席款洽杨公。薛宣尉问起庞老人之事,杨公备说这来历,二人都笑起来。杨公苦死告辞要回县来,薛宣尉再三不忍抛别,问杨公道:"足下尊庚?"杨公道:"不才虚度三十六岁。"薛宣尉道:"在下今年二十六岁,公长弟十岁。"就拜杨公为兄。二人结义了,彼此欢喜。又摆酒席送行,赠杨公二千余两金银酒器。杨公再三推辞,薛宣尉说道:"我与公既为兄弟,不须计较。弟颇得过,兄乃初任,又在不足中,时常要送东西与兄,以后再不必推却。"

杨公拜谢,别了薛宣尉,回到县里来,只见庞老人与一干老人,备羊酒缎匹,每人一百两银子,共有二千余两,送入县里来。杨知县看见许多东西,说道:"生受你们②,恐不好受么!"众老人都说道:"小人们些须薄意,老爹不比往常来的知县相公。这地方虽是夷人难治,人最老实一性的③。小人们归顺,概县人谁敢梗化④?时常还有孝顺老爹。"杨公见如此殷勤,就留这一干人在吏舍里吃些酒饭。众老人拜谢去了。

旧例:夷人告一纸状子,不管准不准,先纳三钱纸价。每限状子多⑤,自有若干银子。如遇人命,若愿讲和,里邻干证估凶身家事厚薄,请知县相公把家私分作三股,一股送与知县,一股给与苦主,留一股与凶身,如此就说好官府。蛮夷中另是一种风俗,如遇时节⑥,远近人都来馈送。杨知县在安庄三年有余,得了好些财物。凡有所得,就送到薛宣尉寄顿,这知县相公宦囊也颇盛了。一日,对薛宣尉说道:"知足不辱,杨益在此,蒙兄顾爱,尝叨厚赐,况俸资也可过得

---

①精拔:精妙挺拔。
②生受:辛苦,转为有劳、麻烦、难为、对不住等意,用作感谢语。
③一性:单纯,朴实。
④概县人:全县人。梗化:顽固,不服从教化。
⑤限:期限。这里指官员的任期。
⑥时节:四时的节日。

日子了。杨益已告致仕①，只是有这些俸资，如何得到家里？烦望兄长救济②!"薛宣尉说道："兄既告致仕，我也留你不得了。这里积下的财物，我自着人送去下船，不须兄费心。"杨公就此相别。薛宣尉又摆酒席送行，又送千金赆礼③，俱预先送在船里。

杨公回到县里来，叫众老人们都到县里来，说道："我在此三年，生受你们多了。我已致仕，今日与你们相别。我也分些东西与你众人，这是我的意思。我来时这几个箱笼，如今去也只是这几个箱笼，当堂上你们自看。"众老人又禀道："没甚孝顺老爹，怎敢倒要老爹的东西？"各人些小受了些，都欢喜拜谢了自去。起身之日，百姓都摆列香花灯烛送行。县里人只见杨公没甚行李，那晓得都是薛宣尉预先送在船里停当了。杨公只像个没东西的一般。杨公与李氏下了船，照依旧路回来。

一路平安，行了一月有余，来到旧日泊船之处，近着李氏家了。泊到岸边，只见那个长老并几个人伴，都在那里等，都上船来，与杨公相见，彼此欢天喜地。李氏也来拜见长老。

杨公就教摆酒来，聊叙久别之情。杨公把在县的事都说与长老。长老回话道："我都晓得了，不必说。今日小僧来此，别无甚话，专为舍侄女一事。他原有丈夫，我因见足下去不得，以此不顾廉耻，使侄女相伴足下，到那县里。谢天地，无事故回来。十分好了。侄女其实不得了，还要送归前夫，财物凭凭你处④。"杨公听得说，两泪交流，大哭起来，拜倒在奶奶、长老面前，说道："丢得我好苦，我只是死了罢!"拔出一把小解手刀来⑤，望着咽喉便刎。李氏慌忙抱住，夺了刀，也就啼哭起来。长老来劝，说道："不要哭了，终须一别。我原许还他丈夫，出家人不说谎。"杨知县带着眼泪，说道："财物凭凭

①致仕：辞去官职。一般指因年老或多病辞官归居。

②救济：帮助。

③赆(jìn)礼：临别时赠送的财物。

④凭(rèn)凭：任凭。

⑤解手刀：一种随身佩带的小刀。也叫"便手刀"。

长老、奶奶取去,只是痛苦不得过。"长老见这杨公如此情真,说道:"我自有处。且在船里宿了,明日作别。"

杨公与李氏一夜不曾合眼,泪不曾干,说了一夜。到明日早起来,梳洗饭毕。长老主张把宦资作十分,说:"杨大人取了六分,侄女取了三分,我也取了一分。"各人都无话说。李氏与杨公两个抱住,那里肯舍?真个是生离死别。李氏只得自上岸去了。杨公也开了船。那个长老又说道:"这条水路最是难走,我直送你到临安才回来。我们不打劫别人的东西也好了,终不成倒被别人打劫了去。"这和尚直送杨知县到临安,杨知县苦死留这僧人在家住了两月。杨公又厚赠这长老,又修书致意李氏,自此信使不绝。有诗为证:

蛮邦薄宦一孤身,全赖高僧觅好音。

随地相逢休傲慢,世间何处没奇人?

第二十卷

陈从善梅岭失浑家

君骑白马连云栈，我驾孤舟乱石滩①。
扬鞭举棹休相笑，烟波名利大家难②。

话说大宋徽宗宣和三年上春间③，黄榜招贤，大开选场④。去这东京汴梁城内虎异营中⑤，一秀才姓陈名辛，字从善，年二十岁，故父是殿前太尉。这官人不幸父母蚤亡，只单身独自。自小好学，学得文武双全。正是文欺孔孟，武赛孙吴。五经三史⑥，《六韬》、《三略》⑦，无所不晓。新娶得一个浑家，乃东京金梁桥下张待诏之女⑧，

---

①"君骑"二句：连云栈，栈道名。在陕西汉中地区，为古时川陕之通道。这里泛指高峻的栈道。这里用连云栈和乱石滩喻指世途艰险。元庚吉甫《雁儿落带过得胜令》："名缰厮缠挽，利锁相牵绊。孤舟乱石湍，羸马连云栈。"（见杨朝英《阳春白雪》前集卷四）

②烟波名利：在险恶的人世追逐名利。烟波，喻指人世的险恶。《雍熙乐府》卷五《新水令·追韩信》："俺乘骏马惧登山，您驾孤舟怕逢滩。俺不能勾紫罗襕，您空执定钓鱼竿，咱都不到其间，[收江南]呀，这的是烟波名利大家难。"

③上春：农历正月。也泛指初春。

④选场：科举考试的试场。

⑤虎异营：疑应作"虎翼营"。按："虎翼"为宋代军队名称，宋太宗时有殿前司虎翼、步军司虎翼。宋真宗时建虎翼水军，于汴梁新郑门外金明池侧置营，其地因此得名"水虎翼巷"（《东京梦华录》卷七）。

⑥三史：魏晋六朝以《史记》、《汉书》、《东观汉记》为"三史"，唐以后《东观汉记》失传，以《史记》、《汉书》、《后汉书》为"三史"。

⑦《六韬》、《三略》：《六韬》是汉代人假托为吕尚编写的兵书，分"文韬"、"武韬"、"龙韬"、"虎韬"、"豹韬"、"犬韬"六个部分，故名《六韬》。《三略》也是古兵书，旧题黄石公撰。

⑧金梁桥：据《东京梦华录》所说，自东水门外七里至西水门外，汴河上有十三座桥，金梁桥靠近西水门。

小字如春,年方二八,生得如花似玉。比花花解语,比玉玉生香。夫妻二人,如鱼似水,且是说得着①,不愿同日生,只愿同日死。这陈辛一心向善,常好斋供僧道②。一日,与妻言说:"今黄榜招贤,我欲赴选,求得一官半职,改换门闾,多少是好③!"如春答曰:"只恐你命运不通,不得中举。"陈辛曰:"我正是'学成文武艺,货与帝王家'。"不数日,去赴选场,偕众伺候挂榜。旬日之间,金榜题名,已登三甲进士④。琼林宴罢,谢恩,御笔除授广东南雄沙角镇巡检司巡检⑤。回家说与妻如春道:"今我蒙圣恩,除做南雄巡检之职,就要走马上任。我闻广东一路,千层峻岭,万叠高山,路途难行,盗贼烟瘴极多。如今便要收拾前去,如之奈何?"如春曰:"奴一身嫁与官人,只得同受甘苦;如今去做官,便是路途险难,只得前去,何必忧心?"陈辛见妻如此说,心下稍宽。正是:

青龙与白虎同行,吉凶事全然未保。

当日陈巡检唤当直王吉分付曰⑥:"我今得授广东南雄巡检之职,争奈路途崄峻,好生艰难,你与我寻一个使唤的,一同前去。"王吉领命,往街市寻觅,不在话下。

却说陈巡检分付厨下使唤的:"明日是四月初三日,设斋多备斋供,不问云游全真道人⑦,都要斋他,不得有缺。"

---

①说得着:说话投机,合得来。也写作"说的着"。

②斋供:供奉神佛或布施僧道食品。也指这种食品。

③多少:何等,多么。

④三甲:宋代进士分三甲,一甲第一名叫状元,第二名叫榜眼,第三名叫探花;二甲第一名叫传胪。明清科举仍分三甲,但第一甲仅限三人。

⑤巡检司巡检:宋代于京城及沿边地区设巡检,掌统辖禁兵土兵,维持地方治安,州县的巡检地位较低。元代于地方设巡检司,巡检一员,秩从九品。明清于州县也设巡检司,为县令的属官。

⑥当直:值班。这里指仆人。

⑦不问:不论,不管。这里相当于"凡是"。云游:行踪无定,指僧道外出漫游。全真道人:全真道是金代兴起的北方三个新道派中最大和最重要的派别,创始人为王重阳,入道者称全真道士。元代为全真道的鼎盛时期。

不说这里斋主备办，且说大罗仙界有一真人①，号曰紫阳真君②，于仙界观见陈辛奉真斋道③，好生志诚。今投南雄巡检，争奈他妻有千日之灾，分付大慧真人："化作道童，听吾法旨：你可假名罗童，权与陈辛作伴当，护送夫妻二人。他妻若遇妖精，你可护送。"道童听旨，同真君到陈辛宅中，与陈巡检相见礼毕。斋罢，真君问陈辛曰："何故往日设斋欢喜，今日如何烦恼？"陈辛叉手告曰④："听小生诉禀：今蒙圣恩，除南雄巡检，争奈路远难行，又无兄弟，因此忧闷也。"真人曰："我有这个道童，唤做罗童，年纪虽小，有些能处。今日权借与斋官⑤，送到南雄沙角镇，便着他回来。"夫妻二人拜谢曰："感蒙尊师降临，又赐道童相伴，此恩难报。"真君曰："贫道物外之人⑥，不思荣辱，岂图报答？"拂袖而去了。陈辛曰："且喜添得罗童做伴。"收拾琴、剑、书箱，辞了亲戚邻里，封锁门户，离了东京。十里长亭，五里短亭，迤逦而进。一路上，但见：

> 村前茅舍，庄后竹篱。村醪香通磁缸，浊酒满盛瓦瓮。架上麻衣，昨日芒郎留下当⑦；酒帘大字⑧，乡中学究醉时书。沽酒

---

① 大罗仙界：即"大罗天"。道教指神仙所居三十六天中的最高一重天。真人：道家称修真得道或成仙之人为"真人"。唐以后，帝王为扶植道教，以"真人"称号授予某些历史人物或当时的著名道士。

② 紫阳真君：传说中有蜀人李八百，历夏、商、周三代，年八百岁，修炼于华林山石室，丹成还蜀中，号"紫阳真君"。又，道家传说，汉代汝阴人周义山得道升天，上诣太微宫，受书为"紫阳真人"。还有宋代道士张伯端，号"紫阳"，后世称为"紫阳真人"。按：本文中所说的"紫阳真君"不一定确有所指，只是给人物随意起的一个道号。

③ 奉真：指尊奉道教。真，本原，本性。道家用"真"来表示他们追求的自然之道，强调"修真"、"悟真"。

④ 叉手：两手在胸前相交，表示恭敬，为古人的一种行礼方法。佛教的行礼方式"合掌"或"合十"也叫叉手。

⑤ 斋官：即斋主。出资做斋事的人。

⑥ 物外：世外，超脱于世事之外。

⑦ 芒郎：牧童，村夫。亦写作"忙郎"。当：抵押。

⑧ 酒帘：酒家挂于门首作为招子的布帘。也叫"酒望"、"望子"、"幌子"。

客暂解担囊，趱路人不停车马。

陈巡检骑着马，如春乘着轿，王吉、罗童挑着书箱行李，在路少不得饥餐渴饮，夜住晓行。罗童心中自忖："我是大罗仙中大慧真人，今奉紫阳真君法旨，教我跟陈巡检往南雄沙角镇去。吾故意妆风做痴，教他不识咱真相。"遂乃行走不动，上前退后。如春见罗童如此嫌迟①，好生心恼，再三要赶回去，陈巡检不肯，恐背了真人重恩。罗童正行在路，打火造饭，哭哭啼啼不肯吃，连陈巡检也厌烦了，如春孺人执性定要赶罗童回去。罗童越耍风②，叫走不动。王吉搀扶着行，不五里叫腰疼，大哭不止。如春说与陈巡检："当初指望得罗童用，今日不曾得他半分之力，不如教他回去！"陈巡检不合听了孺人言语，打发罗童回去，有分教，如春争些个做了失乡之鬼③。正是：

> 鹿迷郑相应难辨④，蝶梦周公未可知⑤。

当日打发罗童回去，且得耳根清净。陈巡检夫妻和王吉三人前行。

且说梅岭之北，有一洞，名曰申阳洞。洞中有一怪，号曰申阳

---

①嫌迟：拖延、耽搁。明正德刊本《灵棋经》卷下："前程有路莫嫌迟，沙里淘金得几时？淘尽沙泥金始出，两重名利两相宜。"

②耍风：疑应作"风耍"（清平堂刻本误作"风要"）。"风耍"是疯疯癫癫的意思。（参见王骥德《曲律》卷三"论讹字"、《明清吴语词典》"风风耍耍"条）

③争些个：差点儿，几乎。也作"争些"、"争些子"、"争些儿"。

④鹿迷郑相应难辨：《列子》中有一则寓言，大意是：郑国有一个樵夫打死了一只鹿，随即藏了起来，不久便忘记了所藏的地方，于是认为自己是做梦。他在归途中自言其梦，有个人根据他的话，找到了鹿。樵夫回到家里，晚上真梦见自己所藏的地方，并且梦见了那个得鹿之人。第二天寻到那人，两人打官司一直打到郑君那里。郑君问国相，国相说："梦与不梦，臣所不能辨也。"

⑤蝶梦周公：《庄子》中的一则寓言说，有一次庄周梦见自己变成一只蝴蝶，翩翩飞舞，不知自己原来是庄周。忽然醒过来，发现自己分明是庄周。不知道是庄周梦为蝴蝶，还是蝴蝶梦为庄周。自白居易《疑梦二首》之二："鹿疑郑相终难辨，蝶花庄生讵可知"。

公,乃猢狲精也。弟兄三人:一个是通天大圣,一个是弥天大圣,一个是齐天大圣。小妹便是泗州圣母。这齐天大圣神通广大,变化多端,能降各洞山魈,管领诸山猛兽。兴妖作法,摄偷可意佳人①;啸月吟风②,醉饮非凡美酒。与天地齐休,日月同长。这齐天大圣在洞中,观见岭下轿中,抬着一个佳人,娇嫩如花似玉,意欲取他,乃唤山神分付:"听吾号令,便化客店,你做小二哥,我做店主人。他必到此店投宿,更深夜静,摄此妇人入洞中。"山神听令化作一店,申阳公变作店主坐在店中。却好至黄昏时分③,陈巡检与孺人如春并王吉至梅岭下,见天色黄昏,路逢一店,唤招商客店。王吉向前去敲门。店小二问曰:"客长有何勾当④?"王吉答道:"我主人乃南雄沙角巡检之任,到此赶不着馆驿,欲借店中一宿,来蚤便行。"申阳公迎接陈巡检夫妻二人入店,头房安下⑤。申阳公说与陈巡检曰:"老夫今年八十余岁,今晚多口,劝官人一句:前面梅岭好生僻静,虎狼劫盗极多,不如就老夫这里安下孺人,官人自先去到任,多差弓兵人等来取却好⑥。"陈巡检答曰:"小官三代将门之子,通晓武艺,常怀报国之心,岂怕虎狼盗贼?"申公情知难劝,便不敢言,自退去了。

且说陈巡检夫妻二人到店房中,吃了些晚饭,却好一更,看看二更⑦。陈巡检先上床脱衣而卧,只见就中起一阵风。正是:

　　　　吹折地狱门前树,刮起酆都顶上尘⑧。

那阵风过处,吹得灯半灭而复明。陈巡检大惊,急穿衣起来看时,就

---

①摄偷:摄召骗取。摄,神灵鬼怪用法术招致人或物。

②啸月吟风:吟玩风月。形容日子过得逍遥自在。

③却好:正好,恰好。却,正。

④客长:客官。对旅客的尊称。

⑤头房:上等客房。

⑥弓兵:宋元时负责地方巡逻、缉捕之事的士兵。

⑦看看:估量时间之词。有渐渐、将要、眼看着等意思。

⑧酆都:今四川丰都。道教附会,以酆都为阴王冥府所在地。

房中不见了孺人①。开房门叫得王吉,那王吉睡中叫将起来,不知头由②,慌张失势③。陈巡检说与王吉:"房中起一阵狂风,不见了孺人。"主仆二人急叫店主人时,叫不应了。仔细看时,和店房都不见了,连王吉也吃一惊。看时,二人立在荒郊野地上,止有书箱行李并马在面前,并无灯火,客店、店主人皆无踪迹。只因此夜,直教陈巡检三年不见孺人之面。未知久后如何? 正是:

> 雨里烟村雾里都,不分南北路程途。
>
> 多疑看罢僧繇画④,收起丹青一轴图。

陈巡检与王吉听谯楼更鼓⑤,正打四更。当夜月明星光之下,主仆二人,前无客店,后无人家,惊得魂飞天外,魄散九霄。只得教王吉挑了行李,自跳上马,月光之下,依路径而行。在路陈巡检寻思:"不知是何妖法,化作客店。摄了我妻去? 从古至今,不见闻此异事。"巡检一头行,一头哭:"我妻不知着落。"迤逦而行,却好天明。王吉劝官人:"且休烦恼,理会正事。前面梅岭,望着好生嶮峻崎岖,凹凸难行;只得捱过此岭,且去沙角镇上了任,却来打听,寻取孺人不迟。"陈巡检听了王吉之言,只得勉强而行。

且说申阳公摄了张如春,归入洞中。惊得魂飞魄散,半晌醒来,泪如雨下。元来洞中先有一娘子,名唤牡丹,亦被摄在洞中日久,向前来劝如春,不要烦恼。申公说与如春娘子:"小圣与娘子前生有缘,今日得到洞中,别有一个世界。你吃了我仙桃、仙酒、胡麻饭⑥,便是长生不死之人。你看我这洞中仙女,尽是凡间摄将来的。娘子

---

①就:在。

②头由:由头,缘由。

③慌张失势:惊惶失措。

④僧繇画:南朝梁著名画家张僧繇,善画山水、佛像、人物。

⑤谯楼:指鼓楼。

⑥胡麻饭:胡麻,芝麻。传说东汉时刘晨、阮肇入天台山采药,遇二女子邀至家,食以胡麻饭;留住半年,及还乡,子孙已历七世(见刘义庆《幽明录》)。后以胡麻饭指仙人之食物。

休闷,且共你兰房同床云雨①。"如春见说,哀哀痛哭,告申公曰:"奴奴不愿洞中快乐②,长生不死,只求早死。若说云雨,实然不愿。"申公见说如此,自思:"我为他春心荡漾,他如今烦恼,未可归顺。其妇人性执,若逼令他,必定寻死,却不可惜了这等端妍少貌之人③!"乃唤一妇人,名唤金莲,洞主也是日前摄来的,在洞中多年矣。申公分付:"好好劝如春,早晚好待他,将好言语诱他,等他回心。"金莲引如春到房中,将酒食管待。如春酒也不吃,食也不吃,只是烦恼。金莲、牡丹二妇人再三劝他:"你既被他摄到此间④,只得无奈何,自古道:'在他矮檐下,怎敢不低头?'"如春告金莲云:"姐姐,你岂知我今生夫妻分离,被这老妖半夜摄将到此,强要奴家云雨,决不依随,只求快死,以表我贞洁。古云:'烈女不更二夫⑤。'奴今宁死而不受辱。"金莲说:"'要知山下事,请问过来人。'这事我也曾经来。我家在南雄府住,丈夫富贵,也被申公摄来洞中五年。你见他貌恶,当初我亦如此,后来惯熟,方才好过。你既到此,只得没奈何,随顺了他罢!"如春大怒,骂云:"我不似你这等淫贱,贪生受辱,枉为人在世,泼贱之女⑥!"金莲云:"好言不听,祸必临身。"遂自回报申公,说新来佳人,不肯随顺,恶言诽谤,劝他不从。申公大怒而言:"这个贱人,如此无礼!本待将铜锤打死,为他花容无比,不忍下手,可奈他执意不从。"交付牡丹娘子:"你管押着他,将这贱人剪发齐眉⑦,蓬头赤脚,罚去山头挑水,浇灌花木,一日与他三顿淡饭。"牡丹依言,将张如春剪发齐眉,赤了双脚,把一副水桶与他。如春自思:欲投岩涧中

---

①兰房:指妇女的居室。也称兰室。

②奴奴:妇女或奴婢自称之词。亦单作"奴"。

③端妍少貌:端庄漂亮、年轻美貌。少,年轻。

④摄:"摄"字原缺,《清平山堂话本》有"摄"而无"他"字。许政扬校注本将"他"字改为"摄"。

⑤烈女不更二夫:语出《史记·田单列传》:"忠臣不事二君,贞女不更二夫。"

⑥泼贱:下贱。多为骂女人之语。

⑦剪发齐眉:本指将头发剪短,与眉毛相平。这里只强调把头发剪短。

而死,万一天可怜见,苦尽甘来,还有再见丈夫之日。不免含泪而挑水。正是:

> 宁为困苦全贞妇,不作贪淫下贱人。

不说张氏如春在洞中受苦,且说陈巡检与同王吉自离东京,在路两月余,至梅岭之北,被申阳公摄了孺人去,千方无计寻觅。王吉劝官人且去上任,巡检只得弃舍而行。乃望面前一村酒店,巡检到店门前下马,与王吉入店买酒饭吃了,算还酒饭钱,再上马而去。见一个草舍,乃是卖卦的,在梅岭下,招牌上写:"杨殿干请仙下笔,吉凶有准,祸福无差。"

陈巡检到门前,下马离鞍,入门与杨殿干相见已毕。殿干问:"尊官何来?"陈巡检将昨夜失妻之事,从头至尾,说了一遍。杨殿干焚香请圣,陈巡检跪拜祷祝。只见杨殿干请仙至,降笔判断四句,诗曰:

> 千日逢灾厄,佳人意自坚。

> 紫阳来到日,镜破再团圆。

杨殿干断曰:"官人且省烦恼①,孺人有千日之灾。三年之后,再遇紫阳,夫妇团圆。"陈巡检自思:"东京曾遇紫阳真人,借罗童为伴;因罗童呕气,打发他回去。此间相隔数千里路,如何得紫阳到此?"遂乃心中少宽,还了卦钱,谢了杨殿干,上马同王吉并众人上梅岭来。陈巡检看那岭时,真个崄峻:

> 欲问世间烟障路,大庾梅岭苦心酸。

> 磨牙猛虎成群走,吐气巴蛇满地攒②。

陈巡检并一行人过了梅岭,岭南二十里,有一小亭,名唤做接官亭。巡检下马,入亭中暂歇。忽见王吉报说:"有南雄沙角镇巡检衙门弓兵人等,远来迎接。"陈巡检唤入,参拜毕。过了一夜,次日同弓兵吏卒走马上任。至于衙中升厅,众人参贺已毕。陈巡检在沙角镇做

---

① 省:休要。也说"省可"。

② 巴蛇:古代传说中的巨蛇,能吞吃大象。

官,且是清正严谨。光阴似箭,正是:

> 窗外日光弹指过,席前花影坐间移。

倏忽在任,不觉一载有余,差人打听孺人消息,并无踪迹。端的:

> 好似石沉东海底,犹如线断纸风筝。

陈巡检为因孺人无有消息,心中好闷,思忆浑家,终日下泪。正思念张如春之际,忽弓兵上报:"相公,祸事!今有南雄府府尹札付来报军情①:有一强人,姓杨名广,绰号'镇山虎',聚集五七百小喽啰,占据南林村,打家劫舍,杀人放火,百姓遭殃。札付巡检,火速带领所管一千人马,关领军器②,前去收捕,毋得迟误。"陈巡检听知,火速收拾军器鞍马,披挂已了,引着一千人马,径奔南林村来。

却说那南林村镇山虎正在寨中饮酒,小喽啰报说:"官军到来。"急上马持刀,一声锣响,引了五百小喽啰,前来迎敌。陈巡检与镇山虎并不打话③,两马相交,那草寇怎敌得陈巡检过?斗无十合,一矛刺镇山虎于马下,枭其首级,杀散小喽啰,将首级回南雄府,当厅呈献。府尹大喜。重赏了当④,自回巡检衙,办酒庆贺已毕。只因斩了镇山虎,真个是:

> 威名大振南雄府,武艺高强众所钦。

这陈巡检在任,倏忽却早三年官满,新官交替。陈巡检收拾行装,与王吉离了沙角镇,两程并作一程行。相望庾岭之下⑤,红日西沉,天色已晚。陈巡检一行人,望见远远松林间,有一座寺。王吉告官人:"前面有一座寺,我们去投宿则个。"陈巡检勒马向前,看那寺时,额上有"红莲寺"三个大金字。巡检下马,同一行人入寺。

元来这寺中长老,名号旃大惠禅师,佛法广大,德行清高,是个

---

①札付:官府上级给下级的文书,多指手谕。

②关领:关支,支取、领取。关,钱物支领、交收。

③打话:对话,交谈,说话,传话。

④了当:了结,完毕。

⑤相望:看,望。

古佛出世。当时行者报与长老①:"有一过往官人投宿。"长老教行者相请。巡检入方丈参见长老。礼毕,长老问:"官人何来?"陈巡检备说前事,"万望长老慈悲,指点陈辛,寻得孺人回乡,不忘重恩。"长老曰:"官人听禀:此怪是白猿精,千年成器,变化难测。你孺人性贞烈,不肯依随,被他剪发赤脚,挑水浇花,受其苦楚。此人号曰申阳公,常到寺中,听说禅机,讲其佛法。官人若要见孺人,可在我寺中住几时。等申阳公来时,我劝化他回心,放还你妻如何?"陈巡检见长老如此说,心中喜欢,且在寺中歇下。正是:

　　五里亭亭一小峰②,上分南北与西东。

　　世间多少迷途客,一指还归大道中。

　　陈巡检在红莲寺中,一住十余日。忽一日,行者报与长老:"申阳公到寺来也。"巡检闻之,躲于方丈中屏风后面。只见长老相迎,申阳公入方丈叙礼毕,分位而坐,行者献茶。茶罢,申阳公告长老曰:"小圣无能断除爱欲,只为色心迷恋本性③,谁能虎项解金铃④?"长老答曰:"尊圣要解虎项金铃,可解色心本性。色即是空,空即是色⑤,一尘不染,万法皆明。莫怪老僧多言相劝,闻知你洞中有一如春娘子,在洞三年。他是贞节之妇,可放他一命还乡,此便是断却欲心也。"申阳公听罢回言:"长老,小圣心中正恨此人,罚他挑水三年,不肯回心。这等愚顽,决不轻放!"陈巡检在屏风后听得说,正是:

　　提起心头火,咬碎口中牙。

———————————

①行者:这里指佛寺中服杂役而尚未剃发的出家者。

②亭亭:形容耸立。

③色心:指色欲,好色之心。迷恋:这里是迷乱、迷惑的意思。本性:佛教指人固有的本性。佛教认为,人的本性原是清净的,如果去掉妄念,认识自己的本性,就能成佛。

④虎项解金铃:佛教禅宗语。《指月录》中说,法眼和尚问众人:"虎项金铃,是谁解得?"众人不能答。这里用来指解脱迷恋。

⑤色即是空,空即是色:佛教把一切物质存在称为"色",认为物质都是因缘和合而成,无固定不变之自性,故色之本质为空。物质既空无实体,故空即是色。通常这两句话被用来告诫人不要好色。

陈巡检大怒，拔出所佩宝剑，劈头便砍。申阳公用手一指，其剑反着自身。申阳公曰："吾不看长老之面，将你粉骨碎身，此冤必报。"道罢，申阳公别了长老回去了。自洞中叫张如春在面前，欲要剖腹取心，害其性命。得牡丹、金莲二人救解，依旧挑水浇花，不在话下。

且说陈巡检不知妻子下落，到也罢了，既晓得在申阳洞中，心下倍加烦恼，在红莲寺方丈中拜告长老："怎生得见我妻之面？"长老曰："要见不难，老僧指一条径路，上山去寻。"长老叫行者引巡检去山间寻访，行者自回寺。只说陈辛去寻妻，未知寻得见寻不见？正是：

> 风定始知蝉在树，灯残方见月临窗。

当日陈巡检带了王吉，一同行者到梅岭山头，不顾崎岖峻崄，走到山岩潭畔，见个赤脚挑水妇人。慌忙向前看时，正是如春。夫妻二人抱头而哭，各诉前情，莫非梦中相见，一一告诉。如春说："昨日申公回洞，几乎一命不存。"巡检乃言："谢红莲寺长老指路来寻，不想却好遇你，不如共你逃走了罢。"如春道："走不得。申公妖法广大，神通莫测。他若知我走，赶上时，和官人性命不留。我闻申公平日只怕紫阳真君，除非求得他来，方解其难。官人可急回寺去，莫待申公知之，其祸不小。"陈巡检只得弃了如春，归寺中拜谢长老，说已见娇妻，言："申公只怕紫阳真君，他在东京曾与陈辛相会，今此间夐远①，如何得他来救？"长老见他如此哀告，乃言："等我与你入定去看②，便见分晓。"长老教行者焚香，入定去了一响。出定回来③，说与陈巡检曰："当初紫阳真人与你一个道童，你到半路赶了他回去。你如今便可往，急走三日，必有报应。"陈巡检见说，依其言，急急步行出寺，迤逦行了两日，并无踪迹。

---

①夐（diào）远：遥远。

②入定：佛教用语。指僧人闭眼静坐，使心定于一处，不生杂念。入定本是佛教徒的修行方法，这里带有法术作用。

③出定：指从入定状态恢复至常态。

　　且说紫阳真人在大罗仙境与罗童曰:"吾三年前,那陈巡检去上任时,他妻合有千日之灾,今已将满。吾怜他养道修真,好生虔心,吾今与汝同下凡间,去梅岭救取其妻回乡。"罗童听旨,一同下凡,往广东路上行来。这日却好陈巡检撞见真君同罗童远远而来,乃急急向前跪拜,哀告曰:"真君,望救度!弟子妻张如春被申阳公妖法摄在洞中三年,受其苦楚,望真君救难则个!"真君笑曰:"陈辛,你可先去红莲寺中等,我便到也。"陈辛拜别先回寺中,备办香案,迎接真君救难。正是:

　　　　法箓持身不等闲①,立身起业有多般②。

　　　　千年铁树开花易,一日酆都出世难。

　　陈巡检在寺中等了一日,只见紫阳真君行至寺中,端的道貌非凡。长老直出寺门迎接,入方丈叙礼毕③,分宾主坐定。长老看紫阳真君,端的有神仪八极之表④,道貌堂堂,威仪凛凛。陈巡检拜在真君面前,告曰:"望真君慈悲,早救陈辛妻张如春性命还乡,自当重重拜答深恩。"真君乃于香案前,口中不知说了几句言语,只见就方丈里起一阵风。但见:

　　　　无形无影透人怀,二月桃花被绰开⑤。

　　　　就地撮将黄叶去,入山推出白云来。

那风过处,只见两个红巾天将出现,甚是勇猛。这两员神将朝着真君声喏道:"吾师有何法旨?"紫阳真君曰:"快与我去申阳洞中,擒拿

────────────

　　①持身:立身,修身。

　　②起业:疑指创业、发家。戴震《汪氏捐立学田碑》:"歙之汪氏用鹾盐起业于斯地也久。"

　　③方丈:指佛寺长老及住持说法之处。这是方丈的本意,后来也用作寺院长老及住持的代称。

　　④神仪八极之表:指具有仙风道骨。神仪,神情仪表。八极,八方极远的地方。李白《大鹏赋》:"余昔于江陵见天台司马子微,谓余有仙风道骨,可与神游八极之表。"

　　⑤绰开:"绰"有拂拭的意思,"绰开"指花被风吹拂而开放。

齐天大圣前来，不可有失。"两员天将去不多时，将申公一条铁索锁着，押到真君面前。申公跪下，紫阳真君判断，喝令天将将申公押入酆都天牢问罪。教罗童入申阳洞中，将众多妇女各各救出洞来，各令发付回家去讫。张如春与陈辛夫妻再得团圆，向前拜谢紫阳真人。真人别了长老、陈辛，与罗童冉冉腾空而去了。这陈巡检将礼物拜谢了长老，与一寺僧行别了，收拾行李轿马，王吉并一行从人离了红莲寺。迤逦在路，不则一日，回到东京故乡。夫妻团圆，尽老百年而终。有诗为证：

　　三年辛苦在申阳，恩爱夫妻痛断肠。

　　终是妖邪难胜正，贞名落得至今扬。

第二十一卷

临安里钱婆留发迹

贵逼身来不自由①，几年辛苦踏山丘。
满堂花醉三千客②，一剑霜寒十四州③。
莱子衣裳宫锦窄④，谢公篇咏绮霞羞⑤。
他年名上凌云阁⑥，岂羡当时万户侯？

这八句诗，乃是晚唐时贯休所作。那贯休是个有名的诗僧，因避黄巢之乱，来于越地⑦，将此诗献与钱王求见。钱王一见此诗，大

---

① 不自由：指身不由主。

② 满堂花醉三千客：这句写门下食客之盛。花的色香令人陶醉。三千客，战国时齐孟尝君、魏信陵君、赵平原君、楚春申君皆喜养士，号称有食客三千人。

③ 一剑霜寒十四州：指以武力成就王业。一剑，《汉书·异姓诸侯王表》："汉亡(无)尺土之阶，繇一剑之任，五载而成帝业。"霜寒，剑刃如霜，形容锋利。十四州，即后文所说"润、越等十四州得专封拜"。按：史书记载，钱镠所据有之地为两浙十三州。

④ 莱子衣裳宫锦窄：意思是要做老莱子那样的花衣服，宫中特制的锦缎也显得不够用了。莱子，指春秋时楚国隐士老莱子。相传老莱子行年七十，父母尚在，为逗乐父母，老莱子常身穿五色彩衣，作儿童状。窄，短缺。这句指钱镠遵行孝道。

⑤ 谢公篇咏绮霞羞：意思是谢朓的诗篇之美，使美丽的彩霞也自愧不如。谢公，指南宋诗人谢朓，有名句"余霞散成绮，澄江静如练"。据《旧五代史·世袭列传》说，钱镠"好吟咏"，曾与著名诗人罗隐相唱和。这句说钱镠能写诗。

⑥ 凌云阁：应作"凌烟阁"，贯休原诗不误。凌烟阁是封建王朝为表彰功臣而建筑的高阁，里面绘有功臣图像。唐太宗贞观十七年(643)图画长孙无忌等二十四功臣于凌烟阁的故事最为著名。

⑦ 来于：来到。

加叹赏,但嫌其"一剑霜寒十四州"之句,殊无恢廓之意①,遣人对他说,教和尚改"十四州"为"四十州",方许相见。贯休应声,吟诗四句。诗曰:

> 不羡荣华不惧威,添州改字总难依。
>
> 闲云野鹤无常住,何处江天不可飞?

吟罢,飘然而入蜀。钱王懊悔,追之不及。真高僧也。后人有诗讥诮钱王,云:

> 文人自古傲王侯,沧海何曾择细流②?
>
> 一个诗僧容不得,如何安□望添州?

此诗是说钱王度量窄狭,所以不能恢廓霸图,止于一十四州之主。虽如此说,像钱王生于乱世,独霸一方,做了一十四州之王,称孤道寡,非通小可。你道钱王是谁?他怎生样出身③?有诗为证:

> 项氏宗衰刘氏穷,一朝龙战定关中④。
>
> 纷纷肉眼看成败,谁向尘埃识骏雄?

话说钱王,名镠,表字具美,小名婆留,乃杭州府临安县人氏。其母怀孕之时,家中时常火发,及至救之,又复不见,举家怪异。忽一日,黄昏时候,钱公自外而来,遥见一条大蜥蜴,在自家屋上蜿蜒而下,头垂及地,约长丈余,两目熠熠有光。钱公大惊,正欲声张,忽然不见。只见前后火光亘天,钱公以为失火,急呼邻里求救。众人也有已睡的,未睡的,听说钱家火起,都爬起来,收拾挠钩水桶来救火时⑤,那里有什么火!但闻房中呱呱之声,钱妈妈已产下一个孩

---

①恢廓:阔大,宽广。

②沧海何曾择细流:《史记·李斯列传》:"是以泰山不让土壤,故能成其大;河海不择细流,故能就其深。"择,通"释",舍弃。

③怎生样:什么样,怎么样。

④"项氏"二句:项氏宗衰刘氏穷,指项羽出身于楚国没落贵族,刘邦出身贫穷。龙战,指群雄争夺天下。

⑤挠钩:一种长柄的顶端安有铁钩的用具。

儿。钱公因自己错呼救火，蒿恼了邻里，十分惭愧，正不过意①，又见了这条大蜥蜴，都是怪事，想所产孩儿，必然是妖物，留之无益，不如溺死，以绝后患。也是这小孩儿命不该绝，东邻有个王婆，平生念佛好善，与钱妈妈往来最厚。这一晚，因钱公呼唤救火，也跑来看。闻说钱妈妈生产，进房帮助，见养下孩儿，欢天喜地，抱去盆中洗浴，被钱公劈手夺过孩儿，按在浴盆里面，要将溺死。慌得王婆叫起屈来②，倒身护住③，定不容他下手，连声道："罪过，罪过！这孩子一难一度④，投得个男身，作何罪业，要将他溺死！自古道：'虎狼也有父子之情。'你老人家是何意故⑤？"钱妈妈也在床褥上嚷将起来。钱公道："这孩子临产时，家中有许多怪异，只恐不是好物，留之为害！"王婆道："一点点血块，那里便定得好歹。况且贵人生产，多有奇异之兆，反为祥瑞，也未可知。你老人家若不肯留这孩子时，待老身领去，过继与没孩儿的人家养育，也是一条性命，与你老人家也免了些罪业。"钱公被王婆苦劝不过，只得留了，取个小名，就唤做婆留。有诗为证：

　　五月佳儿说孟尝⑥，又因光怪误钱王⑦。

----

①不过意：过意不去。

②叫屈：呼叫冤枉。

③倒身：倾倒身体，弯下身子。

④一难一度："难度"本为佛教语，又叫"难化"，指众生根性狠戾，很难济度教化。佛教认为人有八难度，这八难是：一地狱、二饿鬼、三畜生、四北洲、五无想天、六佛前后、七世智辩聪、八生盲瘖哑。这里"一难一度"有好不容易的意思。

⑤意故：缘故。

⑥五月佳儿说孟尝：古人迷信，认为五月五日这一天多禁忌，这一天生的孩子长大后将不利其父母。孟尝君生于五月五日，他的父亲要抛弃他，但他的母亲偷偷地将他扶养大。后来孟尝君成为齐国的相国。（见《史记·孟尝君列传》）

⑦光怪：神奇怪异的现象。

试看斗文并后稷①,君相从来岂殀亡!

古时姜嫄感巨人迹而生子,惧而弃之于野,百鸟皆舒翼覆之,三日不死。重复收养,因名曰弃。比及长大,天生圣德,能播种五谷。帝尧任为后稷之官,使主稼穑,是为周朝始祖。到武王之世,开了周家八百年基业。又春秋时楚国大夫斗伯比与郧子之女偷情,生下一儿。其母郧夫人以为不雅,私弃于梦泽之中②。郧子出猎,到于梦泽,见一虎跪下,将乳喂一小儿,心中怪异。那虎乳罢孩儿,自去了。郧子教人抱此儿回来,对夫人夸奖此儿,必是异人。夫人认得己女所生,遂将实情说出。郧子就将女配与斗伯比为妻,教他抚养此儿。楚国土语唤"乳"做"谷",唤"虎"做"於菟",因有虎乳之异,取名曰谷於菟。后来长大为楚国令尹,则今传说的楚令尹子文就是。所以说:"贵人无死法。"又说:"大难不死,必有后禄。"今日说钱公满意要溺死孩儿③,又被王婆留住,岂非天命?

话休絮烦。再说钱婆留长成五六岁,便头角渐异,相貌雄伟,膂力非常,与里中众小儿游戏厮打,随你十多岁的孩儿,也弄他不过,只索让他为尊。这临安里中有座山,名石镜山。山有圆石,其光如镜,照见人形。钱婆留每日同众小儿在山边游戏,石镜中照见钱婆留头带冕旒,身穿蟒衣玉带。众小儿都吃一惊,齐说神道出现④。偏是婆留全不骇惧,对小儿说道:"这镜中神道就是我,你们见我都该下拜。"众小儿罗拜于前⑤,婆留安然受之,以此为常。一日回去,向父亲钱公说知其事。钱公不信,同他到石镜边照验,果然如此。钱

---

①斗文:复姓。下文所说"斗伯比"亦叫"斗文子",其子孙以"斗文"为氏姓。这里的"斗文"指斗伯比的儿子斗谷於菟,名子文。后稷:古代周族始祖,传说有邰氏之女姜嫄踏巨人脚迹,怀孕而生。

②梦泽:即云梦泽。

③满意:决意,一心一意。

④神道:神仙,神灵。

⑤罗拜:环绕下拜。

公吃了一惊,对镜暗暗祷告道:"我儿婆留果有富贵之日,昌大钱宗①,愿神灵隐蔽镜中之形,莫被人见,恐惹大祸。"祷告方毕,教婆留再照时,只见小孩儿的模样,并无王者衣冠。钱公故意骂道:"孩子家眼花说谎,下次不可如此!"

　　次日,婆留再到石镜边游戏,众小儿不见了神道,不肯下拜了,婆留心生一计。那石镜傍边,有一株大树,其大百围,枝叶扶疏,可荫数亩;树下有大石一块,有七八尺之高。婆留道:"这大树权做个宝殿,这大石权做个龙案②,那个先爬上龙案坐下的,便是登宝殿了,众人都要拜贺他。"众小儿齐声道好。一齐来爬时,那石高又高,峭又峭,滑又滑,怎生爬得上? 天生婆留身材矫捷,又且有智,他想着大树本子上有几个乾靶③,好借脚力,相在肚里了,跳上树根,一步步攀缘而上。约莫离地丈许,看得这块大石亲切④,放手望下只一跳,端端正正坐于石上。众小儿发一声喊,都拜倒在地。婆留道:"今日你们服也不服?"众小儿都应道:"服了。"婆留道:"既然服我,便要听我号令。"当下折些树枝,假做旗幡,双双成对,摆个队伍,不许混乱。自此为始,每早排衙行礼⑤,或剪纸为青红旗,分作两军交战,婆留坐石上指挥,一进一退,都有法度。如违了他便打,众小儿打他不过,只得依他,无不惧怕。正是:

　　　　天挺英豪志量开⑥,休教轻觑小儿孩。

　　　　未施济世安民手,先见惊天动地才。

　　再说婆留到十七八岁时,顶冠束发,长成一表人材,生得身长力大,腰阔膀开,十八般武艺,不学自高。虽曾进学堂读书,粗晓文义,

---

　　①昌大:兴盛光大。钱宗:钱家宗族。

　　②龙案:御案,帝王专用的桌子。

　　③本子:树干。

　　④亲切:(看得)真切,准。这个意思也可单说"亲"。

　　⑤排衙:旧时长官升座,陈设仪仗,僚属依次参见,分立两旁,叫排衙。

　　⑥天挺:天资卓越。

便抛开了，不肯专心，又不肯做农商经纪。在里中不干好事，惯一偷鸡打狗①，吃酒赌钱。家中也有些小家私，都被他赌博，消费得七八了。爹娘若说他不是，他就彆着气，三两日出去不归。因是管辖他不下，只得由他。此时里中都唤他做"钱大郎"，不敢叫他小名了。

一日，婆留因没钱使用，忽然想起："顾三郎一伙，尝来打合我去贩卖私盐②，我今日身闲无事，何不去寻他？"行到释迦院前③，打从戚汉老门首经过④。那戚汉老是钱塘县第一个开赌场的⑤，家中养下几个娼妓，招引赌客。婆留闲时，也常在他家赌钱住宿。这一日，忽见戚汉老左手上横着一把行秤⑥，右手提了一只大公鸡、一个猪头回来，看了婆留便道："大郎，连日少会。"婆留问道："有甚好赌客在家？"汉老道："不瞒大郎说，本县录事老爷有两位郎君⑦，好的是赌博，也肯使花酒钱。有多嘴的对他说了，引到我家坐地，要寻人赌双陆⑧。人听说是见在官府的儿，没人敢来上桩⑨。大郎有采时⑩，进去赌对一局⑪。他们都是见采，分文不欠的。"婆留口中不语，心下思

---

①惯一：一贯，总是。

②打合：拉，纠合。

③释迦院：寺院名，在宝莲山。《西湖游览志》卷十二："宝成寺，晋天福中建，名释迦院，宋大中祥符间改额宝成寺。"

④汉老：宋人多有以"汉老"为名或字者。

⑤钱塘县：钱塘县与临安县唐时同为杭州辖县。按：钱塘县为杭州治所，故钱塘亦可概指杭州地区，如下文把钱镠与钟明、钟亮称作"钱塘三虎"。第一个：形容程度最高，这里是最有名的意思。

⑥行（háng）秤：市场上用的秤。

⑦录事：这里指县令的属官。王溥《唐会要》卷六十九"丞簿尉"："开元十六年五月二十五日敕：'州府及县仓督、府司佐史、县录事、里正等，若有景行，明闲案牍，任经十年。不在解限。'"宋代州置录事参军。

⑧双陆：古代博戏，据说由西竺（印度）传入，初名"握槊"，唐时又叫"长行"，宋时有南双、北双之分（详见洪遵《谱双》）。其法宋后已失传。

⑨上桩：应承，愿意（做某事），响应。

⑩采：指赌注。亦作"采头"。下文"见采"，即现采。

⑪赌对：赌赛，对赌。

量道：“两日正没生意，且去淘摸几贯钱钞使用①。”便向戚汉老道：
“别人弱他官府②，我却不弱他。便对一局，打甚紧？只怕采头短少，
须吃他财主笑话。少停赌对时③，我只说有在你处，你与我招架一
声④，得采时平分便了。若还输去，我自赔你。”汉老素知婆留平日赌
性最直，便应道：“使得。”当下汉老同婆留进门，与二钟相见。这二
钟一个叫做钟明，一个叫做钟亮，他父亲是钟起，见为本县录事之
职。汉老开口道：“此间钱大郎，年纪虽少，最好拳棒，兼善博戏。闻
知二位公子在小人家里，特来进见。”原来二钟也喜拳棒，正投其机；
又见婆留一表人材，不胜欢喜。当下叙礼毕，闲讲了几路拳法。钟
明就讨双陆盘摆下，身边取出十两重一锭大银，放在卓上，说道：“今
日与钱兄初次相识，且只赌这锭银子。”婆留假意向袖中一摸，说道：
“在下偶然出来拜一个朋友，遇戚老说公子在此，特来相会，不曾带
得什么采来。”回头看着汉老道：“左右有在你处，你替我答应则
个⑤。”汉老一时应承了，只得也取出十两银子，做一堆儿放着。便
道：“小人今日不方便在此，只有这十两银子，做两局赌么。”自古道：
“稍粗胆壮⑥。”婆留自己没一分钱钞，却教汉老应出银子，胆已自不
壮了，着了急，一连两局都输。钟明收起银子，便道：“得罪，得罪。”
教小厮另取一两银子，送与汉老，作为头钱⑦。汉老虽然还有银子在
家，只怕钱大郎又输去了，只得认着晦气，收了一两银子，将双陆盘
掇过一边，摆出酒肴留款⑧。婆留那里有心饮酒，便道：“公子宽坐，

---

①淘摸：偷盗，也泛指用其他不正当的手段获取财物。亦作“掏摸”。

②弱：惧怕，示弱。

③少停：少刻，一会儿。

④招架：承认，承揽，承应。

⑤答应：对付，应付。

⑥稍：指赌本。《石点头》卷十：“赌博场中稍挽稍，管他来历怎的？”《二刻拍
　案惊奇》卷八：“若挨得进去，须要稍物，方才可赌。”

⑦头钱：开赌场的人从赌客的赢钱中抽取的钱。

⑧留款：款留。

容在下回家去,再取稍来决赌何如?"钟明道:"最好。"钟亮道:"既钱兄有兴,明日早些到此,竟日取乐;今日知己相逢,且共饮酒。"婆留只得坐了,两个妓女唱曲侑酒。正是:

　　赌场逢妓女,银子当砖块。

　　牡丹花下死,还却风流债①。

当日正在欢饮之际,忽闻叩门声。开看时,却是录事衙中当直的,说道:"老爷请公子议事。教小的们那处不寻到,却在这里!"钟明、钟亮便起身道:"老父呼唤,不得不去。钱兄,明日须早来顽耍。"嘱罢,向汉老说声相扰,同当直的一齐去了。婆留也要出门,被汉老双手拉住道:"我应的十两银子,几时还我?"婆留一手劈开便走,口里答道:"来日送还。"出得门来,自言自语的道:"今日手里无钱,却赌得不爽利。还去寻顾三郎,借几贯钞,明日来翻本。"带着三分酒兴,径往南门街上而来。

向一个僻静巷口撒溺,背后一人将他脑后一拍,叫道:"大郎,甚风吹到此?"婆留回头看时,正是贩卖私盐的头儿顾三郎。婆留道:"三郎,今日相访,有句话说。"顾三郎道:"甚话?"婆留道:"不瞒你说,两日赌得没兴,与你告借百十贯钱去翻本。"顾三郎道:"百十贯钱却易,只今夜随我去便有。"婆留道:"那里去?"顾三郎道:"莫问莫问,同到城外便知。"

两个步出城门,恰好日落西山,天色渐暝。约行二里之程,到个水港口,黑影里见缆个小船,离岸数尺,船上芦席满满冒住,密不通风,并无一人。顾三郎捻起泥块,向芦席上一撒,撒得声响。忽然芦席开处,船舱里钻出两个人来,咳嗽一声。顾三郎也咳嗽相应,那边两个人,即便撑船拢来。顾三郎同婆留下了船舱,船舱还藏得有四个人。这里两个人下舱,便问道:"三郎,你与谁人同来?"顾三郎道:"请得主将在此。休得多言,快些开船去。"说罢,众人拿橹动篙,把

---

①"牡丹"二句:俗语有"牡丹花下死,做鬼也风流"。

这船儿弄得梭子般去了。婆留道:"你们今夜又走什么道路①?"顾三郎道:"不瞒你说,两日不曾做得生意,手头艰难。闻知有个王节使的家小船②,今夜泊在天目山下,明早要进香。此人巨富,船中必然广有金帛,弟兄们欲待借他些使用。只是他手下有两个苍头,叫做张龙、赵虎,大有本事,没人对付得他。正思想大郎了得,天幸适才相遇,此乃天使其便,大胆相邀至此。"婆留道:"做官的贪赃枉法得来的钱钞,此乃不义之财,取之无碍!"

正说话间,听得船头前荡桨响,又有一个小捼船来到③。船上共有五条好汉在上,两船上一般咳嗽相应。婆留已知是同伙,更不问他。只见两船帮近④,顾三郎悄悄问道:"那话儿歇在那里⑤?"捼船上人应道:"只在前面一里之地,我们已是着眼了⑥。"当下众人将船摇入芦苇中歇下,敲石取火。众好汉都来与婆留相见。船中已备得有酒肉,各人大碗酒大块肉吃了一顿,分拨了器械⑦,两只船,十三筹好汉⑧,一齐上前进发。

遥见大船上灯光未灭,众人摇船拢去,发声喊,都跳上船头。婆留手执铁棱棒打头,正遇着张龙,早被婆留一棒打落水去。赵虎望后艄便跑,满船人都唬得魂飞魄散,那个再敢挺敌。一个个跪倒船舱,连声饶命。婆留道:"众兄弟听我分付:只许收拾金帛,休杀害他性命。"众人依言,将舟中辎重恣意搬取。嗯哨一声,众人仍分作两

①走什么道路:"道路"指生意、买卖,也可指不正当的行为。"走什么道路"就是做什么买卖或干什么勾当。下文"走私商道路"即指做违法的走私买卖。

②节使:"节度使"简称。

③捼船:即划子,一种用桨拨水行驶的小快船。捼,同"划"。

④帮:靠拢,挨近。

⑤那话儿:代指不便明言的东西。

⑥着眼:观察,注意。

⑦分拨:分派,分配。

⑧筹:本是计数的用具,作量词时相当于"个"、"条"。

队，下了小船，飞也是摇去了①。

原来王节使另是一个座船②，他家小先到一日。次日，王节使方到，已知家小船被盗。细开失单，往杭州府告状。杭州刺史董昌准了，行文各县，访拿真赃真盗。文书行到临安县来，知县差县尉协同缉捕使臣③，限时限日的擒拿，不在话下。

再说顾三郎一伙，重泊船于芦苇丛中，将所得利物，众人十三分均分。因婆留出力，议定多分一分与他。婆留共得了三大锭元宝，百来两碎银，及金银酒器首饰又十余件。此时天色渐明，城门已开。婆留怀了许多东西，跳上船头，对顾三郎道："多谢作成，下次再当效力。"说罢，进城径到戚汉老家。

汉老兀自床上翻身，被婆留叫唤起来，双手将两眼揩抹，问道："大郎何事来得恁早？"婆留道："钟家兄弟如何还不来？我寻他翻本则个。"便将元宝碎银及酒器首饰，一顿交付与戚汉老④，说道："恐怕又烦累你应采，这些东西都留你处，慢慢的支销。昨日借你的十两头，你就在里头除了罢。今日二钟来，你替我将几两碎银做个东道，就算我请他一席。"戚汉老见了许多财物，心中欢喜，连声应道："这小事，但凭大郎分付。"婆留道："今日起早些，既二钟未来，我要寻个静办处打个盹⑤。"戚汉老引他到一个小小阁儿中白木床上，叫道："大郎任意安乐，小人去梳洗则个。"

却说钟明、钟亮在衙中早饭过了，袖了几锭银子，再到戚汉老家来。汉老正在门首买东买西，见了二钟，便道："钱大郎今日做东道相请，在此专候久了，在小阁中打盹。二位先请进去，小人就来陪

---

①飞也是：同"飞也似"。

②座船：官船。

③县尉：县里负责地方治安、追捕盗贼的官员。缉捕使臣：缉捕盗贼的低级武官。按：使臣本是宋代自内殿承制至三班借职的八、九品武官的总称，其中又分大使臣、小使臣。

④一顿：一总，一下子。

⑤静办：清静，安静。亦写作"净办"。

奉。"钟明、钟亮两个私下称赞道："难得这般有信义之人。"走进堂中，只听得打鼾之声，如霹雳一般的响。二钟吃一惊，寻到小阁中，猛见个丈余长一条大蜥蜴，据于床上，头生两角，五色云雾罩定。钟明、钟亮一齐叫道："作怪！"只这声"作怪"，便把云雾冲散，不见了蜥蜴，定睛看时，乃是钱大郎直挺挺的睡着。弟兄两个心下想道："常闻说异人多有变相，明明是个蜥蜴，如何却是钱大郎？此人后来必然有些好处，我们趁此未遇之先①，与他结交，有何不美？"两下商量定，等待婆留醒来，二人更不言其故，只说："我弟兄相慕信义，情愿结桃园之义，不知大郎允否？"婆留也爱二钟为人爽慨，当下就在小阁内，八拜定交。因婆留年最小，做了三弟。这日也不赌钱，大家畅饮而别。临别时，钟明把昨日赌赢的十两银子，送还婆留。婆留那里肯收，便道："戚汉老处小弟自己还过了，这银，大哥权且留下，且待小弟手中乏时，相借未迟。"钟明只得收去了。

　　自此日为始，三个人时常相聚。因是吃酒打人，饮博场中出了个大名，号为"钱塘三虎"。这句话，吹在钟起耳朵里来，好生不乐，将两个儿子禁约在衙中②，不许他出外游荡。婆留连日不见二钟，在录事衙前探听，已知了这个消息。害了一怕，好几日不敢去寻二钟相会。正是：

　　　　取友必须端，休将戏谑看。

　　　　家严儿学好，子孝父心宽。

　　再说钱婆留与二钟疏了，少不得又与顾三郎这伙亲密，时常同去贩盐为盗。此等不法之事，也不知做下几十遭。原来走私商道路的，第一次胆小，第二次胆大，第三、第四次，浑身都是胆了。他不犯本钱，大锭银大贯钞的使用，侥幸其事不发，落得快活受用，且到事发再处，他也拚得做得。自古道："若要不知，除非莫为。"只因顾三

---

①未遇：义同"未际"，未得到赏识和重用，尚未发迹。

②禁约：禁止，约束，管束。

郎伙内陈小乙,将一对赤金莲花杯,在银匠家倒唤银子①,被银匠认出是李十九员外库中之物,对做公的说了。做公的报知县尉,访着了这一伙姓名,尚未挨拿②。

忽一日,县尉请钟录事父子在衙中饮酒。因钟明写得一手好字,县尉邀至书房,求他写一幅单条。钟明写了李太白《少年行》一篇,县尉展看称美。钟明偶然一眼觑见大端石砚下,露出些纸脚,推开看时,写得有多人姓名。钟明有心,捉个冷眼③,取来藏于袖中。背地偷看,却是所访盐盗的单儿,内中有钱婆留名字。钟明吃了一惊,上席后不多几杯酒,便推腹痛先回。县尉只道真病,由他去了,谁知却是钟明的诡计。

当下钟明也不回去,急急跑到戚汉老家,教他转寻婆留说话。恰好婆留正在他场中铺牌赌色④。钟明见了也无暇作揖,一只臂膊牵出门外,到个僻静处,说道如此如此,"幸我看见,偷得访单在此⑤。兄弟快些藏躲,恐怕不久要来缉捕,我须救你不得⑥。一面我自着人替你在县尉处上下使钱,若三个月内不发作时,方可出头。兄弟千万珍重。"婆留道:"单上许多人,都是我心腹至友,哥哥若营为时⑦,须一例与他解宽。若放一人到官,众人都是不干净的。"钟明道:"我自有道理。"说罢,钟明自去了。

这一个信息急得婆留脚也不停,径跑到南门寻见顾三郎,说知其事,也教他一伙作速移开,休得招风揽火。顾三郎道:"我们只下了盐船,各镇市四散撑开,没人知觉。只你守着爹娘,没处去得,怎么好?"婆留道:"我自不妨事,珍重珍重。"说罢别去。从此婆留装病

---

①倒唤:当作"倒换"。掉换,兑换。

②挨拿:搜捕。也叫"挨捕"。

③捉个冷眼:趁人不留意。

④赌色(shǎi):掷骰子。

⑤访单:缉访名单。

⑥须:可,却。

⑦营为:这里指营救。

在家,准准住了三个月①。早晚只演习枪棒,并不敢出门。连自己爹娘也道是个异事,却不知其中缘故。有诗为证:

> 钟明欲救婆留难,又见婆留转报人。
>
> 同乐同忧真义气,英雄必不负交亲。

却说县尉次日正要勾摄公事②,寻砚底下这幅访单,已不见了。一时乱将起来,将书房中小厮吊打,再不肯招承。一连乱了三日,没些影响,县尉没做道理处③。此时钟明、钟亮拚却私财,上下使用,缉捕使臣都得了贿赂;又将白银二百两,央使臣转送县尉,教他阁起这宗公事。幸得县尉性贪,又听得使臣说道,录事衙里替他打点,只疑道那边先到了录事之手,我也落得放松,做个人情。收受了银子,假意立限与使臣缉访。过了一月两月,把这事都放慢了。正是"官无三日紧",又道是"有钱使得鬼推磨",不在话下。

话分两头。再表江西洪州有个术士,此人:

> 善识天文,精通相术。白虹贯日④,便知易水奸谋;宝气腾空,预辨丰城神物⑤。决班超封侯之贵⑥,刻邓通饿死之期⑦。殃祥有准半神仙,占候无差高术士⑧。

---

①准准:整整,足足。

②勾摄公事:拘捕犯人。公事,这里指犯人。

③没做道理处:没有办法。

④白虹贯日:《史记·鲁仲连邹阳列传》:"昔者荆轲慕燕丹之义,白虹贯日,太子畏之。"裴骃集解引应劭曰:"燕太子丹质于秦,始皇遇之无礼,丹亡去。故厚养荆轲,令西刺秦王,精诚感天,白虹为之贯日也。"古人又认为白虹贯日是预示君王遇刺的天象异兆。下句"易水奸谋",即指燕太子丹在易水上送荆轲入秦刺秦王。

⑤丰城神物:见本书卷一"剑合丰城"注。

⑥决:算定,断定。

⑦刻邓通饿死之期:刻,刻期,限定日期。邓通饿死的故事,见第九卷《裴晋公义还原配》。

⑧占候:视天象变化以测吉凶。

这术士唤做廖生,预知唐季将乱,隐于松门山中①。忽一日夜坐,望见斗牛之墟②,隐隐有龙文五采,知是王气。算来该是钱塘分野③,特地收拾行囊来游钱塘;再占云气④,却又在临安地面。乃装做相士,隐于临安市上。每日市中人求相者甚多,都是等闲之辈,并无异人在内。忽然想起:"录事钟起,是我故友,何不去见他?"即忙到录事衙中通名。

　　钟起知是故人廖生到此,倒屣而迎⑤。相见礼毕,各叙寒温。钟起叩其来意,廖生屏去从人,私向钟起耳边说道:"不肖夜来望气,知有异人在于贵县。求之市中数日,杳不可得。看足下尊相,虽然贵显,未足以当此也。"钟起乃召明、亮二子,求他一看。廖生道:"骨法皆贵,然不过人臣之位。所谓异人,上应着斗牛间王气,惟天子足以当之,最下亦得五霸诸侯,方应其兆耳。"钟起乃留廖生在衙中过宿。

　　次日,钟起只说县中有疑难事,欲共商议,备下酒席在吴山寺中,悉召本县有名目的豪杰来会,令廖生背地里一个个看过,其中贵贱不一,皆不足以当大贵之兆。当日席散,钟起再邀廖生到衙,欲待来日,更搜寻乡村豪杰,教他饱看。此时天色将晚,二人并马而回。

　　却说钱婆留在家,已守过三个月无事,欢喜无限。想起二钟救命之恩,大着胆,来到县前,闻得钟起在吴山寺宴会,悄地到他衙中,要寻二钟兄弟拜谢。钟明、钟亮知是婆留相访,乘着父亲不在,慌忙出来,相迎聚话。忽听得马铃声响,钟起回来了。婆留望见了钟起,

---

①松门山:在今江西永修。

②斗牛之墟:斗宿(南斗星)与牛宿(牵牛星)之间。墟,次,所在之处。王勃《滕王阁序》:"物华天宝,龙光射牛斗之墟。"

③分(fēn)野:地区。古人把十二星辰的位置与地上的州、国的位置相对应,就天文说,称分星;就地上说,称分野。古人迷信,还以天象的变异比附地上州、国的吉凶。

④占云气:占云望气,视云气以测吉凶。

⑤倒屣而迎:古人家居,脱鞋席地而坐,因急于迎接客人,把鞋子倒穿。形容热情迎客。

唬得心头乱跳,低着头,望外只顾跑。钟起问是甚人,喝教拿下。廖生急忙向钟起说道:"奇哉,怪哉!所言异人,乃应在此人身上,不可慢之。"钟起素信廖生之术,便改口教人好好请来相见,婆留只得转来①。

钟起问其姓名,婆留好象泥塑木雕的,那里敢说。钟起焦燥,乃唤两个儿子问:"此人何姓何名?住居何处?缘何你与他相识?"钟明料瞒不过,只得说道:"此人姓钱,小名婆留,乃临安里人。"钟起大笑一声,扯着廖生背地说道:"先生错矣!此乃里中无赖子,目下幸逃法网,安望富贵乎?"廖生道:"我已决定不差,足下父子之贵,皆因此人而得。"乃向婆留说道:"你骨法非常,必当大贵,光前耀后,愿好生自爱。"又向钟起说道:"我所以访求异人者,非贪图日后挈带富贵,正欲验我术法之神耳。从此更十年,吾言必验,足下识之②。只今日相别,后会未可知也。"说罢,飘然而去。

钟起才信道婆留是个异人,钟明、钟亮又将戚汉老家所见蜥蜴生角之事,对父亲述之,愈加骇然。当晚,钟起便教儿子留款婆留,劝他勤学枪棒,不可务外为非③,致损声名。家中乏钱使用,我当相助。自此钟明、钟亮仍旧与婆留往来不绝,比前更加亲密。有诗为证:

> 堪嗟豪杰混风尘,谁向贫穷识异人?
> 只为廖生能具眼④,顿令录事款嘉宾。

话说唐僖宗乾符二年,黄巢兵起,攻掠浙东地方,杭州刺史董昌,出下募兵榜文。钟起闻知此信,对儿子说道:"即今黄寇猖獗,兵锋至近,刺史募乡勇杀贼,此乃壮士立功之秋,何不劝钱婆留一去?"钟明、钟亮道:"儿辈皆愿同他立功。"钟起欢喜,当下请到婆留,将此

---

①转来:回来。

②识(zhì):记。

③务外:做分外之事,不干正事。

④具眼:有识别事物的眼力。

情对他说了。婆留磨拳撑掌①，踊跃愿行。一应衣甲器仗，都是钟起支持；又将银二十两，助婆留为安家之费，改名钱镠，表字具美，取"留""镠"二音相同故也。三人辞家上路，直到杭州，见了刺史董昌。董昌见他器岸魁梧②，试其武艺，果然熟闲，不胜之喜，皆署为裨将，军前听用。

不一日，探子报道："黄巢兵数万将犯临安，望相公策应。"董昌就假钱镠以兵马使之职③，使领兵往救。问道："此行用兵几何？"钱镠答道："将在谋不在勇，兵贵精不贵多。愿得二钟为助，兵三百人足矣。"董昌即命钱镠于本州军伍自行挑选三百人，同钟明、钟亮率领，望临安进发。

到石鉴镇，探听贼兵离镇止十五里。钱镠与二钟商议道："我兵少，贼兵多，只可智取，不可力敌，宜出奇兵应之。"乃选弓弩手二十名，自家率领，多带良箭，伏山谷险要之处。先差炮手二人，伏于贼兵来路，一等贼兵过险，放炮为号，二十张强弓，一齐射之。钟明、钟亮各引一百人左右埋伏，准备策应，余兵散在山谷，扬旗呐喊，以助兵势。

分拨已定，黄巢兵早到。原来石鉴镇山路险隘，止容一人一骑。贼先锋率前队兵度险，皆单骑鱼贯而过。忽听得一声炮响，二十张劲弩齐发，贼人大惊，正不知多少人马。贼先锋身穿红锦袍，手执方天画戟④，领插令字旗，跨一匹瓜黄战马，正扬威耀武而来，却被弩箭中了颈项，倒身颠下马来，贼兵大乱。钟明、钟亮引着二百人，呼风喝势，两头杀出。贼兵着忙，又听得四围呐喊不绝，正不知多少军

---

①撑掌：当是撑掌之意。

②器岸：《汉语大词典》释作"体魄"。按："器岸"似是器宇不凡的意思。明章潢《新修南昌府志》卷三《风俗》："文尚俊拔，士尚器岸。"明周用《同川陈君明墓志铭》："君器岸轩特。"

③假：摄，暂时代理官职。兵马使：官职名。《通鉴纲目》卷五十一："钱镠以骁勇事（董）昌，为兵马使。"

④方天画戟：亦称"方天戟"，一种古代兵器。

马,自相蹂踏。斩首五百余级,余贼溃散。

　　钱镠全胜了一阵,想道:"此乃侥幸之计,可一用不可再也。若贼兵大至,三百人皆为齑粉矣。"此去三十里外,有一村,名八百里,引兵屯于彼处,乃对道傍一老媪说道:"若有人问你临安兵的消息,但言屯八百里就是。"

　　却说黄巢听得前队在石鉴镇失利,统领大军,弥山蔽野而来。到得镇上,不见一个官军,遣人四下搜寻居民问信。少停,拿得老媪到来,问道:"临安军在那里?"老媪答道:"屯八百里。"再三问时,只是说:"屯八百里。"黄巢不知"八百里"是地名,只道官军四集,屯了八百里路之远,乃叹道:"向者二十弓弩手,尚然敌他不过,况八百里屯兵乎?杭州不可得也!"于是贼兵不敢停石鉴镇上,径望越州一路而去,临安赖以保全。有诗为证:

　　　　能将少卒胜多人,良将机谋妙若神。

　　　　三百兵屯八百里,贼军骇散息烽尘。

　　再说越州观察使刘汉宏,听得黄巢兵到,一时不曾做得准备,乃遣人打话,情愿多将金帛犒军,求免攻掠。黄巢受其金帛,亦径过越州而去。原来刘汉宏先为杭州刺史,董昌在他手下做裨将,充募兵使①,因平了叛贼王郢之乱,董昌有功,就升做杭州刺史,刘汉宏却升做越州观察使。汉宏因董昌在他手下出身,屡屡欺侮,董昌不能堪,渐生嫌隙。今日巢贼经过越州,虽然不曾杀掠,却费了许多金帛,访知杭州到被董昌得胜报功,心中愈加不平。有门下宾客沈苟献计道:"临安退贼之功,皆赖兵马使钱镠用谋取胜。闻得钱镠智勇足备,明公若驰咫尺之书,厚具礼币,只说越州贼寇未平,向董昌借钱镠来此征剿;哄得钱镠到此,或优待以结其心,或寻事以斩其首。董昌割去右臂,无能为矣。方今朝政颠倒,宦官弄权,官家威令不行,天下英雄皆有割据一方之意。若吞并董昌,奄有杭越②,此霸王之业

――――――――――

①募兵使:官职名。

②奄有:全部占有。奄,覆盖,引申为尽。

也。"刘汉宏为人志广才疏，这一席话，正投其机，以手抚沈苟之背，连声赞道："吾心腹人所见极明，妙哉，妙哉！"即忙修书一封：

> 汉宏再拜，奉书于故人董公麾下：顷者巢贼猖獗，越州兵微将寡，难以备御。闻麾下有兵马使钱镠，谋能料敌，勇称冠军。今贵州已平，乞念唇齿之义，遣镠前来，协力拒贼。事定之后，功归麾下。聊具金甲一副，名马二匹，权表微忱，伏乞笑纳。

原来董昌也有心疑忌刘汉宏，先期差人打听越州事情，已知黄巢兵退；如今书上反说巢寇猖獗，其中必有缘故，即请钱镠来商议。钱镠道："明公与刘观察隙嫌已构①，此不两立之势也。闻刘观察自托帝王之胄，欲图非望②；巢贼在境，不发兵相拒，乃以金帛买和，其意不测。明公若假精兵二千付镠，声言相助，汉宏无谋，必欣然见纳，乘便图之，越州可一举而定。于是表奏朝廷，坐汉宏以和贼谋叛之罪，朝廷方事姑息③，必重奖明公之功。明公勋垂于竹帛，身安于泰山，岂非万全之策乎？"董昌欣然从之，即打发回书，着来使先去。随后发精兵二千，付与钱镠，临行嘱道："此去见几而作，小心在意。"

却说刘汉宏接了回书，知道董昌已遣钱镠到来，不胜之喜，便与宾客沈苟商议。沈苟道："钱镠所领二千人，皆胜兵也④。若纵之入城，实为难制。今俟其未来，预令人迎之，使屯兵于城外，独召钱镠相见。彼既无羽翼，惟吾所制，然后遣将代领其兵，厚加恩劳，使倒戈以袭杭州。疾雷不及掩耳，董昌可克矣。"刘汉宏又赞道："吾心腹人所见极明，妙哉，妙哉！"即命沈苟出城迎候钱镠，不在话下。

再说钱镠领了二千军马，来到越州城外，沈苟迎住，相见礼毕。沈苟道："奉观察之命，城中狭小，不能容客兵，权于城外屯札，单请

---

①构：结（怨），结成（嫌隙）。

②非望：非分之望，多指有图谋帝王之位的野心。

③方事姑息：正采取无原则的宽容态度。事，实行。唐李肇《唐国史补》卷中："德宗自复京阙，常恐生事，一郡一镇，有兵必姑息之。"

④胜兵：这里指精兵。

将军入城相会。"钱镠已知刘汉宏掇赚之计①,便将计就计,假意发怒道:"钱某本一介匹夫,荷察使不嫌愚贱,厚币相招,某感察使知己之恩,愿以肝脑相报。董刺史与察使外亲内忌,不欲某来,又只肯发兵五百人,某再三勉强,方许二千之数。某挑选精壮,一可当百,特来辅助察使,成百世之功业。察使不念某勤劳,亲行犒劳,乃安坐城中,呼某相见,如呼下隶②,此非敬贤之道!某便引兵而回,不愿见察使矣。"说罢,仰面叹云:"钱某一片壮心,可惜,可惜!"沈苛只认是真心,慌忙收科道:"将军休要错怪,观察实不知将军心事。容某进城对观察说知,必当亲自劳军,与将军相见。"说罢,飞马入城去了。

钱镠分付手下心腹将校,如此如此,各人暗做准备。

且说刘汉宏听沈苛回话,信以为然。乃杀牛宰马,大发刍粮③,为犒军之礼。旌旗鼓乐前导,直到北门外馆驿中坐下,等待钱镠入见,指望他行偏裨见主将之礼。谁知钱镠领着心腹二十余人,昂然而入,对着刘汉宏拱手道:"小将甲胄在身,恕不下拜了。"气得刘汉宏面如土色。沈苛自觉失信,满脸通红,上前发怒道:"将军差矣!常言:'军有头,将有主。'尊卑上下,古之常礼。董刺史命将军来与观察助力,将军便是观察麾下之人。况董刺史出身观察门下,尚然不敢与观察敌体④,将军如此倨傲,岂小觑我越州无军马乎?"说声未绝,只见钱镠大喝道:"无名小子,敢来饶舌。"将头巾望上一捵⑤,二十余人,一齐发作。说时迟,那时快,钱镠拔出佩剑,沈苛不曾防备,一刀剁下头来。刘汉宏望馆驿后便跑,手下跟随的,约有百余人,一齐上前,来拿钱镠。怎当钱镠神威雄猛,如砍瓜切菜,杀散众人,径往馆驿后园来寻刘汉宏,并无踪迹。只见土墙上缺了一角,已知爬墙去了。钱镠懊悔不迭,率领二千军众,便想攻打越州。看见城中

①掇赚:哄骗,诱骗。亦作"啜赚"。

②下隶:下人,奴仆。

③刍粮:粮草。

④敌体:地位相等,无尊卑上下之分。

⑤捵(tiǎn):推,撑。

已有准备，自己后军无继，孤掌难鸣，只得拨转旗头，重回旧路。城中刘汉宏闻知钱镠回军，即忙点精兵五千，差骁将陆萃为先锋，自引大军随后追袭。

却说钱镠也料定越州军马必来追赶，昼夜兼行，来到白龙山下。忽听得一棒锣声，山中拥出二百余人，一字儿拨开。为头一个好汉，生得如何，怎生打扮：

> 头裹金线唐巾①，身穿绿锦衲袄。腰拴搭膊，脚套皮靴。挂一副弓箭袋，拿一柄泼风刀②。生得浓眉大眼，紫面拳须③。私商船上有名人，厮杀场中无敌手。

钱镠出马上前观看，那好汉见了钱镠，撇下刀，纳头便拜④。钱镠认得是贩盐为盗的顾三郎，名唤顾全武，乃滚鞍下马，扶起道："三郎久别，如何却在此处？"顾全武道："自蒙大郎活命之恩，无门可补报。闻得黄巢兵到，欲待倡率义兵，保护地方，就便与大郎相会。后闻大郎破贼成功，为朝廷命官；又闻得往越州刘观察处效用。不才聚起盐徒二百余人，正要到彼相寻帮助，何期此地相会。不知大郎回兵，为何如此之速？"钱镠把刘汉宏事情，备细说了一遍，便道："今日天幸得遇三郎，正有相烦之处。小弟算定刘汉宏必来追赶，因此连夜而行。他自恃先达⑤，不以董刺史为意；又杭州是他旧治，追赶不着，必然直趋杭州，与董家索斗。三郎率领二百人，暂住白龙山下，待他兵过，可行诈降之计。若兵临杭州，只看小弟出兵迎敌，三郎从中而起，汉宏可斩也。若斩了汉宏，便是你进身之阶。小弟在董刺史前一力保荐，前程万里，不可有误。"顾全武道："大郎分付，无有不依。"

---

① 唐巾：唐代帝王的一种便帽，制如幞头，两角椭圆，上曲作云头。后士人多戴此帽。明时进士巾也称唐巾。

② 泼风刀：锋利的刀。泼风，形容锋利，旧小说中常见"泼风也似快刀"这类说法。

③ 拳须：拳曲的胡子。

④ 纳头：低头。

⑤ 先达：先进，前辈。

两人相别，各自去了。正是：

> 太平处处皆生意，衰乱时时尽杀机。
>
> 我正算人人算我，战场能得几人归？

却说刘汉宏引兵追到越州界口，先锋陆萃探知钱镠星夜走回，来禀汉宏回军。汉宏大怒道："钱镠小卒，吾为所侮，有何面目回见本州百姓！杭州吾旧时管辖之地，董昌吾所荐拔，吾今亲自引兵到彼，务要董昌杀了钱镠，输情服罪①，方可恕饶。不然，誓不为人！"当下喝退陆萃，传令起程，向杭州进发。

行至富阳白龙山下，忽然一棒锣声，涌出二百余人，一字儿摆开。为头一个好汉，手执大刀，甚是凶勇。汉宏吃了一惊，正欲迎敌，只见那汉约住刀头②，厉声问道："来将可是越州刘察使么？"汉宏回言："正是。"那好汉慌忙撇刀在地，拜伏马前，道："小人等候久矣。"刘汉宏问其来意，那汉道："小人姓顾，名全武，乃临安县人氏。因贩卖私盐，被州县访名擒捉，小人一向在江湖上逃命。近闻同伙兄弟钱镠出头做官，小人特往投奔，何期他妒贤嫉能，贵而忘贱，不相容纳，只得借白龙山权住落草。昨日钱镠到此经过，小人便欲杀之，争奈手下众寡不敌，怕不了事③。闻此人得罪于察使，小人愿为前部，少效犬马之劳。"刘汉宏大喜，便教顾全武代了陆萃之职，分兵一千前行，陆萃改作后哨④。

不一日，来到杭州城下。此时钱镠已见过董昌，预作准备。闻越州兵已到，董昌亲到城楼上，叫道："下官与察使同为朝廷命官，各守一方，下官并不敢得罪，察使不知到此何事？"刘汉宏大骂道："你这背恩忘义之贼，若早识时务，斩了钱镠，献出首级，免动干

---

①输情：真诚，表露真情。《三国志·蜀书·诸葛亮传》："服罪输情者虽重必释，游辞巧饰者虽轻必戮。"

②约住：停住，止住。

③了事：完事，解决。

④后哨：后卫。

戈。"董昌道："察使休怒,钱镠自来告罪了。"只见城门开处,一军飞奔出来,来将正是钱镠,左有钟明,右有钟亮,径冲入敌阵,要拿刘汉宏。汉宏着了忙,急叫："先锋何在?"傍边一将应声道："先锋在此!"手起刀落,斩汉宏于马下。把刀一招,钱镠直杀入阵来,大呼:"降者免死!"五千人不战而降,陆萃自刎而亡。斩汉宏者,乃顾全武也。正是:

> 有谋无勇堪资画①,有勇无谋易丧生。
>
> 必竟有谋兼有勇,伫看百战百成功②。

　　董昌看见斩了刘汉宏,大开城门收军。钱镠引顾全武见了董昌,董昌大喜。即将汉宏罪状申奏朝廷,并列钱镠以下诸将功次③。那时朝廷多事,不暇究问,乃升董昌为越州观察使,就代刘汉宏之位;钱镠为杭州刺史,就代董昌之位;钟明、钟亮及顾全武俱有官爵。钟起将亲女嫁与钱镠为夫人。董昌移镇越州,将杭州让与钱镠。钱公、钱母都来杭州居住,一门荣贵,自不必说。

　　却说临安县有个农民,在天目山下锄田,锄起一片小小石碑,镌得有字几行。农民不识,把与村中学究罗平看之。罗学究拭土辨认,乃是四句谶语。道是:

> 天目山垂两乳长④,龙飞凤舞到钱塘⑤。

---

　　①资画:谋画,运用计谋。

　　②伫看:将看到。

　　③功次:功劳的大小。

　　④两乳:天目山上有两峰,峰顶各一池,若左右目,故名天目山。"两乳"指由天目山分出的两股山脉。宋赵文昌《天目山》诗:"天目山前分两乳,一脉西来缠右股。"这里所引"天目山垂两乳长"四句诗,据说是晋郭璞所作,题《钱塘天目山》(元李有《古杭杂记》)。实际上是后人附会。

　　⑤龙飞凤舞到钱塘:指天目山脉延伸至钱塘。苏轼《表忠观碑》:"天目之山,苕水出焉,龙飞凤舞,萃于临安。"相传吴越王盛时,望气者云:"杭州有王气。"南宋定都杭州以后,此说更为流行,认为杭州王气,来自天目。又,杭州有龙山和凤凰山,被认为是王气的象征。(参见《西湖游览志》)

海门一点巽峰起①，五百年间出帝王。

后面又镌"晋郭璞记"四字。罗学究以为奇货，留在家中。次日怀了石碑，走到杭州府，献与钱镠刺史，密陈天命。钱镠看了大怒道："匹夫，造言欺我，合当斩首！"罗学究再三苦求方免，喝教乱棒打出，其碑就庭中毁碎。原来钱镠已知此是吉谶，合应在自己身上，只恐声扬于外，故意不信，乃见他心机周密处。

再说罗学究被打，深恨刺史无礼，好意反成恶意。心生一计，不若将此碑献与越州董观察，定有好处。想此碑虽然毁碎，尚可凑看。乃私赂守门吏卒，在庭中拾将出来。原来只破作三块，将字迹凑合，一毫不损。罗平心中大喜，依旧包裹石碑，取路到越州去。

行了二日，路上忽逢一簇人，攒拥着一个十二三岁的孩儿。那孩子手中提着一个竹笼，笼外覆着布幕，内中养着一只小小翠鸟。罗平挨身上前，问其缘故。众人道："这小鸟儿，又非鹦哥，又非鸲鹆②，却会说话。我们要问这孩子买他顽耍，还了他一贯足钱，还不肯。"话声未绝，只见那小鸟儿，将头颠两颠，连声道："皇帝董！皇帝董！"罗平问道："这小鸟儿还是天生会话？还是教成的？"孩子道："我爹在乡里砍柴，听得树上说话，却是这畜生。将栖竿栖得来③，是天生会话的。"罗平道："我与你两贯足钱，卖与我罢。"孩子得了两贯钱，欢欢喜喜的去了。罗平捉了鸟笼，急急赶路。

不一日，来到越州，口称有机密事要见察使。董昌唤进，屏开从人，正要问时，那小鸟儿又在笼中叫道："皇帝董！皇帝董！"董昌大惊，问道："此何鸟也？"罗平道："此鸟不知名色，天生会话，宜呼曰'灵鸟'。"因于怀中取出石碑，备陈来历："自晋初至今，正合五百之

---

①海门：浙江萧山东北龛山旁的鳖子山与海宁县赭山对峙，其间为钱塘江入海口，称鳖子门，又名海门。巽峰：许政扬注："巽，属东南方。巽峰，即指龛、赭两山，古代的舆地家认为是南龙的龙脉。"

②鸲鹆(qú yù)：八哥儿。

③栖竿：一种顶端涂胶，用以粘捕飞禽、飞虫的长竿。栖，用工具捕捉鸟类。《明清吴语词典》引《笑府》卷五："一人善栖麻雀。"

数。方今天子微弱,唐运将终,梁晋二王①,互相争杀,天下英雄,皆有割据一方之意。钱塘原是察使创业之地,灵碑之出,非无因也。况灵鸟吉祥,明示天命。察使先破黄巢,再斩汉宏,威名方盛,远近震悚,若乘此机会,用越杭之众,兼并两浙,上可以窥中原,下亦不失为孙仲谋矣。"

原来董昌见天下纷乱,久有图霸之意,听了这一席话,大喜道:"足下远来,殆天赐我立功也。事成之日,即以本州观察相酬。"于是拜罗平为军师,招集兵马,又于民间科敛②,以充粮饷。命巧匠制就金丝笼子,安放"灵鸟",外用蜀锦为衣罩之。又写密书一封,差人送到杭州钱镠,教他募兵听用。钱镠见书,大惊道:"董昌反矣。"乃密表奏朝廷,朝廷即拜钱镠为苏、杭等州观察。于是钱镠更造杭城,自秦望山至于范浦,周围七十里。再奉表闻③,加镇海军节度使,封开国公。

董昌闻知朝廷累加钱镠官爵,心中大怒。骂道:"贼狗奴,敢卖吾得官耶? 吾先取杭州,以泄吾恨。"罗平谏道:"钱镠异志未彰,且新膺宠命,讨之无名。不若诈称朝命,先正王位,然后以尊临卑,平定睦州,广其兵势,假道于杭,以临湖州,待钱镠不从,乘间图之,若出兵相助,是明公不战而得杭州矣,又何求乎?"董昌依其言,乃假装朝廷诏命,封董昌为越王之职,使专制两浙诸路军马④,旗帜上都换了越王字号,又将灵碑及"灵鸟"宣示州中百姓,使知天意。民间三丁抽一,得兵五万,号称十万,浩浩荡荡,杀奔睦州来。睦州无备,被董昌攻破了。停兵月余,改换官吏。又选得精兵三万人,军威甚盛,自谓天下无敌,谋称越帝。征兵杭州,欲攻湖州。钱镠道:"越兵正锐,不可当也,不如迎之。待其兵顿湖州,遂乘其弊,无不胜矣。"于是先遣钟明卑词犒师,续后亲领五千军马,愿为前部自效。董昌大

---

①梁、晋二王:指梁王朱温与晋王李克用、李存勖父子。

②科敛:科派,征收赋税。

③奉表闻:上表奏闻(向帝王报告)。

④专制:掌管,控制。

喜。行了数日，钱镠伪称有疾，暂留途中养病，董昌更不疑惑，催兵先进。有诗为证：

> 勾践当年欲鬻吴①，卑辞厚礼破姑苏。
>
> 董昌不识钱镠意，犹恃兵威下太湖。

却说钱镠打听越州兵去远，乃引兵而归，挑选精兵千人，假做越州军旗号，遣顾全武为先锋，来袭越州。又分付钟明、钟亮各引精兵五百，潜屯余杭之境。分付不可妄动，直待董昌还救越州时节，兵从此过，然后自后掩袭。他无心恋战，必获全胜。分拨已定，乃对宾客钟起道："守城之事，专以相委。越州乃董贼巢穴，吾当亲往观变，若巢穴既破，董昌必然授首无疑矣②。"乃自引精兵二千，接应顾全武军马。

却说顾全武打了越州兵旗号，一路并无阻碍，直到越州城下。只说催趱攻城火器③，赚开城门，顾全武大喝道："董昌僭号，背叛朝廷，钱节使奉诏来讨，大军十万已在城外矣。"

越州城中军将，都被董昌带去，留的都是老弱，谁敢拒敌？顾全武径入府中，将伪世子董荣及一门老幼三百余人④，拘于一室，分兵守之。恰好杭州大军已到，闻知顾全武得了城池，整军而入，秋毫无犯。顾全武迎钱镠入府，出榜安民已定，写书一封，遣人往董昌军中投递。书曰："镠闻天无二日，土无二王。今唐运虽衰，天命未改。而足下妄自矜大，僭号称兵，凡为唐臣，谁不愤疾⑤？镠迫于公义，辄遣副将顾全武率兵讨逆。兵声所至，越人倒戈。足下全家，尽已就

---

①鬻吴：春秋时越国被吴国打败后，越王勾践卧薪尝胆，故意对吴国卑辞厚礼，贿赂吴王及其官吏，吴人皆喜。唯伍子胥感到惊恐，说："是鬻吴也夫！"（见《左传·哀公十一年》）鬻，饲养牲畜，引申为以利诱人。

②授首：指投降或被杀。

③催趱：催赶，催促。

④世子：帝王和诸侯的正妻所生的长子，也叫太子。

⑤愤疾：愤恨痛恶。

缚。若能见机伏罪，尚可全活。乞早自裁①，以救一家之命。"

却说董昌攻打湖州不下，正在帐中纳闷，又听得"灵鸟"叫声："皇帝董，皇帝董！"董昌揭起锦罩看时，一个眼花，不见"灵鸟"，只见一个血淋淋的人头，在金丝笼内挂着。认得是刘汉宏的面庞，唬得魂不附体，大叫一声，蓦然倒地。众将急来救醒，定睛半晌，再看笼子内，都是点点血迹，果然没了"灵鸟"。董昌心中大恶②，急召罗军师商议，告知其事。问道："主何吉凶？"罗平心知不祥之兆，不敢直言，乃说道："大越帝业，因斩刘汉宏而起，今汉宏头现，此乃克敌之征也。"说犹未了，报道杭州差人下书。董昌拆开看时，知道越州已破，这一惊非小。罗平道："兵家虚虚实实，未可尽信。钱镠托病回兵，必有异谋，故造言以煽惑军心，明公休得自失主张。"董昌道："虽则真伪未定，亦当回军，还顾根本。"罗平叫将来使斩讫，恐泄漏消息；再教传令，并力攻城，使城中不疑，夜间好办走路③。是日攻打湖州，至晚方歇。捱到二更时分，拔寨都起。骁将薛明、徐福各引一万人马先行，董昌中军随后进发，却将睦州带来的三万军马，与罗平断后。湖州城中见军马已退，恐有诡计，不敢追袭。

且说徐、薛二将引兵昼夜兼行，早到余杭山下。正欲埋锅造饭，忽听得山凹里连珠炮响，鼓角齐鸣，钟明、钟亮两枝人马，左右杀将出来。薛明接住钟明厮杀，徐福接住钟亮厮杀。徐、薛二将，虽然英勇，争奈军心惶惑，都无心恋战，且昼夜奔走，俱已疲倦，怎当虎狼般这两枝生力军？自古道："兵离将败。"薛明看见军伍散乱，心中着忙，措手不迭，被钟明斩于马下，拍马来夹攻徐福。徐福敌不得二将，亦被钟亮斩之，众军都弃甲投降。二钟商议道："越兵前部虽败，董昌大军随后即至，众寡不敌。不若分兵埋伏，待其兵已过去，从后击之。彼知前部有失，必然心忙思窜，然后可获全胜矣。"当下商量

---

①自裁：自作决定。

②大恶：指情绪恶劣，非常不快。

③办走路："办"是处理、办理，"办走路"指逃跑。

已定,将投降军众纵去,使报董昌消息。

却说董昌大军正行之际,只见败军纷纷而至,报道:"徐、薛二将,俱已阵亡。"董昌心胆俱裂,只得抖擞精神,麾兵而进。过了余杭山下,不见敌军。正在疑虑,只听后面连珠炮响,两路伏兵齐起,正不知多少人马。越州兵争先逃命,自相蹂踏,死者不计其数。直奔了五十余里,方才得脱。收拾败军,三停又折一停①,只等罗平后军消息。谁知睦州兵虽然跟随董昌,心中不顺。今日见他回军,几个裨将商议,杀了罗平,将首级向二钟处纳降,并力来追董昌。董昌闻了此信,不敢走杭州大路,打宽转打从临安、桐庐一路而行②。

这里钱镠早已算定,预先取钟起来守越州,自起兵回杭州,等候董昌。却教顾全武领一千人马,在临安山险处埋伏,以防窜逸。董昌行到临安,军无队伍③,正当爬山过险,却不提防顾全武一枝军冲出。当先顾全武一骑马,一把刀,横行直撞,逢人便杀,大喝:"降者免死!"军士都拜伏于地,那个不要性命的敢来交锋。董昌见时势不好,脱去金盔金甲,逃往村农家逃难,被村中绑缚献出。顾全武想道:"越兵虽降,其势甚众,怕有不测。"一刀割了董昌首级,以绝越兵之意,重赏村农。

正欲下寨歇息,忽听得山凹中鼓角震天,尘头起处,军马无数而来。顾全武道:"此必越州军后队也。"绰刀上马,准备迎敌。马头近处,那边拥出二员大将,不是别人,正是钟明、钟亮,为追赶董昌到此。三人下马相见,各叙功勋。是晚同下寨于临安地方。次日,拔寨都起。行了二日,正迎着钱镠军马。原来钱镠哨探得董昌打从临安远转,怕顾全武不能了事,自起大军来接应。已知两路人马都已成功,合兵回杭州城来。真个是:

> 喜孜孜鞭敲金镫响,笑吟吟齐唱凯歌回。

———————

①停:把总数分成几份,其中一份叫一停。

②打宽转:绕道。

③队伍:队列,行列。

顾全武献董昌首级,二钟献薛明、徐福、罗平首级。钱镠传令,向越州监中取董昌家属三百口,尽行诛戮,写表报捷。此乃唐昭宗皇帝乾宁四年也。

那时中原多事,吴越地远,朝廷力不能及,闻钱镠讨叛成功,上表申奏,大加叹赏,锡以铁券诰命①,封为上柱国彭城郡王②,加中书令。未几,进封越王,又改封吴王,润、越等十四州得专封拜③。此时钱镠志得意满,在杭州起造王府宫殿,极其壮丽。父亲钱公已故,钱母尚存,奉养宫中,锦衣玉食,自不必说。钟氏册封王妃,钟起为国相,同理政事。钟明、钟亮及顾全武俱为各州观察使之职。

其年大水,江潮涨溢,城垣都被冲击。乃大起人夫,筑捍海塘,累月不就。钱镠亲往督工,见江涛汹涌,难以施功。钱镠大怒,喝道:“何物江神,敢逆吾意!”命强弩数百,一齐对潮头射去,波浪顿然敛息。不勾数日,捍海塘筑完,命其门曰“候潮门”。

钱镠叹道:“闻古人有云:富贵不归故乡,如衣锦夜行耳。”乃择日往临安,展拜祖父坟茔,用太牢祭享④,旌旗鼓吹,振耀山谷。改临安县为衣锦军,石鉴山名为衣锦山,用锦绣为被,蒙覆石镜,设兵看守,不许人私看。初时所坐大石,封为衣锦石,大树封为衣锦将军,亦用锦绣遮缠。风雨毁坏,更换新锦。旧时所居之地,号为衣锦里,建造牌坊。贩盐的担儿,也裁个锦囊韬之,供养在旧居堂屋之内,以示不忘本之意。杀牛宰马,大排筵席,遍召里中故旧,不拘男妇⑤,都来宴会。其时有一邻妪,年九十余岁,手提一壶白酒,一盘角黍⑥,迎着钱镠,呵呵大笑说道:“钱婆留今日直恁长进⑦,可喜,可喜!”左右

①锡:赐予。铁券:帝王颁赐给功臣使其世代可享受免罪特权的铁制契券。
②上柱国:官名。唐宋以上柱国为武官勋爵中的最高级。
③得专封拜:可以有拜官授爵的特权。
④太牢:古代祭祀,牛羊豕三牲都具备的叫太牢。
⑤不拘男妇:不论男女。
⑥角黍:粽子。
⑦直恁:竟这样,竟如此。

正欲吃喝，钱镠道："休得惊动了他。"慌忙拜倒在地，谢道："当初若非王婆相救，留此一命，怎有今日？"王婆扶起钱镠，将白酒满斟一瓯送到，钱镠一饮而尽。又将角黍供去，镠亦啖之。说道："钱婆留今日有得吃，不劳王婆费心，老人家好去自在。"命县令拨里中肥田百亩，为王婆养终之资，王婆称谢而去。只见里中男妇毕集，见了钱镠蟒衣玉带，天人般妆束，一齐下跪。钱镠扶起，都教坐了，亲自执觞送酒：八十岁以上者饮金杯，百岁者饮玉杯。那时饮玉杯者，也有十余人。钱镠送酒毕，自起歌曰：

> 三节还乡挂锦衣①，吴越一王驷马归。
> 天明明兮爱日辉②，百岁荏兮会时稀③。

父老皆是村民，不解其意，面面相觑，都不做声。钱镠觉他意不欢畅，乃改为吴音再歌，歌曰：

> 你辈见侬底欢喜④，别是一般滋味子。
> 长在我侬心子里，我侬断不忘记你。

歌罢，举座欢笑，都拍手齐和。是日尽欢而罢，明日又会，如此三日，各各有绢帛赏赐。开赌场的戚汉老已故，召其家，厚赐之。仍归杭州。

　　后唐主禅位于梁，梁主朱全忠改元开平，封钱镠为吴越王，寻授天下兵马都元帅⑤。钱镠虽受王封，其实与皇帝行动不殊，一般出警

------

①三节：指钱镠在唐时已任镇海军节度使、镇东军节度使，入梁后又兼淮南节度使。（参见《新五代史·吴越世家》，王鸣盛《十七史商榷》卷九七"新旧五代史五·三节"条）

②爱日辉："辉"原误作"挥"，据《吴越备史》《湘山野录》等改。爱日，指冬天的太阳。冬日温暖可爱，故称。常比喻恩德。辉，光辉。

③荏苒：荏苒，时间渐渐过去。按《西湖游览志余》卷一引此句作"百岁荏苒兮会时稀"。

④侬：我。底：如此。

⑤寻：不久。

入跸①，山呼万岁。据欧阳公《五代史》叙说，吴越亦曾称帝改元，至今杭州各寺院有天宝、宝大、宝正等年号，皆吴越所称也。自钱镠王吴越，终身无邻国侵扰，享年八十有一而终，谥曰武肃。传子元瓘，元瓘传子佐，佐传弟俶。宋太祖陈桥受禅之后，钱俶来朝。到宋太宗嗣位，钱俶纳土归朝，改封邓王。钱氏独霸吴越凡九十八年，天目山石碑之谶，应于此矣。后人有诗赞云：

> 将相本无种，帝王自有真。
> 昔年盐盗辈，今日锦衣人。
> 石鉴呈形异，廖生决相神。
> 笑他皇帝董，碑谶枉残身。

---

①出警入跸：古代帝王出入称警跸，左右侍卫为警，止人清道为跸。《汉书·梁王传》："出称警，入言跸，儗于天子。"

第二十二卷

木绵庵郑虎臣报冤

　　荷花桂子不胜悲,江介年华忆昔时①。
　　天目山来孤凤歇,海门潮去六龙移②。
　　贾充误世终无策③,庾信哀时尚有词④。
　　莫向中原夸绝景,西湖遗恨是西施。

　　这一首诗,是张志远所作⑤。只为宋朝南渡以后,绍兴淳熙年间息兵罢战,君相自谓太平,纵情佚乐,士大夫赏玩湖山,无复恢复中原之志,所以末一联诗说道:"莫向中原夸绝景,西湖遗恨是西施。"

---

①江介年华忆昔时:这首七律系元末明初诗人张以宁的《钱塘怀古》诗,原诗此句作"江介繁华异昔时"(见四库本《翠屏集》卷二)。江介,江畔。

②天目山来孤凤歇,海门潮去六龙移:这两句指杭州王气销歇,意思正与宋代朱继芳所说的"吴山表里水为池,百有余年壮帝居。天目远将双凤落,海门近拱六龙飞"(《江湖伟观》)相反。"孤凤"指凤凰山,"六龙"指掀起海潮的龙,同时又都喻指帝王。据记载,宋度宗咸淳十年(1274)天目山发生山崩,宋恭帝德祐二年(1276),钱塘江海潮三日不至,时人有"天目崩,地脉绝;潮不应,水脉绝"的说法,认为是宋亡之兆。

③贾充误世终无策:贾充本是三国曹魏的大臣,曾参与司马氏代魏的密谋。晋武帝时,命贾充统帅大军伐吴,充本无南伐之谋,担心自己不能成功,再三谏止出师,不被采纳。后杜预师出而吴平,充惭惧请罪。(见《晋书·贾充传》)

④庾信哀时尚有词:北周文学家庾信,初仕梁,后出使西魏,值西魏灭梁,被留不返,历仕西魏、北周。庾信哀时伤世,思念家乡,作《哀江南赋》、《伤心赋》、《枯树赋》等。

⑤张志远:当是"张志道"之误。张以宁(1301—1370),字志道,古田人,工诗,有《翠屏集》。按:许政扬注:"张志远,明嘉兴人,字叔明,著有《竹屿吟稿》。"盖许氏仅从《明诗综》等查得张志远的小传,而未暇细究此诗之作者果为何人。

那时西湖有三秋桂子,十里荷香,青山四围,中涵绿水,金碧楼台相间,说不尽许多景致。苏东坡学士有诗云:"若把西湖比西子,淡妆浓抹两相宜。"因此君臣耽山水之乐,忘社稷之忧,恰如吴宫被西施迷惑一般。

当初,吴王夫差宠幸一个妃子,名曰西施,日逐在百花洲、锦帆泾、姑苏台①,流连玩赏。其时有个佞臣伯嚭,逢君之恶,劝他穷奢极欲,诛戮忠臣,以致越兵来袭,国破身亡。今日宋朝南渡之后,虽然夷势猖獗,中原人心不忘赵氏,尚可乘机恢复。也只为听用了几个奸臣,盘荒懈惰②,以致于亡。那几个奸臣?秦桧,韩侂胄,史弥远,贾似道。秦桧居相位一十九年,力主和议,杀害岳飞,解散张、韩、刘诸将兵柄③。韩侂胄居相位一十四年,陷害了赵汝愚丞相,罢黜道学诸臣,轻开边衅,辱国殃民。史弥远在相位二十六年,谋害了济王竑④,专任憸壬以居台谏⑤,一时正人君子,贬斥殆尽。那时蒙古盛强,天变屡见,宋朝事势已去了七八了。也是天数当尽,又生出个贾似道来。他在相位一十五年,专一蒙蔽朝廷,偷安肆乐;后来虽贬官黜爵,死于木绵庵,不救亡国之祸。有诗为证:

　　　奸邪自古误人多,无奈君王轻信何。
　　　朝论若分忠佞字,太平玉烛永调和⑥。

① 百花洲:在苏州西城下胥、盘二门之间。锦帆泾:在苏州盘门内,即内城沿城壕,相传为吴王乘锦帆船出游处。姑苏台:在苏州西南姑苏(又名姑胥、姑余)山上,吴王阖闾所造,一说夫差所造。

② 盘荒:游乐无度。盘,安乐,游乐。

③ 张、韩、刘:指张俊、韩世忠、刘锜。

④ 济王竑:南宋宗室赵希瞿之子,初名均,改名贵和,宁宗时立为皇子,改名竑。当时丞相史弥远专权,赵竑深恶之。宁宗死,史弥远矫诏立赵昀为帝(即理宗),封竑为济王。后竑被史弥远遣人逼死。

⑤ 憸(xiān)壬:谄媚奸邪之人。台谏:御史与谏官的合称。台指御史台,谏指谏院。

⑥ 玉烛:四时之气调和。《尔雅·释天》:"四气和谓之玉烛。"形容太平盛世。

　　话说南宋宁宗皇帝嘉定年间,浙江台州一个官人,姓贾名涉,因往临安府听选①,一主一仆,行至钱塘,地名叫做凤口里。行路饥渴,偶来一个村家歇脚,打个中火②。那人家竹篱茅舍,甚是荒凉。贾涉叫声:"有人么?"只见芦帘开处,走出妇人出来。那妇人生得何如:

> 面如满月,发若乌云。薄施脂粉,尽有容颜。不学妖娆,自然丰韵。鲜眸玉腕,生成福相端严;裙布钗荆,任是村妆希罕。分明美玉藏顽石,一似明珠坠堑渊。随他呆子也消魂③,况是客边情易动④。

那妇人见了贾涉,不慌不忙,深深道个万福。贾涉看那妇人是个福相,心下踌蹰道:"吾今壮年无子,若得此妇为妾,心满意足矣!"便对妇人说道:"下官往京候选,顺路过此,欲求一饭,未审小娘子肯为炊爨否? 自当奉谢。"那妇人答道:"奴家职在中馈,炊爨当然;况是尊官荣顾,敢不遵命! 但丈夫不在,休嫌怠慢。"贾涉见他应对敏捷,愈加欢喜。那妇人进去不多时,捧两碗熟豆汤出来,说道:"村中乏茶,将就救渴。"少停,又摆出主仆两个的饭米。贾涉自带得有牛脯、干菜之类,取出嗄饭。那妇人又将大磁壶盛着滚汤⑤,放在桌上,道:"尊官净口⑥。"贾涉见他殷勤,便问道:"小娘子尊姓,为何独居在此?"那妇人道:"奴家胡氏,丈夫叫做王小四,因连年种田折本,家贫无奈,要同奴家去投靠一个财主过活。奴家立誓不从,丈夫拗奴不过,只得在左近人家趁工度日⑦,奴家独自守屋。"贾涉道:"下官有句不识进退的言语,未知可否?"那妇人道:"但说不妨。"贾涉道:"下官

---

①听选:已经授职而等候选用。

②打个中火:出门人在旅途做饭、吃饭叫"打火"(亦作"打伙"),打中火就是吃午饭。

③随他:犹言"哪怕他"。随,任,任凭。

④客边:客中,旅居外乡。

⑤滚汤:滚水,热水。

⑥净口:漱口。

⑦趁工:找活儿干,打工。

颇通相术,似小娘子这般才貌,决不是下贱之妇。你今屈身随着个村农,岂不担误终身? 况你丈夫家道艰难,顾不得小娘子体面。下官壮年无子,正欲觅一侧室,小娘子若肯相从,情愿多将金帛赠与贤夫,别谋婚娶,可不两便?"那妇人道:"丈夫也曾几番要卖妾身,是妾不肯。既尊官有意见怜,待丈夫归时,尊官自与他说,妾不敢擅许。"说犹未了,只见那妇人指着门外道:"丈夫回也。"

只见王小四戴一顶破头巾,披一件旧白布衫,吃得半醉,闯进门来。贾涉便起身道:"下官是往京听选的,偶借此中火,甚是搅扰。"王小四答道:"不妨事。"便对胡氏说道:"主人家少个针线娘,我见你平日好手针线,对他说了,他要你去教导他女娘生活①,先送我两贯足钱。这遍要你依我去去②。"胡氏半倚着芦帘内外③,答道:"后生家脸皮④,羞答答地,怎到人家去趁饭⑤? 不去,不去。"王小四发个喉急,便道:"你不去时⑥,我没处寻饭养你。"贾涉见他说话凑巧,便诈推解手,却分付家童将言语勾搭他道:"大伯,你花枝般娘子,怎舍得他往别人家去?"王小四道:"小哥,你不晓得我穷汉家事体。一日不识羞,三日不忍饿⑦。却比不得大户人家,吃安闲茶饭。似此乔模乔样⑧,委的我家住不了⑨。"家童道:"假如有个大户人家,肯出钱钞,讨你这位小娘子去,你舍得么?"王小四道:"有甚舍不得!"家童道:"只我家相公要讨一房侧室,你若情愿时,我撺掇多把几贯钱钞与你。"

---

①女娘:女人,对妇女的通称。生活:手艺,工作。这里指针线活儿。

②这遍:这次。

③内外:意思不详。疑是不内不外即中间之意。

④后生家:年轻人。包括年青女子。

⑤趁饭:觅食,寻饭吃。比喻谋生。亦叫"趁食"。

⑥时:用在句末,表示假设。"你不去时",意思等于"如果你不去"。

⑦不忍饿:不挨饿。忍,忍受。《平妖传》第十八回:"一日不识羞,三日吃饱饭。"

⑧乔模乔样:装腔作势。

⑨委的:委实,实在。

王小四应允。家童将言语回复了贾涉。贾涉便教家童与王小四讲就四十两银子身价。王小四在村中央个教授来①，写了卖妻文契，落了十字花押②。一面将银子兑过，王小四收了银子，贾涉收了契书。王小四还只怕婆娘不肯，甜言劝谕，谁知那妇人与贾涉先有意了。也是天配姻缘，自然情投意合。

当晚，贾涉主仆二人就在王小四家歇了。王小四也打铺在外间相伴，妇人自在里面铺上独宿。明早贾涉起身，催妇人梳洗完了，吃了早饭，央王小四在村中另顾个生口，驮那妇人一路往临安去。有诗为证：

　　　　夫妻配偶是前缘，千里红绳暗自牵。
　　　　况是荣华封两国③，村农岂得伴终年？

贾涉领了胡氏住在临安寓所，约有半年，谒选得九江万年县丞④，迎接了孺人唐氏，一同到任。原来唐氏为人妒悍，贾涉平昔有个惧内的毛病；今日唐氏见丈夫娶了小老婆，不胜之怒，日逐在家淘气⑤。又闻胡氏有了三个月身孕，思想道："丈夫向来无子，若小贱人生子，必然宠用，那时我就争他不过了。我就是养得出孩儿，也让他做哥哥，日后要被他欺侮。不如及早除了祸根方妙。"乃寻个事故，将胡氏毒打一顿，剥去衣衫，贬他在使婢队里，一般烧茶煮饭，扫地揩台，铺床叠被。又禁住丈夫不许与他睡。每日寻事打骂，要想堕落她的身孕。贾涉满肚子恶气，无可奈何。

一日，县宰陈履常请贾涉饮酒⑥。贾涉与陈履常是同府人，平素通家往来，相处极好的。陈履常请得贾涉到衙，饮酒中间，见他容

---

①教授：本指州学所设的学官，后也用以尊称教书先生。

②十字花押：画十字。旧时不识字的人在契约或文书上画个"十"字代替签字。

③两国：指胡氏后封为"两国夫人"。

④谒选：官吏去吏部等候选派。

⑤淘气：怄气。

⑥县宰：县令。

颜不悦,叩其缘故。贾涉抵讳不得①,将家中妻子妒妾事情,细细告诉了一遍。又道:"贾门宗嗣,全赖此妇。不知堂尊有何妙策②,可以保全此妾? 倘日后育得一男,实为万幸,贾氏祖宗也当衔恩于地下。"陈履常想了一会,便道:"要保全却也容易,只怕足下舍不得他离身。"贾涉道:"左右如今也不容相近,咫尺天涯一般,有甚舍不得处?"陈履常附耳低言:"若要保全身孕,只除如此如此。"乃取红帛花一朵,悄悄递与贾涉,教他把与胡氏为暗记。这个计策,就在这朵花上,后来便见。有诗为证:

　　吃醋捻酸从古有,覆宗绝嗣甘出丑③。

　　红花定计有堂尊,巧妇怎出男子手?

　　忽一日,陈县宰打听得丞厅请医④,云是唐孺人有微恙。待其病痊,乃备了四盒茶果之类,教奶奶到丞厅问安。唐孺人留之宽坐⑤。整备小饭相款,诸婢罗侍在侧。说话中间,奶奶道:"贵厅有许多女使伏侍,且是伶俐。寒舍苦于无人,要一个会答应的也没有,甚不方便。急切没寻得,若借得一个小娘子与寒舍相帮几时,等讨得个替力的来,即便送还何如?"唐氏道:"通家怎说个'借'字? 只怕粗婢不中用。奶奶看得如意,但凭选择,即当奉赠。"奶奶称谢了。看那诸婢中间,有一个生得齐整,鬓边正插着这朵红帛花,心知是胡氏。便指定了他,说道:"借得此位小娘子甚好。"唐氏正在吃醋,巴不得送他远远离身,却得此句言语,正合其意,加添县宰之势⑥,丞厅怎敢不从? 料道丈夫也难埋怨。连声答应道:"这小婢姓胡,在我家也不多

━━━━━━━━━

①抵讳:抵赖隐讳。

②堂尊:这里是对县令的尊称。旧时称官府治事的处所为"堂",称府州县的正印官为"正堂"。

③覆宗绝嗣:灭没宗族,断绝后嗣。语出《书·五子之歌》,"绝嗣"原作"绝祀"。覆,败坏,覆灭。

④丞厅:指县丞的府厅。也可代指县丞。

⑤宽坐:多坐。请人从容停留的客气话。

⑥加添:加上。

时，奶奶既中意时，即今便教他跟随奶奶去。"当时席散，奶奶告别。胡氏拜了唐氏四拜，收拾随身衣服，跟了奶奶轿子，到县衙去讫。唐氏方才对贾涉说知，贾涉故意叹惜。正是：

> 算得通时做得凶，将他瞒在鼓当中。
>
> 县衙此去方安稳，绝胜存孤赵氏宫①。

胡氏到了县衙，奶奶将情节细说，另打扫个房铺与他安息。光阴似箭，不觉十月满足，到八月初八日，胡氏腹痛，产下一个孩儿。奶奶只说他婢所生，不使丞厅知道。那时贾涉适在他郡去检校一件公事②，到九月方归，与县宰陈履常相见。

陈公悄悄的报个喜信与他，贾涉感激不尽，对陈公说，要见新生的孩儿一面。陈公教丫鬟去请胡氏立于帘内，丫鬟抱出小孩子，递与贾涉。贾涉抱了孩儿，心中虽然欢喜，觑着帘内，不觉堕下泪来。两下隔帘说了几句心腹话儿，胡氏教丫鬟接了孩子进去，贾涉自回。自此背地里不时送些钱钞与胡氏买东买西，阖家通知③，只瞒过唐氏一人。

光阴荏苒，不觉二载有余。那县宰任满升迁，要赴临安，贾涉只得将情告知唐氏，要领他母子回家。唐氏听说，一时乱将起来，聒噪个不住，连县宰的奶奶，也被他"奉承"了几句④。乱到后面⑤，定要丈夫将胡氏嫁出，方许把小孩儿领回。贾涉听说嫁出胡氏一件，到也罢了；单只怕领回儿子，被唐氏故意谋害，或是绝其乳食，心下怀疑不决。

---

①存孤赵氏宫：即著名的"赵氏孤儿"的故事。春秋晋景公时，权臣屠岸贾杀赵盾子赵朔等，欲灭赵氏全族。赵朔妻系晋成公之女（《史记》作"成公姊"），逃藏宫中，生遗腹子赵武。屠岸贾搜捕孤儿，赖赵家门客公孙杵臼和程婴设计救出。后赵武长大，报仇雪恨。

②检校：查核。

③通知：全都知道。

④奉承：这里是反话，"奉承了几句"就是骂了几句。

⑤后面：这里是后来、结局的意思。

正在两难之际，忽然门上报道："台州有人相访。"贾涉忙去迎时，原来是亲兄贾濡。他为朝廷妙择良家女子①，养育宫中，以备东宫嫔嫱之选。女儿贾氏玉华，已选入数内。贾濡思量要打刘八太尉的关节②，扶持女儿上去，因此特到兄弟任所，与他商议。贾涉在临安听选时，赁的正是刘八太尉的房子，所以有旧。贾涉见了哥哥，心下想道："此来十分凑巧。"便将娶妾生子，并唐氏嫉妒事情，细细与贾濡说了。"如今陈公将次离任，把这小孩子没送一头处③。哥哥若念贾门宗嗣，领他去养育成人，感恩非浅。"贾濡道："我今尚无子息，同气连枝，不是我领去，教谁看管？"贾涉大喜，私下雇了奶娘，问宰衙要了孩子，交付奶娘。嘱咐哥哥好生抚养。就写了刘八太尉书信一封，赍发些路费送哥哥贾濡起身④。胡氏托与陈公领去，任从改嫁。那贾涉、胡氏虽然两不相舍，也是无可奈何。

唐孺人听见丈夫说子母都发开⑤，十分象意了。只是苦了胡氏，又去了小孩子，又离了丈夫，跟随陈县宰的上路，好生凄惨，一路只是悲哭，奶奶也劝解他不住，陈履常也厌烦起来。行至维扬⑥，分付水手，就地方唤个媒婆，教他寻个主儿，把胡氏嫁去，只要对头老实忠厚，一分财礼也不要。你说白送人老婆，那一个不肯上桩？不多时，媒婆领一个汉子到来，说是个细工石匠，夸他许多志诚老实。你说偌大一个维扬，难道寻不出个好对头？偏只有这石匠？是有个缘故。常言道："三姑六婆，嫌少争多。"那媒婆最是爱钱的，多许了他几贯谢礼就玉成其事了。石匠见了陈县宰，磕了四个头，站在一边。陈履常看他衣衫济楚，年力少壮，又是从不曾婚娶的，且有手艺，养得老婆过活，便将胡氏许他。石匠真个不费一钱，白白里领了胡氏

①妙择：妙选，精选。

②打关节：通关节，旧时指暗中行贿，勾通官吏。

③没送一头处：没有地方可送。

④赍发：赠送，资助。

⑤发开：打发走，使离开。

⑥维扬：扬州的别称。

去,成其夫妇,不在话下。

再说贾涉自从胡氏母子两头分散,终日闷闷不乐。忽一日,唐孺人染病上床,服药不痊,呜呼哀哉死了。贾涉买棺入殓已毕,弃官扶柩而回。到了故乡,一喜一悲:喜者是见那小孩子比前长大,悲者是胡氏嫁与他人,不得一见。正是:

> 花开遭雨打,雨止又花残。
>
> 世间无全美,看花几个欢?

却说贾家小孩子长成七岁,聪明过人,读书过目成诵。父亲取名似道,表字师宪。贾似道到十五岁,无书不读,下笔成文。不幸父亲贾涉、伯伯贾濡,相继得病而亡。殡葬已过,自此无人拘管,恣意旷荡,呼卢六博①,斗鸡走马,饮酒宿娼,无所不至。不勾四五年,把两分家私荡尽。初时听得家中说道:嫡母胡氏嫁在维扬,为石匠之妻;姐姐贾玉华,选入宫中。思量:"维扬路远,又且石匠手艺没甚出产。闻得姐姐选入沂王府中②,今沂王做了皇帝,宠一个妃子姓贾,不知是姐姐不是? 且到京师,观其动静。"此时理宗端平初年,也是贾似道时运将至,合当发迹。将家中剩下家火,变卖几贯钱钞,收拾行李,径往临安。

那临安是天子建都之地,人山人海;况贾似道初到,并无半个相

----

① 呼卢:古时的一种博戏,又叫"樗(chū)蒲"、"五木"。其制各代不一,大约晋代以后,只用五木投掷为戏,其法略为:用木作成五枚骰子,每枚一面涂黑色,一面涂白色;其中两枚,黑的一面画上牛犊,白的一面画上雉鸟。掷时全黑叫"卢","二雉三黑叫"雉","二牛三白叫"犊","一雉一牛三白叫"开",等等。以"卢"为最胜采,"雉"次之。赌博时边掷边喊,称为"呼卢喝雉"。此戏至唐代渐废,后人用"呼卢喝雉"代指赌博。(参见唐李肇《国史补》、唐李翱《五木经》)六博:古时的一种博戏。其法大略为:用棋十二,白黑各六,一人执白,一人执黑。互相掷采走棋。此种博戏盛于周秦汉魏之间,至南北朝已渐废绝。这里也是以"六博"代指赌博。

② 沂王:即宋理宗赵昀,他在未当皇帝前,曾嗣封沂王。

识，没处讨个消息，镇日只在湖上游荡①，闲时未免又在赌博场中顽耍，也不免平康巷中走走②。不勾几日，行囊一空，衣衫蓝缕，只在西湖帮闲趁食。

一日醉倦，小憩于栖霞岭下③，遇一个道人，布袍羽扇，从岭下经过。见了贾似道，站定脚头，瞪目看了半晌，说道："官人可自爱重，将来功名不在韩魏公之下。"那个韩魏公是韩蕲王讳世忠的，他位兼将相，夷夏钦仰，是何等样功名，古今有几个人及得他！贾似道闻此言，只道是戏侮之谈，全不准信。那道人自去了。

过了数日，贾似道在平康巷赵二妈家，酒后与人赌博相争，失足跌于阶下，磕损其额，血流满面。虽然没事，额上结下一个瘢痕。一日在酒肆中，又遇了前日的道人，顿足而叹，说道："可惜，可惜！天堂破损④，虽然功名盖世，不得善终矣！"贾似道扯住道人衣服，问道："我果有功名之分，若得一日称心满意，就死何恨。但目今流落无依⑤，怎得个遭际？富贵何而来？"道人又看了气色，便道："滞色已开⑥，只在三日内自有奇遇，平步登天。但官人得意之日，休与秀才作对，切记切记。"说罢，道人自去了。贾似道半信不信。

看看捱到第三日，只见赌博场中的陈二郎来寻贾似道，对他说道："朝廷近日册立了贾贵妃，十分宠爱，言无不从。贾贵妃自言家住台州，特差刘八太尉往台州访问亲族。你时常说有个姐姐在宫中，莫非正是贵妃？特此报知。果有瓜葛，可去投刘八太尉，定有好处。"贾似道闻言，如梦初觉，想道："我父亲存日，常说曾在刘八太尉

---

①镇日：整日。

②平康巷：唐代长安城平康坊，也叫平康里，坊内有名"三曲"者，为当时妓女聚居之处。（参见徐松《唐两京城坊考》卷三）这里以平康巷代指临安妓女所聚居的里巷。

③栖霞岭：在西湖葛岭之西。

④天堂：旧时相术家称额以上为天堂。

⑤目今：眼前，现在。

⑥滞色：相术家指尚未走运的人的气色。滞，郁滞，不通畅。

家作寓，往来甚厚；姐姐入宫近御①，也亏刘八太尉扶持。一到临安，就该投奔他才是，却闲荡过许多日子，岂不好笑！虽然如此，我身上蓝缕，怎好去见刘八太尉？"心生一计：在典铺里赁件新鲜衣服穿了，折一顶新头巾②，大模大样，摇摆在刘八太尉府中去③，自称故人之子台州姓贾的，有话求见。

刘八太尉正待打点动身，往台州访问贾贵妃亲族。闻知此言，又只怕是冒名而来的。唤个心腹亲随，先叩来历分明，方准相见。不一时，亲随回话道："是贾涉之子贾似道。"刘八太尉道："快请进。"原来内相衙门④，规矩最大。寻常只是呼唤而已，那个"请"字，也不容易说的，此乃是贵妃面上。当时贾似道见了刘八太尉，慌忙下拜。太尉虽然答礼，心下尚然怀疑。细细盘问，方知是实。留了茶饭，送在书馆中安宿。

次早入宫，报与贾贵妃知道。贵妃向理宗皇帝说了，宣似道入宫，与贵妃相见。说起家常，姊弟二人，抱头而哭。贵妃引贾似道就在宫中见驾，哭道："妾只有这个兄弟，无家无室，伏乞圣恩重瞳看觑⑤。"理宗御笔，除授籍田令⑥。即命刘八太尉在临安城中，拨置甲第一区⑦；又选宫中美女十人，赐为妻妾；黄金三千两，白金十万两，以备家资。似道谢恩已毕，同刘八太尉出宫去了。似道叮嘱刘八太尉道："蒙圣恩赐我住宅，必须近西湖一带，方称下怀。"此时刘八太

---

①近御：在皇帝身旁侍奉。

②折：折叠。头巾之角需折叠，故折头巾也就是裹上头巾。

③在：到。

④内相：宫中太监。

⑤重瞳：眼中有两个瞳人（眸子）。传说舜和项羽都是"重瞳子"，后来用重瞳指皇帝的眼睛，或代指皇帝。

⑥籍田令：籍田司的长官。籍田司属太常寺，掌管有关皇帝籍田出纳事务，种植五谷蔬果，藏冰待用。籍田，亦作"藉田"，古代天子、诸侯征用民力耕种的田。相传天子籍田千亩，每逢春耕前，天子到籍田作象征性的耕作，以示对农业的重视。

⑦甲第：贵族官僚的宅第。

尉在贵妃面上,巴不得奉承贾似道,只拣湖上大宅院,自赔钱钞,倍价买来,与他做第宅,奴仆器用,色色皆备。次日,宫中发出美女十名,贵妃又私赠金银宝玩器皿,共十余车。似道一朝富贵,将百金赏了陈二郎,谢了报信之故;又将百金赏赐典铺中,偿其赁衣。典铺中那里敢受?反备盛礼来贺喜。自此贾贵妃不时宣召似道入宫相会,圣驾游湖,也时常幸其私第,或同饮博游戏,相待如家人一般,恩幸无比。似道恃着椒房之宠①,全然不惜体面,每日或轿或马,出入诸名妓家。遇着中意时,不拘一五一十,总拉到西湖上与宾客乘舟游玩。若宾客众多,分船并进。另有小艇往来,载酒肴不绝。你说贾似道起自寒微,有甚宾客?有句古诗说得好,道是:"贫贱亲戚离,富贵他人合。"贾似道做了国戚,朝廷恩宠日隆,那一个不趋奉他?只要一人进身,转相荐引,自然其门如市了。文人如廖莹中、翁应龙、赵分如等,武臣如夏贵、孙虎臣等,这都是门客中出色有名的,其余不可尽述也。

一日,理宗皇帝游苑,登凤皇山,至夜望见西湖内灯火辉煌,一片光明。向左右说道:"此必贾似道也。"命飞骑探听,果然是似道游湖。天子对贵妃说了,又将金帛一车,赠为酒资。以此似道愈加肆意,全无忌惮。诗曰:

　　天子偷安无远猷,纵容贵戚恣遨游。
　　问他无赛西湖景②,可是安边第一筹?

那时宋朝仗蒙古兵力,灭了金人。又听了赵范、赵葵之计,与蒙古构难,要守河据关,收复三京③。蒙古引兵入寇,责我败盟,淮汉骚

①椒房:汉皇后所居的宫殿,以椒和泥涂壁,取温、香、多子之义。后以椒房作为后妃的代称。
②无赛:无比,无可比拟。也叫"没赛"。
③"与蒙古构难(nàn)"三句:构难,结成怨仇。多指国与国之间的敌对行动。守河据关,河指黄河,关指函谷关。《宋史·贾似道传》:"用赵范谋,发兵据殽、函,绝河津,取中原地,大元兵击败之。"三京,这里指东京开封、西京洛阳、南京应天(今河南商丘)。

动,天子忧惶。贾似道自思无功受宠,怎能勾超官进爵?又恐被人弹议。要立个盖世功名,以取大位,除非是安边荡寇,方是目前第一个大题目。乃自荐素谙韬略,愿往淮扬招兵破贼①,为天子保障东南。理宗大喜,遂封为两淮制置大使,建节淮扬②。贾似道谢恩辞朝,携了妻妾宾客,来淮扬赴任。

三日后,密差门下心腹访问生母胡氏,果然跟个石匠,在广陵驿东首住居③。访得亲切,回复了似道,似道即差轿马人夫摆着仪从去迎接。本衙门听事官率领人夫④,向胡氏磕头,到把胡氏险些唬倒。听事官致了制使之命,方才心下安稳。胡氏道:"身既从夫,不可自专。"急教人去寻石匠回家,对他说了。石匠也要跟去,胡氏不能阻当,只得同行。胡氏乘轿在前,石匠骑马在后,前呼后拥,来到制使府。似道请母亲进私衙相见,抱头而哭。算来母子分散时,似道止三岁,胡氏二十余岁,到今又三十多年了,方才会面相识,岂不伤感?似道闻得石匠也跟随到来,不好相见。即将白金三百两,差个心腹人伴他往江上兴贩⑤。暗地授计,半途中将石匠灌醉,推坠江中,只将病死回报,胡氏也感伤了一场。自此母子团圆,永无牵带。

似道镇守淮扬六年,侥幸东南无事。天子因贵妃思想兄弟,乃钦取似道还朝⑥,加同枢密院事⑦。此时丁大全罢相,吴潜代之。那

----

①淮扬:指扬州。

②两淮:指淮南东路、淮南西路,相当今安徽、江苏淮河以南、长江以北地区。制置大使:宋代设置使,为一路至数路的统兵大员,掌经画边鄙军旅之事。官阶特高者称制置大使。建节:执持符节。这里指大将出镇。

③广陵驿:在江都北,系重要驿站。

④听事官:指衙门中的办事官吏。

⑤兴贩:做买卖。

⑥钦取:皇帝命令召回。

⑦同枢密院事:指"同知枢密院事",枢密院的副长官。

吴潜号履斋,为人豪隽自喜①,引进兄弟,俱为显职。贾似道忌他位居己上,乃造成飞谣②,教宫中小内侍于天子面前歌之。谣云:

> 大蜈公,小蜈公,尽是人间业毒虫③。夤缘攀附百虫丛,若使飞天便食龙。

天子闻得,乃问似道云:"闻街坊小儿尽歌此谣,主何凶吉?"似道奏道:"谣言皆荧惑星化为小儿④,教人间童子歌之。此乃天意,不可不察。'蜈'与'吴'同,以臣愚见推之,'大蜈公,小蜈公',乃指吴潜兄弟,专权乱国。若使养成其志,必为朝廷之害。陛下飞龙在天,故天意以食龙示警。为今之计,不若罢其相位,另择贤者居之,可以免咎。"天子听信了,即命翰林草制⑤,贬吴潜循州安置⑥,弟兄都削去官职。似道即代吴潜为右丞相,又差心腹人命循州知州刘宗申,日夜拾撦其短⑦。吴潜被逼不过,伏毒而死⑧。此乃似道狠毒处。

却说蒙古主蒙哥屯合州城下,遣太弟忽必烈⑨,分兵围鄂州、襄阳一带,人情汹惧⑩。枢密院一日间连接了三道告急文书,朝廷大惊,乃以贾似道兼枢密使京湖宣抚大使⑪,进师汉阳,以救鄂州之围。

---

①豪隽自喜:以豪放有才自许。豪隽,同"豪俊"。自喜,自我欣赏。明姚希孟《齐君求馆课序》:"余不独服君求文,更服其豪隽自喜,盖杰人快士也。"
②飞谣:流言飞语。
③业毒虫:毒虫。业,恶业,造孽。释彦琮《通极论》:"猛兽为暴(伤害)民之业毒虫,含伤物之性。"(《广弘明集》卷四)
④荧惑星:火星的别名。因火星隐现不定,令人迷惑,故名。
⑤草制:起草制书。制书:皇帝诏令的一种。
⑥安置:宋代官员被贬谪,最轻者称送某州居住,稍重者称安置,更重者称编管。
⑦拾撦(zhí):收集。
⑧伏毒:服毒。伏,通"服"。
⑨太弟:皇帝之弟,一般指皇帝诸弟中定为继承皇位者。
⑩汹惧:危惧不安。汹,汹汹,动荡不安。
⑪京湖:南宋时将京西路与湖北路合为京湖路(见钱大昕《十驾斋养新录》卷八"京湖"条)。宣抚大使:宋代宣抚使不常置,多以执政充任,亦兼用武将,负责抚绥沿边地区,统率一路至数路军旅。

似道不敢推辞,只得拜命。闻得大学生郑隆文武兼全①,遣人招致于门下。郑隆素知似道奸邪,怕他难与共事,乃具名刺,先献一诗云:

收拾乾坤一担担,上肩容易下肩难。

劝君高着擎天手②,多少傍人冷眼看③。

这首诗明说似道位高望重,要他虚己下贤,小心做事。他若见了诗欣然听纳,不枉在他门下走动一番。谁知似道见诗中有规谏之意,骂为狂生,把诗扯得粉碎,不在话下。

再说贾似道同了门下宾客,文有廖莹中、赵分如等,武有夏贵、孙虎臣等,精选羽林军二十万,器仗铠甲,任意取办,择日辞朝出师,真个是威风凛凛,杀气腾腾。不一日,来到汉阳驻扎。

此时,蒙古攻城甚急,鄂州将破,似道心胆俱裂,那敢上前?乃与廖莹中诸人商议,修书一封,密遣心腹人宋京诣蒙古营中,求其退师,情愿称臣纳币。忽必烈不许,似道遣人往复三四次。适值蒙古主蒙哥死于合州钓鱼山下,太弟忽必烈一心要篡大位,无心恋战,遂从似道请和,每年纳币称臣奉贡。两下约誓已定,遂拔寨北去,奔丧即位。

贾似道打听得蒙古有事北归,鄂州围解,遂将议和称臣纳币之事瞒过不题,上表夸张己功。只说蒙古惧己威名,闻风远遁,使廖莹中撰为露布④,又撰《福华编》,以记鄂州之功。蒙古差使人来议岁币⑤,似道怕他破坏己事,命软监于真州地方。只要蒙蔽朝廷,那顾

---

①大学生:太学生。大,同"太"。

②着(zhāo):搁,放置。擎天手:托得住天的手。比喻力量巨大或有济世之才。

③傍人:旁人。旁,通"傍"。

④露布:本指不封缄的文书,后多指捷报、檄文等。北魏时专为捷报之称。这里即指捷报。

⑤岁币:每年交纳的钱币。

失信夷虏？理宗皇帝谓似道有再造之功,下诏褒美,加似道少师①,赐予金帛无算,又赐葛岭周围田地,以广其居,母胡氏封两国夫人。

似道偃然以中兴功臣自任②,居之不疑。日夕引歌姬舞妾于湖上取乐。四方贡献,络绎不绝。凡门客都布置显要,或为大郡,掌握兵权。真个是一人之下,万人之上。每年八月八日,似道生辰,作词颂美者,以数千计。似道一一亲览,第其高下③,一时传诵誊写,为之纸贵。时陆景思《八声甘州》一词,称为绝唱。词云:

> 满清平世界,庆秋成,看斗米三钱④。论从来,活国抡功第一⑤,无过丰年⑥。办得民间安饱⑦,余事笑谈间⑧。若问平戎策,微妙难传。　　玉帝要留公住,把西湖一曲,分入林园。有茶炉丹灶,更有钓鱼船。觉秋风未曾吹着⑨,但砌兰长倚北堂萱⑩。千千岁,上天将相,平地神仙。

其他谀谀之词,不可尽述。

一日,似道同诸姬在湖上倚楼闲玩,见有二书生,鲜衣羽扇,丰致翩翩,乘小舟游湖登岸。傍一姬低声赞道:"美哉,二少年!"似道

---

① 少师:宋徽宗时以太师、太傅、太保为"三公",少师、少傅、少保为"三孤",亦称"三少",以三公为宰相,三少为次相。南宋时,以三公、三少为加官即优待大臣之荣衔。

② 偃然:俨然。

③ 第:品第,评定高下。

④ 斗米三钱:形容粮价便宜。宋魏了翁《古今考》卷十六:"唐太宗时斗米三钱,粟贱之极,莫如此际。"

⑤ 活国:救国。抡(lūn)功:计功。

⑥ 无过:没有能超过。表示事物之最。

⑦ 民间:《齐东野语》等均作"闲民"。闲民:古指无田之民。后亦泛指无业之人。

⑧ 余事:次要的事情。常用于形容有能力者办大事如同办小事一样轻松。

⑨ 吹着:吹到。

⑩ 砌兰:庭院中的兰草。砌,台阶。一说砖砌的花台。北堂萱:北堂的萱草。北堂,古时母亲所居处。古人于北堂种萱草,故称北堂为萱堂。此句赞贾似道孝顺母亲。

听得了,便道:"汝愿嫁彼二人,当使彼聘汝。"此姬惶恐谢罪。不多时,似道唤集诸姬,令一婢捧盒至前。似道说道:"适间某姬爱湖上书生,我已为彼受聘矣。"众姬不信,启盒视之,乃某姬之首也,众姬无不股栗。其待姬妾惨毒,悉如此类。又常差人贩盐百般①,至临安发卖。太学生有诗云:

> 昨夜江头长碧波,满船都载相公艖②。
> 虽然要作调羹用③,未必调羹用许多。

似道又欲行富国强兵之策,御史陈尧道献计,要措办军饷,便国便民,无如限田之法。怎叫做限田之法?如今大户田连阡陌,小民无立锥之地,有田者不耕,欲耕者无田。宜以官品大小,限其田数。某等官户止该田若干,其民户止该田若干。余在限外者,或回买,或派买,或官买。回买者,原系其人所卖,不拘年远,许其回赎。派买者,拣殷实人户,不满限者派去,要他用价买之。官买者,官出价买之,名为"公田",顾人耕种,收租以为军饷之费。先行之浙右,候有端绪④,然后各路照式举行。大率回买、派买的都是下等之田,又要照价抽税入官;其上等好田,官府自买,又未免亏损原价。浙中大扰,无不破家者,其时怨声载道。太学生又诗云:

> 胡尘暗日鼓鼙鸣,高卧湖山不出征。
> 不识咽喉形势地,公田枉自害苍生。

贾似道恐其法不行,先将自己浙田万余亩入官为公田。朝中官员要奉承宰相,人人闻风献产。翰林院学士徐经孙条具公田之害⑤,似道讽御史舒有开劾奏罢官⑥。又有著作郎陈著亦上疏论似道欺君瘠民

---

①百般:《西湖游览志余》卷五、《坚瓠甲集》卷三作"百艘"。"百般"当是"百艘"之误。

②艖(cuó):盐。

③调羹:调味,喻宰相之职。这里是双关语。

④端绪:头绪,眉目。

⑤条具:条陈,分条开列。

⑥讽:指暗中授意。

之罪,似道亦寻事黜之于外。公田官陈茂濂目击其非,弃官而去。又有钱塘人叶李者,字太白,素与似道相知,上书切谏。似道大怒,黥其面流之于漳州。自此满朝钳口,谁敢道个不字!

似道又立推排打量之法。何为推排打量之法?假如一人有田若干,要他契书查勘买卖来历,及质对四址明白①。若对不来时,即系欺诳,没入其田。这便是推排。又去丈量尺寸,若是有余,即名隐匿田数,也要没入,这便是打量。行了这法,白白的没入人产,不知其数。太学生又有诗云:

> 三分天下二分亡,犹把山河寸寸量。
>
> 纵使一丘添一亩②,也应不似旧封疆。

又有人作《沁园春》词云:

> 道过江南,泥墙粉壁,右具在前③。述何县何乡里,住何人地,佃何人田。气象萧条,生灵憔悴,经界从来未必然。惟何甚,为官为己,不把人怜?　　思量几许山川,况土地分张又百年④。西蜀巉岩,云迷鸟道;两淮清野,日警狼烟。宰相弄权,奸人罔上,谁念干戈未息肩?掌大地,何须经理,万取千焉⑤。

似道屡闻太学生讥讪,心中大怒,与御史陈伯大商议,奏立士籍。凡科场应举及免举人⑥,州县给历一道⑦,亲书年貌世系及所肄

---

①四址:当是“四至”之误。指田地、住宅等四周(东、西、南、北)的界限。(参见清王芑孙《碑版文广例·书地界四至例》)

②丘:古代田制单位。一丘为十六井,一井为九百亩。

③“泥墙”二句:粉壁,白色墙壁。指宋元时张贴法令、书写告示的墙壁。右具,右边所说。右,右面。旧时书写从右到左,右面就是前面。具,陈述,开列。

④分张:分别、别离。这里所说“土地分张”指国土分裂,山河破碎。

⑤万取千:即十取一。古代田赋制度,收入的十分中上税一分,叫“什一”。苏轼《策别十五》:“三代之赋,以什一为轻。”

⑥免举:即“免解举人”。宋代举人获准不经解(jiè)试(荐名于朝廷的地方考试)而直接参加省试,叫“免解”。(参见顾炎武《日知录》卷十六“举人”)

⑦历:指一种凭证。

业于历首,执以赴举。过省参对笔迹异同①,以防伪滥。乃密令人四下查访,凡有词华文采,能诗善词者,便疑心他造言生谤,就于参对时寻其过误,故意黜罢。由是谄谀进身,文人丧气。时人有诗云:

> 戎马掀天动地来,荆襄一路哭声哀。
>
> 平章束手全无策②,却把科场恼秀才。

又有人作《沁园春》词云:

> 士籍令行,条件分明,逐一排连。问子孙何习?父兄何业?明经词赋③?右具如前。最是中间,娶妻某氏,试问于妻何与焉?乡保举,那堪着押④,开口论钱。　　祖宗立法于前,又何必更张万万千?算行关改会⑤,限田放籴;生民凋瘁,膏血俱镌⑥。只有士心,仅存一脉,今又艰难最可怜。谁作俑?陈伯大附势专权!

陈伯大收得此词,献与似道。似道密访其人不得,知是秀才辈所为,乘理宗皇帝晏驾,奏停是年科举。自此太学、武学、宗学三处秀才⑦,恨入骨髓。其中又有一班无耻的,倡率众人,称功颂德。似

---

①过省:指经过省试的时候。省试:唐宋时由尚书省举行的考试,又称会试。参对:检验核对。

②平章:即"同中书门下平章事",简称"同平章事",在唐代和北宋元丰改制前,是宰相的官衔。这里用来代指宰相。

③明经词赋:唐宋考试取士的两种科目,以经义取者为明经,以词赋取者为进士。

④着押:指签名画押。

⑤行关改会:南宋绍兴三十年(1160)由户部发行纸币"会子",以三年为一界,随界造新换旧,共发行十八界。因发行过滥,又经常展限,数界并行,会子严重贬值,民间有"使到十八九,纸钱飞上天"之谣。贾似道执政,恶十九界之名,改行新纸币"关子",与会子并行,而关子价益低。

⑥膏血:比喻人民辛苦创造积累的财富。镌(juān):剥削,搜刮。

⑦武学:学校名。宋时在京师和各州设立武学(中间曾停办),教授学生兵法。宗学:专门为宗室子弟开设的学校,宗室子弟十岁以上入小学,二十岁以上入大学。

道欲结好学校，一一厚酬。一般也有感激贾平章之恩，愿为之用的。此见秀才中人心不一，所以公论不伸，也不在话下。

却说理宗皇帝传位度宗，改元咸淳。那度宗在东宫时，似道曾为讲官，兼有援立之恩①。及即位，加似道太师，封魏国公。每朝见，天子必答拜，称为师相而不名。又诏他十日一朝，赴都堂议事，其余听从自便，大小朝政，皆就私第取决。当时传下两句口号，道是："朝中无宰相，湖上有平章。"

一日，似道招右丞相马廷鸾、枢密使叶梦鼎于湖中饮酒。似道行令②，要举一物，送与一个古人，那人还诗一联。似道首令云："我有一局棋，送与古人弈秋③。弈秋得之，予我一联诗：'自出洞来无敌手，得饶人处且饶人。'"马廷鸾云："我有一竿竹，送与古人吕望。吕望得之，予我一联诗：'夜静水寒鱼不食，满船空载月明归。'"叶梦鼎云："我有一张犁，送与古人伊尹。伊尹得之，予我一联诗："但存方寸地，留与子孙耕。'"似道见二人所言，俱有讥讽之意，明日寻事，奏知天子，将二人罢官而去。

那时蒙古强盛，改国号曰元，遣兵围襄阳、樊城，已三年了，满朝尽知，只瞒着天子一人而已。似道心知国势将危，乃汲汲为行乐之计。尝于清明日游湖，作绝句云：

> 寒食家家插柳枝，留春春亦不多时。
> 人生有酒须当醉，青冢儿孙几个悲？

于葛岭起建楼台亭榭，穷工极巧。凡民间美色，不拘娼尼，都取来充实其中。闻得宫人叶氏色美，勾通了穿宫太监④，径取出为妾，昼夜淫乐无度。又造多宝阁，凡珍奇宝玩，百方购求，充积如山。每日登阁一遍，任意取玩，以此为常。有人言及边事者，即加罪责。

---

①援立：扶立。这里指帮助确立太子地位。

②行令：行酒令。

③弈秋：《孟子》寓言中所说的古代一个善下围棋的人。

④穿宫太监：指能自由出入宫禁的太监。

忽一日，度宗天子问道："闻得襄阳久困，奈何？"似道对云："北兵久已退去，陛下安得此语？"天子道："适有女嫔言及，料师相必知其实。"似道奏云："此讹言，陛下不必信之。万一有事，臣当亲率大军，为陛下诛尽此虏耳。"说罢退朝。似道乃令穿宫太监，密查女嫔名姓，将他事诬陷他，赐死宫中。正是：

> 是非只为多开口，烦恼皆因强出头。
>
> 堪笑当时众台谏，不如女嫔肯分忧。

自宫嫔死后，内外相戒，无言及边事者。养成虏患，非一朝一夕之故也。

似道又造半闲堂，命巧匠塑己像于其中。旁室数百间，招致方术之士及云水道人①，在内停宿。似道暇日，到中堂打坐，与术士道人谈讲。门客中献词，颂那半闲堂的极多。只有一篇名《糖多令》，最为似道所称赏，词云：

> 天上摘星班，青牛度关②。幻出蓬莱新院宇，花外竹，竹边山。　轩冕傥来间③，人生闲最难，算真闲、不到人间。一半神仙先占取，留一半，与公闲。

有一术士，号富春子，善风角鸟占④。贾似道招之，欲试其术，问以来日之事。富春子乃密写一纸，封固嘱道："至晚方开。"次日，似

---

①云水道人：游方道士。以行云流水比喻其无定居。

②"天上"二句：摘星班，《钱塘遗事》卷五、《宋稗类钞》卷二等均引作"谪星班"，"摘星"当是"谪星"之误。谪星，犹谪仙。班，班列，行列。谪星班就是一群谪仙。（《宋稗类钞》此句下有"群真时往还"一句，"群真"是一群得道的真人。）青牛度关，传说老子见周室衰微，驾青牛出函谷关，隐居遁世。道教奉老子为教祖。

③轩冕傥来间：意思是官爵不过是偶然得来的身外之物，不足为贵。《庄子·缮性》："轩冕在身，非性命也；物之傥来，寄者也。"轩冕，指官位爵禄。傥来，意外得到。

④风角鸟占：古代的两种占卜术。风角是候四方四隅之风以占吉凶，鸟占是察鸟之飞鸣以占吉凶。

道宴客湖山，晚间于船头送客，偶见明月当头，口中歌曹孟德"月明星稀，乌鹊南飞"二句。时廖莹中在旁说道："此际可拆书观之矣。"纸中更无他事，惟写"月明星稀，乌鹊南飞"八个字。似道大惊，方知其术神验，遂叩以终身祸福。富春子道："师相富贵，古今莫及，但与姓郑人不相宜，当远避之。"

原来似道少时，曾梦自己乘龙上天，却被一勇士打落，堕于坑堑之中，那勇士背心上绣成"荥阳"二字。"荥阳"却是姓郑的郡名①，与富春子所言相合，怎敢不信？似道自此检阅朝籍，凡姓郑之人，极力挤排，不容他在位，宦籍中竟无一姓郑者。

有门客揣摩似道之意，说道："太学生郑隆惯作诗词讥讪朝政，此人不可不除。"似道想起昔日献诗规谏之恨，分付太学博士②，寻他没影的罪过，将他黥配恩州，郑隆在路上呕气而死。又有一人善能拆字，决断如神。似道富贵已极，渐蓄不臣之志，又恐虏信渐迫，瞒不到头，朝廷必须见责③，于是欲行董卓、曹操之事。召拆字者，以杖画地，作"奇"字。使决休咎。拆字的相了一回，说道："相公之事不谐矣！道是'立'，又不'可'；道是'可'，又不'立'。"似道默然无语，厚赠金帛而遣之，恐他泄漏机关，使人于中途谋害。自此反谋遂沮。富春子见似道举动非常，惧祸而逃，可谓见机而作者矣。

却说两国夫人胡氏，受似道奉养，将四十年，直到咸淳十年三月某日，寿八十余方死。衣衾棺椁，穷极华侈，斋醮追荐，自不必说。过了七七四十九日，扶枢到台州，与贾涉合葬。举襄之日④，朝廷以

---

①郡名：犹郡姓，指一郡的大姓望族。《杜诗详注》卷二十《郑典设自施州归》"吾怜荥阳秀"句注："荥阳，郑氏郡名。"

②太学博士：学官名。太学（国子监）的教官。

③必须：必定，一定。

④举襄："襄"字在这里可有两种解释，一指襄事，即葬事，《宋史·贾似道传》所说"百官奉襄事"，就是此意。一指车驾，"举襄"可以解释为枢车起行。

卤簿送之①。自皇太后以下，凡贵戚朝臣，一路摆设祭馔，争高竞胜。有累高至数丈者，装祭之次②，至撷死数人。百官俱戴孝，追送百里之外，天子为之罢朝。那时天降大雨，平地水深三尺。送丧者都冒雨踏水而行，水没及腰膝，泥淖满面，无一人敢退后者。葬毕，又饭僧三万口，以资冥福。有一僧饭罢，将钵盂覆地而去。众人揭不起来，报与似道。似道不信，亲自来看，将手轻轻揭起，见钵盂内覆着两行细字，乃白土写成，字画端楷③。似道大惊，看时却是两句诗，道是：

　　　　得好休时便好休，开花结子在绵州。

正惊讶间，字迹忽然灭没不见。似道遍召门客，问其诗意，都不能解。直到后来，死于木绵庵，方应其语。大凡大富贵的人，前世来历必奇，非比等闲之辈。今日圣僧来点化似道，要他回头免祸，谁知他富贵薰心，迷而不悟。从来有权有势的，多不得善终，都是如此。

　　闲话休题，再说似道葬母事毕，写表谢恩，天子下诏，起复似道入朝④。似道假意乞许终丧，却又讽御史们上疏，虚相位以待己。诏书连连下来，催促起程。七月初，似道应命，入朝面君，复居旧职。其月下旬，度宗晏驾，皇太子显即位，是为恭宗。此时元左丞相史天泽，右丞相伯颜，分兵南下，襄、邓、淮、扬，处处告急。贾似道料定恭宗年少胆怯，故意将元兵消息，张皇其事⑤，奏闻天子，自请统军行边⑥。却又私下分付御史们上疏留己，说道："今日所恃，只师臣一

---

① 卤簿：帝王驾出时扈从的仪仗队。自汉以后亦用于后妃、太子、王公大臣。《宋史·贾似道传》："天子诏以卤簿葬之。"
② 次：间，际。
③ 端楷：端正。
④ 起复：封建时代官员服父母丧尚未满期而应召任职。也指服丧期满或被革职后重新起用。
⑤ 张皇：张大，夸大。
⑥ 行边：巡视边疆。

人①。若统军行边，顾了襄汉一路，顾不得淮扬；若顾了淮扬一路，顾不得襄汉。不如居中以运天下，运筹帷幄之中，方能决胜于千里之外。倘师臣出外，陛下有事商量，与何人议之？"恭宗准奏道："师相岂可一日离吾左右耶？"

不隔几月，樊城陷了，鄂州破了。吕文焕死守襄阳五年，声援不通，城中粮尽，力不能支，只得以城降元。元师乘胜南下，贾似道遮瞒不过，只得奏闻。恭宗闻报，大惊，对似道道："元兵如此逼近，非师相亲行不可。"似道奏道："臣始初便请行边，陛下不许；若早听臣言，岂容胡人得志若此？"恭宗于是下诏，以贾似道都督诸路军马。似道荐吕师夔参赞都督府军事。其明年为恭宗皇帝德祐元年，似道上表出师，旌旗蔽天，舳舻千里，水陆并进。领着两个儿子，并妻妾辎重，凡百余舟。门客俱带家小而行。参赞吕师夔先到江州以城降元，元兵乘势破了池州。似道闻此信，不敢进前，遂次于鲁港。步军招讨使孙虎臣、水军招讨使夏贵，都是贾似道门客，平昔间谈天说地，似道倚之为重，其实原没有张、韩、刘、岳的本事，今日遇了大战阵，如何侥幸得去？

却说孙虎臣屯兵于丁家洲，元将阿术来攻，孙虎臣抵敌不过，先自跨马逃命，步军都四散奔溃。阿术遣人绕宋舟大呼道："宋家步军已败，你水军不降，更待何时？"水军见说，人人丧胆，个个心惊，不想厮杀，只想逃命。一时乱将起来，舳舻簸荡，乍分乍合，溺死者不可胜数。似道禁押不住，急召夏贵议事。夏贵道："诸军已溃，战守俱难。为师相计，宜入扬州，招溃兵，迎驾海上。贵不才，当为师相死守淮西一路。"说罢自去。少顷，孙虎臣下船，抚膺恸哭道："吾非不欲血战，奈手下无一人用命者，奈何？"似道尚未及对，哨船来报道②："夏招讨舟已解缆先行，不知去向。"时军中更鼓正打四更，似道茫然

---

①师臣：宋度宗对贾似道的尊称。《宋史·贾似道传》："（度宗）称之曰'师臣'而不名。"

②哨船：水军在江中巡哨的小兵船。

无策，又见哨船报道："元兵四围杀将来也。"急得似道面如土色，慌忙击锣退师，诸军大溃。孙虎臣扶着似道，乘单舸奔扬州。堂吏翁应龙抢得都督府印信，奔还临安。到次日，溃兵蔽江而下，似道使孙虎臣登岸，扬旗招之，无人肯应者。只听得骂声嘈杂，都道："贾似道奸贼，欺蔽朝廷，养成贼势，误国蠹民，害得我们今日好苦！"又听得说道："今日先杀了那伙奸贼，与万民出气。"说声未绝，船上乱箭射来，孙虎臣中箭而倒。似道看见人心已变，急催船躲避，走入扬州城中，托病不出。

话分两头。却说右丞相陈宜中，平昔谄事似道，无所不至，似道扶持他做到相位。宜中见翁应龙奔还，问道："师相何在？"应龙回言不知。宜中只道已死于乱军之中，首上疏论似道丧师误国之罪，乞族诛以谢天下。于是御史们又趋奉宜中，交章劾奏。恭宗天子方悟似道奸邪误国，乃下诏暴其罪，略云：

> 大臣具四海之瞻①，罪莫大于误国；都督专阃外之寄②，律尤重于丧师。具官贾似道③，小才无取，大道未闻。历相两朝，曾无一善。变田制以伤国本，立士籍以阻人才，匿边信而不闻，旷战功而不举④。至于寇逼，方议师征，谓当缨冠而疾趋⑤，何为抱头而鼠窜？遂致三军解体，百将离心，社稷之势缀旒⑥，臣民之言切

---

① 四海之瞻：天下百姓之所仰望。

② 阃（kǔn）外之寄：武将被委以军权叫"阃寄"。阃外，都门之外，引申为统兵在外。《史记·冯唐传》："阃以内者，寡人制之；阃以外者，将军制之。"

③ 具官：唐宋以后，在公文、函牍和其他应酬文字上，常把应写明的官职爵位简写作"具官"或"具位"。

④ "匿边信"二句：匿边信而不闻，隐匿边境的军情而不奏闻。旷战功而不举，荒废战功而不努力。举，立，兴办。

⑤ 缨冠：语出《孟子·离娄下》"被发缨冠"，意思是披着头发顶着帽子，连帽子的带子（"缨"）也来不及系上，就跑出去救人。形容急迫之极。

⑥ 缀旒：比喻国势垂危。潘勖《策魏公九锡文》："当此之时，若缀旒然。"张铣注："旒，冠上垂珠而缀于冠者，言帝室之危如旒之悬。"

齿。姑示薄罚，俾尔奉祠①。呜呼！膺狄惩荆②，无复周公之望；放兜殛鲧，尚宽《虞典》之诛③。可罢平章军马重事及都督诸路军马④。

廖莹中举家亦在扬州，闻似道褫职，特造府中问慰⑤。相见时一言不能发，但索酒与似道相对痛饮，悲歌雨泣，直到五鼓方罢。莹中回至寓所，遂不复寝，命爱姬煎茶，茶到，又遣爱姬取酒去，私服冰脑一握⑥。那冰脑是最毒之物，服之无不死者。药力未行，莹中只怕不死，急催热酒到来，袖中取出冰脑，连进数握。爱姬方知吃的是毒药，向前夺救，已不及了，乃抱莹中而哭。莹中含着双泪，说道："休哭，休哭！我从丞相二十年，安享富贵，今日事败，得死于家中，也算

---

① 奉祠：宋时俗称任宫观官为奉祠。宫观官又叫祠禄官，宋代设此官职本为"佚老优贤"，任期有限制。有京祠和外祠之别，在京宫观以前宰相、执政充使，丞、郎、学士以上充副使。宋神宗时曾以此安置反对派官员。南宋有时也以"罢职奉祠"作为对大臣的轻罚。

② 膺狄惩荆：《诗经·鲁颂·闷宫》："戎狄是膺，荆舒是惩。"戎是古代对我国西方地区少数民族的泛称，狄是北方少数民族的泛称，荆是春秋楚国的古称，舒也是春秋时的国名（在今安徽舒城），膺是打击、抵当的意思。诗句的原意是歌颂鲁僖公能恢复疆土。《孟子·滕文公下》引这两句时把它们说成是周公的行动。

③ "放兜"二句：放兜殛（jí）鲧（gǔn），兜指骧（huān）兜，古代传说中的恶人，他与共公一起为非作恶。鲧是传说中大禹的父亲，奉尧命治水而无功。《尚书·舜典》说舜把骧兜放逐到崇山，把鲧诛杀于羽山。《虞典》，《古文尚书》把《尧典》、《舜典》、《大禹谟》、《皋陶谟》、《益稷》五篇叫作《虞书》。这里说的《虞典》当指《虞书》中的《舜典》。

④ 平章军马重事：应作"平章军国重事"，"马"为"国"之误（《西湖游览志余》等引此不误）。平章军国重事，或称同平章军国事，是为尊崇元老重臣而设的官名，位在宰相之上，不常置。宋度宗咸淳三年（1267），贾似道拜太师、平章军国重事。

⑤ 造：到，前往。

⑥ 冰脑：也叫冰片、龙脑。天然的龙脑树干分泌的香料，可作药用，中医学上用来治中风口噤、惊病痰迷等症。冰脑不易溶于水，易溶于酒精。

做善终了。"说犹未毕，九窍流血而死。可怜廖莹中聪明才学，诗字皆精，做了权门犬马，今日死于非命。诗云：

　　不作无求蚓，甘为逐臭蝇。试看风树倒，谁复有荣藤？

　　再说贾似道罢相，朝中议论纷纷，谓其罪不止此。台臣复交章劾奏，请加斧钺之诛。天子念他是三朝元老，不忍加刑，谪为高州团练副使①，仍命于循州安置。其田产园宅，尽数籍没，以充军饷。谪命下日，正是八月初八日，值似道生辰建醮②，乃自撰青词祈祐③，略云：

　　老臣无罪，何众议之不容？上帝好生，奈死期之已迫。适当悬弧之旦④，预陈易箦之词⑤。窃念臣似道际遇三朝，始终一节，为国任怨，遭世多艰。属丑虏之不恭⑥，驱屏兵而往御。士不用命，功竟无成。众口皆诋其非，百喙难明此谤。四十年劳悴，悔不效留侯之保身⑦；三千里流离，犹恐置霍光于赤族⑧。仰惭覆载，俯愧劬劳⑨。伏望皇天后土之鉴临⑩，理考度宗之昭

---

①团练副使：宋散官名。无职掌，常以安置贬谪官员。

②建醮：打醮，道士设坛祈祷。

③青词：道士斋醮时上奏天神的表章，因用朱笔书写在青藤纸上，所以叫青词，也叫"绿章"。

④悬弧：古代风俗，生下男孩的人家在门左悬挂一张弓。因此称生男孩为"悬弧"，称男子生日为"悬弧令旦"。弧，木弓。

⑤易箦(zé)：调换寝席。箦，竹席。春秋时曾参临终，因寝席过于华美，不合当时礼制，命子曾元扶起易箦(见《礼·檀弓上》)。后便以易箦指将死。

⑥属(zhǔ)：适值，恰好。丑虏：对异国敌人的恶称。丑，丑类。一说丑是众、徒众的意思，丑虏就是群虏。

⑦留侯：汉代张良，以功封留侯，他表示"愿弃人间事，欲从赤松子游"，学道家辟谷导引轻举之术，得以善终。(见《史记·留侯世家》)

⑧霍光：西汉大臣，武帝时为大司马大将军，历辅昭、宣二帝，前后秉政二十年，党亲满朝，死后三年，即被灭族。赤族：全家族被杀。

⑨"仰惭"二句：覆载，天覆地载，这里作天地的代称。劬(qú)劳，辛勤，这里代指父母。语出《诗经·小雅·蓼莪》："哀哀父母，生我劬劳。"

⑩皇天后土：对天地的尊称。

格①。三宫霁怒②，收瘴骨于江边③；九庙阐灵④，扫妖氛于境外。

故宋时立法，凡大臣安置远州，定有个监押官，名为护送，实则看守，如押送犯人相似。今日似道安置循州，朝议斟酌个监押官，须得有力量的，有手段的，又要平日有怨隙的，方才用得。只因循州路远，人人怕去。独有一位官员，慨然请行。那官员是谁？姓郑名虎臣，官为会稽尉，任满到京。此人乃是太学生郑隆之子，郑隆被似道黥配而死，虎臣衔恨在心，无门可报，所以今日愿去。朝中察知其情，遂用为监押官。似道虽然不知虎臣是郑隆之子，却记得幼年之梦，和那富春子的说话，今日正遇了姓郑的人，如何不慌！临行时，备下盛筵，款待虎臣。虎臣巍然上坐，似道称他是天使，自称为罪人，将上等宝玩，约值数万金献上，为进见之礼；含着两眼珠泪，凄凄惶惶的哀诉，述其幼时所梦："愿天使大发菩萨之心，保全蝼蚁之命，生生世世，不敢忘报。"说罢，屈膝跪下。郑虎臣微微冷笑，答应道："团练且起，这宝玩是殃身之物，下官如何好受？有话途中再讲。"似道再三哀求，虎臣只是微笑，似道心中愈加恐惧。

次日，虎臣催促似道起程。金银财宝，尚十余车，婢妾童仆，约近百人。虎臣初时并不阻当，行了数日，嫌他行李太重，担误行期，将他童仆辈日渐赶逐；其金宝之类，一路遇着寺院，逼他布施，似道不敢不依。约行半月，止剩下三个车子，老年童仆数人，又被虎臣终日打骂，不敢亲近。似道所坐车子，插个竹竿，扯帛为旗，上写着十五个大字，道是"奉旨监押安置循州误国奸臣贾似道"。似道羞愧，每日以袖掩面而行。一路受郑虎臣凌辱，不可尽言。

---

①理考：指宋理宗。昭格：明察。

②三宫：这里指皇帝、太后、皇后。霁怒：息怒。

③收瘴骨于江边：旧时称我国南部和西南部地区山林间湿热之气为"瘴气"，认为它能致人病（"瘴疠"），而贬谪官员往往被发配到这些地区。韩愈《左迁至蓝关示侄孙湘》："知汝远来应有意，好收吾骨瘴江边。"

④九庙：帝王的宗庙，共九庙。阐灵：显灵。

又行了多日，到泉州洛阳桥上①，只见对面一个客官，匆匆而至，见了旗上题字，大呼："平章久违了。一别二十余年，何期在此相会。"似道只道是个相厚的故人，放下衣袖看时，却是谁来？那客官姓叶，名李，字太白，钱唐人氏②，因为上书切谏似道，被他黥面流于漳州。似道事败，凡被其贬窜者，都赦回原籍。叶李得赦还乡，路从泉州经过，正与似道相遇，故意叫他。似道羞惭满面，下车施礼，口称得罪。叶李问郑虎臣讨纸笔来，作词一首相赠。词云：

君来路，吾归路，来来去去何曾住？公田关子竟何如，国事当时谁与误？　　雷州户，崖州户，人生会有相逢处。客中颇恨乏蒸羊，聊赠一篇长短句。

当初北宋仁宗皇帝时节，宰相寇准有澶渊退虏之功③，却被奸臣丁谓所谮，贬为雷州司户。未几，丁谓奸谋败露，亦贬于崖州。路从雷州经过，寇准遣人送蒸羊一只，聊表地主之礼。丁谓惭愧，连夜偷行过去，不敢停留。今日叶李词中，正用这个故事，以见天道反覆，冤家不可做尽也。

似道得词，惭愧无地，手捧金珠一包，赠与叶李，聊助路资，叶李不受而去。郑虎臣喝道："这不义之财，犬豕不顾，谁人要你的！"就似道手中夺来，抛散于地，喝教车仗快走，口内骂声不绝。似道流泪不止。郑虎臣的主意，只教贾似道受辱不过，自寻死路，其如似道贪恋余生④。比及到得漳州，童仆逃走俱尽，单单似道父子三人。真个是身无鲜衣，口无甘味，贱如奴隶，穷比乞儿，苦楚不可尽说。

漳州太守赵分如，正是贾似道旧时门客，闻得似道到来，出城迎

①洛阳桥：又名"万安桥"，在今福建泉州东北洛阳江上。北宋蔡襄任泉州郡守时修建，题名"万安渡桥"，为我国古代著名梁架式大石桥。

②钱唐：即钱塘。秦置钱唐县。唐代以唐为国号，改钱唐为"钱塘"。

③澶（chán）渊退虏：宋真宗景德元年(1004)，辽军大举南下，深入宋境，有人主张迁都南逃，寇准力排众议，促真宗亲征，于澶州(今河南濮阳)杀辽大将挞览。但因真宗急于求和，与辽订盟约，史称"澶渊之盟"。

④其如：无奈，怎奈。

接,看见光景凄凉,好生伤感。又见郑虎臣颜色不善,不敢十分殷勤。是日,赵分如设宴馆驿,管待郑虎臣,意欲请似道同坐。虎臣不许,似道也谦让道:"天使在此,罪人安敢与席?"到教赵分如过意不去,只得另设一席于别室,使通判陪侍似道,自己陪虎臣。饮酒中间,分如察虎臣口气,衔恨颇深,乃假意问道:"天使今日押团练至此,想无生理,何不教他速死,免受蒿恼,却不干净?"虎臣笑道:"便是这恶物事①,偏受得许多苦恼,要他好死却不肯死。"赵分如不敢再言。次日五鼓,不等太守来送,便催趱起程。

离城五里,天尚未大明。到个庵院,虎臣教歇脚,且进庵梳洗早膳。似道看这庵中扁额写着"木绵庵"三字,大惊道:"二年前,神僧钵盂中赠诗,有'开花结子在绵州'句,莫非应在今日?我死必矣!"进庵,急呼二子分付说话,已被虎臣拘囚于别室。似道自分必死,身边藏有冰脑一包,因洗脸,就掬水吞之。觉腹中痛极,讨个虎子坐下②,看看命绝。虎臣料他服毒,乃骂道:"奸贼,奸贼!百万生灵死于汝手,汝延挨许多路程,却要自死,到今日老爷偏不容你!"将大槌连头连脑打下二三十,打得希烂,呜呼死了。却教人报他两个儿子说道:"你父亲中恶③,快来看视。"儿子见老子身死,放声大哭。虎臣奋怒,一槌一个,都打死了。却教手下人拖去一边,只说逃走去了。虎臣投槌于地,叹道:"吾今日上报父仇,下为万民除害,虽死不恨矣。"就用随身衣服,将草荐卷之④,埋于木绵庵之侧。埋得定当,方将病状关白太守赵分如⑤。赵分如明知是虎臣手脚,见他凶狠,那敢盘问?只得依他开病状,申报各司去讫。直待虎臣动身去后,方才备下棺木,掘起似道尸骸,重新殡殓,埋葬成坟,为文祭之。辞曰:

---

①便是:只因为。

②虎子:便溺之器,因形如伏虎而得名。

③中恶:中毒,中邪。

④草荐:草席。

⑤关白:报告,通知。

　　呜呼！履斋死蜀，死于宗申；先生死闽，死于虎臣。哀哉，尚飨！

　　那履斋是谁，姓吴名潜，是理宗朝的丞相。因贾似道谋代其位，造下谣言，诬之以罪，害他循州安置，却教循州知州刘宗申逼他服毒而死。今日似道下贬循州，未及到彼，先死于木绵庵，比吴潜之祸更惨。这四句祭文，隐隐说天理报应。赵分如虽然出于似道门下，也见他良心不泯处。

　　闲话休题，再说似道既贬之后，家私田产，虽说入官，那葛岭大宅，谁人管业①？高台曲池，日就荒落，墙颓壁倒，游人来观者，无不感叹，多有人题诗于门壁。今录得二首，诗云：

　　　深院无人草已荒，漆屏金字尚辉煌。
　　　底知事去身宜去②？岂料人亡国亦亡？
　　　理考发身端有自③，郑人应梦果何祥④？
　　　卧龙不肯留渠住⑤，空使晴光满画墙。

又诗云：

　　　事到穷时计亦穷，此行难倚鄂州功。
　　　木绵庵里千年恨，秋壑亭中一梦空⑥。
　　　石砌苔稠猿岁月，松亭叶落鸟呼风。
　　　客来不用多惆怅，试向吴山望故宫⑦。

---

①管业：管理。

②底知：《山房随笔》等引此诗作"祇知"，"底"疑是"祇"之误。

③理考发身端有自：此句指道人预言贾似道在理宗时发迹确有其因。发身，起家。端，的确。有自，有其原因，指有贾贵妃作靠山。

④郑人应梦：指富春子说"当远避姓郑人"，恰与贾似道的梦相合。

⑤卧龙：指西湖卧龙山，即龙山。

⑥秋壑亭：宋理宗将葛岭集芳园赐予贾似道，改名"后乐园"。贾在园中建秋壑亭，宋度宗为书匾。（见《西湖游览志》卷八）

⑦向：从。

第二十三卷

张舜美灯宵得丽女

太平时节元宵夜,十里灯毬映月轮①。

多少王孙并士女,绮罗丛里尽怀春。

话说东京汴梁,宋天子徽宗放灯买市,十分富盛。且说在京一个贵官公子,姓张名生,年方十八,生得十分聪俊,未娶妻室。因元宵到乾明寺看灯②,忽于殿上拾得一红绡帕子,帕角系一个香囊。细看帕上,有诗一首云:

囊里真香心事封,鲛绡一幅泪流红③。

殷勤聊作江妃佩④,赠与多情置袖中。

诗尾后又有细字一行云:"有情者拾得此帕,不可相忘。请待来年正月十五夜,于相篮后门一会⑤,车前有鸳鸯灯是也。"张生吟讽数次,叹赏久之,乃和其诗曰:

浓麝因知玉手封,轻绡料比杏腮红。

虽然未近来春约,已胜襄王魂梦中。

自此之后,张生以时挨日⑥,以日挨月,以月挨年。倏忽间乌飞

①灯毬:球形的彩灯。
②乾明寺:在汴京城内安业坊席箔巷,后毁于金兵。
③鲛绡:相传为鲛人所织之绡,入水不濡。泛指精美的丝织品。这里指手帕。
④江妃佩:刘向《列仙传》说,江妃二女出游于江汉之滨,逢郑交甫,交甫求佩,遂解而与之。后因以"江妃佩"作为女子向男子表示爱情的赠品。江妃,江水女神。
⑤相篮:一般写作"相蓝"。大相国寺的省称。蓝,梵语"僧伽蓝摩"之略,意即僧院、佛寺。
⑥时:时辰。旧时计时单位。一昼夜的十二分之一。

电走①,又换新正。将近元宵,思赴去年之约,乃于十四日晚,候于相篮后门。果见车一辆,灯挂双鸳鸯,呵卫甚众②。张生惊喜无措,无因问答③,乃诵诗一首,或先或后,近车吟咏,云:

何人遗下一红绡? 暗遣吟怀意气饶。

料想佳人初失去,几回纤手摸裙腰。

车中女子闻生吟讽,默念昔日遗香囊之事谐矣④。遂启帘窥生,见生容貌皎洁,仪度闲雅,愈觉动情。遂令侍女金花者,通达情款,生亦会意。须臾,香车远去,已失所在。

次夜,生复伺于旧处。俄有青盖旧车,迤逦而来,更无人从,车前挂双鸳鸯灯。生睹车中,非昨夜相遇之女,乃一尼耳。车夫连称:"送师归院去。"生迟疑间,见尼转手而招生,生潜随之,至乾明寺。老尼迎门谓曰:"何归迟也?"尼入院,生随入小轩,轩中已张灯列宴。尼乃卸去道装,忽见绿鬓堆云,红裳映月。生女联坐,老尼侍傍。酒行之后,女曰:"愿见去年相约之媒。"生取香囊红绡,付女视之。女方笑曰:"京都往来人众,偏落君手,岂非天赐尔我姻缘耶?"生曰:"当时得之,亦曾奉和。"因举其诗。女喜曰:"真我夫也。"于是与生就枕,极尽欢娱。顷而鸡声四起,谓生曰:"妾乃霍员外家第八房之妾。员外老病,经年不到妾房,妾每夜焚香祝天,愿遇一良人,成其夫妇,幸得见君子,足慰平生。妾今用计脱身,不可复入。此身已属之君,情愿生死相随;不然,将置妾于何地也?"生曰:"我非木石,岂忍分离? 但寻思无计。若事发相连,不若与你悬梁同死,双双做风流之鬼耳。"说罢,相抱悲泣。老尼从外来曰:"你等要成夫妇,但恨无心耳,何必做没下梢事!"生女双双跪拜求计,老尼曰:"汝能远涉

---

①乌飞电走:一般作"乌飞兔走",指日月迅逝。乌,金乌。传说日中有三足乌。兔:玉兔,传说月中有玉兔。

②呵卫:呵导护卫。这里指随从之人。

③无因:无由,无从。问答:指交谈。

④谐:(事情)办成。

江湖,变更姓名于千里之外,可得尽终世之情也。"女与生俯首受计。老尼遂取出黄白一包①,付生曰:"此乃小娘子平日所寄②,今送还官人,以为路资。"生亦回家,收拾细软,打做一包。是夜,拜别了老尼,双双出门,走到通津邸中借宿③。次早顾舟,自汴涉淮,直至苏州平江④,创第而居⑤。两情好合,谐老百年。正是:

　　　　意似鸳鸯飞比翼,情同鸾凤舞和鸣。

　　今日为甚说这段话? 却有个波俏的女子⑥,也因灯夜游玩,撞着个狂荡的小秀才,惹出一场奇奇怪怪的事来。未知久后成得夫妇也不? 且听下回分解。正是:

　　　　灯初放夜人初会,梅正开时月正圆。

　　且道那女子遇着甚人? 那人是越州人氏,姓张,双名舜美,年方弱冠,是一个轻俊标致的秀士、风流未遇的才人。偶因乡试来杭,不能中选,遂淹留邸舍中,半年有余。正逢着上元佳节,舜美不免关闭房门,游玩则个。况杭州是个热闹去处,怎见得杭州好景? 柳耆卿有首《望海潮》词,单道杭州好处,词云:

　　　　东南形胜⑦,三吴都会⑧,钱塘自古繁华。烟柳画桥,风帘翠
　　　　幕,参差十万人家。云树绕堤沙,怒涛卷霜雪,天堑无涯⑨。市
　　　　列珠玑,户盈罗绮,竞奢华。　　　重湖叠巘清佳⑩,有三秋桂子,

————————

①黄白:黄金白银。

②寄:寄存。

③通津邸:指汴京通津门附近的客店。通津,汴河水门名。

④平江:宋在苏州置平江军,后升为府。

⑤创第:建造宅第。

⑥波俏:漂亮,俏丽。

⑦形胜:指地理位置优越,如地势险要或山川壮美之地。

⑧三吴:指吴兴、吴郡、会稽。也泛指长江下游一带。

⑨天堑无涯:形容钱塘江的险要壮阔。

⑩重湖:西湖有外湖、里湖之别,故称重湖。

十里荷花。弦管弄晴，菱歌泛夜，嬉嬉的钓叟莲娃。千骑拥高牙①，乘时听箫鼓②，吟赏烟霞。异日图将好景，归到凤池夸③。舜美观看之际，勃然兴发，遂口占《如梦令》一词以解怀，云：

> 明月娟娟筛柳，春色溶溶如酒。今夕试华灯，约伴六桥行走④。回首，回首，楼上玉人知否？

且诵且行之次，遥见灯影中，一个丫鬟，肩上斜挑一盏彩鸾灯，后面一女子，冉冉而来。那女子生得凤髻铺云，蛾眉扫月⑤，生成媚态，出色娇姿。舜美一见了那女子，沉醉顿醒，竦然整冠，汤瓶样摇摆过来⑥。为甚的做如此模样？元来调光的人⑦，只在初见之时，就便使个手段。凡萍水相逢，有几般讨探之法⑧。做子弟的⑨，听我把调光经表白几句：

> 雅容卖俏，鲜服夸豪。远觑近观，只在双眸传递；挤肩擦背，全凭健足跟随。我既有意，自当送情；他若留心，必然答笑。点头须会⑩，咳嗽便知。紧处不可放迟，闲中偏宜着闹。讪语时⑪，口要紧；刮涎处，脸须皮。冷面撇清⑫，还察其中真假；回头

---

① 高牙：高大的牙旗。

② 乘时：柳永原词作"乘醉"。

③ 图将：图画，描绘。将，语助词。凤池，凤凰池，指中书省。夸，原词作"夸"。

④ 六桥：指西湖苏堤上的六座桥。

⑤ "凤髻"二句：凤髻铺云，发髻像敷设的云彩，形容头发之美。凤髻，妇女的一种发髻式样。蛾眉扫月，形容眉毛之美。元代撒举《无题》诗："盘盘鸾髻堆云影，澹澹蛾眉扫月痕。"扫，描画。

⑥ 汤瓶：一种煮茶水用的瓶子，用瓷或金属制成。

⑦ 调光：调情，勾引妇女。

⑧ 讨探：试探，勾引。

⑨ 子弟：这里指嫖客，浪子。

⑩ 须会：一定会意。

⑪ 讪语：调笑，搭讪。

⑫ 撇清：装作清白。

揽事,定知就里应承。说不尽百计讨探,凑成来十分机巧。假饶心似铁,弄得意如糖。

说那女子被舜美撩弄,禁持不住①,眼也花了,心也乱了,腿也苏了,脚也麻了。痴呆了半晌,四目相睃,面面有情。那女子走得紧,舜美也跟得紧;走得慢,也跟得慢;但不能交接一语。不觉又到众安桥②,桥上做卖做买,东来西去的,挨挤不过。过得众安桥,失却了女子所在,只得闷闷而回。开了房门,风儿又吹,灯儿又暗,枕儿又寒,被儿又冷,怎生睡得? 心里丢不下那个女子,思量再得与他一会也好。你看世间有这等的痴心汉子,实是好笑。正是:

　　半窗花影模糊月,一段春愁着摸人③。

舜美甫能勾捱到天明,起来梳裹了,三餐已毕,只见街市上人,又早收拾看灯。舜美身心按捺不下,急忙关闭房门,径往夜来相遇之处。立了一会,转了一会,寻了一会,靠了一会,呆了一会,只是等不见那女子来。遂调《如梦令》一词消遣,云:

　　燕赏良宵无寐④,笑倚东风残醉。未审那人儿,今夕玩游何
　　地? 留意,留意,几度欲归还滞。

吟毕,又等了多时,正尔要回,忽见小鬟挑着彩鸾灯,同那女子从人丛中挨将出来。那女子瞥见舜美,笑容可掬,况舜美也约摸着有五六分上手⑤。那女子径往盐桥⑥,进广福庙中拈香⑦,礼拜已毕,转入后殿。舜美随于后。那女子偶尔回头,不觉失笑一声。舜美呆着老

────────

①禁持:这里是控制、忍耐的意思。

②众安桥:南宋临安桥名,在御街北。

③着摸:引惹,纠缠。

④燕赏:宴赏。

⑤上手:得手。

⑥盐桥:即惠济桥,在杭州大河上,兴福坊东。宋时盐船待榷于此,故俗称盐桥。

⑦广福庙:即蒋相公祠,在盐桥上。祀宋蒋崇仁,咸淳初赐额"广福"。

脸,陪笑起来。他两个挨挨擦擦,前前后后,不复顾忌。那女子回身捽袖中①,遗下一个同心方胜儿②。舜美会意,俯而拾之,就于灯下拆开一看,乃是一幅花笺纸。不看万事全休,只因看了,直教一个秀才,害了一二年鬼病相思,险些送了一条性命。你道花笺上写的甚么文字?原来也是个《如梦令》,词云:

> 邂逅相逢如故,引起春心追慕。高挂彩鸾灯,正是儿家庭户。那步,那步,千万来宵垂顾。

词后复书云:"女之敝居,十官子巷中③,朝南第八家。明日父母兄嫂赶江干舅家灯会,十七日方归,止妾与侍儿小英在家。敢邀仙郎惠然枉驾,少慰鄙怀,妾当焚香扫门,迎候翘望。妾刘素香拜束。"舜美看了多时,喜出望外。那女子已去了,舜美步归邸舍,一夜无眠。

次早又是十五日,舜美捱至天晚,便至其处,不敢造次突入,乃成《如梦令》一词,来往歌云:

> 漏滴铜壶声咽,风送金猊香烈④。一见彩鸾灯,顿使狂心烦热。应说,应说,昨夜相逢时节。

女子听得歌声,掀帘而出,果是灯前相见可意人儿。遂迎迓到于房中,吹灭银灯,解衣就枕。他两个正是旷夫怨女,相见如饿虎逢羊,苍蝇见血,那有工夫问名叙礼?且做一班半点儿事。有《南乡子》词一首,单题着交欢趣向,道是:

> 粉汗湿罗衫,为雨为云底事忙?两只脚儿肩上阁,难当。辇臛春山入醉乡。忒杀太颠狂,口口声声叫我郎。舌送丁香娇

---

① 捽(zuó):揪,扯。

② 同心方胜儿:用帛或纸折叠成的两个连接在一起的菱形,象征爱情。多指折叠成方胜的信笺。方胜,本是古代妇女的一种首饰,形状由两个斜方形一部分重叠相连而成。

③ 十官子巷:在众安桥南,宋时有宗室之子十人居此,故名。也叫"十官宅巷"。

④ 金猊:一种香炉,上铸为狻猊之形,香烟自其口出。相传狻猊形似狮子,性好烟火,故立于香炉上。

欲滴,初尝。非蜜非糖滋味长。

　　两个讲欢已罢,舜美曰:"仆乃途路之人,荷承垂盼,以凡遇仙。自思白面书生,愧无纤毫奉报。"素香抚舜美背曰:"我因爱子胸中锦绣,非图你囊里金珠。"舜美称谢不已。素香忽然长叹,流泪而言曰:"今日已过,明日父母回家,不能复相聚矣,如之奈何?"两个沉吟半晌,计上心来。素香曰:"你我莫若私奔他所,免使两地永抱相思之苦,未知郎意何如?"舜美大喜曰:"我有远族,见在镇江五条街开个招商客店,可往依焉。"素香应允。

　　是夜素香收拾了一包金珠,也妆做一个男儿打扮,与舜美携手迤逦而行。将及二鼓,方才行到北关门下①。你道因何三四里路,走了许多时光?只为那女子小小一双脚儿,只好在屧廊缓步②,芳径轻移,擎抬绣阁之中,出没湘裙之下。脚又穿着一双大靴,教他跋长途,登远道,心中又慌,怎地的拖得动?且又城中人要出城,城外人要入城,两下不免撒手。前后随行,出得第二重门,被人一涌,各不相顾。那女子径出城门,从半塘横去了③。舜美虑他是妇人,身体柔弱,挨挤不出去,还在城里,也不见得,急回身寻问把门军士。军士说道:"适间有个少年秀才,寻问同辈,回未半里多地。"舜美自思:"一条路往钱塘门,一条路往师姑桥,一条路往褚家堂④,三四条叉路,往那一条好?"踌躇半晌,只得依旧路赶去。至十官子巷,那女子家中,门已闭了,悄无人声。急急回至北关门,门又闭了。整整寻了一夜。

―――――――――

　　①北关门:杭州北城门,宋名余杭门,俗称北关门。
　　②屧(xiè)廊:响屧廊的省称,相传响屧廊是春秋吴王宫中的廊名。廊中地面铺以梓木板,吴王令西施与宫人穿屧(木屐)在上面行走,行则有声,故名。后亦泛指走廊。
　　③半塘横:当即半道红。街巷名。在北关门外。《西湖游览志》卷二十二:"半道红,相传旧时夹路栽桃花,故名,俗讹为半塘洪。"
　　④"一条路"三句:钱塘门,杭州城西门。师姑桥,在杭州西河上,余杭水门内。褚家堂,在忠清里北,以唐褚遂良故里得名。

巴到天明，挨门而出。至新马头①，见一伙人围得紧紧的，看一只绣鞋儿。舜美认得是女子脱下之鞋，不敢开声。众人说："不知何人家女孩儿，为何事来，溺水而死，遗鞋在此？"舜美听罢，惊得浑身冷汗。复到城中探信，满城人喧嚷，皆说十官子巷内刘家女儿，被人拐去，又说投水死了，随处做公的缉访。这舜美自因受了一昼夜辛苦，不曾吃些饭食，况又痛伤那女子死于非命，回至店中，一卧不起，寒热交作，病势沉重将危。正是：

> 相思相见知何日？多病多愁损少年。

且不说舜美卧病在床，却说刘素香自北关门失散了舜美，从二更直走到五更，方至新马头。自念舜美寻我不见，必然先往镇江一路去了，遂暗暗地脱下一只绣花鞋在地。为甚的？他惟恐家中有人追赶，故托此相示，以绝父母之念。素香乘天未明，赁舟沿流而去。数日之间，虽水火之事②，亦自谨慎，稍人亦不知其为女人也③。比至镇江，打发舟钱登岸，随路物色，访张舜美亲族。又忘其姓名居止，问来问去，看看日落山腰，又无宿处。偶至江亭，少憩之次，此时乃是正月二十二日，况是月出较迟，是夜夜色苍然，渔灯隐映，不能辨认咫尺。素香自思，为他抛离乡井父母兄弟，又无消息，不若从浣纱女游于江中④。哭了多时，只恨那人不知妾之死所。不觉半夜光景，亭隙中射下月光来。遂移步凭栏，四顾澄江，渺茫千里。正是：

> 一江流水三更月，两岸青山六代都⑤。

素香呜呜咽咽，自言自语，自悲自叹，不觉亭角暗中，走出一个

---

① 新马头：在北关门外湖墅。

② 水火：指大小便。

③ 稍人：船夫，船家。亦作"稍子"、"稍工"、"稍公"等。稍亦写作"梢"，义同"艄"。

④ 浣纱女：春秋时伍子胥逃离楚国。途中饥饿，向一浣纱女乞食，临去嘱她勿泄漏，浣纱女因此投江明志。（事见《吴越春秋》）

⑤ 六代：指三国吴、东晋和南朝宋、齐、梁、陈六个朝代，这六代都建都于今南京。

尼师,向前问曰:"人耶? 鬼耶? 何自苦如此?"素香听罢,答曰:"荷承垂问,敢不实告。妾乃浙江人也,因随良人之任,前往新丰。却不思慢藏海盗,稍子因瞰良人囊金,贼妾容貌,辄起不仁之心。良人、婢仆皆被杀害,独留妾一身。稍子欲淫污妾,妾誓死不从。次日稍子饮酒大醉,妾遂着先夫衣冠,脱身奔逃,偶然至此。"素香难以私奔相告,假托此一段说话。尼师闻之,愀然曰:"老身在施主家,渡江归迟,天遣至此亭中与娘子相遇,真是前缘。娘子肯从我否?"素香曰:"妾身回视家乡,千山万水,得蒙提挈,乃再生之赐。"尼师曰:"出家人以慈悲方便为本,此分内事,不必虑也。"素香拜谢。

　　天明,随至大慈庵,屏去俗衣,束发簪冠,独处一室。诸品经咒,目过辄能成诵。旦夕参礼神佛,拜告白衣大士,并持大士经文,哀求再会。尼师见其贞顺,自谓得人,不在话下。

　　再说舜美在那店中,延医调治,日渐平复。不肯回乡,只在邸舍中温习经史。光阴荏苒,又逢着上元灯夕。舜美追思去年之事,仍往十官子巷中一看,可怜景物依然,只是少个人在目前。闷闷归房,因诵秦少游学士所作《生查子》词云①:

　　　　去年元夜时,花市灯如昼。月在柳梢头,人约黄昏后。

　　　　今年元夜时,月与灯依旧。不见去年人,泪湿春衫袖。

舜美无情无绪,洒泪而归。惭愧物是人非,怅然绝望,立誓终身不娶,以答素香之情。

　　在杭州倏忽三年,又逢大比②,舜美得中首选解元③。赴鹿鸣宴罢④,驰书归报父母,亲友贺者填门。数日后,将带琴、剑、书箱⑤,上京会试。一路风行露宿,舟次镇江江口,将欲渡江,忽狂风大作。移

---

①《生查子》:此词作者或作欧阳修,或作秦观,或作朱淑真,现多认为作者是欧阳修。

②大比:这里指乡试。

③首选解元:科举考试名列第一名叫首选,乡试第一名叫解元。

④鹿鸣宴:这里指乡试后举行的宴请考官和中试诸生的宴会。

⑤将带:携带。

舟傍岸，少待风息。其风数日不止，只得停泊在彼。

且说刘素香在大慈庵中，荏苒首尾三载。是夜，忽梦白衣大士报云：“尔夫明日来也。”恍然惊觉，汗流如雨。自思：“平素未尝如此，真是奇怪！”不言与师知道。

舜美等了一日又是一日，心中好生不快，遂散步独行，沿江闲看。行至一松竹林中，中有小庵，题曰“大慈之庵”，清雅可爱。趋身入内，庵主出迎，拉至中堂供茶。也是天使其然，刘素香向窗楞中一看，谑得目睁口呆，宛如酒醒梦觉。尼师忽入换茶，素香乃具道其由。尼师出问曰：“相公莫非越州张秀才乎？”舜美骇然曰：“仆与吾师素昧平生，何缘垂识？”尼师又问曰：“曾娶妻否？”舜美簌簌泪下，乃应曰：“曾有妻刘氏素香，因三载前元宵夜观灯失去，未知存亡下落。今仆虽不才，得中解元，便到京得进士，终身亦誓不再娶也。”师遂呼女子出见，两个抱头恸哭。多时，收泪而言曰：“不意今生再得相见！”悲喜交集，拜谢老尼。乃沐浴更衣，诣大士前，焚香百拜。次以白金百两，段绢二端，奉尼师为寿。两下相别，双双下舟。真个似缺月重圆，断弦再续，大喜不胜。

一路至京，连科进士，除授福建兴化府莆田县尹。谢恩回乡，路经镇江，二人复访大慈庵，赠尼师金一笏[①]。回至杭州，径到十官子巷，投帖拜望。刘公看见车马临门，大红帖子上写着“小婿张舜美”，只道误投了。正待推辞，只见少年夫妇，都穿着朝廷命服[②]，双双拜于庭下。父母兄嫂见之大惊，悲喜交集。丈母道：“因元宵失却我儿，闻知投水身死，我们苦得死而复生。不意今日再得相会，况得此佳婿，刘门之幸。”乃大排筵会，作贺数日，令小英随去。二人别了丈人、丈母，到家见了父母。舜美告知前事，令妻出拜公姑。张公、张

---

①一笏：铸金银为条板，形似笏，因称一枚为一笏。一笏重五十两。文中所说的“金”指银子。

②命服：原指天子按等级赐给公侯、卿、大夫、士的服装，后泛指官员及其配偶按等级所穿的制服。

母大喜过望,作宴庆贺。不数日,同妻别父母上任去讫。久后,舜美官至天官侍郎①,子孙贵盛。有诗为证:

间别三年死复生,润州城下念多情②。

今宵然烛频频照③,笑眼相看分外明。

<hr>

①天官侍郎:即吏部侍郎。唐武则天时曾一度改吏部为天官。

②润州:宋润州丹阳郡,后升为镇江府,治所即今江苏镇江。

③然:"燃"的古字。"燃"是后起字。

第二十四卷

杨思温燕山逢故人

　　一夜东风，不见柳梢残雪。御楼烟暖，对鳌山彩结。箫鼓向晚，凤辇初回宫阙。千门灯火，九衢风月。　　绣阁人人，乍嬉游困又歇。艳妆初试，把珠帘半揭。娇羞向人，手捻玉梅低说①。相逢长是，上元时节。

　　这一首词，名《传言玉女》，乃胡浩然先生所作②。道君皇帝朝宣和年间③，元宵最盛。每年上元正月十四日，车驾幸五岳观凝祥池④。每常驾出，有红纱贴金烛笼二百对；元夕加以琉璃玉柱掌扇，快行客各执红纱珠珞灯笼⑤。至晚还内，驾入灯山⑥。御辇院人员辇前唱《随竿媚》来⑦，御辇旋转一遭，倒行观灯山，谓之"鹁鸽旋"⑧，又谓"踏

----

①玉梅：用绢或纸做的假花，为宋时元宵节妇女戴的首饰之一。
②胡浩然：宋代人，生平不详。按：此首《传言玉女》的作者，《全宋词》编者认为应是晁冲之。
③道君皇帝：宋徽宗赵佶自号"教主道君皇帝"。道君，道教神系中的高位仙官。
④五岳观凝祥池：五岳观在北宋汴京南薰门内东北、普济水门西北，大中祥符五年（1012）创建。观内东西列五岳圣帝五殿。初名五岳观，观建成后，赐名"会灵观"。观东有凝祥池，宋真宗时开凿。每年正月十四日北宋皇帝去五岳观，在凝祥池宴群臣。
⑤快行客：宋代宫廷中专供奔走传令的吏役。亦作"快行"、"快行家"。
⑥灯山：即鳌山。
⑦御辇院：宋官署名。掌供奉皇帝乘舆步辇及宫廷车乘之事。唱《随竿媚》来：意思不详。唱，《东京梦华录》作"喝"。伊永文笺注《东京梦华录》标点为"喝'随竿媚来'"，案语云："伎艺表演者随竹竿子指挥献艺谓之'媚来'，或可如蒋捷《齐天乐》所云：'道随竿媚'。"
⑧鹁鸽旋：疑因动作如同鹁鸽之飞旋，故名。《水浒传》第七十四回描写燕青与任原对扑，说："这一扑，名唤作'鹁鸽旋'。"可参看。踏五花儿：宋代宫舞舞谱有"五花儿"之名（见周密《癸辛杂识》），其他不详。

五花儿"，则辇官有赏赐矣。驾登宣德楼①，游人奔赴露台下②。十五日，驾幸上清宫③，至晚还内。上元后一日，进早膳讫，车驾登门卷帘④，御座临轩，宣百姓先到门下者⑤，得瞻天表。小帽红袍独坐，左右侍近，帘外金扇执事之人。须臾下帘，则乐作，纵万姓游赏。华灯宝烛，月色光辉，霏霏融融，照耀远迩。至三鼓，楼上以小红纱灯缘索而至半，都人皆知车驾还内。当时御制《夹钟宫·小重山》词，道：

> 罗绮生香娇艳呈，金莲开陆海⑥，绕都城。宝舆四望翠峰青。东风急，吹下半天星。　万井贺升平⑦。行歌花满路，月随人，纱笼一点御灯明。箫韶远⑧，高宴在蓬瀛。

今日说一个官人，从来只在东京看这元宵，谁知时移事变，流寓在燕山看元宵⑨。那燕山元宵却如何？

> 虽居北地，也重元宵。未闻鼓乐喧天，只听胡笳聒耳。家家点起，应无陆地金莲；处处安排，那得玉梅雪柳⑩？小番鬓边

---

①宣德楼：北宋东京宫城正南门宣德门楼。
②露台：露天搭盖的戏台。每逢元宵，宣德楼下用枋木垒成露台一所，由教坊和民间剧团表演杂剧。（见《东京梦华录》卷六"元宵"）
③上清宫：即上清储祥宫，在新宋门里街北，宋太宗至道元年（995）建。
④登门：指登宣德门。
⑤宣百姓：宣见百姓。宣，宣召，传宣。亦作"宣万姓"。《新刊大宋宣和遗事》亨集："有快行家手中把着金字牌喝道：'宣百姓！'"
⑥金莲：莲花形的灯烛，即下文所说"莲灯"。邓之诚《东京梦华录注》引刘昌诗《芦蒲笔记》"上元词"："宝炬金莲一万条，火龙围辇转州桥。"陆海：陆地。这里指街道。下文"陆地金莲"意思与"陆海金莲"同。
⑦万井：千家万户。
⑧箫韶：相传舜之乐名。这里指乐声。
⑨燕山：辽代置燕京，宋徽宗时改为燕山府，不久落入金人之手，金海陵王定都于此，改为中都大兴府。其地即今北京。
⑩雪柳：用绢或纸作的花草，宋时立春和元宵节妇女戴的头饰之一。

挑大蒜①，岐婆头上带生葱②。汉儿谁负一张琴③，女们尽敲三棒鼓。

每年燕山市井，如东京制造，到己酉岁方成次第④。当年那燕山装那鳌山，也赏元宵，士大夫百姓皆得观看。这个官人，本身是肃王府使臣⑤，在贵妃位掌笺奏⑥，姓杨，双名思温，排行第五，呼为杨五官人。因靖康年间流寓在燕山，犹幸相逢姨夫张二官人在燕山开客店，遂寓居焉。杨思温无可活计，每日肆前与人写文字，得些胡乱度日。忽值元宵，见街上的人皆去看灯，姨夫也来邀思温看灯，同去消遣旅况。思温情绪索然，辞姨夫道："看了东京的元宵，如何看得此间元宵？姨夫自稳便先去，思温少刻追陪。"张二官人先去了。

杨思温挨到黄昏，听得街上喧闹，静坐不过，只得也出门来看燕山元宵。但见：

莲灯灿烂，只疑吹下半天星；士女骈阗，便是列成王母队。
一轮明月婵娟照，半是京华流寓人。

见街上往来游人无数，思温行至昊天寺前⑦，只见真金身铸五十三参⑧，铜打成幡竿十丈，上有金书"敕赐昊天悯忠禅寺"。思温入寺看时，佛殿两廊，尽皆点照。信步行到罗汉堂，乃浑金铸成五百尊阿罗

---

①小番：番军兵卒。这里泛指金国男子。

②岐婆：犹言"番婆"。宋时对女真妇女的称呼。

③汉儿：汉子。谁：这里与下句"尽"字相对，疑是"谁都"的意思。本书卷十五"谁家别院"对"到处名园"，疑"谁家"也是家家的意思。负：背。

④己酉岁：宋建炎三年，金天会七年，即公元1129年。

⑤肃王：宋徽宗子赵枢封肃王，靖康中质于金国。

⑥位：元代对皇室的后妃、诸王、公主等贵戚的称呼，也叫"位下"。笺奏：书札、奏章。

⑦昊天寺：即大昊天寺，辽时所建，故址在北京西便门大街之西。

⑧五十三参：据《华严经》说，善财童子按文殊菩萨指点，依次南行参拜五十三位菩萨，听受佛法，终成正果。这里"五十三参"指这五十三尊菩萨塑像。

汉①。入这罗汉堂,有一行者,立在佛座前化香油钱,道:"诸位看灯檀越②,布施灯油之资,祝延福寿。"思温听其语音,类东京人,问行者道:"参头③,仙乡何处?"行者答言:"某乃大相国寺河沙院行者④,今在此间复为行者,请官人坐于凳上,闲话则个。"思温坐凳上,正看来往游人,睹一簇妇人,前遮后拥,入罗汉堂来。内中一个妇人与思温四目相盼,思温睹这妇人打扮,好似东京人。但见:

> 轻盈体态,秋水精神。四珠环胜内家妆⑤,一字冠成宫里样⑥。未改宣和妆束,犹存帝里风流⑦。

思温认得是故乡之人,感慨情怀,闷闷不已,因而困倦,假寐片时。那行者叫得醒来,开眼看时,不见那妇人。杨思温嗟呀道:"我却待等他出来,恐有亲戚在其间,相认则个,又挫过了⑧。"对行者道:"适来入院妇女何在⑨?"行者道:"妇女们施些钱去了。临行道:'今夜且归,明日再来做些功德,追荐亲戚则个。'官人莫闷,明日却来相候不妨。"思温见说,也施些油钱,与行者相辞了,离罗汉院。绕寺寻遍,忽见僧堂壁上,留题小词一首,名《浪淘沙》:

------

①浑金:这里指无杂质的纯金。

②檀越:施主。

③参头:佛教僧职名。禅宗寺院内教参学者懂得礼仪乐规,并率领参学者参加告香普说仪式的人。亦叫"参头和尚"。这里是对和尚的尊称。

④河沙院:《东京梦华录》卷三:"寺内有智海、惠林、宝梵、河沙东西塔院,乃出角院舍,各有住持僧官。"邓之诚注本案语:"河沙疑误。"周城《宋东京考》卷十四所列相国寺东西八院名称中亦无"河沙"之名。按:本篇入话部分不少文字抄自《东京梦华录》,可知"河沙"之名亦本自此书。

⑤四珠环:一种装饰品,具体不详。明俞汝楫编《礼部志稿》卷十八"皇妃冠服":"梅花环、四珠环各一对。"胜:真(是)。内家妆:宫中妆束。内家,这里指宫女。

⑥一字冠:疑是一种帽子式样,具体不详。成:似,像。

⑦帝里:帝都,京城。

⑧挫过:错过。

⑨适来:适才,刚才。

尽日倚危栏,触目凄然,乘高望处是居延①。忍听楼头吹画
角,雪满长川。　　荏苒又经年,暗想南园②,与民同乐午门
前③。僧院犹存宣政字④,不见鳌山。

杨思温看罢留题,情绪不乐。归来店中,一夜睡不着。巴到天明起
来,当日无话得说。

至晚,分付姨夫⑤,欲往昊天寺,寻昨夜的妇人。走到大街上,人
稠物攘,正是热闹。正行之间,忽然起一阵雷声,思温恐下雨,惊而
欲回。抬头看时,只见:

银汉现一轮明月,天街点万盏华灯。宝烛烧空,香风拂地。

仔细看时,却见四围人从,拥着一轮大车,从西而来。车声动地,跟
随番官,有数十人。但见:

呵殿喧天⑥,仪仗塞路。前面列十五对红纱照道⑦,烛焰争
辉;两下摆二十柄画杆金枪⑧,宝光交际。香车似箭,侍从如云。

车后有侍女数人,其中有一妇女穿紫者,腰佩银鱼⑨,手持净巾,以帛

---

①居延:古边塞名,遗址在今甘肃。汉初,居延为匈奴南下要道。这里借指
　为北方边境。
②南园:《花草粹编》卷四载此词作"梁园"。梁园:一名"梁苑",汉梁孝王刘
　武的园林,故址在今开封东南。后人亦以梁园或梁苑代指汴京。
③午门:帝王宫城的正门。按:《花草粹编》作"五门"。《东京梦华录》卷一:
　"大内正门宣德楼列五门。"似以"五门"为是。
④宣、政:指宋徽宗的年号"政和"(1111—1118)与"宣和"(1119—1125)。
⑤分付:这里是交代、讲明的意思。
⑥呵殿:古代官员出行时仪卫前呵后殿,喝令行人让道。亦指此类仪仗队伍
　或随从人员。
⑦红纱照道:指红纱灯笼。照道,本是照亮道路的意思,但这里指灯笼。明
　郑以伟《穆护曲》:"侬似泪烛流,卽如照道晥(明亮)。泪烛一条心,照道千
　双眼。"自注:"烛笼名照道,见《仪礼注》。"(见《灵山藏》)烛笼,也称笼烛,
　即灯笼。宋赵与峕《宾退录》卷九:"俗间谓笼烛为照道,此二字出《仪礼》
　注。"
⑧画杆:指画有图饰的枪杆。
⑨银鱼:银制之鱼形佩饰,为出入宫内的符信。

拥项。思温于月光之下,仔细看时,好似哥哥国信所掌仪韩思厚妻^①,嫂嫂郑夫人意娘。这郑夫人,原是乔贵妃养女^②,嫁得韩掌仪,与思温都是同里人,遂结拜为表兄弟,思温呼意娘为嫂嫂。自后暌离^③,不复相问。著紫的妇人见思温,四目相睹,不敢公然招呼。思温随从车子到燕市秦楼住下^④,车尽入其中。贵人上楼去,番官人从楼下坐。原来秦楼最广大,便似东京白樊楼一般,楼上有六十个阁儿^⑤,下面散铺七八十副卓凳。当夜卖酒,合堂热闹。

　　杨思温等那贵家入酒肆,去秦楼里面坐地,叫过卖至前。那人见了思温便拜,思温扶起道:“休拜。”打一认时^⑥,却是东京白樊楼过卖陈三儿。思温甚喜,就教三儿坐,三儿再三不敢。思温道:“彼此都是京师人,就是他乡遇故知,同坐不妨。”唱喏了方坐。思温取出五两银子与过卖,分付收了银子,好好供奉数品荤素酒菜上来,与三儿一面吃酒说话。三儿道:“自丁未年至此^⑦,拘在金吾宅作奴仆^⑧。后来鼎建秦楼^⑨,为思旧日樊楼过卖,乃日纳买工钱八十^⑩,故在此做

①国信所掌仪:宋置“往来国信所”,初属内侍省,后改属鸿胪寺,北宋时掌管与辽通使交聘事务。掌仪,指主持仪礼的职事人员。
②乔贵妃:宋徽宗妃子,与徽宗一起被金人所虏。
③暌(kuí)离:别离。
④住下:停下。
⑤阁儿:指酒店内的雅座。王明清《投辖录》:“都城楼上酒客坐所,各有小室,谓之酒阁子。”
⑥打一认:认一认。在宋元白话中,“打”常与某些动词结合成一词,中间插入“一”字,如“打一看”、“打一坐”、“打一夺”等。
⑦丁未年:即宋钦宗靖康二年(1127),这年四月,金兵俘宋徽宗、钦宗及六官皇族北去。
⑧金吾:后文又指为“左金吾”。按:唐代设有左右金吾卫,置上将军、大将军各一人,将军各二人,掌京城巡警。金代置金吾卫上将军,系武散官名,正三品中。此处“金吾”或“左金吾”,具体所指不详。
⑨鼎建:新建。
⑩买工钱:出钱代工,叫买工。陈三儿为了出来做过卖,所以向主人金吾家交纳买工钱。

过卖。幸与官人会面。"正说话间，忽听得一派乐声。思温道："何处动乐？"三儿道："便是适来贵人上楼饮酒的韩国夫人宅眷。"思温问韩国夫人事体，三儿道："这夫人极是照顾人，常常夜间将带宅眷来此饮酒，和养娘各坐。三儿常上楼供过伏事①，常得夫人赏赐钱钞使用。"思温又问三儿："适间路边遇韩国夫人，车后宅眷丛里，有一妇人，似我嫂嫂郑夫人，不知是否？"三儿道："即要复官人②，三儿每上楼，供过众宅眷时，常见夫人，又恐不是，不敢斯认。"思温遂告三儿道："我有件事相烦你，你如今上楼供过韩国夫人宅眷时，就寻郑夫人。做我传语道③：'我在楼下专候夫人下来，问哥哥详细。'"三儿应命上楼去，思温就座上等。一时，只见三儿下楼，以指住下唇④。思温晓得京师人市语⑤，恁地乃了事也。思温问："事如何？"三儿道："上楼得见郑夫人，说道：'五官人在下面等夫人下来，问哥哥消息。'夫人听得，便垂泪道：'叔叔原来也在这里。传与五官人，少刻便下楼，自与叔叔说话。'"思温谢了三儿，打发酒钱，乃出秦楼门前，伫立悬望。不多时，只见祗候人从入去，少刻番官人从簇拥一辆车子出来。思温候车子过，后面宅眷也出来，见紫衣佩银鱼、项缠罗帕妇女，便是嫂嫂。思温进前，共嫂嫂叙礼毕，遂问道："嫂嫂因何与哥哥相别在此？"郑夫人揾泪道："妾自靖康之冬，与兄赁舟下淮楚，将至盱眙，不幸箭穿驾手，刀中稍公，妾有乐昌破镜之忧⑥，汝兄被缧绁缠身之苦⑦，为虏所掠。其酋撒八太尉相逼，我义不受辱，为其执虏至

①伏事：伏侍，伺候。

②即要：正要。

③做：替，为。

④以指住下唇：意思不详。疑"住"是停留、停放的意思。此句或有误文。

⑤市语：隐语，暗号。

⑥乐昌破镜：比喻夫妻分离。南朝陈后主妹乐昌公主嫁给太子舍人徐德言，时陈将亡，德言知国破时两人不能相保，将铜镜破为两，与妻各执一半，作为他年相认的凭证。此即成语"破镜重圆"的典故（事见孟棨《本事诗》）。

⑦缧绁：拘缚犯人的绳索。引申为牢狱。

燕山。撒八太尉恨妾不从，见妾骨瘦如柴，遂鬻妾身于祖氏之家。
后知是娼户，自思是品官妻，命官女，生如苏小卿何荣①！死如孟姜
女何辱！暗抽裙带自缢梁间，被人得知，将妾救了。撒八太尉妻韩
夫人闻而怜我②，亟令救命，留我随侍。项上疮痕至今未愈，是故项
缠罗帕。仓皇别良人，不知安往？新得良人音耗，当时更衣遁走，今
在金陵，复还旧职，至今四载，未忍重婚。妾燃香炼顶③，问卜求神，
望金陵之有路，脱生计以无门④。今从韩国夫人至此游宴，既为奴仆
之躯，不敢久语，叔叔叮咛⑤，蓦遇江南人⑥，倩教传个音信。"杨思温
欲待再问其详，俄有番官手持八棱抽攘⑦，向思温道："我家奴婢，更
夜之间，怎敢引诱？"拿起抽攘，迎脸便打。思温一见来打，连忙急
走。那番官脚旷行迟⑧，赶不上。走得脱，一身冷汗，慌忙归到姨夫
客店。张二官见思温走回喘吁吁地，问道："做甚么直恁慌张？"思温
将前事一一告诉。张二官见说，嗟呀不已，安排三杯与思温噱索⑨。
思温想起哥哥韩忠翊嫂嫂郑夫人⑩，那里吃得酒下。

---

①苏小卿：传说宋代庐州妓女苏小卿与书生双渐情好甚笃，渐长期外出，苏
　守志待之，鸨母设计将苏卖与茶商冯魁。后双渐成名，经官论断，与苏成
　为夫妇。元代戏曲《苏小卿月夜泛茶船》等即演此故事。
②韩夫人：程毅中校注："前后都作韩国夫人，此处疑脱'国'字。"
③燃香炼顶：迷信的佛教徒为表示虔诚，在自己身上燃灯焚香。以香火烧灼
　头顶，叫炼顶或燃顶。
④脱生计：脱命，逃命。生计，保全生命的办法，这里指生命。以：与上句
　"之"字，都用作连词，相当于"而"。
⑤叮咛：仔细。这里是记仔细、记牢的意思。
⑥蓦遇：偶然遇到。
⑦八棱：一种有棱角的棍棒。玄应《一切经音义》卷十八引《通俗文》："木四
　方为棱，八棱为柧（gū）。"《五灯会元》卷十九："师曰：金刚手里八棱棒。"
⑧旷（kuàng）：本指路远，这里是缓慢的意思。
⑨噱（xuè）索：作乐，消遣。《龙龛手鉴》："噱，正作'谑'字。"
⑩忠翊：忠翊郎，宋武臣阶官名，系三班小使臣，原叫"右侍禁"，政和二年
　（1112）改名忠翊郎。

　　愁闷中过了元宵，又是三月。张二官向思温道："我出去两三日即归，你与我照管店里则个。"思温问："出去何干？"张二官人道："今两国通和，奉使至维扬，买些货物便回。"杨思温见姨夫张二官出去，独自无聊，昼长春困，散步大街至秦楼。入楼闲望一晌，乃见一过卖至前唱喏，便叫："杨五官！"思温看时，好生面熟，却又不是陈三，是谁？过卖道："男女东京寓仙酒楼过卖小王①。前时陈三儿被左金吾叫去，不令出来。"思温不见三儿在秦楼，心下越闷，胡乱买些点心吃，便问小王道："前次上元夜韩国夫人来此饮酒，不知你识韩国夫人住处么？"小王道："男女也曾问他府中来，道是天王寺后。"说犹未了，思温抬头一看，壁上留题墨迹未干。仔细读之，题道："昌黎韩思厚舟发金陵②，过黄天荡③，因感亡妻郑氏，船中作相吊之词"，名《御阶行》：

　　　　合和朱粉千余两，捻一个、观音样。大都却似两三分④，少付玲珑五脏。等待黄昏，寻好梦底⑤，终夜空劳攘。　　香魂媚魄知何往？料只在、船儿上。无言倚定小门儿⑥，独对滔滔雪浪。若将愁泪，还做水算，几个黄天荡。

杨思温读罢，骇然魂不附体："题笔正是哥哥韩思厚，怎地是嫂嫂没了。我正月十五日秦楼亲见，共我说话，道在韩国夫人宅为侍妾，今却没了。这事难明。"惊疑未决，遂问小王道："墨迹未干，题笔人何在？"小王道："不知。如今两国通和，奉使至此，在本道馆驿安歇⑦。

---

　　①寓仙酒楼：疑即遇仙楼。《东京梦华录》卷二："至朱雀门街西，过桥即投西大街，谓之麹院街。街南遇仙正店，前有楼子后有台，都人谓之台上，此一店最是酒店上户。"

　　②昌黎：此昌黎是韩姓的郡望，非指韩思厚是昌黎人。

　　③黄天荡：在江苏江宁东北。

　　④大都：总共，至多，不过。却似：恰似。

　　⑤梦底：梦里。按：《花草粹编》这两句作"等人合眼，来人眼底"。

　　⑥小门：《花草粹编》作"马门"。船舱之门叫马门。

　　⑦本道：本地道府。道，行政区划名。

适来四五人来此饮酒，遂写于此。"说话的，错说了！ 使命入国，岂有出来闲走买酒吃之理？ 按《夷坚志》载①：那时法禁未立，奉使官听从与外人往来。当日是三月十五日，杨思温问本道馆在何处，小王道："在城南。"思温还了酒钱下楼，急去本道馆，寻韩思厚。

　　到得馆道，只见苏许二掌仪在馆门前闲看，二人都是旧日相识，认得思温，近前唱喏，还礼毕。问道："杨兄何来？"思温道："特来寻哥哥韩掌仪。"二人道："在里面会文字②，容入去唤他出来。"二人遂入去，叫韩掌仪出到馆前。思温一见韩掌仪，连忙下拜，一悲一喜，便是他乡遇契友，燕山逢故人。思温问思厚："嫂嫂安乐？"思厚听得说，两行泪下，告诉道："自靖康之冬，与汝嫂顾船，将下淮楚，路至盱眙，不幸箭穿篙手，刀中稍公，尔嫂嫂有乐昌破镜之忧，兄被缧绁缠身之苦。我被虏执于野寨，夜至三鼓，以苦告得脱，然亦不知尔嫂嫂存亡。后有仆人周义，伏在草中，见尔嫂被虏撒八太尉所逼，尔嫂义不受辱，以刀自刎而死。我后奔走行在③，复还旧职。"思温问道："此事还是哥哥目击否④？"思厚道："此事周义亲自报我。"思温道："只恐不死。今岁元宵，我亲见嫂嫂同韩国夫人出游，宴于秦楼。思温使陈三儿上楼寄信，下楼与思温相见。所说事体，前面与哥哥一同⑤，也说道：哥哥复还旧职，到今四载，未忍重婚。"思厚听得说，理会不下。思温道："容易决其死生。何不同往天王寺后韩国夫人宅前打听，问个明白！"思厚道："也说得是。"乃入馆中，分付同事，带当直随后，二人同行。

----

①按《夷坚志》载：本篇故事源出于洪迈《夷坚丁志》卷九《太原意娘》，下面两句话即出其中，仅文字小异。

②会文字：指几个人在一起讨论文章或文书。

③行在：即行在所，指封建帝王巡行所至的地方。宋高宗南渡，一度曾以建康（金陵）为行在。陆游《老学庵笔记》卷四："已而大驾幸建康，六宫留临安，则建康为行在，临安为行官。"这里所指当是建康。

④还是：可是，却是。

⑤一同：一样。

　　倏忽之间,走至天王寺后。一路上悄无人迹,只见一所空宅,门生蛛网,户积尘埃,荒草盈阶,绿苔满地,锁着大门。杨思温道:"多是后门。"沿墙且行数十步,墙边只有一家,见一个老儿在里面打丝线,向前唱喏道:"老丈,借问韩国夫人宅那里进去?"老儿禀性躁暴,举止粗疏,全不采人。二人再四问他,只推不知。顷间,忽有一老妪提着饭篮,口中喃喃埋冤,怨畅那大伯①。二人遂与婆婆唱喏,婆子还个万福,语音类东京人。二人问韩国夫人宅在那里,婆子正待说,大伯又埋怨多口。婆子不管大伯,向二人道:"媳妇是东京人,大伯是山东拗蛮②,老媳妇没兴嫁得此畜生,全不晓事;逐日送些茶饭,嫌好道歹③,且是得人憎③。便做到官人问句话④,就说何妨!"那大伯口中又哓哓的不住。婆子不管他,向二人道:"韩国夫人宅,前面锁着空宅便是。"二人吃一惊,问:"韩夫人何在?"婆子道:"韩夫人前年化去了,他家搬移别处,韩夫人埋在花园内。官人不信时,媳妇同去看一看,好么?"大伯又说:"莫得入去,官府知道,引惹事端带累我。"婆子不采,同二人便行。路上就问:"韩国夫人宅内有郑义娘⑤,今在否?"婆子便道:"官人不是国信所韩掌仪,名思厚?这官人不是杨五官,名思温么?"二人大惊,问:"婆婆如何得知?"婆子道:"媳妇见郑夫人说。"思厚又问:"婆婆如何认得?拙妻今在甚处?"婆婆道:"二年前时,有撒八太尉,曾于此宅安下。其妻韩国夫人崔氏,仁慈恤物,极不可得。常唤媳妇入宅,见夫人说,撒八太尉自盱眙掠得一妇人,姓郑,小字义娘,甚为太尉所喜。义娘誓不受辱,自刎而死,夫人悯其贞节,与火化,收骨盛匣。以后韩夫人死,因随葬在此园内。虽

---

①大伯:这里是对老年男子的称呼。

②山东拗(niù)蛮:拗蛮指固执不通情理,这里把拗蛮看作是山东人的特性,故称山东拗蛮。

③得人憎:讨人嫌。

④便做到:即使,纵然。亦作"便做道"、"便则道"。

⑤义娘:篇中此前都作"意娘",自此处起至篇终,又都作"义娘",前后不统一。今悉仍原文,不作校改。

死者与活人无异，媳妇入园内去，常见郑夫人出来。初时也有些怕，夫人道：'婆婆莫怕，不来损害婆婆，有些衷曲间告诉则个①。'夫人说道是京师人，姓郑，名义娘。幼年进入乔贵妃位做养女，后出嫁忠翊郎韩思厚。有结义叔叔杨五官，名思温，一一与老媳妇说。又说盯眙事迹：'丈夫见在金陵为官，我为他守节而亡。'寻常阴雨时，我多入园中，与夫人相见闲话。官人要问仔细，见了自知。"

　　三人走到适来锁着的大宅，婆婆逾墙而入，二人随后，也入里面去，只见打鬼净净的一座败落花园②。三人行步间，满地残英芳草；寻访妇人，全没踪迹。正面三间大堂，堂上有个屏风，上面山水，乃郭熙所作③。思厚正看之间，忽然见壁上有数行字。思厚细看字体柔弱，全似郑义娘夫人所作。看了大喜道："五弟，嫂嫂只在此间。"思温问："如何见得？"思厚打一看，看其笔迹乃一词，词名《好事近》：

　　　　往事与谁论？无语暗弹泪血。何处最堪怜？肠断黄昏时节④。　　　倚楼凝望又徘徊，谁解此情切？何计可同归雁，趁江南春色。

后写道："季春望后一日作⑤。"

　　二人读罢道："嫂嫂只今日写来，可煞惊人。"行至侧首，有一座楼，二人共婆婆扶着栏杆登楼。至楼上，又有巨屏一座，字体如前，写着《忆良人》一篇，歌曰：

　　　　孤云落日春云低，良人窅窅羁天涯⑥。东风蝴蝶相交飞，对景令人益惨凄。尽日望郎郎不至，素质香肌转憔悴。满眼韶华似酒浓，花落庭前鸟声碎。孤帏悄悄夜迢迢，漏尽灯残香已销。

---

①间告诉：私下告诉。间，同"闲"(jiàn)，私下。

②打鬼净净：形容空寂无人，犹言连鬼也没有。

③郭熙：北宋著名山水画家。

④"何处"二句：《花草粹编》和《词苑丛谈》作："何处最堪肠断？是黄昏时节。"《全宋词》作："何处最堪怜肠断，是黄昏时节。"

⑤望：农历每月十五日。

⑥窅窅(yǎo)：遥远貌。

秋千院落久停戏，双悬彩索空摇摇。眉兮眉兮春黛蹙，泪兮泪
兮常满掬。无言独步上危楼，倚遍栏杆十二曲。荏苒流光疾似
梭，滔滔逝水无回波。良人一去不复返，红颜欲老将如何？

韩思厚读罢，以手拊壁而言：“我妻不幸为人驱虏①。”正看之间，忽听
杨思温急道：“嫂嫂来也！”思厚回头看时，见一妇人，项拥香罗而来。
思温仔细认时，正是秦楼见的嫂嫂。那婆婆也道：“夫人来了！”三人
大惊，急走下楼来寻，早转身入后堂左廊下，趋入一阁子内去。二人
惊惧，婆婆道：“既已到此，可同去阁子里看一看。”婆子引二人到阁
前，只见关着阁子门，门上有牌面写道：“韩国夫人影堂②。”婆子推开
槅子③，三人入阁子中看时，却是安排供养着一个牌位，上写着：“亡
室韩国夫人之位。”侧边有一轴画，是义娘也，牌位上写着：“侍妾郑
义娘之位。”面前供卓，尘埃尺满。韩思厚看见影神上衣服容貌④，与
思温元夜所见的无二，韩思厚泪下如雨。婆子道：“夫人骨匣，只在
卓下，夫人常提起，教媳妇看，是个黑漆匣，有两个鍮石环儿⑤。每遍
提起，夫人须哭一番，和我道：‘我与丈夫守节丧身，死而无怨。’”思
厚听得说，乃恳婆子同揭起砖，取骨匣归葬金陵，当得厚谢。婆婆
道：“不妨。”三人同掇起供卓，揭起花砖，去掇匣子。用力掇之，不能
得起，越掇越牢。思温急止二人：“莫掇，莫掇！哥哥须晓得嫂嫂通
灵⑥，今既取去，也要成礼。且出此间，备些祭仪，作文以白嫂嫂，取
之方可。”韩思厚道：“也说得是。”三人再逾墙而去。到打线婆婆家，
令仆人张谨买下酒脯、香烛之物，就婆婆家做祭文。等至天明，一同
婆婆、仆人搬挈祭物，逾墙而入。在韩国夫人影堂内，铺排供养讫。

　　等至三更前后，香残烛尽，杯盘零落，星宿渡河汉之候，酌酒奠

---

　①驱虏：驱迫掳掠。

　②影堂：供奉先人遗像的家庙。

　③槅(gé)子：这里指槅子门，即上半部有窗棂的门。

　④影神：遗像。

　⑤鍮(tōu)石：黄铜。

　⑥通灵：神异，与神灵相通。

飨。三奠已毕,思厚当灵筵下披读祭文,读罢流泪如倾,把祭文同纸钱烧化。忽然起一阵狂风,这风吹得烛有光以无光①,灯欲灭而不灭,三人浑身汗颤。风过处,听得一阵哭声。风定烛明,三人看时,烛光之下,见一妇女,媚脸如花,香肌似玉,项缠罗帕,步蹙金莲,敛袂向前,道声:"叔叔万福。"二人大惊叙礼。韩思厚执手向前,哽咽流泪。哭罢,郑夫人向着思厚道:"昨者盱眙之事,我夫今已明矣。只今元夜秦楼,与叔叔相逢,不得尽诉衷曲。当时妾若贪生,必须玷辱我夫。幸而全君清德若瑾瑜②,弃妾性命如土芥;致有今日生死之隔,终天之恨。"说罢,又哭一次。婆婆劝道:"休哭,且理会迁骨之事。"郑夫人收哭而坐,三人进些饮馔,夫人略飨些气味。思温问:"元夜秦楼下相逢,嫂嫂为韩国夫人宅眷,车后许多人,是人是鬼?"郑夫人道:"太平之世,人鬼相分;今日之世,人鬼相杂。当时随车,皆非人也。"思厚道:"贤妻为吾守节而亡,我当终身不娶,以报贤妻之德。今愿迁贤妻之香骨,共归金陵可乎?"夫人不从道:"婆婆与叔叔在此,听奴说。今蒙贤夫念妾孤魂在此,岂不愿归从夫? 然须得常常看我,庶几此情不隔冥漠③。倘若再娶,必不我顾,则不如不去为强。"三人再三力劝,夫人只是不肯,向思温道:"叔叔岂不知你哥哥心性? 我在生之时,他风流性格,难以拘管。今妾已作故人,若随他去,怜新弃旧,必然之理。"思温再劝道:"嫂嫂听思温说,哥哥今来不比往日④,感嫂嫂贞节而亡,决不再娶。今哥哥来取,安忍不随回去? 愿从思温之言。"夫人向二人道:"谢叔叔如此苦苦相劝,若我夫果不昧心,愿以一言为誓,即当从命。"说罢,思厚以酒沥地为誓:"若负前言,在路盗贼杀戮,在水巨浪覆舟。"夫人急止思厚:"且住,且住,不必如此发誓。我夫既不重娶,愿叔叔为证见。"道罢,忽地又起

①以:而。

②瑾瑜:美玉。

③冥漠:指阴间。

④今来:现今。

一阵香风,香过遂不见了夫人。三人大惊讶,复添上灯烛,去供卓底下揭起花砖,款款掇起匣子,全不费力。收拾逾墙而出,至打绦(线)婆婆家。次晚,以白银三两,谢了婆婆;又以黄金十两,赠与思温,思温再辞方受。思厚别了思温,同仆人张谨带骨匣归本驿。俟月余,方得回书,令奉使归。思温将酒饯别,再三叮咛:"哥哥无忘嫂嫂之言。"

思厚同一行人从,负夫人骨匣出燕山丰宜门①,取路而归,月余方抵盱眙。思厚到驿中歇泊,忽一人唱喏便拜。思厚看时,乃是旧仆人周义,今来谢天地②,在此做个驿子。遂引思厚入房,只见挂一幅影神,画着个妇人。又有牌位儿上写着:"亡主母郑夫人之位。"思厚怪而问之,周义道:"夫人贞节,为官人而死,周义亲见,怎的不供奉夫人?"思厚因把燕山韩夫人宅中事,从头说与周义;取出匣子,教周义看了。周义展拜啼哭。思厚是夜与周义抵足而卧。

至次日天晓,周义与思厚道:"旧日二十余口,今则惟影为伴,情愿伏事官人去金陵。"思厚从其请,将带周义归金陵。思厚至本所,将回文呈纳。周义随着思厚卜地于燕山之侧③,备礼埋葬夫人骨匣毕。思厚不胜悲感,三日一诣坟所飨祭,至暮方归,遂令周义守坟茔。

忽一日,苏掌仪、许掌仪说:"金陵土星观观主刘金坛虽是个女道士,德行清高,何不同往观中做些功德,追荐令政④。"思厚依从,选日同苏、许二人到土星观来访刘金坛时,你说怎生打扮,但见:

---

①丰宜门:金中都正南门。
②谢天地:疑即谢天谢地之意。《水浒传》第三十六回:"这几个月里好生没买卖,今日谢天地,捉得三个行货,又有些东西。"
③燕山:此山不知在金陵何处。程毅中《燕山逢故人郑意娘传》校注:"上文说韩思厚已归金陵,此处说'卜地燕山之侧'似有误。但金陵也有燕山,在溧阳县西九里,见《景定建康志》卷十七。"按:此燕山离南京甚远,恐非是。
④令政:对别人妻子的敬称。亦作"令正"。

顶天青巾①，执象牙简，穿白罗袍，著翡翠履。不施朱粉，分明是梅萼凝霜；淡伫精神②，仿佛如莲花出水。仪容绝世，标致非凡。

思厚一见，神魂散乱，目睁口呆。叙礼毕，金坛分付一面安排做九幽醮③，且请众官到里面看灵芝。三人同入去，过二清殿、翠华轩，从八卦坛房内转入绛绡馆，原来灵芝在绛绡馆。众人去看灵芝，惟思厚独入金坛房内闲看，但见明窗净几，铺陈玩物，书案上文房四宝，压纸界方下露出些纸④。信手取看时，是一幅词，上写着《浣溪沙》：

标致清高不染尘，星冠云氅紫霞裙⑤。门掩斜阳无一事，抚瑶琴。　　虚馆幽花偏惹恨，小窗闲月最消魂。此际得教还俗去，谢天尊！

韩思厚初观金坛之貌，已动私情；后观纸上之词，尤增爱念。乃作一词，名《西江月》，词道：

玉貌何劳朱粉，江梅岂类群花？终朝隐几论黄芽⑥，不顾花前月下。　　冠上星簪北斗，杖头经挂《南华》。不知何日到仙家？曾许彩鸾同跨⑦。

拍手高唱此词。金坛变色焦躁说："是何道理？欺我孤弱，乱我观宇！命人取轿来，我自去见恩官，与你理会。"苏、许二人再四劝住，金坛不允。韩思厚就怀中取出金坛所作之词，教众人看，说："观主不必焦躁，这个词儿是谁做的？"谎得金坛安身无地，把怒色都变做笑

①天青巾：一种天青色的道士头巾。

②淡伫：淡雅，淡静。

③九幽醮：道士为超度死者作的道场。九幽，指阴间。

④压纸界方：镇书纸的文具。

⑤星冠云氅（chǎng）：道士的帽子和外套。

⑥黄芽：道家炼丹，将铅汞置于土鼎内，铅承遇土而产生芽状之物，呈黄颜色，称之为黄芽。黄芽即真铅，道家认为是先天之精，服之可长生。

⑦彩鸾同跨：仙女吴彩鸾钟情书生文箫，吟诗曰："若能相伴陟仙坛，应得文箫驾彩鸾。"因此被谪下凡与文箫结为夫妇。（见裴铏《传奇·文箫》）

容,安排筵席,请众官共坐,饮酒作乐,都不管做功德追荐之事。酒阑,二人各有其情,甚相爱慕,尽醉而散。这刘金坛原是东京人,丈夫是枢密院冯六承旨①。因靖康年间同妻刘氏雇舟避难,来金陵,去淮水上,冯六承旨被冷箭落水身亡,其妻刘氏发愿,就土星观出家,追荐丈夫,朝野知名,差做观主。此后韩思厚时常往来刘金坛处。

忽一日,苏、许二掌仪醵金备礼②,在观中请刘金坛、韩思厚。酒至数巡,苏、许二人把盏劝思厚与金坛道:"哥哥既与金坛相爱,乃是宿世因缘。今外议藉藉,不当稳便③。何不还了俗,用礼通媒,娶为嫂嫂,岂不美哉!"思厚、金坛从其言。金坛以钱买人告还俗,思厚选日下定,娶归成亲。一个也不追荐丈夫,一个也不看顾坟墓。倚窗携手,惆怅论心④。

成亲数日,看坟周义不见韩官人来上坟,自诣宅前探听消息。见当直在门前,问道:"官人因甚这几日不来坟上?"当直道:"官人娶了土星观刘金坛做了孺人,无工夫上坟。"周义是北人,性直,听说气忿忿地。恰好撞见思厚出来,周义唱喏毕,便着言语道⑤:"官人,你好负义!郑夫人为你守节丧身,你怎下得别娶孺人⑥?"一头骂,一头哭夫人。韩思厚与刘金坛新婚,恐不好看,喝教当直们打出周义。周义闷闷不已,先归坟所。当日是清明,周义去夫人坟前哭着告诉许多。是夜睡至三更,郑夫人叫周义道:"你韩掌仪在那里住?"周义把思厚辜恩负义娶刘氏事,一一告诉他一番:"如今在三十六丈街

①枢密院承旨:宋代枢密院内设枢密院承旨司,其正副长官为枢密都承旨与副都承旨,掌管传达皇帝命令,管理枢密院内部事务。

②醵(jù)金:大家凑钱。

③外议藉藉:外边议论纷纷。藉藉,通"籍籍"。不当稳便:不妥当,不合适。

④惆怅论心:这里指诉衷情。惆怅,伤感,愁闷。论心,谈心,交心。温庭筠《病中书怀呈友人》:"处己将营窟,论心若合符。"

⑤着言语:说话。这里指说不满意的话。着,下,如"着语"、"着绮语"、"着句"等。

⑥下得:忍心,舍得。

住，夫人自去寻他理会。"夫人道："我去寻他。"周义梦中惊觉，一身冷汗。

且说那思厚共刘氏新婚欢爱，月下置酒赏玩。正饮酒间，只见刘氏柳眉剔竖，星眼圆睁，以手捽住思厚不放，道："你忒煞亏我，还我命来！"身是刘氏，语音是郑夫人的声气①。谑得思厚无计可施，道："告贤妻饶恕。"那里肯放。正摆拨不下②，忽报苏、许二掌仪步月而来望思厚，见刘氏捽住思厚不放。二人解脱得手，思厚急走出，与苏、许二人商议，请笪桥铁索观朱法官来救治③。即时遣张谨请到朱法官，法官见了刘氏道："此冤抑不可治之，只好劝谕。"刘氏自用手打捆其口与脸上，哭着告诉法官以燕山踪迹。又道："望法官慈悲做主。"朱法官再三劝道："当做功德追荐超生，如坚执不听，冒犯天条。"刘氏见说，哭谢法官："奴奴且退。"少刻刘氏方苏。法官书符与刘氏吃，又贴符房门上，法官辞去。当夜无事。

次日，思厚赍香纸诣笪桥谢法官，方坐下，家中人来报，说孺人又中恶。思厚再告法官同往家中救治。法官云："若要除根好时，须将燕山坟发掘，取其骨匣，弃于长江，方可无事。"思厚只得依从所说，募土工人等，同往掘开坟墓，取出郑夫人骨匣，到扬子江边，抛放水中。自此刘氏安然。恁地时，负心的无天理报应，岂有此理！

思厚负了郑义娘，刘金坛负了冯六承旨。至绍兴十一年④，车驾幸钱塘，官民百姓皆从。思厚亦挈家离金陵，到于镇江。思厚因想金山胜景，乃赁舟同妻刘氏江岸下船，行到江心，忽听得舟人唱《好事近》词，道是：

　　往事与谁论？无论暗弹泪血。何处最堪怜？肠断黄昏时

①声气：说话时的声音、语气。
②摆拨：这里是摆脱的意思。
③笪（dá）桥：古名钦化桥，宋名太平桥，在三国吴开凿的运河上。
④绍兴十一年：宋高宗于绍兴八年（1138）已定都临安，此处所说年份恐有误。

节。　　　倚门凝望又徘徊，谁解此情切？何计可同归雁，趁江
南春色。

思厚审听所歌之词，乃燕山韩国夫人郑氏义娘题屏风者，大惊。遂
问稍公：“此曲得自何人？”稍公答曰：“近有使命入国至燕山，满城皆
唱此词，乃一打线婆婆自韩国夫人宅中屏上录出来的。说是江南一
官人浑家，姓郑名义娘，因贞节而死，后来郑夫人丈夫私挈其骨归江
南。此词传播中外。”思厚听得说，如万刃攒心，眼中泪下。须臾之
间，忽见江中风浪俱生，烟涛并起，异鱼出没，怪兽掀波，见水上一人
波心涌出，顶万字巾①，把手揪刘氏云鬟，掷入水中。侍妾高声喊叫：
“孺人落水！”急唤思厚教救，那里救得！俄顷，又见一妇人，项缠罗
帕，双眼圆睁，以手捽思厚，拽入波心而死。舟人欲救不能，遂惆怅
而归。叹古今负义人皆如此，乃传之于人。诗曰：

　　一负冯君雁水厄，一亏郑氏丧深渊。
　　宛如孝女寻尸死②，不若三闾为主殒③。

---

①万字巾：一种头巾，因上阔而下狭，形如万字，故名。（参见田艺蘅《留青日
　札》卷二十二）亦称“万字头巾”、“万字顶头巾”。
②孝女寻尸：传说东汉上虞县孝女曹娥的父亲溺死江中，不得其尸，曹娥沿
　江号哭十七日，投江而死，五日后抱父尸出。（见邯郸淳《孝女曹娥碑》）
③三闾为主殒：战国时楚国诗人屈原做过三闾大夫，因楚王昏庸误国，屈原
　不能实现救国抱负和政治理想，最后自投汨罗江而死。殒，丧失。指丧
　身。按：“宛如孝女寻尸死，不若三闾为主殒”二句，意思是好像曹娥和屈
　原一样，丧身于江中。这里只取沉江而死的意思，与曹娥、屈原为何而死
　无关。“不若”即“宛如”，“不”字无义。

第二十五卷

晏平仲二桃杀三士

　　大禹涂山御座开，诸侯玉帛走如雷①。

　　防风谩有专车骨②，何事兹辰最后来③?

　　此篇言语，乃胡曾诗。昔三皇禅位，五帝相传。舜之时，洪水滔天，民不聊生。舜使鲧治水，鲧无能，其水横流。舜怒，将鲧殛于羽山。后使其子禹治水，禹疏通九河，皆流入海。三过其门而不入。会天下诸侯于会稽涂山，迟到误期者斩。惟有防风氏后至，禹怒而斩之，弃其尸于原野。后至春秋时，越国于野外，掘得一骨专车，言一车只载得一骨节，诸人不识，问于孔子。孔子曰：“此防风氏骨也。被禹王斩之，其骨尚存。”有如此之大人也，当时防风氏正不知长大多少。古人长者最多，其性极淳，丑陋如兽者亦多，神农氏顶生肉角。岂不闻昔人有云：“古人形似兽，却有大圣德；今人形似人，兽心不可测。”

　　今日说三个好汉，被一个身不满三尺之人，聊用微物，都断送了性命。

　　昔春秋列国时，齐景公朝有三个大汉，一人姓田，名开疆，身长一丈五尺。其人生得面如噀血④，目若朗星，雕嘴鱼腮，板牙无缝。比时曾随景公猎于桐山⑤，忽然于西山之中，赶起一只猛虎来。其虎

---

①玉帛：瑞玉和缣帛，古代祭祀、会盟用的珍贵礼品。《左传·哀公七年》：“禹合诸侯于涂山，执玉帛者万国。”

②防风：防风氏，传说中古部落领袖（见《史记·孔子世家》）。谩有：同“漫有”。空有。专车：占满一车。专，满。

③兹辰：此时。

④噀(xùn)血：喷血。

⑤比时：先时，往时。

奔走，径扑景公之马，马见虎来，惊倒景公在地。田开疆在侧，不用刀枪，双拳直取猛虎。左手揪住项毛，右手挥拳而打，用脚望面门上踢，一顿打死那只猛虎，救了景公。文武百官，无不畏惧。景公回朝，封为寿宁君，是齐国第一个行霸道的。

却说第二个，姓顾名冶子①，身长一丈三尺，面如泼墨，腮吐黄须，手似铜钩，牙如锯齿。此人曾随景公渡黄河。忽大雨骤至，波浪汹涌，舟船将覆。景公大惊，见云雾中火块闪烁，戏于水面。顾冶子在侧，言曰："此必是黄河之蛟也。"景公曰："如之奈何？"顾冶子曰："主公勿虑，容臣斩之。"拔剑裸衣下水，少刻风浪俱息，见顾冶子手提蛟头，跃水而出。景公大骇，封为武安君，这是齐国第二个行霸道的。

第三个，姓公孙名捷②，身长一丈二尺，头如累塔，眼生三角，板肋猿背③，力举千斤。一日秦兵犯界，景公引军马出迎，被秦兵杀败，引军赶来，围住在凤鸣山。公孙捷用铁阒一条④，约至一百五十斤，杀入秦兵之内。秦兵十万，措手不及，救出景公，封为威远君。这是齐国第三个行霸道的。

这三个结为兄弟，誓说生死相托。三个不知文墨礼让，在朝廷横行，视君臣如同草木。景公见三人上殿，如芒刺在背。

一日，楚国使中大夫靳尚前来本国求和。原来齐、楚二邦乃是邻国，二国交兵二十余年，不曾解和。楚王乃命靳尚为使，入见景公，奏曰："齐楚不和，交兵岁久，民有倒悬之患⑤。今特命臣入国讲和，永息刀兵。俺楚国襟三江而带五湖⑥，地方千里，粟支数年，足食

---

①顾冶子：《晏子春秋》作"古冶子"。

②公孙捷：《晏子春秋》作"公孙接"。

③板肋：结成板状的肋骨，也指结实的肌肉。

④阒（kuí）：一种戟类兵器。

⑤倒悬：比喻处境困苦危急。

⑥襟三江而带五湖：意思是控制着三江五湖。襟带，控制，环绕。三江，三条江，具体所指历来众说纷纭，一说以岷江及以下之长江上游为南江、中游为中江、下游为北江，合称三江。五湖，说法亦不一，大致指太湖及其周围湖泊。

足兵，可为上国①。王可裁之②，得名获利。"却说田、顾、公孙三人大怒，叱靳尚曰："量汝楚国，何足道哉！吾三人亲提雄兵，将楚国践为平地，人人皆死，个个不留。"喝靳尚下殿，教金瓜武士斩讫报来③。阶下转过一人，身长三尺八寸，眉浓目秀，齿白唇红，乃齐国丞相，姓晏名婴，字平仲，前来喝住武士，备问其详。靳尚说了，晏子便教放了靳尚，先回本国，吾当亲至讲和。乃上殿奏知景公。三人大怒曰："吾欲斩之，汝何故放还本国？"晏子曰："岂不闻'两国战争，不斩来使'？他独自到这里，擒住斩之，邻国知道，万世笑端④。晏婴不才，凭三寸舌，亲到楚国，令彼君臣，皆顿首谢罪于阶下，尊齐为上国，并不用刀兵士马，此计若何？"三士怒发冲冠，皆叱曰："汝乃黄口侏儒小儿，国人无眼，命汝为相，擅敢乱开大口！吾三人有诛龙斩虎之威，力敌万夫之勇，亲提精兵，平吞楚国，要汝何用？"景公曰："丞相既出大言，必有广学⑤。且待入楚之后，若果获利，胜似典兵⑥。"三士曰："且看侏儒小儿这回为使，若折了我国家气概，回来时砍为肉泥！"三士出朝。景公曰："丞相此行，不可轻忽。"晏子曰："主上放心，至楚邦，视彼君臣如土壤耳。"遂辞而行，从者十余人跟随。

车马已至郢都，楚国臣宰奏知。君臣商议曰："齐晏子乃舌辩之士，可定下计策，先塞其口，令不敢来下说词。"君臣定计了，宣晏子入朝。晏子到朝门，见金门不开⑦，下面闸板止留半段，意欲令晏子低头钻入，以显他矮小辱之。晏子望见下面便钻，从人急止之曰：

---

① 上国：春秋时称中原各诸侯国为上国，是与地处南方的吴、楚诸国相对而言。泛指大国、强国或宗主国。

② 裁：裁断，决定。

③ 金瓜：古代卫士所执之兵仗，仗端作瓜形，有立瓜、卧瓜两式，饰以黄金。

④ 笑端：取笑的由头，笑柄。

⑤ 广学：广博的学识。

⑥ 典兵：统领军队。这里指用兵。

⑦ 金门：指饰以黄金的天子之门。《三国志·魏书·陈思王传》："排金门，蹈玉墀。"

"彼见丞相矮小,故以辱之,何中其计?"晏子大笑曰:"汝等岂知之耶? 吾闻人有人门,狗有狗窦。使于人,即当进人门;使于狗,即当进狗窦。有何疑焉?"楚臣听之,火急开金门而接。晏子旁若无人,昂然而入。

　　至殿下,礼毕,楚王问曰:"汝齐国地狭人稀乎?"晏子曰:"臣齐国东连海岛,西跨魏秦,北拒赵燕,南吞吴楚,鸡鸣犬吠相闻,数千里不绝,安得为地狭耶?"楚王曰:"地土虽阔,人物却少。"晏子曰:"臣国中人呵气如云,沸汗如雨①,行者摩肩,立者并迹,金银珠玉,堆积如山,安得人物稀少耶?"楚王曰:"既然地广人稠,何故使一小儿来吾国中为使耶?"晏子答曰:"使于大国者,则用大人;使于小国者,则当用小儿。因此特命晏婴到此。"楚王视臣下,无言可答。请晏婴上殿,命座。侍臣进酒,晏子欣然畅饮,不以为意。

　　少刻,金瓜簇拥一人至筵前,其人口称冤屈。晏子视之,乃齐国带来从者。问得何罪,楚臣对曰:"来筵前作贼,盗酒器而出,被户尉所获②,乃真赃正犯也。"其人曰:"实不曾盗,乃户尉图赖。"晏子曰:"真赃正犯,尚敢抵赖! 速与吾牵出市曹斩之。"楚臣曰:"丞相远来,何不带诚实之人? 令从者作贼,其主岂不羞颜?"晏子曰:"此人自幼跟随,极知心腹,今日为盗,有何难见③? 昔在齐国,是个君子;今到楚国,却为小人,乃风俗之所变也。吾闻江南洞庭有一树,生一等果,其名曰橘,其色黄而香,其味甜而美;若将此树移于北方,结成果木,乃名枳实,其色青而臭,其味酸而苦。名谓南橘北枳,便分两等,乃风俗之不等也。以此推之,在齐不为盗,在楚为盗,更复何疑!"楚王大惭,急离御座,拱手于晏子曰:"真乃贤士也。吾国中大小公卿,万不及一。愿赐见教,一听严命。"晏子曰:"王上安坐,听臣一言。齐国中有三士,皆万夫不当之勇,久欲起兵来吞楚国,吾力言不可。

----

①沸汗如雨:沸,疑"拂"之误。《晏子春秋》作"挥汗成雨"。

②户尉:守卫官门的禁军。

③难见:难知,难明。

齐楚不睦，苍生受害，心何忍焉？今臣特来讲和，王上可亲诣齐国和亲，结为唇齿之邦，歃血为盟①。若邻国加兵，互相救应，永无侵扰，可保万年之基业。若不听臣，祸不远矣。非臣相谎，愿王裁之。"王曰："闻公之才，寡人情愿和亲。但所患者，齐三士皆无仁义之人，吾不敢去。"晏子曰："王上放心，臣愿保驾，聊施小计，教三士死于大王之前，以绝两国之患。"楚王曰："若三士俱亡，吾宁为小邦，年朝岁贡而无怨。"晏子许之。楚王乃大设筵席，送令先去，随后收拾进献礼物而至。

晏子先使人归报，齐景公闻之大喜，令："大小公卿，尽随吾出郭迎接丞相。"三士闻之转怒。晏子至，景公下车而迎。慰劳已毕，同载而回，齐国之人看者塞途。

晏子辞景公回府。次日入宫，见三士在阁下博戏。晏子进前施礼，三士亦不回顾，傲忽之气，旁若无人。晏子侍立久之，方自退。入见景公，说三士如此无礼。景公曰："此三人如常带剑上殿②，视吾如小儿，久必篡位矣。素欲除之，恨力不及耳。"晏子曰："主上宽心，来朝楚国君臣皆至，可大张御宴，待臣于筵间略施小计，令三士皆自杀何如？"景公曰："计将安出？"晏子曰："此三人者皆一勇匹夫，并无谋略，若如此如此，祸必除矣。"景公喜。

次日，楚王引文武官僚百余员，车载金珠玩好之物，亲至朝门。景公请入，楚王先下拜，景公忙答礼罢，二君分宾主而坐。楚王令群臣罗拜阶下，楚王拱手伏罪曰："二十年间，多有凶犯③。今因丞相之言，特来请罪，薄礼上贡，望乞恕纳。"齐景公谢讫，大设筵宴，二国君臣相庆。三士带剑立于殿下，昂昂自若。晏子进退揖让，并不诣于三士。

---

①歃（shà）血：古时会盟的一种仪式，结盟各方口含牲畜之血或以血涂口旁，表示信誓。

②如常：平时，平常。

③凶犯：侵犯。

酒至半酣,景公曰:"御园金桃已熟,可采来筵间食之。"须臾,一宫监金盘内捧出五枚。齐王曰:"园中桃树,今岁止收五枚,味甜气香,与他树不同。丞相捧杯进酒以庆此桃。"上古之时,桃树难得,今园中有此五枚,为希罕之物。晏子捧玉爵行酒,先进楚王。饮毕,食其一桃。又进齐王,饮毕,食其一桃。齐王曰:"此桃非易得之物,丞相合二国和好,如此大功,可食一桃。"晏子跪而食之,赐酒一爵。齐王曰:"齐、楚二国,公卿之中,言其功勋大者,当食此桃。"田开疆挺身而出,立于筵上而言曰:"昔从主公猎于桐山,力诛猛虎,其功若何?"齐王曰:"擎王保驾①,功莫大焉。"晏子慌忙进酒一爵,食桃一枚,归于班部。顾冶子奋然便出,曰:"诛虎者未为奇,吾曾斩长蛟于黄河,救主上回故国,觑洪波巨浪,如登平地,此功若何?"王曰:"此概世之功也②,进酒赐桃,又何疑哉?"晏子慌忙进酒赐桃。公孙捷撩衣破步而出,曰:"吾曾于十万军中,手挥铁鐧,救主公出,军中无敢近者,此功若何?"齐王曰:"据卿之功,极天际地,无可比者;争奈无桃可赐,赐酒一杯,以待来年。"晏子曰:"将军之功最大,可惜言之太迟,以此无桃,掩其大功。"公孙捷按剑而言曰:"诛龙斩虎,小可事耳。吾纵横于十万军中如入无人之境,力救主上,建立大功,反不能食桃,受辱于两国君臣之前,为万代之耻笑,安有面目立于朝廷耶?"言讫,遂拔剑自刎而死。田开疆大惊,亦拔剑而言曰:"我等微功而食桃,兄弟功大反不得食,吾之羞耻,何日可脱?"言讫,自刎而死。顾冶子奋气大呼曰:"吾三人义同骨肉,誓同生死;二人既亡,吾安能自活?"言讫,亦自刎而亡。晏子笑曰:"非二桃不能杀三士,今已绝虑③,吾计若何?"楚王下坐,拜伏而叹曰:"丞相神机妙策,安敢不伏耶?自今以后,永尊上国,誓无侵犯。"齐王将三士敕葬于东门外。

---

①擎王:即勤王。有些通俗小说戏曲写作中写作"擎王"。勤王本意是为王事尽力,后专指出兵救援王朝,这里是救王性命的意思。

②概世:同"盖世",压倒当世。

③绝虑:指断绝了祸患之虑。

自此齐、楚连和，绝其士马①，齐为霸国。晏子名扬万世，宣圣亦称其善②。后来诸葛孔明曾为《梁父吟》单道此事。吟曰：

> 步出齐城门，遥望汤阴里③；里中有三坟，累累正相似。问是谁家冢？田疆顾冶氏。力能排南山，文能绝地理④；一朝被谗言，二桃杀三士。谁能为此谋？相国齐晏子。

又《满江红》词一篇，古人单道此事，词云：

> 齐景雄风，因习战，海滨畋猎。正驱驰，忽逢猛兽，众皆惊绝。壮士开疆能奋勇，双拳杀虎身流血。救君危拜爵宠恩荣，真豪杰！顾冶子，除妖孽；强秦战，公孙捷。笑三人恃勇，在齐猖獗。只被晏婴施小巧，二桃中计皆身灭。齐东门累累有三坟，荒郊月。

---

①绝其士马：指不发生战争。

②宣圣：指孔子。汉平帝元始元年（公元1年）谥孔子为褒成宣公，此后历代王朝皆尊孔子为圣人，诗文中多称为宣圣。《论语·公冶长》中有孔子称赞晏子的话，原文是："子曰：'晏平仲善与人交，久而敬之。'"

③汤阴里：《古文苑》等作"荡阴里"，《太平御览》等作"阴阳里"。

④文能绝地理：此句应作"又能绝地纪"（详见逯钦立辑校《先秦汉魏晋南北朝诗·汉诗》卷十）。地纪：维系大地的绳子。古人认为天圆地方，神话传说天有九柱支撑，使天不下塌，地有大绳维系四角，使地有定位。"绝地纪"就是弄断维系大地的绳子。

第二十六卷

沈小官一鸟害七命

飞禽惹起祸根芽，七命相残事可嗟。

奉劝世人须鉴戒，莫教儿女不当家①。

话说大宋徽宗朝宣和三年，海宁郡武林门外北新桥下有一机户②，姓沈名昱，字必显，家中颇为丰足。娶妻严氏，夫妇恩爱，单生一子，取名沈秀，年长一十八岁，未曾婚娶。其父专靠织造段匹为活，不想这沈秀不务本分生理，专好风流闲耍，养画眉过日。父母因惜他一子，以此教训他不下③，街坊邻里取他一个浑名，叫做"沈鸟儿"。每日五更，提了画眉，奔入城中柳林里来拖画眉④。

不只一日，忽至春末夏初，天气不暖不寒，花红柳绿之时。当日沈秀侵晨起来，梳洗罢，吃了些点心，打点笼儿，盛着个无比赛的画眉。这畜生只除天上有，果系世间无，将他各处去斗，俱斗他不过，成百十贯赢得，因此十分爱惜他，如性命一般。做一个金漆笼儿，黄铜钩子，哥窑的水食罐儿⑤，绿纱罩儿，提了在手，摇摇摆摆径奔入城，往柳林里去拖画眉。不想这沈秀一去，死于非命。好似：

①不当家：这里指不理家事，亦即下文所说"不务本分生理"。按：口语中的"不当家"，有不该、罪过等意思。

②海宁郡：南朝陈置海宁郡（治所在今浙江海宁盐官镇），后改属钱唐郡（治所在钱唐县，即今杭州），隋属杭州，又属余杭郡。本篇故事发生在杭州，杭州与海宁郡虽不完全重合，但因先有海宁郡，故这里以海宁郡代指杭州。许政扬注："当是宁海军之误。宋代宁海军，即今杭州。"

③教训不下：教训不了。

④拖：挑逗，逗弄。

⑤哥窑：相传为宋代五大名窑之一，其产地迄今尚未发现。明代传说，以南宋龙泉县章生一所烧之瓷为哥窑，其弟生二所烧之瓷为弟窑。

猪羊进入宰生家①，一步步来寻死路。

当时沈秀提了画眉径到柳林里来，不意来得迟了些，众拖画眉的俱已散了，净荡荡，黑阴阴，没一个人往来。沈秀独自一个，把画眉挂在柳树上叫了一回。沈秀自觉没情没绪，除了笼儿正要回去②，不想小肚子一阵疼，滚将上来，一块儿蹲到在地上③。原来沈秀有一件病在身上，叫做"主心馄饨"，一名"小肠疝气"，每常一发一个小死。其日想必起得早些，况又来迟，众人散了，没些情绪，闷上心来，这一次甚是发得凶，一跤倒在柳树边，有两个时辰不醒人事。

你道事有凑巧，物有偶然，这日有个箍桶的，叫做张公，挑着担儿径往柳林里，穿过褚家堂做生活。远远看见一个人倒在树边，三步那做两步，近前歇下担儿。看那沈秀脸色腊查黄的④，昏迷不醒，身边并无财物，止有一个画眉笼儿，这畜生此时越叫得好听。所以一时见财起意，穷极计生，心中想道："终日括得这两分银子⑤，怎地得快活？"只是这沈秀当死，这画眉见了张公，分外叫得好。张公道："别的不打紧，只这个画眉，少也值二三两银子。"便提在手，却待要走。不意沈秀正苏醒，开眼见张公提着笼儿，要阄身子不起⑥，只口里骂道："老忘八，将我画眉那里去？"张公听骂："这小狗入的，忒也嘴尖！我便拿去，他倘爬起赶来，我倒反吃他亏。一不做，二不休，左右是歹了。"却去那桶里取出一把削桶的刀来，把沈秀按住一勒，那湾刀又快⑦，力又使得猛，那头早滚在一边。张公也慌张了，东观西望，恐怕有人撞见。却抬头，见一株空心杨柳树，连忙将头提起，

①宰生：屠宰，杀生。

②除：除下，取下，脱下。

③一块儿：这里指身体曲成一团。

④腊查黄：通"蜡查黄"，即"蜡渣子黄"，多形容生病或恐惧的脸色。

⑤括：赚，收（账款）。

⑥阄：同"挣"。挣扎。

⑦湾刀：即"弯刀"。一种刀具，似刀而上弯，如镰而下直。（见《农政全书》卷二十二）

丢在树中。将刀放在桶内,笼儿挂在担上,也不去褚家堂做生活,一道烟径走,穿街过巷,投一个去处。你道只因这个画眉,生生的害了几条性命。正是:

> 人间私语,天闻若雷。
>
> 暗室亏心,神目如电。

当时张公一头走,一头心里想道:"我见湖州墅里客店内有个客人①,时常要买虫蚁②,何不将去卖与他?"一径望武林门外来。也是前生注定的劫数,却好见三个客人,两个后生跟着,共是五人,正要收拾货物回去,却从门外进来。客人俱是东京汴梁人,内中有个姓李名吉,贩卖生药。此人平昔也好养画眉,见这箍桶担上好个画眉,便叫张公借看一看。张公歇下担子,那客人看那画眉毛衣并眼生得极好③,声音又叫得好,心里爱他,便问张公:"你肯卖么?"此时张公巴不得脱祸,便道:"客官,你出多少钱?"李吉转看转好④,便道:"与你一两银子。"张公自道着手了⑤,便道:"本不当计较,只是爱者如宝,添些便罢。"那李吉取出三块银子,秤秤看到有一两二钱,道:"也罢。"递与张公。张公接过银子看一看,将来放在荷包里,将画眉与了客人,别了便走。口里道:"发脱得这祸根,也是好事了。"不上街做生理,一直奔回家去,心中也自有些不爽利。正是:

> 作恶恐遭天地责,欺心犹怕鬼神知。

原来张公正在涌金门城脚下住⑥,止婆老两口儿⑦,又无儿子。婆儿见张公回来,便道:"箆子一条也不动,缘何又回来得早?有甚事干?"张公只不答应,挑着担子径入门歇下,转身关上大门,道:"阿

---

①湖州墅:即湖墅。

②虫蚁:对禽鸟等小动物的通称。

③毛衣:禽兽身上的皮毛。

④转看转好:越看越好。转,渐渐,更加。

⑤着手:上手,得手。

⑥涌金:杭州城西面四门之一,吴越王建。

⑦婆老:婆儿和老儿,即老婆子和老头子。

婆，你来，我与你说话。恰才如此如此，谋得这一两二钱银子，与你权且快活使用。"两口儿欢天喜地，不在话下。

却说柳林里无人来往，直至巳牌时分①，两个挑粪庄家打从那里过，见了这没头尸首挡在地上，吃了一惊，声张起来，当坊里甲邻佑一时嚷动。本坊申呈本县，本县申府。次日，差官吏仵作人等前来柳阴里，检验得浑身无些伤痕，只是无头，又无苦主②。官吏回覆本府。本府差应捕挨获凶身③，城里城外，纷纷乱嚷。

却说沈秀家到晚不见他回来，使人去各处寻不见。天明央人入城寻时，只见湖州墅嚷道："柳林里杀死无头尸首。"沈秀的娘听得说，想道："我的儿子昨日入城拖画眉，至今无寻他处，莫不得是他？"连叫丈夫："你必须自进城打听。"沈昱听了一惊，慌忙自奔到柳林里看了无头尸首，仔细定睛上下看了衣服，却认得是儿子，大哭起来。本坊里甲道："苦主有了，只无凶身。"其时沈昱径到临安府告说："是我的儿子昨日五更入城拖画眉，不知怎的被人杀了，望老爷做主！"本府发放各处应捕及巡捕官④，限十日内要捕凶身着。沈昱具棺木盛了尸首，放在柳林里，一径回家，对妻说道："是我儿子，被人杀了，只不知将头何处去了。我已告过本府，本府着捕人各处捉获凶身。我且自买棺木盛了。此事如何是好？"严氏听说，大哭起来，一交跌倒，不知五脏何如，先见四肢不举。正是：

　　　　身如五鼓衔山月，气似三更油尽灯。

当时众人灌汤，救得苏醒，哭道："我儿日常不听好人之言，今日死无葬身之地。我的少年的儿，死得好苦！谁想我老来无靠！"说了又哭，哭了又说，茶饭不吃。丈夫再三苦劝，只得勉强过了半月，并无

①巳牌：巳时(上午九时至十一时)。古代以十二地支记十二时辰，用牌子(叫"时牌"或"时辰牌")揭报时辰，故称某时为某牌。

②苦主：命案中被害人的家属。

③应(yìng)捕：缉捕盗贼的吏役。挨获：挨捕，搜捕。

④发放：命令，吩咐。"发放"还有发落、处置、释放等意思。

消息。沈昱夫妻二人商议，儿子平昔不依教训，致有今日祸事，吃人杀了，没捉获处，也只得没奈何，但得全尸也好。不若写个帖子，告禀四方之人，倘得见头，全了尸首，待后又作计较。二人商议已定，连忙便写了几张帖子满城去贴，上写："告知四方君子，如有寻获得沈秀头者，情愿赏钱一千贯；捉得凶身者，愿赏钱二千贯。"将此情告知本府。本府亦限捕人寻获，亦出告示道："如有人寻得沈秀头者，官给赏钱五百贯；如捉获凶身者，赏钱一千贯。"告示一出，满城哄动不题。

且说南高峰脚下有一个极贫老儿①，姓黄，浑名叫做黄老狗，一生为人鲁拙，抬轿营生②。老来双目不明，止靠两个儿子度日，大的叫做大保，小的叫做小保。父子三人，正是衣不遮身，食不充口，巴巴急急③，口食不敷。一日，黄老狗叫大保、小保到来："我听得人说，甚么财主沈秀吃人杀了④，没寻头处。今出赏钱，说有人寻得头者，本家赏钱一千贯，本府又给赏五百贯。我今叫你两个别无话说。我今左右老了，又无用处，又不看见，又没趁钱⑤。做我着⑥，教你两个发迹快活。你两个今夜将我的头割了，埋在西湖水边，过了数日，待没了认色⑦，却将去本府告赏，共得一千五百贯钱，却强似今日在此受苦。此计大妙，不宜迟，倘被别人先做了，空折了性命。"只因这老狗失志⑧，说了这几句言语，况兼两个儿子又是愚蠢之人，不省法度

---

①南高峰：在杭州城西南，处南北诸山之界，上有荣国禅寺。

②营生：谋生，谋生之事，职业。

③巴巴急急：形容艰辛、劳碌、努力、忙迫等。亦作"巴巴结结"、"巴巴劫劫"、"结结巴巴"、"劫劫巴巴"等。

④吃：被，让。

⑤趁钱：挣钱。

⑥做我着：一般说成"做我不着"。这是宋元时俗语，有豁出去、勇于承担、愿作牺牲等意思。这里的"做我着"，犹言"豁出我这条老命"。

⑦认色：指能够据以辨认的标记、容貌等。

⑧失志：欠考虑。引申为糊涂、昏聩。

的。正是：

> 口是祸之门，舌是斩身刀。
>
> 闭口深藏舌，安身处处牢①。

当时两个出到外面商议。小保道："我爷设这一计大妙，便是做主将元帅，也没这计策。好便好了，只是可惜没了一个爷。"大保做人又狠又呆，道："看他左右只在早晚要死，不若趁这机会杀了，去山下掘个坑埋了，又无踪迹，那里查考？这个叫做'趁汤推'②，又唤做'一抹光'。天理人心，又不是我们逼他，他自叫我们如此如此。"小保道："好倒好，只除等睡熟了③，方可动手。"二人计较已定，却去东奔西走，赊得两瓶酒来，父子三人吃得大醉，东倒西歪。一觉直到三更，两人爬将起来，看那老子正齁齁睡着④。大保去灶前摸了一把厨刀，去爷的项上一勒，早把这颗头割下了，连忙将破衣包了，放在床边。便去山脚下掘个深坑，扛去埋了。也不等天明，将头去南屏山藕花居湖边浅水处埋了⑤。

　　过半月入城，看了告示，先走到沈昱家报说道："我二人昨日因捉虾鱼，在藕花居边看见一个人头，想必是你儿子头。"沈昱见说道："若果是，便赏你一千贯钱，一分不少。"便去安排酒饭吃了，同他两个径到南屏山藕花居湖边。浅土隐隐盖着一头，提起看时，水浸多日，澎涨了⑥，也难辨别。想必是了，若不是时，那里又有这个人头在此？

---

①"口是"四句：据《渊鉴类函》卷二百六十《人部·舌五》，此诗是五代冯道所作，题为《舌》。

②趁汤推："推"借作"煺"。指把宰杀的猪、鸡等用滚水烫后去掉毛。"趁汤推"和下文"一抹光"，都是做得干净利索的意思，用于比喻不留痕迹。

③只除：只有，除非。

④老子：这里指老头子。

⑤南屏山藕花居：南屏山在杭州城外西南，有净慈禅寺，明代洪武中寺僧广衍在寺前建藕花居。

⑥澎涨：膨胀。

沈昱便把手帕包了，一同两个径到府厅告说："沈秀的头有了。"知府再三审问，二人答道："因捉虾鱼，故此看见，并不晓别项情由。"本府准信，给赏五百贯。二人领了，便同沈昱将头到柳林里，打开棺木，将头凑在项上，依旧钉了，就同二人回家。严氏见说儿子头有了，心中欢喜，随即安排酒饭管待二人，与了一千贯赏钱。二人收了作别回家，便造房屋，买农具家生①。二人道："如今不要似前抬轿，我们勤力耕种，挑卖山柴，也可度日。"不在话下。正是光阴似箭，日月如梭，不觉过了数月，官府也懈了，日远日疏，俱不题了。

却说沈昱是东京机户，轮该解段匹到京②。待各机户段匹完日，到府领了解批③，回家分付了家中事务起身。此一去，只因沈昱看见了自家虫蚁，又屈害了一条性命。正是：

> 非理之财莫取，非理之事莫为。
>
> 明有刑法相系，暗有鬼神相随。

却说沈昱在路，饥餐渴饮，夜住晓行，不只一日，来到东京。把段匹一一交纳过了，取了批回④，心下思量："我闻京师景致比别处不同，何不闲看一遭，也是难逢难遇之事。"其名山胜概，庵观寺院，出名的所在都走了一遭。偶然打从御用监禽鸟房门前经过⑤，那沈昱心中是爱虫蚁的，意欲进去一看，因门上用了十数个钱，得放进去闲看。只听得一个画眉十分叫得巧好，仔细看时，正是儿子不见的画眉。那画眉见了沈昱眼熟，越发叫得好听，又叫又跳，将头颠沈昱数

---

①家生：吴方言，指用具、家具。

②轮该：轮值，轮到。

③解(jiè)批：押送财物或犯人的公文。

④批回：解送的钱物、人犯到达时上级官府给的批示回文。

⑤御用监禽鸟房：据《明史·职官志》记载，明代宦官有十二监、四司、八局，即所谓"二十四衙门"。御用监为十二监之一，负责造办皇帝所用围屏、床榻诸木器，及紫檀、象牙、乌木、螺钿诸玩器。在二十四衙门之外，另设有御药房、御茶房、牲口房等，牲口房掌收养异兽珍禽。这里所说"御用监禽鸟房"，非宋代实际情况，恐怕也不完全符合明代太监制度。

次。沈昱见了想起儿子，千行泪下，心中痛苦，不觉失声叫起屈来，口中只叫得："有这等事！"

那掌管禽鸟的校尉喝道："这厮好不知法度，这是甚么所在，如此大惊小怪起来！"沈昱痛苦难伸，越叫得响了。那校尉恐怕连累自己，只得把沈昱拿了，送到大理寺①。大理寺官便喝道："你是那里人，敢进内御用之处大惊小怪？有何冤屈之事，好好直说，便饶你罢。"沈昱就把儿子拖画眉被杀情由从头诉说了一遍。大理寺官听说，呆了半晌，想："这禽鸟是京民李吉进贡在此，缘何有如此一节隐情？"便差人火速捉拿李吉到官，审问道："你为何在海宁郡将他儿子谋杀了，却将他的画眉来此进贡？一一明白供招，免受刑罚。"李吉道："先因往杭州买卖，行至武林门里，撞见一个箍桶的担上挂着这个画眉，是吉因见他叫得巧，又生得好，用价一两二钱买将回来。因他好巧，不敢自用，以此进贡上用。并不知人命情由。"勘官问道："你却赖与何人！这画眉就是实迹了，实招了罢。"李吉再三哀告道："委的是问个箍桶的老儿买的，并不知杀人情由，难以屈招。"勘官又问："你既是问老儿买的，那老儿姓甚名谁？那里人氏？供得明白，我这里行文拿来，问理得实，即便放你。"李吉道："小人是路上逢着买的，实不知姓名，那里人氏。"勘官骂道："这便是含糊了，将此人命推与谁偿？据这画眉便是实迹，这厮不打不招！"再三拷打，打得皮开肉绽。李吉痛苦不过，只得招做"因见画眉生得好巧，一时杀了沈秀，将头抛弃"情由。遂将李吉送下大牢监候。大理寺官具本奏上朝廷，圣旨道："李吉委的杀死沈秀，画眉见存，依律处斩。"将画眉给还沈昱，又给了批回，放还原籍，将李吉押发市曹斩首②。正是：

---

①大理寺：掌管刑狱的官署。
②押发：押送。

老龟煮不烂,移祸于枯桑①。

当时恰有两个同与李吉到海宁郡来做买卖的客人蹀躞不下②:"有这等冤屈事!明明是买的画眉,我欲待替他申诉,争奈卖画眉的人虽认得,我亦不知其姓名,况且又在杭州,冤倒不辩得,和我连累了,如何出豁③?只因一个畜生,明明屈杀了一条性命。除我们不到杭州④,若到,定要与他讨个明白。"也不在话下。

却说沈昱收拾了行李,带了画眉星夜奔回。到得家中,对妻说道:"我在东京替儿讨了命了。"严氏问道:"怎生得来?"沈昱把在内监见画眉一节,从头至尾说了一遍。严氏见了画眉,大哭了一场,睹物伤情,不在话下。

次日沈昱提了画眉,本府来销批,将前项事情告诉了一遍。知府大喜道:"有这等巧事。"正是:

劝君莫作亏心事,古往今来放过谁?

休说人命关天,岂同儿戏。知府发放道⑤:"既是凶身获着斩首,可将棺木烧化。"沈昱叫人将棺木烧了,就撒了骨殖⑥,不在话下。

却说当时同李吉来杭州卖生药的两个客人,一姓贺,一姓朱,有些药材,径到杭州湖墅客店内歇下。将药材一一发卖讫。当为心下不平⑦,二人径入城来,探听这个箍桶的人。寻了一日不见消耗,二人闷闷不已,回归店中歇了。

---

①老龟煮不烂,移祸于枯桑:意思是无辜受到连累。据说,三国时有人向吴王孙权献一大龟,权命煮之,烧了一万车柴,仍煮不烂,诸葛恪说:"燃以老桑乃熟。"孙权便命人砍伐一棵桑树,果然"煮龟立烂"。(见刘敬叔《异苑》)

②蹀躞(dié xiè)不下:形容内心不安。这里有不平之意。

③出豁:开脱,摆脱,发泄。

④除:除非。

⑤发放:处置,打发。

⑥骨殖(shi):指烧化后的尸骨,骨灰。据周煇《清波杂志》说,浙右水乡风俗,人死后不土葬而焚化,骨灰撒在寺庙所凿水池中。

⑦当:立即,当即。

次日，又进城来，却好遇见一个箍桶的担儿。二人便叫住道："大哥，请问你，这里有一个箍桶的老儿，这般这般模样，不知他姓甚名谁，大哥你可认得么？"那人便道："客官，我这箍桶行里止有两个老儿：一人姓李，住在石榴园巷内①；一个姓张，住在西城脚下。不知那一个是？"二人谢了，径到石榴园来寻，只见李公正在那里劈篾，二人看了，却不是他。又寻他到西城脚下，二人来到门首便问："张公在么？"张婆道："不在，出去做生活去了。"二人也不打话，一径且回。正是未牌时分，二人走不上半里之地，远远望见一个箍桶担儿来。有分直教此人偿了沈秀的命，明白了李吉的事。正是：

　　　　恩义广施，人生何处不相逢？冤仇莫结，路逢狭处难回避。

　　其时张公望南回来，二人朝北而去，却好劈面撞见。张公不认得二人，二人却认得张公，便拦住问道："阿公高姓？"张公道："小人姓张。"又问道："莫非是在西城脚下住的？"张公道："便是，问小人有何事干？"二人便道："我店中有许多生活要箍，要寻个老成的做，因此问你。你如今那里去？"张公道："回去。"三人一头走，一头说，直走到张公门首。张公道："二位请坐吃茶。"二人道："今日晚了，明日再来。"张公道："明日我不出去了，专等等等。"

　　二人作别，不回店去，径投本府首告。正是本府晚堂，直入堂前跪下，把沈昱认画眉一节，李吉被杀一节，撞见张公买画眉一节，一一诉明。"小人两个不平，特与李吉讨命，望老爷细审张公。不知怎地得画眉②？"府官道："沈秀的事俱已明白了，凶身已斩了，再有何事？"二人告道："大理寺官不明，只以画眉为实，更不推详来历③，将李吉明白屈杀了。小人路见不平，特与李吉讨命。如不是实，怎敢告扰？望乞怜悯做主。"知府见二人告得苦切，随即差捕人连夜去提张公。好似：

---

①石榴园巷：杭州城内街巷名，通张司马巷。

②怎地：如何，怎样。这里不作"如此"解。

③推详：推究审察。

　　数只皂雕追紫燕,一群猛虎啖羊羔。

其夜众公人奔到西城脚下,把张公背剪绑了,解上府去,送大牢内监了。

　　次日,知府升堂,公人于牢中取出张公跪下。知府道:"你缘何杀了沈秀,反将李吉偿命? 今日事露,天理不容。"喝令好生打着。直落打了三十下①,打得皮开肉绽,鲜血淋漓。再三拷打,不肯招承。两个客人并两个伴当齐说:"李吉便死了,我四人见在,眼同将一两二钱银子买你的画眉②,你今推却何人? 你若说不是你,你便说这画眉从何来? 实的虚不得,支吾有何用处?"张公犹自抵赖。知府大喝道:"画眉是真赃物,这四人是真证见,若再不招,取夹棍来夹起!"张公惊慌了,只得将前项盗取画眉,勒死沈秀一节,一一供招了。知府道:"那头彼时放在那里?"张公道:"小人一时心慌,见侧边一株空心柳树,将头丢在中间。随提了画眉,径出武林门来,偶撞见三个客人,两个伴当,问小人买了画眉,得银一两二钱,归家用度。所供是实。"知府令张公画了供,又差人去拘沈昱,一同押着张公,到于柳林里寻头。哄动街市上之人无数,一齐都到柳林里来看寻头。只见果有一株空心柳树,众人将锯放倒,众人发一声喊,果有一个人头在内。提起看时,端然不动。沈昱见了这头,定睛一看,认得是儿子的头,大哭起来,昏迷倒地,半晌方醒。遂将帕子包了,押着张公,径上府去。知府道:"既有了头,情真罪当。"取具大枷枷了,脚镣手杻钉了,押送死囚牢里,牢固监候。

　　知府又问沈昱道:"当时那两个黄大保、小保,又那里得这人头来请赏? 事有可疑。今沈秀头又有了,那头却是谁人的?"随即差捕人去拿黄大保兄弟二人,前来审问来历。沈昱眼同公人,径到南山黄家,捉了弟兄两个,押到府厅,当厅跪下。知府道:"杀了沈秀的凶身已自捉了,沈秀的头见已追出。你弟兄二人谋死何人,将头请赏?

---

　　①直落:连续,接连不停。

　　②眼同:一同,会同。

一一承招，免得吃苦。"大保、小保被问，口隔心慌①，答应不出。知府大怒，喝令吊起拷打，半日不肯招承，又将烧红烙铁烫他，二人熬不过死去，将水喷醒，只得口吐真情，说道："因见父亲年老，有病伶仃，一时不合将酒灌醉，割下头来，埋在西湖藕花居水边，含糊请赏。"知府道："你父亲尸骸埋在何处？"两个道："就埋在南高峰脚下。"当时押发二人到彼，掘开看时，果有没头尸骸一副埋藏在彼。依先押二人到于府厅回话，道："南山脚下，浅土之中，果有没头尸骸一副。"知府道："有这等事！真乃逆天之事。世间有这等恶人！口不欲说，耳不欲闻，笔不欲书，就一顿打死他倒干净，此恨怎的消得！"喝令手下不要计数先打，一会打得二人死而复醒者数次。讨两面大枷枷了，送入死囚牢里，牢固监候。沈昱并原告人，宁家听候。随即具表申奏，将李吉屈死情由奏闻。奉圣旨，着刑部及都察院将原问李吉大理寺官好生勘问，随贬为庶人，发岭南安置。李吉平人屈死，情实可矜，着官给赏钱一千贯，除子孙差役。张公谋财故杀，屈害平人，依律处斩，加罪凌迟，剐割二百四十刀，分尸五段。黄大保、小保贪财杀父，不分首从，俱各凌迟处死，剐二百四十刀，分尸五段，枭首示众。正是：

湛湛青天不可欺，未曾举意早先知。

劝君莫作亏心事，古往今来放过谁？

一日文书到府，差官吏仵作人等将三人押赴木驴上②，满城号令三日，律例凌迟分尸③，枭首示众。其时张婆听得老儿要剐，来到市曹上指望见一面。谁想仵作见了行刑牌，各人动手碎剐，其实凶险，惊得婆儿魂不附体，折身便走。不想被一绊，跌得重了，伤了五脏，回家身死。正是：

积善逢善，积恶逢恶。

仔细思量，天地不错。

_____

①口隔：张口结舌，说不出话。

②木驴：古代刑具，是一种装有轮轴的木架，载犯人示众并处死。

③律例：律是法律的本文，例是补充律文不足而设的条例或例案。这里的"律例"作动词用，意思为依照律例。

第二十七卷

金玉奴棒打薄情郎

枝在墙东花在西，自从落地任风吹。

枝无花时还再发，花若离枝难上枝。

这四句，乃昔人所作《弃妇词》，言妇人之随夫，如花之附于枝。枝若无花，逢春再发；花若离枝，不可复合。劝世上妇人，事夫尽道，同甘同苦，从一而终；休得慕富嫌贫，两意三心，自贻后悔。

且说汉朝一个名臣，当初未遇时节，其妻有眼不识泰山，弃之而去，到后来悔之无及。你说那名臣何方人氏？姓甚名谁？那名臣姓朱，名买臣，表字翁子，会稽郡人氏①。家贫未遇，夫妻二口住于陋巷蓬门，每日买臣向山中砍柴，挑至市中卖钱度日。性好读书，手不释卷，肩上虽挑却柴担②，手里兀自擒着书本，朗诵咀嚼，且歌且行。市人听惯了，但闻读书之声，便知买臣挑柴担来了，可怜他是个儒生，都与他买③。更兼买臣不争价钱，凭人估值，所以他的柴比别人容易出脱。一般也有轻薄少年及儿童之辈④，见他又挑柴又读书，三五成群，把他嘲笑戏侮，买臣全不为意。一日其妻出门汲水，见群儿随着买臣柴担拍手共笑，深以为耻。买臣卖柴回来，其妻劝道："你要读书，便休卖柴；要卖柴，便休读书。许大年纪⑤，不痴不颠，却做出恁般行径，被儿童笑话，岂不羞死！"买臣答道："我卖柴以救贫贱，读书

①会稽郡：秦置，治所在吴县（今江苏苏州）。东汉时移郡治山阴县（今浙江绍兴）。朱买臣是吴县人。

②挑却：挑着。却，助词，用于动词之后，表示动作完成或进行等，这里相当于"着"，表动作正在进行。

③与：向。

④一般：这里是通常、照例、普通的意思。

⑤许大：如此大，这么大。

以取富贵,各不相妨,由他笑话便了。"其妻笑道:"你若取得富贵时,不去卖柴了。自古及今,那见卖柴的人做了官? 却说这没把鼻的话!"买臣道:"富贵贫贱,各有其时。有人算我八字,到五十岁上必然发迹。常言'海水不可斗量',你休料我①。"其妻道:"那算命先生见你痴颠模样,故意要笑你,你休听信。到五十岁时连柴担也挑不动,饿死是有分的,还想做官! 除是阎罗王殿上少个判官,等你去做!"买臣道:"姜太公八十岁尚在渭水钓鱼,遇了周文王,以后车载之②,拜为尚父。本朝公孙弘丞相,五十九岁上还在东海牧豕,整整六十岁方才际遇今上③,拜将封侯。我五十岁上发迹,比甘罗虽迟④,比那两个还早,你须耐心等去。"其妻道:"你休得攀今吊古⑤! 那钓鱼牧豕的,胸中都有才学;你如今读这几句死书,便读到一百岁只是这个嘴脸,有甚出息? 晦气做了你老婆! 你被儿童耻笑,连累我也没脸皮。你不听我言抛却书本,我决不跟你终身,各人自去走路,休得两相担误了。"买臣道:"我今年四十三岁了,再七年,便是五十。前长后短,你就等耐也不多时。直恁薄情,舍我而去,后来须要懊悔!"其妻道:"世上少甚挑柴担的汉子,懊悔甚么来? 我若再守你七年,连我这骨头不知饿死于何地了。你倒放我出门,做个方便,活了我这条性命。"买臣见其妻决意要去,留他不住,叹口气道:"罢,罢,只愿你嫁得丈夫,强似朱买臣的便好⑥。"其妻道:"好歹强似一分儿。"说罢,拜了两拜,欣然出门而去,头也不回。买臣感慨不已,题诗四句于壁上云:"嫁犬逐犬,嫁鸡逐鸡。妻自弃我,我不弃妻。"

---

①料我:"料"本是预料、估量之意,但在"匹夫料我,吾实难容"一类句子中,含有轻视、小看之意。

②后车:副车,侍从之车。

③际遇:遭遇。多指遇到好机会,受人赏识等。今上:当今皇帝。

④甘罗:战国时楚国下蔡(今安徽凤台)人,秦相甘茂之孙。十二岁做秦相吕不韦家臣,他自请出使赵国,说服赵王割让五城给秦,以功封上卿。

⑤攀今吊古:犹言说古讫今。亦说"攀今揽古"、"攀今掉古"等。

⑥强似:强于,胜过。

买臣到五十岁时，值汉武帝下诏求贤，买臣到西京上书①，待诏公车②。同邑人严助荐买臣之才③。天子知买臣是会稽人，必知本土民情利弊，即拜为会稽太守，驰驿赴任④。会稽长吏闻新太守将到⑤，大发人夫，修治道路。买臣〔妻〕的后夫亦在役中，其妻蓬头跣足，随伴送饭，见太守前呼后拥而来，从旁窥之，乃故夫朱买臣也。买臣在车中一眼瞧见，还认得是故妻，遂使人招之，载于后车。到府第中，故妻羞惭无地，叩头谢罪。买臣教请他后夫相见。不多时，后夫唤到，拜伏于地，不敢仰视。买臣大笑，对其妻道："似此人，未见得强似我朱买臣也。"其妻再三叩谢，自悔有眼无珠，愿降为婢妾，伏事终身。买臣命取水一桶，泼于阶下，向其妻说道："若泼水可复收，则汝亦可复合。念你少年结发之情，判后园隙地与汝夫妇耕种自食。"其妻随后夫走出府第，路人都指着说道："此即新太守夫人也。"于是羞极无颜，到于后园，遂投河而死。有诗为证：

漂母尚知怜饿士⑥，亲妻忍得弃贫儒？

早知覆水难收取，悔不当初任读书。

又有一诗，说欺贫重富，世情皆然，不止一买臣之妻也。诗曰：

尽看成败说高低，谁识蛟龙在污泥？

---

①西京：指长安，西汉都长安，东汉改都洛阳。以长安在西，称西京，称洛阳为东京。上书：指向君主进呈书面意见。

②待诏公车：汉代制度，吏民上书，由公车令接待。待诏，等待诏命。公车，汉代官署名，设公车令。掌管宫殿中司马门的警卫工作，负责接待臣民上书和征召事宜。汉时以才技征召未有正官者，均使之待诏公车，其特异者待诏金马门。

③严助：会稽人，汉武帝时曾为中大夫。

④驰驿：古时官员因急事奉召入京和外出，由沿途驿站供给夫马粮食，兼程而行叫驰驿。

⑤长吏：指俸禄较高的县吏。汉代秩四百石至二百石的县丞、县尉，是为长吏。

⑥漂母：在水边漂洗衣物的老妇人。韩信少时钓于城下，有漂母见信饥，给他饭吃。后信为楚王，赠漂母千金以为报答。

　　莫怪妇人无法眼①，普天几个负羁妻②？

　　这个故事，是妻弃夫的。如今再说一个夫弃妻的，一般是欺贫重富，背义忘恩，后来徒落得个薄幸之名，被人讲论。

　　话说故宋绍兴年间，临安虽然是个建都之地，富庶之乡，其中乞丐的依然不少。那丐户中有个为头的，名曰"团头"③，管着众丐。众丐叫化得东西来时，团头要收他日头钱。若是雨雪时没处叫化，团头却熬些稀粥养活这伙丐户，破衣破袄也是团头照管。所以这伙丐户小心低气，服着团头，如奴一般，不敢触犯。那团头见成收些常例钱，一般在众丐户中放债盘利。若不嫖不赌，依然做起大家事来。他靠此为生，一时也不想改业。只是一件，"团头"的名儿不好。随你挣得有田有地，几代发迹，终是个叫化头儿，比不得平等百姓人家④。出外没人恭敬，只好闭着门，自屋里做大。虽然如此，若数着"良贱"二字，只说娼、优、隶、卒四般为贱流⑤，到数不着那乞丐。看来乞丐只是没钱，身上却无疤瘢⑥。假如春秋时伍子胥逃难，也曾吹

---

　　①法眼：本为佛教"五眼"之一。仅次于佛眼，借指为敏锐、精深的眼力。

　　②负羁妻：春秋时，晋公子重耳出奔。路经曹国，曹君对他很不礼貌。曹大夫僖负羁的妻子预料重耳将来必然得志，那时会惩罚曹国，因此劝负羁私下里给重耳送礼。后来重耳成为晋文公，攻入曹国。下令军队不得进入僖负羁的家，并赦免他的族人。（事见《左传》僖公二十三年、二十八年）

　　③团头：据《梦粱录》、《都城纪胜》等记载，宋代杭州各行业都有比较集中的市场，这种市场，有的行业叫"团"，如城西花团、后市街柑子团、浑水闸鲞（干鱼）团等；有的叫"行"，如城北鱼行、城东蟹行、横河头布行等。团行也就自然成为行会组织，其首领叫行老、行头或团头。其他职业以至乞丐，他们的头领称为团头，大概即由此而来。

　　④平等：普通，平常。

　　⑤娼、优、隶、卒：娼妓、优伶（戏子）、皂隶（衙役）、兵卒。

　　⑥疤瘢：比喻污点，不清白。

箫于吴市中乞食；唐时郑元和做歌郎①，唱《莲花落》②，后来富贵发达，一床锦被遮盖，这都是叫化中出色的。可见此辈虽然被人轻贱，到不比娼、优、隶、卒。

闲话休题。如今且说杭州城中一个团头，姓金，名老大。祖上到他，做了七代团头了，挣得个完完全全的家事。住的有好房子，种的有好田园，穿的有好衣，吃的有好食，真个廒多积粟③，囊有余钱，放债使婢。虽不是顶富，也是数得着的富家了。那金老大有志气，把这团头让与族人金癞子做了，自己见成受用，不与这伙丐户歪缠。然虽如此，里中口顺，还只叫他是团头家，其名不改。

金老大年五十余，丧妻无子，止存一女，名唤玉奴。那玉奴生得十分美貌，怎见得？有诗为证：

　　无瑕堪比玉，有态欲羞花。

　　只少宫妆扮，分明张丽华④。

金老大爱此女如同珍宝，从小教他读书识字。到十五六岁时，诗赋俱通，一写一作⑤，信手而成。更兼女工精巧，亦能调筝弄管，事事伶俐。金老大倚着女儿才貌，立心要将他嫁个士人。论来就名门旧族中，急切要这一个女子也是少的，可恨生于团头之家，没人相求。若是平常经纪人家⑥，没前程的，金老大又不肯扳他了。因此高低不就，把女儿直挨到一十八岁，尚未许人。

偶然有个邻翁来说：“太平桥下有个书生⑦，姓莫名稽，年二十

────────────

①郑元和：指根据唐代白行简的传奇《李娃传》改编的《曲江池》、《绣襦记》等元明戏曲中的男主人公，他曾一度沦为乞丐和挽歌郎。歌郎：即挽歌郎，也叫挽郎，替出丧人家牵引灵柩唱挽歌的人。

②《莲花落》：一种民间歌曲，旧时多为乞丐所唱，歌时以竹板或鼓按拍。

③廒：仓廒，收藏粮食等的仓库。

④张丽华：南朝陈后主的妃子，以美色见宠。

⑤一写一作：即写作，指书法和文章。

⑥经纪人家：指靠做买卖或其他营生过活的人家，与读书做官的“士人”相对。

⑦太平桥：在宋代杭州东边城门东青门外，选锋军之东。

岁,一表人才,读书饱学。只为父母双亡,家穷未娶。近日考中,补上太学生,情愿入赘人家。此人正与令爱相宜,何不招之为婿?"金老大道:"就烦老翁作伐何如?"邻翁领命,径到太平桥下寻那莫秀才,对他说了:"实不相瞒,祖宗曾做个团头的,如今久不做了。只贪他好个女儿,又且家道富足,秀才若不弃嫌,老汉即当玉成其事。"莫稽口虽不语,心下想道:"我今衣食不周,无力婚娶,何不俯就他家,一举两得? 也顾不得耻笑。"乃对邻翁说道:"大伯所言虽妙,但我家贫乏聘,如何是好?"邻翁道:"秀才但是允从,纸也不费一张,都在老汉身上。"邻翁回覆了金老大,择个吉日,金家到送一套新衣穿着,莫秀才过门成亲。莫稽见玉奴才貌,喜出望外,不费一钱,白白的得了个美妻,又且丰衣足食,事事称怀。就是朋友辈中,晓得莫稽贫苦,无不相谅,到也没人去笑他。

到了满月,金老大备下盛席,教女婿请他同学会友饮酒,荣耀自家门户,一连吃了六七日酒。何期恼了族人金癞子,那癞子也是一班正理,他道:"你也是团头,我也是团头,只你多做了几代,挣得钱钞在手,论起祖宗一脉,彼此无二。侄女玉奴招婿,也该请我吃杯喜酒。如今请人做满月,开宴六七日,并无三寸长一寸阔的请帖儿到我。你女婿做秀才,难道就做尚书、宰相,我就不是亲叔公? 坐不起凳头? 直恁不觑人在眼里①! 我且去蒿恼他一场,教他大家没趣!"叫起五六十个丐户,一齐奔到金老大家里来。但见:

> 开花帽子②,打结衫儿。旧席片对着破毡条,短竹根配着缺糙碗③。叫爹叫娘叫财主,门前只见喧哗;弄蛇弄狗弄猢狲,口

---

①直恁:竟然这样。
②开花:形容东西破裂,如开放的花朵一样。
③缺糙碗:有缺口的制作粗糙的饭碗。

内各呈伎俩。敲板唱杨花①，恶声聒耳；打砖搽粉脸②，丑态逼人。一班泼鬼聚成群③，便是钟馗收不得④。

金老大听得闹吵，开门看时，那金癞子领着众丐户一拥而入，嚷做一堂。癞子径奔席上，拣好酒好食只顾吃，口里叫道："快教侄婿夫妻来拜见叔公！"唬得众秀才站脚不住，都逃席去了，连莫稽也随着众朋友躲避。金老大无可奈何，只得再三央告道："今日是我女婿请客，不干我事。改日专治一杯，与你陪话。"又将许多钱钞分赏众丐户，又抬出两瓮好酒，和些活鸡、活鹅之类，教众丐户送去癞子家当个折席⑤，直乱到黑夜方才散去。玉奴在房中气得两泪交流。这一夜，莫稽在朋友家借宿，次早方回。金老大见了女婿，自觉出丑，满面含羞。莫稽心中未免也有三分不乐，只是大家不说出来。正是：

　　哑子尝黄柏，苦味自家知。

却说金玉奴只恨自己门风不好，要挣个出头，乃劝丈夫刻苦读书。凡古今书籍，不惜价钱买来与丈夫看；又不吝供给之费，请人会文会讲⑥；又出资财，教丈夫结交延誉⑦。莫稽由此才学日进，名誉日起，二十三岁发解⑧，连科及第。这日琼林宴罢，乌帽宫袍，马上迎归。将到丈人家里，只见街坊上一群小儿争先来看，指道："金团头

①唱杨花："杨花"是民间曲调，多为乞丐和卖艺者所唱。明董斯张《吹景记》卷一："措大略知把管，便以傲晚人，如卑田院儿(指乞丐)沿路唱杨花，自以为激楚奇唱。"

②打砖：抛掷砖头。潘令灿《乞丐》："更有打砖磕头，身涂污秽，卧人店铺，诈死赖命，不舍不休，亦盗类也。"(见徐栋《牧令书辑要》卷九)

③泼鬼：骂人的话。泼，表示厌恶、鄙视之词，犹言卑劣、可恶。

④便是：即使，纵然。钟馗：民间传说故事中的人物，能打鬼驱邪。

⑤折席：以金钱财物折代酒席，实际多借此名义给人送礼。

⑥会讲：一起讲论经义。

⑦延誉：播扬声誉。

⑧发解：唐宋时取士，乡试(解试)合格者由所在州郡发遣解送至礼部参加会试(省试)，叫做发解。明代乡试中式者称为举人，也叫发解。

家女婿做了官也。"莫稽在马上听得此言,又不好揽事^①,只得忍耐。见了丈人,虽然外面尽礼,却包着一肚子忿气,想道:"早知有今日富贵,怕没王侯贵戚招赘成婚?却拜个团头做岳丈,可不是终身之玷!养出儿女来还是团头的外孙,被人传作话柄。如今事已如此,妻又贤慧,不犯七出之条,不好决绝得。正是事不三思,终有后悔。"为此心中怏怏,只是不乐,玉奴几遍问而不答,正不知甚么意故。好笑那莫稽只想着今日富贵,却忘了贫贱的时节,把老婆资助成名一段功劳化为春水,这是他心术不端处。

不一日,莫稽谒选,得授无为军司户^②。丈人治酒送行,此时,众丐户料也不敢登门闹吵了。喜得临安到无为军是一水之地,莫稽领了妻子登舟起任。

行了数日,到了采石江边^③,维舟北岸^④。其夜月明如昼,莫稽睡不能寐,穿衣而起,坐于船头玩月。四顾无人,又想起团头之事,闷闷不悦。忽然动一个恶念:除非此妇身死,另娶一人,方免得终身之耻。心生一计,走进船舱,哄玉奴起来看月华^⑤。玉奴已睡了,莫稽再三逼他起身。玉奴难逆丈夫之意,只得披衣,走至马门口^⑥,舒头望月^⑦,被莫稽出其不意,牵出船头,推堕江中。悄悄唤起舟人,分付快开船前去,重重有赏,不可迟慢。舟子不知明白^⑧,慌忙撑篙荡桨,移舟于十里之外。住泊停当^⑨,方才说:"适间奶奶因玩月堕水,捞救不及了。"却将三两银子赏与舟人为酒钱。舟人会意,谁敢开口?船

---

①揽事:惹事,管闲事。

②无为军:地名。北宋太平兴国三年(978)置,治所在无为县(今安徽无为)。

③采石:指采石矶,在安徽当涂西北,牛渚山北突入长江中之矶。

④维舟:系舟。

⑤月华:月光,月亮。

⑥马门:船舱门。

⑦舒头:伸头。

⑧不知明白:大概是不知底细、弄不清楚怎么回事的意思。

⑨住泊:停泊。

中虽跟得有几个蠢婢子，只道主母真个坠水，悲泣了一场，丢开了手，不在话下。有诗为证：

> 只为团头号不香，忍因得意弃糟糠？
>
> 天缘结发终难解，赢得人呼薄幸郎。

你说事有凑巧，莫稽移船去后，刚刚有个淮西转运使许德厚[①]，也是新上任的，泊舟于采石北岸，正是莫稽先前推妻坠水处。许德厚和夫人推窗看月，开怀饮酒，尚未曾睡。忽闻岸上啼哭，乃是妇人声音，其声哀怨，好生不忍。忙呼水手打看，果然是个单身妇人，坐于江岸。便教唤上船来，审其来历。原来此妇正是无为军司户之妻金玉奴，初坠水时，魂飞魄荡，已拚着必死。忽觉水中有物，托起两足，随波而行，近于江岸。玉奴挣扎上岸，举目看时，江水茫茫，已不见了司户之船，才悟道丈夫贵而忘贱，故意欲溺死故妻，别图良配。如今虽得了性命，无处依栖，转思苦楚，以此痛哭。见许公盘问，不免从头至尾，细说一遍。说罢，哭之不已。连许公夫妇都感伤堕泪，劝道："汝休得悲啼，肯为我义女，再作道理。"玉奴拜谢。许公分付夫人取干衣替他通身换了，安排他后舱独宿。教手下男女都称他小姐，又分付舟人，不许泄漏其事。

不一日到淮西上任，那无为军正是他所属地方，许公是莫司户的上司，未免随班参谒。许公见了莫司户，心中想道："可惜一表人才，干恁般薄幸之事！"

约过数月，许公对僚属说道："下官有一女，颇有才貌，年已及笄[②]，欲择一佳婿赘之。诸君意中有其人否？"众僚属都闻得莫司户青年丧偶，齐声荐他才品非凡，堪作东床之选。许公道："此子吾亦

---

① 转运使：官名。宋初设随军转运使、水陆计度转运使，负责供办军需。宋太宗以后，转运使渐成为各路长官，经管一路全部或部分财赋，监察各州官吏，并将管理违法、民生疾苦情况上报朝廷。

② 及笄(jī)：笄是古代女子束发用的簪子。女子以簪结发，表示已为成人，相当于男子的冠礼。古代制度，女子已许婚者，十五而笄；未许婚者，二十而笄。一般称女子年满十五岁为及笄之年。

属意久矣。但少年登第,心高望厚,未必肯赘吾家。"众僚属道:"彼出身寒门,得公收拔,如蒹葭倚玉树①,何幸如之,岂以入赘为嫌乎?"许公道:"诸君既酌量可行,可与莫司户言之。但云出自诸君之意,以探其情,莫说下官,恐有妨碍。"众人领命,遂与莫稽说知此事,要替他做媒。莫稽正要攀高,况且联姻上司,求之不得,便欣然应道:"此事全仗玉成,当效衔结之报。"众人道:"当得,当得。"随即将言回复许公。许公道:"虽承司户不弃,但下官夫妇钟爱此女,娇养成性,所以不舍得出嫁。只怕司户少年气概,不相饶让,或致小有嫌隙,有伤下官夫妇之心。须是预先讲过,凡事容耐些,方敢赘入。"众人领命,又到司户处传话,司户无不依允。此时司户不比做秀才时节,一般用金花彩币为纳聘之仪②,选了吉期,皮松骨痒,整备做转运使的女婿。

　　却说许公先教夫人与玉奴说:"老相公怜你寡居,欲重赘一少年进士,你不可推阻。"玉奴答道:"奴家虽出寒门,颇知礼数。既与莫郎结发,从一而终。虽然莫郎嫌贫弃贱,忍心害理,奴家各尽其道,岂肯改嫁以伤妇节!"言毕泪如雨下。夫人察他志诚,乃实说道:"老相公所说少年进士,就是莫郎。老相公恨其薄幸,务要你夫妻再合,只说个亲生女儿,要招赘一婿,却教众僚属与莫郎议亲。莫郎欣然听命,只今晚入赘吾家。等他进房之时,须是如此如此,与你出这口呕气。"玉奴方才收泪,重匀粉面,再整新妆,打点结亲之事。

　　到晚,莫司户冠带齐整,帽插金花,身披红锦,跨着雕鞍骏马,两班鼓乐前导,众僚属都来送亲。一路行来,谁不喝采! 正是:

---

　　①蒹葭倚玉树:这里比喻贫贱者有了好倚靠。蒹葭,芦苇,喻微贱。玉树,传说中的仙树,喻高贵。《世说新语·容止》:"魏明章使后弟毛曾与夏侯玄共坐,时人谓'蒹葭倚玉树'。"蒹葭指毛曾,玉树指夏侯玄,意思是两人地位、品貌和才能不相称。后以"蒹葭倚玉树"喻指地位低的人仰攀、依附地位高的人。亦用作谦词。

　　②金花彩币:亦称"金织彩币"、"花币"①。指用金丝织成花样的彩缎。币,帛,丝织品。古代用束帛作为祭品或聘问、馈赠的礼品,叫做币。

　　鼓乐喧阗白马来[1]，风流佳婿实奇哉。

　　团头喜换高门眷，采石江边未足哀。

　　是夜，转运司铺毡结彩，大吹大擂，等候新女婿上门。莫司户到门下马，许公冠带出迎。众官僚都别去，莫司户直入私宅。新人用红帕覆首，两个养娘扶将出来。掌礼人在槛外喝礼，双双拜了天地，又拜了丈人、丈母，然后交拜礼毕，送归洞房，做花烛筵席。莫司户此时心中如登九霄云里，欢喜不可形容，仰着脸，昂然而入。才跨进房门，忽然两边门侧里走出七八个老妪、丫鬟，一个个手执篱竹细棒，劈头劈脑打将下来，把纱帽都打脱了，肩背上棒如雨下，打得叫喊不迭，正没想一头处[2]。莫司户被打，慌做一堆蹭倒[3]，只得叫声："丈人，丈母，救命！"只听房中娇声宛转分付道："休打杀薄情郎，且唤来相见。"众人方才住手。七八个老妪、丫鬟，扯耳朵，拽胳膊，好似六贼戏弥陀一般[4]，脚不点地，拥到新人面前。司户口中还说道："下官何罪？"开眼看时，画烛辉煌，照见上边端端正正坐着个新人，不是别人，正是故妻金玉奴。莫稽此时魂不附体，乱嚷道："有鬼！有鬼！"众人都笑起来。只见许公自外而入，叫道："贤婿休疑，此乃吾采石江头所认之义女，非鬼也。"莫稽心头方才住了跳，慌忙跪下，拱手道："我莫稽知罪了，望大人包容之。"许公道："此事与下官无

────────────

①喧阗：喧哗拥挤。

②没想一头处：不知怎么回事情。一说是想不出办法的意思。

③蹭倒：跌倒。

④六贼戏弥陀：佛教称色、声、香、味、触、法为"六尘"，认为此六尘与六根（眼、耳、鼻、舌、身、意）相接，而产生种种嗜欲，损害善性，因此又称六尘为"六贼"。弥陀即阿弥陀佛，又叫无量寿佛，与释迦、药师并称"三尊"。胡士莹注："佛教传说，六贼幻化成形，去引诱佛陀，扰乱他的修行。这故事后来成为百戏（杂耍）的一种，叫做《六贼戏弥陀》。《金瓶梅词话》第六十五回：'十一日白日，先是歌郎并锣鼓地吊来灵前参灵。吊《五鬼闹判》，《张天师着鬼迷》，《钟馗戏小鬼》，《老子过函关》，《六贼戏弥陀》……各样百戏（吊罢）。'可证。这里是借作任人摆布，有法无法的意思。六贼，佛家语，谓色、声、香、味、触、法。"（《古代白话短篇小说选》）

干,只吾女没说话就罢了。"玉奴唾其面,骂道:"薄幸贼!你不记宋弘有言①:'贫贱之交不可忘,糟糠之妻不下堂。'当初你空手赘入吾门,亏得我家资财,读书延誉,以致成名,侥幸今日。奴家亦望夫荣妻贵,何期你忘恩负本,就不念结发之情,恩将仇报,将奴推堕江心。幸然天天可怜,得遇恩爹提救,收为义女。倘然葬江鱼之腹,你别娶新人,于心何忍?今日有何颜面再与你完聚?"说罢放声而哭,千薄幸,万薄幸,骂不住口。莫稽满面羞惭,闭口无言,只顾磕头求恕。

　　许公见骂得勾了,方才把莫稽扶起,劝玉奴道:"我儿息怒,如今贤婿悔罪,料然不敢轻慢你了②。你两个虽然旧日夫妻,在我家只算新婚花烛,凡事看我之面,闲言闲语一笔都勾罢。"又对莫稽说道:"贤婿,你自家不是,休怪别人。今宵只索忍耐,我教你丈母来解劝。"说罢,出房去。少刻夫人来到,又调停了许多说话,两个方才和睦。

　　次日,许公设宴管待新女婿,将前日所下金花彩币依旧送还,道:"一女不受二聘。贤婿前番在金家已费过了,今番下官不敢重叠收受。"莫稽低头无语。许公又道:"贤婿常恨令岳翁卑贱,以致夫妇失爱,几乎不终。今下官备员如何③?只怕爵位不高,尚未满贤婿之意。"莫稽涨得面皮红紫,只是离席谢罪。有诗为证:

　　　痴心指望缔高姻,谁料新人是旧人?
　　　打骂一场羞满面,问他何取岳翁新?

　　自此莫稽与玉奴夫妇和好,比前加倍。许公共夫人待玉奴如真女,待莫稽如真婿,玉奴待许公夫妇亦与真爹妈无异。连莫稽都感动了,迎接团头金老大在任所,奉养送终。后来许公夫妇之死,金玉

---

①宋弘:东汉时人。汉光武帝刘秀姊湖阳公主新寡,看中了宋弘。刘秀便试探宋弘的意思,对他说:"谚言'贵易交,富易妻',人情乎?"弘回答说:"臣闻'贫贱之知不可忘,糟糠之妻不下堂'。"(见《后汉书·宋弘传》)"贫贱之知",他书亦作"贫贱之交"。

②料然:料想,想必。

③备员:凑数。意思是虚在其位,聊以充数。这里是自谦语。

奴皆制重服①,以报其恩。莫氏与许氏世世为通家兄弟,往来不绝。
诗云:

> 宋弘守义称高节,黄允休妻骂薄情②。
>
> 试看莫生婚再合,姻缘前定枉劳争。

---

①重服:这里同"重孝",指父母死后子女所穿的丧服。

②黄允休妻骂薄情:东汉时,黄允以俊才知名,司徒袁隗为侄女择婿,见允而叹曰:"得婿如是足矣。"黄允听说后,便立即把妻子夏侯氏休掉。夏侯氏临去时,当众数说黄允的丑事,允因此身败名裂。(见《后汉书·黄允传》)

第二十八卷

李秀卿义结黄贞女

暇日攀今吊古,从来几个男儿,履危临难有神机,不被他人算计? 男子尽多慌错,妇人反有权奇①。若还智量胜蛾眉②,便带头巾何愧?

常言:"有智妇人,赛过男子。"古来妇人赛男子的也尽多,除着吕太后、武则天这一班大手段的歹人不论,再除却卫庄姜、曹令女这一班大贤德、大贞烈的好人也不论③,再除却曹大家、班婕妤、苏若兰、沈满愿、李易安、朱淑真这一班大学问、大才华的文人也不论④,

①权奇:奇谲非凡。这里指人智谋出众。

②智量:这里指计策、智谋。智量还有智慧与气度的意思。

③卫庄姜:春秋时齐庄公的女儿庄姜,嫁给卫庄公为妻。《诗经·卫风》中有一首《硕人》,据《诗序》说是赞美庄姜而批评卫庄公冷遇庄姜的。但刘向《列女传》则说庄姜姣美而有淫佚之心,其傅母作《硕人》诗加以规劝,庄姜于是努力修身。曹令女:指三国魏代夏侯令女。夏侯令女是夏侯文宁的女儿,嫁给曹爽的从弟曹文叔,文叔早死,令女断发截耳以示不再改嫁。后曹爽一族被司马懿诛杀,其父又欲劝她嫁人,令女复断鼻拒之。(见《三国志》裴松之注引皇甫谧《列女传》)

④曹大家:即班昭。家,读作"姑"。班昭是班彪之女,班固、班超之妹,曾续成班固的《汉书》。屡受诏入宫,为皇后及诸贵人当教师,号曰"曹大家"。班婕妤:西汉楼烦(今山西朔县)人,名不详,班彪之姑。少有才学,成帝时被选入宫,立为婕妤(宫中女官名),后为赵飞燕所谮,作赋自伤。作品今仅存《自悼赋》、《捣素赋》、《怨歌行》(一名《团扇歌》)。苏若兰:东晋时前秦窦滔妻苏蕙,字若兰。窦滔为安南将军,携宠妾赵阳台赴襄阳镇守,去后,音问断绝,蕙织五彩锦为《回文璇玑图诗》,文词凄婉,滔感动,迎蕙至襄阳。一说,滔为秦州刺史时,以罪徙流沙,蕙因思念而作回文诗。沈满愿:南朝梁征西记室范靖妻,《隋书·经籍志》著录《沈满愿集》三卷,已佚,今仅存诗十一首。李易安:南宋著名女词人李清照,号易安居士。

再除却锦车夫人冯氏、浣花夫人任氏、锦伞夫人洗氏和那军中娘子、绣旗女将这一班大智谋、大勇略的奇人也不论[①]，如今单说那一种奇奇怪怪、蹊蹊跷跷、没阳道的假男子、带头巾的真女人[②]，可钦可爱，可笑可歌。正是：

> 说处裙钗添喜色，话时男子减精神。

据唐人小说[③]，有个木兰女子，是河南睢阳人氏，因父亲被有司点做边庭戍卒，木兰可怜父亲多病，扮女为男，代替其役，头顶兜鍪，身披铁铠，手执戈矛，腰悬弓矢，击柝提铃[④]，餐风宿草，受了百般辛

---

① 锦车夫人冯氏：指冯嫽。汉武帝时以楚王戊之孙女解忧为公主，嫁给乌孙国王。公主侍者冯嫽，为乌孙右大将妻，有才干，尝持汉节为公主使，行赏赐于城郭诸国，号"冯夫人"。乌孙发生内争，汉宣帝征召冯夫人，询问情况，然后以冯夫人为使者，锦车持节，前去处理。锦车，用锦装饰的车。(见《汉书·西域传下·乌孙国》)浣花夫人任氏：指唐西川节度使崔宁之妾。泸州杨子琳乘宁入朝之际，率兵突入成都，任氏魁伟果干，出其家财募得勇士千人，亲自指挥，击溃杨子琳。(见《旧唐书》、《新唐书》崔宁传)传说任氏以功封夫人，成都浣花溪浣花夫人祠即任氏祠。(参见宋任正一《游浣花记》)锦伞夫人洗氏：指南朝梁高凉(今广东阳江)太守冯宝妻洗氏。洗氏家世代为南越(今广东、广西地区)首领，洗氏贤明而多筹略。冯宝死，岭南大乱，赖洗氏维持。梁亡入陈，陈亡入隋。时番禺人王仲宣反，洗氏遣兵败之，并"亲披甲，乘介马，张锦伞，领毂骑，卫诏使裴矩巡抚诸州"。朝廷追赠冯宝为广州总管、谯国公，册夫人为谯国夫人。(见《隋书·列女传·谯国夫人》)军中娘子：指唐高祖李渊第三女平阳公主，柴绍妻。李渊起兵，公主募兵响应，后引精兵万余与李世民会于渭北，与柴绍各置幕府，营中号为"娘子军"。(见《唐会要》卷六)绣旗女将：指金代刘节使女。据《宋史·李全传》载，南宋宁宗嘉定十三年李全攻东平(今山东东平)，遇东平副帅干不搭抵抗，"旁有绣旗女将驰枪突斗"，李全败退，精锐丧失大半。

② 阳道：指男性生殖器。

③ 唐人小说：唐代小说中并无木兰的故事。后代有关木兰的民间故事和小说戏曲，都是根据《木兰诗》创作的，非真人真事。

④ 击柝(tuò)提铃：指打更巡夜。柝，这里指金柝，即刁斗，一种军用铜器，三足一柄，白天作炊具，晚上用来打更。《木兰诗》："朔气传金柝，寒光照铁衣。"提铃，摇铃。

苦。如此十年，役满而归，依旧是个童身。边廷上万千军士，没一人看得出她是女子。后人有诗赞云：

> 缇萦救父古今稀①，代父从戎事更奇。
>
> 全孝全忠又全节，男儿几个不亏移②？

又有个女子，叫做祝英台，常州义兴人氏③，自小通书好学，闻余杭文风最盛，欲往游学。其哥嫂止之曰："古者男女七岁不同席，不共食，你今一十六岁，却出外游学，男女不分，岂不笑话！"英台道："奴家自有良策。"乃裹巾束带，扮作男子模样，走到哥嫂面前，哥嫂亦不能辨认。英台临行时，正是夏初天气，榴花盛开，乃手摘一枝插于花台之上，对天祷告道："奴家祝英台出外游学，若完名全节，此枝生根长叶，年年花发；若有不肖之事，玷辱门风，此枝枯萎。"祷毕出门，自称祝九舍人。遇个朋友，是个苏州人氏，叫做梁山伯，与他同馆读书，甚相爱重，结为兄弟。日则同食，夜则同卧，如此三年，英台衣不解带，山伯屡次疑惑盘问，都被英台将言语支吾过了。读了三年书，学问成就，相别回家，约梁山伯二个月内可来见访。英台归时，仍是初夏，那花台上所插榴枝，花叶并茂，哥嫂方信了。同乡三十里外，有个安乐村，那村中有个马氏，大富之家。闻得祝九娘贤慧，寻媒与他哥哥议亲。哥哥一口许下，纳彩问名都过了④，约定来年二月娶亲。原来英台有心于山伯，要等他来访时露其机括⑤，谁知山伯有事，稽迟在家。英台只恐哥嫂疑心，不敢推阻。山伯直到十

---

① 缇萦：西汉太仓公（令）淳于意的小女儿。汉文帝时意有罪，按当时刑法，对犯人要实行肉刑。缇萦随父到长安，上书愿为官婢，以赎父罪。文帝为之感动，便赦免了淳于意，并废除肉刑。（见《史记·扁鹊、仓公列传》）

② 亏移：亏失，不足。

③ 义兴：隋改阳羡县为义兴县，北宋改名为宜兴县，即今江苏宜兴。

④ 纳采问名：古代定亲时，男方送给女方聘礼叫纳采；男方具书，派人到女方问女之名，女方复书，告诉女之出生年月及其生母姓氏，叫问名。纳采问名都由一个使者执行，所以也合称为纳采。

⑤ 机括：这里指心思、用心、秘密。

月方才动身,过了六个月了。到得祝家庄,问祝九舍人时,庄客说道:"本庄只有祝九娘,并没有祝九舍人。"山伯心疑,传了名刺进去①。只见丫鬟出来,请梁兄到中堂相见。山伯走进中堂,那祝英台红妆翠袖,别是一般妆束了。山伯大惊,方知假扮男子,自愧愚鲁不能辨识。寒温已罢,便谈及婚姻之事。英台将哥嫂做主,已许马氏为辞。山伯自恨来迟,懊悔不迭。分别回去,遂成相思之病,奄奄不起,至岁底身亡。嘱付父母,可葬我于安乐村路口。父母依言葬之。明年,英台出嫁马家,行至安乐村路口,忽然狂风四起,天昏地暗,舆人都不能行②。英台举眼观看,但见梁山伯飘然而来,说道:"吾为思贤妹一病而亡,今葬于此地。贤妹不忘旧谊,可出轿一顾。"英台果然走出轿来,忽然一声响亮,地下裂开丈余,英台从裂中跳下。众人扯其衣服,如蝉脱一般,其衣片片而飞。顷刻天清地明,那地裂处只如一线之细。歇轿处,正是梁山伯坟墓。乃知生为兄弟,死作夫妻。再看那飞的衣服碎片,变成两般花蝴蝶,传说是二人精灵所化,红者为梁山伯,黑者为祝英台。其种到处有之,至今犹呼其名为梁山伯、祝英台也。后人有诗赞云:

> 三载书帷共起眠,活姻缘作死姻缘。
>
> 非关山伯无分晓,还是英台志节坚。

又有一个女子,姓黄名崇嘏③,是西蜀临邛人氏。生成聪明俊雅,诗赋俱通,父母双亡,亦无亲族。时宰相周庠镇蜀,崇嘏假扮做秀才,将平日所作诗卷呈上。周庠一见,篇篇道好,字字称奇,乃荐为郡掾④。吏事精敏,地方凡有疑狱,累年不决者,一经崇嘏剖断,无

---

① 名刺:犹今之名片,也叫"名帖"、"名纸"。古代未有纸时,削竹木写上名字,拜访通名时用,西汉叫"谒",东汉叫"刺"。后代以纸书,但仍相沿叫刺或名刺。

② 舆人:轿夫。

③ 黄崇嘏:据《太平广记·黄崇嘏》,故事发生在五代十国的前蜀(891—925)。

④ 郡掾(yuàn):州郡的属官。

不洞然。屡摄府县之事，到处便有声名，胥徒畏服①，士民感仰。周
庠首荐于朝，言其才可大用，欲妻之以女，央太守作媒，崇嘏只微笑
不答。周庠乘他进见，自述其意。崇嘏索纸笔，作诗一首献上。
诗曰：

> 一辞拾翠碧江湄②，贫守蓬茅但赋诗。
>
> 自服蓝袍居郡掾，永抛鸾镜画蛾眉。
>
> 立身卓尔青松操，挺志坚然白璧姿。
>
> 幕府若教为坦腹③，愿天速变作男儿。

庠见诗大惊，叩其本末，方知果然是女子。因将女作男，事关风化，
不好声张其事，教他辞去郡掾隐于郭外，乃于郡中择士人嫁之。后
来士人亦举进士及第，位致通显，崇嘏累封夫人。据如今搬演《春桃
记》传奇④，说黄崇嘏中过女状元，此是增藻之词。后人亦有诗赞云：

> 珠玑满腹彩生毫⑤，更服烹鲜手段高⑥。
>
> 若使生时逢武后，君臣一对女中豪。

那几个女子都是前朝人，如今再说个近代的，是大明朝弘治年
间的故事。

南京应天府上元县有个黄公，以贩线香为业，兼带卖些杂货，惯

---

①胥徒：古代官府中的小吏及步行供使役的人。泛指官府衙役。

②一辞：告别，辞别。拾翠：本指拾取翠鸟羽毛作首饰，后指女子春游。

③幕府：本指将帅在外的营帐，后也指衙署。这里代指周庠。坦腹：指女婿。
东晋郗鉴派门生到王导家求女婿，门生回来说："王家几个儿子都不错，听
说来求女婿，态度都很矜持，只有一郎在东床上坦腹而卧，好像没听见一
样。"郗鉴说："就是这个好！"一打听，坦腹的原来是王羲之，便把女儿嫁给
了他。（《世说新语·雅量》)后称人女婿为"令坦"或"东床"。

④搬演：演唱，演出。《春桃记》：元或明初人所作，已佚。明代徐渭《四声猿》
中《女状元》一剧，亦写此故事。

⑤彩生毫：笔端生花之意。彩，五彩。毫，毛笔头，毛笔。相传李白梦见所用
的笔，头上生花，从此才情横溢，文思丰富。

⑥更服：更换衣服，指穿上官服（蓝袍)，即做官。烹鲜：比喻治理国家。《老
子》："治大国，若烹小鲜。"鲜，鱼。

走江北一带地方①。江北人见他买卖公道,都唤他做"黄老实"。家中止一妻二女,长女名道聪,幼女名善聪。道聪年长,嫁与本京青溪桥张二哥为妻去了②。止有幼女善聪在家,方年一十二岁。母亲一病而亡,殡葬已毕。黄老实又要往江北卖香生理,思想女儿在家,孤身无伴,况且年幼未曾许人,怎生放心得下? 待寄在姐夫家,又不是个道理。若不做买卖,撇了这走熟的道路,又那里寻几贯钱钞养家度日? 左思右想,去住两难。香货俱已定下,只有这女儿没安顿处。一连想了数日,忽然想着道:"有计了,我在客边没人作伴,何不将女假充男子带将出去,且待年长再作区处? 只是一件,江北主顾人家都晓得我没儿,今番带着孩子去,倘然被他盘问露出破绽,却不是个笑话? 我如今只说是张家外甥,带出来学做生理,使人不疑。"计较已定,与女儿说通了,制副道袍净袜③,教女儿穿着,头上裹个包巾,妆扮起来,好一个清秀孩子! 正是:

　　眉目生成清气,资性那更伶俐。

　　若还伯道相逢④,十个九个过继。

　　黄老实爹女两人贩着香货,趁船来到江北庐州府⑤,下了主人家。主人家见善聪生得清秀,无不夸奖,问黄老实道:"这个孩子是你什么人?"黄老实答道:"是我家外甥,叫做张胜。老汉没有儿子,带他出来走走,认了这起主顾人家,后来好接管老汉的生意。"众人听说,并不疑惑。黄老实下个单身客房,每日出去发货讨帐,留下善

---

①江北:指长江下游以北的地区,后多专指江苏、安徽两省中位于长江北岸的地区。

②青溪桥:指淮青桥,在大中桥西,秦淮河与青溪相接处。后文作"清溪桥"。

③净袜:白色袜子。

④伯道:指晋代邓攸,邓攸字伯道,东晋元帝时任吴郡太守,官至尚书右仆射。在避石勒兵乱时,携一子一侄南下,途中不能两全,乃弃子全侄,为时人所称道。《世说新语·赏誉》:"谢太傅(安)重邓仆射,常言天地无知,使伯道无儿。"后来常用"伯道无儿"称别人无子。

⑤庐州府:明初改元庐州路为府,治所在今安徽合肥。

聪看房。善聪目不妄视，足不乱移。众人都道，这张小官比外公愈加老实，个个欢喜。

自古道："天有不测风云，人有旦夕祸福。"黄老实在庐州，不上两年，害个病症，医药不痊，呜呼哀哉。善聪哭了一场，买棺盛殓，权寄于城外古寺之中。思想年幼孤女，往来江湖不便。间壁客房中下着的也是个贩香客人，又同是应天府人氏，平昔间看他少年诚实，问其姓名来历，那客人答道："小生姓李名英，字秀卿，从幼跟随父亲出外经纪。今父亲年老，受不得风霜辛苦，因此把本钱与小生在此行贩。"善聪道："我张胜跟随外祖在此，不幸外祖身故，孤寡无依。足下若不弃，愿结为异姓兄弟，合伙生理，彼此有靠。"李英道："如此最好。"李英年十八岁，长张胜四年，张胜因拜李英为兄，甚相友爱。

过了几日，弟兄两个商议，轮流一人往南京贩货，一人住在庐州发货讨帐，一来一去，不致担误了生理，甚为两便。善聪道："兄弟年幼，况外祖灵柩无力奔回，何颜归于故乡？让哥哥去贩货罢。"于是收拾资本，都交付与李英。李英剩下的货物和那帐目，也交付与张胜。但是两边买卖，毫厘不欺。从此李英、张胜两家行李并在一房，李英到庐州时只在张胜房住，日则同食，夜则同眠。但每夜张胜只是和衣而睡，不脱衫裤，亦不去鞋袜，李英甚以为怪。张胜答道："兄弟自幼得了个寒疾，才解动里衣，这病就发作，所以如此睡惯了。"李英又问道："你耳朵子上怎的有个环眼？"张胜道："幼年间爹娘与我算命，说有关煞难养①，为此穿破两耳。"李英是个诚实君子，这句话便被他瞒过，更不疑惑。张胜也十分小心在意，虽溲溺亦必等到黑晚私自去方便，不令人瞧见。以此客居虽久，并不露一些些马脚。有诗为证：

> 女相男形虽不同，全凭心细谨包笼②。
> 只憎一件难遮掩，行步跷蹊三寸弓。

---

①关煞：旧时星命家称命中注定的灾难。

②包笼：包藏，掩盖。

　　黄善聪假称张胜,在庐州府做生理,初到时止十二岁,光阴似箭,不觉一住九年,如今二十岁了。这几年勤苦营运,手中颇颇活动,比前不同。思想父亲灵柩暴露他乡,亲姐姐数年不会,况且自己终身也不是个了当。乃与李英哥哥商议,只要搬外公灵柩回家安葬。李英道:"此乃孝顺之事,只灵柩不比他件,你一人如何担带①?做哥的相帮你同走,心中也放得下。待你安葬事毕,再同来就是。"张胜道:"多谢哥哥厚意。"当晚定议,择个吉日,顾下船只,唤几个僧人做个起灵功德,抬了黄老实的灵柩下船。一路上风顺则行,风逆则止。不一日到了南京,在朝阳门外觅个空闲房子将柩寄顿,俟吉下葬。

　　闲话休叙。再说李英同张胜进了城门,东西分路。李英问道:"兄弟高居何处? 做哥的好来拜望。"张胜道:"家下傍着秦淮河清溪桥居住,来日专候哥哥降临茶话。"两下分别。

　　张胜本是黄家女子,那认得途径? 喜得秦淮河是个有名的所在,不是个僻地,还好寻问。张胜行至清溪桥下,问着了张家,敲门而入。其日姐夫不在家,望着内里便走。姐姐道聪骂将起来,道:"是人家各有内外,什么花子,一些体面不存,直入内室是何道理? 男子汉在家时瞧见了,好歹一百孤拐奉承你②,还不快走!"张胜不慌不忙,笑嘻嘻的作一个揖下去,口中叫道:"姐姐,你自家嫡亲兄弟,如何不认得了?"姐姐骂道:"油嘴光棍! 我从来那有兄弟?"张胜道:"姐姐九年前之事,你可思量得出?"姐姐道:"思量甚么? 前九年我还记得。我爹爹并没儿子,止生下我姊妹二人,我妹子小名善聪,九年前爹爹带往江北贩香,一去不回。至今音问不通,未审死活存亡。你是何处光棍,却来冒认别人做姐姐!"张胜道:"你要问善聪妹子,我即是也。"说罢,放声大哭。姐姐还不信是真,问道:"你既是善聪

---

　　①担带:担当,承担。也作"担代"、"担待"、"担戴"。

　　②孤拐:踝骨,脚腕两旁突起的骨头。打孤拐是旧时一种刑罚,这里所说"一百孤拐"就是打一百下孤拐的意思。

妹子，缘何如此妆扮？"张胜道："父亲临行时将我改扮为男，只说是外甥张胜，带出来学做生理。不期两年上父亲一病而亡①，你妹子虽然殡殓，却恨孤贫不能扶枢而归。有个同乡人李秀卿，志诚君子，你妹子万不得已，只得与他八拜为交，合伙营生，淹留江北。不觉又六七年，今岁始办归计。适才到此，便来拜见姐姐，别无他故。"姐姐道："原来如此，你同个男子合伙营生，男女相处许多年，一定配为夫妇。自古明人不做暗事，何不带顶髻儿还好看相②，恁般乔打扮回来，不雌不雄，好不羞耻人！"张胜道："不欺姐姐，奴家至今还是童身，岂敢行苟且之事玷辱门风！"道聪不信，引入密室验之。你说怎么验法？用细细干灰铺放余桶之内③，却教女子解了下衣坐于桶上，用绵纸条栖入鼻中④，要他打喷嚏。若是破身的，上气泄，下气亦泄，干灰必然吹动；若是童身，其灰如旧。朝廷选妃，都用此法，道聪生长京师，岂有不知？当时试那妹子，果是未破的童身，于是姊妹两人抱头而哭。道聪慌忙开箱，取出自家裙袄，安排妹子香汤沐浴，教他更换衣服。妹子道："不欺姐姐，我自从出去，未曾解衣露体。今日见了姐姐，方才放心耳。"那一晚张二哥回家，老婆打发在外厢安歇⑤。姊妹二人同被而卧，各诉衷肠，整整的叙了一夜说话，眼也不曾合缝。

　　次日起身，黄善聪梳妆打扮起来，别自一个模样，与姐夫、姐姐重新叙礼。道聪在丈夫面前夸奖妹子贞节，连李秀卿也称赞了几句："若不是个真诚君子，怎与他相处得许多时？"话犹未绝，只听得门外咳嗽一声，问道："里面有人么？"黄善聪认得是李秀卿声音，对姐姐说："教姐夫出去迎他，我今番不好相见了。"道聪道："你既与他

①上：用在名词后，表示方位、时间或空间范围。

②带：戴。髻儿：指鬏髻，妇女头上装饰用的套网的假发髻。

③余桶：便桶。

④栖入：插入，放入。

⑤外厢：外屋。

结义过来，又且是个好人，就相见也不妨。"善聪颠倒怕羞起来，不肯出去。道聪只得先教丈夫出去迎接，看他口气觉也不觉。张二哥连忙趋出，见了李秀卿，叙礼已毕，分宾而坐。秀卿开言道："小生是李英，特到此访张胜兄弟，不知阁下是他何人？"张二哥笑道："是在下至亲，只怕他今日不肯与足下相会，枉劳尊驾。"李秀卿道："说那里话？我与他是异姓骨肉，最相爱契①，约定我今日到此，特特而来，那有不会之理？"张二哥道："其中有个缘故，容从容奉告。"秀卿性急，连连的催促，迟一刻只待发作出来了。慌得张二哥便往内跑，教老婆苦劝姨姐②，与李秀卿相见。善聪只是不肯出房。他夫妻两口躲过一边，倒教人将李秀卿请进内宅。

　　秀卿一见了黄善聪，看不仔细，倒退下七八步。善聪叫道："哥哥不须疑虑，请来叙话。"秀卿听得声音，方才晓得就是张胜，重走上前作揖道："兄弟，如何恁般打扮？"善聪道："一言难尽，请哥哥坐了，容妹子从容告诉。"两人对坐了，善聪将十二岁随父出门始末根由细细述了一遍，又道："一向承哥哥带挈提携，感谢不尽。但在先有兄弟之好，今后有男女之嫌，相见只此一次，不复能再聚矣。"秀卿听说，骇了半晌，自思五六年和他同行同卧，竟不晓得他是女子，好生懵懂！便道："妹子听我一言，我与你相契许久，你知我知，往事不必说了。如今你既青年无主，我亦壮而未娶，何不推八拜之情③，合二姓之好，百年谐老，永远团圆，岂不美哉！"善聪羞得满面通红，便起身道："妾以兄长高义，今日不避形迹，厚颜请见。兄乃言及于乱，非妾所以待兄之意也。"说罢，一头走进去，一头说道："兄宜速出，勿得停滞，以招物议④。"

---

　①爱契：契爱，相契，友爱。

　②姨姐：妻子的姐妹。这里指小姨子。

　③推：白维国主编《白话小说语言词典》："顾及；念及；联想到。[例]如今总推杨幺情面，勿生芥蒂，夫妻欢好如初。(后水浒·一六)。"

　④物议：众人的议论。这里指外界的批评。

　　秀卿被发作一场,好生没趣。回到家中,如痴如醉,颠倒割舍不下起来。乃央媒姬去张家求亲说合。张二哥夫妇到也欣然,无奈善聪立意不肯,道:"嫌疑之际,不可不谨。今日若与配合,无私有私①,把七年贞节一旦付之东流,岂不惹人嘲笑!"媒姬与姐姐两口交劝,只是不允。那边李秀卿执意定要娶善聪为妻,每日缠着媒姬要他奔走传话。三回五转,徒惹得善聪焦燥,并不见松了半分口气。似恁般说,难道这头亲事就不成了? 且看下回分解。正是:

　　七年兄弟意殷勤,今日重逢局面新。

　　欲表从前清白操,故甘薄幸拒姻亲。

　　天下只有三般口嘴极是利害:秀才口,骂遍四方;和尚口,吃遍四方;媒婆口,传遍四方。且说媒婆口怎地传遍四方? 那做媒的有几句口号:

　　东家走,西家走,两脚奔波气常吼。牵三带四有商量,走进人家不怕狗。前街某,后街某,家家户户皆朋友。相逢先把笑颜开,惯报新闻不待叩。说也有,话也有,指长话短舒开手。一家有事百家知,何曾留下隔宿口②? 要骗茶,要吃酒,脸皮三寸三分厚。若还羡他说作高③,拌干涎沫七八斗。

那黄善聪女扮男妆,千古奇事,又且恁地贞节,世世罕有,这些媒姬走一遍,说一遍,一传十,十传百,霎时间满京城通知道了。人人夸美,个个称奇。虽缙绅之中谈及此事,都道:"难得,难得!"有守备太监李公④,不信其事,差人缉访,果然不谬。乃唤李秀卿来盘问,一一符合。因问秀卿:"天下美妇人尽多,何必黄家之女?"秀卿道:"七年契爱,意不能舍,除却此女,皆非所愿。"李公意甚悯之,乃藏秀卿于

――――――――――

　　①无私有私:意思是本无私情,现在却有私情的嫌疑。

　　②隔宿:隔夜,相隔一夜。

　　③说作高:说话本领高强。说作,说,谈讲。

　　④守备太监:明代设南京守备,节制本区各卫所,为重要军职。明仁宗洪熙元年(1425)始以太监为之,握有实权。

衙门中。次日唤前媒妪来，分付道："闻知黄家女贞节可敬，我有个侄儿欲求他为妇，汝去说合，成则有赏。"那时守备太监正有权势，谁敢不依？媒妪回覆，亲事已谐了。李公自出己财替秀卿行聘，又赁下一所空房，密地先送秀卿住下。李公亲身到彼主张花烛，笙箫鼓乐，取那黄善聪进门成亲。交拜之后，夫妻相见，一场好笑。善聪明知落了李公圈套，事到其间，推阻不得。李公就认秀卿为侄，大出资财，替善聪备办妆奁。又对合城官府说了，五府六部及府尹县官①，各有所助。一来看李公面上，二来都道是一桩奇事，人人要玉成其美。秀卿自此遂为京城中富室，夫妻相爱，连育二子，后来读书显达。有好事者，将此事编成唱本说唱，其名曰《贩香记》。有诗为证，诗曰：

> 七载男妆不露针，归来独守岁寒心。
>
> 编成小说垂闺训，一洗桑间濮上音②。

又有一首诗，单道太监李公的好处，诗曰：

> 节操恩情两得全，宦官谁似李公贤？
>
> 虽然没有风流分，种得来生一段缘。

---

①五府六部：泛指中央行政机构。五府，古代五官署的合称，说法不一。六部，指吏、户、礼、兵、刑、工六部。

②桑间濮上音：指淫靡之音。《礼记·乐记》："桑间濮上之音，亡国之音也。"郑玄注："濮水之上，地有桑间者，亡国之音于此之水出也。昔殷纣使师延作靡靡之乐，已而自沉于濮水。"后以"桑间濮上"指淫靡之乐。又相传桑间濮上常有很多男女聚会，故"桑间濮上"也指男女幽会之所。濮水，古黄河、济水的分流，流经今河南滑县，久已湮没。桑间，旧注在濮阳（今濮阳市）南。

第二十九卷

月明和尚度柳翠

万里新坟尽少年，修行莫待鬓毛斑。

前程黑暗路头险，十二时中自著研①。

这四句诗，单道著禅和子打坐参禅②，得成正果③，非同容易，有多少先作后修，先修后作的和尚④。自家今日说这南渡宋高宗皇帝在位，绍兴年间，有个官人姓柳，双名宣教，祖贯温州府永嘉县崇阳镇人氏。年方二十五岁，胸藏千古史，腹蕴五车书。自幼父母双亡，蚤年孤苦，宗族又无所依，只身笃学，赘于高判使家⑤。后一举及第，

---

① 十二时：古代分一日夜为十二时、以干支为纪。十二时中：也就是一昼夜之中，表示无时无刻。著(zhuó)研：词义不明，疑指用心参研(佛理)。按：此四句诗与《金瓶梅词话》第七十五回开头的一首七律中的首联和尾联基本相同。梅节《金瓶梅词话校读记》："郑廷玉《布袋和尚忍字记》杂剧，演布袋和尚点化孤寒财主刘均佐及早修行：'生死事大，无常迅速'、'如十人上山，各自努力'。第三折偈中有此一句：'十二时中自着肩'。'着肩'指承担后果，义长。或'研'为后来传写之误。"

② 禅和子：禅僧，参禅之人。也称"禅和"、"禅和者"。《佛学大词典》："禅和者，参禅之人也。和子、和者，亲人之语。"《汉语大词典》："禅和子：参禅人的通称。有亲如伙伴之意。和，谓和尚。"

③ 正果：佛教称学佛修道有所证悟为证果，又因学佛证得之果，与外道之盲修瞎炼所得有正邪之别，故名正果。

④ 先作后修，先修后作：确切意思不明。大概"作"指作善，即奉行(包括讲说)众善，如供佛、布施、立像、诵经、写经等。"修"指修道，即通过"修定"("禅定")证悟佛理。《百喻经》中有"修行善法，作诸功德"、"修行道品，作诸功德"等语，据此可明"修"、"作"之所指。

⑤ 判使：唐代户部有判使。宋代有判三司事，为三司之长官，主管国家财政，别名判使。又，宋代户部使，也称判使。

御笔授得宁海军临安府府尹。恭人高氏①,年方二十岁,生得聪明智慧,容貌端严。新赘柳府尹在家,未及一年,欲去上任,遂带一仆,名赛儿。一日辞别了丈人、丈母,前往临安府上任。饥餐渴饮,夜住晓行,不则一日,已到临安府接官亭。盖有所属官吏师生、粮里耆老②、住持僧道、行首人等、弓兵隶卒、轿马人夫②,俱在彼处,迎接入城。到府中,搬移行李什物,安顿已完,这柳府尹出厅到任。厅下一应人等参拜已毕,柳府尹遂将参见人员花名手本③,逐一点过不缺,止有城南水月寺竹林峰住持玉通禅师,乃四川人氏,点不到。府尹大怒道:"此秃无礼!"遂问五山十刹禅师④:"何故此僧不来参接? 拿来问罪!"当有各寺住持禀覆相公:"此僧乃古佛出世,在竹林峰修行,已五十二年,不曾出来。每遇迎送,自有徒弟。望相公方便⑤。"柳府尹虽依僧言不拿,心中不忿。各人自散。

当日府堂公宴,承应歌妓⑥,年方二八,花容娇媚,唱韵悠扬。府尹听罢大喜,问妓者何名,答言:"贱人姓吴,小字红莲,专一在上厅祗应。"当日酒筵将散,柳府尹唤吴红莲,低声分付:"你明日用心去水月寺内,哄那玉通和尚云雨之事。如了事,就将所用之物前来照

---

①恭人:古代妇人的封号。宋代中散大夫以上、元代六品以上、明清四品以上的官员之母与妻封恭人。宋元时恭人也用作对官吏妻子的敬称。

②粮里:指粮长、里长。粮长:明代于各乡设粮长,以大户充当,负责征收和运送粮税。这里"粮里耆老"是泛指地方上有一定地位名望的人。

③花名手本:花名指名单中登录的人名,因人名众多,各不相同,所以旧时称名单为花名册("花"是参杂不一的意思)。手本指下属见上司或门生见座师时所投的名帖。小说中常见"花名手本"连用,往往泛指名单或手本。如《西游记》第十六回:"行者道:'……都出来! 开具花名手本,等老孙逐一查点。'那上下房的院主,将本寺和尚、头陀、幸童、道人,尽行开具手本二张,大小人等,共计二百三十名。"

④五山十刹:泛指众多寺庙。

⑤方便:给予便利或帮助。这里指通融。

⑥承应:指艺人、歌妓等应宫廷或官府之召去表演和侍奉。

证①，我这里重赏，判你从良；如不了事，定当记罪。"红莲答言："领相公钧旨。"出府一路自思如何是好，眉头一蹙，计上心来。回家将柳府尹之事一一说与娘知，娘儿两个商议一夜。

至次日午时，天阴无雨，正是十二月冬尽天气。吴红莲一身重孝，手提羹饭，出清波门②。走了数里，将及近寺，已是申牌时分，风雨大作。吴红莲到水月寺山门下，倚门而立，进寺，又无人出。直等到天晚，只见个老道人出来关山门。红莲向前道个万福，那老道人回礼道："天色晚了，娘子请回，我要关山门。"红莲双眼泪下，拜那老道人："望公公可怜，妾在城住，夫死百日，家中无人，自将羹饭祭奠。哭了一回，不觉天晚雨下，关了城门，回家不得，只得投宿寺中。望公公慈悲，告知长老，容妾寺中过夜，明蚤入城，免虎伤命。"言罢两泪交流，拜倒于山门地下，不肯走起。那老道人乃言："娘子请起，我与你裁处。"红莲见他如此说，便立起来。

那老道人关了山门，领着红莲到僧房侧首一间小屋，乃是老道人卧房，教红莲坐在房内。那老道人连忙走去长老禅房里法座下，禀覆长老道："山门下有个年少妇人，一身重孝，说道丈夫死了，今日到坟上做羹饭，风雨大作，关了城门，进城不得，要在寺中权歇，明蚤入城，特来禀知长老。"长老见说，乃言："此是方便之事，天色已晚，你可教他在你房中过夜，明日五更打发他去。"道人领了言语，来说与红莲知道。红莲又拜谢："公公救命之恩，生死不忘大德。"言罢，坐在道人房中板凳上。那老道人自去收拾，关门闭户已了，来房中土榻上和衣而睡。这老道人日间辛苦，一觉便睡著。

原来水月寺在桑菜园里，四边又无人家，寺里有两个小和尚都去化缘，因此寺中冷静，无人走动。这红莲听得更鼓已是二更，心中想道："如何事了？"心乱如麻，遂乃轻移莲步，走至长老房边。那间

①照证：验证，对证。也指凭证，证据。

②清波门：杭州城西边城门之一，俗称"暗门"，水月寺在清波门西南梯云岭下。

禅房关著门,一派是大槅窗子①,房中挂著一碗琉璃灯,明明亮亮。长老在禅椅之上打坐,也看见红莲在门外。红莲看著长老,遂乃低声叫道:"长老慈悲为念,救度妾身则个。"长老道:"你可去道人房中权宿,来蚤入城,不可在此搅扰我禅房,快去,快去!"红莲在窗外深深拜了十数拜道:"长老慈悲为本,方便为门。妾身衣服单薄,夜寒难熬,望长老开门,借与一两件衣服遮盖身体。救得性命,自当拜谢。"道罢,哽哽咽咽哭将起来。这长老是个慈悲善人,心中思忖道:"倘若寒禁②,身死在我禅房门首,不当稳便。自古道:'救人一命,胜造七级浮屠。'"从禅床上走下来,开了槅子门放红莲进去。长老取一领破旧禅衣把与他,自己依旧上禅床上坐了。红莲走到禅床边深深拜了十数拜,哭哭啼啼道:"肚疼死也。"这长老并不采他,自己瞑目而坐。怎当红莲哽咽悲哀,将身靠在长老身边,哀声叫疼叫痛,就睡倒在长老身上,或坐在身边,或立起叫唤不止。约莫也是三更,长老忍口不住,乃问红莲曰:"小娘子,你如何只顾哭泣?那里疼痛?"红莲告长老道:"妾丈夫在日,有此肚疼之病,我夫脱衣将妾搂于怀内,将热肚皮贴著妾冷肚皮,便不疼了。不想今夜疼起来,又值寒冷,妾死必矣。怎地得长老肯救妾命,将热肚皮贴在妾身上,便得痊可。若救得妾命,实乃再生之恩。"长老见他苦告不过,只得解开衲衣,抱那红莲在怀内。这红莲赚得长老肯时,便慌忙解了自的衣服,赤了下截身体,倒在怀内道:"望长老一发去了小衣,将热肚皮贴一贴,救妾性命。"长老初时不肯,次后三回五次,被红莲用尖尖玉手解了裙裤。一把撮那长老玉茎在手,撼动刑得硬了,将自己阴户相辏,此时不由长老禅心不动。这长老看了红莲如花似玉的身体,春心荡漾起来,两个就在禅床上两相欢洽。正是:

　　岂顾如来教法,难遵佛祖遗言。一个色眼横斜,气喘声嘶,

---

① 一派:一片。这里有全部的意思。
② 寒禁:许政扬注:"寒气逼迫。"《白话小说语言词典》释为"冻僵"。按:疑即"寒噤",因寒冷而哆嗦。

好似莺穿柳影；一个淫心荡漾，言娇语涩，浑如蝶戏花阴。和尚枕边，诉云情雨意；红莲枕上，说海誓山盟。玉通房内，番为快活道场；水月寺中，变作极乐世界。

长老搂著红莲问道："娘子高姓何名？那里居住？因何到此？"红莲曰："不敢隐讳，妾乃上厅行首，姓吴，小字红莲，在于城中南新桥居住。"长老此时被魔障缠害，心欢意喜，分付道："此事只可你知我知，不可泄于外人。"少刻，云收雨散，被红莲将口扯下白布衫袖一只，抹了长老精污，收入袖中。这长老困倦不知。长老虽然如此，心中疑惑，乃问红莲曰："姐姐此来必有缘故，你可实说。"再三逼迫，要问明白。红莲被长老催逼不过，只得实说："临安府新任柳府尹，怪长老不出寺迎接，心中大恼，因此使妾来与长老成其云雨之事。"长老听罢大惊，悔之不及，道："我的魔障到了，吾被你赚骗，使我破了色戒，堕于地狱。"此时东方已白，长老教道人开了寺门。红莲别了长老，急急出寺回去了。

却说这玉通禅师教老道人烧汤："我要洗浴。"老道人自去厨下烧汤，长老磨墨捻笔，便写下八句《辞世颂》[1]，曰：

> 自入禅门无挂碍，五十二年心自在。
>
> 只因一点念头差，犯了如来淫色戒。
>
> 你使红莲破我戒，我欠红莲一宿债。
>
> 我身德行被你亏，你家门风还我坏[2]。

写毕折了，放在香炉足下压著。道人将汤入房中，伏侍长老洗浴罢，换了一身新禅衣，叫老道人分付道："临安府柳府尹差人来请我时，你可将香炉下简帖把与来人，教他回覆，不可有误。"道罢，老道人自去殿上烧香扫地，不知玉通禅师已在禅椅上圆寂了[3]。

---

①《辞世颂》：佛教徒临死时作的偈颂。颂，指偈颂，也叫"偈"、"偈子"、"偈语"等，佛经中的唱颂词，也指佛教徒所作含佛理或哲理的诗句。

②你家门风还我坏："还"字费解。徐渭《四声猿·玉禅师翠乡一梦》中亦有此句，"还"作"被"。按："还"有"却"字义，表转折。

③圆寂：佛教对于僧尼死亡的一种美称。《释氏要览》卷下："释氏死，谓涅槃、圆寂、归真、归寂、灭度、迁化、顺世，皆一义也，随便称之，盖异俗也。"

　　话分两头。却说红莲回到家中,吃了蚤饭,换了色衣,将著布衫袖①,径来临安府见柳府尹。府尹正坐厅,见了红莲,连忙退入书院中,唤红莲至面前,问:"和尚事了得否?"红莲将夜来事备细说了一遍,袖中取出衫袖递与看了。柳府尹大喜,教人去堂中取小小墨漆盒儿一个,将白布衫袖子放在盒内,上面用封皮封了。捻起笔来,写一简子,乃诗四句,其诗云:

　　　　水月禅师号玉通,多时不下竹林峰。

　　　　可怜数点菩提水,倾入红莲两瓣中。

写罢,封了简子,差一个承局②:"送与水月寺玉通和尚,要讨回字,不可迟误。"承局去了。柳府尹赏红莲钱五百贯,免他一年官唱。红莲拜谢,将了钱自回去了,不在话下。

　　却说承局赍著小盒儿并简子来到水月寺中,只见老道人在殿上烧香。承局问:"长老在何处?"老道人遂领了承局,径到禅房中时,只见长老已在禅椅上圆寂去了。老道人言:"长老曾分付道:'若柳相公差人来请我,将香炉下简子去回覆。'"承局大惊道:"真是古佛,预先已知此事。"

　　当下承局将了回简并小盒儿,再回府堂,呈上回简并原简,说长老圆寂一事。柳宣教打开回简一看,乃是八句《辞世颂》,看罢吃了一惊,道:"此和尚乃真僧也,是我坏了他德行。"懊悔不及。差人去叫匠人合一个龛子③,将玉通和尚盛了,教南山净慈寺长老法空禅师④,与玉通和尚下火⑤。

　　却说法空径到柳府尹厅上取覆相公,要问备细。柳府尹将红莲

---

　　①将:拿,带。

　　②承局:官府的差役。

　　③合:合成,制作。龛子:指僧棺,一种火化时用的木龛。

　　④南山净慈寺:在杭州南屏山,五代后周显德元年(954)钱镠建,号"慧日永明院",南宋绍兴九年(1139),敕改"净慈报恩光孝寺",寺屡毁屡复(据《西湖游览志》卷三),为南宋五大佛寺("五山")之一。

　　⑤下火:指佛教徒火葬时举行燃火的仪式。

事情说了一遍。法空禅师道："可惜，可惜，此僧差了念头，堕落恶道矣①。此事相公坏了他德行，贫僧去与他下火，指点教他归于正道，不堕畜生之中。"言罢别了府尹，径到水月寺，分付抬龛子出寺后空地。法空长老手捻火把，打个圆相②，口中道：

　　自到川中数十年③，曾在毗卢顶上眠④。

　　欲透赵州关捩子⑤，好姻缘做恶姻缘。

　　桃红柳绿还依旧，石边流水冷湲湲⑥。

　　今朝指引菩提路⑦，再休错意念红莲。

　　恭惟圆寂玉通大和尚之觉灵曰⑧：惟灵五十年来古拙，心中皎如明月；有时照耀当空，大地乾坤清白。可惜法名玉通，今朝做事不通。不去灵山参佛祖⑨，却向红莲贪淫欲。本是色即是

---

①恶道：佛教语。道是通的意思。指生前造恶作业，死后趋往的苦恶处所。
　　一般以地狱、饿鬼、畜生三者称为三恶道。又称"恶趣"。趣，趋往。

②圆相：指在空中画一圆圈。在空中或地上画圆圈，本是禅僧参禅时所为，
　　始自唐代僧人慧忠（见《景德传灯录》卷五"慧忠国师"）。

③自到川中数十年：按前面说玉通乃四川人氏，在竹林峰修行已五十二年，
　　而此处说"自到川中"云云，殊不可解。

④曾在毗卢顶上眠：比喻学佛参禅。毗卢，佛名，毗卢舍那（或译作"毗卢遮
　　那"）的略称。佛教内部解释不一，天台宗认为是法身佛。《碧岩录》九十
　　九："肃宗皇帝问忠国师：'如何是十身调御？'国师云：'檀越踏毗卢顶上
　　行。'帝云：'寡人不会。'国师云：'莫认自己清净法身。'"《大慧普说》二："高
　　步毗卢顶，不禀释迦文。"《普灯录》十八："坐断毗卢顶领，须是没量大人。"

⑤欲透赵州关捩（lì）子：指想要参透佛理。赵州，指唐代高僧从谂（shěn），本
　　姓郝，曹州人，南泉普愿禅师弟子。他住持于赵州（今河北赵县）观音院，
　　传扬佛教，不遗余力，世称"赵州和尚"。关捩子，机轴，机关。比喻事物、
　　观点等突然转变的关键。这里以"赵州关捩子"比喻高深的禅理。

⑥湲湲（yuán）：水流声。

⑦菩提：梵语，意译为"正觉"，即明辨善恶、觉悟真理之意。

⑧恭惟：自谦之词，犹言敬思、窃意。觉灵：对僧人魂灵的称呼。

⑨灵山：灵鹫山的省称。在古印度摩揭陀国王舍城之东北，释迦曾在此
　　讲经。

空，谁想空即是色！无福向狮子光中^①，享天上之逍遥；有分去驹儿隙内^②，受人间之劳碌。虽然路径不迷，争奈去之太速。大众莫要笑他，山僧指引不俗。咦！

　　一点灵光透碧霄，兰堂画阁添澡浴^③。

法空长老道罢，掷下火把，焚龛将尽。当日，看的人不知其数，只见火焰之中，一道金光冲天而去了。法空长老与他拾骨入塔，各自散去。

　　却说柳宣教夫人高氏，于当夜得一梦，梦见一个和尚，面如满月，身材肥壮，走入卧房。夫人吃了一惊，一身香汗惊醒。自此不觉身怀六甲^④。光阴似箭，看看十月满足，夫人临盆分娩，生下一个女儿。当时侍妾报与柳宣教："且喜夫人生得一个小姐！"三朝满月，取名唤做翠翠。百日周岁，做了多少筵席。正是：

　　窗外日光弹指过，席前花影座间移。

这柳翠翠长成八岁，柳宣教官满将及，收拾还乡。端的是：

　　世间好物不坚牢，彩云易散琉璃脆^⑤。

柳宣教感天行时疫病^⑥，无旬日而故。这柳府尹做官清如水，明似镜，不贪贿赂，囊箧淡薄。夫人具棺木盛贮，挂孝看经，将灵柩寄在柳州寺内^⑦。夫人与仆赛儿并女翠翠欲回温州去，路途遥远，又无亲

---

①狮子光：犹言佛光，指佛所带来的光明。佛教称佛为"人中狮子"（《智度论》）。

②驹儿隙：比喻短暂的人生。《庄子·知北游》："人生天地之间，若白驹之过隙，忽然而已。"

③兰堂画阁添澡浴：指玉通投胎转世。兰堂画阁，指富贵人家。澡浴，指新生儿沐浴，俗称"洗儿"。

④身怀六甲：称妇女怀孕。六甲，传说为天帝造物之日。

⑤"世间"二句：语本白居易《简简吟》："大都好物不坚牢，彩云易散琉璃脆。"

⑥天行时疫：流行病。也单说"天行"。

⑦柳州寺：寺在涌金门外。据明许应元说："柳州寺故多寓棺。"（见《文章辨体汇选》卷五百五十八）。

族投奔,身边些小钱财难供路费,乃于在城白马庙前赁一间房屋①,三口儿搬来住下。又无生理,一住八年,囊箧消疏,那仆人逃走。

这柳翠翠长成,年纪一十六岁,生得十分容貌。这柳妈妈家中娘儿两个,日不料生,口食不敷,乃央间壁王妈妈问人借钱。借得羊坝头杨孔目课钱②,借了三千贯钱。过了半年,债主索取要紧。这柳妈妈被讨不过,出于无奈,只得央王妈妈做媒,情愿把女儿与杨孔目为妾,言过:"我要他养老。"不数日,杨孔目入赘在柳妈妈家,说:"我养你母子二人,丰衣足食,做个外宅。"

不觉过了两月,这杨孔目因蚤晚不便,又两边家火③,忽一日回家与妻商议,欲搬回家。其妻之父告女婿停妻娶妾,临安府差人捉柳妈妈并女儿一干人到官,要追原聘财礼。柳妈妈诉说贫乏无措,因此将柳翠翠官卖。

却说有个工部邹主事,闻知柳翠翠丰姿貌美,聪明秀丽,去问本府讨了,另买一间房子,在抱剑营街④,搬那柳妈妈并女儿去住下,养做外宅,又讨个奶子并小厮伏事走动。这柳翠翠改名柳翠。

原来南渡时,临安府最盛,只这通和坊这条街⑤,金波桥下,有座花月楼,又东去为熙春楼、南瓦子⑥,又南去为抱剑营、漆器墙、沙皮巷、融和坊,其西为太平坊、巾子巷、狮子巷,这几个去处都是瓦子。这柳翠是玉通和尚转世,天生聪明,识字知书。诗词歌赋,无所不通;女工针指,无有不会。这邹主事十日半月来得一遭,千不合,万

---

①白马庙:一名"护国天王堂",在寿域坊,西通七宝山。"白马"指"泥马渡康王"传说中的白马。

②羊坝头:杭州城内市西坊,又名三桥街,俗称羊坝头,在御街之西。孔目:即孔目官,宋时州府及部分中央机构中的高级吏人,总管狱讼、帐目、遗发等事务。课钱:赋税,税钱。

③家火:这里指生活开支、伙食费用。

④抱剑营街:杭州有上、下抱剑营,在通和坊南,本名宝剑营,五代时钱王屯军之所。

⑤通和坊:在御街东首,东通金波桥。

⑥南瓦子:南宋时杭州著名瓦舍,即在熙春楼下。

不合，住在抱剑营，是个行首窟里①。这柳翠每日清闲自在，学不出好样儿，见邻妓家有孤老来往，他心中欢喜，也去门首卖俏，引惹子弟们来观看。眉来眼去，渐渐来家宿歇。柳妈妈说他不下，只得随女儿做了行首。多有豪门子弟爱慕他，饮酒作乐，殆无虚日。邹主事看见这般行径，好不雅相，索性与他个决绝，再不往来。这边柳翠落得无人管束，公然大做起来。只因柳宣教不行阴骘，折了女儿，此乃一报还一报，天理昭然。后人观此，不可不戒。有诗为证，诗曰：

　　用巧计时伤巧计，爱便宜处落便宜②。

　　莫道自身侥幸免，子孙必定受人欺。

　　后来直使得一尊古佛，来度柳翠归依正道，返本还原，成佛作祖。你道这尊古佛是谁？正是月明和尚。他从小出家，真个是五戒具足③，一尘不染，在皋亭山显孝寺住持④。当先与玉通禅师俱是法门契友，闻知玉通圆寂之事，呵呵大笑道："阿婆立脚跟不牢，不免又去做媳妇也。"后来闻柳翠在抱剑营色艺擅名，心知是玉通禅师转世，意甚怜之。一日，净慈寺法空长老到显孝寺来看月明和尚，坐谈之次，月明和尚谓法空曰："老通堕落风尘已久，恐积渐沉迷，遂失本性，可以相机度他出世，不可迟矣。"

　　原来柳翠虽堕娟流，却也有一种好处，从小好的是佛法。所得缠头金帛之资⑤，尽情布施，毫不吝惜。况兼柳妈妈亲生之女，谁敢阻挡？在万松岭下⑥，造石桥一座，名曰柳翠桥；凿一井于抱剑营中，名曰柳翠井。其他方便济人之事不可尽说。又制下布衣一袭，每逢

---

①窟里：洞窟里。指某种人物汇集之处。

②落便宜：失掉便宜，吃亏。也说"折便宜"。

③五戒：佛教的五种戒律，即不杀生、不偷盗、不邪淫、不妄语、不饮酒食肉。

④皋亭山显孝寺：皋亭山在杭州东北约二三十里处，显孝寺是南宋绍兴年间为皇太后韦氏（宋高宗之母）而修建的。

⑤缠头：古代歌舞艺人表演完毕，客赠以罗锦，称"缠头"。后作为赠送女妓财物的统称。

⑥万松岭：在杭州城南凤山门（俗称正阳门）外，下岭为松林街。

月朔月望,卸下铅华,穿著布素,闭门念佛;虽宾客如云,此日断不接见,以此为常。那月明和尚只为这节上,识透他根器不坏,所以立心要度他。正是:

> 悭贪二字能除却,终是西方路上人。

却说法空长老当日领了月明和尚言语,到次日假以化缘为因,直到抱剑营柳行首门前,敲著木鱼,高声念道:

> 欲海轮回,沉迷万劫。眼底荣华,空花易灭。
> 一旦无常,四大消歇①。及早回头,出家念佛。

这日正值柳翠西湖上游耍刚回,听得化缘和尚声口不俗,便教丫鬟唤入中堂,问道:"师父,你有何本事,来此化缘?"法空长老道:"贫僧没甚本事,只会说些因果。"柳翠问道:"何为因果?"法空长老道:"前为因,后为果;作者为因,受者为果。假如种瓜得瓜,种豆得豆,种是因,得是果。不因种下,怎得收成? 好因得好果,恶因得恶果。所以说,要知前世因,今生受者是;要知后世因,今生作者是。"柳翠见说得明白,心中欢喜,留他吃了斋饭。又问道:"自来佛门广大,也有我辈风尘中人成佛作祖否?"法空长老道:"当初观音大士见尘世欲根深重,化为美色之女,投身妓馆,一般接客。凡王孙公子见其容貌,无不倾倒。一与之交接,欲心顿淡。因彼有大法力故,自然能破除邪网。后来无疾而死,里人买棺埋葬。有胡僧见其冢墓,合掌作礼,口称:'善哉,善哉!'里人说道:'此乃娼妓之墓,师父错认了。'胡僧说道:'此非娼妓,乃观世音菩萨化身,来度世上淫欲之辈归于正道。如若不信,破土观之,其形骸必有奇异。'里人果然不信,忙劚土破棺,见骨节联络,交锁不断,色如黄金,方始惊异。因就冢立庙,名为黄金锁子骨菩萨。这叫做清净莲花,污泥不染。小娘子今日混于风尘之中,也因前生种了欲根,所以今生堕落。若今日仍复执迷不悔,把倚门献笑认作本等生涯,将生生世世浮沉欲海,永无超脱轮回之

---

① 四大:佛教以地、水、火、风为四大,认为人和世界万物都由这四种元素合成。

日矣。"这席话,说得柳翠心中变喜为愁,翻热作冷,顿然起追前悔后之意,便道:"奴家闻师父因果之说,心中如触。倘师父不弃贱流,情愿供养在寒家,朝夕听讲,不知允否?"法空长老道:"贫僧道微德薄,不堪为师;此间皋亭山显孝寺有个月明禅师,是活佛度世,能知人过去未来之事。小娘子若坚心求道,贫僧当引拜月明禅师。小娘子听其讲解,必能洞了夙因,立地明心见性①。"柳翠道:"奴家素闻月明禅师之名,明日便当专访,有烦师父引进。"法空长老道:"贫僧当得。明日侵晨在显孝寺前相候,小娘子休得失言。"柳翠舒出尖尖玉手,向乌云鬓边拔下一对赤金凤头钗,递与长老道:"些须小物,权表微忱,乞师父笑纳。"法空长老道:"贫僧虽则募化,一饱之外,别无所需,出家人要此首饰何用?"柳翠道:"虽然师父用不著,留作山门修理之费,也见奴家一点诚心。"法空长老那里肯受,合掌辞谢而去。有诗为证:

> 追欢卖笑作生涯,抱剑营中第一家。
>
> 终是法缘前世在,立谈因果倍嗟呀。

再说柳翠自和尚去后,辗转寻思,一夜不睡。次早起身,梳洗已毕,浑身上下换了一套新衣,只说要往天竺进香②,妈妈谁敢阻当?教丫鬟唤个小轿,一径抬到皋亭山显孝寺来。那法空长老早在寺前相候,见柳翠下轿,引入山门,到大雄宝殿拜了如来,便同到方丈参谒月明和尚。正值和尚在禅床上打坐,柳翠一见,不觉拜倒在地,口称:"弟子柳翠参谒。"月明和尚也不回礼,大喝道:"你二十八年烟花债,还偿不够,待要怎么?"吓得柳翠一身冷汗,心中恍惚,如有所悟。再要开言问时,月明和尚又大喝道:"恩爱无多,冤仇有尽,只有佛

---

①明心见性:佛教语。指屏弃世俗一切杂念,彻悟因杂念而迷失了的本性(即佛性)。

②天竺:杭州天竺山有上、中、下三天竺寺。

性,常明不灭。你与柳府尹打了平火^①,该收拾自己本钱回去了。"说得柳翠肚里恍恍惚惚,连忙磕头道:"闻知吾师大智慧、大光明,能知三生因果。弟子至愚无识,望吾师明言指示则个。"月明和尚又大喝道:"你要识本来面目,可去水月寺中,寻玉通禅师与你证明。快走,快走! 走迟时,老僧禅杖无情,打破你这粉骷髅。"这一回话,唤做"显孝寺堂头三喝"^②。正是:

　　　　欲知因果三生事,只在高僧棒喝中。

　　柳翠被月明师父连喝三遍,再不敢开言。慌忙起身,依先出了寺门,上了小轿,分付轿夫径抬到水月寺中,要寻玉通禅师证明。

　　却说水月寺中行者,见一乘女轿远远而来,内中坐个妇人。看看抬入山门,忽忙唤集火工道人^③,不容他下轿。柳翠问其缘故,行者道:"当初被一个妇人,断送了我寺中老师父性命,至今师父们分付不容妇人入寺。"柳翠又问道:"甚么妇人? 如何有恁样做作?"行者道:"二十八年前,有个妇人夜来寺中投宿,十分哀求,老师父发起慈心,容他过夜。原来这妇人不是良家,是个娼妓,叫做吴红莲,奉柳府尹钧旨,特地前来哄诱俺老师父。当夜假装肚疼,要老师父替他偎贴,因而破其色戒。老师父惭愧,题了八句偈语,就圆寂去了。"柳翠又问道:"你可记得他偈语么?"行者道:"还记得。"遂将偈语八句,念了一遍。柳翠听得念到"我身德行被你亏,你家门风还我坏",心中豁然明白,恰像自家平日做下的一般。又问道:"那位老师父唤甚么法名?"行者道:"是玉通禅师。"

　　柳翠点头会意,急唤轿夫抬回抱剑营家里,分付丫鬟:"烧起香汤,我要洗澡。"当时丫鬟伏侍沐浴已毕,柳翠挽就乌云^④,取出布衣穿了,掩上房门。卓上见列著文房四宝,拂开素纸,题下偈语二首。

────────

①打平火:本指大家平均出钱聚餐,也作"打平伙"、"打平和"。这里比喻两不吃亏。

②堂头:"堂头和尚"之略。僧寺住持的别称。

③火工道人:寺庙中的杂工。

④乌云:喻指妇女的黑发。

偈云：

> 本因色戒翻招色，红裙生把缁衣革。
>
> 今朝脱得赤条条，柳叶莲花总无迹。

又云：

> 坏你门风我亦羞，冤冤相报甚时休？
>
> 今朝卸却恩仇担，廿八年前水月游。

后面又写道："我去后随身衣服入殓，送到皋亭山下，求月明师父一把无情火烧却。"写毕，掷笔自逝。丫鬟推门进去，不见声息，向前看时，见柳翠盘膝坐于椅上。叫呼不应，已坐化去了。慌忙报知柳妈妈。柳妈妈吃了一惊，呼儿叫肉，啼哭将来。乱了一回，念了二首偈词，看了后面写的遗嘱，细问丫鬟天竺进香之事，方晓得在显孝寺参师，及水月寺行者一段说话。分明是丈夫柳宣教不行好事，破坏了玉通禅师法体，以致玉通投胎柳家，败其门风。冤冤相报，理之自然。今日被月明和尚指点破了，他就脱然而去。他要送皋亭山下，不可违之。但遗言火厝①，心中不忍。所遗衣饰尽多，可为造坟之费。当下买棺盛殓，果然只用随身衣服，不用锦绣金帛之用。入殓已毕，合城公子王孙平昔往来之辈，都来探丧吊孝。闻知坐化之事，无不嗟叹。柳妈妈先遣人到显孝寺，报与月明和尚知道，就与他商量埋骨一事。月明和尚将皋亭山下隙地一块助与柳妈妈，择日安葬。合城百姓闻得柳翠死得奇异，都道活佛显化，尽来送葬。造坟已毕，月明和尚向坟合掌作礼，说偈四句。偈云：

> 二十八年花柳债，一朝脱卸无拘碍。
>
> 红莲柳翠总虚空，从此老通长自在。

至今皋亭山下，有个柳翠墓古迹。有诗为证：

> 柳宣教害人自害，通和尚因色堕色。
>
> 显孝寺三喝机锋②，皋亭山青天白日。

---

① 火厝(cuò)：指火葬。

② 机锋：佛教禅宗用语，主要指迅捷锐利、不落迹象、含意深刻的语句。

第三十卷

明悟禅师赶五戒

昔为东土寰中客^①，今作菩提会上人^②。

手把杨枝临净土^③，寻思往事是前身^④。

话说昔日唐太祖姓李名渊，承隋天下，建都陕西长安，法令一新。仗着次子世民，扫清七十二处狼烟^⑤，收伏一十八处蛮洞^⑥，改号武德，建文学馆以延一十八学士，造凌烟阁以绘二十三功臣^⑦，相魏徵、杜如晦、房玄龄等辈以治天下。贞观、治平、开元^⑧，这几个年号，都是治世。只因玄宗末年，宠任奸臣李林甫、卢杞、杨国忠等^⑨，以召安禄山之乱。后来虽然平定，外有藩镇专制，内有宦官弄权，君子退，小人进，终唐之世不得太平。

①东土寰中：指中国。东土，古代泛指今陕西以东地区，也用以代指中国。
寰中，宇内，天下。

②菩提会：参究菩提佛理的集会。

③杨枝：即"齿木"（梵语 dantakāstha）。取杨柳等小枝，将枝头咬嚼成细条，用以刷牙，故称杨枝。晋法显《佛国记》："出沙祇城南门，道东，佛本在此嚼杨枝。"古代印度风俗，凡邀请宾朋，先赠杨枝及香水等祝其健康，以表恳请之意。奉请佛菩萨时亦用杨枝净水。《法苑珠林》卷七四："我今已具杨枝净水，惟愿大慈哀愍摄受……我今稽首归依奉请。"净土：一名佛土。佛教指佛所居住的无尘世污染的清净世界，多指西方阿弥陀佛净土。

④寻思往事是前身：以上四句诗系据白居易诗《临水坐》改写，原诗为："昔为东掖垣中客，今作西方社内人。手把杨枝临水坐，闲思往事似前身。"

⑤七十二处狼烟：泛指许多地方的战乱。狼烟，燃烧狼粪升起的烟，古时边防用作军事上的报警信号。这里比喻战火。

⑥一十八处蛮洞：泛指各地少数民族。

⑦凌烟阁：参见卷二十一"凌云阁"注。二十三功臣：应为"二十四功臣"。

⑧治平：北宋英宗年号（1064—1067），与唐无涉。

⑨卢杞：唐德宗时的宰相，与唐玄宗无涉。

　　且说洛阳有一人,姓李名源①,字子澄,乃饱学之士,腹中记诵五车书,胸内包藏千古史。因见朝政颠倒,退居不仕,与本处慧林寺首僧圆泽为友②,交游甚密。泽亦诗名遍洛,德行满野,乃宿世古佛③,一时豪杰皆敬慕之。每与源游山玩水,吊古寻幽,赏月吟风,怡情遣兴,诗赋文词,山川殆遍。忽一日,相约同舟往瞿塘三峡,游天开图画寺④。源带一仆人,泽携一弟子,共四人发舟。不半月间至三峡,舟泊于岸,振衣而起。忽见一妇人,年约三旬,外服旧衣,内穿锦裆⑤,身怀六甲,背负瓦罂而汲清泉⑥。圆泽一见,愀然不悦,指谓李源曰:"此孕妇乃某托身之所也,明早吾即西行矣。"源愕然曰:"吾师此言,是何所主也⑦?"圆泽曰:"吾今圆寂,自有相别言语。"四人乃入寺,寺僧接入。茶毕,圆泽备道所由,众皆惊异。泽乃香汤沐浴,分付弟子已毕,乃与源诀别。说道:"泽今幸生四旬,与君交游甚密。今大限到来,只得分别。后三日,乞到伊家相访,乃某托身之所。三日浴儿,以一笑为验,此晚吾亦卒矣。再后十二年,到杭州天竺寺相见。"乃取纸笔作《辞世颂》曰:

　　①李源:唐代人,其父李憕,天宝间为东京(洛阳)留守,为安禄山所杀。

　　②慧林寺:应作"惠林寺",安史之乱前为李憕的别墅。《旧唐书·忠义下·李源传》:"洛阳之北惠林寺,憕之旧墅也,源乃依寺僧,寓居一室。"《太平广记》等记李源事均作"惠林寺"。首僧:指方丈、住持。

　　③宿世:前世,前生。

　　④天开图画寺:不详。南宋王象之《舆地纪胜》卷七十三《荆湖北路·峡州·景物下》:"天工图画:在城东五里云际院。"峡州,治所在夷陵县(今湖北宜昌)。天开图画是天然美景的意思,常用作亭台楼阁的命名。峡州的"天开图画",疑即云际院中的楼阁名。

　　⑤裆:衣名。这里指坎肩、背心。

　　⑥瓦罂(yīng):陶制的小口大肚容器。

　　⑦主:预示,预兆。这里相当于"指"。

四十年来体性空①,多于诗酒乐心胸。

今朝别却故人去,日后相逢下竺峰②。

咦! 幻身复入红尘内③,赢得君家再与逢。

偈毕,跏趺而化④。本寺僧众具衣龛,送入后山岩中,请本寺月峰长老下火。僧众诵经已毕,月峰坐在轿上,手执火把,打个问讯,念云:

三教从来本一宗,吾师全具得灵通。

今朝觉化归西去⑤,且听山僧道本风⑥。

恭惟圆寂圆泽禅师堂头大和尚之觉灵曰:惟灵生于河南,长在洛阳。自入空门,心无挂碍。酒吞江海,诗泣鬼神。惟思玩水寻山,不厌粗衣藜食。交至契之李源,游瞿塘之三峡。因见孕妇而负罂,乃思托身而更出。再世杭州相见,重会今日交契。如今送入离宫⑦,听取山僧指秘。咄! 三生共会下竺峰,葛洪井畔寻踪迹⑧。

颂毕,茶毗之次⑨,见火中一道青烟直透云端,烟中显出圆泽全身本

---

①体性空:指领悟佛理。体,领悟,体察。性空,佛教语。佛教认为一切事物并无实体,都是因缘和合而生,即依靠其他原因、条件而生,不是从它自身中产生,因此不是真实的存在。这叫做"缘起性空"。

②下竺峰:杭州天竺山分上天竺、中天竺、下天竺。

③幻身:人身,形骸。佛教认为身躯由四大假合而成,无实如幻。

④跏趺:佛教徒的坐法,盘腿而坐,脚背放在股上。分降魔坐和吉祥坐两种。

⑤觉化:《汉语大词典》"觉化"条释文:"佛的化身。佛教认为佛的真身是法身,世人不能见,能见的是佛的化身。"按:这里似指僧人之死。

⑥本风:不详。疑是"本地风光"之省。本地风光,即本来面目,佛教指人人本具之心性。

⑦离宫:《白话小说语言词典》:"称僧人停灵之处,取离别尘世之意。"按:"送入离宫"应是火化之意。离宫是术数家所称"九宫"之一,方位属南,卦象为火。《封神演义》第六十四回:"离宫原是火之精,配合干支在丙丁。"可证离宫即指火而言。

⑧葛洪井:在下天竺。相传三国吴赤乌二年(239)葛洪得道于此,井为其遗迹。葛洪,东晋道教学者,字稚川,自号抱朴子。

⑨茶毗:梵语音译,义为焚烧、火葬。

相,合掌向空而去。少焉,舍利如雨①。众僧收骨入塔,李源不胜悲怆。

首僧留源在寺闲住数日。至第三日,源乃至寺前访于居民。去寺不半里,有一人家姓张,已于三日前生一子。今正三朝,在家浴儿。源乃恳求一见,其人不许。源告以始末,贿以金帛,乃令源至中堂。妇人抱子正浴,小儿见源果然一笑,源大喜而返。是晚,小儿果卒。源乃别长老回家不题。

日往月来,星移斗换,不觉又十载有余。时唐十六帝僖宗乾符三年,黄巢作乱,天下骚动,万姓流离。君王幸蜀,民舍宫室悉遭兵火,一无所存。亏着晋王李克用兴兵灭巢,僖宗龙归旧都,天下稍定,道路始通。源因货殖②,来至江浙路杭州地方。时当清明,正是良辰美景,西湖北山游人如蚁。源思十二年前圆泽所言“下天竺相会”,乃信步随众而行,见两山夹川,清流可爱,赏心不倦。不觉行入下竺寺西廊,看葛洪炼丹井。转入寺后,见一大石临溪,泉流其畔。源心大喜,少坐片时。忽闻隔川歌声,源见一牧童,年约十二三岁,身骑牛背,隔水高歌。源心异之,侧耳听其歌云:

　　三生石上旧精魂,赏月吟风不要论。
　　惭愧情人远相访③,此身虽异性常存。

又云:

　　身前身后事茫茫,欲话当时恐断肠。
　　吴越山川游已遍,却寻烟棹上瞿塘④。

歌毕,只见小童远远的看着李源拍手大笑。源惊异之,急欲过川相问而不可得。遥望牧童度柳穿林,不知去向。李源不胜惆怅,坐于石上久之。问于僧人,答道:“此乃葛稚川石也。”源深详其诗,乃十

---

① 舍利:梵语为“设利罗”,也叫“舍利子”。佛教称释迦牟尼遗体焚烧后结成珠状的东西,后来也指德行较高的和尚死后烧剩的骨头。

② 货殖:经商。

③ 情人:这里指故人,旧友。

④ 烟棹:烟舟,烟波中的小船。

二年圆泽之语并月峰下火文记①,至此在下竺相会,恰好正是三生。访问小儿住处,并言无有,源心怏怏而返。后人因呼源所坐葛稚川之石为"三生石",至今古迹犹存。后来瞿宗吉有诗云②:

> 清波下映紫裪鲜,邂逅相逢峡口船。
>
> 身后身前多少事? 三生石上说姻缘。

王元瀚又有诗云③:

> 处世分明一梦魂,身前身后孰能论?
>
> 夕阳山下三生石,遗得荒唐迹尚存。

这段话文④,叫做"三生相会"。如今再说个两世相逢的故事,乃是"明悟禅师赶五戒",又说是"佛印长老度东坡"。

话说大宋英宗治平年间,去那浙江路宁海军钱塘门外,南山净慈孝光禅寺⑤,乃名山古刹。本寺有两个得道高僧,是师兄师弟,一个唤做五戒禅师,一个唤作明悟禅师。这五戒禅师年三十一岁,形容古怪,左边瞽一目,身不满五尺。本贯西京洛阳人。自幼聪明,举笔成文,琴棋书画无所不通。长成出家,禅宗释教,如法了得⑥,参禅

---

① 文记:文字,著作,文奏。这里指下火时所念的偈颂。

② 瞿宗吉:明代文学家瞿佑,字宗吉,钱塘人,著有传奇小说集《剪灯新话》等。

③ 王元瀚:许政扬注:"'瀚',当作'翰'。王元翰,字伯举,明云南宁州人,万历进士,曾任庶吉士、工科给事中等官。"按:许注未言是否查出王元翰诗出处。上文称瞿佑字而不称其名,此处元瀚似亦为字而非名,故疑王元瀚(原"瀚"字误)可能是指王圻。王圻,字元翰,上海人,嘉靖四十四年(1565)进士,著有《续文献通考》等。但上引二诗是否瞿、王所作,无考。

④ 话文:故事。这里指话本的"头回"。

⑤ 净慈孝光禅寺:"孝光"应作"光孝"。寺在杭州南屏山。后周显德元年(954)钱王俶建,号"慧日永明院"。宋太宗改赐"寿宁院"。宋高宗绍兴九年(1139),改赐"净慈报恩光孝寺"。按:绍兴九年,敕天下州郡立报恩光孝禅寺,为追荐徽宗之所。

⑥ 如法:本意是按规定办理,引申为适宜,再引申为非常、越发。《水浒传》第四十七回:(扈三娘)"使两口日月双刀,马上如法了得。"

访道。俗姓金,法名五戒。且问何谓之"五戒"? 第一戒者,不杀生命;第二戒者,不偷盗财物;第三戒者,不听淫声美色;第四戒者,不饮酒茹荤;第五戒者,不妄言造语①。此谓之"五戒"。忽日云游至本寺②,访大行禅师。禅师见五戒佛法晓得,留在寺中,做了上色徒弟③。不数年,大行禅师圆寂,本寺僧众立他做住持,每日打坐参禅。那第二个唤做明悟禅师,年二十九岁,生得头圆耳大,面阔口方,眉清目秀,丰彩精神,身长七尺,貌类罗汉,本贯河南太原府人氏④。俗姓王,自幼聪明,笔走龙蛇,参禅访道,出家在本处沙陀寺,法名明悟。后亦云游至宁海军,到净慈寺来访五戒禅师。禅师见他聪明了得,就留于本寺做师弟。二人如一母所生,且是好。但遇着说法,二人同升法座讲说佛教,不在话下。

　　忽一日冬尽春初,天道严寒,阴云作雪,下了两日。第三日雪霁天晴,五戒禅师清早在方丈禅椅上坐,耳内远远的听得小孩儿啼哭声。当时便叫身边一个知心腹的道人唤做清一⑤,分付道:"你可去山门外各处看,有甚事来与我说。"清一道:"长老,落了两日雪,今日方晴,料无甚事。"长老道:"你可快去看了来回话。"清一推托不过,只得走到山门边。那时天未明,山门也不曾开。叫门公开了山门,清一打一看时,吃了一惊,道:"善哉,善哉!"正所谓:

　　　　日日行方便,时时发道心。

　　　　但行平等事⑥,不用问前程。

---

①造语:《清平山堂话本》作"起语"。《金瓶梅词话》第七十三回(故事同本篇)作"绮语"。按:当作"绮语",佛教称淫邪不正之语为绮语,是"口业"之一。而口业包括两舌、恶口、妄言、绮语,正是五戒之一。

②忽日:某日,忽一日。

③上色:上等,高级。"上色徒弟",犹言首席弟子。

④河南:疑为"河东"之误。北宋时太原府属河东路。

⑤道人:佛寺中打杂的人,如"火工道人"等。

⑥平等事:善事。平等,佛教语。这里指"众生平等",即对于众生,应该等同视之,不应有高低、亲怨的区别,在值得怜悯和具有佛性上,平等无二。

当时清一见山门外松树根雪地上一块破席，放一个小孩儿在那里，口里道："苦哉，苦哉！甚人家将这个孩儿丢在此间？不是冻死，便是饿死。"走向前仔细一看，却是五六个月一个女儿，将一个破衲头包着①，怀内揣着个纸条儿，上写生年月日时辰。清一口里不说，心下思量："古人有云：'救人一命，胜造七级浮屠。'"连忙走回方丈，禀复长老道："不知甚人家，将个五七个月女孩儿破衣包着，撇在山门外松树根头。这等寒天，又无人来往，怎的做个方便，救他则个！"长老道："善哉，善哉！清一，难得你善心。你如今抱了回房，早晚把些粥饭与他，喂养长大，把与人家，救他性命，胜做出家人。"

当时清一急急出门去，抱了女儿到方丈中回复长老。长老看道："清一，你将那纸条儿我看。"清一递与长老。长老看时，却写道："今年六月十五日午时生，小名红莲。"长老分付清一："好生抱去房里，养到五七岁，把与人家去，也是好事。"清一依言，抱到千佛殿后一带三间四椽平屋房中，放些火，在火囤内烘他②，取些粥喂了。似此日往月来，藏在空房中，无人知觉，一向长老也忘了。不觉红莲已经十岁，清一见他生得清秀，诸事见便③，藏匿在房里，出门锁了，入门关了，且是谨慎。

光阴似箭，日月如梭，倏忽这红莲女长成一十六岁，这清一如自生的女儿一般看待。虽然女子，却只打扮如男子衣服鞋袜，头上头发前齐眉，后齐项，一似个小头陀，且是生得清楚④，在房内茶饭针线。清一指望寻个女婿，要他养老送终。

一日，时遇六月炎天，五戒禅师忽想十数年前之事，洗了浴，吃

---

① 衲头：补缀过的衣服。《广雅疏证·释诂四》："今俗语犹谓破布相连处为衲头。"

② 火囤：一种取暖器具。《梦林玄解》卷十三："火箱、火囤、火炕炕床：占曰：此御寒隐居之器。"《明清吴语词典》："用火保暖的草窝。"

③ 见便：机敏，知趣。

④ 清楚：清秀济楚。

了晚粥，径走到千佛阁后来。清一道："长老希行①。"长老道："我问你，那年抱的红莲，如今在那里？"清一不敢隐匿，引长老到房中，一见吃了一惊，却似：

分开八块顶阳骨②，倾下半桶冰雪来。

长老一见红莲，一时差讹了念头，邪心遂起，嘻嘻笑道："清一，你今晚可送红莲到我卧房中来，不可有误。你若依我，我自抬举你。此事切不可泄漏，只教他做个小头陀，不要使人识破他是女子。"清一口中应允，心内想道："欲待不依长老又难，依了长老，今夜去到房中，必坏了女身，千难万难。"长老见清一应不爽利，便道："清一，你锁了房门跟我到房里去。"清一跟了长老径到房中。长老去衣箱里取出十两银子，把与清一道："你且将这些去用，我明日与你讨道度牒③，剃你做徒弟，你心下如何？"清一道："多谢长老抬举。"只得收了银子，别了长老，回到房中，低低说与红莲道："我儿，却才来的，是本寺长老。他见你，心中喜爱。你今等夜静，我送你去伏事长老。你可小心仔细，不可有误。"红莲见父亲如此说，便应允了。

到晚，两个吃了晚饭。约莫二更天气，清一领了红莲径到长老房中，门窗无些阻当。原来长老有两个行者在身边伏事，当晚分付："我要出外闲走乘凉，门窗且未要关④。"因此无阻。长老自在房中等清一送红莲来。候至二更，只见清一送小头陀来房中。长老接入房内，分付清一："你到明日此时来领他回房去。"清一自回房中去了。

且说长老关了房门，灭了琉璃灯，携住红莲手，一将将到床前，教红莲脱了衣服。长老向前一搂，搂在怀中，抱上床去。却便似：

戏水鸳鸯，穿花鸾凤。喜孜孜枝生连理，美甘甘带绾同心。恰恰莺声，不离耳畔；津津甜唾，笑吐舌尖。杨柳腰脉脉春浓，樱桃口微微气喘。星眼朦胧，细细汗流香玉体；酥胸荡漾，涓涓

①希行：少走动，犹言难得光临。亦作"稀行"。
②顶阳骨：头盖骨。
③度牒：官府发给僧尼的出家凭证，有牒的得免地税、徭役。
④未要：不要。

露滴牡丹心。一个初侵女色，犹如饿虎吞羊；一个乍遇男儿，好似渴龙得水。可惜菩提甘露水，倾入红莲两瓣中。

当日，长老与红莲云收雨散，却好五更，天色将明。长老思量一计，怎生藏他在房中。房中有口大衣厨，长老开了锁，将厨内物件都收拾了，却教红莲坐在厨中，分付道："饭食我自将来与你吃，可放心宁耐则个①。"红莲是女孩儿家，初被长老淫勾②，心中也喜，躲在衣厨内，把锁锁了。少间，长老上殿诵经毕，入房，闭了房门，将厨开了锁，放出红莲，把饮食与他吃了，又放些果子在厨内，依先锁了。至晚，清一来房中领红莲回房去了。

却说明悟禅师当夜在禅椅上入定回来，慧眼已知五戒禅师差了念头，犯了色戒，淫了红莲，把多年清行付之东流。"我今劝省他不可如此。"也不说出。至次日，正是六月尽，门外撒骨池内③，红白莲花盛开。明悟长老令行者采一朵白莲花，将回自己房中，取一花瓶插了，教道人备杯清茶在房中。却教行者去请五戒禅师："我与他赏莲花，吟诗谈话则个。"

不多时，行者请到五戒禅师。两个长老坐下，明悟道："师兄，我今日见莲花盛开，对此美景，折一朵在瓶中，特请师兄吟诗清话④。"五戒道："多蒙清爱⑤。"行者捧茶至。茶罢，明悟禅师道："行者，取文房四宝来。"行者取至面前，五戒道："将何物为题？"明悟道："便将莲花为题。"五戒捻起笔来，便写四句诗道：

　　一枝菡苕瓣初张，相伴葵榴花正芳⑥。
　　似火石榴虽可爱，争如翠盖芰荷香？

---

①宁耐：忍耐。亦作"宁奈"。

②淫勾：同"淫媾"。奸污，淫乱。

③撒骨池：寺院开凿的供撒骨灰的池塘。

④清话：高雅不俗的言谈。泛指谈话，闲谈。

⑤清爱：犹言雅爱、厚爱。清，敬词。

⑥葵榴：指蜀葵（俗名"一丈红"）和石榴。宋陈著《烛影摇红·寿董声仲》："葵榴初艳芰荷香，争赴开筵酌。"

五戒诗罢，明悟道："师兄有诗，小僧岂得无语乎?"落笔便写四句诗曰：

> 春来桃杏尽舒张，万蕊千花斗艳芳。
>
> 夏赏芰荷真可爱，红莲争似白莲香?

明悟长老依韵诗罢，呵呵大笑。

五戒听了此言，心中一时解悟，面皮红一回，青一回，便转身辞回卧房，对行者道："快与我烧桶汤来洗浴。"行者连忙烧汤与长老。洗浴罢，换了一身新衣服，取张禅椅到房中，将笔在手，拂开一张素纸，便写八句《辞世颂》曰：

> 吾年四十七，万法本归一。
>
> 只为念头差，今朝去得急。
>
> 传与悟和尚，何劳苦相逼?
>
> 幻身如雷电，依旧苍天碧。

写罢《辞世颂》，教焚一炉香在面前，长老上禅椅上，左脚压右脚，右脚压左脚，合掌坐化。

行者忙去报与明悟禅师。禅师听得大惊，走到房中看时，见五戒师兄已自坐化去了。看了面前《辞世颂》，道："你好却好了，只可惜差了这一着。你如今虽得个男子身，长成不信佛、法、僧三宝①，必然灭佛谤僧，后世却堕落苦海，不得皈依佛道，深可痛哉! 真可惜哉! 你道你走得快，我赶你不着不信!"当时也教道人烧汤洗浴，换了衣服，到方丈中，上禅椅跏趺而坐，分付徒众道："我今去赶五戒和尚，汝等可将两个龛子盛了，放三日一同焚化。"嘱罢圆寂而去。众僧皆惊，有如此异事! 城内城外听得本寺两个禅师同日坐化，各皆惊讶。来烧香礼拜布施者，人山人海，男子妇人不计其数。嚷了三

---

　　① 佛、法、僧三宝:佛教称佛、法、僧为"三宝"。"佛"指佛教创始人释迦牟尼，也泛指一切佛;"法"指佛教教义;"僧"指继承、宣扬佛教教义的僧众。

日，抬去金牛寺焚化①，拾骨撇了。这清一遂浼人说议亲事②，将红莲女嫁与一个做扇子的刘待诏为妻，养了清一在家，过了下半世，不在话下。

且说明悟一灵真性，直赶至四川眉州眉山县城中，五戒已自托生在一个人家。这个人家姓苏名洵，字明允，号老泉居士，诗礼之人。院君王氏，夜梦一瞽目和尚走入房中，吃了一惊，明旦分娩一子，生得眉清目秀，父母皆喜。三朝满月，百日一周，不在话下。

却说明悟一灵也托生在本处，姓谢名原，字道清。妻章氏，亦梦一罗汉，手持一印来家抄化③。因惊醒，遂生一子。年长，取名谢瑞卿。自幼不吃荤酒，一心只爱出家。父母是世宦之家，怎么肯？勉强送他学堂攻书，资性聪明，过目不忘，吟诗作赋，无不出人头地。喜看的是诸经内典，一览辄能解会。随你高僧讲论，都不如他。可惜一肚子学问，不屑应举求官，但说着功名之事，笑而不答。这也不在话下。

却说苏老泉的孩儿年长七岁，教他读书写字，十分聪明，目视五行书。行至十岁来，五经三史，无所不通，取名苏轼，字子瞻。此人文章冠世，举笔珠玑，从幼与谢瑞卿同窗相厚，只是志趣不同。那东坡志在功名，偏不信佛法，最恼的是和尚，常言："不秃不毒，不毒不秃；转毒转秃，转秃转毒。我若一朝管了军民，定要灭了这和尚们方遂吾愿。"见谢瑞卿不用荤酒，便大笑道："酒肉乃养生之物，依你不杀生，不吃肉，羊、豕、鸡、鹅，填街塞巷，人也没处安身了。况酒是米做的，又不害性命，吃些何伤？"每常二人相会，瑞卿便劝子瞻学佛，

---

①金牛寺：《西湖游览志》卷八《北山胜迹》谓："崇寿院前，旧有金牛护法院。"崇寿院，即崇寿禅寺，五代吴越王之臣吴延爽建。相传湖中有金牛显现，故建金牛寺。

②浼（měi）：请托。

③印：《佛学大辞典》："佛菩萨手所执种种之具谓之印。即三昧耶形也。《大日经疏》二十：'印谓所执印，即刀轮绢索金刚杵之类也。'"此处"手持一印"，疑即手持一法器之意。抄化：募化，求乞。

子瞻便劝瑞卿做官。瑞卿道："你那做官，是不了之事①，不如学佛三生结果②。"子瞻道："你那学佛，是无影之谈，不如做官实在事业。"终日议论，各不相胜。

仁宗天子嘉祐改元，子瞻往东京应举，要拉谢瑞卿同去，瑞卿不从。子瞻一举成名，御笔除翰林学士，锦衣玉食，前呼后拥，富贵非常。思念："窗友谢瑞卿不肯出仕，吾今接他到东京，他见我如此富贵，必然动了功名之念。"于是修书一封，差人到眉山县接谢瑞卿到来。谢瑞卿也恐怕子瞻一旦富贵，果然谤佛灭僧，也要劝化他回心改念，遂随着差人到东京，与子瞻相见。两人终日谈论，依旧各执己见，不相上下。

你说事有凑巧，物有偶然。适值东京大旱，赤地千里。仁宗天子降旨，特于内庭修建七日黄罗大醮③，为万民祈雨。仁宗一日亲自行香二次，百官皆素服奔走执事。翰林官专管撰青词，子瞻奉旨修撰，要拉瑞卿同去，共观胜会。瑞卿心中却不愿行。子瞻道："你平昔最喜佛事，今日朝廷请下三十六处名僧，建下祈场诵经设醮，你不去随喜却不挫过？"瑞卿道："朝廷设醮，虽然仪文好看，都是套数④，那有什么高僧谈经说法，使人倾听？"看起来也是子瞻法缘该到，自然生出机会来。当日子瞻定要瑞卿作伴同往，瑞卿拗他不过，只得从命。二人到了佛场⑤，子瞻随班效劳。瑞卿打扮个道人模样，往来观看法事。

忽然仁宗天子驾到，众官迎入，在佛前拈香下拜。瑞卿上前一

---

① 不了：指无结果、无归宿。

② 三生：佛教指前生、今生、来生。结果：指终成正果。佛教以种树栽花比喻人的行事，结果比喻人的归宿。

③ 黄罗大醮："黄罗"应写作"黄箓"。道教醮名。设坛普祭天神、地祇、人鬼，用以忏罪祈福。也叫"黄箓大斋"、"黄箓道场"。按：小说中这段描写，似佛道不分。

④ 套数：这里是套子、俗套的意思。

⑤ 佛场：做佛事的场所。

步偷看圣容，被仁宗龙目观见。瑞卿生得面方耳大，丰仪出众。仁宗金口玉言，问道："这汉子何人？"苏轼一时着了忙，使个急智，跪下奏道："此乃大相国寺新来一个道人，为他深通经典，在此供香火之役。"仁宗道："好个相貌，既然深通经典，赐你度牒一道，钦度为僧。"谢瑞卿自小便要出家做和尚，恰好圣旨分付，正中其意，当下谢恩已毕，奏道："既蒙圣恩剃度，愿求御定法名。"仁宗天子问礼部取一道度牒，御笔判定"佛印"二字。瑞卿领了度牒，重又叩谢。候圣驾退了，瑞卿就于醮坛佛前祝发①，自此只叫佛印，不叫谢瑞卿了。那大相国寺众僧，见佛印参透佛法，又且圣旨剃度，苏学士的乡亲好友，谁敢怠慢？都称他做"禅师"，不在话下。

　　且说苏子瞻特地接谢瑞卿来东京，指望劝他出仕，谁知带他到醮坛行走，累他落发改名为僧，心上好不过意。谢瑞卿向来劝子瞻信心学佛②，子瞻不从，今日到是子瞻作成他落发，岂非天数，前缘注定？那佛印虽然心爱出家，故意埋怨子瞻许多言语，子瞻惶恐无任，只是谢罪，再不敢说做和尚的半个字儿不好。任凭佛印谈经说法，只得悉心听受；若不听受时，佛印就发恼起来。听了多遍，渐渐相习，也觉佛经讲得有理，不似向来水火不投的光景了。朔望日，佛印定要子瞻到相国寺中礼佛奉斋，子瞻只得依他。又子瞻素爱佛印谈论，日常无事，便到寺中与佛印闲讲，或分韵吟诗。佛印不动荤酒，子瞻也随着吃素，把个毁僧谤佛的苏学士，变做了护法敬僧的苏子瞻了。佛印乘机又劝子瞻弃官修行。子瞻道："待我宦成名就，筑室寺东，与师同隐。"因此别号东坡居士，人都称为苏东坡。

----

①祝发：断发，削发。
②信心：诚心，虔诚。

　　那苏东坡在翰林数年，到神宗皇帝熙宁改元，差他知贡举①，出策题内讥诮了当朝宰相王安石②。安石在天子面前谮他恃才轻薄，不宜在史馆，遂出为杭州通判。与佛印相别，自去杭州赴任。一日在府中闲坐，忽见门吏报说："有一和尚说是本处灵隐寺住持，要见学士相公。"东坡教门吏出问："何事要见相公？"佛印见问，于门吏处借纸笔墨来，便写四字送入府去。东坡看其四字："诗僧谒见。"东坡取笔来批一笔云："诗僧焉敢谒王侯？"教门吏把与和尚，和尚又写四句诗道：

　　　　大海尚容蛟龙隐，高山也许凤皇游。

　　　　笑却小人无度量，诗僧焉敢谒王侯！

东坡见此诗，方才认出字迹，惊讶道："他为何也到此处？快请相见。"你道那和尚是谁？正是佛印禅师。因为苏学士谪官杭州，他辞下大相国寺，行脚到杭州灵隐寺住持③，又与东坡朝夕往来。后来东坡自杭州迁任徐州，又自徐州迁任湖州，佛印到处相随。

　　神宗天子元丰二年，东坡在湖州做知府，偶感触时事，做了几首诗，诗中未免含着讥讽之意。御史李定、王珪等交章劾奏苏轼诽谤朝政④。天子震怒，遣校尉拿苏轼来京，下御史台狱⑤，就命李定勘问。李定是王安石门生，正是苏家对头，坐他大逆不道，问成死罪。东坡在狱中思想着："甚来由，读书做官，今日为几句诗上，便丧了性命？"乃吟诗一首自叹，诗曰：

　　　　人家生子愿聪明，我为聪明丧了生。

---

　　①知贡举：官名。宋礼部试时，朝廷在侍从近臣、两省和台谏长官中，选差权知贡举一员和同知贡举二至三员，主持本届考试、决定合格举人名次。总称"知举官"，俗称"主司"。

　　②策题：科举策试的试题。

　　③行脚：云游，游方。

　　④交章：官员交互向皇帝上书奏事。

　　⑤御史台：专司禅劾之职的官署。京师命官犯罪审讯，须报御史台备案，并参与诏狱审理等。

但愿养儿皆愚鲁，无灾无祸到公卿。

吟罢，凄然泪下，想道："我今日所处之地，分明似鸡鸭到了庖人手里，有死无活。想鸡鸭得何罪，时常烹宰他来吃？只为他不会说话，有屈莫伸。今日我苏轼枉了能言快语，又向那处伸冤？岂不苦哉！记得佛印时常劝我戒杀持斋，又劝我弃官修行，今日看来，他的说话句句都是，悔不从其言也！"

叹声未绝，忽听得数珠索落一声①，念句"阿弥陀佛"。东坡大惊，睁眼看时，乃是佛印禅师。东坡忘其身在狱中，急起身迎接，问道："师兄何来？"佛印道："南山净慈孝光禅寺，红莲花盛开，同学士去玩赏。"东坡不觉相随而行，到于孝光禅寺。

进了山门，一路僧房曲折，分明是熟游之地。法堂中摆设钟磬经典之类，件件认得，好似自家家里一般，心下好生惊怪。寺前寺后走了一回，并不见有莲花，乃问佛印禅师道："红莲在那里？"佛印向后一指道："这不是红莲来也？"东坡回头看时，只见一个少年女子，从千佛殿后冉冉而来，走到面前，深深道个万福。东坡看那女子，如旧日相识。那女子向袖中摸出花笺一幅，求学士题诗。佛印早取到笔砚，东坡遂信手写出四句，道是：

四十七年一念错，贪却红莲甘堕却。

孝光禅寺晓钟鸣，这回抱定如来脚。

那女子看了诗，扯得粉碎，一把抱定东坡，说道："学士休得忘恩负义！"东坡正没奈何，却得佛印劈手拍开，惊出一身冷汗。醒将转来，乃是南柯一梦，狱中更鼓正打五更。东坡寻思，此梦非常，四句诗一字不忘，正不知甚么缘故。忽听得远远晓钟声响，心中顿然开悟："分明前世在孝光寺出家，为色欲堕落，今生受此苦楚。若得佛力覆庇，重见天日，当一心护法，学佛修行。"

少顷天明，只见狱官进来称贺，说圣旨赦学士之罪，贬为黄州团练副使。东坡得赦，才出狱门，只见佛印禅师在于门首，上前问讯

---

①数珠：佛珠，念珠。

道："学士无恙？贫僧相候久矣！"原来被逮之日，佛印也离了湖州，重来东京大相国寺住持，看取东坡下落。闻他问成死罪，各处与他分诉求救①，却得吴充、王安礼两个正人②，在天子面前竭力保奏。太皇太后曹氏，自仁宗朝便闻苏轼才名，今日也在宫中劝解。天子回心转意，方有这道赦书。东坡见了佛印，分明是再世相逢，倍加欢喜。东坡到五凤楼下谢恩过了③，便来大相国寺寻佛印说其夜来之梦。说到中间，佛印道："住了，贫僧昨夜亦梦如此。"也将所梦说出后一段，与东坡梦中无二，二人互相叹异。

　　次日，圣旨下，苏轼谪守黄州。东坡与佛印相约且不上任，迂路先到宁海军钱塘门外来访孝光禅寺。比及到时，路径门户，一如梦中熟识。访问僧众，备言五戒私污红莲之事。那五戒临化去时所写《辞世颂》，寺僧兀自藏着。东坡索来看了，与自己梦中所题四句诗相合，方知佛法轮回并非诳语，佛印乃明悟转生无疑。此时东坡便要削发披缁④，跟随佛印出家。佛印到不允从，说道："学士宦缘未断，二十年后，方能脱离尘俗。但愿坚持道心，休得改变。"东坡听了佛印言论，复来黄州上任。自此不杀生，不多饮酒，浑身内外皆穿布衣，每日看经礼佛。在黄州三年，佛印仍朝夕相随，无日不会。

　　哲宗皇帝元祐改元，取东坡回京，升做翰林学士，经筵讲官⑤。不数

---

①分诉：分辨诉说。

②吴充：字冲卿，熙宁八年(1075)代王安石为同中书门下平章事。吴虽与王安石联姻而不同意其变法，曾请召还司马光等人。元丰三年(1080)，罢为观文殿大学士、西太一宫使。王安礼：字和甫，王安石之弟。与安石政见不一，苏轼因作诗讽刺新法下狱，曾得其营救。

③五凤楼：许政扬注："这里是指宋汴京宫城正门宣德楼。宣德楼共有五座门，镌刻龙凤飞云，所以习俗也称为五凤楼。"按：《东京梦华录》卷一"大内"："大内正门宣德楼列五门，门皆金钉朱漆，壁皆砖石间甓，镌镂龙凤飞云之状。"然是否俗称"五凤楼"，未见文字根据。

④披缁：穿浅黑色僧衣，指出家。

⑤经筵：帝王为研读经史而特设的御前讲席，宋时始称经筵。每年春二月至端午日，秋八月至冬至日，逢单日由讲官轮流入侍讲读。

年,升做礼部尚书,端明殿大学士。佛印又在大相国寺相依,往来不绝。

到绍圣年间,章惇做了宰相,复行王安石之政,将东坡贬出定州安置。东坡到相国寺相辞佛印,佛印道:"学士宿业未除①,合有几番劳苦。"东坡问道:"何时得脱?"佛印说出八个字来,道是:"逢永而返,逢玉而终。"又道:"学士牢记此八字者②! 学士今番跋涉忒大,贫僧不得相随,只在东京等候。"东坡怏怏而别。到定州未及半年,再贬英州;不多时,又贬惠州安置;在惠州年余,又徙儋州;又自儋州移廉州;自廉州移永州。踪迹无定,方悟佛影"跋涉忒大"之语。

在永州不多时,赦书又到,召还提举玉局观③。想着:"'逢永而返',此句已应了;'逢玉而终',此乃我终身结局矣。"乃急急登程重到东京,再与佛印禅师相会。佛印道:"贫僧久欲回家,只等学士同行。"东坡此时大通佛理,便晓得了。当夜两个在相国寺一同沐浴了毕,讲论到五更,分别而去。这里佛印在相国寺圆寂,东坡回到寓中亦无疾而逝。

至道君皇帝时,有方士道:"东坡已作大罗仙。亏了佛印相随一生,所以不致堕落。佛印是古佛出世。"这两世相逢,古今罕有,至今流传做话本④。有诗为证:

> 禅宗法教岂非凡,佛祖流传在世间。
> 铁树开花千载易,坠落阿鼻要出难⑤。

---

①宿业:前世的善恶因缘。"业"指人的一切身心活动,包括身业(行为)、语业(言语)、意业(思想活动)。佛教认为前世所作的善恶业因,可以产生今世的苦乐果报。

②者:语助词,用在句尾表示命令、祈求等语气。

③提举玉局观:提举是官观官(参见第二十二卷"奉祠"注)的一种名目。玉局观是四川成都城南的一座道观。按:苏轼虽提举成都府玉局观,但"任便居住",即不必去成都赴任。建中靖国元年(1101),他在北归途中卒于常州。下文说他卒于东京与史实不符。

④话本:说话人说唱故事的底本。也指所说唱的故事。

⑤阿鼻:即阿鼻地狱,为佛教所说八大地狱的第八狱,重罪者堕之。

第三十一卷

闹阴司司马貌断狱

扰扰劳生①,待足何时是足②? 据见定③,随家丰俭,便堪龟缩。得意浓时休进步④,须防世事多番覆。枉教人,白了少年头,空碌碌。　谁不愿,黄金屋? 谁不愿,千钟粟? 算五行⑤,不是这般题目⑥。枉使心机闲计较,儿孙自有儿孙福。又何须,采药访蓬莱? 但寡欲。

这篇词,名《满江红》,是晦庵和尚所作⑦,劝人乐天知命之意。凡人万事莫逃乎命,假如命中所有,自然不求而至;若命里没有,枉自劳神,只索罢休。你又不是司马重湘秀才,难道与阎罗王寻闹不成? 说话的,就是司马重湘,怎地与阎罗王寻闹? 毕竟那个理长,那个理短? 请看下回便见。诗曰:

---

① 扰扰:烦乱,纷乱。他书或作"胶扰",意思相同。

② 待足何时是足:他书或作"待足后,何时是足"。

③ 据见定:宋人习语。见,即"现"。根据现在的情况,立足于现在。引申有守本分等意。《朱子语类》卷七:"只据而今当地头立定脚做去……如二十岁觉悟,便从二十岁立定脚力做去……纵待八九十岁觉悟,也当见定割住硬寨去做。"卷四十二:"主敬行恕,只是据见定依本分做去。"宋曾慥编《乐府雅词》卷下曹元宠(组)《相思令》:"据见定,乐平生,便是神仙了。"

④ 得意浓时:指非常得意时。

⑤ 算五行:指算命。旧时星相家以五行(水、火、金、木、土)生克推算命运。他书作"奈五行",这是以"五行"代指命运。

⑥ 不是这般题目:《汉语大词典》将"奈五行不是这般题目"中的"题目"释作:"指迷信所说的命相。"此说似不确。"题目"有名目、名义等意思。疑"不是这个题目",犹言不是这个意思,指命中没有这样的福分。

⑦ 晦庵和尚:南宋时的一个僧人,生平不详。因朱熹号晦庵,或传此词为朱熹所作,朱熹本人否定。(见《鹤林玉露》卷四)

世间屈事万千千，欲觅长梯问老天。
休怪老天公道少，生生世世宿因缘。

话说东汉灵帝时，蜀郡益州，有一秀才，覆姓司马，名貌，表字重湘。资性聪明，一目十行俱下。八岁纵笔成文，本郡举他应神童，起送至京①。因出言不逊，冲突了试官，打落下去②。及年长，深悔轻薄之非，更修端谨之行，闭户读书，不问外事。双亲死，庐墓六年③，人称其孝。乡里中屡次举他孝廉、有道及博学宏词④，都为有势力者夺去，悒悒不得志。自光和元年，灵帝始开西邸⑤，卖官鬻爵，视官职尊卑，入钱多少，各有定价，欲为三公者，价千万；欲为卿者，价五百万。崔烈讨了傅母的人情⑥，入钱五百万，得为司徒。后受职谢恩之日，灵帝顿足懊悔道："好个官，可惜贱卖了。若小小作难，千万必可得也。"又置鸿都门学⑦，敕州、郡、三公，举用富家郎为诸生。若入得钱

①应神童：应神童举。应，参加考试。神童，唐宋时科举考试中为儿童、少年设立的科目叫童子科，别称"神童"。东汉时无此科目。起送：举荐，推荐前往。

②打落：这里是贬斥、贬抑之意。

③庐墓：古人于父母或师长死后，服丧期间在墓旁构筑小屋居住，守护坟墓，叫做"庐墓"。

④孝廉：本为汉代选拔官吏的两种科目名，"孝"指孝子，"廉"指廉洁之士。后来合称孝廉。有道：汉代选举科目之一。"有道"指有才艺或有道德的人。博学宏词：唐宋时的科举名目之一。汉代并无博学宏词科。

⑤西邸：官舍名。《后汉书·孝灵帝纪》：（光和元年）"初开西邸卖官，自关内侯、虎贲、羽林，入钱各有差。私令左右卖公卿，公千万，卿五百万。"《后汉书·崔骃列传附崔烈传》："灵帝时，开鸿都门榜卖官爵……烈时因傅母入钱五百万，得为司徒。"

⑥傅母：古代保育、辅导贵族子女的老年妇女。这里指皇帝小时的傅母。

⑦鸿都门学：《后汉书·孝灵帝纪》：（光和元年）"始置鸿都门学生"。李贤等注："鸿都，门名也，于内置学。"《后汉书·蔡邕列传》："光和元年，遂置鸿都门学，画孔子及七十二弟子像。其诸生皆敕州郡三公举用辟召，或出为刺史、太守，入为尚书、侍中。乃有封侯赐爵者，士君子皆耻与为列也。"

多者，出为刺史，入为尚书，士君子耻与其列。司马重湘家贫，因此无人提挈，淹滞至五十岁，空负一腔才学，不得出身，屈埋于众之人中，心中怏怏不平。乃因酒醉，取文房四宝，且吟且写，遂成《怨词》一篇，词曰：

> 天生我才兮，岂无用之？豪杰自期兮，奈此数奇。五十不遇兮，困迹蓬蒿。纷纷金紫兮①，彼何人斯？胸无一物兮，囊有余赀。富者乘云兮，贫者堕泥。贤愚颠倒兮，题雄为雌。世运沦夷兮②，俾我嵌崎③。天道何知兮，将无有私④？欲叩末曲兮⑤，悲涕淋漓。

写毕，讽咏再四。余情不尽，又题八句：

> 得失与穷通，前生都注定。问彼注定时，何不判忠佞？善士叹沉埋，凶人得暴横。我若作阎罗，世事皆更正。

不觉天晚，点上灯来，重湘于灯下，将前诗吟哦了数遍，猛然怒起，把诗稿向灯焚了，叫道："老天，老天！你若还有知，将何言抵对⑥？我司马貌一生鲠直，并无奸佞，便提我到阎罗殿前，我也理直气壮，不怕甚的！"说罢，自觉身子困倦，倚卓而卧。只见七八个鬼卒，青面獠牙，一般的三尺多长，从卓底下钻出，向重湘戏侮了回⑦，说道："你这秀才，有何才学，辄敢怨天尤地，毁谤阴司！如今我们来拿你去见阎罗王，只教你有口难开。"重湘道："你阎罗王自不公正，反怪他人谤毁，是何道理！"众鬼不由分说，一齐上前，或扯手，或扯脚，把重湘拖下坐来，便将黑索子望他颈上套去。重湘大叫一声，醒将转来，满身

---

① 金紫：金印紫绶。这里喻指高官。

② 沦夷：沦落，衰微。

③ 嵌崎：高峻不平貌。此处比喻人生坎坷不得志。

④ 将无：莫非，莫不是。

⑤ 欲叩末曲：末曲，当是"末由"之误。末由：无由，无从，没有门径或办法。"欲叩末由"就是想质问（老天）而找不到门径。

⑥ 抵对：答对，回答。

⑦ 向：把，将。回：一回。

冷汗。但见短灯一盏，半明半灭，好生凄惨。

重湘连打几个寒噤，自觉身子不快，叫妻房汪氏点盏热茶来吃。汪氏点茶来，重湘吃了，转觉神昏体倦，头重脚轻。汪氏扶他上床。次日昏迷不醒，叫唤也不答应，正不知什么病症。捱至黄昏，口中无气，直挺挺的死了。汪氏大哭一场，见他手脚尚软，心头还有些微热，不敢移动他，只守在他头边，哭天哭地。

话分两头。原来重湘写了《怨词》，焚于灯下，被夜游神体察①，奏知玉帝。玉帝见了大怒，道："世人爵禄深沉②，关系气运。依你说，贤者居上，不肖者居下；有才显荣，无才者黜落；天下世世太平，江山也永不更变了。岂有此理！小儒见识不广，反说天道有私。速宜治罪，以儆妄言之辈。"时有太白金星启奏道："司马貌虽然出言无忌，但此人因才高运蹇，抑郁不平，致有此论。若据福善祸淫的常理③，他所言未为无当，可谅情而恕之。"玉帝道："他欲作阎罗，把世事更正，甚是狂妄。阎罗岂凡夫可做？阴司案牍如山，十殿阎君④，食不暇给⑤。偏他有甚本事，一一更正来？"金星又奏道："司马貌口出大言，必有大才。若论阴司，果有不平之事。几百年滞狱，未经判断的，往往地狱中怨气上冲天庭。以臣愚见，不若押司马貌到阴司，权替阎罗王半日之位，凡阴司有冤枉事情，着他剖断。若断得公明，将功恕罪；倘若不公不明，即时行罚，他心始服也。"玉帝准奏。即差金星奉旨，到阴司森罗殿⑥，命阎君即勾司马貌到来，权借王位与坐。

---

①夜游神：迷信传说中夜间巡行的神。

②深沉：深刻，深邃。意思是其中有深意。但这里的"深沉"也可能是"浮沉"之误。浮沉：升降，得失。

③福善祸淫：行善者得福，作恶者受祸。淫，邪恶。

④十殿阎君：亦称"十殿阎王"。中国佛教所传十个主管地狱的阎王，即秦广王、初江王、宋帝王、伍官王、阎罗王、变成王、泰山王、平等王、都市王、五道转轮王。每王各居一殿，故称"十殿阎王"，省称"十王"。

⑤食不暇给：忙得没有时间吃饭。

⑥森罗殿：阎罗王所居之殿。

只限一晚六个时辰，容他放告理狱。若断得公明，来生注他极富极贵①，以酬其今生抑郁之苦；倘无才判问，把他打落酆都地狱，永不得转人身。阎君得旨，便差无常小鬼，将重湘勾到地府。重湘见了小鬼，全然无惧，随之而行。到森罗殿前，小鬼喝教下跪。重湘问道："上面坐者何人？我去跪他！"小鬼道："此乃阎罗天子。"重湘闻说，心中大喜，叫道："阎君，阎君，我司马貌久欲见你，吐露胸中不平之气，今日幸得相遇。你贵居王位，有左右判官，又有千万鬼卒，牛头、马面，帮扶者甚众。我司马貌只是个穷秀才，孑然一身，生死出你之手。你休得把势力相压，须是平心论理，理胜者为强。"阎君道："寡人忝为阴司之主，凡事皆依天道而行，你有何德能，便要代我之位？所更正者何事？"重湘道："阎君，你说奉天行道，天道以爱人为心，以劝善惩恶为公。如今世人有等悭吝的，偏教他财积如山；有等肯做好事的，偏教他手中空乏；有等刻薄害人的，偏教他处富贵之位，得肆其恶；有等忠厚肯扶持人的②，偏教他吃亏受辱，不遂其愿。作善者常被作恶者欺瞒，有才者反为无才者凌压。有冤无诉，有屈无伸，皆由你阎君判断不公之故。即如我司马貌，一生苦志读书，力行孝弟③，有甚不合天心处，却教我终身蹭蹬，屈于庸流之下？似此颠倒贤愚，要你阎君何用？若让我司马貌坐于森罗殿上，怎得有此不平之事？"阎君笑道："天道报应，或迟或早，若明若暗；或食报于前生，或留报于后代。假如富人悭吝，其富乃前生行苦所致；今生悭吝，不种福田④，来生必受饿鬼之报矣。贫人亦由前生作业，或横用非财，受享太过，以致今生穷苦；若随缘作善，来生依然丰衣足食。由此而推，刻薄者虽今生富贵，难免堕落；忠厚者虽暂时亏辱，定注显达。

---

①注：注定，命运预先决定。

②扶持：帮助。

③孝弟：孝顺父母，敬爱兄长。也作"孝悌"（tì）。

④福田：佛教语。佛教认为供养布施，则能受诸福报，犹如农夫播种于田亩，有秋收之利，故名"福田"。唐释道世《诸经要集》卷八引《佛说福田经》："佛告天帝，复有七法广施，名曰福田，行者得福。"

此乃一定之理，又何疑焉？人见目前，天见久远。人每不能测天，致汝纷纭议论，皆由浅见薄识之故也。"重湘道："既说阴司报应不爽，阴间岂无冤鬼？你敢取从前案卷，与我一一稽查么？若果事事公平，人人心服，我司马貌甘服妄言之罪。"阎君道："上帝有旨，将阎罗王位权借你六个时辰，容放理狱。若断得公明，还你来生之富贵；倘无才判问，永堕酆都地狱，不得人身。"重湘道："玉帝果有此旨，是吾之愿也。"

当下阎君在御座起身，唤重湘入后殿，戴平天冠①，穿蟒衣，束玉带，装扮出阎罗天子气象。鬼卒打起升堂鼓，报道："新阎君升殿！"善恶诸司，六曹法吏②，判官小鬼，齐齐整整，分立两边。重湘手执玉简③，昂然而出，升于法座。诸司吏卒，参拜已毕，禀问要抬出放告牌④。重湘想道："五岳四海，多少生灵？上帝只限我六个时辰管事，倘然判问不结⑤，只道我无才了，取罪不便⑥。"心生一计，便教判官分付："寡人奉帝旨管事，只六个时辰，不及放告。你可取从前案卷来查，若有天大疑难事情，累百年不决者，寡人判断几件，与你阴司问事的做个榜样。"判官禀道："只有汉初四宗文卷，至今三百五十余年，未曾断结，乞我王拘审。"重湘道："取卷上来看。"判官捧卷呈上，重湘揭开看时：

---

①平天冠：一种冕的俗称，也叫"平天冕"、"通天冠"、"平顶冠"。
②六曹：东汉时尚书分六曹治事，有三公曹、吏曹、二千石曹、民曹、主客曹，其中三公曹尚书为二人，合称"六曹"。至唐定为吏、户、礼、兵、刑、工六部，后世亦以"六曹"称六部。唐代府州佐治之官亦分六曹，即功曹、仓曹、户曹、兵曹、法曹、士曹。宋徽宗时，州县亦置六曹，其名称为兵曹、刑曹、工曹、礼曹、户曹、吏曹。俗因以"六曹"为地方胥吏之通称。这里所说阴司"六曹"，泛指地狱中的各个部门。法吏：司法官吏。亦指狱吏。
③玉简：玉质的手板。
④放告牌：官府定期受理案件时挂出的告示牌。
⑤不结：指不能结案。
⑥取罪不便：落个罪名有所不便。罪，指上文所说"妄言之罪"。不便，不方便，不妥当。

一宗屈杀忠臣事

　　原告:韩信、彭越、英布。

　　被告:刘邦、吕氏。

一宗恩将仇报事

　　原告:丁公。

　　被告:刘邦。

一宗专权夺位事

　　原告:戚氏。

　　被告:吕氏。

一宗乘危逼命事

　　原告:项羽。

　　被告:王翳、杨喜、夏广、吕马童、吕胜、杨武。

重湘览毕,呵呵大笑道:"恁样大事,如何反不问决? 你们六曹吏司,都该究罪。这都是向来阎君因循担阁之故①,寡人今夜都与你判断明白。"随叫直日鬼吏,照单开四宗文卷原被告姓名,一齐唤到,挨次听审。那时振动了地府,闹遍了阴司。有诗为证:

每逢疑狱便因循,地府阳间事体均。

今日重湘新气象,千年怨气一朝伸。

鬼吏禀道:"人犯已拘齐了,请爷发落。"重湘道:"带第一起上来。"判官高声叫道:"第一起犯人听点!"原、被共五名,逐一点过,答应:

原告:韩信　有　彭越　有　英布　有

被告:刘邦　有　吕氏　有

重湘先唤韩信上来,问道:"你先事项羽,位不过郎中,言不听,计不从;一遇汉祖,筑坛拜将,捧毂推轮②,后封王爵以酬其功。如何又起谋叛之心,自取罪戮,今日反告其主!"韩信道:"阎君在上,容信

---

　　①因循:这里是迟延拖拉的意思。

　　②捧毂(gǔ)推轮:扶着车毂推车前进,是古代帝王任命将帅时的隆重礼遇。

一一告诉。某受汉王筑坛拜将之恩，使尽心机，明修栈道，暗度陈仓，与汉王定了三秦；又救汉皇于荥阳，虏魏王豹，破代兵，禽赵王歇；北定燕，东定齐，下七十余城；南败楚兵二十万，杀了名将龙且；九里山排下十面埋伏，杀尽楚兵；又遣六将，逼死项王于乌江渡口。造下十大功劳，指望子子孙孙世享富贵。谁知汉祖得了天下，不念前功，将某贬爵。吕后又与萧何定计，哄某长乐宫，不由分说，叫武士缚某斩之。诬以反叛，夷某三族。某自思无罪，受此惨祸，今三百五十余年，衔冤未报，伏乞阎君明断。"重湘道："你既为元帅，有勇无谋，岂无商量帮助之人？被人哄诱，如缚小儿，今日却怨谁来？"韩信道："曾有一个军师，姓蒯，名通，奈何有始无终，半途而去。"重湘叫鬼吏，快拘蒯通来审。

霎时间，蒯通唤到。重湘道："韩信说你有始无终，半途而逃，不尽军师之职，是何道理？"蒯通道："非我有始无终，是韩信不听忠言，以致于此。当初韩信破走了齐王田广，是我进表洛阳，与他讨个假王名号①，以镇齐人之心。汉王骂道：'胯下夫②，楚尚未灭，便想王位！'其时张子房在背后，轻轻蹑汉皇之足，附耳低言：'用人之际，休得为小失大。'汉皇便改口道：'大丈夫要便为真王，何用假也？'乃命某赍印封信为三齐王。某察汉王，终有疑信之心，后来必定负信，劝他反汉，与楚连和，三分天下，以观其变。韩信道：'筑坛拜将之时，曾设下大誓：汉不负信，信不负汉。今日我岂可失信于汉皇？'某反复陈说利害，只是不从，反怪某教唆谋叛。某那时惧罪，假装风魔③，逃回田里。后来助汉灭楚，果有长乐宫之祸，悔之晚矣。"重湘问韩信道："你当初不听蒯通之言，是何主意？"韩信道："有一算命先生许复，算我有七十二岁之寿，功名善终，所以不忍背汉。谁知夭亡，只

----

①假王：暂署之王。假，临时代理，非正式受命。
②胯下夫：指韩信。韩信年轻微贱时，有人侮辱他，要他从胯下钻过去，韩信忍辱为之。胯，两股之间。
③风魔：疯魔，疯癫。

有三十二岁。"

重湘叫鬼吏,再拘许复来审问,道:"韩信只有三十二岁,你如何许他七十二岁?你做术士的,妄言祸福,只图哄人钱钞,不顾误人终身,可恨,可恨!"许复道:"阎君听禀:常言'人有可延之寿,亦有可折之寿',所以星家偏有寿命难定。韩信应该七十二岁,是据理推算。何期他杀机太深,亏损阴骘,以致短折。非某推算无准也。"重湘问道:"他那几处阴骘亏损?可一一说来。"

许复道:"当初韩信弃楚归汉时,迷踪失路,亏遇两个樵夫,指引他一条径路,往南郑而走。韩信恐楚王遣人来追,被樵夫走漏消息,拔剑回步,将两个樵夫都杀了。虽然樵夫不打紧,却是有恩之人。天条负恩忘义①,其罚最重。诗曰:

> 亡命心如箭离弦,迷津指引始能前。
>
> 有恩不报翻加害,折堕青春一十年。"

重湘道:"还有三十年呢?"许复道:"萧何丞相三荐韩信,汉皇欲重其权,筑了三丈高坛,教韩信上坐,汉皇手捧金印,拜为大将,韩信安然受之。诗曰:

> 大将登坛阃外专,一声军令赛皇宣②。
>
> 微臣受却君皇拜,又折青春一十年。"

重湘道:"臣受君拜,果然折福。还有二十年呢?"许复道:"辩士郦生,说齐王田广降汉。田广听了,日日与郦生饮酒为乐。韩信乘其无备,袭击破之。田广只道郦生卖己,烹杀郦生。韩信得了大功劳,辜负了齐王降汉之意,掩夺了郦生下齐之功。诗曰:

> 说下三齐功在先,乘机掩击势无前。
>
> 夺他功绩伤他命,又折青春一十年。"

重湘道:"这也说得有理。还有十年?"许复道:"又有折寿之处。汉兵追项王于固陵,其时楚兵多,汉兵少,又项王有拔山举鼎之力,寡

---

①天条:迷信者认为老天爷定的戒律、禁令。

②皇宣:皇帝的宣谕,帝王的命令。

不敌众,弱不敌强。韩信九里山排下绝机阵①,十面埋伏,杀尽楚兵百万,战将千员,逼得项王匹马单枪,逃至乌江口,自刎而亡。诗曰:

> 九里山前怨气缠,雄兵百万命难延。
>
> 阴谋多杀伤天理,共折青春四十年。"

韩信听罢许复之言,无言可答。重湘问道:"韩信,你还有辩么?"韩信道:"当初是萧何荐某为将,后来又是萧何设计,哄某入长乐宫害命。成也萧何,败也萧何,某心上至今不平。"重湘道:"也罢,一发唤萧何来与你审个明白。"

少顷,萧何当面,重湘问道:"萧何,你如何反覆无常,又荐他,又害他?"萧何答道:"有个缘故。当初韩信怀才未遇,汉皇缺少大将,两得其便。谁知汉皇心变,忌韩信了得②。后因陈豨造反,御驾亲征,临行时,嘱付娘娘,用心防范。汉皇行后,娘娘有旨,宣某商议,说韩信谋反,欲行诛戮。某奏道:'韩信是第一个功臣,谋反未露,臣不敢奉命。'娘娘大怒道:'卿与韩信敢是同谋么? 卿若没诛韩信之计,待圣驾回时,一同治罪。'其时某惧怕娘娘威令,只得画下计策,假说陈豨已破灭了,赚韩信入宫称贺,喝教武士拿下斩讫。某并无害信之心。"重湘道:"韩信之死,看来都是刘邦之过。"分付判官,将众人口词录出③。"审得汉家天下,大半皆韩信之力;功高不赏,千古无此冤苦。转世报冤明矣。"立案且退一边。

再唤大梁王彭越听审:"你有何罪,吕氏杀你?"彭越道:"某有功无罪。只为高祖征边去了,吕后素性淫乱,问太监道:'汉家臣子,谁人美貌?'太监奏道:'只有陈平美貌。'娘娘道:'陈平在那里?'太监道:'随驾出征。'吕后道:'还有谁来?'太监道:'大梁王彭越,英雄美貌。'吕后听说,即发密旨,宣大梁王入朝。某到金銮殿前,不见娘娘。太监道:'娘娘有旨,宣入长信宫议机密事。'某进得宫时,宫门

---

① 绝机阵:当是虚拟之阵名。

② 了得:能干,本领高强。

③ 口词:口供,供词。

落锁①。只见吕后降阶相迎，邀某入宫赐宴。三杯酒罢，吕后淫心顿起，要与某讲枕席之欢。某惧怕礼法，执意不从。吕后大怒，喝教铜锥乱下打死，煮肉作酱，枭首悬街，不许收葬。汉皇归来，只说某谋反，好不冤枉！"吕后在傍听得，叫起屈来，哭告道："阎君，休听彭越一面之词，世间只有男戏女，那有女戏男？那时妾唤彭越入宫议事，彭越见妾宫中富贵，辄起调戏之心。臣戏君妻，理该处斩。"彭越道："吕后在楚军中，惯与审食其私通。我彭越一生刚直，那有淫邪之念！"重湘道："彭越所言是真，吕氏是假饰之词，不必多言。审得彭越，乃大功臣，正直不淫，忠节无比，来生仍作忠正之士，与韩信一同报仇。"存案。

再唤九江王英布听审。英布上前诉道："某与韩信、彭越三人，同功一体。汉家江山，都是我三人挣下的，并无半点叛心。一日某在江边玩赏，忽传天使到来，吕娘娘懿旨，赐某肉酱一瓶。某谢恩已毕，正席尝之，觉其味美。偶吃出人指一个，心中疑惑，盘问来使，只推不知。某当时发怒，将来使拷打，说出真情，乃大梁王彭越之肉也。某闻言凄惨，便把手指插入喉中，向江中吐出肉来，变成小小蟛蟹。至今江中有此一种，名为'蟛蜞'②，乃怨气所化。某其时无处泄怒，即将使臣斩讫。吕后知道，差人将三般朝典③，宝剑、药酒、红罗三尺，取某首级回朝。某屈死无申，伏望阎君明断。"重湘道："三贤果是死得可怜，寡人做主，把汉家天下三分与你三人，各掌一国，报你生前汗马功劳，不许再言。"画招而去。

第一起人犯权时退下，唤第二起听审。第二起恩将仇报事

      原告：丁公 有   被告：刘邦 有

---

①落锁：上锁。

②蟛蜞（yuè）：一种小蟹，足无毛。也写作"蟛蟛"。

③朝典：朝廷的法律，亦指与执行朝廷法律有关之物。这里所说"三般朝典"就是下面所说的"宝剑、药酒、红罗三尺"这三样东西。元代纪君祥《赵氏孤儿》："小官奉主公的命，将三般朝典，是弓弦、药酒、短刀，赐与驸马赵朔，随他服那一般朝典，取速而亡。"

丁公诉道："某在战场上围住汉皇，汉皇许我平分天下，因此开放。何期立帝之后，反加杀害。某心中不甘，求阎爷作主。"重湘道："刘邦怎么说？"汉皇道："丁公为项羽爱将，见仇不取，有背主之心，朕故诛之。为后人为臣不忠者之戒，非枉杀无辜也。"丁公辨道："你说我不忠，那纪信在荥阳替死，是忠臣了，你却无一爵之赠，可见你忘恩无义。那项伯是项羽亲族，鸿门宴上，通同樊哙，拔剑救你，是第一个不忠于项氏，如何不加杀戮，反得赐姓封侯？还有个雍齿，也是项家爱将，你平日最怒者，后封为什方侯。偏与我做冤家，是何意故？"汉皇顿口无言。重湘道："此事我已有处分了，可唤项伯、雍齿与丁公做一起，听候发落。暂且退下。"

再带第三起上来。第三起专权夺位事

原告：戚氏　有　　　被告：吕氏　有

重湘道："戚氏，那吕氏是正宫，你不过是宠妃，天下应该归于吕氏之子。你如何告他专权夺位，此何背理？"戚氏诉道："昔日汉皇在睢水大战，被丁公、雍齿赶得无路可逃，单骑走到我戚家庄，吾父藏之。其时妾在房鼓瑟，汉皇闻而求见，悦妾之貌，要妾衾枕，妾意不从。汉皇道：'若如我意时，后来得了天下，将你所生之子立为太子。'扯下战袍一幅，与妾为记，奴家方才依允。后生一子，因名如意。汉皇原许万岁之后传位如意为君，因满朝大臣都惧怕吕后，其事不行。未几汉皇驾崩，吕后自立己子，封如意为赵王，妾母子不敢争。谁知吕后心犹不足，哄妾母子入宫饮宴，将鸩酒赐与如意，如意九窍流血，登时身死。吕后假推酒醉，只做不知。妾心怀怨恨，又不敢啼哭，斜看了他一看。他说我一双凤眼，迷了汉皇，即叫宫娥，将金针刺瞎双眼，又将红铜熔水，灌入喉中，断妾四肢，抛于坑厕。妾母子何罪，枉受非刑？至今含冤未报，乞阎爷做主。"说罢，哀哀大哭。重湘："你不须伤情①，寡人还你个公道，教你母子来生为后为君，团

① 伤情：伤心，伤感。

圆到老①。"画招而去②。

　　再唤第四起乘危逼命事。人犯到齐，唱名已毕③。重湘问项羽道："灭项兴刘，都是韩信，你如何不告他，反告六将？"项羽道："是我空有重瞳之目，不识英雄，以致韩信弃我而去，实难怪他。我兵败垓下，溃围逃命，遇了个田夫，问他左右两条路，那一条是大路？田夫回言：'左边是大路。'某信其言，望左路而走，不期走了死路，被汉兵追及。那田夫乃汉将夏广，装成计策。某那时仗生平本事，杀透重围，来到乌江渡口，遇了故人吕马童，指望他念故旧之情，放我一路。他同着四将，逼我自刎，分裂支体④，各去请功。以此心中不服。"重湘点头道是。"审得六将原无斗战之功，止乘项羽兵败力竭，逼之自刎，袭取封侯，侥幸甚矣。来生当发六将，仍使项羽斩首，以报其怨。"立案讫，且退一边。

　　唤判官将册过来，一一与他判断明白：恩将恩报，仇将仇报，分毫不错。重湘口里发落⑤，判官在傍用笔填注，何州、何县、何乡，姓甚名谁，几时生，几时死，细细开载。将人犯逐一唤过，发去投胎出世："韩信，你尽忠报国，替汉家夺下大半江山，可惜衔冤而死。发你在谯乡曹嵩家托生，姓曹，名操，表字孟德。先为汉相，后为魏王，坐镇许都，享有汉家山河之半。那时威权盖世，任从你谋报前世之仇。当身不得称帝⑥，明你无叛汉之心。子受汉禅，追尊你为武帝，偿十大功劳也。"又唤过汉祖刘邦发落："你来生仍投入汉家，立为献帝，一生被曹操欺侮，胆战魂惊，坐卧不安，度日如年。因前世君负其臣，来生臣欺其君以相报。"唤吕后发落："你在伏家投胎，后日仍做献帝之后，被曹操千磨百难，将红罗勒死宫中，以报长乐宫杀信之

_____

①团圆(luán)：团聚。

②画招：画供，画押。

③唱名：高声呼名，点名。

④支体：同"肢体"。

⑤发落：处理，处置。

⑥当(dàng)身：自身，本人。

仇。"韩信问道："萧何发落何处？"重湘道："萧何有恩于你，又有怨于你。"叫萧何发落："你在杨家投胎，姓杨，名修，表字德祖。当初沛公入关之时，诸将争取金帛，偏你只取图籍，许你来生聪明盖世，悟性绝人，官为曹操主簿，大俸大禄，以报三荐之恩。不合参破曹操兵机，为操所杀。前生你哄韩信入长乐宫，来生偿其命也。"判官写得明白。又唤九江王英布上来："发你在江东孙坚家投胎，姓孙，名权，表字仲谋。先为吴王，后为吴帝，坐镇江东，享一国之富贵。"又唤彭越上来："你是个正直之人，发你在涿郡楼桑村刘弘家为男，姓刘，名备，字玄德。千人称仁，万人称义。后为蜀帝，抚有蜀中之地①，与曹操、孙权三分鼎足。曹氏灭汉，你续汉家之后，乃表汝之忠心也"。彭越道："三分天下，是大乱之时。西蜀一隅之地，怎能敌得吴、魏？"重湘道："我判几个人扶助你就是。"乃唤蒯通上来："你足智多谋，发你在南阳托生，复姓诸葛，名亮，表字孔明，号为卧龙。为刘备军师，共立江山。"又唤许复上来："你算韩信七十二岁之寿，只有三十二岁，虽然阴骘折堕，也是命中该载的。如今发你在襄阳投胎，姓庞，名统，表字士元，号为凤雏，帮刘备取西川。注定三十二岁，死于落凤坡之下，与韩信同寿，以为算命不准之报。今后算命之人，胡言哄人，如此折寿，必然警醒了。"彭越道："军师虽有，必须良将帮扶。"重湘道："有了。"唤过樊哙："发你范阳涿州张家投胎，名飞，字翼德。"又唤项羽上来："发你在蒲州解良关家投胎，只改姓不改名，姓关，名羽，字云长。你二人都有万夫不当之勇，与刘备桃园结义，共立基业。樊哙不合纵妻吕须帮助吕后为虐，妻罪坐夫。项羽不合杀害秦王子婴，火烧咸阳，二人都注定凶死。但樊哙生前忠勇，并无谄媚。项羽不杀太公，不污吕后，不于酒席上暗算人。有此三德，注定来生俱义勇刚直，死而为神。"再唤纪信过来："你前生尽忠刘家，未得享受一日富贵，发你来生在常山赵家出世，名云，表字子龙，为西蜀名将。当阳长坂百万军中救主，大显威名。寿年八十二，无病而终。"

---

①抚有：占有，据有。

又唤戚氏夫人:"发你在甘家出世,配刘备为正宫。吕氏当初慕彭王美貌,求淫不遂,又妒忌汉皇爱你,今断你与彭越为夫妇,使他妒不得也。赵王如意,仍与你为子,改名刘禅,小字阿斗。嗣位为后主,安享四十二年之富贵,以偿前世之苦。"又唤丁公上来:"你去周家投胎,名瑜,字公瑾。发你孙权手下为将,被孔明气死,寿止三十五而卒。原你事项羽不了,来生事孙权亦不了也。"再唤项伯、雍齿过来:"项伯背亲向疏,贪图富贵,雍齿受仇人之封爵,你两人皆项羽之罪人。发你来生一个改名颜良,一个改名文丑,皆为关羽所斩,以泄前世之恨。"项羽问道:"六将如何发落?"重湘发六将于曹操部下,守把关隘。杨喜改名卞喜,王翳改名王植,夏广改名孔秀,吕胜改名韩福,杨武改名秦琪,吕马童改名蔡阳。关羽过五关,斩六将,以泄前生乌江逼命之恨。重湘判断明白已毕,众人无不心服。

重湘又问楚、汉争天下之时,有兵将屈死不甘者,怀才未尽者,有恩欲报、有怨欲伸者,一齐许他自诉,都发在三国时投胎出世。其刻薄害人,阴谋惨毒,负恩不报者,变作战马,与将帅骑坐。如此之类,不可细述。判官一一细注明白,不觉五更鸡叫。重湘退殿,卸了冠服,依旧是个秀才。将所断簿籍,送与阎罗王看了,阎罗王叹服,替他转呈上界,取旨定夺。玉帝见了,赞道:"三百余年久滞之狱,亏他六个时辰断明,方见天地无私,果报不爽,真乃天下之奇才也。众人报冤之事,一一依拟①。司马貌有经天纬地之才,今生屈抑不遇,来生宜赐王侯之位,改名不改姓,仍托生司马之家,名懿,表字仲达。一生出将入相,传位子孙,并吞三国,国号曰晋。曹操虽系韩信报冤,所断欺君弑后等事,不可为训。只怕后人不悟前因,学了歹样,就教司马懿欺凌曹氏子孙,一如曹操欺凌献帝故事,显其花报②,以警后人,劝他为善不为恶。"玉帝颁下御旨。阎王开读罢,备下筵席,与重湘送行。重湘启告阎王:"荆妻汪氏,自幼跟随穷儒,受了一世

①依拟:按照所拟定的方案或意见办理。

②花报:果报,报应。

辛苦,有烦转乞天恩,来生仍判为夫妻,同享荣华。"阎王依允。

那重湘在阴司与阎王作别,这边床上,忽然番身,挣开双眼,见其妻汪氏,兀自坐在头边啼哭。司马貌连叫怪事,便将大闹阴司之事,细说一遍:"我今已奉帝旨,不敢久延,喜得来生复得与你完聚。"说罢,瞑目而逝。汪氏已知去向,心上到也不苦了,急忙收拾后事。殡殓方毕,汪氏亦死。到三国时,司马懿夫妻,即重湘夫妇转生。至今这段奇闻,传留世间。后人有诗为证:

半日阎罗判断明,冤冤相报气皆平。

劝人莫作亏心事,祸福昭然人自迎。

第三十二卷

游酆都胡母迪吟诗

自古机深祸亦深，休贪富贵昧良心。

檐前滴水毫无错[1]，报应昭昭自古今。

话说宋朝第一个奸臣，姓秦名桧，字会之，江宁人氏。生来有一异相，脚面连指长一尺四寸，在太学时，都唤他做"长脚秀才"。后来登科及第，靖康年间，累官至御史中丞。其时金兵陷汴，徽、钦二帝北迁，秦桧亦陷在虏中，与金酋挞懒郎君相善[2]，对挞懒说道："若放我南归，愿为金邦细作[3]。傥幸一朝得志，必当主持和议，使南朝割地称臣，以报大金之恩。"挞懒奏知金主，金主教四太子兀术与他私立了约誓，然后纵之南还。

秦桧同妻王氏，航海奔至临安行在，只说道杀了金家监守之人，私逃归宋。高宗皇帝信以为真，因而访问他北朝之事[4]。秦桧盛称金家兵强将勇，非南朝所能抵敌。高宗果然惧怯，求其良策。秦桧奏道："自石晋臣事夷敌，中原至今丧气，一时不能振作。靖康之变，宗社几绝[5]，此殆天意，非独人力也。今行在草创，人心惶惶，而诸将皆握重兵在外，倘一人有变，陛下大事去矣。为今之计，莫若息兵讲和，以南北分界，各不侵犯，罢诸将之兵权，陛下高枕而

---

① 檐前滴水毫无错：这是一句歇后语。屋檐上滴下来的水，每滴都滴在同一地方。比喻毫无偏差。《金瓶梅》第五十三回："应伯爵笑道：'这叫做檐头雨滴从高下——一点也不差！'"

② 挞懒：即完颜昌，金穆宗盈歌子，金太祖阿骨打堂弟。郎君：这里是女真族（金）宗室及贵族的称呼。

③ 细作：奸细，间谍。

④ 访问：咨询。

⑤ 宗社：宗庙和社稷。古代用作国家的代称。

享富贵,生民不致涂炭,岂不美哉!"高宗道:"朕欲讲和,只恐金人不肯。"秦桧道:"臣在虏中,颇为金酋所信服。陛下若以此事专委之臣,臣自有道理,保为陛下成此和议,可必万全不失。"高宗大喜,即拜秦桧为尚书仆射①。未几,遂为左丞相。桧乃专主和议,用勾龙如渊为御史中丞,凡朝臣谏沮和议者②,上疏击去之。赵鼎、张浚、胡铨、晏敦复、刘大中、尹焞、王居正、吴师古、张九成、喻樗等,皆被贬逐。

其时岳飞累败金兵,杀得兀术四太子奔走无路。兀术情急了,遣心腹王进,蜡丸内藏着书信,送与秦桧。书中写道:"既要讲和,如何边将却又用兵? 此乃丞相之不信也。必须杀了岳飞,和议可成。"秦桧写了回书,许以杀飞为信,打发王进去讫。一日发十二道金牌,召岳飞班师。军中皆愤怒,河南父老百姓,无不痛哭。飞既还,罢为万寿观使③。秦桧必欲置飞于死地,与心腹张俊商议。访得飞部下

---

①尚书仆射(yè):宋代元丰改制,以尚书左、右仆射充宰相。建炎三年(1129)尚书左、右仆射皆加同中书门下平章事。至乾道八年(1172),改左、右仆射为左、右丞相,其后此名废去。按:秦桧于绍兴年间两度任宰相,前后执政凡十九年,第一次是绍兴元年(1131)拜右仆射、同中书门下平章事兼知枢密院事,次年罢;第二次是绍兴八年(1138),拜右仆射、同中书门下平章事兼枢密使(十一年迁左仆射),直至二十五年(1155)桧死。小说中所言:"拜秦桧为尚书仆射。未几,遂为左丞相",并不准确。

②谏沮:谏阻。

③万寿观:宋皇家宫观名。北宋万寿观在东京开封,本为玉清昭应宫内之长生殿。至和元年(1054)观文大学士晏殊曾"提举万寿观"。南宋万寿观建于绍兴十七年(1147),在临安新庄桥之西,以奉皇帝本命星官,人称"绍兴万寿观"。岳飞于绍兴十一年(1141)"充万寿观使",并于同年被害。王应麟《玉海》卷一百"绍兴万寿观"条:"七年赵鼎除万寿观使兼侍读,十七年建万寿观于新庄桥之西。"据此可知,赵鼎和岳飞之为万寿观使,均系用旧名。许注未加考辨,误以岳飞为绍兴万寿观使。

统制王俊与副都统制张宪有隙①,将厚赏诱致王俊,教他妄告张宪谋据襄阳,还飞兵权。王俊依言出首,桧将张宪执付大理狱,矫诏遣使召岳飞父子与张宪对理。御史中丞何铸,鞫审无实②,将冤情白知秦桧。桧大怒,罢去何铸不用,改命万俟卨。那万俟卨素与岳飞有隙,遂将无作有,构成其狱,说岳飞、岳云父子与部将张宪、王贵通谋造反。大理寺卿薛仁辅等讼飞之冤③;判宗正寺士㒟④,请以家属百口,保飞不反;枢密使韩世忠愤不平,亲诣桧府争论,俱各罢斥。狱既成,秦桧独坐于东窗之下,踌躇此事:"欲待不杀岳飞,恐他阻挠和议,失信金邦,后来朝廷觉悟,罪归于我;欲待杀之,奈众人公论有碍。"心中委决不下。其妻长舌夫人王氏适至,问道:"相公有何事迟疑?"秦桧将此事与之商议。王氏向袖中摸出黄柑一只,双手劈开,将一半奉与丈夫,说道:"此柑一劈两开,有何难决?岂不闻古语云'擒虎易,纵虎难'乎?"只因这句话,提醒了秦桧,其意遂决。将片纸写几个密字封固,送大理寺狱官。是晚就狱中缢死了岳飞,其子岳云与张宪、王贵,皆押赴市曹处斩。

金人闻飞之死,无不置酒相贺,从此和议遂定。以淮水中流及

---

①统制:官名。南宋屯驻大军的各军、各部统兵官有统制、同统制、副统制、统领、同统领、副统领等名目。副都统制:南宋各屯驻大军的统兵官为都统制,其副职为副都统制。

②鞫(jū)审:审问。

③讼:这里指为人辩冤。

④宗正寺:官署名。掌宗庙、诸陵荐享祭祀,并主管皇族名籍。宋初置判寺事二人,元丰改制后以宗正卿、少卿为长官、副长官。宋代又有大宗正司,掌宗室族属的训导、词讼,总管宗室服属远近之数目及其赏罚规式等,其长官为知大宗正事和同知大宗正事,南宋在知和同知之外,以位高属尊者为判大宗正事。这里所说"判宗正寺",实际应为"判大宗正事"。士㒟(niǎo):宋宗室赵士㒟,字立之,高宗时历任同知大宗正事、知大宗正事、判大宗正事。(见《宋史·宗室四·赵士㒟传》)按:《宋史·岳飞传》言"宗正卿士㒟请以百口保飞",与本传矛盾,似应以本传为准。赵士㒟因保岳飞忤秦桧,谪居建州,卒后追封循王。

唐、邓二州为界①，北朝为大邦，称伯父；南朝为小邦，称侄。秦桧加封太师魏国公，又改封益国公，赐第于望仙桥②，壮丽比于皇居。其子秦熺，十六岁上状元及第，除授翰林学士，专领史馆。熺生子名埙，褓襁中便注下翰林之职。熺女方生，即封崇国夫人。一时权势，古今无比。

且说崇国夫人六七岁时，爱弄一个狮猫。一日偶然走失，责令临安府府尹，立限挨访。府尹曹泳差人遍访，数日间拿到狮猫数百，带累猫主吃苦使钱，不可尽述。押送到相府，检验都非。乃图形千百幅，张挂茶坊酒肆，官给赏钱一千贯。此时闹动了临安府，乱了一月有余，那猫儿竟无踪影。相府遣官督责，曹泳心慌，乃将黄金铸成金猫，重赂奶娘，送与崇国夫人，方才罢手。只这一节，桧贼之威权，大概可知。

晚年谋篡大位，为朝中诸旧臣未尽，心怀疑忌，欲兴大狱，诬陷赵鼎、张浚、胡铨等五十三家，谋反大逆。吏写奏牍已成，只待秦桧署名进御。是日，桧适游西湖。正饮酒间，忽见一人披发而至，视之，乃岳飞也。厉声说道："汝残害忠良，殃民误国，吾已诉闻上帝，来取汝命。"桧大惊，问左右，都说不见。桧因此得病归府。次日，吏将奏牍送览。众人扶桧坐于格天阁下③，桧索笔署名，手颤不止，落墨污坏了奏牍。立刻教重换来，又复污坏，究竟写不得一字。长舌妻王夫人在屏后摇手道："勿劳太师！"须臾，桧仆于几上，扶进内室，已昏愦了，一语不能发，遂死。此乃五十三家不该遭在桧贼手中，亦见天理昭然也。有诗为证：

---

①中流：江河中央，河流中间线。

②望仙桥：在临安东门之一新开门（清初改名望江门）内大河上。秦桧第在望仙桥之东，绍兴十五年（1145）落成。桧死，宋高宗即第改筑德寿宫，禅位后居之。

③格天阁：在秦桧甲第内，绍兴十五年十月宋高宗亲书"一德格天"匾其阁。

忠简流亡武穆诛①，又将善类肆阴图。

格天阁下名难署，始信忠良有嘿扶②。

桧死不多时，秦熺亦死。长舌王夫人设醮追荐，方士伏坛奏章，见秦熺在阴府荷铁枷而立。方士问："太师何在？"秦熺答道："在酆都。"方士径至酆都，见秦桧、万俟卨、王俊披发垢面，各荷铁枷，众鬼卒持巨梃驱之而行，其状甚苦。桧向方士说道："烦君传语夫人，东窗事发矣。"方士不知何语，述与王氏知道。王氏心下明白，吃了一惊。果然是人间私语，天闻若雷，暗室亏心，神目如电。因这一惊，王氏亦得病而死。未几，秦埙亦死。不勾数年，秦氏遂衰。后因朝廷开浚运河，畚土堆积府门。有人从望仙桥行走，看见丞相府前，纵横堆着乱土，题诗一首于墙上，诗曰：

格天阁在人何在？偃月堂深恨亦深③。

不向洛阳图白发④，却于郿坞贮黄金⑤。

---

①忠简：指赵鼎。赵鼎，字元镇，绍兴年间曾两度为相。因力辟和议，为秦桧所排挤，最后流放至吉阳军（今海南三亚），绝食而死，孝宗时谥"忠简"。武穆：指岳飞。孝宗时谥"武穆"，宁宗时追封"鄂王"。

②嘿扶：暗中扶助。嘿，同"默"。

③偃月堂：唐代李林甫堂名。《新唐书·奸臣传上·李林甫》："林甫有堂如偃月，号月堂。每欲排摈大臣，即居之，思所以中伤者。"后因以喻称奸臣构陷忠良的地方。

④洛阳图白发：唐白居易在洛阳曾举行"九老会"，绘有《九老图》。宋文彦博与司马光等聚集洛阳高年者十三人（一说十一人）置酒相乐，称"洛阳耆英会"，也绘有图像。（参见司马光《洛阳耆英会序》）这里用"洛阳图白发"喻指志趣高逸。图，绘图，图画。白发，代指老年，老人。

⑤郿坞贮黄金：郿邬，应作"郿坞"，地名，在陕西眉县（旧作"郿"）县北。东汉时，董卓筑坞（城堡）于郿，高厚七丈，与长安城等，号曰"万岁坞"，坞中囤积三十年粮食，并金玉、彩帛、珍宝无数。这里用"郿坞贮黄金"喻指以权谋私。

笑谈便解兴罗织①,咫尺那知有照临②?

寂寞九原今已矣③,空余泥污积墙阴。

宋朝自秦桧主和,误了大计,反面事仇④,君臣贪于佚乐。元太祖铁木真起自沙漠,传至世祖忽必烈,灭金及宋。宋丞相文天祥,号文山,天性忠义,召兵勤王。有志不遂,为元将张弘范所执,百计说他投降不得。至元十九年,斩于燕京之柴市⑤。子道生、佛生、环生⑥,皆先丞相而死。其弟名璧,号文溪,以其子升嗣天祥之后,璧、升父子俱附元贵显。当时有诗云:

江南见说好溪山⑦,兄也难时弟也难⑧。

可惜梅花各心事,南枝向暖北枝寒。

元仁宗皇帝皇庆年间,文升仕至集贤阁大学士。

话分两头。且说元顺宗至元初年间,锦城有一秀才,复姓胡母,名迪。为人刚直无私,常说:"我若一朝际会风云,定要扶持善类,驱尽奸邪,使朝政清明,方遂其愿。"何期时运未利,一气走了十科不中⑨。乃隐居威凤山中⑩,读书治圃,为养生计。然感愤不平之意,时

---

①解:知道,懂得。罗织:编造罪名,陷害无辜的人。

②咫尺那知有照临:意思是那里知道老天就在头顶上,即俗话所说"举头三尺有神明"。

③九原:山名,在山西新绛县北,周代晋国卿大夫之墓地。后代因称墓地为"九原"。

④反面事仇:背叛原主,投靠敌人。反面,反转面孔,比喻改变立场。也说"反颜事仇"、"反颜事敌"。

⑤柴市:故址在今北京市东城区文丞相胡同。

⑥子道生、佛生、环生:《宋史·文天祥传》说"天祥惟一子,与其母皆死",此处所言天祥有三子与下文所言弟璧及嗣子升,均不详所据。

⑦见说:闻说,听说。溪山:暗指小说上文所言文天祥(号文山)和文璧(号文溪)兄弟。

⑧兄也难时弟也难:即"难兄难弟",指兄弟都好。

⑨走了十科:指参加了十次科举考试。

⑩威凤山:在四川成都北,一名石斛山。三国蜀后主刘禅曾习射于此,故又名学射山。

时发露,不能自禁于怀也。

　　一日,独酌小轩之中。饮至半酣,启囊探书而读,偶得《秦桧东窗传》①,读未毕,不觉赫然大怒,气涌如山,大骂奸臣不绝。再抽一书观看,乃《文文山丞相遗稿》,朗诵了一遍,心上愈加不平,拍案大叫道:"如此忠义之人,偏教他杀身绝嗣,皇天,皇天,好没分晓!"闷上心来,再取酒痛饮,至于大醉。磨起墨来,取笔题诗四句于《东窗传》上,诗云:

> 长脚邪臣长舌妻,忍将忠孝苦诛夷。
>
> 愚生若得阎罗做,剥此奸雄万劫皮!

吟了数遍,撇开一边。再将文丞相集上②,也题四句:

> 只手擎天志已违,带间遗赞日争辉③。
>
> 独怜血胤同时尽④,飘泊忠魂何处归?

吟罢,余兴未尽,再题四句于后:

> 桧贼奸邪得善终,羡他孙子显荣同。
>
> 文山酷死兼无后,天道何曾识佞忠!

写罢掷笔,再吟数过,觉得酒力涌上,和衣就寝。俄见皂衣二吏,至前揖道:"阎君命仆等相邀,君宜速往。"胡母迪正在醉中,不知阎君为谁,答道:"吾与阎君素昧平生,今见召,何也?"皂衣吏笑道:"君到彼自知,不劳详问。"胡母迪方欲再拒,被二吏挟之而行。

　　离城约行数里,乃荒郊之地,烟雨霏微,如深秋景象。再行数里,望见城郭,居人亦稠密,往来贸易不绝,如市廛之状。行到城门,见榜额乃"酆都"二字,迪才省得是阴府。业已至此,无可奈何。既

---

①《秦桧东窗传》:不详。明郎瑛《七修类稿》说元代杭州人金仁杰著有《东窗事犯》小说。另元代钟嗣成《录鬼簿》著录金仁杰《秦太师东窗事犯》杂剧。

②将:在。

③带间遗赞:文天祥被害后,其妻欧阳氏收其尸,发现衣带中有赞曰:"孔曰'成仁',孟曰'取义',惟其义尽,所以仁至。读圣贤书,所学何事,而今而后,庶几无愧。"

④血胤:同一血统的子孙后代。

入城，则有殿宇峥嵘，朱门高敞，题曰"曜灵之府"，门外守者甚严。皂衣吏令一人为伴，一人先入。少顷复出，招迪曰："阎君召子。"迪乃随吏入门，行至殿前，榜曰"森罗殿"。殿上王者，衮衣冕旒，类人间神庙中绘塑神像。左右列神吏六人，绿袍皂履，高幞广带，各执文簿。阶下侍立百余人，有牛头马面，长喙朱发，狰狞可畏。

胡母迪稽颡于阶下，冥王问道："子即胡母迪耶?"迪应道："然也。"冥王大怒道："子为儒流，读书习礼，何为怨天怒地，谤鬼侮神乎?"胡母迪答道："迪乃后进之流，早习先圣先贤之道，安贫守分，循理修身，并无怨天尤人之事。"冥王喝道："你说'天道何曾识佞忠'，岂非怨谤之谈乎?"迪方悟醉中题诗之事，再拜谢罪道："贱子酒酣，罔能持性①，偶读忠奸之传，致吟忿憾之辞。颙望神君②，特垂宽宥。"冥王道："子试自述其意，怎见得天道不辨忠佞?"胡母迪道："秦桧卖国和番，杀害忠良，一生富贵善终，其子秦熺，状元及第，孙秦埙，翰林学士，三代俱在史馆;岳飞精忠报国，父子就戮;文天祥宋末第一个忠臣，三子俱死于流离，遂至绝嗣;其弟降虏，父子贵显。福善祸淫，天道何在? 贱子所以拊心致疑③，愿神君开示其故。"冥王呵呵大笑："子乃下土腐儒，天意微渺，岂能知之? 那宋高宗原系钱镠王第三子转生，当初钱镠独霸吴越，传世百年，并无失德。后因钱俶入朝，被宋太宗留住，逼之献土。到徽宗时，显仁皇后有孕，梦见一金甲贵人。怒目言曰：'我吴越王也。汝家无故夺我之国，吾今遣第三子托生，要还我疆土。'醒后遂生皇子构，是为高宗。他原索取旧疆，所以偏安南渡，无志中原。秦桧会逢其适，力主和议，亦天数当然也。但不该诬陷忠良，故上帝斩其血胤。秦熺非桧所出，乃其妻兄王焕之子，长舌妻冒认为儿。虽子孙贵显，秦氏魂魄，岂得享异姓之祭哉? 岳飞系三国张飞转生，忠心正气，千古不磨。一次托生为张

---

①罔能持性：指不能保持正常的心态。

②颙（yóng）望：仰望，企望。

③拊心：拍胸。表示悲愤或哀痛。

巡,改名不改姓;二次托生为岳飞,改姓不改名。虽然父子屈死,子孙世代贵盛,血食万年。文天祥父子夫妻,一门忠孝节义,传扬千古。文升嫡侄为嗣,延其宗祀,居官清正,不替家风①,岂得为无后耶?夫天道报应,或在生前,或在死后;或福之而反祸,或祸之而反福。须合幽明古今而观之②,方知毫厘不爽。子但据目前,譬如以管窥天,多见其不知量矣。"胡母迪顿首道:"承神君指教,开示愚蒙,如拨云见日,不胜快幸。但愚民但据生前之苦乐,安知身后之果报哉?以此冥冥不可见之事,欲人趋善而避恶,如风声水月③,无所忌惮。宜乎恶人之多,而善人之少也。贱子不才,愿得遍游地狱,尽观恶报,传语人间,使知儆惧自修,未审允否?"冥王点头道是,即呼绿衣吏,以一白简书云④:"右仰普掠狱官,即启狴牢⑤,引此儒生,遍观泉扃报应⑥,毋得违错。"

吏领命,引胡母迪从西廊而进。过殿后三里许,有石垣高数仞,以生铁为门,题曰"普掠之狱"。吏将门镮叩三下,俄顷门开,夜叉数辈突出,将欲擒迪。吏叱道:"此儒生也,无罪。"便将阎君所书白简,教他看了。夜叉道:"吾辈只道罪鬼入狱,不知公是书生,幸勿见怪。"乃揖迪而入。其中广袤五十余里,日光惨淡,风气萧然。四围门牌,皆榜名额:东曰"风雷之狱",南曰"火车之狱",西曰"金刚之

---

① 替:改变,衰微,泯灭。

② 幽明:阴间和阳间。

③ 风声水月:比喻虚幻不实。按:在《效颦集》中卷《续东窗事犯传》(所演故事与本篇类似,主人公名胡迪中),阎王对左右说:"此人(指胡迪)所言,深有玄理。惟其狂直若此,苟不令见之(指地狱),恐终不信善恶之报,而视幽明之道,如风声水月,无所忌惮矣。"意思是如不让他参观地狱,他就会把幽明之道,看做风声水月,不知敬畏。本篇将此语改作胡母迪的话,且去掉"恐终不信善恶之报,而视幽明之道"二句,遂使文义不明。

④ 白简:白色的手板。

⑤ 狴(bì)牢:监狱。

⑥ 泉扃(jiōng):这里指阴曹地府。

狱"，北曰"溟泠之狱"。男女荷铁枷者千余人。又至一小门，则见男子二十余人，皆被发裸体，以巨钉钉其手足于铁床之上，项荷铁枷，举身皆刀杖痕，脓血腥秽不可近。旁一妇人，裳而无衣①，罩于铁笼中。一夜叉以沸汤浇之，皮肉溃烂，号呼之声不绝。绿衣吏指铁床上三人，对胡母迪说道："此即秦桧、万俟卨、王浚。这铁笼中妇人，即桧妻长舌王氏也。其他数人，乃章惇、蔡京父子、王黼、朱勔、耿南仲、丁大全、韩侂胄、史弥远、贾似道②，皆其同奸党恶之徒。王遣施刑，令君观之。"即驱桧等至风雷之狱，缚于铜柱，一卒以鞭扣其环，即有风刀乱至，绕刺其身，桧等体如筛底。良久，震雷一声，击其身如齑粉，血流凝地。少顷，恶风盘旋，吹其骨肉，复聚为人形。吏向迪道："此震击者阴雷也，吹者业风也③。"又呼卒驱至金刚、火车、溟泠等狱，将桧等受刑尤甚，饥则食以铁丸，渴则饮以铜汁。吏说道："此曹凡三日，则遍历诸狱，受诸苦楚。三年之后，变为牛、羊、犬、豕，生于世间，为人宰杀，剥皮食肉。其妻亦为牝豕，食人不洁，临终

---

① 裳而无衣：古代的衣服，上曰衣，下曰裳。裳是下身穿的裙，古代男女皆服。衣是上衣。

② 章惇(dūn)：字子厚。北宋哲宗时为尚书左仆射兼门下侍郎，引用蔡京、蔡卞等，力排元祐党人，报复仇怨，株连甚众。哲宗死，曾反对议立徽宗。及徽宗即位，贬睦州(今浙江建德)卒。蔡京父子：指蔡京与其子蔡攸、蔡绦、蔡條。王黼(fǔ)：字将明。先助蔡京复相，后代蔡京执政，伪顺民心，悉反蔡京所为。不久即苛取四方珍异之物，据为己有。时朝廷欲联金抗辽，他大肆搜括，计口出钱，得六千余万缗，买得五六座空城而伪称胜利，进太傅。钦宗时籍家，被诛杀。朱勔：因其父谄事蔡京、童贯，父子均授官。时徽宗好花石，他取浙中奇石异卉进献，并于苏州设置应奉局。搜取花石，以船运至京城，号"花石纲"。钦宗时削官，后被诛。耿南仲：钦宗时任尚书左丞、门下侍郎，力主割地求和。高宗即位，降授别驾，安置南雄州，行至吉州(今江西吉安)卒。丁大全：以谄事宦官起家，南宋理宗宝祐六年(1258)拜右丞相兼枢密使，开庆元年以隐匿军情罢相。后在流放途中，被将官挤落水中而死。

③ 业风：这里指地狱中所吹的风。

亦不免刀烹之苦。今此众已为畜类于世五十余次了。"迪问道:"其罪何时可脱?"吏答道:"除是天地重复混沌,方得开除耳。"复引迪到西垣一小门,题曰"奸回之狱①"。荷桎梏者百余人,举身插刀,浑类猬形。迪问:"此辈皆何等人?"史答道:"是皆历代将相、奸回党恶、欺君罔上、蠹国害民,如梁冀、董卓、卢杞、李林甫之流②,皆在其中。每三日,亦与秦桧等同受其刑。三年后,变为畜类,皆同桧也。"复至南垣一小门,题曰"不忠内臣之狱"。内有牝牛数百,皆以铁索贯鼻,系于铁柱,四围以火炙之。迪问道:"牛,畜类也,何罪而致是耶?"吏摇手道:"君勿言,姑俟观之。"即呼狱卒,以巨扇拂火,须臾烈焰亘天,皆不胜其苦,哮吼踯躅,皮肉焦烂。良久,大震一声,皮忽绽裂,其中突出个人来。视之俱无须髯,寺人也③。吏呼夜叉掷于镬汤中烹之,但见皮肉消融,止存白骨。少顷,复以冷水沃之,白骨相聚,仍复人形。吏指道:"此皆历代宦官,秦之赵高,汉之十常侍④,唐之李辅国、仇士良、王守澄、田令孜⑤、宋童贯之徒⑥,从小长养禁中,锦衣玉食,欺诱人主,妒害忠良,浊乱海内。今受此报,累劫无已。"复至

---

①奸回:奸恶邪僻。这里指奸恶邪僻之人。回,邪。

②梁冀:东汉时人。顺帝皇后之兄,继任其父为大将军,骄横不法。后毒死质帝,迎立桓帝,专断朝政二十余年。卢杞:唐德宗时为相,专权自恣。藩镇叛乱,他以筹军资为名,搜括财货,继又征收间架、除陌之税,怨声满天下。

③寺人:宫廷内的近侍,自东汉起专指宦官。

④十常侍:汉灵帝时,宦官张让、赵忠、夏恽、郭胜、孙璋、毕岚、栗嵩、段珪、高望、张恭、韩悝、宋典十二人都是中常侍,他们操纵政权,贪暴横行。张钧上书有"宜斩十常侍,悬头南郊以谢百姓"之语。称"十常侍"是取其整数。

⑤李辅国:唐代宦官。安禄山叛乱时,玄宗入蜀,他劝太子李亨(肃宗)即位,从此专权用事。肃宗将死,他拥立太子李豫(代宗),因此被尊为"尚父",更加跋扈。仇士良:唐文宗时宦官,文宗受其控制。在职二十余年,横暴贪残,前后共杀二王、一妃、四宰相。王守澄:唐代宦官。曾与内常侍陈弘志弑宪宗,援立穆宗。田令孜:唐代宦官。僖宗时恃宠横暴,把持朝政,僖宗称他为"阿父"。

⑥童贯:北宋宦官。徽宗时与蔡京互相勾结。后在西北监军,掌握兵权约二十年,权倾一时。

东壁,男女数千人,皆裸体跣足,或烹剥刳心,或剉烧舂磨,哀呼之声,彻闻数里。吏指道:"此皆在生时为官为吏,贪财枉法,刻薄害人,及不孝不友,悖负师长,不仁不义,故受此报。"迪见之大喜,叹曰:"今日方知天地无私,鬼神明察,吾一生不平之气始出矣。"吏指北面云:"此去一狱,皆僧尼哄骗人财,奸淫作恶者。又一狱,皆淫妇、妒妇、逆妇、狠妇等辈。"迪答道:"果报之事,吾已悉知,不消去看了。"吏笑携迪手偕出,仍入森罗殿。迪再拜,叩首称谢,呈诗四句。诗曰:

> 权奸当道任恣睢,果报原来总不虚。
>
> 冥狱试看刑法惨,应知今日悔当初。

迪又道:"奸回受报,仆已目击,信不诬矣。其他忠臣义士,在于何所?愿希一见,以适鄙怀①,不胜欣幸。"冥王俯首而思,良久,乃曰:"诸公皆生人道②,为王公大人,享受天禄。寿满天年,仍还原所,以俟缘会,又复托生。子既求见,吾躬导之。"于是登舆而前,分付从者,引迪后随。

　　行五里许,但见琼楼玉殿,碧瓦参横,朱牌金字,题曰"天爵之府③"。既入,有仙童数百,皆衣紫绡之衣,悬丹霞玉珮,执彩幢绛节,持羽葆花旌④,云气缤纷,天花飞舞,龙吟凤吹,仙乐铿锵,异香馥郁,袭人不散。殿上坐者百余人,头带通天之冠⑤,身穿云锦之衣⑥,足蹑

---

①适:悦,满足。

②人道:佛教语,指人界。佛教认为众生根据生前善恶行为,因果报应,在天道、人道、修罗道、畜生道、饿鬼道、地狱道等六道中轮回。

③天爵之府:这里指阴间朝廷。天爵,朝廷官爵。

④羽葆:帝王仪仗中一种以鸟羽联缀为饰的华盖。葆,盖。

⑤通天冠:皇帝之冠。始于秦,终于明,其间唯元不用。冠之形制,历代大同小异。这里泛指王公大臣所戴之冠。参见"平天冠"注。

⑥云锦衣:绮丽的衣裳。云锦,精美的织锦,言其粲若云霞。

朱霓之履①,玉珂琼珮,光彩射人。绛绡玉女五百余人,或执五明之扇②,或捧八宝之盂③,环侍左右。见冥王来,各各降阶迎迓,宾主礼毕,分东西而坐。仙童献茶已毕,冥王述胡母迪来意,命迪致拜。诸公皆答之尽礼,同声赞道:"先生可谓仁者能好人,能恶人矣④。"乃别具席于下,命迪坐。迪谦让再三不敢。王曰:"诸公以子斯文,能持正论,故加优礼,何用苦辞!"迪乃揖谢而坐。冥王拱手道:"座上皆历代忠良之臣,节义之士,在阳则流芳史册,在阴则享受天乐。每遇明君治世,则生为王侯将相,扶持江山,功施社稷。今天运将转,不过数十年,真人当出⑤,拨乱反正。诸公行且先后出世,为创功立业之名臣矣。"迪即席又呈诗四句。诗曰:

> 时从窗下阅遗编,每恨忠良福不全。
>
> 目击冥司天爵贵,皇天端不负名贤。

诸公皆举手称谢。冥王道:"子观善恶报应,忠佞分别不爽。假令子为阎罗,恐不能复有所加耳。"迪离席下拜谢罪。诸公齐声道:"此生好善嫉恶,出于至性,不觉见之吟咏,不足深怪。"冥王大笑道:"诸公之言是也。"迪又拜问道:"仆尚有所疑,求神君剖示。仆自小苦志读书,并无大过,何一生无科第之分? 岂非前生有罪业乎?"冥王道:"方今胡元世界,天地反覆。子秉性刚直,命中无夷狄之缘,不应为其臣子。某冥任将满,想子善善恶恶,正堪此职。某当奏知天廷,荐子以自代。子暂回阳世,以享余龄,更十余年后,尚当奉迎耳⑥。"言

---

①朱霓履:朱红色的鞋子,古代贵显者所穿。

②五明扇:仪仗中用的一种掌扇,相传舜所作,秦汉时公卿大夫皆可用之,晋以后只限于皇帝使用。神宫中亦有此扇。

③八宝盂:指镶饰华美的盂。

④仁者能好(hào)人,能恶(wù)人:孔子的话。语出《论语·里仁》:"唯仁者能好人,能恶人。"意思是只有仁人才能够喜爱某人,厌恶某人(指好恶得当)。

⑤真人:这里指帝王,所谓"真命天子"。汉张衡《南都赋》:"方今天地之睢剌,帝乱其政,豺虎肆虐,真人(指汉光武帝)革命之秋也。"

⑥尚:同"专"。

毕,即命朱衣二吏送迪还家。迪大悦,再拜称谢,及辞诸公而出。约行十余里,只见天色渐明,朱衣吏指向迪道:"日出之处,即君家也。"迪挽住二吏之衣,欲延归谢之,二吏坚却不允。迪再三挽留,不觉失手,二吏已不见了。迪即展臂而寤,残灯未灭,日光已射窗纸矣。

迪自此绝意干进,修身乐道。再二十三年,寿六十六,一日午后,忽见冥吏持牒来,迎迪赴任。车马仪从,俨若王者。是夜迪遂卒。又十年,元祚遂倾,天下仍归于中国,天爵府诸公已知出世为卿相矣。后人有诗云:

王法昭昭犹有漏,冥司隐隐更无私。

不须亲见酆都景,但请时吟胡母诗。

第三十三卷

张古老种瓜娶文女

长空万里彤云作,迤逦祥光遍斋阁。

未教柳絮舞千毬,先使梅花开数萼。

入帘有韵自飕飕,点水无声空漠漠。

夜来阁向古松梢①,向晓朔风吹不落②。

这八句诗题雪,那雪下相似三件物事:似盐,似柳絮,似梨花。雪怎地似盐? 谢灵运曾有一句诗咏雪道③:"撒盐空中差可疑④。"苏东坡先生有一词,名《江神子》:

黄昏犹自雨纤纤⑤,晓开帘,玉平檐⑥。江阔天低,无处认青帘。独坐闲吟谁伴我? 呵冻手,捻衰髯。　　使君留客醉恹恹⑦,水晶盐⑧,为谁甜? 手把梅花,东望忆陶潜。雪似古人人似雪,虽可爱,有人嫌。

这雪又怎似柳絮? 谢道韫曾有一句咏雪道:"未若柳絮因风起。"黄

---

①阁:同"搁",放。

②向晓:拂晓,天将明。

③谢灵运:吟下面一句诗的不是谢灵运,而是谢安的侄子谢朗,小字胡儿。

④疑:应作"拟"。

⑤雨纤纤:这里指雨雪,即下雪。雨,下。纤纤,形容雪柔细轻软。

⑥玉:《东坡词》、《全宋词》作"欲"。也许话本作者要用"玉"喻指雪。平檐:这里指雪填平了檐沟。陆游《开岁连日大雪》诗:"开岁大雪如飞鸥,转盼已见平檐沟。"

⑦使君:汉时称刺史为使君,后用以尊称州郡长官。亦用作对人的尊称。

⑧水晶盐:喻雪。亦作"水精盐"。一种晶莹透明如水晶的盐。这里指饴盐,一种带甜味的岩盐,也叫石盐。

鲁直有一词①，名《踏莎行》：

> 堆积琼花，铺陈柳絮，晓来已没行人路。长空犹未绽彤云，飘飘尚逐回风舞。　　对景衔杯，迎风索句，回头却笑无言语。为何终日未成吟？前山尚有青青处。

又怎见得雪似梨花？李易安夫人曾道："行人舞袖拂梨花。"晁叔用有一词②，名《临江仙》：

> 万里彤云密布，长空琼色交加。飞如柳絮落泥沙。前村归去路，舞袖拂梨花。　　此际堪描何处景？江湖小艇渔家。旋斟香酝过年华。披蓑乘远兴，顶笠过溪沙。

雪似三件物事，又有三个神人掌管。那三个神人？姑射真人、周琼姬、董双成③。周琼姬掌管芙蓉城④；董双成掌管贮雪琉璃净瓶⑤，瓶内盛着数片雪；每遇彤云密布，姑射真人用黄金箸敲出一片雪来，下一尺瑞雪。当日紫府真人安排筵会⑥，请姑射真人、董双成，饮得都醉。把金箸敲着琉璃净瓶，待要唱只曲儿。错敲破了琉璃净瓶，倾出雪来，当年便好大雪。曾有只曲儿，名做《忆瑶姬》：

---

①黄鲁直：北宋诗人黄庭坚，字鲁直。据《全宋词》编者说，下面的《踏莎行》词系本篇作者假托黄庭坚所作。

②晁叔用：北宋诗人晁冲之，字叔用，晁补之的从弟，近人赵万里辑有《晁叔用词》一卷。据《全宋词》编者说，下面的《临江仙》词话本作者假托。

③姑射(yè)真人：传说中之仙人。《庄子·逍遥游》："藐姑射之山，有神人居焉，肌肤若冰雪，绰约若处子。"后多以"姑射"为神仙或美人代称。周琼姬：传说里芙蓉城中仙女。按：苏轼《芙蓉城》叙有仙人周瑶英导王迥游芙蓉城。（参见宋赵彦卫《云麓漫钞》卷十）董双成：古代传说中的仙女。《汉武帝内传》说她是西王母的侍女。

④芙蓉城：传说仙人所居之地，有关传说在宋代非常流行。

⑤净瓶：佛教徒供净手用的水瓶。也指花瓶。这里供贮雪用。

⑥紫府真人：传说中之神仙名。紫府，道家所说的仙人居处。

　　姑射真人宴紫府，双成击破琼苞①。零珠碎玉，被蕊宫仙子②，撒向空抛。乾坤皓彩中宵③，海月流光色共交。向晓来、银压琅玕④，数枝斜坠玉鞭梢。　　为荆山隈⑤，碧水曲，际晚飞禽⑥，冒寒归去无巢。檐前为爱成簪箸⑦，不许儿童使杖敲。待效他、当日袁安谢女⑧，才词咏嘲。

姑射真人是掌雪之神。又有雪之精，是一匹白骡子，身上抖下一根毛，下一丈雪，却有个神仙是洪厓先生管着⑨，用葫芦儿盛着白骡子。赴罢紫府真人会，饮得酒醉，把葫芦塞得不牢，走了白骡子，却在番人界里退毛。洪厓先生因走了白骡子，下了一阵大雪。

　　且说一个官人，因雪中走了一匹白马，变成一件蹊跷神仙的事，举家白日上升，至今古迹尚存。

　　萧梁武帝普通六年冬十二月⑩，有个谏议大夫姓韦名恕，因谏萧

---

①琼苞：花苞，喻雪。元王仲元《斗鹌鹑·咏雪》："玉絮轻挦，琼苞碎打，粉叶飞扬，盐花乱撒。"

②蕊宫仙子：蕊宫的仙女。蕊宫，即"蕊珠宫"，道教所说的仙宫。

③中宵：半夜。

④银：喻雪。琅玕：指竹子。

⑤荆山：叫荆山的山有好几座，其一在湖北南漳县西，相传卞和得璞玉于此。这里所说的"荆山"与下文的"碧水"只是泛指山和水。隈：山、水等弯曲的地方。

⑥际晚：向晓，傍晚。

⑦檐前为爱成簪箸：因为喜爱屋檐前的积雪凝结成了像簪箸一样的冰柱。簪箸，簪和箸都是长条形状，故用来形容冰柱。

⑧袁安：东汉人，字邵公。《艺文类聚·卷二·天部下·雪》引《录异传》："汉时大雪，积地丈余。洛阳令身出按行，见民家皆除雪出。至袁安门，无有路，谓安已死，令人除雪。入户，见安僵卧，问何以不出，安曰：'大雪，人皆饿，不宜干（求）人。'令以为贤，举为孝廉。"谢女：指谢道韫。

⑨洪厓先生："厓"同"崖"。古时有神仙号洪崖先生。唐代张氲，亦号洪崖先生，隐居姑射山，常跨白驴，驴曰"雪积"。后人将二"洪崖"混而为一。（见《云谷杂记》补编卷二"洪崖先生"及《太平清话》卷三）

⑩萧梁武帝：指梁武帝萧衍。因南朝梁为萧衍所建，故称"萧梁"。

梁武帝奉持释教得罪,贬在滋生驷马监做判院①。这官人:

　　中心正直,秉气刚强。有回天转日之言,怀逐佞去邪之见。

这韦官人受得滋生驷马监判院,这座监在真州六合县界上②。萧梁武帝有一匹白马,名作"照殿玉狮子":

　　蹄如玉削,体若琼妆。荡胸一片粉铺成③,摆尾万条银缕散。能驰能载,走得千里程途;不喘不嘶,跳过三重阔涧。浑似狻猊生世上④,恰如白泽下人间⑤。

这匹白马,因为萧梁武帝追赶达摩禅师⑥,到今时长芦界上有失⑦,罚下在滋生驷马监,教牧养。

　　当日大雪下,早晨起来,只见押槽来禀覆韦谏议道⑧:"有件祸事,昨夜就槽头不见了那照殿玉狮子⑨。"諕得韦谏议慌忙叫将一监养马人来,却是如何计结⑩? 就中一个押槽出来道:"这匹马容易寻。只看他雪中脚迹,便知着落。"韦谏议道:"说得是。"即时差人随着押槽,寻马脚迹。迤逦间行了数里田地,雪中见一座花园,但见:

----

①滋生驷马监:梁时无此机构。宋代京城有天驷监,也叫孳生马监,掌牧养战马。有些州也置有孳生马监。每监设监官。此或许即为作者拟名之根据。滋生,孳生,繁殖。判院:宋代有很多官职名"判……院",简称"判院"。

②真州:宋元时的真州,治所在扬子县(今江苏仪征),明代改为仪征县。宋代在扬州置有孳生马监。

③荡胸:晃动胸部。

④狻猊(suān ní):传说中的一种猛兽。一说即狮子。

⑤白泽:传说中的一种神兽。

⑥达摩禅师:指菩提达摩,略称达摩或达磨,南天竺国僧人,据说梁大通元年(529)到广州,武帝迎至建康(今南京),不久渡江至北魏,入嵩山少林寺,面壁九年。世称西天(天竺)禅宗第二十八祖,东土(中国)禅宗初祖。

⑦长芦:六合县有长芦镇(见《元丰九域志》卷二)。

⑧押槽:大概是管理马匹的小头目。《武林旧事》卷二有"兽医押槽"之名称。

⑨就:在。

⑩计结:解决,了结。

　　　　粉妆台榭，琼锁亭轩。两边斜压玉栏杆，一径平钩银绶
　　带①。太湖石陷②，恍疑盐虎深埋③；松柏枝盘，好似玉龙高耸。
　　径里草枯难辨色，亭前梅绽只闻香。

却是一座篱园。押槽看着众人道："这匹马在这庄里。"即时敲庄门，
见一个老儿出来。押槽相揖道："借问则个，昨夜雪中滋生驸马监
里，走了一匹白马。这匹白马是梁皇帝骑的御马，名唤做'照殿玉狮
子'。看这脚迹时，却正跳入篱园内来。老丈若还收得之时，却教谏
议自备钱酒相谢。"老儿听得道："不妨，马在家里。众人且坐，老夫
请你们食件物事了去。"众人坐定，只见大伯子去到篱园根中④，去那
雪里面，用手取出一个甜瓜来。看这瓜时，真个是：

　　　　绿叶和根嫩，黄花向顶开。

　　　　香从辛里得，甜向苦中来。

那甜瓜藤蔓枝叶都在上面。众人心中道："莫是大伯子收下的？"看
那瓜颜色又新鲜。大伯取一把刀儿，削了瓜皮，打开瓜顶，一阵异气
喷人。请众人吃了一个瓜，又再去雪中取出三个瓜来，道："你们做
老拙传话谏议，道张公教送这瓜来。"众人接了甜瓜。大伯从篱园后
地⑤，牵出这匹白马来，还了押槽。押槽拢了马儿。谢了公公，众人
都回滋生驸马监。见韦谏议，道："可煞作怪！大雪中如何种得这甜
瓜？"即时请出恭人来，和这十八岁的小娘子都出来，打开这瓜，合家
大小都食了。恭人道："却罪过这老儿⑥，与我收得马，又送瓜来，着

──────────

　①一径平钩银绶带：积雪后的园中平坦而弯曲的小径，宛如银色的绶带。
　　钩，曲。

　②陷：下陷，下沉。指为积雪所埋。

　③盐虎：古代有一种盐叫"形盐"，解说不一，有的说是盐似虎形，有的说是筑
　　盐成虎形。这里的"盐虎"指成虎形的积雪。李商隐《残雪》："刻兽摧盐
　　虎，为山倒玉人。"宋韩琦《雪》："危石盖深盐虎陷，老枝攀重玉龙寒。"

　④根中：意思不详。《汉语大词典》将"云出山根"、"西园高树后庭根"中的
　　"根"，释作"指物体的前边、边沿"，姑录之备考。

　⑤后地：后头，后边。亦作"后底"。

　⑥罪过：多亏，难为。

个甚道理谢他①?"

捻指过了两月,至次年春半,景色清明。恭人道:"今日天色晴和,好去谢那送瓜的张公,谢他收得马。"谏议即时教安排酒樽食垒②,暖盗撩锅③,办几件食次④。叫出十八岁女儿来,道:"我今日去谢张公,一就带你母子去游玩闲走则个⑤。"谏议乘着马,随两乘轿子,来到张公门前,使人请出张公来。大伯连忙出来唱喏。恭人道:"前日相劳你收下马,今日谏议置酒,特来相谢。"就草堂上铺陈酒器,摆列杯盘,请张公同坐。大伯再三推辞,掇条凳子,横头坐地。酒至三杯,恭人问张公道:"公公贵寿?"大伯言:"老拙年已八十岁。"恭人又问:"公公几口?"大伯道:"孑然一身。"恭人说:"公公也少不得个婆婆相伴。"大伯应道:"便是。没怎么巧头脑⑥。"恭人道:"也是说个七十来岁的婆婆⑦。"大伯道:"年纪须老⑧,道不得个:百岁光阴如捻指,人生七十古来稀。"恭人道:"也是说一个六十来岁的。"大伯道:"老也:月过十五光明少,人到中年万事休。"恭人道:"也是说一个五十来岁的。"大伯又道:"老也:三十不荣,四十不富,五十看看寻死路。"恭人忍不得,自道看我取笑他:"公公说个三十来岁的。"大伯道:"老也。"恭人说:"公公,如今要说几岁的?"大伯抬起身来,指定十八岁小娘子道:"若得此女以为匹配,足矣。"韦谏议当时听得说,怒从心上起,恶向胆边生,却不听他说话,叫那当直的都来要打那大

---

①着(zhuó)个甚道理:用个什么办法。着,用(张相《诗词曲语辞汇释·卷三·着(十六)》)。道理,办法,打算。

②食垒:"垒"这里借作"櫑"。食物盛器。宋黄庭坚《题校书郎后》:"投壶一,琴二……酒榼、果櫑十五。"元马彦良《一枝花·春雨》:"酒杯,食櫑,可怜不见春明媚。"

③暖盗撩锅:暖酒的锅。一说"暖盗"是暖酒的器具,"撩锅"是一种汤锅。

④食次:菜肴,食品。

⑤一就:一起,一并。

⑥巧头脑:即"好头脑",指合适的对象。许政扬注:"凑巧的对象。"

⑦也是:或是,还是。表选择疑问。

⑧须:自,正。表强调。

伯。恭人道:"使不得,特地来谢他,却如何打他? 这大伯年纪老,说话颠狂,只莫管他。"收拾了酒器自归去。

话里却说张公,一并三日不开门,六合县里有两个扑花的①,一个唤做王三,一个唤做赵四,各把着大蒲簍来,寻张公打花②。见他不开门,敲门叫他,见大伯一行说话③,一行咳嗽,一似害痨病相思,气丝丝地④。怎见得? 曾有一《夜游宫》词:

> 四百四病人皆有⑤,只有相思难受。不疼不痛在心头,魆魆地教人瘦⑥。 愁逢花前月下,最怕黄昏时候。心头一阵痒将来,一两声咳嗽咳嗽。

看那大伯时,喉咙哑飒飒地出来道:"罪过你们来,这两日不欢⑦,要花时打些个去,不要你钱。有件事相烦你两个:与我去寻两个媒人婆子,若寻得来时,相赠二百足钱,自买一角酒吃⑧。"二人打花了自去,一时之间,寻得两个媒人来。这两个媒人:

> 开言成匹配,举口合和谐。掌人间凤只鸾孤,管宇宙孤眠独宿。折莫三重门户⑨,选甚十二楼中⑩? 男儿下惠也生心⑪,

---

①扑花的:指扑卖鲜花的人。《梦粱录》卷十三《诸色杂货》有四时扑花的记载。参见本书卷十五"扑鱼"注。

②打花:采花,摘花。

③一行:一面,一边。

④气丝丝地:形容气息细弱。

⑤四百四病:佛经中说人身由"四大"(地、水、火、风)合成,"四大"相侵,造成人身的四百四十种病(一大能起一百一病),概指所有疾病。《汉语大词典》释作"谓四肢百体的四时病痛",不详所据。

⑥魆魆(xū)地:悄悄地,暗暗地。

⑦不欢:指心情不好或生病。

⑧角(jué):这里指酒的计量单位。

⑨折莫:不论,不问。亦作"遮莫"、"折么"、"者莫"等。

⑩选甚:论甚么,挑甚么,亦即不论,不管。亦作"选甚么"。

⑪下惠:指春秋时鲁国人柳下惠。传说他夜宿城门,遇到一个无家女子,怕她冻伤,将她抱在怀中,用衣裹住,坐了一夜,没有发生非礼行为。世称柳下惠"坐怀不乱"。

女子麻姑须动意①。传言玉女②，用机关把手拖来③；侍香金童，
下说辞拦腰抱住。引得巫山偷汉子④，唆教织女害相思。

叫得两个媒婆来，和公公厮叫⑤。张公道："有头亲相烦说则个。这
头亲曾相见，则是难说⑥。先各与你三两银子，若讨得回报，各人又
与你五两银子。说得成时，教你两人撰个小小富贵。"张媒、李媒便
问："公公，要说谁家小娘子？"张公道："滋生驷马监里韦谏议有个女
儿，年纪一十八岁，相烦你们去与我说则个。"两个媒婆含着笑笑，接
了三两银子出去。行半里田地⑦，到一个土坡上，张媒看着李媒道：
"怎地去韦谏议宅里说？"张（李）媒道："容易，我两人先买一角酒吃，
教脸上红拂拂地，走去韦谏议门前旋一遭，回去说与大伯，只道说
了，还未有回报。"道犹未了，则听得叫道："且不得去！"回头看时，却
是那张公赶来。说道："我猜你两个买一角酒，吃得脸上红拂拂地，
韦谏议门前旋一遭回来，说与我道未有回报，还是恁地么⑧？你如今
要得好⑨，急速便去，千万讨回报。"两个媒人见张公恁地说道，做着
只得去⑩。

　　两人同到滋生驷马监，倩人传报与韦谏议。谏议道："教入来。"

————————

①麻姑：传说中的仙女。

②传言：通报传话。与下文"侍香"都是泛指做侍候工作。

③机关：计谋。

④巫山：指巫山神女。按：这一段关于媒婆的描写，系旧小说中的套语，亦见
于《水浒传》等。

⑤厮叫：同"相唤"、"相叫"，打招呼。亦作"厮唤"。

⑥则：只。

⑦田地：这里是路程的意思。

⑧还是：用在问句中，表示追究。相当于"究竟"、"到底"。

⑨要得好：意思不详。疑是想要得到好处的意思。

⑩做着：在宋元语言中，有一种"做……不着"或"做……着"的格式，"做"字
后面跟人称代词或名词、名词性词组，如"做我不着"、"做我着"、"做这老
性命着"等等，意思是以某人或某事物作牺牲（参见卷二十六"做我着"
注）。此处的"做着"疑是这种格式的省略说法，意思是拼着、豁出去。

张媒、李媒见了。谏议道："你两人莫是来说亲么?"两个媒人笑嘻嘻的,怕得开口。韦谏议道："我有个大的儿子,二十二岁,见随王僧辩征北①,不在家中;有个女儿,一十八岁,清官家贫,无钱嫁人。"两个媒人则在阶下拜,不敢说。韦谏议道："不须多拜,有事但说。"张媒道："有件事,欲待不说,为他六两银;欲待说,恐激恼谏议,又有些个好笑。"韦谏议问如何。张媒道："种瓜的张老,没来历②,今日使人来叫老媳妇两人,要说谏议的小娘子。得他六两银子,见在这里。"怀中取出那银子,教谏议看,道:"谏议周全时,得这银;若不周全,只得还他。"谏议道:"大伯子莫是风③? 我女儿才十八岁,不曾要说亲。如今要我如何周全你这六两银子?"张媒道:"他说来,只问谏议觅得回报,便得六两银子。"谏议听得说,用指头指着媒人婆道:"做我传话那没见识的老子:要得成亲,来日办十万贯见钱为定礼,并要一色小钱④,不要金钱准折⑤。"教讨酒来劝了媒人,发付他去。

两个媒人拜谢了出来,到张公家,见大伯伸着脖项,一似望风宿鹅⑥。等得两个媒人回来道:"且坐,生受不易!"且取出十两银子来,安在卓上,道:"起动你们⑦,亲事圆备。"张媒问道:"如何了?"大伯道:"我丈人说,要我十万贯钱为定礼,并要小钱,方可成亲。"两个媒人道:"猜着了,果是谏议恁地说。公公,你却如何对副⑧?"那大伯取

---

①王僧辩:南朝梁太原祁(今山西祁县)人,字君才,北魏颍川太守王神念子,梁天监中随父奔梁。初任湘东王(萧绎)左常侍。侯景之乱时,从绎讨景。绎即帝位(梁元帝),进授镇卫将军、司徒。后为陈霸先所杀。

②没来历:同"没来由"、"没来头"。无端,无缘无故。

③风:颠狂。后写作"疯"。

④小钱:指铜钱。

⑤金钱准折:用金银折成铜钱。

⑥望风宿鹅:确切意思不明。大概是指伫立远望的鹅。望风,放哨,观察动静。宿鹅,归巢栖息的鹅。宿,宿歇,栖止。

⑦起动:烦劳,劳动("动"读轻声),有劳。亦作"起烦"。

⑧对副:同"对付"。应付。

出一掇酒来开了①,安在卓子上,请两个媒人各吃了四盏。将这媒人转屋山头边来②,指着道:"你看!"两个媒人用五轮八光左右两点瞳人③,打一看时,只见屋山头堆垛着一便价十万贯小钱儿④。道:"你们看,先准备在此了。"只就当日,教那两个媒人先去回报谏议,然后发这钱来。媒人自去了。

这里安排车仗,从里面叫出几个人来,都着紫衫,尽戴花红银楪子⑤,推数辆太平车:

> 平川如雷吼,旷野似潮奔。猜疑地震天摇⑥,仿佛星移日转。初观形象,似秦皇塞海鬼驱山⑦;乍见威仪,若夏禹行舟临

---

①掇:《明清吴语词典》:"(名)指可用双手端的器皿。常指铜锡或瓷制的无柄无梁的小型容器。……'凡可掇之器即名为掇,如锡掇、瓷掇之类是也。或转为平声,则音近端'(光绪常昭和志稿6卷)"。卷三十六《宋四公大闹禁魂张》:"见有半掇儿吃剩的酒。"田宗尧《中国古典小说用语辞典》释为"酒壶"。

②屋山头:屋脊左右两侧的山墙。

③五轮八光左右两点瞳人:旧小说中形容眼睛的套语。亦作"五轮八光左右两点神水"(《警世通言》卷十九《崔衙内白鹞招妖》)。五轮,佛经说眼有血、风、气、水、肉五轮(参见吴曾《能改斋漫录·眼有五轮》)。《金瓶梅词话》第六回:"用五轮八宝玩着那两点神水,定睛看时。"

④一便价:此词未见他例,意思难以确定。几种小说语言词典,或释作"一排,一垛,一堆",或释作"一片,一批",或释作"一式的,一律的",似均仅据上下文推测而已。

⑤花红:这里指簪在帽上的金花和披在身上的红绸,用作喜庆时的贺礼或赏赐。银楪(shé)子:"楪",应作"楪",即今之"碟",小盘(古时碗、碟以木为之,故写作椀、楪)。银楪子是银制小盘子。宋时喜庆人家用作赏物。《梦粱录》卷二十《嫁娶》:"其女家以酒礼款待行郎,散花红、银楪、利市钱会讫,然后乐官作乐催妆。"又,宋时常以银碗、银碟子作为对武艺精强的兵士的奖赏,等于赏钱。《宋会要辑稿》"兵四·宋会要·弓箭手":"按试弓箭手(即士兵)武艺,旧分三等支赏:出等人支三钱银椀,第一等支二钱银楪子,二等支一钱银楪子。"

⑥猜疑:疑似,好像。与下文"仿佛"相对。

⑦秦皇塞海鬼驱山:传说秦始皇欲造石桥过海看日出,有神人以鞭驱山石入海。(见《艺文类聚》卷七十九引晋代伏琛《三齐略记》)

陆地①。满川寒雁叫，一队锦鸡鸣。

车子上旗儿插着，写道："张公纳韦谏议宅财礼。"众人推着车子，来到谏议宅前，喝起三声喏来，排着两行车子，使人入去，报与韦谏议。

谏议出来看了车子，开着口则合不得。使人入去，说与恭人："却怎地对副！"恭人道："你不合勒他讨十万贯见钱②，不知这大伯如今那里擘划将来③？待不成亲，是言而无信；待与他成亲，岂有衣冠女子④，嫁一园叟乎？"夫妻二人倒断不下，恭人道："且叫将十八岁儿前来，问这事却是如何。"女孩儿怀中取出一个锦囊来。原来这女子七岁时，不会说话。一日，忽然间道出四句言语来。

　　天意岂人知？应于南楚畿⑤。
　　寒灰热如火，枯杨再生稊⑥。

自此后便会行文，改名文女。当时着锦囊盛了这首诗⑦，收十二年。今日将来教爹爹看道："虽然张公年纪老，恐是天意却也不见得⑧。"恭人见女儿肯，又见他果有十万贯钱，此必是奇异之人，无计奈何，只得成亲。拣吉日良辰，做起亲来。张公喜欢。正是：

　　旱莲得雨重生藕，枯木无芽再遇春。

做成了亲事，卷帐回，带那儿女归去了⑨。韦谏议戒约家人⑩，不许一

────────────

①夏篡(ào)行舟临陆地：古代传说，夏代人寒浞的儿子篡，力气非常大，能陆地行舟（《论语·宪问》何晏集解引孔安国语）。

②勒：强迫，勒取。

③擘划：筹画，谋划。

④衣冠女子：指士大夫的女儿。衣冠，士大夫，官绅。《西京杂记》卷二："故新丰多无赖：无衣冠子弟故也。"

⑤应(yìng)：应验。南楚畿：这里指扬州地区。北宋乐史的《太平寰宇记》以广陵为南楚，广陵即扬州。畿，这里指疆界、地界，如"秦畿"、"河朔畿"等。

⑥稊(tí)：植物的嫩芽。《易·大过》："枯杨生稊，老夫得其女妻。"

⑦着：用。

⑧不见得：不一定，说不定。

⑨儿女：这里指女子。

⑩戒约：禁约，禁止。

人去张公家去。

普通七年夏六月间,谏议的儿子,姓韦名义方,文武双全,因随王僧辩北征回归,到六合县。当日天气热,怎见得?

> 万里无云驾六龙①,千林不放鸟飞空。

> 地燃石裂江湖沸,不见南来一点风。

相次到家中②。只见路傍篱园里,有个妇女,头发蓬松,腰系青布裙儿,脚下拖双靸鞋③,在门前卖瓜。这瓜:

> 西园摘处香和露,洗尽南轩暑。莫嫌坐上适无蝇④,只恐怕寒难近玉壶冰⑤。　　井花浮翠金盆小⑥,午梦初回了。诗翁自是不归来⑦,不是青门无地可移栽⑧。

韦义方觉走得渴,向前要买个瓜吃。抬头一觑,猛叫一声道:"文女,你如何在这里?"文女叫:"哥哥,我爹爹嫁我在这里。"韦义方道:"我路上听得人说道,爹爹得十万贯钱,把你卖与卖瓜人张公,却是为何?"那文女把那前面的来历,对着韦义方从头说一遍。韦义方道:"我如今要与他相见,如何?"文女道:"哥哥要见张公,你且少待。我先去说一声,却相见。"文女移身,已挺脚步入去房里⑨,说与张公。复身出来道⑩:"张公道你性如烈火,意若飘风,不肯教你相见。哥

---

①驾六龙:传说日神乘车,驾以六龙。

②相次:将近。

③靸(sǎ)鞋:这里指草制的拖鞋。

④莫嫌:莫疑。嫌,怀疑。

⑤玉壶冰:这里用以形容瓜的洁净清凉。

⑥井花:即"井花水",指清晨第一次从井里汲取的水。亦作"井华水"。

⑦诗翁:对诗人的敬称。

⑧青门:汉长安城东南门,本名霸城门,因门为青色,俗呼为青门。汉召平种瓜于此,人称青门瓜。按:此词实为宋周紫芝所作,题为《虞美人·食瓜有感》。"适无",原作"适来"。

⑨挺脚:"挺"有伸直腿用力移动脚步的意思。但"挺脚"实际上与拔脚意思相近。《三遂平妖传》第四回:"移身挺脚,入得柴房门。"

⑩复身:转身,回身。

哥,如今要相见却不妨,只是勿生恶意。"说罢,文女引义方入去相见。大伯即时抹着腰出来①。韦义方见了,道:"却不叵耐!怎么模样,却有十万贯钱娶我妹子,必是妖人。"一会子掣出太阿宝剑②,觑着张公,劈头便剁将下去。只见剑靶搭在手里,剑却折做数段。张公道:"可惜又减了一个神仙!"文女推那哥哥出来,道:"教你勿生恶意,如何把剑剁他?"

韦义方归到家中,参拜了爹爹妈妈,便问如何将文女嫁与张公。韦谏议道:"这大伯是个作怪人。"韦义方道:"我也疑他,把剑剁他不着,到坏了我一把剑。"

次日早,韦义方起来,洗漱罢,系裹停当,向爹爹妈妈道:"我今日定要取这妹子归来。若取不得这妹子,定不归来见爹爹妈妈。"相辞了,带着两个当直,行到张公住处,但见平原旷□,踪迹荒凉。问那当住的人③,道:"是有个张公,在这里种瓜。住二十来年,昨夜一阵乌风猛雨④,今日不知所在。"韦义方大惊,抬头只见树上削起树皮,写着四句诗道:

> 两枚箧袋世间无⑤,盛尽瓜园及草庐。
> 　要识老夫居止处,桃花庄上乐天居。

韦义方读罢了书⑥,教当直四下搜寻。当直回来报道:"张公骑着匹蹇驴,小娘子也骑着匹蹇驴儿,带着两枚箧袋,取真州路上而去。"韦义方和当直三人,一路赶上,则见路上人都道:"见大伯骑着蹇驴,女孩儿也骑驴儿。那小娘子不肯去,哭告大伯道:'教我归去相辞爹

---

①抹(mò):弯下,低着。明王士性《广志绎》卷五:"然彼酋畏惧天兵之至,情愿囚首抹腰,听剿处分。"

②一会子:一会儿。这里指在很短的时间之内,立即。太阿(ē):古宝剑名,相传为春秋时欧冶子、干将所铸。这里泛指好剑。

③当(dāng,旧读 dàng)方:当地,本地。亦作"当坊"。

④乌风:黑风。

⑤箧袋:箱袋,方形口袋。

⑥书:程毅中校注:"似当作'诗'。"

妈。'那大伯把一条杖儿在手中，一路上打将这女孩儿去。好恓惶人①！令人不忍见。"韦义方听得说，两条忿气，从脚板灌到顶门，心上一把无明火，高三千丈，按捺不下。带着当直，迤逦去赶。

　　约莫去不得数十里，则是赶不上。直赶到瓜洲渡口，人道见他方过江去。韦义方教讨船渡江，直赶到茅山脚下。问人时，道他两个上茅山去。韦义方分付了当直，寄下行李，放客店中了，自赶上山去。行了半日，那里得见桃花庄？正行之次，见一条大溪拦路，但见：

　　　　寒溪湛湛，流水泠泠。照人清影澈冰壶，极目浪花番瑞雪。
　　　　垂杨掩映长堤岸，世俗行人绝往来。

韦义方到溪边，自思量道："赶了许多路，取不得妹子归去，怎地见得爹爹妈妈？不如跳在溪水里死休。"迟疑之间，着眼看时，则见溪边石壁上，一道瀑布泉流将下来，有数片桃花，浮在水面上。韦义方道："如今是六月，怎得桃花片来？上面莫是桃花庄，我那妹夫张公住处？"则听得溪对岸一声哨笛儿响②。看时，见一个牧童骑着蹇驴，在那里吹这哨笛儿，但见：

　　　　浓绿成阴古渡头，牧童横笛倒骑牛。
　　　　笛中一曲升平乐，唤起离人万种愁。

牧童近溪边来，叫一声："来者莫是韦义方？"义方应道："某便是。"牧童说："奉张真人法旨，教请舅舅过来。"牧童教蹇驴渡水，令韦官人坐在驴背上渡过溪去。

　　牧童引路，到一所庄院。怎见得？有《临江仙》为证：

　　　　快活无过庄家好，竹篱茅舍清幽。春耕夏种及秋收，冬间
　　　　观瑞雪，醉倒被蒙头。　　门外多栽榆柳树，杨花落满溪头。
　　　　绝无闲闷与闲愁，笑他名利客，役役市廛游③。

---

①恓惶：同"凄惶"。悲痛，凄惨。
②哨笛儿：一种笛子。《东京梦华录》卷九："乐部哨笛杖鼓断送。"
③役役：形容劳苦不息或奔走钻营。

到得庄前，小童入去，从篱园里走出两个朱衣吏人来，接见这韦义方，道："张真人方治公事，未暇相待，令某等相款。"遂引到一个大四望亭子上①，看这牌上写着"翠竹亭"，但见：

> 茂林郁郁，修竹森森。翠阴遮断屏山②，密叶深藏轩槛。烟锁幽亭仙鹤唳，云迷深谷野猿啼。

亭子上铺陈酒器，四下里都种夭桃艳杏，异卉奇葩，簇着这座亭子。朱衣吏人与义方就席饮宴。义方欲待问张公是何等人，被朱衣吏人连劝数杯，则问不得。及至筵散，朱衣相辞自去，独留韦义方在翠竹轩，只教少待。

韦义方等待多时无信，移步下亭子来。正行之间，在花木之外，见一座殿屋，里面有人说话声。韦义方把舌头舔开朱红毬路亭隔看时③，但见：

> 朱栏玉砌，峻宇雕墙④。云屏与珠箔齐开⑤，宝殿共琼楼对峙。灵芝丛畔，青鸾彩凤交飞；琪树阴中，白鹿玄猿并立。玉女金童排左右，祥烟瑞气散氤氲。

见这张公顶冠穿履，佩剑执圭，如王者之服，坐于殿上。殿下列两行朱衣吏人，或神或鬼。两面铁枷，上手枷着一个紫袍金带的人，称是某州城隍，因境内虎狼伤人，有失检举。下手枷着一个顶盔贯甲，称是某州某县山神，虎狼损害平人，部辖不前⑥。看这张公书断，各有

---

① 四望亭子：可向四面眺望的亭子。

② 屏山：如屏之山。

③ 毬路亭隔："亭"系误字，应作"亮"。"毬路"亦写作"毬楼"、"虬镂"、"虬楼"、"求楼"等，"亮隔"亦写作"亮槅"。"毬路亮隔"是指雕有球形纹路格眼或其他花纹图案的窗门。亮隔：透光的花格长窗。又，"毬楼"本身可指窗门，也可和"亮隔"连用，合指窗门（参见《诗词曲语词汇释》卷六"毬楼亮槅"）。

④ 峻宇：高高的屋檐。

⑤ 云屏：这里指云母屏风。珠箔：即珠帘，指用珍珠缀饰的帘子。

⑥ 部辖不前：不能指挥部下前去（消灭虎狼）。部辖，管辖，指挥。宋陈傅良《止斋先生文集》卷二十九《桂阳军乞画一状》："官府不威重，兼厢军人数稀少，部辖不前。"

罪名。韦义方就窗眼内望见，失声叫道："怪哉，怪哉！"殿上官吏听得，即时差两个黄巾力士，捉将韦义方来，驱至阶下。官吏称韦义方不合漏泄天机，合当有罪，急得韦义方叩头告罪。真人正怎么说，只见屏风后一个妇人，凤冠雾帔①，珠履长裙，转屏风背后出来，正是义方妹子文女，跪告张公道："告真人，念是妾亲兄之面，可饶恕他。"张公道："韦义方本合为仙，不合以剑剁吾，吾以亲戚之故，不见罪。今又窥觑吾之殿宇，欲泄天机，看你妹妹面，饶你性命。我与你十万钱，把件物事与你为照去支讨。"张公移身，已挺脚步入殿里。去不多时，取出一个旧席帽儿②，付与韦义方，教往扬州开明桥下③，寻开生药铺申公④，凭此为照，取钱十万贯。张公道："仙凡异路，不可久留。"令吹哨笛的小童："送韦舅乘蹇驴，出这桃花庄去。"到溪边，小童就驴背上把韦义方一推，头掉脚掀，撷将下去。义方如醉醒梦觉，却在溪岸上坐地。看那怀中，有个帽儿。似梦非梦，迟疑未决。且只得携着席帽儿，取路下山来。

回到昨所寄行李店中，寻两个当直不见。只见店二哥出来，说道："二十年前有个韦官，寄下行李，上茅山去担阁⑤，两个当直等不得，自归去了。如今恰好二十年，是隋炀帝大业二年。"韦义方道："昨日才过一日，却是二十年。我且归去六合县滋生驷马监，寻我二亲。"便别了店主人。

来到六合县。问人时，都道二十年前滋生驷马监里，有个韦谏

---

①雾帔：当系"霞帔"之误。

②席帽儿：古代的一种帽子，以藤席为骨架，形似毡笠，四边垂下，可蔽日遮颜。（见晋崔豹《古今注·席帽》）

③开明桥：扬州"二十四桥"之一。在府城东北大街，东西跨市河，桥上旧有楼，四面皆窗。

④生药铺：药材店。生药，直接从植物体或动物体采来，仅经过干燥等简单加工而未精制的药物。

⑤担阁：同"担搁"。停留。

议,一十三口白日上升,至今升仙台古迹尚存,道是有个直阁①,去了不归。韦义方听得说,仰面大哭。二十年则一日过了,父母俱不见,一身无所归。如今没计奈何,且去寻申公讨这十万贯钱。

当时从六合县取路,迤逦直到扬州。问人寻到开明桥下,果然有个申公,开生药铺。韦义方来到生药铺前,见一个老儿:

> 生得形容古怪,装束清奇。颔边银剪苍髯,头上雪堆白发。
> 鸢肩龟背,有如天降明星;鹤骨松形,好似化胡老子②。多疑商
> 岭逃秦客③,料是磻溪执钓人④。

在生药铺里坐。韦义方道:"老丈拜揖! 这里莫是申公生药铺?"公公道:"便是。"韦义方着眼看生药铺厨里:

> 四个苕帚三个空⑤,一个盛着西北风。

韦义方肚里思量道:"却那里讨十万贯钱支与我?"且问大伯,买三文薄荷。公公道:"好薄荷!《本草》上说凉头明目,要买几文?"韦义方道:"回三钱。"公公道:"恰恨缺。"韦义方道:"回个些百药煎⑥。"公公道:"百药煎能消酒面⑦,善润咽喉,要买几文?"韦义方道:"回三钱。"公公道:"恰恨卖尽"韦义方道:"回些甘草。"公公道:"好甘草! 性平无毒,能随诸药之性,解金石草木之毒,市语叫做'国老'⑧。要买几

---

① 直阁:本为宋代贴职(兼职)直龙图阁、直天章阁等十二阁之称,后借为对贵家公子的一种称呼。

② 化胡老子:东汉末年流传"老子入夷狄为浮屠"的传说,晋代道士王浮著《老子化胡经》,更增益其说,谓老子西游化胡成佛,以佛为道教弟子。

③ 商岭逃秦客:指"商山四皓",即东园公、绮里季、夏黄公、甪里先生。四人当秦之世,逃入商雒山隐居,以待天下之定。

④ 磻(pán)溪执钓人:指吕尚(姜太公)。磻溪在陕西宝鸡东南,传说吕尚未遇周文王时,垂钓于此。

⑤ 苕帚:许政扬注:"与栲栳、筹笔同。"

⑥ 回:买,卖,转卖。这里是买的意思。

⑦ 百药煎:中药名。又名阿仙药。治上焦心肺、咳嗽、痰饮、热渴诸病(参见《本草纲目》)。酒面:饮酒后发红的面色。

⑧ 国老:甘草的别名。《本草纲目》谓:"调和众药有功,故有国老之号。"

文?"韦义方道:"问公公回五钱。"公公道:"好教官人知,恰恨也缺。"韦义方对着公公道:"我不来买生药,一个人传语,是种瓜的张公。"申公道:"张公却没事,传语我做甚么?"韦义方道:"教我来讨十万贯钱。"申公道:"钱却有,何以为照①?"韦义方去怀里摸索一和②,把出席帽儿来。申公看着青布帘里,叫浑家出来看。青布帘起处,见个十七八岁的女孩儿出来,道:"丈夫叫则甚?"韦义方心中道:"却和那张公一般,爱娶后生老婆。"申公教浑家看这席帽儿:"是也不是?"女孩儿道:"前日张公骑着蹇驴儿,打门前过,席帽儿绽了,教我缝。当时没皂线,我把红线缝着顶上。"翻过来看时,果然红线缝着顶。申公即时引韦义方入去家里,交还十万贯钱。韦义方得这项钱,把来修桥作路,散与贫人。

忽一日,打一个酒店前过,见个小童,骑只驴儿。韦义方认得是当日载他过溪的,问小童道:"张公在那里?"小童道:"见在酒店楼上,共申公饮酒。"韦义方上酒店楼上来,见申公与张公对坐,义方便拜。张公道:"我本上仙长兴张古老③。文女乃上天玉女,只因思凡,上帝恐被凡人点污,故令吾托此态取归上天。韦义方本合为仙,不合杀心太重,止可受扬州城隍都土地。"道罢,用手一招,叫两只仙鹤,申公与张古老各乘白鹤,腾空而去。则见半空遗下一幅纸来,拂开看时,只见纸上题着八句儿诗,道是:

> 一别长兴二十年,锄瓜隐迹暂居廛。
> 因嗟世上凡夫眼,谁识尘中未遇仙?
> 授职义方封土地,乘鸾文女得升天。
> 从今跨鹤楼前景④,壮观维扬尚俨然。

---

①照:凭证。

②一和:一会,一番,一阵。亦作"一合"。

③上仙:天上的神仙,道家指"九仙"中品级最高者。长兴:所指不详。疑是仙官名。

④跨鹤楼:即骑鹤楼,在扬州府城东北大街内,已废。

第三十四卷

李公子救蛇获称心

劝人休诵经，念甚消灾咒。

经咒总慈悲①，冤业如何救？

种麻还得麻，种豆还得豆。

报应本无私，作了还自受。

这八句言语，乃徐神翁所作②，言人在世，积善逢善，积恶逢恶。古人有云：积金以遗子孙，子孙未必能守；积书以遗子孙，子孙未必能读；不如积阴德于冥冥之中，以为子孙长久之计。昔日孙叔敖晓出③，见两头蛇一条，横截其路。孙叔敖用砖打死而埋之。归家告其母曰："儿必死矣。"母曰："何以知之？"敖曰："尝闻人见两头蛇者必死，儿今日见之。"母曰："何不杀乎？"叔敖曰："儿已杀而埋之，免使后人再见，以伤其命，儿宁一身受死。"母曰："儿有救人之心，此乃阴骘，必然不死。"后来叔敖官拜楚相。今日说一个秀才，救一条蛇，亦得后报。

南（北）宋神宗朝熙宁年间④，汴梁有个官人，姓李，名懿，由杞县知县，除金杭州判官⑤。本官世本陈州人氏⑥，有妻韩氏。子李元，字伯元，学习儒业。李懿到家收拾行李，不将妻子，只带两个仆人，到杭州赴任。在任倏忽一年，猛思子李元在家攻书，不知近日学业如

---

① 总：通"纵"。纵然，即使。

② 徐神翁：北宋泰州人徐守信（一作真），泰州天庆观道士，传说他知人祸福死生，世号徐神翁（详见《宋史翼》卷三十七《列传·方技一·徐守信》）。

③ 孙叔敖：春秋时楚国人，官令尹。他杀两头蛇的传说，见《贾谊新书》卷六。

④ 南宋：应作北宋。

⑤ 除金：指升迁。

⑥ 陈州：地名。宋宣和初升为淮宁府，金复改为陈州。其地在今河南淮阳。

何？写封家书，使王安往陈州，取孩儿李元来杭州，早晚作伴，就买书籍①。王安辞了本官，不一日，至陈州，参见恭人，呈上家书。书院中唤出李元，令读了父亲家书，收拾行李。李元在前曾应举不第，近日琴书意懒，止游山玩水，以自娱乐。闻父命呼召，收拾琴、剑、书箱，拜辞母亲，与王安登程。沿路觅船，不一日，到扬子江。李元看了江山景物，观之不足，乃赋诗曰：

西出昆仑东到海，惊涛拍岸浪掀天。

月明满耳风雷吼，一派江声送客船。

渡江至润州，迤逦到常州，过苏州，至吴江。

是日申牌时分，李元舟中看见吴江风景，不减潇湘图画②，心中大喜，令梢公泊舟近长桥之侧③。元登岸上桥，来垂虹亭上，凭栏而坐，望太湖晚景。李元观之不足，忽见桥东一带粉墙中有殿堂，不知何所。却值渔翁卷网而来，揖而问之："桥东粉墙，乃是何家？"渔人曰："此三高士祠④。"李元问曰："三高何人也⑤？"渔人曰："乃范蠡、张翰、陆龟蒙三个高士⑥。"元喜，寻路渡一横桥，至三高士祠。入侧门，

---

①就：就便，顺便。

②潇湘图画：宋代山水画家宋迪有八幅得意之作，名《平沙落雁》、《远浦归帆》、《山市晴岚》、《江天暮雪》、《洞庭秋月》、《潇湘夜雨》、《烟寺晚钟》、《渔村落照》，号为八景。后人以此八景专归之潇（水）、湘（水）、洞庭，称为潇湘八景。元人绘有《潇湘八景图》。

③长桥：在吴江县东，本名利往桥，又名垂虹桥。宋庆历八年（1048）建，桥上构亭题曰"垂虹"。初为木桥，元代改为石桥。宋苏舜钦诗说"长桥跨空古未有"，故俗称长桥。

④三高士祠：在吴江县东门外钓雪滩，宋元祐中建，绍兴中重建。

⑤三高：清平山堂刻本《李元吴江救蛇》作"三高士"。

⑥张翰：西晋吴郡吴人，字季鹰。翰入洛阳，齐王司马冏辟为大司马东曹掾。因预感"天下纷纷，祸难未已"，翰托词见秋风起，思吴中菰菜、莼羹、鲈鱼脍，辞官南归。陆龟蒙：唐代长洲（今苏州）人，字鲁望。举进士不第，隐居松江甫里，好放游江湖之间，自号江湖散人。著有《笠泽丛书》、《甫里集》等。

观石碑。上堂，见三人列坐，中范蠡，左张翰，右陆龟蒙。李元寻思间，一老人策杖而来。问之，乃看祠堂之人。李元曰："此祠堂几年矣？"老人曰："近千余年矣。"元曰："吾闻张翰在朝，曾为显官，因思鲈鱼莼菜之美，弃官归乡，彻老不仕①，乃是急流中勇退之人，世之高士也。陆龟蒙绝代诗人，隐居吴淞江上，惟以养鸭为乐，亦世之高士。此二人立祠，正当其理。范蠡乃越国之上卿，因献西施于吴王夫差，就中取事，破了吴国。后见越王义薄，扁舟遨游五湖，自号鸱夷子②。此人虽贤，乃吴国之仇人，如何于此受人享祭？"老人曰："前人所建，不知何意。"李元于老人处借笔砚，题诗一绝于壁间，以明鸱夷子不可于此受享。诗曰：

地灵人杰夸张陆，共预清祠事可宜。

千载难消亡国恨，不应此地着鸱夷。

题罢，还了老人笔砚，相辞出门。见数个小孩儿，用竹杖于深草中戏打小蛇。李元近前视之，见小蛇生得奇异，金眼黄口，赭身锦鳞，体如珊瑚之状，腮下有绿毛，可长寸余③。其蛇长尺余，如瘦竹之形。元见尚有游气④，慌忙止住小童休打："我与你铜钱百文，可将小蛇放了，卖与我。"小童簇定要钱⑤。李元将朱蛇用衫袖包裹，引小童到船边，与了铜钱自去。唤王安开书箱取艾叶煎汤，少等温贮于盘中，将小蛇洗去污血。命梢公开船，远望岸上草木茂盛之处，急无人到⑥，就那里将朱蛇放了。蛇乃回头数次，看着李元。元曰："李元今日放了你，可于僻静去处躲避，休再教人见。"朱蛇游入水中，穿波底而去。李元令移舟望杭州而行。

---

①彻老：到老。

②鸱(chī)夷子：鸱夷子皮的省称。范蠡助越王勾践灭吴后，变姓名，自称鸱夷子皮。

③可：大约。

④游气：奄奄的气息。

⑤簇定：围定，围住。簇，聚集，簇拥。

⑥急：一时间、短时间内。

三日已到，拜见父亲，言讫家中之事。父问其学业，李元一一对答，父心甚喜。在衙中住了数日①，李元告父曰："母亲在家，早晚无人侍奉，儿欲归家，就赴春选②。"父乃收拾俸余之资，买些土物，令元回乡，又令王安送归。行李已搬下船，拜辞父亲，与王安二人离了杭州。出东新桥官塘大路③，过长安坝④，至嘉禾⑤，近吴江。从旧岁所观山色湖光⑥，意中不舍。到长桥时，日已平西，李元教暂住行舟，且观景物，宿一宵来早去就桥下湾住船⑦，上岸独步。上桥，登垂虹亭，凭阑伫目。遥望湖光潋滟，山色空濛。风定渔歌聚，波摇雁影分。

正观玩间，忽见一青衣小童，进前作揖，手执名榜一纸⑧，曰："东人有名榜在此⑨，欲见解元⑩，未敢擅便。"李元曰："汝东人何在？"青衣曰："在此桥左，拱听呼唤⑪。"李元看名榜纸上一行书云："学生朱伟谨谒。"元曰："汝东人莫非误认我乎？"青衣曰："正欲见解元，安得

---

①在衙中住了数日：住了数日就要回家，既与情理不合，也与下文"从旧岁"在时间上有矛盾。文字似有疏漏不周处。按：清平山堂刻本《李元吴江救朱蛇》无此句。

②春选：春试，春闱。唐宋礼部试士和明代京城会试均在春季举行，故称。

③东新桥：在兴福桥东。官塘：官塘河，去城西三十五里，宋淳祐七年（1247）开浚。

④长安坝：在浙江海宁县长安镇。宋时筑长安堰于此，元时复置新堰于旧堰之西，后称长安坝。为舟车要冲之地。

⑤嘉禾：旧时浙江嘉兴府的别称。据说三国吴时有嘉禾（吉瑞的象征）。北宋政和七年（1117）赐秀州以郡名曰"嘉禾"，南宋庆元元年（1195）升为嘉兴府。

⑥从：通"踪（踪）"。追踪。

⑦来早：明早。湾：停泊。

⑧名榜：名帖，名片。

⑨东人：东家，主人。

⑩解元：这里是对士人的敬称。

⑪拱听：犹言恭听。

误耶!"李元曰:"我自来江左,并无相识,亦无姓朱者来往为友,多敢同姓者乎①?"青衣曰:"正欲见通判相公李衙内李伯元,岂有误耶!"李元曰:"既然如此,必是斯文,请来相见何碍。"青衣去不多时,引一秀才至,眉清目秀,齿白唇红,飘飘然有凌云之气。那秀才见李元先拜,元慌忙答礼。朱秀才曰:"家尊与令祖相识甚厚,闻先生自杭而回,特命学生伺候已久。倘蒙不弃,少屈文斾②,至舍下与家尊略叙旧谊,可乎?"李元曰:"元年幼,不知先祖与君家有旧,失于拜望,幸乞恕察。"朱秀才曰:"蜗居只在咫尺,幸勿见却。"李元见朱秀才坚意叩请,乃随秀才出垂虹亭。至长桥尽处,柳阴之中,泊一画舫,上有数人,容貌魁梧,衣装鲜丽。邀元下船,见船内五彩装画,裀褥铺设,皆极富贵。元早惊异。朱秀才教开船,从者荡桨,舟去如飞,两边搅起浪花,如雪飞舞。

　　须臾之间,船已到岸,朱秀才请李元上岸。元见一带松柏,亭亭如盖,沙草滩头,摆列着紫衫银带约二十余人,两乘紫藤兜轿。李元问曰:"此公吏何府第之使也?"朱秀才曰:"此家尊之所使也,请上轿,咫尺便是。"李元惊惑之甚,不得已上轿,左右呵喝入松林。行不一里,见一所宫殿,背靠青山,面朝绿水。水上一桥,桥上列花石栏干,宫殿上盖琉璃瓦,两廊下皆捣红泥墙壁。朱门三座,上有金字牌,题曰"玉华之宫"。轿至宫门,请下轿。李元不敢那步,战栗不已。宫门内有两人出迎,皆头顶貂蝉冠③,身披紫罗襕④,腰系黄金带,手执花纹简⑤,进前施礼,请曰:"王上有命,谨请解元。"李元半晌不能对答。朱秀才在侧曰:"吾父有请,慎勿惊疑。"李元曰:"此何处也?"秀才曰:"先生到殿上便知也。"李元勉强随二臣宰行,从东廊历

---

①多敢:多半,大概,恐怕。也说"多管"。

②文斾:用作仪仗的有文彩的旌旗。引申为称对方的敬辞,犹尊驾、大驾。

③貂蝉冠:饰有貂尾和蝉羽的帽子,古代王公显官所戴。(参见《宋史·舆服四》)

④紫罗襕:一种用紫色罗缎缝制的官服。

⑤简:笏,手板。

阶而进。上月台①，见数十个人皆锦衣，簇拥一老者出殿上。其人蝉冠大袖，朱履长裙，手执玉圭，进前迎迓。李元慌忙下拜。王者命左右扶起。王曰："坐邀文斾②，甚非所宜，幸沐来临③，万乞情恕④。"李元但只唯唯答应而已。

　　左右迎引入殿，王升御座，左手下设一绣墩⑤，请解元登席。元再拜于地，曰："布衣寒生，王上御前，安敢侍坐？"王曰："解元于吾家有大恩，今令长男邀请至此，坐之何碍。"二臣宰请曰："王上敬礼，先生勿辞。"李元再三推却，不得已低首躬身，坐于绣墩。王乃唤小儿来拜恩人。

　　少顷，屏风后宫女数人，拥一郎君至。头戴小冠，身穿绛衣，腰系玉带，足蹑花靴，面如傅粉，唇似涂脂，立于王侧。王曰："小儿外日游于水际⑥，不幸为顽童所获；若非解元一力救之，则身为齑粉矣。众族感戴，未尝忘报。今既至此，吾儿可拜谢之。"小郎君近前下拜，李元慌忙答礼。王曰："君是吾儿之大恩人也，可受礼。"命左右扶定，令儿拜讫。李元仰视王者满面虬髯，目有神光，左右之人，形容皆异，方悟此处是水府龙宫，所见者龙君也；傍立年少郎君，即向日三高士祠后所救之小蛇也。元慌忙稽颡，拜于阶下。王起身曰："此非待恩人处，请入宫殿后，少进杯酌之礼。"

　　李元随王转玉屏，花砖之上，皆铺绣褥，两傍皆绷锦步障⑦。出

―――――――――――――――

①月台：这里指正殿前的平台。

②坐邀：谦词。指自己未能前去拜谒而请客人自来。《青琐高议后集》卷九《朱蛇记》："久绝人事，不得奉谒，坐邀车驾，幸无见疑。"欧阳修《与梅圣俞（宝元二年）》："所以不避百余里，劳君子而坐邀也，颙俟颙俟，相见旦夕尔。"

③沐：受润泽。引申为承蒙。

④情恕：情鉴，情谅，原谅。

⑤绣墩：一种加绣花套子的坐墩，多为瓷制。

⑥外日：昔日，前些时。

⑦绷：张紧，拉紧。锦步障：用锦作的步障。步障，用以遮蔽风尘或分隔内外的屏幕。《世说新语·汰侈》："君夫（王恺）作紫丝布步障、碧绫里四十里，石崇作锦步障五十里以敌之。"

殿后,转行廊①,至一偏殿。但见金碧交辉,内列龙灯凤烛,玉炉喷沉麝之香,绣幕飘流苏之带。中设二座,皆是蛟绡拥护②,李元惊怕而不敢坐。王命左右扶李元上座。两边仙音缭绕,数十美女,各执乐器,依次而入。前面执宝杯盘进酒献果者,皆绝色美女。但闻异香馥郁,瑞气氤氲,李元不知手足所措,如醉如痴。王命二子进酒,二子皆捧觞再拜。台上果卓,眝目观之,器皿皆是玻璃、水晶、琥珀、玛瑙为之,曲尽巧妙,非人间所有。王自起身与李元劝酒,其味甚佳,肴馔极多,不知何物。王令诸宰臣轮次举杯相劝,李元不觉大醉,起身拜王曰:"臣实不胜酒矣。"俯伏在地而不能起。王命侍从扶出殿外,送至客馆安歇。

李元酒醒,红日已透窗前。惊起视之,房内床榻帐幔,皆是蛟绡围绕。从人安排洗漱已毕,见夜来朱秀才来房内相邀,并不穿世之儒服,裹毡头帽③,穿绛绡袍,玉带皂靴,从者各执斧钺。李元曰:"夜来大醉,甚失礼仪。"朱伟曰:"无可相款,幸乞情恕。父王久等,请恩人到偏殿进膳。"引李元见王,曰:"解元且宽心怀,住数日去亦不迟。"李元再拜曰:"荷王上厚意。家尊令李元归乡侍母,就赴春选,日已逼近。更兼仆人久等,不见必忧;倘回杭报父得知,必生远虑。因此不敢久留,只此告退。"王曰:"既解元要去,不敢久留。虽有纤粟之物④,不足以报大恩,但欲者当一一奉纳。"李元曰:"安敢过望,平生但得称心足矣。"王笑曰:"解元既欲吾女为妻,敢不奉命。但三载后,须当复回。"王乃传言,唤出称心女子来。

须臾,众侍女簇拥一美女至前,元乃偷眼视之,雾鬓云鬟,柳眉

---

①行廊:走廊。

②拥护:这里是围绕、围裹的意思。

③毡头帽:许政扬注:"毡,也写作虮。宋代侍从官所戴的一种帽子。"《东京梦华录》卷六《十四日车驾幸五岳观》:"围子亲从官,皆顶毡头大帽。"《元曲选》所收《丽春堂》杂剧第一折:"小帽虮头裹绛纱"(脉望馆本作"毡头")。

④纤粟:比喻细微。

星眼,有倾国倾城之貌、沉鱼落雁之容。王指此女曰:"此是吾女称心也。君既求之,愿奉箕帚。"李元拜于地曰:"臣所欲称心者,但得一举登科,以称此心,岂敢望天女为配偶耶?"王曰:"此女小名称心,既以许君,不可悔矣。若欲登科,只问此女,亦可办也。"王乃唤朱伟送此妹与解元同去。李元再拜谢。

朱伟引李元出宫,同到船边,见女子已改素妆,先在船内。朱伟曰:"尘世阻隔,不及亲送,万乞保重。"李元曰:"君父王,何贤圣也? 愿乞姓名。"朱伟曰:"吾父乃西海群龙之长,多立功德,奉玉帝敕命,令守此处。幸得水洁波澄,足可荣吾子孙。君此去切不可泄漏天机,恐遭大祸。吾妹处亦不可问仔细。"元拱手听罢,作别上船。朱伟又将金珠一包相送。但耳畔闻风雨之声,不觉到长桥边。从人送女子并李元登岸,与了金珠,火急开船,两桨如飞,倏忽不见。

李元似梦中方觉,回观女子在侧,惊喜。元语女子曰:"汝父令汝与我为夫妇,你还随我去否?"女子曰:"妾奉王命,令吾侍奉箕帚,但不可以告家中人。若泄漏,则妾不能久住矣。"李元引女子同至船边,仆人王安惊疑,接入舟中曰:"东人一夜不回,小人何处不寻? 竟不知所在。"李元曰:"吾见一友人,邀于湖上饮酒,就以此女与我为妇。"王安不敢细问情由,请女子下船,将金珠藏于囊中,收拾行船。

一路涉河渡坝,看看来到陈州。升堂参见老母,说罢父亲之事,跪而告曰:"儿在途中娶得一妇,不曾得父母之命,不敢参见。"母曰:"男婚女聘,古之礼也。你既娶妇,何不领归?"母命引称心女子拜见老母,合家大喜。自搬回家,不过数日,已近试期。

李元见称心女子聪明智慧,无有不通,乃问曰:"前者汝父曾言,若欲登科,必问于汝。来朝吾人试院,你有何见识教我?"女子曰:"今晚吾先取试题,汝在家中先做了文章,来日依本去写①。"李元曰:

---

①本:底稿,稿本。

"如此甚妙,此题目从何而得?"女子曰:"吾闭目作用①,慎勿窥戏。"李元未信。女子归房,坚闭其门。但闻一阵风起,帘幕皆卷。约有更余,女子开户而出,手执试题与元。元大喜,恣意检本②,做就文章。来日入院,果是此题,一挥而出。后日亦如此,连三场皆是女子飞身入院,盗其题目。待至开榜,李元果中高科,初任江州金判③,闾里作贺,走马上任。一年,改除奏院④。三年任满,除江南吴江县令。引称心女子并仆从五人,辞父母来本处之任。

到任上不数日,称心女子忽一日辞李元曰:"三载之前,为因小弟蒙君救命之恩,父母教奉箕帚。今已过期,即当辞去,君宜保重。"李元不舍,欲向前拥抱,被一阵狂风,女子已飞于门外,足底生云,冉冉腾空而去。李元仰面大哭。女子曰:"君勿误青春,别寻佳配。官至尚书,可宜退步。妾若不回,必遭重责。聊有小诗,永为表记。"空中飞下花笺一幅,有诗云:

> 三载酬恩已称心,妾身归去莫沉吟。
> 玉华宫内浪埋雪,明月满天何处寻?

李元终日悒怏。后三年官满,回到陈州,除秘书⑤,王丞相招为婿,累官至吏部尚书。直至如今,吴江西门外有龙王庙尚存,乃李元旧日所立。有诗云:

---

①作用:这里指施行法术。

②检本:翻书,查书。《朱子语类》卷九十《礼七·祭》:"渠高声抗争,某检本与之看,方得口合。"

③金判:即签判。签书判官厅公事的简称。为宋代州府幕职。

④奏院:宋代进奏院的简称。宋初,诸州以本州将吏为进奏官驻京城。太平兴国七年(982)置诸道都进奏院。元丰改制后,隶给事中。掌承转诏敕和中央各部门文件给诸路,摘录各州章奏报告门下省,以及投递各州文书给有关部门等。

⑤秘书:宋代秘书郎的简称。属秘书省,掌管集贤院、史馆、昭文馆、秘阁图籍。

昔时柳毅传书信①，今日李元逢称心。

恻隐仁慈行善事，自然天降福星临。

---

①柳毅：唐李朝威《柳毅传》中的主人公，他为洞庭龙女传送家信，使龙女脱离苦难，终成夫妇。

第三十五卷

简帖僧巧骗皇甫妻

　　白苎轻衫入嫩凉①，春蚕食叶响长廊。禹门已准桃花浪，月殿先收桂子香②。　　鹏北海③，凤朝阳④，又携书剑路茫茫。明知此日登云去⑤，却笑人间举子忙⑥。

　　长安京北有一座县，唤做咸阳县，离长安四十五里。一个官人⑦，覆姓宇文，名绶，离了咸阳县，来长安赴试，一连三番试不遇。有个浑家王氏，见丈夫试不中归来，把复姓为题⑧，做一个词儿嘲笑丈夫，名唤做《望江南》词，道是：

　　公孙恨，端木笔俱收。枉念西门分手处，闻人寄信约深秋。

---

①白苎：这里指细白的夏布。亦作"白纻"。苎，苎麻，可织夏布。嫩凉：微凉。按：此词原为辛弃疾所作，题《鹧鸪天·送廓之秋试》，本篇文字有改动。

②月殿先收桂子香：旧时以月中折桂为科举登第之典。上句"禹门已准桃花浪"，喻春试，此句喻登科。

③鹏北海：《庄子·逍遥游》中说，北海的大鱼鲲化而为大鸟鹏，当鹏迁往南海时，激起的水花达三千里，乘风直上九万里高空。这里以北海的大鹏比喻士子的抱负不凡，前程远大。

④凤朝阳：《诗经·卷阿》："凤凰鸣矣，于彼高冈；梧桐生矣，于彼朝阳。"朝阳，山的东面，因其早晨为太阳所照。《诗序》认为这首诗是召康公戒成王，言求贤用吉士之事。这里以朝阳的凤凰比喻士子适逢盛世，可以发挥自己的才能。

⑤登云：旧时以平步青云比喻登科。此句辛词原作"明年此日青云去"。

⑥举子：科举考试时应试的士子。

⑦官人：这里是对男子的尊称。

⑧把复姓为题：下面的词中每句都含有一个复姓，即：公孙、端木、西门、闻人、拓拔、宇文、独孤、勾(句)龙、慕容、闾丘。

拓拔泪交流。　　宇文弃,闷驾独孤舟。不望手勾龙虎榜①,慕容颜好一齐休。甘分守间丘②。

那王氏意不尽,看着丈夫,又做四句诗儿:

良人得意负奇才③,何事年年被放回?

君面从今羞妾面,此番归后夜间来。

宇文解元从此发愤道:"试不中,定是不回。"到得来年,一举成名了,只在长安住,不肯归去。浑家王氏,见丈夫不归,理会得,道:"我曾作诗嘲他,可知道不归④。"修一封书,叫当直王吉来:"你与我将这书去四十五里,把与官人。"书中前面略叙寒暄,后面做只词儿,名唤《南柯子》,词道:

鹊喜噪晨树,灯开半夜花。果然音信到天涯,报道玉郎登第出京华⑤。　　旧恨消眉黛,新欢上脸霞。从前都是误疑他,将谓经年狂荡不归家⑥。

这词后面,又写四句诗道:

长安此去无多地,郁郁葱葱佳气浮。

良人得意正年少,今夜醉眠何处楼?

宇文绶接得书,展开看,读了词,看罢诗,道:"你前回做诗,教我

①不望手勾龙虎榜:此句确切意思不明,大概是说:不料被人从龙虎榜上勾去自己的名字,即科考落第。龙虎榜,唐贞元八年(792),陆贽主考,将欧阳詹与韩愈、李观等同榜录取,因这些人都是当时的杰出人才,时称"龙虎榜"。(参见《新唐书·文艺下·欧阳詹》)后称会试中选为登龙虎榜。

②甘分(fèn):甘愿。间丘:本是春秋时地名(在今山东邹县),复姓"间丘"即由此而来。这里作"乡里"解。

③良人:本为古代夫妻互称,后多用于妻子称丈夫。据《南部新书》等记载,此诗是唐代杜羔妻刘氏所作。本篇文字有改动。下面"长安此去无多地"一首,亦是刘氏所作,文字全同。

④可知道:同"可知"。怪不得,难怪,当然。

⑤玉郎:旧时女子对丈夫或情人的爱称。京华:京都,京城。

⑥将谓:以为,表示测度或推断。

从今归后夜间来；我今试遇了①，却要我回！"就旅邸中取出文房四宝，做了只曲儿，唤做《踏莎行》②：

> 足蹑云梯，手攀仙桂，姓名高挂登科记③。马前喝道状元来，金鞍玉勒成行缀。　　宴罢归来，恣游花市，此时方显平生志。修书速报凤楼人，这回好个风流婿。

做毕这词，取张花笺④，折叠成书，待要写了付与浑家。正研墨，觉得手重，惹翻砚，水滴儿打湿了纸。再把一张纸折叠了，写成一封家书，付与当直王吉教分付家中孺人："我今在长安试遇了，到夜了归来。急去传与孺人，不到夜我不归来。"王吉接得书，唱了喏，四十五里田地，直到家中。

话里且说宇文绶发了这封家书⑤，当日天晚，客店中无甚的事⑥，便去睡。方才朦胧睡着，梦见归去，到咸阳县家中，见当直王吉在门前一壁脱下草鞋洗脚⑦。宇文绶问道："王吉，你早归了？"再四问他不应。宇文绶焦躁，抬起头来看时，见浑家王氏，把着蜡烛入去房里。宇文绶赶上来，叫："孺人，我归了。"浑家不采他。又说一声，浑家又不采。宇文绶不知身是梦里，随浑家入房去，看这王氏放烛在卓子上，取早间这一封书，头上取下金篦儿⑧，一剔剔开封皮看时，却是一幅白纸。浑家含笑，就烛下把起笔来，于白纸上写了四句：

> 碧纱窗下启缄封，一纸从头彻底空。
> 知汝欲归情意切，相思尽在不言中。⑨

---

①试遇了：考中了的意思。《清平山堂话本·简帖和尚》作"试过了"。

②《踏莎行》：此词已见本书卷十一（无词牌名），文字略有异同。

③登科记：见卷十一"登科"注。

④花笺：印有花纹的精致华美的笺纸。

⑤话里：故事中。话，说话，故事。

⑥甚的：甚么。亦作"甚底"。

⑦一壁：一边，一侧。

⑧金篦儿：即金钗。篦，通"鎞"。《集韵·平声二·齐韵》："鎞，钗也。"

⑨"碧纱窗"四句：按：此四句诗或说是宋人郭晖妻所作，或说是元人吴任叔妻韩氏所作（参见《元诗纪事》卷十七《闺阁》）。三四句文字有异同。

写毕，换个封皮，再来封了。那浑家把金篦儿去剔那烛烬，一剔剔在宇文绶脸上，吃了一惊，撒然睡觉，却在客店里床上睡，烛犹未灭。卓子上看时，果然错封了一幅白纸归去，取一幅纸写这四句诗。到得明日早饭后，王吉把那封回书来，拆开看时，里面写着四句诗，便是夜来梦里见那浑家做的一般。当便安排行李，即时回家去。

这便唤做"错封书"，下来说的便是"错下书"①。有个官人，夫妻两口儿，正在家坐地，一个人送封简帖儿来与他浑家②。只因这封简帖儿，变出一本跷蹊作怪的小说来③，正是：

尘随马足何年尽？事系人心早晚休。

有《鹧鸪》词一首④，单道着佳人：

淡画眉儿斜插梳，不欢拈弄绣工夫⑤。云窗雾阁深深处，静拂云笺学草书⑥。　　多艳丽，更清姝。神仙标格世间无⑦。当时只说梅花似，细看梅花却不如。

在京汴州开封府枣槊巷里⑧，有个官人，覆姓皇甫，单名松，本身是左班殿直⑨，年二十六岁。有个妻子杨氏，年二十四岁。一个十三岁的丫鬟，名唤迎儿。只这三口，别无亲戚。当时皇甫殿直官差去

①下来：下面，后边。
②简帖儿：信帖，书信。
③小说：说话人说的短篇故事。
④《鹧鸪》：这里是词调名《鹧鸪天》的省称。
⑤绣工夫：绣工，刺绣。工夫，工作。宋王同祖《秋闺》诗："秋月照人眠不得，等闲拈弄绣工夫。"
⑥云笺：有云状花纹的纸。
⑦标格：风度，风范。
⑧枣槊巷：即枣冢子巷，在北宋东京旧城（亦叫里城）东边北门望春门内西北隅，有唐将单雄信墓和单将军庙，墓上有枣树。世传是单雄信的枣槊发芽，生长成树。（见《东京梦华录》卷二、《宋东京考》卷二十）
⑨左班殿直：宋武臣阶官名，正九品，系三班小使臣，政和二年（1112）改名成忠郎。左班殿直也是内侍阶官名，系内侍省宦官。按：这里指前者，许注误以为指后者，释作"内侍官名"，显然与小说所写皇甫松的情况不符。

押衣袄上边^①，回来是年节了。

　　这枣槊巷口一个小小的茶坊，开茶坊的唤做王二。当日茶市已罢，已是日中，只见一个官人入来。那官人生得：

　　　　浓眉毛，大眼睛，蹶鼻子^②，略绰口^③。头上裹一顶高样大桶子头巾^④，着一领大宽袖斜襟褶子^⑤，下面衬贴衣裳^⑥，甜鞋净袜^⑦。

入来茶坊里坐下。开茶坊的王二拿着茶盏，进前唱喏奉茶。那官人接茶吃罢，看着王二道："少借这里等个人。"王二道："不妨。"等多时，只见一个男女，名叫僧儿，托个盘儿，口中叫卖鹌鹑馉饳儿^⑧。官人把手打招，叫："买馉饳儿。"僧儿见叫，托盘儿入茶坊内，放在卓上，将条篾黄穿那馉饳儿^⑨，捏些盐放在官人面前，道："官人，吃馉饳儿。"官人道："我吃，先烦你一件事。"僧儿道：不知要做甚么？"那官人指着枣槊巷里第四家，问僧儿："认得这人家么？"僧儿道："认得，那里是皇甫殿直家里。殿直押衣袄上边，方才回家。"官人问道："他家有几口？"僧儿道："只是殿直，一个小娘子，一个小养娘。"官人道：

―――――――

①押衣袄上边：指往边境押送军衣。

②蹶：翘起。

③略绰：阔大，粗大。

④高样：高的式样。元刘将孙《养吾斋集》卷七《满江红》："细说云鬟高样髻。"桶子头巾：圆桶形的头巾。这种形状的头巾或帽子在宋元时比较流行。《水浒传》第十四回："看那人时，似秀才打扮，戴一顶桶子样抹眉梁头巾，穿一领皂沿边麻布宽衫。"元无名氏《气英布》第四折："肩担一幅泥金令字旗，头戴八角红缨桶子帽。"

⑤褶(xí)子：古代的一种便服。

⑥衬贴：衬托，配衬。

⑦甜鞋净袜：漂亮整洁的鞋袜。"甜"字原作"乾"，据《清平山堂话本》校改。甜，美好，漂亮。

⑧鹌鹑馉饳儿：馉饳是一种面制食品，具体不详，有人认为是饺子或蒸饺。《东京梦华录》中提到"细料馉饳儿"。《武林旧事》中提到"鹌鹑馉饳儿"。大概馉饳都有馅儿，鹌鹑馉饳就是以鹌鹑肉为馅儿的馉饳。

⑨篾黄：竹子的篾青(外皮)以里的部分。

"你认得那小娘子也不?"僧儿道:"小娘子寻常不出帘儿外面,有时叫僧儿买馉饳儿,常去认得。问他做甚么?"官人去腰里取下版金线箧儿①,抖下五十来钱,安在僧儿盘子里。僧儿见了,可煞喜欢②,叉手不离方寸③:"告官人,有何使令?"官人道:"我相烦你则个。"袖中取出一张白纸,包着一对落索环儿④,两只短金钗子,一个简帖儿,付与僧儿,道:"这三件物事,烦你送去适间问的小娘子。你见殿直,不要送与他。见小娘子时,你只道:'官人再三传语,将这三件物来与小娘子,万望笑留。'你便去,我只在这里等你回报。"

　　那僧儿接了三件物事,把盘子寄在王二茶坊柜上,僧儿托着三件物事,入枣槊巷来。到皇甫殿直门前,把青竹帘掀起,探一探。当时皇甫殿直正在前面交椅上坐地,只见卖馉饳儿的小厮掀起帘子,猖猖狂狂⑤,探了一探,便走。皇甫殿直看着那厮,震威一喝,便是:

　　　当阳桥上张飞勇⑥,一喝曹公百万兵。

喝那厮一声,问道:"做甚么?"那厮不顾便走。皇甫殿直拽开脚,两步赶上,捽那厮回来,问道:"甚意思,看我一看了便走?"那厮道:"一

---

①版金线箧儿:疑指一个金线编织的钱包。版,疑通"板",量词。《齐东野语》卷十三《林外》:"预市虎皮钱箧数枚藏腰间,每出其一,名酒家保倾倒,使视其数,酬酒值。"《剪灯新话》卷四《绿衣人传》:"尝以绣罗钱箧乘暗投君,君亦以玳瑁脂盒为赠。"

②可煞:这里是非常、十分的意思。

③叉手不离方寸:旧小说中的套语,意思是作出极其恭敬的样子。叉手,见卷二十"叉手"注。方寸,心。指胸部。

④落索环儿:大概是一种串珠形状的耳环。落索,通"络索",成串状的(东西)。《三宝太监西洋记通俗演义》卷十五第七十二回:"两耳上挂络索数枚,项下带一个银圈。"

⑤猖猖狂狂:慌慌张张。亦作"张荒"、"张狂"、"张张狂狂"等。

⑥当阳桥上张飞勇:据陈寿《三国志·蜀书·张飞传》记载,曹操追刘备至当阳之长版,刘备使张飞率二十骑拒后,飞瞋目横矛曰:"身(我)是张益德也,可来共决死战!"曹兵无敢进者,刘备因此得脱。罗贯中《三国演义》第四十二回也写此故事。

个官人,教我把三件物事与小娘子,不教把来与你。"殿直问道:"甚么物事?"那厮道:"你莫问,不要把与你。"皇甫殿直捻得拳头没缝①,去顶门上屑那厮一暴②,道:"好好的把出来教我看!"那厮吃了一暴,只得怀里取出一个纸裹儿,口里兀自道:"教我把与小娘子,又不教把与你,你却打我则甚!"皇甫殿直劈手夺了纸包儿,打开看,里面一对落索环儿,一双短金钗,一个简帖儿。皇甫殿直接得三件物事,拆开简帖,看时:

> 某惶恐再拜,上启小娘子妆前③:即日孟春初时,恭惟懿处起居万福④。某外日荷蒙持杯之款⑤,深切仰思,未尝少替。某偶以薄干⑥,不及亲诣,聊有小词,名《诉衷情》,以代面禀。伏乞懿览。

词道是:

> 知伊夫婿上边回⑦,懊恼碎情杯。落索环儿一对,简子与金钗。　　伊收取,莫疑猜,且开怀。自从别后,孤帏冷落,独守书斋。

皇甫殿直看了简帖儿,劈开眉下眼,咬碎口中牙⑧。问僧儿道:"谁教

---

①捻(niē):捏、握。《清平山堂话本》作"搦(nuò)",义同。

②屑一暴:打一个栗暴。屑,因"屑"字无打击义,故吴晓铃等选注的《话本选》(人民文学出版社)疑为捎字。捎(shāo):击。程毅中注引《花灯轿莲女成佛记》"去和尚头上削两个栗暴",认为当作"削"。暴,"栗暴"之省略。

③妆前:犹妆次。见卷三"妆次"注。

④懿处:《清平山堂话本》作"懿候",是。懿候:犹尊候,书信中问候对方的敬辞。这里的对方是女子,所以用"懿候"。因"懿"字多用于称颂妇德,故成为对于妇女的敬辞,下文"懿览"同。"恭惟懿候起居万福",等于说"想您起居佳胜"。万福:多福,祝颂之词。

⑤持杯之款:指设酒款待。

⑥薄干:些须小事,有点儿事情。《警世通言》卷十六:"一日,员外对小夫人道:'出外薄干,夫人耐静。'"

⑦伊:这里是第二人称,相当于"你"。

⑧咬:原作"啐",据清平山堂刻本改。

你把来?"僧儿用手指着巷口王二哥茶坊里道:"有个粗眉毛、大眼睛、蹶鼻子、略绰口的官人,教我把来与小娘子,不教我把与你。"皇甫殿直一只手揪住僧儿狗毛①,出这枣槊巷,径奔王二哥茶坊前来。僧儿指着茶坊道:"恰才在这里面打的床铺上坐地的官人②,教我把来与小娘子,又不教把与你,你却打我!"皇甫殿直见茶坊没人,骂声:"鬼话!"再揪僧儿回来,不由开茶坊的王二分说。

　　当时到家里,殿直把门来关上,揬来揬了③,唬得僧儿战做一团④。殿直从里面叫出二十四岁花枝也似浑家出来,道:"你且看这件物事!"那小娘子又不知上件因依⑤,去交椅上坐地。殿直把那简帖儿和两件物事度与浑家看⑥。那妇人看着简帖儿上言语,也没理会处。殿直道:"你见我三个月日押衣袄上边⑦,不知和甚人在家中吃酒?"小娘子道:"我和你从小夫妻,你去后,何曾有人和我吃酒?"殿直道:"既没人,这三件物从那里来?"小娘子道:"我怎知?"殿直左手指,右手举,一个漏风掌打将去。小娘子则叫得一声,掩着面,哭将入去。皇甫殿直再叫将十三岁迎儿出来,去壁上取下一把箭簝子竹来放在地上⑧,叫过迎儿来。看着迎儿,生得:

　　　　短胳膊,琵琶腿⑨。劈得柴,打得水。会吃饭,能窝屎。

────────

　①狗毛:这里是骂人语,指头发。
　②打的:清平山堂本作"打底",《汉语大词典》释作"最后面"。
　③揬来揬了:原文作"揬来揬去",据《清平山堂话本》校改。按,"揬"当是"檋"的错字。檋:同"闩",有名词和动词两种用法。这句意思是把门闩闩上。
　④战:发抖,哆嗦。
　⑤上件因依:上述事件的原委。
　⑥度与:给与,递给。
　⑦月日:月,一个月的时间。
　⑧箭簝(liáo)子竹:这里指簝竹,一种细小而坚韧的竹子。元李衎《竹谱详录·竹品谱》:"簝竹,亦名簕竹……大者止如箭干许,小者中描笔,高不过五七尺,叶长尺许,阔一二寸,促节体柔。"
　⑨琵琶腿:指粗壮的腿。

皇甫松去衣架上取下一条绦来①,把妮子缚了两只手,掉过屋梁去②,直下打一抽③,吊将妮子起去。拿起箭簝子竹来,问那妮子道:"我出去三个月,小娘子在家中和甚人吃酒?"妮子道:"不曾有人。"皇甫殿直拿起箭簝子竹,去妮子腿下便摔,摔得妮子杀猪也似叫。又问又打,那妮子吃不得了,口中道出一句来:"三个月殿直出去,小娘子夜夜和个人睡。"皇甫殿直道:"好也!"放下妮子来,解了绦,道:"你且来,我问你,是和兀谁睡?"那妮子揩着眼泪道:"告殿直,实不敢相瞒,自从殿直出去后,小娘子夜夜和个人睡。不是别人,却是和迎儿睡。"皇甫殿直道:"这妮子,却不弄我④!"喝将过去。带一管锁,走出门去,拽上那门,把锁锁了。走去转湾巷口,叫将四个人来,是本地方所由⑤,如今叫做"连手",又叫做"巡军"⑥。张千、李万、董超、薛霸四人,来到门前,用钥匙开了锁,推开门。从里面扯出卖馉饳的僧儿来,道:"烦上名收领这厮⑦。"四人道:"父母官使令⑧,领台旨。"殿直道:"未要去,还有人哩。"从里面叫出十三岁的迎儿,和二十四岁花枝的浑家⑨,道:"和他都领去。"四人唱喏道:"告父母官,小人怎敢收领孺人?"殿直发怒道:"你们不敢领他,这件事干人命。"谎倒四个所

---

①绦:丝带,丝绳。

②掉:抛掷,扔。

③直下:向下。

④弄:耍弄。

⑤所由:本是"所由官"之省略,指有关官吏。这里指公人。宋项安世《家说》:"今坊市公人谓之所由。"

⑥巡军:地方上巡查捕盗的士卒。

⑦上名:宋时吏人、公人、军人等名次与地位较高者称"上名",较低者称"下名"。这里是对公人的尊称。

⑧父母官:旧时称州县官为父母官。这里是对皇甫松的尊称。

⑨花枝:一般说"花枝也似"或"花枝般",上文作"二十四岁花枝也似浑家",此处或脱"也似"二字。

由,只得领小娘子和迎儿并卖馉饳的僧儿三个同去,解到开封钱大尹厅下①。

皇甫殿直就厅下唱了大尹喏,把那简帖儿呈覆了。钱大尹看罢,即时教押下一个所属去处,叫将山前行山定来②。当时山定承了这件文字,叫僧儿问时,应道:"则是茶坊里见个粗眉毛、大眼睛、蹶鼻子、略绰口的官人,他把这封简子来与小娘子,打杀也只是恁地供招!"问这迎儿,迎儿道:"即不曾有人来同小娘子吃酒③,亦不知付简帖儿来的是何人,打杀也只是恁地供招!"却待问小娘子,小娘子道:"自从少年夫妻④,都无一个亲戚往来,只有夫妻二人。亦不知把简帖儿来的是何等人?"山前行山定看着小娘子,生得恁地瘦弱,怎禁得打勘⑤?怎地讯问他?从里面交拐将过来两个狱卒⑥,押出一个罪人来,看这罪人时:

面长皴轮骨⑦,胲生渗癞腮⑧。

犹如行病鬼,到处降人灾。

---

①钱大尹:后文说"他是两浙钱王子,吴越国王孙",意思是两浙钱王、吴越国王即钱镠的子孙。吴晓铃等注:"他(指钱镠)死后,他的第七个儿子钱元瓘即位,后来钱元瓘又传给第七个儿子钱俶。……钱俶的孙子钱明逸、曾孙钱藻和钱勰都曾做过开封知府,钱明逸在赵祯(宋仁宗)时知开封,钱藻在赵顼(宋神宗)时知开封,钱勰在赵煦(宋哲宗)时知开封。话本里的钱大尹可能是这三个人里的一个。"许政扬认为是钱明逸。按:小说故事属虚构,钱大尹也未必确指。

②前行:这里指办案的吏员。《新编五代汉史平话卷上》:"看那留守坐厅时如何?……左边排列,无非客将、孔目、通引官;右侍森严,尽是狱级、前行、推款吏。"

③即:为"既"之假借字。也,又。

④少年:后文作"小年"。《清平山堂话本》前后均作"小年"。按:小年与少年同义。

⑤打勘:拷问,刑讯。

⑥交:通"教"。使。拐将过来:转过来,转出来。

⑦皴(cūn)轮骨:疑是形容面骨凹凸不平,相貌丑陋。

⑧胲(gǎi):脸颊。渗癞:形容丑陋可怕。亦作"渗濑"。

这罪人原是个强盗头儿,绰号"静山大王"。小娘子见这罪人,把两只手掩着面,那里敢开眼。山前行喝着狱卒道:"还不与我施行①!"狱卒把枷梢一纽②,枷梢在上,罪人头向下③,拿起把荆子来④,打得杀猪也似叫。山前行问道:"你曾杀人也不曾?"静山大王应道:"曾杀人!"又问:"曾放火不曾?"应道:"曾放火!"教两个狱卒把静山大王押入牢里去。山前行回转头来,看着小娘子道:"你见静山大王,吃不得几杖子,杀人放火都认了。小娘子,你有事,只好供招了。你却如何吃得这般杖子?"小娘子簌地两行泪下,道:"告前行,到这里隐讳不得。觅幅纸和笔,只得与他供招。"小娘子供道:"自从少年夫妻,都无一个亲戚来往,即不知把简帖儿来的是甚色样人。如今看要侍儿吃甚罪名⑤,皆出赐大尹笔下。"便怎么说,五回三次问他,供说得一同。

　　似此三日,山前行正在州衙门前立,倒断不下。猛抬头看时,却见皇甫殿直在面前相揖,问及这件事:"如何三日理会这件事不下?莫是接了寄简帖的人钱物,故意不与决这件公事?"山前行听得,道:"殿直,如今台意要如何?"皇甫松道:"只是要休离了。"当日山前行入州衙里,到晚衙,把这件文字呈了钱大尹。大尹叫将皇甫殿直来,当厅问道:"捉贼见赃,捉奸见双,又无证见,如何断得他罪?"皇甫松告钱大尹:"松如今不愿同妻子归去,情愿当官休了。"大尹台判:听从夫便。殿直自归。

　　僧儿、迎儿喝出,各自归去。只有小娘子见丈夫不要他,把他休

---

①施行:处置(罪犯)。这里指上刑。

②枷梢:通"枷梢"。枷的末端。许政扬注:"枷板。"

③罪人头:《清平山堂话本》作"道士头"。程毅中注:"唐宋时的枷一头宽,一头有窄长的枷梢。宽的一头叫做'道士头'。狱卒把枷梢向上一扭,道士头就向下把犯人的头按下。"

④荆子:荆条。

⑤侍儿:这里是妇女自谦之称。《水浒传》第三十二回:"侍儿是清风寨知寨的浑家。"

了,哭出州衙门来,口中自道:"丈夫又不要我,又没一个亲戚投奔,教我那里安身? 不若我自寻个死休。"至天汉州桥①,看着金水银堤汴河②,恰待要跳将下去。则见后面一个人,把小娘子衣裳一掭掭住。回转头来看时,恰是一个婆婆,生得:

> 眉分两道雪,鬓挽一窝丝。眼昏一似秋水微浑,发白不若楚山云淡。

婆婆道:"孩儿,你却没事寻死做甚么? 你认得我也不?"小娘子道:"不识婆婆。"婆婆道:"我是你姑姑。自从你嫁了老公,我家寒,攀陪你不着③,到今不来往。我前日听得你与丈夫官司,我日逐在这里伺候④。今日听得道休离了,你要投水做甚?"小娘子道:"我上无片瓦,下无立锥,丈夫又不要我,又无亲戚投奔,不死更待何时!"婆婆道:"如今且同你去姑姑家里,看后如何。"妇女自思量道:"这婆子知他是我姑姑也不是,我如今没投奔处,且只得随他去了,却再理会。"即时随这姑姑家去看时,家里莫甚么活计⑤,却好一个房舍,也有粉青帐儿,有交椅、卓凳之类。

在这姑姑家里过了两三日。当日方才吃罢饭,则听得外面一个官人,高声大气叫道:"婆子,你把我物事去卖了,如何不把钱来还?"那婆子听得叫,失张失志,出去迎接来叫的官人,请入来坐地。小娘子着眼看时,见入来的人:

> 粗眉毛,大眼睛,蹶鼻子,略绰口。头上裹一顶高样大桶子头巾,着一领大宽袖斜襟褶子,下面衬贴衣裳,甜鞋净袜。

---

①天汉州桥:即天汉桥。在汴河上,唐代名州桥。在府治东南一里许,正对大内御街。

②金水银堤汴河:汴河横贯北宋东京,这里用"金水银堤"形容它的美丽繁华。

③攀陪:攀附追陪。

④伺候:这里是等候的意思。

⑤莫:没。《清平山堂话本》作"没"。

小娘子见了,口喻心,心喻口①,道:"好似那僧儿说的寄简帖儿官人。"只见官人入来,便坐在凳子上,大惊小怪道:"婆子,你把我三百贯钱物事去卖了,今经一个月日,不把钱来还。"婆子道:"物事自卖在人头②,未得钱。支得时,即便付还官人。"官人道:"寻常交关钱物东西③,何尝捱许多日了? 讨得时,千万送来。"官人说了自去。婆子入来,看着小娘子,簌地两行泪下,道:"却是怎好?"小娘子问道:"有甚么事?"婆子道:"这官人原是蔡州通判④,姓洪,如今不做官,却卖些珠翠头面。前日一件物事教我把去卖,吃人交加了⑤,到如今没这钱还他,怪他焦躁不得。他前日央我一件事,我又不曾与他干得。"小娘子问道:"却是甚么事?"婆子道:"教我讨个细人⑥,要生得好的。若得一个似小娘子模样去嫁与他,那官人必喜欢。小娘子你如今在这里,老公又不要你,终不然罢了? 不若听姑姑说合,你去嫁了这官人,你终身不致担误,挈带姑姑也有个倚靠,不知你意如何?"小娘子沉吟半晌,不得已,只得依允。婆子去回复了。不一日,这官人娶小娘子来家,成其夫妇。

逡巡过了一年⑦,当年是正月初一日。皇甫殿直自从休了浑家,在家中无好况⑧。正是:

时间风火性，烧了岁寒心①。

自思量道："每年正月初一日，夫妻两个，双双地上本州大相国寺里烧香。我今年却独自一个，不知我浑家那里去了？"簌地两行泪下，闷闷不已。只得勉强着一领紫罗衫，手里把着银香盒，来大相国寺里烧香。

到寺中烧了香，恰待出寺门，只见一个官人领着一个妇女。看那官人时，粗眉毛，大眼睛，蹶鼻子，略绰口；领着的妇女，却便是他浑家。当时丈夫看着浑家，浑家又觑着丈夫，两个四目相视，只是不敢言语。那官人同妇女两个入大相国寺里去。皇甫松在这山门头正沉吟间，见一个打香油钱的行者②，正在那里打香油钱。看见这两人入去，口里道："你害得我苦，你这汉，如今却在这里！"大踏步赶入寺来。皇甫殿直见行者赶这两人，当时呼住行者道："五戒③，你莫待要赶这两个人上去？"那行者道："便是。说不得，我受这汉苦，到今日抬头不起，只是为他。"皇甫殿直道："你认得这个妇女么？"行者道："不识。"殿直道："便是我的浑家。"行者问："如何却随着他？"皇甫殿直把送简帖儿和休离的上件事对行者说了一遍。行者道："却是怎地④！"行者却问皇甫殿直："官人认得这个人么？"殿直道："不认得。"行者道："这汉原是州东墦台寺里一个和尚⑤，苦行便是墦台寺

---

①时间风火性，烧了岁寒心：形容一时逞性，失去了冷静和耐性。这里指皇甫松因一时暴怒而休妻。时间，一时，一时间。风火性，比喻脾气暴躁，极易致怒。岁寒心，本指坚贞不屈的节操或品行。这里指平时的耐性和冷静。

②打：即后文所说"打化"。募化。

③五戒：这里是对和尚的称呼。一般指寺院中未经剃度的行者、杂役等。

④怎地：吴晓铃等注："疑是'恁地'的讹误。"

⑤州东：北宋东京旧称汴州，故人以州东、州西、州南、州北称城之东南西北。墦台寺：应作"繁(pó)台寺"，本名天清寺，在陈州门里（一说在宣化门即陈州门外）繁台前，俗讹作"婆台寺"。明代改名国相寺。（详见邓之诚《东京梦华录注》卷三"婆台寺"注、周城《宋东京考》卷十五）

里行者①。我这本师,却是墦台寺里监院②,手头有百十钱,剃度这厮③做小师③。一年已前时④,这厮偷了本师二百两银器,逃走了,累我吃了好些拷打。如今赶出寺来,没讨饭吃处。罪过这大相国寺里知寺厮认⑤,留苦行在此间打化香油钱。今日撞见这厮,却怎地休得⑥!"方才说罢,只见这和尚将着他浑家,从寺廊下出来。行者牵衣拔步,却待去捽这厮。皇甫殿直扯住行者,闪那身已在山门一壁⑦,道:"且不要捽他,我和你尾这厮去,看那里着落⑧,却与他官司。"两个后地尾将来。

话分两头。且说那妇人见了丈夫,眼泪汪汪,入去大相国寺里烧了香出来。这汉一路上却问这妇人道:"小娘子,如何你见了丈夫便眼泪出?我不容易得你来。我当初从你门前过,见你在帘子下立地⑨,见你生得好,有心在你处。今日得你做夫妻,也非通容易⑩。"两个说来说去,恰到家中门前。入门去,那妇人问道:"当初这个简帖儿,却是兀谁把来?"这汉道:"好教你得知,便是我教卖馉饳的僧儿把来你的。你丈夫中了我计,真个便把你休了。"妇人听得说,捽住

---

①苦行:指寺庙里做杂务的人。这里是行者自称。

②监院:即监寺。佛寺中主持事务之僧。

③剃度:佛教语,本意为落发出家而得到超度。多指高僧收受徒弟,为徒弟剃发。小师:受戒未满十年之僧侣。《释氏要览·师资小师》:"受戒十夏以前,西天皆称小师。"

④已前:同"以前"。

⑤知寺:许政扬注:"即知事。"知事是寺院中主持事务僧的总名,包括都寺、监寺、副寺、维、典座等。厮认:相认。

⑥休得:作罢,罢休。

⑦闪:躲避。身已:应作"身己"。身子,身体。亦作"身肌"、"身起"。

⑧着落:这里指落脚,停留。

⑨立地:站立。

⑩非通容易:即"非同容易"。因"通"、"同"音义相近,初期白话小说中,"通"常借作"同",如"非通小可"等。

那汉，叫声屈，不知高低①。那汉见那妇人叫将起来，却慌了，就把只手去戤着他脖项，指望坏他性命。外面皇甫殿直和行者尾着他。两人来到门首，见他们入去，听得里面大惊小怪，抢将入去看时，见戤着他浑家，阄阀性命。皇甫殿直和这行者两个，即时把这汉来捉了，解到开封府钱大尹厅下。这钱大尹是谁？

> 出则壮士携鞭，入则佳人捧臂。世世靴踪不断②，子孙出入金门。他是两浙钱王子，吴越国王孙。

大尹升厅，把这件事解到厅下。皇甫殿直和这浑家，把前面说过的话，对钱大尹历历从头说了一遍。钱大尹大怒，教左右索长枷把和尚枷了。当厅讯一百腿花③，押下左司理院④，教尽情根勘这件公事。勘正了，皇甫松责领浑家归去，再成夫妻；行者当厅给赏。和尚大情小节，一一都认了：不合设谋奸骗，后来又不合谋害这妇人性命。准《杂犯》断⑤，合重杖处死；这婆子不合假妆姑姑，同谋不首⑥，亦合编管邻州⑦。当日推出这和尚来，一个书会先生看见⑧，就法场上做了

---

① 不知高低：此四字常用在"叫声屈"、"叫声苦"或"叫声好"之后，表示情不自禁。

② 世世靴踪不断：指世代作官。

③ 讯：指用讯棍拷打。腿花：指杖腿。用棍棒打腿，肉绽血流如开花，故称"腿花"。杖背叫"背花"。

④ 左司理院：宋代临安府和一些大州设有左、右司理院，分治刑狱争斗事。按：本篇故事发生在开封府，作者似误以为开封府也有左、右司理院，实际开封府的同类机构名左、右军巡院。

⑤ 准《杂犯》断：依照《杂犯律》判刑。《杂犯》，即《杂律》，也叫《杂犯律》，《唐律》十二篇中的第十篇。《唐律·杂律上》："诸篇罪名，各有条例，此篇拾遗补缺，错综成文，班杂不同。"

⑥ 不首：这里指不自首、不告发。《汉语大词典》第一卷"不首"条仅出"不伏罪"一义项，并引此为例，似误。《资治通鉴》卷一百九十二《唐纪》八："上（太宗）以选人多诈冒资荫，敕令自首，不首者死。"

⑦ 编管邻州：这里指把犯人送往邻近州县，加以管制。

⑧ 书会先生：书会是宋元时期从事戏曲、话本、唱本等编写的文人所组织的行会团体，书会中的成员，一般称为书会先生。

一只曲儿,唤作《南乡子》:

怎见一僧人①,犯滥铺摸受典刑②。案款已成招状了,遭刑。棒杀髡囚示万民③。　　沿路众人听,犹念高王观世音④。护法喜神齐合掌⑤,低声。果谓金刚不坏身⑥。

---

①怎见:怎见得,怎么看得出。用来起提示作用。

②犯滥铺摸:许政扬注:"作奸犯科的意思。"按:"摸",《清平山堂话本》作"模"。顾学颉、王学奇《元曲释词》:"铺谋,即定计之意,犹出谋划策。或作铺模,如《清平山堂话本·简帖和尚》……按铺模之模,以音近而讹。"典刑:指正法。"受典刑"就是被处死。

③髡(kūn)囚:"髡"在古代是一种剃发之刑,而和尚也叫"髡人",所以"髡囚"在这里是双关语。

④《高王观世音》:指佛经《高王观世音经》。传说东魏时人孙敬德常礼事观音像,后遭冤狱,被判死刑。夜梦一沙门教诵《观世音救生经》,经有佛名:令诵千遍,可免死厄。孙在押赴刑场时,且行且诵,临欲加刑,诵满千遍。刀子下砍,折为三段,三换其刀,皮肉不损。人以为怪,奏闻朝廷,免孙死刑,并令传写所梦之经;此即《高王观世音经》。(见《续高僧传》二十九)

⑤护法喜神:疑即"护法善神",指四天王等护持佛法之神。

⑥果谓:果为,果是。金刚不坏身:即佛身。按:这几句是嘲讽语。

第三十六卷

宋四公大闹禁魂张

钱如流水去还来，恤寡周贫莫吝财。

试览石家金谷地，于今荆棘昔楼台。

话说晋朝有一人，姓石名崇，字季伦。当时未发迹时，专一在大江中驾一小船，只用弓箭射鱼为生。忽一日，至三更，有人扣船言曰："季伦救吾则个！"石崇听得，随即推篷。探头看时，只见月色满天，照着水面，月光之下，水面上立着一个年老之人。石崇问老人："有何事故，夜间相恳？"老人又言："相救则个！"石崇当时就令老人上船，问有何缘故。老人答曰："吾非人也，吾乃上江老龙王①。年老力衰，今被下江小龙欺我年老，与吾斗敌，累输与他。老拙无安身之地，又约我明日大战，战时又要输与他。今特来求季伦：明日午时弯弓在江面上，江中两个大鱼相战，前走者是我，后赶者乃是小龙。但望君借一臂之力，可将后赶大鱼一箭，坏了小龙性命，老拙自当厚报重恩。"石崇听罢，谨领其命。那老人相别而回，涌身一跳，入水而去。

石崇至明日午时，备下弓箭。果然将傍午时，只见大江水面上，有二大鱼追赶将来。石崇扣上弓箭，望着后面大鱼，风地一箭，正中那大鱼腹上。但见满江红水，其大鱼死于江上。此时风浪俱息，并无他事。夜至三更，又见老人扣船来谢道："蒙君大恩，今得安迹②。来日午时，你可将船泊于蒋山脚下南岸第七株杨柳树下相候③，当有重报。"言罢而去。

---

① 上江：长江上游，这里指流经安徽境内的一段。下江指江苏境内的一段。

② 安迹：安宁，安居。

③ 蒋山：即钟山，三国吴时改称蒋山，在今江苏南京东北。

石崇明日依言,将船去蒋山脚下杨柳树边相候。只见水面上有鬼使三人出,把船推将去。不多时,船回,满载金银珠玉等物。又见老人出水,与石崇曰:"如君再要珍珠宝贝,可将空船来此相候取物。"相别而去。这石崇每每将船于柳树下等,便是一船珍宝,因致敌国之富。将宝玩买嘱权贵,累升至太尉之职,真是富贵两全。遂买一所大宅于城中,宅后造金谷园,园中亭台楼馆。用六斛大明珠,买得一妾,名曰绿珠。又置偏房姨奶侍婢,朝欢暮乐,极其富贵①,结识朝臣国戚,宅中有十里锦帐,天上人间,无比奢华。

忽一日排筵,独请国舅王恺,这人姐姐是当朝皇后。石崇与王恺饮酒半酣,石崇唤绿珠出来劝酒,端的十分美貌。王恺一见绿珠,喜不自胜,便有奸淫之意。石崇相待宴罢,王恺谢了自回,心中思慕绿珠之色,不能勾得会。王恺常与石崇斗宝,王恺宝物,不及石崇,因此阴怀毒心,要害石崇。每每受石崇厚待,无因为之。

忽一日,皇后宣王恺入内御宴。王恺见了姐姐,就流泪告言:"城中有一财主富室,家财巨万,宝贝奇珍,言不可尽。每每请弟设宴斗宝,百不及他一二。姐姐可怜与弟争口气,于内库内那借奇宝,赛他则个。"皇后见弟如此说,遂召掌内库的太监,内库中借他镇库之宝,乃是一株大珊瑚树,长三尺八寸。不曾启奏天子,令人扛抬往王恺之宅。王恺谢了姐姐,便回府用蜀锦做重罩罩了。

翌日,广设珍羞美馔,使人移在金谷园中,请石崇会宴。先令人扛抬珊瑚树去园上,开空闲阁子里安了。王恺与石崇饮酒半酣,王恺道:"我有一宝,可请一观,勿笑为幸。"石崇教去了锦袱,看着微笑,用杖一击,打为粉碎。王恺大惊,叫苦连天道:"此是朝廷内库中镇库之宝,自你赛我不过②,心怀妒恨,将来打碎了,如何是好?"石崇大笑道:"国舅休虑,此亦未为至宝。"石崇请王恺到后园中看珊瑚树,大小三十余株,有长至七八尺者。内一株一般三尺八寸,遂取来

---

①极:竭尽。

②自:由于,因为。

赔王恺填库,更取一株长大的送与王恺。王恺羞惭而退,自思国中之宝,敌不得他过,遂乃生计嫉妒。

一日,王恺朝于天子,奏道:"城中有一富豪之家,姓石名崇,官居太尉,家中敌国之富,奢华受用,虽我王不能及他快乐。若不早除,恐生不测。"天子准奏,口传圣旨,便差驾上人去捉拿太尉石崇下狱①,将石崇应有家资,皆没入官。王恺心中只要图谋绿珠为妾,使兵围绕其宅欲夺之。绿珠自思道:"丈夫被他诬害性命,不知存亡。今日强要夺我,怎肯随他? 虽死不受其辱!"言讫,遂于金谷园中坠楼而死,深可悯哉! 王恺闻之,大怒,将石崇戮于市曹②。石崇临受刑时叹曰:"汝辈利吾家财耳。"刽子曰:"你既知财多害己,何不早散之?"石崇无言可答,挺颈受刑。胡曾先生有诗曰③:

> 一自佳人坠玉楼,晋家宫阙古今愁。
>
> 惟余金谷园中树,已向斜阳叹白头。

方才说石崇因富得祸,是夸财炫色,遇了王恺国舅这个对头。如今再说一个富家,安分守己,并不惹事生非;只为一点悭吝未除,便弄出非常大事,变做一段有笑声的小说。这富家姓甚名谁? 听我道来:这富家姓张名富,家住东京开封府,积祖开质库④,有名唤做张员外。这员外有件毛病,要去那:

> 虱子背上抽筋,鹭鸶腿上割股。古佛脸上剥金,黑豆皮上刮漆。痰唾留着点灯,捋松将来炒菜⑤。

这个员外平日发下四条大愿:

---

① 驾上人:许政扬注:"皇帝的仪卫,有法驾、大驾;驾上人,指禁卫军士。"《牡丹亭》第五十四出《闻喜》:"奶奶,小姐,驾上人来,俺看门去也。"

② 市曹:市区通衢,古代常在此行刑。

③ 胡曾先生有诗:指胡曾《咏史诗》中题为《金谷园》的一首诗,其第二句作"繁华东逐洛河流",第四句作"残日蝉声送客愁",与本篇所引不同。

④ 积祖:积世、累代,世代。质库:当铺。

⑤ 松:《古代白话短篇小说选集》(何满子选注,上海古籍出版社版)注:"秽语。松,男子精液的谐声字。"按:俗称精液为"厹"(sóng),与"松"音相近。

　　　　一愿衣裳不破,二愿吃食不消,

　　　　三愿拾得物事,四愿夜梦鬼交①。

是个一文不使的真苦人。他还地上拾得一文钱②,把来磨做镜儿,捍做磬儿,掐做锯儿,叫声"我儿",做个嘴儿③,放入箧儿。人见他一文不使,起他一个异名,唤做"禁魂张员外"④。

　　当日是日中前后,员外自入去里面,白汤泡冷饭吃点心⑤。两个主管在门前数见钱。只见一个汉,浑身赤膊,一身锦片也似文字⑥,下面熟白绢裈拽扎着⑦,手把着个笊篱⑧,觑着张员外家里,唱个大喏了教化⑨。口里道:"持绳把索,为客周全⑩。"主管见员外不在门前,把两文撒在他笊篱里。张员外恰在水瓜心布帘后望见⑪,走将出来

---

①鬼交:指与鬼交合。《古代白话短篇小说选集》注:"谓可省却嫖娼费用。"

②还:如果,假使。

③做嘴:亲嘴,接吻。

④禁魂:《话本选(上)》(人民文学出版社版)注:"'禁魂'疑是'悭吝'之意。"《古代白话短篇小说选集》注:"禁魂是符咒的意思。旧时迷信,除夕须将仓库、钱柜等以符纸封闭,以免鬼物搬盗。禁魂张,即符咒张,引申为守财奴张某之意。"按:"禁魂"原意是否符咒,待考。

⑤点心:指馒头糕饼之类的食品(与正餐的饭菜相对),也指稍微进食以解饥。

⑥一身锦片也似文字:指文身。

⑦拽(yè)扎:扎束,结扎。也作"抓扎"。

⑧笊(zhào)篱:本是用以在汤水中捞东西的炊具,这里用作讨钱的器具。

⑨教化:叫化,乞讨。

⑩持绳把索,为客周全:疑是乞丐之行话,具体不详。《居家必用事类全集》辛集《为政九要》:"禁止诸色杂人,游乐甘闲,乞觅投散,提绳把索。"《古代白话短篇小说选集》注:"将铜钱一个用缯绳索串起来的人,指掌财者。"未知何所据。

⑪水瓜心布帘:一种帘子,具体不详。许政扬注:"水,当是木字的讹误。木瓜心,一种布的名称。"《历代小说选(第二册上)》(中国青年出版社版)注:"一种纱状透光的帘子。"《水浒传》第六十一回:"带一顶木瓜心攒顶头巾。"王利器注:"横截木瓜,其心呈放射式图案。四川民间妇女挑花,犹传此种花样,即谓之木瓜心。木瓜心帽巾,亦谓帽巾作木瓜心样子也。"

道:"好也,主管! 你做甚么,把两文撇与他? 一日两文,千日便两贯。"大步向前,赶上捉笊篱的,打一夺,把他一笊篱钱都倾在钱堆里,却教众当直打他一顿。路行人看见也不忿。那捉笊篱的哥哥吃打了,又不敢和他争,在门前指着了骂。只见一个人叫道:"哥哥,你来,我与你说句话。"捉笊篱的回过头来,看那个人,却是狱家院子打扮一个老儿①。两个唱了喏。老儿道:"哥哥,这禁魂张员外,不近道理,不要共他争。我与你二两银子,你一文价卖生萝卜②,也是经纪人。"捉笊篱的得了银子,唱喏自去,不在话下。

那老儿是郑州泰宁军人③,姓宋,排行第四,人叫他做宋四公,是小番子闲汉④。宋四公夜至三更前后,向金梁桥上四文钱买两只焦酸馅⑤,揣在怀里,走到禁魂张员外门前。路上没一个人行,月又黑。宋四公取出蹊跷作怪的动使⑥,一挂挂在屋檐上,从上面打一盘盘在屋上⑦,从天井里一跳跳将下去。两边是廊屋,去侧首见一碗灯⑧。听着里面时,只听得有个妇女声道:"你看三哥怎么早晚,兀自未

---

①狱家院子:指狱卒。也叫"狱子院家"(见《京本通俗小说·西山一窟鬼》)。宋代称宫廷和官府的差吏为"院子"、"院子家"。宋代开封、河南、应天、大名等府设军巡院,各州设司理院,掌管刑狱审讯,院里的差役有节级、狱子等。《水浒传》第三十八回:"那时故宋时,金陵一路节级都称呼'家长',湖南一路节级都称呼做'院长'。"

②一文价卖生萝卜:疑是当时俗语,具体不详。《话本选(上)》注:"小本生意。"

③郑州泰宁军:当是"郑州奉宁军"之误。见卷十五"郑州奉宁军"注。

④小番子闲汉:指有时给缉捕盗贼的差役充当耳目、帮手的无业游民。番子,缉捕盗贼的下级吏役。

⑤酸馅:以蔬菜为馅的包子。但也有肉酸馅(见《梦粱录》)。"焦酸馅"是指油炸的菜包子。《东京梦华录》卷三:"夜市亦有焦酸䭔。"(参见邓之诚《东京梦华录注》卷三"酸䭔"注)

⑥动使:器具,用具。亦作"动事"。这里指爬墙用的绳索。

⑦盘:这里指沿着绳子盘旋而上。

⑧侧首:旁边。

来。"宋四公道:"我理会得了,这妇女必是约人在此私通。"看那妇女时,生得:

> 黑丝丝的发儿,白莹莹的额儿,翠弯弯的眉儿,溜度度的眼儿①,正隆隆的鼻儿,红艳艳的腮儿,香喷喷的口儿,平坦坦的胸儿,白堆堆的奶儿,玉纤纤的手儿,细袅袅的腰儿,弓弯弯的脚儿。

那妇女被宋四公把两只衫袖掩了面,走将上来。妇女道:"三哥,做甚么遮了脸子谎我?"被宋四公向前一捽,捽住腰里,取出刀来道:"悄悄地!高则声,便杀了你!"那妇女颤做一团道:"告公公,饶奴性命。"宋四公道:"小娘子,我来这里做不是②。我问你则个,他这里到上库有多少关闭③?"妇女道:"公公出得奴房,十来步有个陷马坑,两只恶狗。过了便有五个防土库的,在那里吃酒赌钱,一家当一更④,便是土库。入得那土库,一个纸人,手里托着个银球,底下做着关楗子⑤。踏着关楗子,银球脱在地下,有条合溜⑥,直滚到员外床前,惊觉,教人捉了你。"宋四公道:"却是恁地。小娘子,背后来的是你兀谁?"妇女不知是计,回过头去,被宋四公一刀,从肩头上劈将下去,见道血光倒了。

那妇女被宋四公杀了。宋四公再出房门来,行十来步,沿西手走过陷马坑,只听得两个狗子吠。宋四公怀中取出酸馅,着些个不按君臣作怪的药⑦,入在里面,觑得近了,撒向狗子身边去。狗子闻

---

①溜度度:形容眼睛转动。

②做不是:作奸犯科。多指偷盗。

③上库:下文均作"土库",疑此处"上库"实为"土库"之误。土库:富人家贮藏财物的私人库房。关闭:门户,这里指关卡。

④一家:一人,每一个人。当一更:值一更的班。

⑤关楗(jiàn)子:机关装置的枢纽,触着后机关就启动起来。

⑥合溜:槽道。合,《古代白话短篇小说选集》读为"gě"。

⑦不按君臣作怪的药:中药配方,针对病因或主症的主要药物叫"君",辅助主药发挥作用的药物叫"臣"。"不按君臣的药"就是不按药理配制的药,多代指毒药,这里指蒙汗药。

得又香又软，做两口吃了。先摆番两个狗子，又行过去，只听得人喝幺幺六六，约莫也有五六人在那里掷骰。宋四公怀中取出一个小罐儿，安些个作怪的药在中面①，把块撒火石，取些火烧着，喷鼻馨香。那五个人闻得道："好香！员外日早晚兀自烧香②。"只管闻来闻去，只见脚在下头在上③，一个倒了，又一个倒。看见那五个男女，闻那香，一霎间都摆番了。宋四公走到五人面前，见有半掇儿吃剩的酒，也有果菜之类，被宋四公把来吃了。只见五个人眼睁睁地，只是则声不得。

便走到土库门前，见一具胳膊来大三簧锁④，锁着土库门。宋四公怀里取个钥匙，名唤做"百事和合"，不论大小粗细锁都开得。把钥匙一斗⑤，斗开了锁，走入土库里面去。入得门，一个纸人手里，托着个银球。宋四公先拿了银球，把脚踏过许多关椊子，觅了他五万贯锁赃物⑥，都是上等金珠，包裹做一处。怀中取出一管笔来，把津唾润教湿了，去壁上写着四句言语，道：

> 宋国逍遥汉，四海尽留名。
> 曾上太平鼎⑦，到处有名声。

①中面：里面。

②日早晚：疑是"这早晚"之误。这早晚：这么晚。《醒世恒言》卷三十一："这早晚兀自不起。"

③脚在下头在上：疑应作"脚在上头在下"或"头在下脚在上"。

④三簧锁：一种坚固的大锁，里面有三条簧片。

⑤斗（dòu）：相合，凑在一块儿。这里指开锁的动作。冯梦龙编《挂枝儿》卷八《锁》："斗着簧儿也，把他轻轻的拽开了。（古词云：'任你金打的匙儿，斗不着我的锁簧。'）"

⑥锁赃物："锁"字疑是"钱"字之误。《话本选（上）》注："'锁'疑当作'销'字。'销赃物'是'来路不正的财物'的意思。"按："销赃"一词疑是现代汉语词汇。

⑦曾上太平鼎：鼎是古代置于宗庙的礼器，常刻有铭功纪德的文字。《三国志·魏书·陈思王传》："身虽屠裂，而功著于鼎钟，名称垂于竹帛。""曾上太平鼎"，就是名字曾刻于鼎上。太平鼎，相传夏禹铸九鼎，为传国的重器，后成为国家政权和帝位的象征。因此鼎有太平盛世的含义，如言"鼎治"、"鼎盛"等。

写了这四句言语在壁上，土库也不关，取条路出那张员外门前去。宋四公思量道："梁园虽好，不是久恋之家①。"连更彻夜②，走归郑州去。

　　且说张员外家，到得明日天晓，五个男女苏醒，见土库门开着，药死两个狗子，杀死一个妇女，走去覆了员外。员外去使臣房里下了状③。滕大尹差王七殿直王遵④，看贼踪由⑤。做公的看了壁上四句言语，数中一个老成的叫做周五郎周宣，说道："告观察⑥，不是别人，是宋四。"观察道："如何见得？"周五郎周宣道："'宋国逍遥汉'，只做着上面个'宋'字⑦；'四海尽留名'，只做着个'四'字；'曾上太平鼎'，只做着'曾'字；'到处有名声'，只做着个'到'字。上面四字道：'宋四曾到'。"王殿直道："我久闻得做道路的⑧，有个宋四公，是郑州人氏，最高手段。今番一定是他了。"便教周五郎周宣将带一行做公的，去郑州干办宋四⑨。

　　众人路上离不得饥餐渴饮，夜住晓行。到郑州，问了宋四公家

――――――――――

　①梁园虽好，不是久恋之家：这是宋元时流行的一句俗语。意思是他乡虽好，不宜久居；或眼下虽然顺心，却非长久之计。梁园，这里双关，指汴京。参见卷二十四"南园"注。
　②连更彻夜：连夜。
　③使臣房：缉捕盗贼的武官值班的地方。参见卷二十一"缉捕使臣"注。
　④滕大尹：《话本选(上)》注："宋代开封府尹姓滕的只有滕甫(按：后改名元发)，滕甫做开封府尹在包拯之后，和这里所说的不符。"按：本篇中的滕大尹，不一定实指滕甫。殿直：本指"小使臣"中的左班殿直、右班殿直，这里指缉捕使臣。
　⑤踪由：踪迹。
　⑥观察：对缉捕使臣的一种称呼，也用于缉捕使臣的自称。《水浒传》第十八回："小人是济州府缉捕使臣何观察的便是。"亦可称"缉捕观察"，如《水浒传》第十七回："只做得个缉捕观察。"
　⑦做：这里有取、用的意思。
　⑧做道路：本指做买卖，常作"偷窃"的隐语。
　⑨干办：办理，这里指缉拿。

里,门前开着一个小茶坊。众人入去吃茶,一个老子上灶点茶。众
人道:"一道请四公出来吃茶①。"老子道:"公公害些病未起在②,等老
子入去传话。"老子走进去了,只听得宋四公里面叫起来道:"我自头
风发③,教你买三文粥来,你兀自不肯。每日若干钱养你,讨不得替
心替力,要你何用?"刮刮地把那点茶老子打了几下。只见点茶的老
子,手把只粥碗出来道:"众上下少坐④,宋四公教我买粥,吃了便
来。"众人等个意休不休⑤,买粥的也不见回来,宋四公也竟不见出
来。众人不奈烦,入去他房里看时,只见缚着一个老儿。众人只道
宋四公,来收他⑥。那老儿说道:"老汉是宋公点茶的,恰才把碗去买
粥的,正是宋四公。"众人见说,吃了一惊,叹口气道:"真个是好手,
我们看不仔细,却被他瞒过了。"只得出门去赶,那里赶得着?众做
公的只得四散,分头各去,挨查缉获,不在话下。原来众人吃茶时,
宋四公在里面,听得是东京人声音,悄地打一望,又像个干办公事的
模样,心上有些疑惑,故意叫骂埋怨。却把点茶老儿的儿子衣服,打
换穿着⑦,低着头,只做买粥,走将出来,因此众人不疑。

　　却说宋四公出得门来,自思量道:"我如今却是去那里好? 我有
个师弟⑧,是平江府人,姓赵名正。曾得他信道,如今在谟县⑨。我不

---

①一道:顺便,一并。

②在:助词,表示动作或状态的持续。

③头风:头痛病。

④上下:这里是对公差的尊称。

⑤意休不休:确切意思不明。一说是无休无歇,形容时间长久。一说是不耐
　烦的意思。按:疑是欲休不休的意思,即对于是否继续等下去,犹豫不决。

⑥收:收捉,拘捕。

⑦打换:掉换。

⑧师弟:这里指徒弟。

⑨谟县:无此地名。《话本选(上)》注:"疑即鄚县,也作莫县。就是现在的
　鄚州,在任丘县北三十五里。"按:如是莫县(北宋熙宁六年并入任丘
　县),则与下文宋四、赵正去东京开封的路线不符,故对本篇中所说的地
　名不宜死看。

如去投奔他家也罢。"宋四公便改换色服,妆做一个狱家院子打扮,把一把扇子遮着脸,假做瞎眼,一路上慢腾腾地,取路要来谟县。来到谟县前,见个小酒店,但见:

　　云拂烟笼锦旆扬①,太平时节日舒长。

　　能添壮士英雄胆,会解佳人愁闷肠。

　　三尺晓垂杨柳岸②,一竿斜刺杏花傍。

　　男儿未遂平生志,且乐高歌入醉乡。

宋四公觉得肚中饥馁,入那酒店去,买些个酒吃。酒保安排将酒来,宋四公吃了三两杯酒。只见一个精精致致的后生③,走入酒店来。看那人时,却是如何打扮:

　　砖顶背系带头巾④,皂罗文武带背儿⑤,下面宽口裤,侧面

---

①锦旆:指酒旗。按:《水浒传》第三回也有这八句诗,仅个别字句稍异。

②三尺:三尺布,亦指酒旗。元郑光祖《王粲登楼》第一折,"酒店门前三尺布,人来人往图主顾。"下文"一竿"指旗杆。《水浒传》第九回:"早望见官道上一座酒店,但见:……杨柳岸晓垂锦旆,杏花村风拂青帘。"

③精精致致:指模样美好。《西游记》第十八回:"有一个汉子,模样儿倒也精致。"

④砖顶背系带头巾:许政扬注:"宋代一般平民所戴头巾,共有四带,二带下垂,二带反系脑后,所以称为背系带头巾。至于头巾的流行式样:则有圆顶、方顶、砖顶、琴顶等。砖顶头巾,顶似砖,作长方形。"按:唐时头巾已有四带(亦称"四脚"),参见清沈自南《艺林汇考·服饰篇·冠帻类》。

⑤皂罗文武带背儿:皂罗制的有两条带儿的背子。皂罗,一种黑色的轻软稀疏的丝织品。文武,这里是成双、成对的意思。田宗尧《中国古典小说用语辞典》:"文武:双股的(线或带子等)〔例〕:《水浒》三)'上穿一领鹦哥绿纻丝战袍,腰系一条文武双股鸦青绦。'"《古代白话短篇小说选集》注:"文武,指夹层带的底面两色不同。"按:本篇所说的"文武带",疑即两条带子的意思。宋程大昌《演繁露》:"古之法服、朝服,其内必有中单。中单之制,正如今人背子,而两腋有交带横束其上。今世之慕古者,两腋各垂双带,以准单之带,即本此也。"背儿,即背子,亦作"褙子"。古代的一种对襟袍,本袖短而宽,长与衫齐,加于朝服外。宋代的背子则常作为公服的里衣,其袖仅略宽于衫袖,而裾长垂至足。小说中所说的"背子"多作便服穿。

丝鞋①。

叫道："公公拜揖。"宋四公抬头看时，不是别人，便是他师弟赵正。宋四公人面前，不敢师父师弟斯叫，只道："官人少坐。"赵正和宋四公叙了间阔就坐②，教酒保添只盏来筛酒。吃了一杯，赵正却低低地问道："师父一向疏阔？"宋四公道："二哥，几时有道路也没？"赵正道："是道路却也自有，都只把来风花雪月使了③。闻知师父入东京去得拳道路④。"宋四公道："也没甚么，只有得个四五万钱。"又问赵正道："二哥，你如今那里去？"赵正道："师父，我要上东京闲走一遭，一道赏玩则个，归平江府去做话说⑤。"宋四公道："二哥，你去不得。"赵正道："我如何上东京不得？"宋四公道："有三件事，你去不得。第一，你是浙右人⑥，不知东京事，行院少有认得你的⑦，你去投奔阿谁？第二，东京百八十里罗城⑧，唤做'卧牛城'⑨。我们只是草寇，常言：'草入牛口，其命不久。'第三，是东京有五千个眼明手快做公的人，

---

①侧面丝鞋：宋时流行的一种鞋子，具体不详。士礼居丛书本《新编宣和遗事》前集："是时底王孙、公子、才子、佳人、男子汉，都是子顶背带头巾，窄地长背子，宽口裤，侧面丝鞋，吴绫袜，销金裹肚，妆着神仙。"

②叙间阔：即"叙阔"，述说阔别之情。间阔，久违，久别。下文"疏阔"义同。

③风花雪月：喻男女风情，犹寻花问柳。

④得拳道路：得一项买卖，这里指偷得了一笔钱财。拳，这里作量词，相当于"注"、"桩"等。

⑤做话说：当故事讲，当闲话说。《董解元西厢记》卷八："天教受此恓惶，苦想旧日雨迹云踪，枉教做话说。"《醒世恒言》卷十九："留与千秋作话说。"

⑥浙右：即浙西，古时包括浙江以西杭嘉湖地区以及江苏、安徽长江以南地区。北宋时平江军节度属两浙路，南宋时平江府属浙江西路。

⑦行（háng）院：同行，行帮。

⑧罗城：外城，内城外面的大城。实际上东京外城方圆四十八里多，这里夸大为一百八十里。

⑨卧牛城：据说有术士言汴京如卧牛（见《三朝北盟会编》卷六十六），后因以"卧牛城"称北宋汴京（开封）城。

有三都捉事使臣①。"赵正道："这三件事都不妨。师父你只放心，赵正也不到得胡乱吃输。"宋四公道："二哥，你不信我口，要去东京时，我觅得禁魂张员外的一包儿细软，我将归客店里去，安在头边，枕着头。你觅得我的时，你便去上东京。"赵正道："师父，怎地时不妨。"

两个说罢，宋四公还了酒钱，将着赵正归客店里。店小二见宋四公将着一个官人归来，唱了喏。赵正同宋四公入房里走一遭，道了"安置"②，赵正自去。当下天色晚，如何见得：

> 暮烟迷远岫，薄雾卷晴空。群星共皓月争光，远水与山光斗碧。深林古寺，数声钟韵悠扬；曲岸小舟，几点渔灯明灭。枝上子规啼夜月，花间粉蝶宿芳丛。

宋四公见天色晚，自思量道："赵正这汉手高。我做他师父，若还真个吃他觅了这包细软③，好吃人笑，不如早睡。"宋四公却待要睡，又怕吃赵正来后如何，且只把一包细软安放头边，就床上掩卧。只听得屋梁上知知兹兹地叫，宋四公道："作怪！未曾起更，老鼠便出来打闹人。"仰面向梁上看时，脱些个屋尘下来，宋四公打两个喷涕。少时老鼠却不则声，只听得两个猫儿，乜凹乜凹地厮咬了叫，溜些尿下来，正滴在宋四公口里，好臊臭！宋四公渐觉困倦，一觉睡去。

到明日天晓起来，头边不见了细软包儿。正在那里没摆拨④，只见店小二来说道："公公，昨夜同公公来的官人来相见。"宋四公出来看时，却是赵正。相揖罢，请他入房里，关上房门。赵正从怀里取出

---

①三都：说法不一。《话本选（上）》注："刑部、御史台、大理寺。"许政扬认为"都"是军队部伍的名称，宋代以百人为都，三都捉事使臣便是三百名（见《许政扬文存》）。捉事使臣：指缉捕使臣。《水浒传》第十七回："小人是三都缉捕使臣何涛。"

②安置：休息、睡觉，亦指睡前请安或道别语。

③包：原文作"觥"，今据上下文改。许政扬校注本径改作"般"。

④摆拨：处理。"没摆拨"就是没法对付。

一个包儿,纳还师父。宋四公道:"二哥,我问你则个,壁落共门都不曾动①,你却是从那里来,讨了我的包儿②?"赵正道:"实瞒不得师父,房里床面前一带黑油纸槛窗③,把那学书纸糊着④。吃我先在屋上,学一和老鼠,脱下来屋尘,便是我的作怪药,撒在你眼里鼻里,教你打几个喷涕;后面猫尿,便是我的尿。"宋四公道:"畜生,你好没道理!"赵正道:"是吃我盘到你房门前,揭起学书纸,把小锯儿锯将两条窗栅下来;我便挨身而入,到你床边,偷了包儿。再盘出窗外去,把窗栅再接住,把小钉儿钉着,再把学书纸糊了,恁地便没踪迹。"宋四公道:"好,好! 你使得,也未是你会处⑤。你还今夜再觅得我这包儿,我便道你会。"赵正道:"不妨,容易的事。"赵正把包儿还了宋四公道:"师父,我且归去,明日再会。"漾了手自去⑥。

　　宋四公口里不说,肚里思量道:"赵正手高似我,这番又吃他觅了包儿,越不好看,不如安排走休!"宋四公便叫将店小二来说道:"店二哥,我如今要行。二百钱在这里,烦你买一百钱燋肉⑦,多讨椒盐,买五十钱蒸饼,剩五十钱,与你买碗酒吃。"店小二谢了公公,便去谟县前买了燋肉和蒸饼。却待回来,离客店十来家,有个茶坊里,一个官人叫道:"店二哥,那里去?"店二哥抬头看时,便是和宋四公相识的官人。店二哥道:"告官人,公公要去,教男女买燋肉共蒸饼。"赵正道:"且把来看。"打开荷叶看了一看,问道:"这里几文钱肉?"店二哥道:"一百钱肉。"赵正就怀里取出二百钱来道:"哥哥,你留这燋肉蒸饼在这里。我与你二

---

①壁落:墙壁。《三遂平妖传》第二回:"那胡员外在亭子上一住,四下又无壁落,风雨雪下,怎地安身?"

②讨:觅取,谋取。

③黑油:指漆以黑油的。槛窗:有栏杆的窗子。

④学书纸:供学习写字用的纸。

⑤会:能干,高明。

⑥漾:甩,抛。

⑦燋(āo)肉:烤肉。燋,煨,烤。

百钱,一道相烦,依这样与我买来,与哥哥五十钱买酒吃。"店二哥道:"谢官人。"道了便去。不多时,便买回来。赵正道:"甚劳烦哥哥,与公公再裹了那燠肉。见公公时,做我传语他,只教他今夜小心则个。"店二哥唱喏了自去。到客店里,将肉和蒸饼递还宋四公。宋四公接了道:"罪过哥哥。"店二哥道:"早间来的那官人,教再三传语,今夜小心则个。"

宋四公安排行李,还了房钱,脊背上背着一包被卧①,手里提着包裹,便是觅得禁魂张员外的细软,离了客店。行一里有余,取八角镇路上来②。到渡头看那渡船,却在对岸,等不来,肚里又饥,坐在地上,放细软包儿在面前,解开燠肉裹儿,擘开一个蒸饼,把四五块肥底燠肉多蘸些椒盐,卷做一卷,嚼得两口,只见天在下,地在上,就那里倒了。宋四公只见一个丞局打扮的人③,就面前把了细软包儿去。宋四公眼睁睁地见他把去,叫又不得,赶又不得,只得由他。那个丞局拿了包儿,先过渡去了。

宋四公多样时苏醒起来④,思量道:"那丞局是阿谁?捉我包儿去。店二哥与我买的燠肉里面有作怪物事!"宋四公忍气吞声走起来,唤渡船过来,过了渡,上了岸,思量那里去寻那丞局好。肚里又闷,又有些饥渴,只见个村酒店,但见:

> 柴门半掩,破旆低垂。村中量酒,岂知有涤器相如? 陋质蚕姑,难效彼当垆卓氏⑤。壁间大字,村中学究醉时题;架上麻

---

①被卧:铺盖。

②取:向,往,选取。八角镇:许政扬注:"地名,在开封西南,今名八角店。"按:许注本自《中国古今地名大辞典》(商务印书馆版),据《元丰九域志》记载,祥符县确有八角镇。但小说中的地名不必死看。

③丞局:即"承局"。宋代低级军职,位在虞候下、押官上。亦指衙役。

④多样时:多时,好久。

⑤涤器相如,当垆卓氏:指司马相如和卓文君在临邛开设酒肆的故事(见《史记·司马相如传》)。当垆,指卖酒。垆,放酒坛的土墩。

衣①,好饮芒郎留下当。酸醨破瓮土床排②,彩画醉仙尘土暗③。
宋四公且入酒店里去,买些酒消愁解闷则个。酒保唱了喏,排下酒
来,一杯两盏,酒至三杯。宋四公正闷里吃酒,只见外面一个妇女入
酒店来:

> 油头粉面,白齿朱唇。锦帕齐眉,罗裙掩地。鬓边斜插些
> 花朵,脸上微堆着笑容。虽不比闺里佳人,也当得垆头少妇。

那个妇女入着酒店,与宋四公道个万福,拍手唱一只曲儿。宋四公
仔细看时,有些个面熟,道这妇女是酒店擦卓儿的④,请小娘子坐则
个。妇女在宋四公根底坐定⑤,教量酒添只盏儿来,吃了一盏酒。宋
四公把那妇女抱一抱,撮一撮,拍拍惜惜,把手去摸那胸前道:“小娘
子,……”没有奶儿。又去摸他阴门,只见累累垂垂一条价⑥。宋四
公道:“热牢⑦,你是兀谁?”那个妆做妇女打扮的,叉手不离方寸道:
“告公公,我不是擦卓儿顶老⑧,我便是苏州平江府赵正。”宋四公道:
“打脊的检才⑨!我是你师父,却教我摸你爷头⑩!原来却才丞局便

----

① 麻衣:这里指普通平民穿的麻布衣。

② 酸醨(lí):指劣质酒。土床:指土炕。

③ 彩画醉仙:指酒店墙上画着古来著名的酒仙诗客。《水浒传》第三十二回:
“黄泥墙壁,尽画着酒仙诗客。”第二十九回:“壁上描刘伶贪饮,窗前画李
白传杯。”第六回:“酸醨酒瓮土床边,墨画神仙壁上。”按:以上一段关于
酒店的描写,亦见于《水浒传》第六回,仅句字与次序小异。

④ 擦卓儿的:在酒店巡回卖唱的歌妓。亦作“擦坐”(《武林旧事》卷六)、“绰
酒座儿”(《水浒传》第三回)。

⑤ 根底:面前,近旁,亦作“跟底”。与“跟前”、“根前”同义。

⑥ 价:用于状语后或句末的语助词。也用作名词等的后缀。

⑦ 热牢:骂人语。此词未见他例,诸家以“蠢牛”、“囚犯”等释之。

⑧ 顶老:这里是妓女的别称。亦作“鼎老”(《行院声嗽·人物》)。

⑨ 打脊的检才:意思是该打的坏蛋。打脊,杖脊,杖刑中最重的一种。检才,
义同“乔才(乔材、趫才)”。徐渭《南词叙录》:“乔才,狙诈也,狡狯也。”田
艺衡《留青日札》:“凡轻薄佻达少年曰趫才。”

⑩ 爷头:田宗尧《中国古典小说用语辞典》释为“男人生殖器的隐语”。

是你①。"赵正道:"可知便是赵正。"宋四公道:"二哥,我那细软包儿,你却安在那里②?"赵正叫量酒道:"把适来我寄在这里包儿还公公。"量酒取将包儿来。宋四公接了道:"二哥,你怎地拿下我这包儿?"赵正道:"我在客店隔儿家茶坊里坐地,见店小二哥提一裹燠肉。我讨来看,便使转他也与我去买③,被我安些汗药在里面裹了,依然教他把来与你。我妆做丞局,后面踏将你来④。你吃摆番了,被我拿得包儿,到这里等你。"宋四公道:"恁地你真个会,不枉了上得东京去。"即时还了酒钱,两个同出酒店。去空野处除了花朵,溪水里洗了面,换一套男子衣裳着了,取一顶单青纱头巾裹了。宋四公道:"你而今要上京去,我与你一封书,去见个人,也是我师弟。他家住汴河岸上,卖人肉馒头。姓侯,名兴,排行第二,便是侯二哥。"赵正道:"谢师父。"到前面茶坊里,宋四公写了书,分付赵正,相别自去。宋四公自在谟县。

赵正当晚去客店里安歇,打开宋四公书来看时,那书上写道:

> 师父信上贤师弟二郎、二娘子:别后安乐否?今有姑苏贼人赵正,欲来京做买卖,我特地使他来投奔你。这汉与行院无情,一身线道⑤,堪作你家行货使用⑥。我吃他三次无礼,可千万剿除此人,免为我们行院后患。

赵正看罢了书,伸着吞头缩不上。"别人便怕了,不敢去。我且看他,如何对副我!我自别有道理。"再把那书折叠,一似原先封了。

明日天晓,离了客店,取八角镇;过八角镇,取板桥⑦,到陈留县,

---

①却才:刚才。

②安:放。

③使转:支使人离去。

④踏:跟随。

⑤线道:肉的市语。宋陈元靓《事林广记续集·绮谈市语》:"肉:线道、内。"

⑥行货:货物,东西。这里指做人肉馒头的材料。

⑦板桥:中牟县有板桥镇,旧时为赴开封要道。按:板桥在开封之西,八角镇在开封西南,陈留县在开封东南,与小说所说路线不合,故不能死看。

沿那汴河行。到日中前后,只见汴河岸上,有个馒头店。门前一个妇女,玉井栏手巾勒着腰①,叫道:"客长,吃馒头点心去。"门前牌儿上写着:"本行侯家②,上等馒头点心。"赵正道:"这里是侯兴家里了。"走将入去,妇女叫了万福,问道:"客长用点心?"赵正道:"少待则个。"就脊背上取将包裹下来。一包金银钗子,也有花头的③,也有连二连三的④,也有素的,都是沿路上觅得的。侯兴老婆看见了,动心起来,道:"这客长⑤,有二三百只钗子!我虽然卖人肉馒头,老公虽然做赞老子⑥,到没许多物事。你看少间问我买馒头吃⑦,我多使些汗火⑧,许多钗子都是我的。"赵正道:"嫂嫂,买五个馒头来。"侯兴老婆道:"着!"楦个碟子⑨,盛了五个馒头,就灶头合儿里多撮些物料在里面⑩。赵正肚里道:"这合儿里便是作怪物事了。"赵正怀里取出一包药来,道:"嫂嫂,觅些冷水吃药。"侯兴老婆将半碗水来,放在卓上。赵正道:"我吃了药,却吃馒头。"赵正吃了药,将两只箸一拨,拨开馒头

---

①玉井栏:指图案式样如井栏,即方格子花。玉井,井的美称。手巾:擦手脸等用的布巾。《资治通鉴·梁敬帝绍泰元年》:"霸先惧其谋泄,以手巾绞稜。"胡三省注:"今人盥洗,以布拭手,长七八尺,谓之手巾。"

②本行:个人一贯从事的行业。侯家专做馒头点心,故在招牌上标明"本行"。

③花头:花样,花纹。

④连二连三:疑指两物或三物相连的形状。

⑤客长:对旅客的敬称,犹客官。

⑥赞老子:许政扬注:"赞,这里是不正、邪恶的意思。赞老子,指盗贼。"按:此词未见他例,亦不详许注所据,待考。

⑦少间:一会儿。

⑧汗火:药的市语。《绮谈市语》:"药:妙研、汗火。"这里同"汗药",即蒙汗药。

⑨楦(xuàn):《历代小说选(第二册上)》释为"取、拿",然此说无据。疑"楦"为"渲"之假借。渲:洗涤,音义皆与"涮"相近。宋元语言中有"洗渲"、"洗汕",义并同。

⑩合儿:同"盒儿"。

馅,看了一看,便道:"嫂嫂,我爷说与我道:'莫去汴河岸上买馒头吃,那里都是人肉的。'嫂嫂,你看这一块有指甲,便是人的指头,这一块皮上许多短毛儿,须是人的不便处①。"侯兴老婆道:"官人休耍,那得这话来!"赵正吃了馒头,只听得妇女在灶前道:"倒也!"指望摆番赵正,却又没些事。赵正道:"嫂嫂,更添五个。"侯兴老婆道:"想是恰才汗火少了,这番多把些药倾在里面。"赵正怀中又取包儿,吃些个药。侯兴老婆道:"官人吃甚么药?"赵正道:"平江府提刑散的药②,名唤做'百病安丸'。妇女家八般头风③,胎前产后,脾血气痛,都好服。"侯兴老婆道:"就官人觅得一服吃也好。"赵正去怀里别搠换包儿来④,撮百十丸与侯兴老婆吃了,就灶前撅番了。赵正道:"这婆娘要对副我,却到吃我摆番。别人漾了去,我却不走。"特骨地在那里解腰捉虱子⑤。

不多时,见个人挑一担物事归。赵正道:"这个便是侯兴,且看他如何?"侯兴共赵正两个唱了喏。侯兴道:"客长吃点心也未?"赵正道:"吃了。"侯兴叫道:"嫂子,会钱也未⑥?"寻来寻去,寻到灶前,只见浑家倒在地下,口边溜出痰涎,说话不真,喃喃地道:"我吃摆番了。"侯兴道:"我理会得了,这婆娘不认得江湖上相识,莫是吃那门前客长摆番了?"侯兴向赵正道:"法兄⑦,山妻眼拙⑧,不识法兄,切望

---

①不便处:指人的阴部。

②提刑:"提点刑狱"的简称。宋代于各路置提点刑狱官,负责本路司法刑狱、巡察贼盗等事。这里赵正说是提刑散发的药,系调侃语,意思是对付盗贼的药。

③八般头风:病名,具体不详。《类证普济本事方续集》卷二《治诸风等疾》:"治八般头风……治丈夫妇人风虚头疼、气虚头疼、妇人胎前产后伤风头疼、一切头疼并皆治之……"

④搠换:掉换。搠,换。搠包儿就是掉包儿。

⑤特骨:这里是特意的意思。亦作"大古"、"特古"等。

⑥会钱:会钞,付账。

⑦法兄:本为佛家语,僧人称比自己先受业于师者为法兄。这里是对同道中人的尊称。

⑧山妻:对人称自己妻子的谦词。

恕罪。"赵正道："尊兄高姓?"侯兴道："这里便是侯兴。"赵正道："这里便是姑苏赵正。"两个相揖了。侯兴自把解药与浑家吃了。赵正道："二兄，师父宋四公有书上呈。"侯兴接着，拆开看时，书上写着许多言语，末梢道："可剿除此人。"侯兴看罢，怒从心上起，恶向胆边生，道："师父兀自三次无礼，今夜定是坏他性命!"向赵正道："久闻清德①，幸得相会!"即时置酒相待，晚饭过了，安排赵正在客房里睡，侯兴夫妇在门前做夜作②。

赵正只闻得房里一阵臭气，寻来寻去，床底下一个大缸。探手打一摸，一颗人头；又打一摸，一只人手共人脚。赵正搬出后门头③，都把索子缚了，挂在后门屋檐上。关了后门，再入房里，只听得妇女道："二哥，好下手!"侯兴道："二嫂，使未得④! 更等他落忽些个⑤。"妇女道："二哥，看他今日把出金银钗子，有二三百只。今夜对副他了，明日且把来做一头戴，教人喝采则个。"赵正听得道："好也! 他两个要怎地对副我性命，不妨得。"

侯兴一个儿子，十来岁，叫做伴哥，发脾寒⑥，害在床上。赵正去他房里，抱那小的安在赵正床上，把被来盖了，先走出后门去。不多时，侯兴浑家把着一碗灯，侯兴把一把劈柴大斧头，推开赵正房门，见被盖着个人在那里睡，和被和人，两下斧头，砍做三段。侯兴揭起被来看了一看，叫声："苦也! 二嫂，杀了的是我儿子伴哥!"两夫妻号天洒地哭起来⑦。赵正在后门叫道："你没事自杀了儿子则甚? 赵正却在这里。"侯兴听得焦燥，拿起劈柴斧赶那赵正，慌忙走出后门

---

①清德：高洁的品德。

②夜作：夜工。

③后门头：后门外。

④使未得：使不得。

⑤落忽：睡熟。亦作"落䁯"（《野叟曝言》第一百三十一回）。

⑥脾寒：疟疾。

⑦号天洒地：形容伤心大哭。《金云翘传》第十四回："嚎天洒地哭道。"另有"号天搭地"、"号天哭地"等说法。

去,只见扑地撞着侯兴额头,看时却是人头、人脚、人手挂在屋檐上、一似闹竿儿相似①。侯兴教浑家都搬将入去,直上去赶②。赵正见他来赶,前头是一派溪水。赵正是平江府人,会弄水,打一跳,跳在溪水里。后头侯兴也跳在水里来赶。赵正一分一蹬③,顷刻之间,过了对岸。侯兴也会水,来得迟些个。赵正先走上岸,脱下衣裳挤教干④。侯兴赶那赵正,从四更前后,到五更二点时候,赶十一二里,直到顺天新郑门一个浴堂⑤。赵正入那浴堂里洗面,一道烘衣裳。正洗面间,只见一个人把两只手去赵正两腿上打一掣,掣番赵正。赵正见侯兴来掣他⑥,把两秃膝桩番侯兴⑦,倒在下面,只顾打。

　　只见一个狱家院子打扮的老儿进前道:"你门看我面放手罢⑧。"赵正和侯兴抬头看时,不是别人,却是师父宋四公,一家唱个大喏,直下便拜。宋四公劝了,将他两个去汤店里吃盏汤⑨。侯兴与师父

---

①闹竿儿:一种可以悬挂各种装饰物的竹竿,也叫"闹杆"、"闹竹竿"。宋元人出游时,喜欢携带闹竿与花篮(一种装饰华丽的篮子)。《宋元戏文辑佚·柳耆卿诗酒玩江楼》:"两两三三浮浪儿,同行桃溪过柳堤。花篮儿随着闹竿儿……"《词林摘艳》卷一无名氏小令《摊破金字令·春游》:"花篮儿和闹杆并食垒,秋千下共相随,花压帽檐低。"包括许注在内的一些注本以为闹竿儿只是儿童玩具,似欠确切。

②直上:向上,向前。这里是向前的意思。

③一分一蹬:指手划水,足蹬水。

④教:"使、让"的意思,放在动词后表示动作的结果。后文"嚼教碎"同此。

⑤顺天新郑门:汴京外城的西南门。《愚见纪忘》引《郡城沿革》:"西面门,从南曰顺天门,俗名新郑门。"(见《宋东京考》卷一)

⑥掣:拽,拉。

⑦秃膝:疑指光着的膝盖。桩番:撞翻。桩,撞击。

⑧你门:同"你们"。

⑨汤店:饮料店。《东京梦华录注》卷三"煎点汤茶"注引《萍洲可谈》:"今世俗客至则啜茶,去则啜汤。汤取药材甘香者屑之,或温或凉,未有不用甘草者。此俗遍天下。"茶店也卖各种汤。《梦粱录》卷十六"茶肆":"四时卖奇茶异汤,冬月添卖七宝擂茶……或卖盐豉汤;暑天添卖雪泡梅花酒,或缩脾饮暑药之属。"

说前面许多事。宋四公道："如今一切休论。则是赵二哥明朝入东京去，那金梁桥下，一个卖酸馅的，也是我们行院，姓王，名秀。这汉走得楼阁没赛①，起个浑名，唤做'病猫儿'。他家在大相国寺后面院子里住。他那卖酸馅架儿上一个大金丝罐，是定州中山府窑变了烧出来的②，他惜似气命③。你如何去拿得他的？"赵正道："不妨。"等城门开了，到日中前后，约师父只在侯兴处。

赵正打扮做一个砖顶背系带头巾，皂罗文武带背儿，走到金梁桥下，见一抱架儿④，上面一个大金丝罐，根底立着一个老儿：

> 郓州单青纱现顶儿头巾⑤，身上着一领篗杨柳子布衫⑥。腰里玉井栏手巾，抄着腰⑦。

赵正道："这个便是王秀了。"赵正走过金架桥来，去米铺前撮几颗红米，又去菜担上摘些个叶子，和米和叶子，安在口里，一处嚼教碎。再走到王秀架子边，漾下六文钱，买两个酸馅，特骨地脱一文在地下。王秀去拾那地上一文钱，被赵正吐那米和菜在头巾上，自把了酸馅去。却在金梁桥顶上立地，见个小的跳将来，赵正道："小哥，与你五文钱，你看那卖酸馅王公头巾上一堆虫蚁屎，你去说与他，不要道我说。"那小的真个去说道："王公，你看头巾上。"王秀除下头巾来，只道是虫蚁屎，入去茶坊里揩抹了。走出来架子上看时，不见了

---

①走得楼阁：指能"飞檐走壁"。没赛：无赛，没有比得上的。

②定州中山府：北宋政和三年(1113)升定州为中山府，即今河北定县。宋代曲阳县以瓷著名，因其地属定州，故名定窑。窑变：指烧瓷时，由于窑里高温度的火焰使釉发生化学变化，得到意外的新奇颜色和花样。这种窑变形成的瓷器成了名品。

③气命：犹性命。

④抱架儿：这里指卖酸馅的架子，具体不详。

⑤郓州：在今山东东平西北。现顶儿：不详。《古代白话短篇小说选集》注："圆顶。"

⑥篗(cuō)杨柳子：不详。《古代白话短篇小说选集》注："交互的柳叶花纹。"

⑦抄着腰：叉着腰。

那金丝罐。

原来赵正见王秀入茶坊去揩那头巾,等他眼慢①,拿在袖子里便行,一径走往侯兴家去。宋四公和侯兴看了,吃一惊。赵正道:"我不要他的,送还他老婆休!"赵正去房里换了一顶搭飒头巾②,底下旧麻鞋,着领旧布衫,手把着金丝罐,直走去大相国寺后院子里。见王秀的老婆,唱个喏了道:"公公教我归来,问婆婆取一领新布衫、汗衫、裤子、新鞋袜,有金丝罐在这里表照③。"婆子不知是计,收了金丝罐,取出许多衣裳,分付赵正。赵正接得了,再走去见宋四公和侯兴道:"师父,我把金丝罐去他家换许多衣裳在这里。我们三个少间同去送还他,博个笑声。我且着了去闲走一回耍子。"

赵正便把王秀许多衣裳着了,再入城里,去桑家瓦里④,闲走一回,买酒买点心吃了,走出瓦子外面来。

却待过金梁桥,只听得有人叫:"赵二官人!"赵正回过头来看时,却是师父宋四公和侯兴。三个同去金梁桥下,见王秀在那里卖酸馅。宋四公道:"王公拜茶⑤。"王秀见了师父和侯二哥,看了赵正,问宋四公道:"这个客长兀谁?"宋四公恰待说,被赵正拖起去,教宋四公:"未要说我姓名,只道我是你亲戚,我自别有道理。"王秀又问师父:"这客长高姓?"宋四公道:"是我的亲戚,我将他来京师闲走。"王秀道:"如此。"即时寄了酸馅架儿在茶坊,四个同出顺天新郑门外僻静酒店,去买些酒吃。

入那酒店去,酒保筛酒来,一杯两盏,酒至三巡。王秀道:"师父,我今朝呕气。方才挑那架子出来,一个人买酸馅,脱一钱在地下。我去拾那一钱,不知甚虫蚁厮在我头巾上。我入茶坊去揩头巾

① 眼慢:不注意。
② 搭飒:形容破旧凌乱。也作"搭撒"。
③ 表照:表证,作为凭证。
④ 桑家瓦:北宋汴京著名的瓦舍(见《东京梦华录》卷二"东角楼街巷")。
⑤ 拜茶:请人喝茶的敬词。

出来,不见了金丝罐,一日好闷!"宋四公道:"那人好大胆,在你跟前卖弄得,也算有本事了。你休要气闷,到明日闲暇时,大家和你查访这金丝罐。又没三件两件,好歹要讨个下落,不到得失脱。"赵正肚里,只是暗暗的笑,四个都吃得醉,日晚了,各自归。

　　且说王秀归家去,老婆问道:"大哥,你恰才教人把金丝罐归来?"王秀道:"不曾。"老婆取来道:"在这里,却把了几件衣裳去。"王秀没猜道是谁,猛然想起今日宋四公的亲戚,身上穿一套衣裳,好似我家的。心上委决不下,肚里又闷,提一角酒,索性和婆子吃个醉,解衣卸带了睡。王秀道:"婆婆,我两个多时不曾做一处。"婆子道:"你许多年纪了,兀自鬼乱!"王秀道:"婆婆,你岂不闻:'后生犹自可,老的急似火。'"王秀早移过共头,在婆子头边,做一班半点儿事,兀自未了当。原来赵正见两个醉,拨开门躲在床底下,听得两个鬼乱,把尿盆去房门上打一摗①。王秀和婆子吃了一惊,鬼慌起来。看时,见个人从床底下趲将出来②,手提一包儿。王秀就灯光下仔细认时,却是和宋四公、侯兴同吃酒的客长。王秀道:"你做甚么?"赵正道:"宋四公教还你包儿。"王公接了看时,却是许多衣裳。再问:"你是甚人?"赵正道:"小弟便是姑苏平江府赵正。"王秀道:"如此,久闻清名。"因此拜识。便留赵正睡了一夜。

　　次日,将着他闲走。王秀道:"你见白虎桥下大宅子③,便是钱大王府④,好一拳财。"赵正道:"我们晚些下手。"王秀道:"也好。"到三鼓前后,赵正打个地洞,去钱大王土库偷了三万贯钱正赃⑤,一条暗

---

①摗(zhài):疑假借为"摔"。

②趲:义同"钻"。

③白虎桥:在宜秋门外金水河上。

④钱大王:许政扬注:"指吴越王钱俶。钱俶降宋纳土后,历封淮海国王、汉南国王、南阳国王、许王、邓王。"按:据《宋东京考》,钱俶降宋后,开宝八年(975)来朝,宋太祖赐居礼贤宅,宅在南宫城大学东。

⑤正赃:指主要的赃物。

花盘龙羊脂白玉带①。王秀在外接应,共他归去家里去躲。明日,钱大王写封简子与滕大尹。大尹看了,大怒道:"帝辇之下②,有这般贼人!"即时差缉捕使臣马翰,限三日内要捉钱府做不是的贼人。

马观察马翰得了台旨,分付众做公的落宿③,自归到大相国寺前。只见一个人背系带砖顶头巾,也着上一领紫衫④,道:"观察拜茶。"同入茶坊里,上灶点茶来⑤。那着紫衫的人怀里取出一裹松子胡桃仁,倾在两盏茶里。观察问道:"尊官高姓?"那个人道:"姓赵,名正,昨夜钱府做贼的便是小子。"马观察听得,脊背汗流,却待等众做公的过捉他⑥。吃了盏茶,只见天在下,地在上,吃摆番了。赵正道:"观察醉也。"扶住他,取出一件作怪动使剪子,剪下观察一半衫褛⑦,安在袖里,还了茶钱。分付茶博士道:"我去叫人来扶观察。"赵正自去。两碗饭间,马观察肚里药过了,苏醒起来。看赵正不见了,马观察走归去。

睡了一夜,明日天晓,随大尹朝殿。大尹骑着马,恰待入宣德门去⑧,只见一个人裹顶弯角帽子,着上一领皂衫,拦着马前,唱个大喏,道:"钱大王有札目上呈⑨。"滕大尹接了,那个人唱喏自去。大尹

①暗花:隐约的花纹。

②帝辇之下:指京城。辇,人拉的车,后专指天子的车,因此称京城为"辇下"。

③落宿:《话本选(上)》注:"取消休假,轮流值班。"按:此说不详何所据。《白话小说语言词典》:"投宿;去宿处住下。"按:此义似较后起。

④紫衫:紫色衣衫。唐宋时为军校之服,南宋以后文官亦服之。

⑤上灶:指茶肆伙计。

⑥过捉:疑此"过"字是经过的意思,"过捉"是指等公差过往时令其捕捉。

⑦衫褛(xié):衣袖。

⑧宣德门:参见第二十四卷"宣德楼"注。

⑨札目:指官府间往来的公文书信。尹焞《贻秦相书》:"前者辄具札目,略陈中外之议。"(《和靖集》卷一)

就马上看时,腰裹金鱼带不见挞尾①。简上写道:"姑苏贼人赵正,拜禀大尹尚书②:所有钱府失物,系是正偷了。若是大尹要来寻赵正家里,远则十万八千,近则只在目前。"大尹看了越焦燥,朝殿回衙,即时升厅,引放民户词状③。词状人抛箱④,大尹看到第十来纸状⑤,有状子上面也不依式论诉甚么事⑥,去那状上只写一只《西江月》曲儿⑦,道是:

　　　　　是水归于大海⑧,闲汉总入京都。三都捉事马司徒⑨,衫褙难为作主⑩。　　盗了亲王玉带,剪除大尹金鱼。要知闲汉姓名无⑪?小月傍边乇土⑫。

————————————

①金鱼带:指系有鱼袋的带子。金鱼,唐代官员佩带鱼符,作为出入宫殿的符契。因盛以袋,故名鱼袋。宋代亦以金银饰为鱼形(按官阶高低分金、金涂银、银等三种),穿公服时系于带而垂于后,以明贵贱,而不再作符契用。(参见《宋史·舆服志五》)挞尾:腰带下插的垂头,按等级高低分别以金、玉、犀、银、铜、铁等为饰。

②大尹尚书:开封府尹和临安府尹官位很高,故称尚书。陆心源《仪顾堂题跋》卷十四《跋宋拓绍兴米帖残本》:"苐顿首再拜大尹尚书龙图钧席八行。"

③引放:指收受,受理。《黄氏日钞》卷八十《引放词状榜》:"当职近因时艰未宁,不敢轻受词状。"词状:诉状。

④抛箱:把状纸投入官府所设的告状箱中。亦作"撺箱"、"插状"。

⑤纸:这里作量词,相当于"张"。

⑥依式论诉:按照正规的格式写诉状。

⑦去:在。

⑧是:凡,凡是。

⑨司徒:许政扬注:"官名,与司马、司空并称三公。这里用作对于缉捕武官的尊称。"按:《宋会要辑稿·仪制五》:"国子祭酒孔维言:窃睹中外文武官称呼之间,多或假借,殿直、承旨差出者,须邀'司徒'之称。"故马翰、王遵可称司徒。

⑩衫褙:《话本选(上)》注:"背心,没有袖子的衣服。这句话指马翰被赵正剪去衣袖的事情。"

⑪无:用于句末,表示疑问,相当于"否"。

⑫小月傍边乇土:指"赵"字。

大尹看罢道："这个又是赵正,直恁地手高。"即唤马观察马翰来,问他捉贼消息。马翰道："小人因不认得贼人赵正,昨日当面挫过。这贼委的手高①,小人访得他是郑州宋四公的师弟。若拿得宋四,便有了赵正。"滕大尹猛然想起,那宋四因盗了张富家的土库,见告失状未获。即唤王七殿直王遵,分付他协同马翰访捉贼人宋四、赵正。王殿直王遵禀道："这贼人踪迹难定,求相公宽限时日;又须官给赏钱,出榜悬挂,那贪着赏钱的便来出首,这公事便容易了办。"滕大尹听了,立限一个月缉获;依他写下榜文,如有缉知真赃来报者,官给赏钱一千贯。马翰和王遵领了榜文,径到钱大王府中,禀了钱大王,求他添上赏钱。钱大王也注了一千贯②。两个又到禁魂张员外家来,也要他出赏。张员外见在失了五万贯财物,那里肯出赏钱!众人道："员外休得为小失大。捕得着时,好一主大赃追还你。府尹相公也替你出赏,钱大王也注了一千贯。你却不肯时,大尹知道,却不好看相。"张员外说不过了,另写个赏单,勉强写足了五百贯。马观察将去府前张挂,一面与王殿直约会,分路挨查。

那时府前看榜的人山人海,宋四公也看了榜,去寻赵正来商议。赵正道："可奈王遵、马翰日前无怨③,定要加添赏钱缉获我们;又可奈张员外悭吝,别的都出一千贯,偏你只出五百贯,把我们看得恁贱!我们如何去蒿恼他一番,才出得气。"宋四公也怪前番王七殿直领人来拿他,又怪马观察当官禀出赵正是他徒弟。当下两人你商我量,定下一条计策,齐声道："妙哉!"赵正便将钱大王府中这条暗花盘龙羊脂白玉带递与宋四公,四公将禁魂张员外家金珠一包就中检出几件有名的宝物,递与赵正。两下分别各自去行事。

且说宋四公才转身,正遇着向日张员外门首提笊篱的哥哥,一把扯出顺天新郑门,直到侯兴家里歇脚。便道："我今日有用你之

①手高:手段高强。

②注:付,交付。

③可奈:怎奈,可恨。日前:这里是往日、以前的意思。

处。"那捉笮篱的便道:"恩人有何差使? 并不敢违。"宋四公道:"作成你趁一千贯钱养家则个。"那捉笮篱的到吃一惊,叫道:"罪过! 小人没福消受。"宋四公道:"你只依我,自有好处。"取出暗花盘龙羊脂白玉带,教侯兴扮作内官模样①:"把这条带去禁魂张员外解库里去解钱②。这带是无价之宝,只要解他三百贯,却对他说:'三日便来取赎,若不赎时,再加绝二百贯③。你且放在铺内,慢些子收藏则个。'"侯兴依计去了。张员外是贪财之人,见了这带,有些利息,不问来由,当去三百贯足钱。侯兴取钱回覆宋四公。宋四公却教捉笮篱的到钱大王门上揭榜出首。钱大王听说获得真赃,便唤捉笮篱的面审。捉笮篱的说道:"小的去解库中当钱,正遇那主管,将白玉带卖与北边一个客人,索价一千五百两。有人说是大王府里来的,故此小的出首。"钱大王差下百十名军校,教捉笮篱的做眼,飞也似跑到禁魂张员外家,不由分说,到解库中一搜,搜出了这条暗花盘龙羊脂白玉带。张员外走出来分辩时,这些个众军校,那里来管你三七二十一,一条索子扣头,和解库中两个主管,都拿来见钱大王。钱大王见了这条带,明是真赃,首人不虚④,便写个钩帖⑤,付与捉笮篱的,库上支一千贯赏钱。钱大王打轿,亲往开封府拜滕大尹,将玉带及张富一干人送去拷问。大尹自己缉获不着,到是钱大王送来,好生惭愧,便骂道:"你前日到本府告失状,开载许多金珠宝贝。我想你庶

---

①内官:君主的近臣、宫内禁卫官以及太监等都可称内官,这里不能确指。

②解(jiè)库:当铺。宋代吴曾《能改斋漫录·事始二》:"江北人以物质钱为解库,江南人谓为质库。"解,典押,典当。

③加绝:指加价后就当死,不能再赎回。

④首人:告发人。

⑤钩帖:帖子,"钩"是敬辞。

民之家，那得许多东西？却原来放线做贼①！你实说这玉带甚人偷来的？"张富道："小的祖遗财物，并非做贼窝赃。这条带是昨日申牌时分，一个内官拿来，解了三百贯钱去的。"大尹道："钱大王府里失了暗花盘龙羊脂白玉带，你岂不晓得？怎肯不审来历，当钱与他？如今这内官何在？明明是一派胡说！"喝教狱卒，将张富和两个主管一齐用刑，都打得皮开肉绽，鲜血迸流。张富受苦不过，情愿责限三日，要出去挨获当带之人。三日获不着，甘心认罪。滕大尹心上也有些疑虑，只将两个主管监候。却差狱卒押着张富，准他立限三日回话②。

　　张富眼泪汪汪，出了府门，到一个酒店里坐下，且请狱卒吃三杯。方才举盏，只见外面踱个老儿入来，问道："那一个是张员外？"张富低着头，不敢答应。狱卒便问："阁下是谁？要寻张员外则甚？"那老儿道："老汉有个喜信要报他，特到他解库前，闻说有官事在府前，老汉跟寻至此。"张富方才起身道："在下便是张富，不审有何喜信见报？请就此坐讲。"那老儿捱着张员外身边坐下，问道："员外土库中失物，曾缉知下落否？"张员外道："在下不知。"那老儿道："老汉到晓得三分，特来相报员外。若不信时，老汉愿指引同去起赃。见了真正赃物，老汉方敢领赏。"张员外大喜道："若起得这五万贯赃物，便赔偿钱大王，也还有余。挣些上下使用，身上也得干净。"便问道："老丈既然的确，且说是何名姓？"那老儿向耳边低低说了几句，张员外大惊道："怕没此事。"老儿道："老汉情愿到府中出个首状③，

①放线：陆澹安《小说词语汇释》："江湖上黑话，盗贼出外抢劫偷盗，叫做'放线'。"《历代小说选（第二册上）》注："自己做后台，支使别人去做坏事。"按：后说近是。明陈仁锡《无梦园初集·漫集二·纪边防》："夫郡城各县城市之贼，皆由捕人放线之故。"《清经世文编》卷二十四田文镜《覆陈书役不必定额疏》："有一等游手好闲无业贫人，每于额设吏役之下，空挂一名……每与捕役上下其手，窝顿盗贼，发踪指示，名曰放线。"

②立限：确定期限。

③首状：告发书。

若起不出真赃，老汉自认罪。"张员外大喜道："且屈老丈同在此吃三杯，等大尹晚堂，一同去禀。"当下四人饮酒半醉，恰好大尹升厅。张员外买张纸，教老儿写了首状，四人一齐进府出首。滕大尹看了王保状词，却是说马观察、王殿直做贼，偷了张富家财，心中想道："他两个积年捕贼，那有此事？"便问王保道："你莫非挟仇陷害么？有甚么证据？"王保老儿道："小的在郑州经纪，见两个人把许多金珠在彼兑换。他说家里还藏得有，要换时再取来。小的认得他是本府差来缉事的，他如何有许多宝物？心下疑惑。今见张富失单，所开宝物相像，小的情愿跟同张富到彼搜寻。如若没有，甘当认罪。"滕大尹似信不信，便差李观察李顺，领着眼明手快的公人，一同王保、张富前去。

此时马观察马翰与王七殿直王遵，俱在各县挨缉两宗盗案未归。众人先到王殿直家，发声喊，径奔入来。王七殿直的老婆，抱着三岁的孩子，正在窗前吃枣糕，引着耍子。见众人啰唣①，吃了一惊，正不知甚么缘故。恐怕吓坏了孩子，把袖楀子掩了耳朵②，把着进房。众人随着脚跟儿走，围住婆娘问道："张员外家赃物，藏在那里？"婆娘只光着眼③，不知那里说起。众人见婆娘不言不语，一齐掀箱倾笼，搜寻了一回。虽有几件银钗饰和些衣服，并没赃证。李观察却待埋怨王保，只见王保低着头，向床底下钻去，在贴壁床脚下解下一个包儿，笑嘻嘻的捧将出来。众人打开看时，却是八宝嵌花金杯一对，金镶玳瑁杯十只，北珠念珠一串④。张员外认得是土库中东西，还痛起来，放声大哭。连婆娘也不知这物事那里来的，慌做一

---

①啰唣：吵闹。

②袖楀子：许本作"袖褙子"，《话本选（上）》作"袖褙子"，均未出注。疑指袖子。

③光着眼：睁着眼，睁大眼睛。《水浒传》第十四回："刘唐光着眼看吴用道：'不干你秀才事。'"

④北珠：指松花江下游及其支流所产的珍珠，颗大光润，极为名贵。又叫东珠。

堆,开了口合不得,垂了手抬不起。众人不由分说,将一条索子,扣了婆娘的颈。婆娘哭哭啼啼,将孩子寄在邻家,只得随着众人走路。众人再到马观察家,混乱了一场。又是王保点点搠搠,在屋檐瓦楞内搜出珍珠一包,嵌宝金钏等物,张员外也都认得。两家妻小都带到府前,滕大尹兀自坐在厅上,专等回话。见众人蜂拥进来,阶下列着许多赃物,说是床脚上、瓦楞内搜出,见有张富识认是真。滕大尹大惊道:"常闻得捉贼的就做贼,不想王遵、马翰真个做下这般勾当!"喝教将两家妻小监候,立限速拿正贼,所获赃物暂寄库。首人在外听候,待赃物明白,照额领赏。张富磕头禀道:"小人是有碗饭吃的人家,钱大王府中玉带跟由,小人委实不知。今小的家中被盗赃物,既有的据,小人认了晦气,情愿将来赔偿钱府。望相公方便,释放小人和那两个主管,万代阴德。"滕大尹情知张富冤枉,许他召保在外。王保跟张员外到家,要了他五百贯赏钱去了。原来王保就是王秀,浑名"病猫儿",他走得楼阁没赛。宋四公定下计策,故意将禁魂张员外家土库中赃物,预教王秀潜地埋藏两家床头屋檐等处,却教他改名王保,出首起赃,官府那里知道!

却说王遵、马翰正在各府缉获公事,闻得妻小吃了官司,急忙回来见滕大尹。滕大尹不由分说,用起刑法,打得希烂,要他招承张富赃物,二人那肯招认?大尹教监内放出两家的老婆来,都面面相觑,没处分辩,连大尹也委决不下,都发监候。次日又拘张富到官,劝他且将己财赔了钱大王府中失物,"待从容退赃还你"。张富被官府逼勒不过,只得承认了。归家想想,又恼又闷,又不舍得家财,在土库中自缢而死。

可惜有名的禁魂张员外,只为"悭吝"二字,惹出大祸,连性命都丧了。那王七殿直王遵、马观察马翰,后来俱死于狱中。这一班贼盗,公然在东京做歹事,饮美酒,宿名娼,没人奈何得他。那时节东京扰乱,家家户户,不得太平。直待包龙图相公做了府尹①,这一班

①包龙图:指包拯,曾任龙图阁直学士。

贼盗方才惧怕,各散去讫,地方始得宁静。有诗为证,诗云:

> 只因贪吝惹非殃①,引到东京盗贼狂。
> 亏杀龙图包大尹,始知官好自民安②。

---

①非殃:非常之灾殃,即上文所说"大祸"。

②官好:原作"好官",以意改。宋元时有"国正天心顺,官清民自安"一类俗语。

第三十七卷

梁武帝累修归极乐

香雨琪园百尺梯①，不知窗外晓莺啼。

觉来悟定胡麻熟②，十二峰前月未西③。

这诗为齐明帝朝盱眙县光化寺一个修行的，姓范，法名普能而作。这普能，前世原是一条白颈曲蟮④，生在千佛寺大通禅师关房前天井里面⑤。那大通禅师坐关时刻⑥，只诵《法华经》⑦。这曲蟮偏有灵性，闻诵经便舒头而听。那禅师诵经三载，这曲蟮也听经三载。忽一日，那禅师关期完满出来，修斋礼佛。偶见关房前草深数尺，久不芟除，乃唤小沙弥将锄去草。小沙弥把庭中的草去尽了，到墙角边，这一锄去得力大，入土数寸。却不知曲蟮正在其下，挥为两段。小沙弥叫声："阿弥陀佛！今日伤了一命，罪过，罪过！"掘些土来埋了曲蟮，不在话下。

这曲蟮得了听经之力，便讨得人身，生于范家。长大时，父母双

①香雨琪园百尺梯：香雨，有香气的雨，作为雨的美称，多用于描写佛寺，如沈约《弥勒赞》："慧日晨开，香雨宵坠。"琪园，琪是一种美玉，琪园就是美好的苑囿，这里是指佛院。百尺梯，形容楼台之高。疑此句与下句"不知窗外晓莺啼"，是说普能在佛寺中潜心修行。

②觉来悟定：这里是"悟定觉来"的倒装。意思是从入定的状态恢复到平常状态。悟定，入定，入于禅定。觉来，指出定，出于禅定。胡麻：芝麻，这里指"胡麻饭"。参见本书卷二十"胡麻饭"注。

③十二峰：这里是泛指山峰。月未西：天尚未亮。

④曲蟮：蚯蚓。

⑤关房：僧人坐关的房间。

⑥坐关：佛教徒的一种修行方法，在一定时间内，与外界隔绝，独居静坐，一心念佛或参禅。

⑦《法华经》：《妙法莲华经》的简称。佛教主要经典之一。

亡,舍身于光化寺中,在空谷禅师座下,做一个火工道人。其人老实,居香积厨下①,煮茶做饭,殷勤伏事长老。便是众僧,也不分彼此,一体相待。普能虽不识字,却也硬记得些经典。只有《法华经》一部,背诵如流。晨昏早晚,一有闲空之时,着实念诵修行。在寺三十余年,闻得千佛寺大通禅师坐化去了,去得甚是脱洒,动了个念头,来对长老说:"范道在寺多年,一世奉斋,并不敢有一毫贪欲,也不敢狼藉天物②。今日拜辞长老回首③,烦乞长老慈悲,求个安身去处。"说了下拜跪着。长老道:"你起来,我与你说。你虽是空门修行④,还不晓得灵觉门户⑤。你如今回首去,只从这条寂静路上去,不可落在富贵套子里。差了念头,求个轮回也不可得。"范道受记了⑥,相辞长老,自来香积厨下沐浴,穿些洁净衣服,礼拜诸佛天地父母,又与众僧作别,进到龛子里,盘膝坐了,便闭着双眼去了。众僧都与他念经,叫工人打这龛子到空地上,正要去请长老下火。只听得殿上撞起钟来,长老忙使人来说道:"不要下火。"长老随即也抬乘轿子,来到龛子前。叫人开了龛子门,只见范道又醒转来了,依先开了眼,只立不起来,合掌向长老说:"适才弟子到一个好去处,进在红锦帐中,且是安稳。又听得钟鸣起来,有个金身罗汉,把弟子一推,跌在一个大白莲池里。吃这一惊就醒转来,不知有何法旨?"长老说道:"因你念头差了,故投落在物类⑦。我特地唤醒你来,再去投胎。"

①香积厨:佛寺的厨房,也叫"香厨"。

②狼藉天物:暴殄天物。

③回首:死亡的婉称。

④空门:佛门,佛家。佛教以空为入道之门,故称。

⑤灵觉门户:悟道的门径。灵觉,佛教指众生本来具有的灵妙觉悟之性,这里指悟道。

⑥受记:佛教语。佛记弟子未来成佛之事及分别劫数、国土、佛名、寿命等,叫做"记别"。授此记别于弟子,叫"授记"。授记主要指证言未来成佛之意。弟子从佛接受记别,叫"受记"。

⑦物类:这里特指动物,与人相对。

又与众僧说："山门外银杏树下掘开那青石来看。"众僧都来到树下，掘起那青石来看，只见一条小火赤链蛇，才生出来的，死在那里。众僧见了，都惊异不已，来回覆长老，说果有此事。长老叫上首徒弟，与范道说："安净坚守，不要妄念，去投个好去处。轮回转世，位列侯王帝主，修行不怠，方登极乐世界。"范道受记了，阐着高高的念声"南无阿弥陀佛"，便合了眼。众僧来请长老下火。长老穿上如来法衣，一乘轿子，抬到范道龛子前，分付范道如何？偈曰：

范道范道，每日厨灶。火里金莲①，颠颠倒倒②。

长老念毕了偈，就叫人下火，只见括括杂杂的著将起来。众僧念声佛，只见龛子顶上一道青烟：从火里卷将出来，约有数十丈高，盘旋回绕，竟往东边一个所在去了。

说这盱眙县东，有个乐安村，村中有个大财主，姓黄名岐，家资殷富，不用大秤小斗③，不违例剋剥人财，坑人陷人，广行方便，普积阴功。其妻孟氏，身怀六甲，正要分娩。范道乘着长老指示，这道灵光竟投到孟氏怀中。这里范道圆寂，那里孟氏就生下这个孩儿来。说这孩儿相貌端然，骨格秀拔。黄员外四十余岁无子，生得这个孩儿，就如得了若干珍宝一般，举家欢喜。好却十分好了，只是一件，这孩儿生下来，昼夜啼哭，乳也不肯吃。夫妻二人忧惶④，求神祈佛，全然不验。家中有个李主管对员外说道："小官人啼哭不已，或有些缘故，不可知得。离此间二十里，山里有个光化寺，寺里空谷长老，能知过去未来，见在活佛。员外何不去拜求他，必然有个道理。"

黄员外听说，连忙备盒礼信香，起身往光化寺来。其寺如何？

---

①火里金莲：指僧人火化，获得再生。《观无量寿经》说，行者命欲终时，阿弥陀佛及观世音等持金莲花，化作五百化佛，来迎此人往生七宝池中。亦作"火里莲花"。《八义集》第三十二出："程婴出此门，便是火里莲花再生。"

②颠颠倒倒：意思不详。疑指范道生前死后身份上下贵贱之变化。

③大秤小斗：以大于标准量的大秤、大斗收进，小于标准量的小秤、小斗贷出。

④忧惶：忧愁惶恐。

诗云：

> 山寺钟鸣出谷西，溪阴流水带烟齐。
>
> 野花满地闲来往，多少游人过石堤。

进到方丈里，空谷禅师迎接着，黄员外慌忙下拜说："新生小孩儿，昼夜啼哭，不肯吃乳，危在须臾。烦望吾师慈悲，没世不忘。"长老知是范道要求长老受记，故此昼夜啼哭，长老不说出这缘故来。长老对黄员外说道："我须亲自去看他，自然无事。"就留黄员外在方丈里吃了素斋，与黄员外一同乘轿，连夜来到黄员外家里。请长老在厅上坐了，长老叫抱出令郎来。黄员外自抱出来，长老把手摸着这小儿的头，在着小儿的耳朵①，轻轻的说几句，众人都不听得。长老又把手来摸着这小儿的头，说道："无灾无难，利益双亲，道源不替②。"只见这小儿便不哭了。众人惊异，说道："何曾见这样异事，真是活佛超度！"黄员外说："待周岁送到上刹，寄名出家③。"长老说："最好。"就与黄员外别了，自回寺里来。黄员外幸得小儿无事，一家爱惜抚养。

光阴捻指，不觉又是周岁。黄员外说："我曾许小儿寄名出家。"就安排盒子表礼④，叫养娘抱了孩儿，两乘轿子，抬往寺里。来到方丈内，请见长老拜谢，送了礼物。长老与小儿取个法名，叫做黄复仁，送出一件小法衣、僧帽，与复仁穿戴，吃些素斋，黄员外仍与小儿自回家去。来来往往，复仁不觉又是六岁。员外请个塾师教他读书。这复仁终是有根脚的，聪明伶俐，一村人都晓得他是光化寺里范道化身来的，日后必然富贵。

---

①在着：在。"着"为助词。

②道源：佛家认为佛教的经义是事物的本源，故称"道源"。王昌龄《武陵开元观黄炼师院》诗之三："暂因问俗到真境，便欲投诚依道源。"这里所说的"道源不替"，疑是佛性或对佛的信仰不变的意思。

③寄名出家：旧时父母惧其子女多病或夭折，求僧尼为孩子起名，作为名义上的出家弟子，以祈长命多福。

④表礼：作为礼物或赏赐用的衣料。亦写作"表里"。

这县里有个童太尉,见复仁聪明俊秀,又见黄家数百万钱财。有个女儿,与复仁同年,使媒人来说,要把女儿许聘与复仁。黄员外初时也不肯定这太尉的女儿①,被童太尉再三强不过,只得下三百个盒子,二百两金首饰,一千两银子,若干段匹色丝定了②。也是一缘一会,说这女子聪明过人,不曾上学读书,便识得字,又喜诵诸般经卷。为何能得如此?他却是摩诃迦叶祖师身边一个女侍③,降生下来了道缘的④。初时男女两个幼小,不理人事。到十五六岁,年纪渐长,两个一心只要出家修行,各不愿嫁娶。黄员外因复仁年长,选日子要做亲。童小姐听得黄家有了日子,要成亲,心中慌乱,忙写一封书,使养娘送上太太。书云:

> 切惟《诗》重摽梅⑤,《礼》端合卺⑥。奈世情不一,法律难齐。紫玉志向禅门⑦,不乐唱随之偶⑧;心悬觉岸⑨,宁思伉俪之偕⑩?

①定:定婚,订立婚约。

②色丝:彩色丝绸。

③摩诃迦叶:即大迦叶,释迦牟尼的大弟子。

④了道缘:这里指了却与佛家有关的因缘。

⑤切惟:同"窃惟",相当于"窃以为"。"切"是"窃"字的俗写。《诗》重摽(biào)梅:意思是《诗经》认为女子及时婚嫁很重要。《诗经·国风·召南》中有一篇题为《摽有梅》的诗,《毛诗序》认为此诗是写"召南被文王之化,男女得以及时",朱熹认为是写"南国被文王之化,女子知以贞信自守,惧其嫁不及时,而有强暴之辱"。重,看重。摽梅,摽是落的意思,指梅子成熟而落下,比喻女子已到结婚年龄。

⑥《礼》端合卺(jǐn):意思是《礼记》认为男女成婚是礼之本。《礼记·昏(婚)义》中有"合卺"之说,指古代婚礼中的一种仪式,即剖一瓠为两瓢,夫妇各执一瓢饮酒。后以合卺代指成婚。端,本,始。《昏义》中说:"昏礼者,礼之本也。"

⑦紫玉:传说中吴王夫差小女名,后代指年青女子,这里是童小姐自喻。

⑧唱随:夫唱妇随,指夫妇。

⑨觉岸:佛教以迷喻海,以觉喻岸,由迷惘而入觉悟的境界叫觉岸。"心悬觉岸"是指皈依佛教。

⑩宁(nìng):岂。

一虑百空①，万缘俱尽，禅灯一点，何须花烛之辉煌；梵磬数声，奚取琴瑟之嘹亮？破盂甘食，敝衲为衣。泯色象于两忘②，齐生死于一彻③。伏望母亲大人，大发慈悲，优容苦志④。永谢为云神女⑤，宁追奔月嫦娥⑥。佛果倘成，亲恩可报。莫问琼箫之响⑦，长寒玉杵之盟⑧。干冒台慈⑨，幸惟怜鉴。

养娘拿着小姐书，送上太太。太太接得这书，对养娘道："连日因黄家要求做亲，不曾着人来看小姐。我女儿因甚事，叫你送书来？"养娘把小姐不肯成亲，闲常只是看经念佛要出家的事，说了一遍。太太听了这话，心中不喜，就使人请老爷来看书。太太把小姐的书送与太尉，太尉看了，说道："没教训的婢子！男婚女嫁，人伦常道。只见孝弟通于神明，那曾见修行做佛？"把这封书扯得粉碎，骂道："放屁，放屁！"太尉只依着黄家的日子，把小姐嫁过去。

黄复仁与童小姐两个，那日拜了花烛，虽同一房，二人各自歇宿。一连过了半年有余，夫妇相敬相爱，就如宾客一般。黄复仁要

---

① 一虑百空：疑即佛教所说"一念不生"，指超越一切念虑之境界。百，完全，一切。

② 泯色象于两忘：指泯灭物我的区别，把两者一起忘掉。色象，亦作"色相"。佛教指万物（包括人与物）呈现于外的形式。

③ 一彻：这里是一致、相同的意思。

④ 优容：宽容。苦志：不畏艰难的坚定志向，苦心。

⑤ 永谢为云神女：永远不作巫山神女。谢，拒绝。为云，巫山神女说自己"旦为朝云，暮为行雨"（宋玉《高唐赋》）。

⑥ 奔月嫦娥：古代神话，嫦娥是后羿之妻，后羿从西王母处得到不死之药，嫦娥偷吃后，遂奔月宫（见《淮南子·览冥训》与高诱注）。

⑦ 琼箫之响：这里是用秦穆公女儿弄玉和萧史的故事。《太平广记》卷四引《神仙传拾遗》："（萧史）善吹箫作鸾凤之响……秦穆公有女弄玉，善吹箫。公以弄玉妻之。"琼箫，玉箫。

⑧ 玉杵之盟：指婚约。唐代裴铏《传奇·裴航》写裴航经蓝桥驿时，遇一老妪有女名云英，裴欲娶云英，老妪提出要以玉杵臼为聘礼，后裴求得玉杵臼，与云英结了婚。寒盟：终止或背弃盟约。寒，原文误作"塞"。

⑨ 干冒：干犯，冒犯。台慈：称呼母亲的敬辞。

辞了小姐,出去云游。小姐道:"官人若出去云游,我与你正好同去出家。自古道:'妇人嫁了从夫。'身子决不敢坏了。"复仁见小姐坚意要修行,又不肯改嫁,与小姐说道:"恁的,我与你结拜做兄姊,一同双修罢。"小姐欢喜,两个各在佛前礼拜。誓毕,二人换了粗布衣服,粗茶淡饭,在家修行。黄员外看见这个模样,都不欢喜。恐怕被人笑耻,员外只得把复仁夫妻二人,连一个养娘,两个梅香,都打发到山里西庄上冷落去处住下。夫妻二人,只是看经念佛,参禅打坐。

三年有余,两个正在佛前长明灯下坐禅。黄复仁忽然见个美貌佳人,妖娇袅娜,走到复仁面前,道个万福,说道:"妾是童太尉府中唱曲儿的如翠,太太因大官人不与小姐同床,必然绝了黄家后嗣,二来不碍大官人修行,并无一人知觉。"说罢,与复仁眷恋起来。复仁被这美貌佳人亲近如此,又听说道绝了黄门后嗣,不觉也有些动心。随又想道:"童小姐比他十分娇美,我尚且不与他沾身,怎么因这个女子,坏了我的道念?"才然自忖①,只听得一声响亮,万道火光,飞腾缭绕。复仁惊醒来,这小姐也却好放参②。复仁连忙起来礼拜菩萨,又来礼拜小姐,说道:"复仁道念不坚,几乎着魔,望姐姐指迷。"说这小姐,聪明过人,智慧圆通,反胜复仁。小姐就说道:"兄弟被色魔迷了,故有此幻象。我与你除是去见空谷祖师,求个解脱。"次日两个来到光化寺中,来见长老。

空谷说道:"欲念一兴,四大无着③。再求转脱④,方始圆明⑤。"因与复仁夫妻二人口号,如何?

————————

①才然:刚刚。

②放参:本指佛寺中因住持有事或有临时祈祷等而放免(停止)晚间的坐禅。黄复仁与童小姐是在家中坐禅,故这里的"放参"应是坐禅结束的意思。

③四大无着:疑指人身无所依托。四大,佛教认为人身由四大(地、水、火、风)构成,故亦用"四大"代指人身。

④转脱:摆脱。

⑤圆明:佛教语,指彻底领悟。

　　　跳出爱欲渊,渴饮灵山泉①。夫也亡去住②,妻也履福田③。
休休同泰寺④,荷荷极乐天⑤。
夫妻二人拜辞长老,回到西庄来,对养娘、梅香说:"我姊妹二人,今
夜与你们别了,各要回首。"养娘说道:"我伏事大官人小姐数载,一
般修行,如何不带挈养娘同回首?"复仁说道:"这个勉强不得,恐你
缘分不到。"养娘回话道:"我也自有分晓。"夫妻二人沐浴了,各在佛
前礼拜,一对儿坐化了。这养娘也在房里不知怎么也回首去了。黄
员外听得说,自来收拾,不在话下。

　　且说黄大官人精灵,竟来投在萧家,小姐来投在支家。渔湖有
个萧二郎⑥,在齐为世胄之家,萧懿、萧坦之俱是一族⑦。萧二郎之妻
单氏,最仁慈积善,怀娠九个月,将要分娩之时,这里复仁却好坐化。
单氏夜里梦见一个金人,身长丈余,衮服冕旒,旌旗羽雉,辉耀无比。
一伙绯衣人,车从簇拥,来到萧家堂上歇下。这个金身人,独自一
个,进到单氏房里,望着单氏下拜。单氏惊惶,正要问时,恍惚之间,
单氏梦觉来,就生下一个孩儿来。

　　这孩儿生下来便会啼啸⑧,自与常儿不群⑨,取名萧衍。八九岁
时,身上异香不散。聪明才敏,文章书翰,人不可及。亦且长于谈

────────────

①灵山:佛家称灵鹫山(在印度)为灵山。

②亡(wú)去住:指超脱于去留、生死等,即后文所说"去住两无碍"。《五灯会
　元》卷一《东土祖师》:"放之自然,体无去住。任性合道,逍遥绝恼。"

③履福田:就是信佛修行。参见本书卷三十一"福田"注。

④休休:形容气魄宏大。同泰寺:梁武帝所建,见下文。

⑤荷荷:怨恨声。极乐天:即极乐世界,俗称西天。"荷荷极乐天"是指后来
　梁武帝之死,后文有"荷荷而殂"的描写。

⑥渔湖:萧衍生于秣陵县(今江苏南京)。渔湖疑是作者虚拟之名,也可能是
　将渔湖城(在今武汉)误作萧衍故乡。萧衍曾命人屯军于渔湖城。

⑦萧懿:按史书,萧懿是梁武帝萧衍的长兄,小说中把萧懿说成萧衍的叔叔。
　按:本篇故事多属虚构。萧坦之:萧衍的族子。

⑧啼啸:指鸣叫。

⑨不群:这里指不同,高出于同辈。

兵,料敌制胜,谋无遗策。衍以五月五日生,齐时俗忌伤克父母①,多不肯举②。其母密养之,不令其父知之,至是始令见父。父亲说道:"五月儿刑克父母③,养之何为?"衍对父亲说道:"若五月儿有损父母,则萧衍已生九岁,九年之间,曾有害于父母么?九岁之间,不曾伤克父母,则九岁之后,岂能刑克父母哉?请父亲勿疑。"其父异其说,其惑稍解。其叔萧懿闻之,说道:"此儿识见超卓,他日必大吾宗。"由此知其为不凡,每事亦与计议。

时有刺史李贲谋反④,僭称越帝,置立官属。朝命将军杨瞟讨贲。杨瞟见李贲势大,恐不能取胜,每每来问计于萧懿。懿说:"有侄萧衍,年虽幼小,智识不凡,命世之才⑤。我着人去请来,与他计议,必有个善处⑥。"萧懿忙使人召萧衍来见杨瞟。瞟见衍举止不常,遂致礼敬,虚心请问,要求破贲之策。衍说:"李贲蓄谋已久,兵马精强,士众归向。足下以一旅之师与彼交战⑦,犹如以肉投虎,立见其败。闻贲跨据淮南,近逼广州。孙冏逗遛取罪,子雄失律赐死⑧。贲志骄意满,不复顾忌。足下引大军屯于淮南,以一军与陈霸先抄贲之后⑨,略出数千之众,与贲接战,勿与争强,佯败而走,引至淮南大屯之所。且淮南芦苇深曲,更兼地湿泥泞,不易驰骋,足下深沟高垒,不与接战,坐毙其

---

①伤克:伤害。克,迷信称一方对另一方的命运有伤害为克。

②举:抚育,抚养。

③刑克:星相术语,指三刑相害,五行相克。这里泛指伤害。

④李贲:交州土人李贲谋反称帝,交州刺史杨瞟讨平李贲,是梁武帝大同七年(541)至中大同元年(546)之间的事。下文所说的孙冏和(卢)子雄是当时的高州刺史和新州刺史,均因讨李贲不力而被诛。这里把李贲谋反事写成发生在南朝齐时了。

⑤命世之才:治世之才。

⑥善处:妥善处理。

⑦旅:古代军队编制以五百人为一旅。这里的"一旅"是指少量的军队。师:古代军队编制以二千五百人为一师。这里泛指军队。

⑧失律:本指行军无纪律,后借指为行军失利。

⑨陈霸先:即陈武帝,南朝陈的建立者。

锐；候得天时，因风纵火，霸先从后断其归路，诈为贲军逃溃，袭取其城。贲进退无路，必成擒矣。"暠闻衍言，叹异惊伏，拜辞而去。杨暠依衍计策，随破了李贲。萧衍名誉益彰，远近羡慕，人乐归向。

　　衍有大志。一日，齐明帝要起兵灭魏，又恐高欢这枝人马强众①，不敢轻发，特遣黄门召衍入朝问计②。萧衍随着使者进到朝里，见明帝，拜舞已毕。明帝虽闻萧衍大名，却见衍年纪幼小，说道："卿年幼望重，何才而能？"萧衍回奏道："学问无穷，智识有限，臣不敢以才事陛下。"明帝悚然启敬③，不以小儿待之。因与衍计议："要伐魏，灭尔朱氏④，只是高欢那厮士众兵强，故与卿商议。"衍奏道："所谓众者，得众人之死；所谓强者，得天下之心。今尔朱氏凶暴狡猾，淫恶滔天；高欢反覆挟诈，窃窥不轨，名虽得众，实失士心。况君臣异谋，各立党与，不能固守其常也。陛下选将练兵，声言北伐，便攻其东，彼备其东，我罢其战。今年一师，明年一旅，日肆侵扰，使彼不安，自然困毙。且上下不和，国必内乱。陛下因其乱而乘之，蔑不胜矣⑤。"明帝闻言大悦，留衍在朝，引入宫内，皇后妃嫔时常相见，与衍日亲日近。衍赞画既多⑥，勚劳日积⑦，累官至雍州刺史⑧。

　　后至齐主宝卷⑨，惟喜游嬉，荒淫无度，不接朝士，亲信宦官。萧

---

①高欢：一名贺六浑，世居怀朔镇（今内蒙古包头东北）。曾参加杜洛周、葛荣起义军，后叛降尔朱荣，荣死，掌魏兵权，称大丞相。后逼孝武帝西奔长安，另立孝静帝，自此魏分东西。

②黄门：这里指宦官。

③启敬：同"起敬"。

④尔朱氏：指尔朱荣，北魏孝庄帝时任都督中外军事、大将军兼尚书令，专断朝政，后为孝庄帝所杀。

⑤蔑不：无不。

⑥赞画：辅佐谋划。

⑦勚（yì）劳：劳苦。

⑧雍州：东晋太元中侨置，治所在襄阳县（今湖北襄樊），后废。南朝宋元嘉中复置。西魏时改为襄州。

⑨齐主宝卷：即萧宝卷。齐明帝次子，公元499至501年在位，和帝立，追废为东昏侯。

衍闻之,谓张弘策曰:"当今始安王遥光、徐孝嗣等,六贵同朝①,势必相乱。况主上慓虐嫌忌②,赵王伦反迹已形,一朝祸发,天下土崩,不可不为自备。"于是衍乃密修武备,招聚骁勇数万,多伐竹木,沉之檀溪③,积茅如冈阜。齐主知萧衍有异志,与郑植计议④,欲起兵诛衍。郑值奏道:"萧衍图谋日久,士马精强,未易取也。莫若听臣之计,外假加爵温旨⑤,衍必见臣,因而刺杀之,一匹夫之力耳,省了许多钱粮兵马。"齐主大喜,即便使郑植到雍州来,要刺杀萧衍。惊动了光化寺空谷长老,知道此事,就托个梦与萧衍。长老拿着一卷天书,书里夹着一把利刃,递与萧衍。衍醒来,自想道:"明明的一个僧人,拿这夹刀的一卷天书与我,莫非有人要来刺我么?明日且看如何。"只见次日有人来报道,朝廷使郑植赍诏书要加爵一事。萧衍自说道:"是了。"且不与郑植相见。先使人安排酒席,在宁蛮长史郑绍寂家里⑥。都埋伏停当了,与郑植相见,说道:"朝廷使卿来杀我,必有诏书。"郑植赖道:"没有此事。"萧衍喝一声道:"与我搜看。"只见帐后跑出三四十个力士,就把郑植拿下,身边搜出一把快刀来,又有杀衍的密诏。萧衍大怒,说道:"我有甚亏负朝廷,如何要刺杀我?"连夜召张弘策计议起兵,建牙树旗⑦,选集甲士二万余人,马千余匹,船三十余

---

①六贵:指东昏侯所宠信的扬州刺史始安王萧遥光、尚书令徐孝嗣、右仆射江祐、右将军萧坦之、侍中江祀、卫尉刘暄六人(见《南史·梁本纪上》)。

②慓(piào)虐:凶猛残暴。

③檀溪:古溪名。在今湖北襄樊西南,已干涸。

④郑植:东昏侯萧宝卷的直后(官名,乘舆之后的侍卫)。

⑤外假:表面上假借。温旨:温和恳切的诏谕。

⑥宁蛮长(zhǎng)史郑绍寂:"寂"系"叔"之误。郑绍叔是郑植之弟,时任宁蛮长史、扶风太守(《梁书·郑绍叔传》)。长史,郡府官。南朝时,凡刺史之带将军称号开府者,其幕府设长史,多兼任首郡太守。

⑦建牙:古代出兵,在军前树立大旗叫"建牙"。牙,牙旗,以象牙为饰的大旗,大将所建。

艘，一齐杀出檀溪来。昔日所贮下竹木茅草，葺束立办①。又命王茂、曹景宗为先锋，军至汉口，乘着水涨，顺流进兵，就袭取了嘉湖地方②。

且说郢城与鲁城③，这两个城是嘉湖的护卫、建康的门户。今被王先锋袭取了嘉湖，这两处守城官，心胆惊落，料道敌不过，彼此相约投降。这建康就如没了门户的一般，无人敢敌，势如破竹，进克建康。兵至近郊，齐主游骋如故，遣将军王珍国等，将精兵十万陈于朱雀航④。被吕僧珍纵火焚烧其营，曹景宗大兵乘之，将士殊死战，鼓噪震天地。珍国等不能抗，军遂大败。衍军长驱进至宣阳门⑤，萧衍兄弟子侄皆集。将军徐元瑜以东府城降，李居士以新亭降。十二月，齐人遂弑宝卷。萧衍以太后令，追废宝卷为东昏侯，加衍为大司马，迎宣德太后入宫称制⑥。衍寻自为国相，封梁国公，加九锡⑦。黄复仁化生之时，却原来养娘转世为范云，二女侍一转世为沈约，一转

①葺束：整治捆扎。这里主要指用竹木装配船舰。《南史·梁本纪上》：“出檀溪竹木装舸舰，旬日大办。”

②嘉湖：当为“加湖”之误。加湖在今湖北黄陂东南。《梁书·本纪·武帝上》：“高祖命王茂……等潜师袭加湖，将逼（吴）子阳。水涸不通舰，其夜暴长，众军乘流齐进……子阳等走……于是郢、鲁二城相视夺气。”

③郢城：指郢州城，在今湖北武汉武昌。鲁城：指鲁山城，在今湖北汉阳东北。

④朱雀航：晋、南北朝时建康正南朱雀门外的浮桥，桥跨秦淮河上，故址在今南京市镇淮桥东。航以船舶连接而成，战时有警，则撤航为备。当时秦淮河上共有二十四航，以朱雀航为最大，称“大航”；又因在都城正南，也称“南航”。

⑤宣阳门：建康城的正南门。

⑥宣德太后：名王宝明，齐武帝长子、文惠皇太子之妃，郁林王即位后，尊为皇太后，称宣德宫。齐永元三年（501），萧衍迎后入宫称制。（见《南史·列传·后妃上》）称制：这里指太后临朝，代行皇帝的职权。

⑦九锡：传说古代帝王尊礼大臣所赐给的九种器物，自汉末献帝赐曹操九锡起，所谓九锡是：车马、衣服、乐则、朱户、纳陛、虎贲、斧钺、弓矢、秬鬯。（参见《梁书·本纪·武帝上》）

世为任昉，与梁公同在竟陵王西府为官①，也是缘会②，自然义气相合。至是梁公引云为谘议，约为侍中，昉为参谋。

二年夏四月，梁公萧衍受禅，称皇帝，废齐主为巴陵王，迁太后于别宫。梁主虽然马上得了天下，终是道缘不断，杀中有仁，一心只要修行。梁主因兵兴多故，与魏连和。一日，东魏遣散骑常侍李谐来聘③。梁主与谐谈久，命李谐出得朝，更深了不及还宫，就在便殿斋阁中宿歇。散了宫嫔诸官，独自一个默坐，在阁儿里开着窗看月。约莫三更时分，只见有三五十个青衣使人，从甬巷中走到阁前来④，内有一个口里唱着歌，歌：

> 从入牢笼羁绊多，也曾罹毕走洪波⑤。
>
> 可怜明日庖丁解，不复辽东《白蹢歌》⑥。

梁主听这歌，心中疑惑。这一班人走近，朝着梁主叩头奏道："陛下仁民爱物，恻隐慈悲，我等俱是太庙中祭祀所用牲体，百万生灵，明日一时就杀。伏愿陛下慈悲，赦宥某等苦难，陛下功德无量。"梁主与青衣使人说道："太庙一祭，朕如何知道杀戮这许多牲体？朕实不忍。来日朕另有处。"这青衣人一齐叩头哀祈，涕泣而去。梁主次日

---

① 竟陵王西府：齐武帝次子萧子良封竟陵王。《梁书·本纪·武帝上》："竟陵王子良开西邸，招文学，高祖（指萧衍）与沈约、谢朓、王融、萧琛、范云、任昉、陆倕等并游焉，号曰八友。"

② 缘会：相会的缘分。

③ 散（sàn）骑常侍：官名。北魏的散骑常侍属集书省，掌讽谏。来聘：来通问修好。

④ 甬巷：甬道。

⑤ 罹毕走洪波：《诗经·小雅·渐渐之石》："有豕白蹢（dí），烝涉波矣。月离于毕，俾滂沱矣。"大意是：猪长着白蹄，猪的本性喜欢涉水，当月亮靠近毕星时，便要下大雨。蹢，蹄。离，同"罹"，附丽，附着。毕，星宿名，二十八宿之一。

⑥ 辽东白蹢：《后汉书·朱浮传》："往时辽东有豕，生子白头，异而献之，行至河东，见群豕皆白，怀惭而还。"这里将"辽东白豕"与"有豕白蹢"合而用之，泛指猪。

早朝,与文武各官说昨夜斋阁中见青衣之事,又说道:"宗庙致敬,固不可已;杀戮屠毒,朕亦不忍。自今以后,把粉面代做牺牲,庶使祀典不废,仁恻亦存,两全无害。"永为定制,谁敢违背!

梁主每日持斋奉佛,忽夜间梦见一伙绛衣神人,各持旌节,祥麟凤辇,千百诸神,各持执事护卫,请梁主去游冥府。游到一个大宝殿内,见个金冠法服神人,相陪游览。每到一殿,各有主事者都来相见。有等善人,安乐从容,优游自在,仙境天堂,并无挂碍;有等恶人,受罪如刀山血海,拔舌油锅,蛇伤虎咬,诸般罪孽。又见一伙蓝缕贫人,蓬头跣足,疮毒遍体,种种苦恼,一齐朝着梁主哀告:"乞陛下慈悲超救!某等俱是无主孤魂,饥饿无食,久沉地狱。"梁主见说,回曰:"善哉,善哉! 待朕回朝,即超度汝等。"诸罪人皆哀谢。末后到一座大山,山有一穴,穴中伸出一个大蟒蛇的头来,如一间殿屋相似,对着梁主昂头而起。梁主见了,吃一大惊,正欲退走,只见这蟒蛇张开血池般口,说起话来,叫道:"陛下休惊,身乃郗后也。只为生前嫉妒心毒,死后变成蟒身,受此业报。因身躯过大,旋转不便,每苦腹饥,无计求饱。陛下如念夫妇之情,乞广作佛事,使妾脱离此苦,功德无量。"原来郗后是梁主正宫,生前最妒,凡帝所幸宫人,百般毒害,死于其手者,不计其数。梁主无可奈何,闻得鸧鹒鸟作羹,饮之可以治妒。乃命猎户每月责取鸧鹒百头,日日煮羹,充入御馔进之,果然其妒稍减。后来郗后闻知其事,将羹泼了不吃,妒复如旧。今日死为蟒蛇,阴灵见帝求救。梁主道:"朕回朝时,当与汝忏悔前业。"蟒蛇道:"多谢陛下仁德,妾今送陛下还朝,陛下勿惊。"说罢那蟒蛇舒身出来,大数百围,其长不知几百丈。梁主吓出一身冷汗,醒来乃南柯一梦[1],咨嗟到晓。

────────────

[1]南柯一梦:唐李公佐的传奇《南柯太守传》写淳于棼梦见自己当了大槐安国南柯郡的太守,醒来方知是一场梦。后用"南柯一梦"形容做了一场梦,或比喻一场空欢喜。

次日朝罢，与众僧议设盂兰盆大斋①，又造《梁皇宝忏》。说这盂兰盆大斋者，犹中国言普食也②，盖为无主饿鬼而设也。《梁皇忏》者，梁主所造，专为郗后忏悔恶业，兼为众生解释其罪。冥府罪人，因梁主设斋造经二事，即得超救一切罪业，地狱为彼一空。梦见郗后如生前装束，欣然来谢道："妾得陛下宝忏之力，已脱蟒身生天，特来拜谢。"又梦见百万狱囚，皆朝着梁主拜谢，齐道："皆赖陛下功德，幸得脱离地狱。"

梁主以此奉佛益专，屡诏寻访高僧礼拜，阐明其教，未得其人。闻得有个榼头和尚③，精通释典，遣内侍降敕，召来相见。榼头和尚随着使命而来，武帝在便殿正与侍中沈约弈棋。内侍禀道："奉敕唤榼头师已在午门外听旨。"适值武帝用心在围棋上，算计要杀一段棋子，这里连禀三次，武帝全不听得，手持一个棋子下去，口里说道："杀了他罢。"武帝是说杀那棋子，内侍只道要杀榼头和尚。应道："得旨。"便传旨出午门外，将榼头和尚斩讫。武帝完了这局围棋，沈约奏道："榼头师已唤至，听宣久矣。"武帝忙呼内侍教请和尚进殿相见。内侍奏道："已奉旨杀了。"武帝大惊，方悟杀棋时误听之故，乃问内侍道："和尚临刑有何言语?"内侍奏道："和尚说前劫为小沙弥时④，将锄去草，误伤一曲蟮之命。帝那时正做曲蟮，今生合偿他命，乃理之当然也。"武帝叹惜良久，益信轮回报应之理，乃传旨厚葬榼头和尚。一连数日，心中怏怏不乐。

沈约窥知帝意，乃遣人遍访名僧。忽闻得有个圣僧法号道林支

---

①盂兰盆大斋：亦称"盂兰盆会"。佛教节日，每逢夏历七月十五日为超度先人而举行。据《佛教统纪》载，中国自梁武帝时始设盂兰盆斋。节日期间，除施斋供僧外，寺院还举行诵经法会以及放焰口等活动。

②普食：普遍施舍。按：此词未见他例，也可能是"普施"之讹。

③榼头和尚：《朝野金载》作"磕头师"。榼，通"磕"。

④前劫：前世。

长老①,在建康十里外结茅而居,在那里修行。乃奏知梁主,梁主即命侍中沈约去访其僧。约旌旗车马,仆从都盛②,势如山岳,惊动远近。一路传呼,道林自在庵中打坐,寂然不动。沈约走到榻前说道:"和尚知侍中来乎?"道林张目说道:"侍中知和尚坐乎?"沈约又说道:"和尚安身处所那里得来的?"道林回话道:"出家人去住无碍③。"只说得这一声,这个庵连里面僧人一切都不见了,只剩得一片白地。沈约吃这一惊不小,晓得真是圣僧,慌忙望空下拜道:"弟子肉眼凡庸,烦望吾师慈悲。非约僭妄,乃朝廷所使,约不得不如此。"支公仍见沈约,就留沈约吃些斋饭。沈约恳求禅旨指迷,支公与沈约口号云:

> 栗事护前④,断舌何缘?欲解阴事⑤,赤章奏天⑥。

纸后又写十来个"隐"字。为何支公有此四句口号?一日,豫州献二寸五分大栗子,梁主与沈约各默书栗子故事。沈约故意少书三事,乃云:"不及陛下。"出朝语人曰:"此公护前。"盖言梁主护短也。后梁主知道,以此憾约⑦。断舌之事,约与范云劝武帝受禅,约病中梦齐和帝以剑割其舌。约恐惧,命道士密为赤章奏天,以禳其孽。都是沈约的心事,无人知得,被支公说着了。沈约惊得一身冷汗魂不

---

①道林支长老:东晋僧人支遁,字道林,世称"支公"或"林公"。按:支遁早于公元366年去世,与梁武帝有交往的僧人是宝志。宝志,亦作"保志",世称"宝公",亦称"志公"。传说宝志言行神异,齐武帝、梁武帝等视之为"神僧",梁武帝尤敬事之,呼为"志公"。

②都盛:盛大,众多。

③去住无碍:去留自由。住,停留。无碍,无阻碍。《华严经疏》卷十七《十住品第十五》:"诸佛不离本处,则去住无碍。"下文说"自无住碍",就是说可以留下来。

④护前:不肯认错,即下文所说的"护短"。《三国志·吴书·朱桓传》:"桓性护前,耻为人下。"

⑤阴事:秘事。

⑥赤章:道士祈天时所用的赤色奏章。

⑦憾:恨,不满。

附体,木呆了一会,又再三拜问"隐"字之义。支公为何连写这十来个"隐"字?日后沈约身死,朝议欲谥沈约为文侯。梁主恨约,不肯谥为文侯,说道:"情怀不尽为'隐'。"改其谥为隐侯。支公所书前二事,是沈约已往之事;后谥法一事,是沈约未来之事,沈约如何便悟得出来?再三拜求,定要支公明示。支公说道:"天机不可尽泄,侍中日后自应。"说罢,依先闭着眼坐去了。

沈约怅然而归,回见武帝,把支公变化之事,备细奏上武帝。武帝说道:"世上真有仙佛,但俗人未晓耳。"武帝传旨,来日銮舆幸其庵,命集文武大臣,起二万护卫兵,仪从卤簿,旗幡鼓吹,一齐出城,竟到庵里来迎支公①。支公已先知了,庵里都收拾停当,似有个起行的模样。武帝与沈约到得庵里,相见支公。武帝屈尊下拜,尊礼支公为师。行礼已毕,支公说道:"陛下请坐,受和尚的拜。"武帝说道:"那曾见师拜弟?"支公答道:"亦不曾见妻抗夫②。"只这一句话头③,武帝听了,就如提一桶冷水,从顶门上浇下来,遍身苏麻。此时武帝心地不知怎地忽然开明,就省悟前世黄复仁、童小姐之事。二人点头解意,眷眷不已。武帝就请支公一同在銮舆里回朝,供养在便殿斋阁里。武帝每日退朝,便到阁子中,与支公参究禅理,求解了悟。支公与武帝道:"我在此终是不便,与陛下别了,仍到庵里去住。"武帝道:"离此间三十里,有个白鹤山,最是清幽仙境之所。朕去建造个寺刹,请师傅到那里去住。"支公应允了。武帝差官督造这个山寺,大兴工作④,极土木之美,殿刹禅房,数千百间,资费百万,取名同泰寺,夫妇同登佛地之意。四方僧人来就食者,千百余人。支公供养在同泰寺,一年有余。

梁主有个昭明太子,年方六岁,能默诵五经,聪明仁孝。一日,

①竟:径直,直接。
②抗:抗衡,匹敌。
③话头:这里是话、话语的意思。
④工作:指土木营造之事。

忽然四肢不举，口眼紧闭，不知人事。合宫慌张，来告梁主。遍召诸医，皆不能治。梁主道："朕得此子聪明，若是不醒，朕亦不愿生了。"举朝惊恐，东宫一班宫嫔官属奏道："太子虽然不省人事，身体犹温，陛下何不去见支太师，问个备细如何？"武帝忙排驾，到同泰寺见支公，说太子死去缘故。支公道："陛下不须惊张，太子非死也，是尸蹶也①。昔秦穆公曾游于天府，闻钧天之乐②，七日而苏。赵简子亦游于天③，五日而苏。射熊之事，符契扁鹊之言，命董安于书于宫。今太子亦在天上已四日矣，因忉利天有恒伽阿做青梯优迦会④，为听仙乐忘返，被三足神乌啄了一口⑤，西王母已杀是乌。太子还在天上，我为陛下取来。"梁主下拜道："若得太子更生，朕情愿与太子一同舍身在寺出家。"支公言："陛下第还宫⑥，太子已苏矣。"梁主急回朝，见太子复生，搂抱太子，父子大哭起来。又说道："我儿，因你蹶了这几日，惊得我死不得死，生不得生，好苦！"太子回话道："我在天上看做会，被神乌啄了手，上帝命天医与我敷药。正要在那里疗，被个僧人抱了下来。"梁主说道："这个师傅，是支长老，明日与你去礼拜长

---

①尸蹶：亦作"尸厥"。病名，症状为突然昏倒，不省人事。

②钧天之乐：指天上的音乐。钧天，天之中央，上帝所居。秦穆公闻钧天之乐的故事见于张衡《西京赋》和司马迁《史记·扁鹊传》。

③赵简子：即赵鞅，春秋末年晋国的卿。《史记·扁鹊传》载，赵简子有一次生病，五日不省人事，官员们很着急，请来扁鹊看病，扁鹊说："不要紧，当年秦穆公也曾七天不醒，醒来后说他到天上去了。"两天半后，赵简子果然醒来，说他在天上听音乐，射死了一熊一罴，天帝告诉他晋国将日益衰落，七世而亡。赵简子的臣董安于把简子的话记录并收藏起来，同时把扁鹊的话告诉赵简子，简子赐扁鹊田四万亩。

④忉（dāo）利天：即佛教所说的三十三天，亦即一般所说的天堂。恒伽阿：不详。疑是神名"恒伽河"之讹。按：恒伽河，省称恒河。印度人视恒河极为神圣，甚至以河名直为神名。青梯优迦会：不详。

⑤三足神乌：传说中为西王母服役的神乌（见司马相如《大人赋》）。

⑥第：且，只管。

老。"又说舍身之事。梁主致斋三日,先着天厨官来寺里办下大斋①,普济群生,报答天地。梁主与太子就舍身在寺里。太子有诗一首②,云:

> 粹宇迎阊阖③,天衢尚未央④。鸣辂和鸾凤⑤,飞旆入羊肠。谷静泉通峡,林深树奏琅⑥。火树含日炫⑦,金刹接天长⑧。月迥塔全见⑨,烟生楼半藏。法雨香林泽⑩,仁风颂圣王⑪。皈依惟上乘⑫,宿化喜陶唐⑬。且进香胡饭⑭,山樱处处芳。长生容有外⑮,诸福被遐方。

梁主、太子在寺里一住二十余日,文武臣僚、耆老百姓都到寺里请梁主回朝。梁主不允。太后又使宦官来请回朝,梁主也不肯回

---

① 天厨官:御厨官。

② 太子有诗一首:下面所录的这首诗,仅"烟生楼半藏"一句,出自昭明太子《开善寺法会》,全诗未见他书著录,当为作者假托。

③ 粹宇:多用以形容人的胸襟淡泊平和,这里形容风,是温和的意思。阊阖:这里是阊阖风的省称,即秋风。全句意思是迎着温和的秋风。

④ 天衢尚未央:指天色尚早。天衢,星名。未央,未尽。

⑤ 鸣辂和鸾凤:车铃发出的声音同鸾凤的鸣声相应和。

⑥ 奏琅:发出琅琅之声。

⑦ 火树:比喻花果色红的树。含日:吸纳日光。炫:光耀。

⑧ 金刹:金碧辉煌的佛寺。

⑨ 月迥:月亮高挂天空。迥,高远。

⑩ 法雨:佛教以"法雨"借指佛法,意思是佛法普及众生,如雨之润泽万物。因此古人诗文中多用"法雨"描写寺院的景致,语带双关。香林:芬芳的树林,亦多用于描写寺院景致。唐储光羲《题眄上人神居》:"江流映朱户,山鸟鸣香林。"

⑪ 圣王:本指古代德才超群达于至境的帝王,后常用作对皇帝的谀称。

⑫ 上乘:佛教称大乘为上乘,小乘为下乘。

⑬ 宿化:素来的教化。上句赞佛,此句赞儒。陶唐:即古代传说中的尧,也叫"唐尧"。

⑭ 香胡饭:即胡麻饭。

⑮ 容有外:或许有例外。

去。支公夜里与梁主说道："爱欲一念，转展相侵，与陛下还有数年魔债未完，如何便能解脱得去？陛下必须还朝，了这孽缘，待时日到来，自无住碍。"梁主见说依允。次日，各官又来请梁主回朝。梁主与各官说："朕已发誓舍身，今日又没缘故，便回了朝，这是虚语。朕有个善处，如要朕回朝，须是各出些钱财，赎朕回去才可。朕舍得一万两，各官舍一万两，太后舍一万两，都送在寺里来供佛斋僧，朕方可与太子回朝。"各官太后都送银子在寺里，梁主也发一万银子，送到寺里来，梁主才回朝。

　　无多时，适有海西一个大秦犁鞬国①，辖下有个条枝国②，其人长八九尺，食生物，最猛悍，如禽兽一般；又善为妖妄眩惑，如吞刀吐火、屠人截马之术。闻得梁主受禅，他却要起倾国人马，来与大梁归并③。边海守备官闻知这个消息，飞报与梁主知道。梁主见报，与文武官员商议："别的要厮杀都不打紧，若说这条枝国人马，怎生与他对敌？如何是好？各官有能为朕领兵去敌得他，重加官职。"各官听得说，都面面相看，无人敢去迎敌。侍中范云奏道："臣等去同泰寺与道林长老求个善处道理。"梁主道："朕须自去走一遭。"梁主慌忙命驾来到寺里，礼拜支长老，把条枝国要来厮杀归并，备说一遍。支公说道："不妨事，条枝国要过西海方才转洋入大海，一千七百里到得明州④；明州过二三条江，才到得建康。明州有个释迦真身舍利

①大秦犁鞬国：我国古时称罗马帝国为"大秦"，又称"犁鞬"、"犁轩"、"海西国"。
②条枝国：亦作"条支国"。古西域国名，约在今伊拉克境内。《史记·大宛列传》："条枝，在安息西数千里，临西海。"
③归并：这里指厮杀攻打。
④明州：唐开元二十六年(738)置明州，南宋时升为庆元府，明初改为明州府，洪武十四年(1381)改名宁波府。今为浙江宁波。

塔,是阿育王所造①,藏释迦佛爪发舍利于塔中。这塔寺非是无故而设,专为镇西海口子,使彼不得来暴中国,说不尽的好处。今塔已倒坏了,陛下若把这塔依先修起来,镇压风水,老僧上祝释迦阿育王佛力护持,条枝国人马,如何过得海来?"梁主见说,连忙差官修造释迦塔,要增高做九十丈,刹高十丈,与金陵长干塔一般②。钱粮工力,不计其数。

这里正好修造,说这大秦犁鞬王,催促条枝国,兴起十万人马,海船千艘,精兵猛将,都过大海,要来厮并。道林长老入定时,见这景象。次日,来请梁主在寺里,打个释迦阿育王大会。长老拜佛忏祝,武帝也释去御服,持法衣,行清净大舍③,素床瓦器④,亲为礼拜讲经。你看这佛力浩大,非同小可!这里祈佛做会,那条枝国人马,下得海,开船不到三四日,就阻了飓风,各船几乎覆没。躲得在海中一个阿耨屿岛里住下⑤,等了十余日,风息了,方敢开船。不到一会间,风又发了,白浪滔天,如何过得来?仍旧回洋,躲在岛里。不开船便无风,若要开船就有风。条枝国大将军乾笃说道:"却不是古怪!不开船便无风,一要开船风就发起来,还是中国天子福分。天若容我

---

①阿育王:古印度摩揭陀国孔雀王朝国王,即位后立佛教为国教,大兴佛事,到处建立寺塔,奉安佛舍利及供养僧众。据传其所统领之国共八万四千,因敕建八万四千大寺,八万四千宝塔,共号曰阿育王塔。浙江鄞县(旧属明州,今宁波)东阿育王山下阿育王寺中有释迦舍利塔,相传为如来真身舍利八万四千塔之一。

②长干塔:指长干寺阿育王塔,在建康南长干里。东晋简文帝曾在建康南长干里造塔,梁武帝诏修,立长干寺。(详见唐代许嵩《建康实录》卷十七《高祖武皇帝》)

③清净大舍:具体不详。疑即"清净施",佛教指行布施时,于施者、受者、施物三者,不执着为实有,而达到空之境界。(见宽仁主编《佛学辞典》)

④素床瓦器:简陋的家具。素床,素木床,未加油漆雕饰的白木床。《南史·梁本纪中》:"上释御服,披法衣,行清净大舍,以便省为房,素床瓦器,乘小车,私人执役。"可参看。

⑤阿耨屿岛:不详,疑为虚构之岛屿名。

们去厮并，看这光景，便过得海，也未必取胜他们，不若回了兵罢！"把船回得洋时，风也没了，顺顺的放回去。乾笃领着众头目，来见大秦国王满屈，备说这缘故。满屈说道："中国天子弘福，我们终是小邦，不可与大国抗礼。"令乾笃领几个头目，修一通降表，进贡狮子、犀牛、孔雀、三足雉、长鸣鸡，一班夷官来朝拜进贡。梁主见乾笃说阻风不敢过海一事，自知修塔的佛力，以此深信释教，奉事益谨。

　　梁王恃中国财力，欲并二魏①，遂纳侯景之降。景事东魏高欢，景左足偏短，不长弓马，而谋算诸将莫及，尝与高欢言："愿得精兵三万，横行天下，渡江缚取萧老，公为太平主。"欢大喜，使将兵十万，专制河南②。适欢死，梁主因欢子高澄素与景不和，用反间高澄。澄果疑景诈，为欢书召景。景发书知澄诈，遂据河南叛魏。景遂使郎中丁和奉降表于梁主，举河南十三州归附。梁主正月丁卯夜③，梦中原牧守皆以地来降。次日，见朱异说梦中之事。异奏道："此宇内混一之兆也。"及丁和奉降表见梁主，言景定降计，实是正月乙卯。梁主益神其事，遂纳景降，封景为河南王，又发兵马助景。那里晓得侯景反复凶人，他知道临贺王萧正德屡以贪暴得罪于梁主，正德阴养死士，只愿国家有变，景因致书于正德。书云：

　　　　天子年尊④，奸臣乱国。大王属当储贰⑤，今被废黜，景虽不　　才，实思自效。

正德得书大喜，暗地与景连和，又致书与景。书云：

　　　　仆为其内，公为其外，何为不济？事机在速，今其时矣。

　　说这侯景与正德密约，遂诈称出猎起兵。十月，袭谯州，执刺史萧泰。又攻破历阳，太守庄铁以城投降，因说侯景曰："国家承平岁

---

　　①二魏：指西魏和东魏。

　　②专制：掌管，控制。

　　③丁卯：应与下文同，作"乙卯"。按：事在梁武帝太清元年正月乙卯（见《南　　　史·贼臣·侯景》）。

　　④年尊：年高。

　　⑤属(zhǔ)当：正当。储贰：太子。

久,人不习战斗。大王举兵,内外震骇。宜乘此际,速趋建康,兵不血刃,而成大功。若使朝廷徐得为备,使羸兵千人,直据采石,虽有精甲百万,不能济矣。"景闻大悦,遂以铁为导引。梁主不知正德与景暗通,反令正德督军屯丹阳。正德遣大船数十艘,诈称载获,暗济景众。侯景得渡,遂围台城①,昼夜攻城不息。被董勖引景众登城,就据了台城。把梁主拘于太极东堂②,以五百甲士防卫内外,周围铁桶相似。

景遂入宫,恣意肆取宫中宝玩珍鼎前代法器之类,又选美好宫嫔,名姬千数,悉归于己。景阴体弘壮,淫毒无度,夜御数十人,犹不遂其所欲。闻溧阳公主音律超众③,容色倾国,欲纳为妃。遂使小黄门田香儿,以紫玉软丝同心结儿一套,并合欢水果,盛以金泥小盒④,密封遗公主。公主启看,左右皆怒,劝主碎其盒,拒而不纳。公主曰:"不然,非尔辈所知。侯王天下豪杰,父王昔曾梦狝猴升御榻,正应今日。我不束身归侯王,则萧氏无遗类矣。"遂以双凤名锦被,珊瑚嵌金交莲枕,遗侯景。景见田香儿回奏,大悦,遣亲近左右数十人迎公主。定情之夕,景虽狠毒万端,主亦曲为忍受。日亲不移,致景宠结,得以颠倒是非,妨于朝务,保全公族,主之力也。后王伟劝景废立⑤,尽除衍族,主与伟忤,爱弛。

梁主既为侯景所制,不得来见支公。所求多不遂意,饮膳亦为所裁节。忧愤成疾,口苦索蜜不得,荷荷而殂,年八十六岁。景秘不发丧,支长老早已知道,况时节已至,不可待也,在寺里坐化了。

----

① 台城:六朝时的禁城,在今南京市鸡鸣山南、乾河沿北。东晋成帝在此建宫城,历宋、齐、梁、陈,皆为台省(中央政府)和宫殿所在地。晋宋间谓朝廷禁省为"台",故称禁城为"台城"。

② 太极:指太极殿。实际梁武帝死于净居殿,死后灵柩迁于太极前殿。

③ 溧阳公主:梁简文帝萧纲的女儿。

④ 金泥小盒:指以金粉装饰的小盒子。

⑤ 废立:指废掉简文帝,事在梁武帝死后。

　　且说梁湘东王绎痛梁主被景幽死,遂自称假黄钺大都督中外诸军①,承制起兵②,来诛侯景。先使竟陵太守王僧辩领五千人马,来复台城。军到湘州地方③,僧辩暗令孙伯超来探听侯景消息。伯超恐路上不好行,装做个平常商人,行到柏桐尖山边深林里走过,望见梁主与支公二人,各倚着一杖,缓缓的行来。伯超走近,见了梁主,吃这一惊不小,连忙跪下奏道:"陛下与长老因甚到此? 今要往何处去?"梁主回答道:"朕功行已满,与长老往西天竺极乐国去。有封书寄与湘东王,正没人可寄,卿可仔细收好,与朕寄去。"说了,梁主就袖中取出书,递与赵伯超。伯超刚接得书,就不见了梁主与支公。后伯超探听侯景消息,回复王僧辩,忙将书送上湘东王,说见梁主一事。湘东王拆开书看,是一首古风,诗云:

　　　　奸虏窃神器④,毒痛流四海⑤。嗟哉萧正德,为景所愚卖。凶逆贼君父⑥,不复办翊戴⑦。惟彼湘东王,愤起忠勤在。落星霸先谋⑧,使景台城败。窜身依答仁⑨,为鸥所屠害。身首各异处,五子诛夷外。暴尸陈市中,争食民心快。今我脱敝履,去住两无碍。极乐为世尊,自在兜利界⑩。篡逆安在哉? 铁钺诛千载。

---

①假黄钺:帝王用黄金为饰的钺作为仪仗,有时遣大将出师,亦假以黄钺以示威重。

②承制:秉承皇帝旨意。

③湘州:南朝梁置,治所在新化县(今湖北大悟)。

④神器:指帝位。也指帝王的符玺之类。

⑤毒痛(pū):毒害,残害。《书·泰誓下》:"作威杀戮,毒痛四海。"

⑥贼:残害。

⑦翊戴:辅佐拥戴。

⑧落星霸先谋:指王僧辩、陈霸先等进军建康,用霸先计谋,于石头城西连营立栅,直至落星墩,大败侯景。(见《南史·陈本纪上》、《南史·贼臣·侯景》)

⑨答仁:指谢答仁,原为侯景之将。

⑩兜利界:即"兜率天",佛教指六欲天之第四天,泛指人死后所登的"天界"。

湘东王读罢是诗，泪涕潜流，不胜呜咽。后王僧辩、陈霸先攻破侯景。景竟欲走吴依答仁①。羊侃二子羊鹍杀之②，暴景尸于市，民争食之，并骨亦尽。溧阳公主亦食其肉，雪冤于天，期以自死。景五子皆被北齐杀尽。于诗无一不验。诗曰：

> 堪笑世人眼界促，只就日前较祸福。
>
> 台城去路是西天，累世证明有空谷③。

---

①走吴：指侯景逃奔松江一带。

②羊鹍：据《南史·贼臣·侯景》，杀侯景者为羊侃第三子羊鹍。

③空谷：指本篇中所说的光化寺空谷禅师。

第三十八卷

任孝子烈性为神

参透风流二字禅①,好姻缘作恶姻缘。

痴心做处人人爱,冷眼观时个个嫌。

闲花野草且休拈,赢得身安心自然。

山妻本是家常饭,不害相思不费钱。

这首词,单道着色欲乃忘身之本,为人不可苟且。

话说南宋光宗朝绍熙元年,临安府在城清河坊南首升阳库前有个张员外②,家中巨富,门首开个川广生药铺③。年纪有六旬,妈妈已故。止生一子,唤做张秀一郎,年二十岁,聪明标致。每日不出大门,只务买卖。父母见子年幼,抑且买卖其门如市,打发不开。铺中有个主管,姓任名珪,年二十五岁。母亲早丧,止有老父,双目不明,端坐在家。任珪大孝,每日辞父出,到晚才归参父,如此孝道。祖居在江干牛皮街上④。是年冬间,凭媒说合,娶得一妻,年二十岁,生得大有颜色,系在城内日新桥河下做凉伞的梁公之女儿⑤,小名叫做圣金。自从嫁与任珪,见他笃实本分,只是心中不乐,怨恨父母,千不

---

① 二字禅:佛教称以一个字表现禅理者为一字禅。由此可推知二字禅、三字禅的意思。按:此首入话诗亦见于《水浒传》第二十六回、《金瓶梅词话》第五回的开头,文字略异。三、四两句已见于本书卷三。

② 清河坊:南宋临安坊巷名,在朝天门内,东与兴礼坊对。升阳库:即升阳宫,亦名"南库",南宋户部点检所下属的官家酒库之一,其酒楼名"和乐"。(《梦粱录》卷十"点检所酒库")

③ 川广生药铺:四川、两广以产药材著称,故名。《西湖老人繁胜录》:"诸行市:川广生药市、象牙玳瑁、金银市……"

④ 牛皮街:在候潮门外钱塘江边。

⑤ 日新桥:在临安小河(俗称市河)上,位于永清桥与芳润桥之间。河下:河沿,河边。《梦粱录》卷十三:"三桥河下杨三郎头巾铺。"

嫁万不嫁,把我嫁在江干,路又远,早晚要归家不便。终日眉头不
展,面带忧容,妆饰皆废。这任珪又向早出晚归,因此不满妇人之
意。原来这妇人未嫁之时,先与对门周待诏之子名周得有奸。此人
生得丰姿俊雅,专在三街两巷贪花恋酒,趋奉得妇人中意。年纪三
十岁,不要娶妻,只爱养婆娘。周得与梁姐姐暗约偷期,街坊邻里那
一个不晓得。因此梁公、梁婆又无儿子,没奈何只得把女儿嫁在江
干,省得人是非。这任珪是个朴实之人,不曾打听仔细,胡乱娶了。
不想这妇人身虽嫁了任珪,一心只想周得,两人余情不断。

　　荏苒光阴,正是:

　　　　看见垂杨柳,回头麦又黄。

　　　　蝉声犹未断,孤雁早成行①。

忽一日,正值八月十八日潮生日②。满城的佳人才子,皆出城看潮。
这周得同两个弟兄,俱打扮出候潮门③。只见车马往来,人如聚蚁。
周得在人丛中丢撇了两个弟兄,潮也不看,一径投到牛皮街那任珪
家中来。原来任公每日只闭着大门,坐在楼檐下念佛。周得将扇子
柄敲门,任公只道儿子回家,一步步摸出来,把门开了。周得知道是
任公,便叫声:"老亲家,小子施礼了。"任公听着不是儿子声音,便
问:"足下何人?有何事到舍下?"周得道:"老亲家,小子是梁凉伞姐
姐之子。有我姑表妹嫁在宅上,因看潮特来相访。令郎姐夫在家
么?"任公双目虽不明,见说是媳妇的亲,便邀他请坐。就望里面叫
一声:"娘子,有你阿舅在此相访④。"

―――――――――

①"看见"四句:《唐诗拾遗》卷四《袯禊曲三首》之一:"昨见春条绿,那知秋叶
　黄。蝉声犹未断,塞雁已成行。"

②潮生日:每年夏历八月,钱塘江潮胜于常时,十八日最盛,俗称潮生日。

③候潮门:临安城东南门之一,城址在今杭州江干区候潮路与候潮路直街相
　接处附近。因城门濒钱塘江,每日两次可以候潮,故名。候潮门外是古代
　观潮胜地。

④阿舅:妻子的兄弟。周得冒称是梁圣金的姑表兄,任珪应称其为阿舅。这
　里任公是随从儿子的称呼。

　　这妇人在楼上正纳闷，听得任公叫，连忙浓添脂粉，插戴钗环，穿几件色服，三步那做两步，走下楼来，布帘内瞧一瞧："正是我的心肝情人，多时不曾相见！"走出布帘外，笑容可掬，向前相见。这周得一见妇人，正是：

　　　　分明久旱逢甘雨，赛过他乡遇故知。
　　　　只想洞房欢会日，那知公府献头时？

两个并肩坐下。这妇人见了周得，神魂飘荡，不能禁止。遂携周得手，揭起布帘，口里胡说道："阿舅，上楼去说话。"这任公依旧坐在楼檐下板凳上念佛。

　　这两个上得楼来，就抱做一团。妇人骂道："短命的！教我思量得你成病，因何一向不来看我？负心的贼！"周得笑道："姐姐，我为你嫁上江头来，早晚不得见面，害了相思病，争些儿不得见你。我如常要来，只怕你老公知道，因此不敢来望你。"一头说，一头搂抱上床，解带卸衣，叙旧日海誓山盟，云情雨意。正是：

　　　　情兴两和谐，搂定香肩脸贴腮。手捻香酥奶绵软，实奇哉。
　　　　退了裤儿脱绣鞋，玉体靠郎怀。舌送丁香口便开，倒凤颠鸾云雨罢，嘱多才①，明朝千万早些来。

这词名《南乡子》，单道其日间云雨之事。这两个霎时云收雨散，各整衣巾。妇人搂住周得在怀里道："我的老公早出晚归，你若不负我心，时常只说相访。老子又瞎，他晓得甚么！只顾上楼和你快活，切不可做负心的。"周得答道："好姐姐，心肝肉，你既有心于我，我决不负于你。我若负心，教我堕阿鼻地狱，万劫不得人身。"这妇人见他设咒，连忙捧过周得脸来，舌送丁香，放在他口里道："我心肝，我不枉了有心爱你。从今后频频走来相会，切不可使我倚门而望。"道罢，两人不忍分别。只得下楼别了任公，一直去了。妇人对任公道："这个是我姑娘的儿子，且是本分淳善，话也不会说，老实的人。"任公答道："好，好。"妇人去灶前安排中饭与任公吃了，自上楼去了，直

────────────

　　①多才：这里是女子对所爱男子的昵称。

睡到晚。任珪回来，参了父亲，上楼去了。夫妻无话，睡到天明。辞了父亲，又入城而去。俱各不题。

这周得自那日走了这遭，日夜不安，一心想念。歇不得两日，又去相会，正是情浓似火。此时牛皮街人烟稀少，因此走动，只有数家邻舍，都不知此事。不想周得为了一场官司，有两个月不去相望。这妇人淫心似火，巴不得他来。只因周得不来，恹恹成病，如醉如痴。正是：

> 乌飞兔劫①，朝来暮往何时歇？女娲只会炼石补青天，岂会熬胶粘日月？

倏忽又经元宵，临安府居民门首扎缚灯棚，悬挂花灯，庆贺元宵。不期这周得官事已了，打扮衣巾，其日巳牌时分，径来相望。却好任公在门首念佛，与他施礼罢，径上楼来。袖中取出烧鹅熟肉，两人吃了，解带脱衣上床。如糖似蜜，如胶似漆，恁意颠鸾倒凤②，出于分外绸缪。日久不曾相会，两个搂做一团，不舍分开。耽阁长久了，直到申牌时分，不下楼来。这任公肚中又饥，心下又气，想道："这阿舅今日如何在楼上这一日？"便在楼下叫道："我肚饥了，要饭吃！"妇人应道："我肚里疼痛，等我便来。"任公忍气吞声，自去门前坐了，心中暗想："必有跷蹊，今晚孩儿回来问他。"这两人只得分散，轻轻移步下楼，款款开门，放了周得去了。那妇人假意叫肚痛，安排些饭与任公吃了，自去楼上思想情人，不在话下。

却说任珪到晚回来，参见父亲。任公道："我儿且休要上楼去，有一句话要问你。"任珪立住脚听。任公道："你丈人丈母家，有个甚么姑舅的阿舅③，自从旧年八月十八日看潮来了这遭，以后不时来望，径直上楼去说话，也不打紧。今日早间上楼，直到下午，中饭也

---

① 乌飞兔劫：似是"乌飞兔走"之讹。参见卷二十三"乌飞电走"注。
② 恁意：任意。明无心子《金雀记》第二十九出："刘公善知酒趣，恁意游乐一番，多少是好。"
③ 姑舅：姑表。

不安排我吃。我忍不住叫你老婆,那阿舅听见我叫,慌忙去了。我心中十分疑惑,往日常要问你,只是你早出晚回,因此忘了。我想男子汉与妇人家在楼上一日,必有奸情之事。我自年老,眼又瞎,管不得,我儿自己慢慢访问则个。"

任珪听罢,心中大怒,火急上楼。端的是:

> 口是祸之门,舌为斩身刀。
>
> 闭口深藏舌,安身处处牢。

当时任珪大怒上楼,口中不说,心下思量:"我且忍住,看这妇人分豁①。"只见这妇人坐在楼上,便问道:"父亲吃饭也未?"答应道:"吃了。"便上楼点灯来,铺开被,脱了衣裳,先上床睡了。任珪也上床来,却不倒身睡去,坐在枕边问那妇人道:"我问你家那有个姑长阿舅②,时常来望你? 你且说是那个?"

妇人见说,爬将起来,穿起衣裳,坐在床上。柳眉剔竖,娇眼圆睁,应道:"他便是我爹爹结义的妹子养的儿子。我的爹娘记挂我,时常教他来望我,有甚么半丝麻线③!"便焦躁发作道:"兀谁在你面前说长道短来? 老娘不是善良君子,不裹头巾的婆婆④! 洋块砖儿也要落地⑤,你且说是谁说黄道黑,我要和你会同问得明白。"任珪道:"你不要嚷! 却才父亲与我说,今日甚么阿舅在楼上一日,因此问你则个。没事便罢休,不消得便焦躁。"一头说,一头便脱衣裳自睡了。那妇人气喘气促,做神做鬼,假意儿装妖作势,哭哭啼啼道:"我的父母没眼睛,把我嫁在这里。没来由教他来望,却教别人说是

---

① 分豁:分解,开脱。这里指分辩。

② 姑长:疑是"姑表"之讹。

③ 半丝麻线:比喻些微的私情嫌疑。"丝"、"线"是"私"、"嫌"的谐音。

④ 不裹头巾的婆婆:意思不详。当是俗语。

⑤ 洋块砖儿也要落地:意思是说话要有根据。洋,当作"漾",抛,丢。《水浒传》第二十四回:"你胡言乱语,一句句都要下落,丢下砖头块儿,一个也要着地。"

道非。"又哭又说。任珪睡不着，只得爬起来，那妇人头边搂住了，抚恤道①："便罢休，是我不是。看往日夫妻之面，与你陪话便了。"那妇人倒在任珪怀里，两个云情雨意，狂了半夜，俱不题了。

任珪天明起来，辞了父亲入城去了。每日巴巴结结，早出晚回。那痴婆一心只想要偷汉子，转转寻思："要待何计脱身②？只除寻事回到娘家，方才和周得做一块儿，要个满意。"

日夜挂心，捻指又过了半月。忽一日饭后，周得又来，拽开门儿径入，也不与任公相见，一直上楼。那妇人向前搂住，低声说道："叵耐这瞎老驴，与儿子说道你常来楼上坐定说话，教我分说得口皮都破，被我葫芦提瞒过了③。你从今不要来，怎地教我舍得你？可寻思计策，除非回家去与你方才快活。"周得听了，眉头一簇，计上心来："如今屋上猫儿正狂，叫来叫去。你可漏屋处抱得一个来④，安在怀里，必然抓碎你胸前。却放了猫儿，睡在床上啼哭。等你老公回来，必然问你。你说：'你的好爷，却来调戏我。我不肯顺他，他将我胸前抓碎了。'你放声哭起来，你的丈夫必然打发你归家去。我每日得和你同欢同乐，却强如偷鸡吊狗⑤，暂时相会。且在家中住了半年三个月，却又再处，此计大妙。"妇人伏道⑥："我不枉了有心向你，好心肠，有见识！"二人和衣倒在床上调戏了。云雨罢，周得慌忙下楼去了。正是：

> 老龟烹不烂，移祸于枯桑。

那妇人伺候了几日。忽一日，捉得一个猫儿，解开胸膛，包在怀里。这猫儿见衣服包笼，舒脚乱抓。妇人忍着疼痛，由他抓得胸前

---

①抚恤：抚慰，安慰。

②要待：想，要，打算。《警世通言》卷三十七："物事都分了，万秀娘却是我要待把来做个札寨夫人。"

③葫芦提：胡里胡涂，含含糊糊。亦写作"胡卢提"、"葫芦蹄"等。

④漏屋处：屋角，室内暗处。古人称屋之西北隅为屋漏，后泛指屋内深暗处。

⑤偷鸡吊狗：指偷情。

⑥伏：服，佩服。

两奶粉碎。解开衣服，放他自去。此是申牌时分，不做晚饭，和衣倒在床上，把眼揉得绯红，哭了叫，叫了哭。

　　将近黄昏，任珪回来，参了父亲。到里面不见妇人，叫道："娘子，怎么不下楼来？"那妇人听得回了，越哭起来。任珪径上楼，不知何意，问道："吃晚饭也未？怎地又哭？"连问数声不应，那淫妇巧生言语，一头哭，一头叫道："问甚么！说起来妆你娘的谎子①。快写休书，打发我回去，做不得这等猪狗样人！你若不打发我回家去，我明日寻个死休！"说了又哭。任珪道："你且不要哭，有甚事对我说。"这妇人爬将起来，抹了眼泪，擗开胸前②，两奶抓得粉碎，有七八条血路③，教丈夫看了道："这是你好亲爷干下的事！今早我送你出门，回身便上楼来。不想你这老驴老畜生，轻手轻脚跟我上楼，一把双手搂住，摸我胸前，定要行奸。吃我不肯，他便将手把我胸前抓得粉碎，那里肯放！我慌忙叫起来，他没意思，方才摸下楼去了。教我眼巴巴地望你回来。"说罢，大哭起来，道："我家不见这般没人伦畜生驴马的事。"任珪道："娘子低声！邻舍听得，不好看相。"妇人道："你怕别人得知，明日讨乘轿子，抬我回去便罢休。"任珪虽是大孝之人，听了这篇妖言，不由得：

　　　　怒从心上起，恶向胆边生。

　　"正是'画虎画皮难画骨，知人知面不知心'。罢罢，原来如此！可知道前日说你与甚么阿舅有奸，眼见得没巴鼻，在我面前胡说。今后眼也不要看这老禽兽！娘子休哭，且安排饭来吃了睡。"这妇人见丈夫听他虚说④，心中暗喜，下楼做饭，吃罢去睡了。正是：

　　　　娇妻唤做枕边灵，十事商量九事成。

　　这任珪被这妇人情色昏迷，也不问爷却有此事也无。过了一

──────────

　　①妆谎子：这里指出丑。亦作"装幌子"。

　　②擗（pì）开：分开。

　　③血路：血痕。

　　④虚说：虚话，假话。

夜,次早起来,吃饭罢,叫了一乘轿子,买了一只烧鹅,两瓶好酒,送那妇人回去。妇人收拾衣包,也不与任公说知,上轿去了。抬得到家,便上楼去。周得知道便过来,也上楼去,就搂做一团,倒在梁婆床上,云情雨意。周得道:"好计么?"妇人道:"端的你好计策!今夜和你放心快活一夜,以遂两下相思之愿。"两个狂罢,周得下楼去要买办些酒馔之类。妇人道:"我带得有烧鹅美酒,与你同吃。你要买时,只觅些鱼菜时果足矣。"周得一霎时买得一尾鱼,一只猪蹄。四色时新果儿,又买下一大瓶五加皮酒①。拿来家里,教使女春梅安排完备,已是申牌时分。妇人摆开桌子,梁公梁婆在上坐了,周得与妇人对席坐了,使女筛酒,四人饮酒,直至初更。吃了晚饭,梁公梁婆二人下楼去睡了。这两个在楼上。正是:

> 欢来不似今日,喜来更胜当初。

正要称意停眠整宿,只听得有人敲门。正是:

> 日间不做亏心事,半夜敲门不吃惊。

　　这两个指望做一夜快活夫妻,谁想有人敲门。春梅在灶前收拾未了,听得敲门,执灯去开门。见了任珪,惊得呆了,立住脚头,高声叫道:"任姐夫来了!"周得听叫,连忙穿衣径走下楼。思量无处躲避,想空地里有个东厕,且去东厕躲闪。这妇人慢慢下楼道:"你今日如何这等晚来?"任珪道:"便是出城得晚,关了城门。欲去张员外家歇,又夜深了,因此来这里歇一夜。"妇人道:"吃晚饭了未?"任珪道:"吃了,只要些汤洗脚。"春梅连忙掇脚盆来,教任珪洗了脚。妇人先上楼,任珪却去东厕里净手。时下有人拦住②,不与他去便好③。只因来上厕,争些儿死于非命。正是:

> 恩义广施,人生何处不相逢?
> 冤仇莫结,路逢狭处难回避。

---

①五加皮酒:酒名。用五加皮浸制而成,有壮筋骨等药效。
②时下:一时间,当时。
③与:使,让。

任珪刚跨上东厕，被周得劈头揪住，叫道："有贼！"梁公、梁婆、妇人、使女各拿一根柴来乱打。任珪大叫道："是我，不是贼！"众人不由分说，将任珪痛打一顿。周得就在闹里一径走了。任珪叫得喉咙破了，众人方才放手。点灯来看，见了任珪，各人都呆了。任珪道："我被这贼揪住，你们颠倒打我，被这贼走了。"众人假意埋冤道："你不早说！只道是贼，贼到却走了。"说罢，各人自去。任珪忍气吞声道："莫不是藏什么人在里面，被我冲破，到打我这一顿？且不要慌，慢慢地察访。"听那更鼓已是三更，去梁公床上睡了。心中胡思乱想，只睡不着。捱到五更，不等天明，起来穿了衣服便走。梁公道："待天明吃了早饭去。"任珪被打得浑身疼痛，那有好气？也不应他，开了大门，拽上了，趁星光之下，直望候潮门来。却忒早了些，城门未开。城边无数经纪行贩，挑着盐担，坐在门下等开门。也有唱曲儿的，也有说闲话的，也有做小买卖的。任珪混在人丛中，坐下纳闷。你道事有凑巧，物有偶然，正所谓：

　　吃食少添盐醋，不是去处休去。

　　要人知重勤学，怕人知事莫做。

当时任珪心下郁郁不乐，与决不下。内中忽有一人说道："我那里有一邻居梁凉伞家，有一件好笑的事。"这人道："有甚事？"那人道："梁家有一个女儿，小名圣金，年二十余岁。未曾嫁时，先与对门周待诏之子周得通奸。旧年嫁在城外牛皮街卖生药的主管叫做任珪。这周得一向去那里来往，被瞎阿公识破，去那里不得了。昨日归在家里，昨晚周得买了嗄饭好酒，吃到更尽，两个正在楼上快活，有这等的巧事，不想那女婿更深夜静，赶不出城，径来丈人家投宿。奸夫惊得没躲避处，走去东厕里躲了。任珪却去东厕净手，你道好笑么？那周得好手段，走将起来劈头将任珪揪住，到叫：'有贼！'丈人、丈母、女儿，一齐把任珪烂酱打了一顿，奸夫逃走了。世上有这样的异事！"众人听说了，一齐拍手笑起来，道："有这等没用之人！被奸夫淫妇安排，难道不晓得？"这人道："若是我，便打一把尖刀，杀做两段！那人必定不是好汉，必是个煨脓烂板乌龟①。"又一个道："想那人不晓得老婆有奸，以致如此。"说了又笑一场。正是：

> 情知语是钩和线，从头钓出是非来。

当时任珪却好听得备细，城门正开，一齐出城，各分路去了。此时任珪不出城，复身来到张员外家里来，取了三五钱银子，到铁铺里买了一柄解腕尖刀②，和鞘插在腰间。思量钱塘门晏公庙神明最灵③，买了一只白公鸡，香烛纸马，提来庙里，烧香拜告："神圣显灵，任珪妻梁氏，与邻人周得通奸，夜来如此如此。"前话一一祷告罢，将刀出鞘，提鸡在手，问天买卦④："如若杀得一个人，杀下的鸡在地下跳一跳，杀他两个人，跳两跳。"说罢，一刀剁下鸡头，那鸡在地下一连跳了四跳，重复从地跳起，直从梁上穿过，坠将下来，却好共是五跳。当时任珪将刀入鞘，再拜，望神明助力报仇。化纸出庙，上街，东行西走，无计可施。到晚回张员外家歇了。没情没绪，买卖也无心去管。

次日早起，将刀插在腰间，没做理会处。欲要去梁家干事，又恐撞不着周得，只杀得老婆也无用，又不了事。转转寻思，恨不得咬他一口。径投一个去处，有分教任珪小胆番为大胆，善心改作恶心；大闹了日新桥，鼎沸了临安府。正是：

> 青龙与白虎同行，吉凶事全然未保。

---

① 煨脓烂板乌龟：形容无用的"王八"，指妻子有奸情，其夫不敢出头管教、处理。煨脓，窝囊之意，亦作"偎脓"。《醒世姻缘传》第七十九回："幸得他不像别的偎脓孩子，冻得缩头抹脖的。"

② 解腕尖刀：即解手刀。亦作"解腕刀"、"解手尖刀"。

③ 晏公庙：在武林门（宋名余杭门）北夹城巷崇果寺内，明洪武初，改奉晏公。相传晏公为水神。（据《西湖游览志》卷二十三）一说晏公指元代晏戌仔，死后为神，显灵江湖间，洪武初封为平浪侯。按：本篇故事假托发生在南宋，而作者是明人。

④ 问天买卦：向上天求卦，以卜吉凶。《水浒传》第六十二回："燕青轻轻取出弩弓，暗暗问天买卦，望空祈祷说道……"

这任珪东撞西撞，径到美政桥姐姐家里①。见了姐姐说道："你兄弟这两日有些事故，爹在家没人照管，要寄托姐姐家中住几时，休得推故。"姐姐道："老人家多住些时也不妨。"姐姐果然教儿去接任公，扶着来家。

这日任珪又在街坊上串了一回，走到姐姐家，见了父亲，将从前事，一一说过，道："儿子被这泼淫妇虚言巧语，反说父亲如何如何，儿子一时被惑，险些堕他计中。这口气如何消得？"任公道："你不要这淫妇便了，何须呕气？"任珪道："有一日撞在我手里，决无干休！"任公道："不可造次。从今不要上他门，休了他，别讨个贤会的便罢②。"任珪道："儿子自有道理。"辞了父亲并姐姐，气忿忿的入城。

恰好是黄昏时候，走到张员外家，将上件事一一告诉："只有父亲在姐姐家，我也放得心下。"张员外道："你且忍耐，此事须要三思而行。自古道：'捉奸见双，捉贼见赃。'倘或不了事，枉受了苦楚。若下在死囚牢中，无人管你。你若依我说话，不强如杀害人性命？冤家只可解，不可结。"任珪听得劝他，低了头，只不言语。员外教养娘安排酒饭相待，教去房里睡，明日再作计较。任珪谢了。到房中寸心如割，和衣倒在床上，番来复去，延捱到四更尽了，越想越恼，心头火按捺不住，起来抓扎身体急捷③，将刀插在腰间，摸到厨下，轻轻开了门，靠在后墙。那墙苦不甚高④，一步爬上墙头。其时夏末秋初，其夜月色正明如昼。将身望下一跳，跳在地上。道："好了！"一直望丈人家来。

隔十数家，黑地里立在屋檐下，思量道："好却好了，怎地得他门开？"踌躇不决。只见卖烧饼的王公，挑着烧饼担儿，手里敲着小小竹筒过来。忽然丈人家门开，走出春梅，叫住王公，将钱买烧饼。任

———

①美政桥：在临安城南美政坊前。

②贤会：贤惠。

③抓扎身体急捷：指把身上衣服结扎利落。

④苦不：并不。苦，极，甚，表强调。

珪自道："那厮当死！"三步作一步，奔入门里，径投胡梯边梁公房里来①。掇开房门，拔刀在手，见丈人、丈母俱睡着。心里想道："周得那厮必然在楼上了。"按住一刀一个，割下头来，丢在床前。正要上楼，却好春梅关了门，走到胡梯边。被任珪劈头揪住，道："不要高声！若高声，便杀了你。你且说，周得在那里？"那女子认得是任珪声音，情知不好了，见他手中拿刀，大叫："任姐夫来了！"任珪气起，一刀砍下头来，倒在地下，慌忙大踏步上楼去杀奸夫淫妇。正是：

　　种瓜得瓜，种豆得豆。天网恢恢，疏而不漏。

　　当时任珪跨上楼来。原来这两个正在床上狂荡，听得王公敲竹筒，唤起春梅买烧饼，房门都不闭，卓上灯尚明。径到床边，妇人已知听得春梅叫②，假做睡着，任珪一手按头，一手将刀去咽喉下切下头来，丢在楼板上。口里道："这口怒气出了，只恨周得那厮不曾杀得，不满我意。"猛想："神前杀鸡五跳，杀了丈人、丈母、婆娘、使女，只应得四跳。那鸡从梁上跳下来，必有缘故。"抬头一看，却见周得赤条条的伏在梁上。任珪叫道："快下来，饶你性命！"那时周得心慌，爬上去了，一见任珪，战战兢兢，慌了手脚，禁了爬不动③。任珪性起，从床上直爬上去，将刀乱砍，可怜周得从梁上倒撞下来。任珪随势跳下，踏住胸脯，搠了十数刀。将头割下，解开头发，与妇人头结做一处。将刀入鞘，提头下楼。到胡梯边，提了使女头，来寻丈人、丈母头，解开头发，五个头结做一块，放在地上。此时东方大亮，心中思忖："我今杀得快活，称心满意。逃走被人捉住，不为好汉。不如挺身首官，便吃了一剐，也得名扬于后世。"遂开了门，叫两边邻舍，对众人道："婆娘无礼，人所共知。我今杀了他一家，并奸夫周

---

①胡梯：楼梯，扶梯。

②知听：听。元余阙《李克复总管赴赣州诗序》："于先朝人物故实无不熟，而知听其言，亹亹如环之无端，坐客无能置一辞也。"（《青阳先生文集》卷四）

③禁：许政扬注："巫术厌胜，叫做禁。禁了爬不动，意即像被巫术禁住了一样，不能爬动。"《醒世恒言》卷十三："就把妖术禁你，你却奈何他不得。"

得。我若走了，连累高邻吃官司，如今起烦和你们同去出首①。"众人见说未信，慌忙到梁公房里看时，老夫妻两口俱没了头。胡梯边使女尸倒在那里。上楼看时，周得被杀死在楼上，遍身刀搠伤痕数处，尚在血里，妇人杀在床上。众人吃了一惊，走下楼来。只见五颗头结做一处，都道："真好汉子！我们到官，依直与他讲就是。"

　　道犹未了，嚷动邻舍、街坊、里正、缉捕人等，都来缚住任珪。任珪道："不必缚我，我自做自当，并不连累你们。"说罢，两手提了五颗头，出门便走。众邻舍一齐跟定，满街男子妇人，不计其数来看，哄动满城人。只因此起，有分教任珪，正是：

　　　　生为孝子肝肠烈，死作明神姓字香。

　　众邻舍同任珪到临安府。大尹听得杀人公事，大惊，慌忙升厅。两个公吏人等排立左右，任珪将五个人头，行凶刀一把，放在面前，跪下告道："小人姓任名珪，年二十八岁，系本府百姓，祖居江头牛皮街上。母亲早丧，止有老父，双目不明。前年冬间，凭媒说合，娶到在城日新桥河下梁公女儿为妻，一向到今。小人因无本生理，在卖生药张员外家做主管。早去晚回，日常间这妇人只是不喜。至去年八月十八日，父亲在楼下坐定念佛。原来梁氏未嫁小人之先，与邻人周得有奸。其日本人来家，称是姑舅哥哥来访，径自上楼说话。日常来往，痛父眼瞎不明②。忽日父与小人说道：'甚么阿舅，常常来楼上坐，必有奸情之事。'小人听得说，便骂婆娘。一时小人见不到，被这婆娘巧语虚言，说道老父上楼调戏。因此三日前，小人打发妇人回娘家去了。至日，小人回家晚了，关了城门，转到妻家投宿。不想奸夫见我去，逃躲东厕里。小人临睡，去东厕净手，被他劈头揪住，喊叫有贼。当时丈人、丈母、婆娘、使女，一齐执柴乱打小人，此时奸夫走了。小人忍痛归家，思想这口气没出处。不合夜来提刀入门，先杀丈人、丈母，次杀使女，后来上楼杀了淫妇。猛抬头，见奸夫

_____

　　①起烦：相烦，烦劳。

　　②痛：痛惜，可惜，可怜。

伏在梁上,小人爬上去,乱刀砍死。今提五个首级首告,望相公老爷明镜。"大尹听罢,呆了半晌。遂问排邻①,委果供认是实②。所供明白,大尹钧旨,令任珪亲笔供招。随即差个县尉,并公吏仵作人等,押着任珪到尸边检验明白。其日人山人海来看。

险道神脱了衣裳③,这场话非同小可。

当日一齐同到梁公家,将五个尸首一一检验讫,封了大门。县尉带了一干人犯,来府堂上回话道:"检得五个尸,并是凶身自认杀死。"大尹道:"虽是自首,难以免责。"交打二十下,取具长枷枷了,上了铁镣手肘,令狱卒押下死囚牢里去。一干排邻回家。教地方公同作眼,将梁公家家财什物变卖了,买下五具棺材,盛下尸首,听候官府发落。

且说任珪在牢内,众人见他是个好男子,都爱敬他。早晚饭食,有人管顾,不在话下。

临安府大尹与该吏商量④:任珪是个烈性好汉,只可惜下手忒狠了,周旋他不得。只得将文书做过,申呈刑部。刑部官奏过天子,令勘官勘得本犯奸夫淫妇,理合杀死,不合杀了丈人、丈母、使女,一家非死三人。着令本府待六十日限满,将犯人就本地方凌迟示众。梁公等尸首烧化,财产入官。

文书到府数日,大尹差县尉率领仵作、公吏、军兵人等,当日去牢中取出任珪。大尹将朝廷发落文书,教任珪看了。任珪自知罪重,低头伏死。大尹教去了锁枷镣肘⑤,上了木驴。只见:

四道长钉钉,三条麻索缚。

---

①排邻:邻居。

②委果:确实,的确。

③险道神:即开路神君,一名阡陌将军,身长丈余,头广三尺。赤头蓝面,左手执印,右手执戟,出殡时在前开道。(参见《三教搜神大全》)

④该吏:该班(值班)的吏员。

⑤镣肘:即上文所说"铁镣手肘",指镣铐之类刑具。"肘"有"缚"义,如《初刻拍案惊奇》卷二十:"因在图圄,受尽鞭箠,还要肘手铐足。"

　　　　两把刀子举，一朵纸花摇①。

县尉人等，两棒鼓，一声锣，簇拥推着任珪，前往牛皮街示众。但见犯由牌前引②，棍棒后随。当时来到牛皮街，围住法场，只等午时三刻。其日看的人，两行如堵。将次午时，真可作怪，一时间天昏地黑，日色无光，狂风大作，飞砂走石，播土扬泥，你我不能相顾。看的人惊得四分五落，魄散魂飘。少顷，风息天明，县尉并刽子众人看任珪时，绑索长钉俱已脱落，端然坐化在木驴之上。众人一齐发声道："自古至今，不曾见有这般奇异的怪事。"监斩官惊得木麻，慌忙令仵作、公吏人等，看守任珪尸首，自己忙拍马到临安府，禀知大尹。大尹见说大惊，连忙上轿，一同到法场看时，果然任珪坐化了。大尹径来刑部禀知此事，着令排邻地方人等，看守过夜。明早奏过朝廷，凭圣旨发落。次日已牌时分，刑部文书到府，随将犯人任珪尸首，即时烧化，以免凌迟。县尉领旨，就当街烧化。城里城外人，有千千万万来看，都说："这样异事，何曾得见！何曾得见！"

　　却说任公与女儿得知任珪死了，安排些羹饭。外甥挽了瞎公公，女儿抬着轿子，一齐径到当街祭祀了，痛哭一场。任珪的姐姐，教儿子挽扶着公公，同回家奉亲过世③。

　　话休絮烦，过了两月余，每遇黄昏，常时出来显灵。来往行人看见者，回去便患病，备下羹饭纸钱当街祭献，其病即痊。忽一日，有一小儿来牛皮街闲耍，被任珪附体起来。众人一齐来看，小儿说道："玉帝怜吾是忠烈孝义之人，各坊城隍、土地保奏，令做牛皮街土地。汝等善人可就我屋基立庙，春秋祭祀，保国安民。"说罢，小儿遂醒。当坊邻佑，看见如此显灵，那敢不信？即日敛出财物，买下木植④，将

────────────

①纸花：宋时死囚临刑时，要插上一朵纸花。《水浒传》第四十回："就大牢里把宋江、戴宗两个揪扎起，又将胶水刷了头发，绾个鹅梨角儿，各插上一朵红绫子纸花。"

②犯由牌：处决罪犯时，公布罪状的告示牌。犯由，罪状。

③过世：过活，过日子。

④木植：木料，木材。

任珪基地盖造一所庙宇。连忙请一个塑佛高手,塑起任珪神像,坐于中间,虔备三牲福礼祭献①。自此香火不绝,祈求必应,其庙至今尚存。后人有诗题于庙壁,赞任珪坐化为神之事,诗云:

　　　铁销石朽变更多,只有精神永不磨。

　　　除却奸淫拚自死,刚肠一片赛阎罗。

---

①三牲:牛、羊、豕为大三牲,猪、鱼、鸡为小三牲。福礼:祭祀所用的牲物礼品。

第三十九卷

汪信之一死救全家

> 白发苏堤老妪，不知生长何年。相随宝驾共南迁，往事能言旧汴。　前度君王游幸，一时询旧凄然。鱼羹妙制味犹鲜，双手擎来奉献。

话说大宋乾道淳熙年间，孝宗皇帝登极，奉高宗为太上皇。那时金邦和好，四郊安静，偃武修文，与民同乐。孝宗皇帝时常奉着太上乘龙舟来西湖玩赏。湖上做买卖的，一无所禁，所以小民多有乘着圣驾出游，赶趁生意。只卖酒的也不止百十家。

且说有个酒家婆姓宋，排行第五，唤做宋五嫂。原是东京人氏，造得好鲜鱼羹，京中最是有名的。建炎中随驾南渡，如今也侨寓苏堤赶趁。一日太上游湖，泊船苏堤之下，闻得有东京人语音。遣内官召来，乃一年老婆婆。有老太监认得他是汴京樊楼下住的宋五嫂，善煮鱼羹，奏知太上。太上题起旧事，凄然伤感，命制鱼羹来献。太上尝之，果然鲜美，即赐金钱一百文。此事一时传遍了临安府，王孙公子、富家巨室，人人来买宋五嫂鱼羹吃。那老妪因此遂成巨富。有诗为证：

> 一碗鱼羹值几钱？旧京遗制动天颜。
>
> 时人倍价来争市，半买君恩半买鲜。

又一日，御舟经过断桥。太上舍舟闲步，看见一酒肆精雅，坐启内设个素屏风，屏风上写《风入松》词一首，词云：

> 一春常费买花钱，日日醉湖边。玉骢惯识西湖路，骄嘶过、沽酒楼前。红杏香中歌舞，绿杨影里秋千。　暖风十里丽人天[1]，花压鬓云偏。画船载得春归去，余情付、湖水湖烟。明日

---

① 丽人天：指天气风和日暖，佳人多出游。杜甫《丽人行》："三月三日天气新，长安水边多丽人。"

重移残酒，来寻陌上花钿。

太上览毕，再三称赏，问酒保此词何人所作。酒保答言："此乃太学生于国宝醉中所题[1]。"太上笑道："此词虽然做得好，但末句'重移残酒'，不免带寒酸之气。"因索笔就屏上改云："明日重扶残醉。"即日宣召于国宝见驾，钦赐翰林待诏。那酒家屏风上添了御笔，游人争来观看，因而饮酒，其家亦致大富。后人有诗，单道于国宝际遇太上之事，诗曰：

　　素屏风上醉题词，不道君王盼睐奇[2]。

　　若问姓名谁上达？酒家即是魏无知。

又有诗赞那酒家云：

　　御笔亲删墨未干，满城闻说尽争看。

　　一般酒肆偏腾涌，始信皇家雨露宽。

那时南宋承平之际，无意中受了朝廷恩泽的不知多少。同时又有文武全才，出名豪侠，不得际会风云，被小人诬陷，激成大祸，后来做了一场没挞煞的笑话[3]，此乃命也，时也，运也。正是：

　　时来风送滕王阁，运退雷轰荐福碑。

话说乾道年间，严州遂安县有个富家[4]，姓汪，名孚，字师中，曾登乡荐[5]，有财有势，专一武断乡曲[6]，把持官府，为一乡之豪霸。因

---

①于国宝："于"应作"俞"。俞国宝，临川人，宋孝宗淳熙间太学生，有《醒庵遗珠集》，不传。

②盼睐：垂青，赏识。"睐"原文作"徕"。

③没挞煞：没见识，轻浮，鲁莽，糊涂。亦作"没搭煞"、"没掂三"等。

④严州：北宋宣和三年（1121）以睦县改名，治所在今浙江建德县东北梅城镇。遂安县：治所在今浙江淳安县狮城镇。

⑤乡荐：唐宋时应进士试者，由州县荐举，叫做"乡荐"。"登乡荐"，指乡试中式。《桯史》卷六《汪革谣谶》作"登乡书"，义同。

⑥武断乡曲：称霸乡里。武断，以威势独断专行，专断。

杀死人命,遇了对头,将汪孚问配吉阳军去①。他又夤缘魏国公张浚②,假以募兵报效为由,得脱罪籍回家,益治赀产,复致大富。

他有个嫡亲兄弟汪革,字信之,是个文武全才。从幼只在哥哥身边居住,因与哥哥汪孚酒中争论一句闲话,憋口气只身径走出门,口里说道:"不致千金,誓不还乡!"身边只带得一把雨伞,并无财物,思想:"那里去好? 我闻得人说,淮庆一路有耕冶可业③,甚好经营。且到彼地,再作道理。"只是没有盘缠。心生一计:自小学得些枪棒拳法在身,那时抓缚衣袖,做个把势模样④。逢着马头聚处,使几路空拳,将这伞权为枪棒,撇个架子⑤。一般有人喝采,赏发几文钱,将就买些酒饭用度。

不一日,渡了扬子江。一路相度地势,直至安庆府⑥。过了宿松,又行三十里,地名麻地坡。看见荒山无数,只有破古庙一所,绝无人居,山上都是炭材。汪革道:"此处若起个铁冶⑦,炭又方便,足可擅一方之利。"于是将古庙为家,在外纠合无籍之徒⑧,因山作炭,卖炭买铁,就起个铁冶。铸成铁器,出市发卖。所用之人,各有职掌,恩威并著,无不钦服。数年之间,发个大家事起来。遣人到严州取了妻子,来麻地居住。起造厅屋千间,极其壮丽。又占了本处酤坊⑨,每岁得利若干。又打听望江县有个天荒湖,方圆七十余里,其中多生鱼蒲之类。汪革承佃为己业,湖内渔户数百,皆服他使唤,每

---

①吉阳军:北宋政和七年(1117)以朱崖军改置,治所在今海南岛三亚市崖城。

②夤(yín)缘:巴结。

③淮庆一路:指淮南、安庆一带。

④把势:武艺的架式,武艺。《英烈传》第十二回:"俞三官,你何故不做个把势我们看看。"

⑤撇:摆开,张开。"撇个架子"就是摆个架式。

⑥安庆府:南宋庆元元年(1195)升安庆军为府,治所在怀宁县(今安徽潜山,景定元年移治今安庆)。

⑦铁冶:这里指冶铁工场。

⑧无籍之徒:无赖汉,闲汉,游民。

⑨酤坊:酒店,酒坊。

岁收他鱼租，其家益富。独霸麻地一乡，乡中有事，俱由他武断。出则佩刀带剑，骑从如云，如贵官一般。四方穷民，归之如市。解衣推食，人人愿出死力。又将家财交结附近郡县官吏，若与他相好的，酒杯来往；若与他作对的，便访求他过失，轻则遣人讦讼，败其声名；重则私令亡命等于沿途劫害①，无处踪迹。以此人人惧怕，交欢恐后，分明是：

　　　　郭解重生，朱家再出②。气压乡邦，名闻郡国。

　　话分两头。却说江淮宣抚使皇甫侹，为人宽厚，颇得士心。招致四方豪杰，就中选骁勇的，厚其资粮，朝夕训练，号为"忠义军"③。宰相汤思退忌其威名，要将此缺替与门生刘光祖④。乃阴令心腹御史，劾奏皇甫侹縻费钱粮，招致无赖凶徒，不战不征，徒为他日地方之害。朝廷将皇甫侹革职，就用了刘光祖代之。那刘光祖为人又畏懦，又刻薄，专一阿奉宰相，乃悉反皇甫侹之所为，将忠义军散遣归田，不许占住地方生事。可惜皇甫侹几年精力，训练成军，今日一朝而散。这些军士，也有归乡的，也有结伙走绿林中道路的。

　　就中单表二人，程彪、程虎，荆州人氏。弟兄两个，都学得一身好武艺，被刘光祖一时驱逐，平日有的请受都花消了⑤，无可存活，思想投奔谁好。猛然想起洪教头洪恭，今住在太湖县南门仓巷口，开个茶坊。他也曾做军校，昔年相处得好，今日何不去奔他，共他商议资身之策⑥。二人收拾行李，一径来太湖县寻取洪恭。洪恭恰好在茶坊中，相见了，各叙寒温，二人道其来意。洪恭自思家中蜗窄，难

---

①亡命：指亡命之徒。

②郭解、朱家：汉代轵人郭解，鲁人朱家，二人为著名游侠，见《史记·游侠列传》。

③忠义军：原是宋时民间抗金的武装组织，南宋政府曾企图改编为官方武装。

④替与：本指官职变动，这里是换给的意思。

⑤请受：这里指粮饷、薪俸。

⑥资身：养活自身，谋生。

以相容。当晚杀鸡为黍①，管待二人，送在近处庵院歇了一晚。

次日，洪恭又请二人到家中早饭，取出一封书信，说道："多承二位远来，本当留住几时，争奈家贫待慢②。今指引到一个去处，管取情投意合③，有个小小富贵。"二人谢别而行，将书札看时，上面写道："此书送至宿松县麻地坡汪信之十二爷开拆。"二人依言来到麻地坡，见了汪革，将洪恭书札呈上。汪革拆开看时，上写道：

　　　侍生洪恭再拜④，字达信之十二爷阁下：自别台颜，时切想念。兹有程彪、程虎兄弟，武艺超群，向隶籍忠义军。今为新统帅散遣不用，特奉荐至府，乞留为馆宾，令郎必得其资益。外敝县有湖荡数处，颇有出产，阁下屡约来看，何迟迟耶？专候拨冗一临。若得之，亦美业也。

汪革看毕大喜，即唤儿子汪世雄出来相见。置酒款待，打扫房屋安歇。自此程彪、程虎住在汪家，朝夕与汪世雄演习弓马，点拨枪棒。

不觉三月有余，汪革有事欲往临安府去。二程闻汪革出门，便欲相别。汪革问道："二兄今往何处？"二程答道："还到太湖会洪教头则个。"汪革写下一封回书，寄与洪恭，正欲赍发二程起身，只见汪世雄走来，向父亲说道："枪棒还未精熟，欲再留二程过几时，讲些阵法。"汪革依了儿子言语，向二程说道："小儿领教未全，且屈宽住一两个月，待不才回家奉送。"二程见汪革苦留，只得住了。

却说汪革到了临安府，干事已毕。朝中讹传金虏败盟，诏议战

---

①杀鸡为黍：指殷勤款待客人。参见本书卷十六"鸡黍"注。

②待慢：怠慢，招待不周。

③管取：管保，准定。

④侍生：明时官场中后辈对前辈的自称，一般用于名帖。平辈之间，和地方官员拜访乡绅，亦有谦称侍生的。这里是一般人之间书信中的谦称。

守之策。汪革投匦上书①，极言向来和议之非。且云："国家虽安，忘战必危。江淮乃东南重地，散遣忠义军，最为非策。"末又云："臣虽不才，愿倡率两淮忠勇，为国家前驱，恢复中原，以报积世之仇，方表微臣之志。"天子览奏，下枢密院会议。这枢密院官都是怕事的，只晓得临渴掘井，那会得未焚徙薪②？况且布衣上书，谁肯破格荐引？又未知金鞑子真个杀来也不，且不覆奏，只将温言好语，款留汪革在本府候用。汪革因此逗留临安，急切未回。正是：

> 将相无人国内虚，布衣有志枉嗟吁。
> 黄金散尽貂裘敝③，悔向咸阳去上书。

话分两头，再说程彪、程虎二人住在汪家，将及一载，胸中本事倾倒得授与汪世雄，指望他重重相谢。那汪世雄也情愿厚赠，奈因父亲汪革，一去不回。二程等得不耐烦，坚执要行。汪世雄苦苦相留了几遍，到后来，毕竟留不住了。一时手中又值空乏，打并得五十两银子④，分送与二人，每人二十五两，衣服一套，置酒作别。席上汪世雄说道："重承二位高贤屈留赐教，本当厚赠，只因家父久寓临安，二位又坚执要去，世雄手无利权，只有些小私财，权当路费。改日二位若便道光顾，尚容补谢。"

二人见银两不多，大失所望。口虽不语，心下想道："洪教头说得汪家父子万分轻财好义，许我个小富贵。特特而来，淹留一载，只

---

①投匦(guǐ)：唐武则天时设匦使院，于朝堂置四匦(匣子)，凡臣民有怀才自荐、匡政补过、申冤辩诬、进献赋颂者，可分类投匦。宋代改匦为检，改匦院为登闻检院。宋代另有登闻鼓院，凡臣民上书，先向登闻鼓院投进，如被拒绝，再投登闻检院。(参见《事物纪原》卷六、《群书考索后集》卷十二)南宋时，登闻检院与登闻鼓院的分工，已由申诉程序上的分工，变为职事上的分工，检院掌收接朝廷命官各色人有关机密军国重事、朝政阙失，论诉在京官员不法等事。后称臣民直接向皇帝上书为"投匦"。

②未焚徙薪：即成语典故"徙薪曲突"之意，本指预防火灾，后亦用来比喻预先采取措施，防患于未然。

③"黄金"二句：指战国时苏秦游说秦国而不用，裘敝金尽，穷困而归。

④打并：收拾，清理，凑集。这里是凑集、归并的意思。

这般赏发起身，比着忠义军中请受，也争不多①。早知如此，何不就汪革在家时，即便相辞，也少不得助些盘费。如今汪革又不回来，欲待再住些时，又吃过了送行酒了。"只得快快而别。临行时，与汪世雄讨封回书与洪教头。汪世雄文理不甚通透，便将父亲先前写下这封书，递与二程，托他致意，二程收了。汪世雄又送一程，方才转去。

当日二程走得困乏，到晚寻店歇宿，沽酒对酌，各出怨望之语。程虎道："汪世雄不是个三岁孩儿，难道百十贯钱钞，做不得主？直恁装穷推故，将人小觑！"程彪道："那孩子虽然轻薄，也还有些面情。可恨汪革特地相留，不将人为意，数月之间，书信也不寄一个。只说待他回家奉送，难道十年不回，也等他十年？"程虎道："那些倚着财势，横行乡曲，原不是什么轻财好客的孟尝君。只看他老子出外，儿子就支不动钱钞，便是小家样子。"程彪道："那洪教头也不识人，难道别没个相识，偏荐到这三家村去处②？"二个一递一句，说了半夜，吃得有八九分酒了。程虎道："汪革寄与洪教头书，书中不知写甚言语，何不拆来一看？"程彪真个解开包裹，将书取出，湿开封处看时，上写道：

> 侍生汪革再拜，覆书子敬教师门下：久别怀念，得手书如对面，喜可知也。承荐二程，即留与小儿相处。奈彼欲行甚促，仆又有临安之游，不得厚赠。有负来意③，惭愧，惭愧！

书尾又写细字一行，云：

> 别谕俟从临安回即得践约④，计期当在秋凉矣。革再拜。

程虎看罢，大怒道："你是个富家，特地投奔你一场，便多将金帛结识我们，久后也有相逢处。又不是雇工代役，算甚日子久近！却说道欲行甚促，不得厚赠，主意原自轻了。"程虎便要将书扯碎烧毁，却是程彪不肯，依旧收藏了。说道："洪教头荐我兄弟一番，也把个回信

---

①争不多：差不多。争，差。

②三家村：偏僻小村。

③来：原文作"水"，今以意改。

④别谕：另外的教示，即指上文洪恭信中所说"外，敝县有湖荡数处"云云。

与他,使他晓得没甚汤水①。"程虎道:"也说得是。"当夜安歇无话。

　　次早起身,又行了一日,第三日赶到太湖县,见了洪教头。洪恭在茶坊内坐下,各叙寒温。原来洪恭向来娶下个小老婆②,唤做细姨,最是帮家做活,看蚕织绢,不辞辛苦,洪恭十分宠爱。只是一件,那妇人是勤苦作家的人,水也不舍得一杯与人吃的。前次程彪、程虎兄弟来时,洪恭虽然送在庵院安歇,却费了他朝暮两餐,被那妇人絮聒了好几日③。今番二程又来,洪恭不敢延款了,又乏钱相赠;家中存得几匹好绢,洪恭要赠与二程。料是细姨不肯,自到房中,取了四匹,揣在怀里。刚出房门,被细姨撞见,拦住道:"老无知,你将这绢往那里去?"洪恭遮掩不过,只得央道:"程家兄弟,是我好朋友。今日远来别我还乡,无物表情。你只当权借这绢与我,休得违拗。"细姨道:"老娘千辛万苦织成这绢,不把来白送与人的。你自家有绢,自家做人情,莫要干涉老娘。"洪恭又道:"他好意远来看我,酒也不留他吃三杯了,这四匹绢怎省得?我的娘,好歹让我做主这一遭儿,待送他转身,我自来陪你的礼。"说罢就走。细姨扯住衫袖,道:"你说他远来,有甚好意?前番白白里吃了两顿,今番又做指望。这几匹绢,老娘自家也不舍得做衣服穿。他有甚亲情往来,却要送他?他要绢时,只教他自与老娘取讨。"洪恭见小老婆执意不肯,又怕二程等久,只得发个狠,洒脱袖子,径奔出茶坊来。惹得细姨喉急,发起话来道:"甚么没廉耻的光棍,非亲非眷,不时到人家蒿恼!各人要达时务便好,我们开茶坊的人家,有甚大出产?常言道:'贴人不富自家穷④。'有我们这样老无知老禽兽,不守本分,惯一招引闲神野鬼,上门闹炒!看你没饭在锅里时节,有那个好朋友,把一斗五升来资助你?"故意走到屏风背后,千禽兽万禽兽的骂。

　　原来细姨在内争论时,二程一句句都听得了,心中十分焦燥。

_____

　　①汤水:这里是油水、好处的意思。
　　②向来:从前,过去。
　　③絮聒:唠叨,吵闹。亦作"絮聒"、"絮刮"。
　　④贴人:资助别人。

又听得后来骂詈，好没意思，不等洪恭作别，取了包裹便走。洪恭随后赶来，说道："小妾因两日有些反目，故此言语不顺，二位休得计较。这粗绢四匹，权折一饭之敬，休嫌微鲜。"程彪、程虎那里肯受，抵死推辞。洪恭只得取绢自回。细姨见有了绢，方才住口。正是：

> 从来阴性吝啬，一文割舍不得。
>
> 剥尽老公面皮，恶断朋友亲戚。

大抵妇人家勤俭惜财，固是美事，也要通乎人情。比如细姨一味悭吝，不存丈夫体面。他自躲在房室之内，做男子的免不得出外，如何做人？为此恩变为仇，招非揽祸，往往有之。所以古人说得好，道是："妻贤夫祸少，子孝父心宽。"

闲话休题。再说程彪、程虎二人，初意来见洪教头，指望照前款留，他便细诉心腹①，再求他荐到个好去处，又作道理。不期反受了一场辱骂，思量没处出气。所带汪革回书未投，想起："书中有别谕候秋凉践约等话，不知何事？心里正恨汪革，何不陷他谋叛之情，两处气都出了？好计，好计！只一件，这书上原无实证，难以出首，除非如此如此。"二人离了太湖县，行至江州②，在城外觅个旅店，安放行李。

次日，弟兄两个改换衣装，到宣抚司衙门前踅了一回。回来吃了早饭，说道："多时不曾上浔阳楼，今日何不去一看？"两个锁上房门，带了些散碎银两，径到浔阳楼来。那楼上游人无数，二人倚栏观看。忽有人扯着程彪的衣袂，叫道："程大哥，几时到此？"程彪回头看，认得是府内惯缉事的③，诨名叫做张光头。程彪慌忙叫兄弟程虎，一齐作揖，说道："一言难尽。且同坐吃三杯，慢慢的告诉。"当下

---

①他：他们。指程彪、程虎二人。下句中的"他"指洪恭。

②江州：今江西九江。

③惯缉事的：指长期干侦缉搜捕之事的公人。许政扬注："缉事，缉捕公事的略语。公事，指犯人。惯缉事的，就是善于缉捕罪犯的人。"明郑若曾《江南经略》卷二上《吴城兵辨》："有素闲武艺尝充教师者，有当应捕惯缉事者。"

三人拣副空座头坐下，分付酒保取酒来饮。

张光头道："闻知二位在安庆汪家做教师，甚好际遇！"程彪道："甚么际遇！几乎弄出大事来！"便附耳低言道："汪革久霸一乡，渐有谋叛之意。从我学弓马战阵，庄客数千，都教演精熟了，约太湖洪教头洪恭，秋凉一同举事。教我二人纠合忠义军旧人为内应，我二人不从，逃走至此。"张光头道："有甚证验？"程虎道："见有书札托我回复洪恭，我不曾替他投递。"张光头道："书在何处？借来一看。"程彪道："在下处。"三人饮了一回，还了酒钱。张光头直跟二程到下处，取书看了道："这是机密重情，不可泄漏。不才即当禀知宣抚司，二位定有重赏。"说罢，作别去了。

次日，张光头将此事密密的禀知宣抚使刘光祖。光祖即捕二程兄弟置狱，取其口词，并汪革复洪恭书札，密地飞报枢密府。枢密府官大惊，商量道："汪革见在本府候用，何不擒来鞫问？"差人去拿汪革时，汪革已自走了。原来汪革素性轻财好义，枢密府里的人，一个个和他相好。闻得风声，预先报与他知道，因此汪革连夜逃回。枢密府官见拿汪革不着，愈加心慌，便上表奏闻天子。天子降诏，责令宣抚使捕汪革、洪恭等。宣抚司移文安庆李太守，转行太湖、宿松二县，拿捕反贼。

却说洪恭在太湖县广有耳目，闻风先已逃避无获。只有汪革家私浩大，一时难走。此时宿松县令正缺，只有县尉姓何名能，是他权印①。奉了郡檄，点起土兵二百余人②，望麻地进发。行未十里，何县尉在马上思量道："闻得汪家父子骁勇，更兼冶户鱼户，不下千余。我这一去可不枉送了性命！"乃与土兵都头商议，向山谷僻处屯住数日，回来禀知李太守道："汪革反谋，果是真的。庄上器械精利，整备拒捕。小官寡不敌众，只得回军。伏乞钧旨，别差勇将前去，方可成

---

①权印：暂时代理官职。这里指暂代县令。印，官印。
②土兵：宋代称本地军队为土兵。

功。"李公听信了，便请都监郭择商议①。郭择道："汪革武断一乡，目无官府，已非一日。若说反叛，其情未的。据称拒捕，何曾见官兵杀伤？依起愚见，不须动兵，小将不才，情愿挺身到彼，观其动静。若彼无叛情，要他亲到府中分辨。他若不来，剿除未晚。"李公道："都监所言极当，即烦一行。须体察仔细，不可被他瞒过。"郭择道："小将理会得。"李公又问道："将军此行，带多少人去？"郭择道："只亲随十余人足矣。"李公道："下官将一人帮助②。"即唤缉捕使臣王立到来。王立朝上唱个喏，立于傍边。李公指着道："此人胆力颇壮，将军同他去时，缓急有用。"原来郭择与汪革素有交情，此行轻身而往，本要劝谕汪革，周全其事。不期太守差王立同去，他倚着上官差遣，便要夸才卖智，七嘴八张，连我也不好做事了。欲待推辞不要他去，又怕太守疑心。只得领诺，怏怏而别。

次早，王立抓扎停当，便去催促郭择起身。又向郭择道："郡中捕贼文书，须要带去。汪革这厮，来便来，不来时，小人带着都监一条麻绳扣他颈皮。王法无亲，那怕他走上天去！"郭择早有三分不乐，便道："文书虽带在此，一时不可说破，还要相机而行。"王立定要讨文书来看，郭择只得与他看了。王立便要拿起，却是郭择不肯，自己收过，藏在袖里。当日郭择和王立都骑了马，手下跟随的，不上二十个人，离了郡城，望宿松而进。

却说汪革自临安回家，已知枢密院行文消息，正不知这场是非从何而起。却也自恃没有反叛实迹，跟脚牢实，放心得下。前番何县尉领兵来捕，虽不曾到麻地，已自备细知道。

这番如何不打探消息？闻知郡中又差郭都监来，带不满二十人，只怕是诱敌之计，预戒庄客，大作准备。分付儿子汪世雄埋伏壮丁伺候，倘若官兵来时，只索抵敌。却说世雄妻张氏，乃太湖县盐贾

①都监：官名。宋于诸路、州、府等皆设置兵马都监，省称都监。《文献通考·职官十三》："宋朝兵马都监有路分，掌本路禁、屯戍、边防、训练之政令……州都监则以大小使臣充，掌本城屯驻、兵甲、训练、差使之事，兼在城巡检。"

②将：叫，使。

张四郎之女，平日最有智数①。见其夫装束，问知其情，乃出房对汪革说道："公公素以豪侠名，积渐为官府所忌。若其原非反叛，官府亦自知之。为今之计，不若挺身出辨，得罪犹小，尚可保全家门。倘一有拒捕之名，弄假成真，百口难诉，悔之无及矣。"汪革道："郭都监，吾之故人，来时定有商量。"遂不从张氏之言。

再说郭择到了麻地，径至汪革门首。汪革早在门外迎候，说道："不知都监驾临，荒僻失于远接。"郭择道："郭某此来，甚非得已，信之必然相谅。"两个揖让升厅，分宾坐定，各叙寒温。郭择看见两厢廊庄客往来不绝，明晃晃摆着刀枪，心下颇怀悚惧。又见王立跟定在身傍，不好细谈。汪革开言问道："此位何人？"郭择道："此乃太守相公所遣王观察也。"汪革起身，重与王立作揖，道："失瞻②，休罪！"便请王立在厅侧小阁儿内坐下，差个主管相陪，其余从人俱在门首空房中安扎。

一时间备下三席大酒：郭择客位一席，汪革主位相陪一席，王立另自一席。余从满盘肉，大瓮酒，尽他醉饱。饮酒中间，汪革又移席书房中小坐，却细叩郭择来意。郭择隐却郡檄内言语，只说道："太守相公深知信之被诬，命郭某前来劝谕。信之若藏身不出，便是无丝有线了③；若肯至郡分辨，郭某一力担当。"汪革道："且请宽饮，却又理会。"郭择真心要周全汪革，乘王立不在眼前，正好说话，连次催并汪革决计④。汪革见逼得慌，愈加疑惑。此时六月天气，暑气蒸人，汪革要郭择解衣畅饮，郭择不肯。郭择连次要起身，汪革也不放。只管斟着大觥相劝，自巳牌至申牌时分，席还不散。郭择见天色将晚，恐怕他留宿，决意起身，说道："适郭某所言，出于至诚，并无半字相欺。从与不从，早早裁决，休得两相担误。"汪革带着半醉，唤郭择的表字道："希颜是我故人，敢不吐露心腹。某无辜受谤，不知

---

①智数：心计，见识。

②失瞻：失于瞻仰拜候。客套语，犹言失敬。

③无丝有线：谐"无私有嫌"，意思是即使无私弊，也有嫌疑。

④催并：催促。

所由。今即欲入郡参谒，又恐郡守不分皂白，阿附上官，强入人罪。鼠雀贪生，人岂不惜命？今有楮券四百①，聊奉希颜表意，为我转限两三个月，我当向临安借贵要之力，与枢密院讨个人情。上面先说得停妥，方敢出头。希颜念吾平日交情，休得推委。"郭择本不欲受，只恐汪革心疑生变，乃佯笑道："平昔相知，自当效力，何劳厚赐？暂时领受，容他日璧还。"却待舒手去接那楮券，谁知王观察王立站在窗外，听得汪革将楮券送郭择，自己却没甚贿赂。带着九分九厘醉态，不觉大怒，拍窗大叫道："好都监！枢密院奉圣旨着本郡取谋反犯人，乃受钱转限，谁人敢担这干系？"原来汪世雄率领壮丁，正伏在壁后。听得此语，即时跃出，将郭择一索捆番，骂道："吾父与你何等交情，如何藏匿圣旨文书，吃骗吾父入郡②，陷之死地？是何道理？"王立在窗外听见势头不好，早转身便走。正遇着一条好汉，提着朴刀拦住③。那人姓刘名青，绰号"刘千斤"，乃汪革手下第一个心腹家奴，喝道："贼子那里走！"王立拔出腰刀厮斗，夺路向前，早被刘青左臂上砍上一刀。王立负痛而奔，刘青紧步赶上。只听得庄外喊声大举，庄客将从人乱砍，尽皆杀死。王立肩胛上又中了一朴刀，情知逃走不脱，便随刀仆地，妆做僵死。庄客将挠钩拖出，和众死尸一堆儿堆向墙边。汪革当厅坐下，汪世雄押郭择，当面搜出袖内文书一卷。汪革看了大怒，喝教斩首。郭择叩头求饶道："此事非关小人，都因何县尉妄禀拒捕，以致太守发怒。小人奉上官差委，不得已而来。若得何县尉面对明白，小人虽死不恨。"汪革道："留下你这驴头也罢④，省得那狗县尉没有了证见。"分付权锁在耳房中。教汪世雄即时往炭山冶坊等处，凡壮丁都要取齐听令⑤。

――――――――――

①楮券：宋、金、元时发行的纸币，多用楮皮纸做成，故称"楮券"或"楮币"。

②吃骗：这里是欺骗的意思。但此词未见他例，疑是"赚骗"之误。

③朴(pō)刀：《汉语大词典》："古时武器，一种刀身窄长、刀柄较短的刀。双手使用。"许政扬注："一种长柄刀，墩杆活动，可以装上或卸下。"

④留：原文作"砍"，依上下文意改。

⑤取齐：聚齐，集合。

　　却说炭山都是村农怕事，闻说汪家造反，一个个都向深山中藏躲。只有冶坊中大半是无赖之徒，一呼而集，约有三百余人。都到庄上，杀牛宰马，权做赏军。庄上原有骏马三匹，日行数百里，价值千金。那马都有名色，叫做：惺惺骝，小骢骒，番婆子。又平日结识得四个好汉，都是胆勇过人的，那四个：龚四八，董三，董四，钱四二。其时也都来庄上，开怀饮酒，直吃到四更尽，五更初。众人都醉饱了，汪革扎缚起来，真像个好汉：

> 头总旋风髻①，身穿白锦袍。
>
> 鞴鞋兜脚紧②，裹肚系身牢。
>
> 多带穿杨箭，高擎斩铁刀。
>
> 雄威真罕见，麻地显英豪。

汪革自骑着番婆子，控马的用着刘青，又是一个不良善的。怎生模样：

> 刚须环眼威风凛，八尺长躯一片锦③。
>
> 千斤铁臂敢相持，好汉逢他打寒噤。

汪革引着一百人为前锋。董三、董四、钱四二共引三百人为中军。汪世雄骑着小骢骒，却教龚四八骑着惺惺骝相随，引一百余人，押着郭都监为后队。分发已定，连放三个大铳④，一齐起身，望宿松进发，要拿何县尉。正是：

> 人无害虎心，虎有伤人意。

　　离城约五里之近，天色大明。只见钱四二跑上前向汪革说道："要拿一个县尉，何须惊天动地，只消数人突然而入，缚了他来就

---

①旋风髻：不详。岳珂《桯史》卷六《汪革谣谶》："革是日被白锦袍，属槖鞬，腰剑，总鹅梨旋风髻。"

②鞴（wēng）鞋：鞴靴，高靿（yào）棉鞋。许政扬注："一种长靿皮鞋，穿时鞋靿缚在裹腿里面。"

③一片锦：指纹身。本书卷三十六："一身锦片也似文字。"《水浒传》第十二回："胸前一片锦顽皮，额上三条强拗皱。"

④铳（chòng）：同"铳"。火器，火炮。

是。"汪革道："此言有理。"就教钱四二押着大队屯住，单领董三、董
四、刘青和二十余人前行，望见城濠边一群小儿连臂而歌，歌曰：

　　二六佳人姓汪，偷个船儿过江。

　　过江能几日？一杯热酒难当。

歌之不已。汪革策马近前叱之，忽然不见，心下甚疑。到县前时，已
是早衙时分，只见静悄悄地，绝无动静。汪革却待下马，只见一个直
宿的老门子，从县里面唱着哩㘄花儿的走出[①]，被刘青一把拿住回
道："何县尉在那里？"老门子答道："昨日往东村勾摄公事未回。"汪
革就教他引路，径出东门。约行二十余里，来到一所大庙，唤做福应
侯庙，乃是一邑之香火，本邑奉事甚谨，最有灵应。老门子指道："每
常官府下乡，只在这庙里歇宿，可以问之。"汪革下马入庙，庙祝见人
马雄壮[②]，刀仗鲜明，正不知甚人，唬得尿流屁滚，跪地迎接。汪革问
他县尉消息，庙祝道："昨晚果然在庙安歇，今日五更起马，不知去
向。"汪革方信老门子是实话，将他放了。就在庙里打了中火，遣人
四下踪迹县尉，并无的信。看看捱至申牌时分，汪革心中十分焦燥，
教取火来，把这福应侯庙烧做白地，引众仍回旧路。刘青道："县尉
虽然不在，却有妻小在官廨中。若取之为质，何愁县尉不来。"汪革
点头道是。行至东门，尚未昏黑，只见城门已闭。却是王观察王立
不曾真死，负痛逃命入城，将事情一一禀知巡检。那巡检唬得面如
土色，一面分付闭了城门，防他罗唣；一面申报郡中，说汪革杀人造
反，早早发兵剿捕。再说汪革见城门闭了，便欲放火攻门。忽然一
阵怪风，从城头上旋将下来。那风好不利害！吹得人毛骨俱悚，惊
得那匹番婆子也直立嘶鸣，倒退几步。汪革在马上大叫一声，直跌
下地来。正是：

───────────────

①哩㘄花儿：许政扬注："指《莲花落》词'哩㘄（一作哩哩）莲花'。哩㘄，是声
　词，没有意义。"按：亦作"里里莲花"、'哩㘄花啰'等。明清戏曲中对此多
　有描写，如《绣襦记》第三十一出："因此打上一回哩哩莲花哩哩莲花落
　也。"

②庙祝：庙宇中管香火的人。

未知性命如何，先见四肢不举。

刘青见汪革坠马，慌忙扶起看时，不言不语，好似中恶模样，不省人事。刘青只得抱上雕鞍，董三、董四左右防护，刘青控马而行。转到南门，却好汪世雄引着二三十人，带着火把接应，合为一处。又行二里，汪革方才苏醒，叫道："怪哉！分明见一神人，身长数丈，头如车轮，白袍金甲，身坐城堵上①，脚垂至地。神兵簇拥，不计其数，旗上明写'福应侯'三字。那神人舒左脚踢我下马，想是神道怪我烧毁其庙，所以为祸也。明早引大队到来，白日里攻打，看他如何？"汪世雄道："父亲还不知道，钱四二恐防累及，已有异心，不知与众人如何商议了，他先洋洋而去②。以后众人陆续走散，三停中已去了二停。父亲不如回到家中再作计较。"汪革听罢，懊恨不已。

行至屯兵之地，见龚四八，所言相同。郭择还锁押在彼，汪革一时性起，拔出佩刀，将郭择劈做两截。引众再回麻地坡来，一路上又跑散了许多人。到庄点点人数，止存六十余人。汪革叹道："吾素有忠义之志，忽为奸人所陷，无由自明。初意欲擒拿县尉，究问根由，报仇雪耻。因借府库之资，招徕豪杰，跌宕江淮，驱除这些贪官污吏，使威名盖世。然后就朝廷恩抚，为国家出力，建万世之功业。今吾志不就，命也。"对龚四八等道："感众兄弟相从不舍，吾何忍负累！今罪犯必死，此身已不足惜，众兄弟何不将我绑去送官，自脱其祸？"龚四八等齐声道："哥哥说那里话！我等平日受你看顾大恩，今日患难之际，生死相依，岂有更变！哥哥休将钱四二一例看待。"汪革道："虽然如此，这麻地坡是个死路，若官兵一到，没有退步。大抵朝廷之事，虎头蛇尾，且暂为逃难之计，倘或天天可怜，不绝尽汪门宗祀，此地还是我子孙故业。不然，我汪革魂魄，亦不复到此矣！"讫言，扑簌簌两行泪下。汪世雄放声大哭，龚四八等皆泣下，不能仰视。汪革道："天明恐有军马来到，事不宜迟矣。天荒湖有渔户可依，权且躲避。"乃尽出金珠，将一半付与董三、董四，教他变姓易名，往临安

———————————

①城堵：城墙。

②洋洋：舒缓、迟缓的样子。这里有悄悄的意思。

行都为贾，布散流言，说何县尉迫胁汪革，实无反情。只当公道不平①，逢人分析。那一半付与龚四八，教他领了三岁的孙子，潜往吴郡藏匿。"官府只虑我上去通房，决不疑在近地。事平之后，径到严州遂安县，寻我哥哥汪师中，必然收留。"乃将三匹名马分赠三人。龚四八道："此马毛色非凡，恐被人识破，不可乘也。"汪革道："若遗与他人，有损无益。"提起大刀，一刀一匹，三马尽皆杀死。庄前庄后，放起一把无情火，必必剥剥，烧得烈焰腾天。汪革与龚、董三人，就火光中洒泪分别。世雄妻张氏，见三岁的孩儿去了，大哭一场，自投于火而死。若汪革早听其言，岂有今日？正是：

> 良药苦口，忠言逆耳。有智妇人，赛过男子。

汪革伤感不已，然无可奈何了。天色将明，分付庄客，不愿跟随的，听其自便。引了妻儿老少，和刘青等心腹三十余人，径投望江县天荒湖来，取五只渔船，分载人口，摇向芦苇深处藏躲。

话分两头。却说安庆李太守见了宿松县申文，大惊，忙备文书各上司处申报。一面行文各县，招集民兵剿贼。江淮宣抚司刘光祖将事情装点大了②，奏闻朝廷。旨意倒下枢密院，着本处统帅约会各郡军马，合力剿捕，毋致蔓延。刘光祖各郡调兵，到者约有四五千之数。已知汪革烧毁房舍，逃入天荒湖内。又调各处船兵水陆并进，又支会平江③，一路用兵邀截，以防走逸。那领兵官无非是都监、提辖、县尉、巡检之类④，素闻汪革骁勇，党与甚众，人有畏怯之心。陆军只屯住在望江城外⑤，水军只屯在里湖港口，抢掳民财，消磨粮饷，那个敢下湖捕贼？住了二十余日，湖中并无动静。有几个大胆的乘个小挫船，哨探出去，望见芦苇中烟火不绝，远远的鼓声敲响。不敢

---

①只当：当作，以为，只说。

②装点：渲染，夸张。

③支会：知会，通知。

④提辖：官名。北宋州郡多置提辖兵甲官，简称提辖，多由知州兼任，掌统辖军队，训练教阅，维持治安。

⑤望江：今安徽望江县。

近视，依旧挱转。又过几日，烟火也没了，鼓声也不闻了，水哨禀知军官①，移船出港，筛锣擂鼓②，摇旗呐喊而前，搪入湖中③，连打鱼的小船都四散躲过，并不见一只。向芦苇烟起处搜看时，鬼脚迹也没一个了。但见几只破船上堆却木屑和草根，煨得船板焦黑。浅渚上有两三面大鼓，鼓上缚着羊，连羊也饿得半死了。原来鼓声是羊蹄所击，烟火乃木屑。汪革从湖入江，已顺流东去，正不知几时了。军官惧罪，只得将船追去。行出江口，只见五个渔船，一字儿泊在江边，船上立着个汉子，有人认得这船是天荒湖内的渔船。拢船去拿那汉子查问时，那汉子噙着眼泪，告诉道："小人姓樊名速，川中人氏。因到此做些小商贩，买卖已毕，与一个乡亲同坐一只大船，三日前来此江口，撞着这五个渔船。船上许多好汉，自称汪十二爷，要借我大船安顿人口，将这五个小船相换。我不肯时，腰间拔出雪样的刀来便要杀害，只得让与他去了。你看这个小船，怎过得川江④？累我重复觅船，好不苦也！"船上两个军官商量道："眼见得换船的汪十二爷，便是汪革了。他人众已散，只有两只大船，容易算计了，且放心赶去。"

行至采石矶边，见江面上摆列战舰无数。却是太平郡差出军官⑤，领水军把截采石，盘诘行船，恐防反贼汪革走逸。打听的实，两处军官相会。安庆军官说起：汪革在湖中逃走入江，劫上两只大客船，装载家小之事，"料他必从此过。小将跟寻下来，如何不见？"采石军官听说，大惊顿足道："我被这奸贼瞒过了也！前两日辰牌时分，果有两只大客船，船中满载家小。其人冠带来谒，自称姓王名中一，为蜀中参军，任满赴行都升补。想来'汪'字半边是'王'字，'革'

---

①水哨：一种水军用的轻便快艇，也叫快哨船。这里指水哨船上的士兵。

②筛锣：敲锣。

③搪（tàng）：这里同"荡"，摇动。

④川江：泛指较大的江河。这里指长江。元熊太古《冀越集记》卷上《国朝分各道》："河东、河西、河南、河北，皆以黄河而言也；江东、江西、江北，皆以川江而言也。"

⑤太平郡：应作"太平州"。治所在当涂县（今安徽当涂）。

字下截是'中一'二字,此人正是汪革。今已过去,不知何往矣!"两处军官度道①,失了汪革正贼,料瞒不过,只得从实申报上司。上司见汪革踪迹神出鬼没,愈加疑虑,请枢密院悬下赏格,画影图形,各处张挂。有能擒捕汪革者,给赏一万贯,官升三级;获其嫡亲家属一口者,赏三千贯,官升一级。

却说汪革乘着两只客船,径下太湖。过了数日,闻知官府挨捕紧急,料是藏躲不了,将客船凿沉湖底,将家小寄顿一个打鱼人家,多将金帛相赠,约定一年后来取。却教刘青跟随儿子汪世雄,间道往无为州漕司出首②,说父亲原无反情,特为县尉何能陷害。见今逃难行都,乞押去追寻,免致兴兵调饷。此乃保全家门之计,不可迟滞。世雄被父亲所逼,只得去了。漕司看了汪世雄首词,问了备细,差官锁押到临安府,挨获汪革,一面禀知枢密等院衙门去讫。

却说汪革发脱家小,单单剩得一身,改换衣装,径望临安而走。在城外住了数日,不见儿子世雄消息,想起城北厢官白正③,系向年相识,乃夜入北关,叩门求见。白正见是汪革,大惊,便欲走避。汪革扯往说道:"兄长勿疑,某此来束手投罪,非相累也。"白正方才心稳,开言问道:"官府捕足下甚急,何为来此?"汪革将冤情告诉了一遍:"如今愿借兄长之力,得诣阙自明,死亦无恨。"

白正留汪革住了一宿,次早报知枢密府,遂下于大理院狱中。狱官拷问他家属何在,及同党之人姓名。汪革道:"妻小都死于火中,只有一子名世雄,一向在外做客,并不知情。庄丁俱是村民,各各逃命去讫,亦不记姓名。"狱官严刑拷讯,终不肯说。

---

①度:揣度,估计。

②无为州:宋时为无为军,元至元十四年(1277)升为路,二十八年(1291)降路为州。治所在无为县(今安徽无为)。漕司:宋转运使的简称,又称漕台。宋初设随军转运使、水陆计度转运使,供办军需。太宗以后,转运使渐成各路长官,经管一路全部或部分财赋,监察各州官吏,并以官吏违法、民生疾苦等情况上报朝廷。

③厢官:亦称"厢吏"。宋自大中祥符以后,将京城外划分为若干厢,特置厢官,处理民间诉讼。南宋沿以为例,在临安也置厢官。

却说白正不愿领赏,记功升官,心下十分可怜汪革,一应狱中事体,替他周旋。临安府闻说反贼汪革投到,把做异事传播。董三、董四知道了,也来暗地与他使钱。大尹院上官下吏都得了贿赂,汪革稍得宽展。遂于狱中上书,大略云:

> 臣汪革,于某年某月投瓯献策,愿倡率两淮忠义,为国家前驱破虏,恢复中原。臣志在报国如此,岂有贰心?不知何人谤臣为反,又不知所指何事?愿得其人与臣面质,使臣心迹明白,虽死犹生矣。

天子见其书,乃诏九江府押送程彪、程虎二人到行都,并下大理鞫问。其时无为州漕司文书亦到,汪世雄也来了。

那会审一日,好不热闹。汪革父子相会,一段悲伤,自不必说。看见对头,却是二程兄弟,出自意外,到吃一惊,方晓得这场是非的来历。刑官审问时,二程并无他话。只指汪革所寄洪恭之书为据。汪革辨道:"书中所约秋凉践约,原欲置买太湖县湖荡,并非别情。"刑官道:"洪恭已在逃了,有何对证?"汪世雄道:"闻得洪恭见在宣城居住,只拿他来审,便知端的。"刑官一时不能决,权将四人分头监候,行文宁国府去了①。

不一日,本府将洪恭解到。刘青在外面已自买嘱解子②,先将程彪、程虎根由备细与洪恭说了。洪恭料得没事,大着胆进院。遂将写书推荐二程,约汪革来看湖荡,及汪家赍发薄了,二人不悦,并赠绢不受之故,始末根由,说了一遍。汪革回书,被程彪、程虎藏匿不付。两头怀恨,遂造此谋,诬陷平人,更无别故。堂上官录了口词,向狱中取出汪家父子、二程兄弟面证。程彪、程虎见洪恭说得的实了,无言可答。汪革又将何县尉停泊中途,诈称拒捕,以致上司激怒等因,说了一遍。问官再四推鞫无异,又且得了贿赂,有心要周旋其事。当时判出审单,略云:

> 审得犯人一名汪革,颇有侠名,原无反状。始因二程之私

---

①宁国府:南宋乾道二年(1166)升宣州为宁国府,治所在宣城县。
②买嘱:买通。解(jiè)子:解差,押解人犯的差役。

怨,妄解书词;继因何尉之讹言,遂开兵衅。察其本谋,实非得
已。但不合不行告辨,纠合凶徒,擅杀职官郭择及土兵数人。
情虽可原,罪实难宥。思其束手自投,显非抗拒。但行凶非止
一人,据革自供当时逃散,不记姓名。而郡县申文,已有刘青名
字。合行文本处访拿治罪,不可终成漏网。革子世雄,知情与
否,亦难悬断。然观无为州首词与同恶相济者不侔①,似宜准自
首例,姑从末减②。汪革照律该凌迟处死,仍枭首示众③,决不待
时。汪世雄杖脊发配二千里外。程彪、程虎首事妄言,杖脊发
配一千里外。俱俟凶党刘青等到后发遣④。洪恭供明释放。县
尉何能捕贼无才,罢官削籍。

狱具⑤,覆奏天子。圣旨依拟。刘青一闻这个消息,预先漏与狱中⑥,
只劝汪革服毒自尽。汪革这一死,正应着宿松城下小儿之歌。他说
"二六佳人姓汪",汪革排行十二也;"偷个船儿过江",是指劫船之
事;"过江能几日？一杯热酒难当",汪革今日将热酒服毒,果应其言
矣。古来说童谣乃天上荧惑星化成小儿,预言祸福。看起来汪革虽
不曾成什么大事,却被官府大惊小怪,起兵调将,骚扰几处州郡,名
动京师,忧及天子,便有童谣预兆,亦非偶然也。

闲话休题。再说汪革死后,大理院官验过,仍将死尸枭首悬挂
国门。刘青先将尸骸藏过,半夜里偷其头去藁葬于临安北门十里之
外。次日私对董三说知其处,然后自投大理院,将一应杀人之事,独
自承认,又自诉偷葬主人之情。大理院官用刑严讯,备诸毒苦,要他
招出葬尸处,终不肯言。是夜受苦不过,死于狱中。后人有诗赞云:
　　从容就狱申王法,慷慨捐生报主恩。

————————

①不侔:不同。

②末减:从轻论罪或减等处刑。

③仍:而且,并且。

④发遣:发落,处理。

⑤狱具:案子已结,罪案已定。

⑥漏:透漏。

多少朝中食禄者,几人殉义似刘青?

大理院官见刘青死了,就算个完局。狱中取出汪世雄及程彪、程虎,决断发配。董三、董四在外已自使了手脚,买嘱了行杖的,汪世雄皮肤也不曾伤损。程彪、程虎着实吃了大亏,又兼解子也受了买嘱,一路上将他两个难为。行至中途,程彪先病故了,只将程虎解去,不知下落。那解汪世雄的得了许多银两,刚行得三四百里,将他纵放。汪世雄躲在江湖上,使枪棒卖药为生,不在话下。

再说董三、董四收拾了本钱,往姑苏寻着了龚四八,领了小孩子。又往太湖打鱼人家,寻了汪家老小。三个人扮作仆者模样,一路跟随,直送至严州遂安县汪师中处。汪孚问知详细,感伤不已,拨宅安顿。龚、董等都移家附近居住。却有汪孚卫护,地方上谁敢道个不字。

过了半载,事渐冷了。汪师中遣龚四八、董四二人,往麻地坡查理旧时产业。那边依旧有人造炭冶铁。问起缘故,却是钱四二为主,倡率乡民做事,就顶了汪革的故业。只有天荒湖渔户不肯从顺。董四大怒,骂道:“这反覆不义之贼,恁般享用得好,心下何安?我拚着性命,与汪信之哥哥报仇。”提了朴刀,便要寻钱四二赌命。龚四八止住道:“不可,不可。他既在此做事,乡民都帮助他的,寡不敌众,枉惹人笑。不如回复师中,再作道理。”二人转至宿松,何期正在郭都监门首经过,有认得董四的,闲着口①,对郭都监的家人郭兴说道:“这来的矮胖汉,便是汪革的心腹帮手,叫做董学,排行第四。”郭兴听罢,心下想道:“家主之仇,如何不报?”让一步过去,出其不意,从背心上狠的一拳,将董四抑倒,急叫道:“拿得反贼汪革手下杀人的凶徒在此!”宅里奔出四五条汉子出来,街坊上人一拥都来,唬得龚四八不敢相救,一道烟走了。郭兴招引地方将董四背剪绑起,头发都捋得干干净净,一步一棍,解到宿松县来。此时新县官尚未到任,何县尉又坏官去了,却是典史掌印,不敢自专,转解到安庆李太守处。李太守因前番汪革反情不实,轻事重报,被上司埋怨了一场,

---

①闲着口:多嘴,说闲话。按:疑是“信着口”之误。信口:随口。

不胜懊悔。今日又说起汪革,头也疼将起来,反怪地方多事,骂道:"汪革杀人一事,奉圣旨处分了当。郭择性命已偿过了,如何又生事扰害!那典史与他起解①,好不晓事!"嘱教将董四放了。郭兴和地方人等,一场没趣而散。董四被郭家打伤,负痛奔回遂安县去。

却说龚四八先回,将钱四二占了炭冶生业,及董四被郭家拿住之事,细说一遍。汪孚度道必然解郡。却待差人到安庆去替他用钱营干②,忽见董四光着头奔回,诉说如此如此,若非李太守好意,性命不保。汪孚道:"据官府口气,此事已撇过一边了。虽然董四哥吃了些亏,也得了个好消息。"

又过几日,汪孚自引了家童二十余人,来到麻地坡,寻钱四二与他说话。钱四二闻知汪孚自来,如何敢出头?带着妻子,连夜逃走去了,到撇下房屋家计。汪孚道:"这不义之物,不可用之。"赏与本地炭户等,尽他搬运,房屋也都拆去了。汪孚买起木料,烧砖造瓦,另盖起楼房一所。将汪革先前炭冶之业,一一查清,仍旧汪氏管业。又到天荒湖拘集渔户③,每人赏赐布钞,以收其心。这七十里天荒湖,仍为汪氏之产。又央人向郡中上下使钱,做汪孚出名,批了执照。汪孚在麻地坡住了十个多月,百事做得停停当当。留下两个家人掌管,自己回遂安去。

不一日,哲宗皇帝晏驾④,新天子即位,颁下诏书,大赦天下。汪世雄才敢回家,到遂安拜见了伯伯汪师中,抱头而哭。闻得一家骨肉无恙,母子重逢,小孩儿已长成了,是汪孚取名,叫做汪千一。汪世雄心中一悲一喜。过了数日,汪世雄禀过伯伯,同董三到临安走遭,要将父亲骸骨奔归埋葬。汪孚道:"此是大孝之事,我如何阻当?但须早去早回。此间武疆山广有隙地,风水尽好,我先与你葺理葬

---

①起解:押送犯人。

②营干:办事。这里有设法、通关节之意思。

③拘集:召集。

④哲宗皇帝:本篇开头明言故事发生在南宋乾道年间,而哲宗为北宋皇帝,显然有误。晏驾:古代称皇帝死亡。

事。"汪世雄和董三去了。一路无事,不一日,负骨而回。重备棺木殡殓,择日安葬。事毕,汪孚向侄儿说道:"麻地坡产业虽好,你父亲在彼,挫了威风。又地方多有仇家,龚四八和董三、董四多有人认得,你去住不得了。我当初为一句闲话上,触了你父亲,憋口气走向麻地坡去了,以致弄出许多事来。今日将我的产业尽数让你,一来是见成事业,二来你父亲坟茔在此,也好看管,也教你父亲在九泉之下,消了这口怨气。那麻地坡产业,我自移家往彼居住,不怕谁人奈何得我①。"汪世雄拜谢了伯伯。当日汪孚将遂安房产帐目,尽数交付汪世雄明白,童仆也分下一半。自己领了家小,向麻地坡一路而去。

从此遂安与宿松分做二宗,往来不绝。汪世雄凭藉伯伯的财势,地方无不信服。只为妻张氏赴火身死,终身不娶,专以训儿为事。后来汪千一中了武举,直做到亲军指挥使之职②,子孙繁盛无比。这段话本叫做《汪信之一死救全家》。后人有诗赞云:

烈烈轰轰大丈夫,出门空手立家模。

情真义士多帮手,赏薄宵人起异图③。

仗剑报仇因迫吏,挺身就狱为全孥。

汪孚让宅真高谊,千古传名事岂诬?

---

①奈何:难为,处治。

②亲军指挥使:"亲军"指侍卫亲军。宋代有侍卫亲军马军都指挥使司和步军都指挥使司,其统兵官为侍卫亲军马军都指挥使和步军都指挥使,习称马帅、步帅。营(指挥)一级的统兵官称指挥使,其副职称副指挥使。

③宵人:宵小,坏人。

第四十卷

沈小霞相会出师表

　　闲向书斋阅古今，偶逢奇事感人心。忠臣翻受奸臣制，肮脏英雄泪满襟①。　　休解绶②，慢投簪③，从来日月岂常阴？到头祸福终须应，天道还分贞与淫。

　　话说国朝嘉靖年间，圣人在位，风调雨顺，国泰民安。只为用错了一个奸臣，浊乱了朝政，险些儿不得太平。那奸臣是谁？姓严名嵩，号介溪，江西分宜人氏。以柔媚得幸④，交通宦官⑤，先意迎合⑥，精勤斋醮⑦，供奉青词，由此骤致贵显。为人外装曲谨⑧，内实猜刻⑨。谗害了大学士夏言，自己代为首相，权尊势重，朝野侧目。儿子严世蕃，由官生直做到工部侍郎⑩。他为人更狠，但有些小人之才，博闻强记，能思善算。介溪公最听他的说话，凡疑难大事，必须

---

①肮(kǎng)脏：亦作"抗脏"。形容气岔不平而又无可奈何。陆龟蒙《纪事诗》："感物动牢愁，愤时颇肮脏。"

②解绶：解下印绶。比喻辞官。

③投簪：丢掉固冠用的簪子。比喻弃官。

④柔媚：迎合奉承。

⑤交通：交结，勾结。

⑥先意迎合：揣摩人意（这里指皇帝的意旨），谄媚逢迎。

⑦斋醮：僧道设坛祈祷。明世宗（即嘉靖皇帝）迷信道教，严嵩在这方面极力迎合。

⑧曲谨：谨小慎微。

⑨猜刻：猜忌刻薄。

⑩官生：明代一品至七品文官员，可以请荫一子为官，或入国子监读书。后渐加限制，在京三品以上方得请荫，谓之官生。工部侍郎：工部为"六部"之一，掌管营造、工匠、屯田、水利、交通等政令，长官为工部尚书，副长官为工部侍郎。

与他商量,朝中有"大丞相"、"小丞相"之称。他父子济恶①,招权纳贿,卖官鬻爵。官员求富贵者,以重赂献之,拜他门下做干儿子,即得超迁显位。由是不肖之人,奔走如市,科道衙门皆其心腹牙爪②。但有与他作对的,立见奇祸,轻则杖谪,重则杀戮,好不利害!除非不要性命的,才敢开口说句公道话儿。若不是真正关龙逢、比干③,十二分忠君爱国的,宁可误了朝廷,岂敢得罪宰相?其时有无名子感慨时事,将《神童诗》改成四句云④:

　　少小休勤学,钱财可立身。

　　君看严宰相,必用有钱人。

又改四句,道是:

　　天子重权豪,开言惹祸苗。

　　万般皆下品,只有奉承高。

　　只为严嵩父子恃宠贪虐,罪恶如山,引出一个忠臣来,做出一段奇奇怪怪的事迹,留下一段轰轰烈烈的话柄。一时身死,万古名扬。正是:

　　家多孝子亲安乐,国有忠臣世泰平。

　　那人姓沈名炼,别号青霞,浙江绍兴人氏。其人有文经武纬之才,济世安民之志。从幼慕诸葛孔明之为人。孔明文集上有《前出师表》、《后出师表》,沈炼平日爱诵之,手自抄录数百遍,室中到处粘壁。每逢酒后,便高声背诵,念到"鞠躬尽瘁,死而后已",往往长叹数声,大哭而罢。以此为常,人都叫他是狂生。嘉靖戊戌年中了进

---

①济恶:相助作恶。

②科道衙门:明代六科给事中与都察院各道监察御史官署,合称为"科道两衙门"。

③关龙逢:古史传说中夏代末年的贤臣。夏桀暴虐无道,关龙逢多次直谏,被桀囚杀。比干:商代纣王的叔父,相传因极谏纣王而被剖心。

④《神童诗》:旧时的一种启蒙读物,为五言韵文。宋代汪洙撰有《汪神童诗》数十首,后人以其增补成集,流行于村塾。下面所改的八句,《神童诗》原文作:"少小须勤学,文章可立身;满朝朱紫贵,尽是读书人。""天子重英豪,文章教尔曹;万般皆下品,惟有读书高。"

士，除授知县之职。他共做了三处知县。那三处？溧阳、茌平、清丰①。这三任官做得好，真个是：

> 吏肃惟遵法、官清不爱钱。
>
> 豪强皆敛手，百姓尽安眠。

因他生性伉直，不肯阿奉上官，左迁锦衣卫经历②。一到京师，看见严家赃秽狼藉，心中甚怒。忽一日值公宴，见严世蕃倨傲之状，已自九分不像意。饮至中间，只见严世蕃狂呼乱叫，旁若无人，索巨觥飞酒③，饮不尽者罚之。这巨觥约容酒斗余④，两坐客惧世蕃威势⑤，没人敢吃。只有一个马给事⑥，天性绝饮，世蕃固意将巨觥飞到他面前。马给事再三告免，世蕃不依。马给事略沾唇，面便发赤，眉头打结，愁苦不胜。世蕃自去下席，亲手揪了他的耳朵，将巨觥灌之。那给事出于无奈，闷着气，一连几口吸尽。不吃也罢，才吃下时，觉得天在下，地在上，墙壁都团团转动，头重脚轻，站立不住。世蕃拍手呵呵大笑。沈炼一肚子不平之气，忽然揎袖而起，抢那只巨觥在手，斟得满满的，走到世蕃面前说道："马司谏承老先生赐酒⑦，已沾醉不能为礼。下官代他酬老先生一杯。"世蕃愕然，方欲举手推辞，只见沈炼声色俱厉道："此杯别人吃得，你也吃得。别人怕着你，我沈炼不怕你！"也揪了世蕃的耳朵灌去。世蕃一饮而尽，沈炼掷杯于案，一般拍手呵呵大笑。唬得众官员面如土色，一个个低着头，不敢则声。世蕃假醉，先辞去了。沈炼也不送，坐在椅上，叹道："咳，'汉贼不两立'！'汉贼不两立'！"一连念了七八句。这句书也是《出

---

①清丰：今河南清丰。

②锦衣卫经历：明代锦衣卫本为皇宫的禁卫军，掌管皇帝出入仪仗，后兼管刑狱、缉捕等事，为皇帝的心腹与耳目，权势极重。经历是掌出纳文书的官员。

③飞酒：指轮流劝酒。

④斗：古代酒器。这里用作量酒的量词。

⑤两：疑为"而"字之讹。

⑥给(jǐ)事：即"给事中"。明代给事中分吏、户、礼、兵、刑、工六科，掌侍从规谏、稽察六部弊误等。

⑦司谏：宋代置左右司谏，掌讽喻规谏，元以后废。这里代指给事中。

师表》上的说话，他把严家比着曹操父子。众人只怕世蕃听见，到替他捏两把汗。沈炼全不为意，又取酒连饮几杯，尽醉方散。

睡到五更醒来，想道："严世蕃这厮，被我使气逼他饮酒①，他必然记恨来暗算我。一不做，二不休，有心只是一怪②，不如先下手为强。我想严嵩父子之恶，神人怨怒。只因朝廷宠信甚固，我官卑职小，言而无益，欲待觑个机会，方才下手。如今等不及了，只当做张子房在博浪沙中椎击秦始皇，虽然击他不中，也好与众人做个榜样。"就枕头上思想疏稿③，想到天明有了，起来焚香盥手，写就表章。表上备说严嵩父子招权纳贿，穷凶极恶，欺君误国十大罪，乞诛之以谢天下。圣旨下道："沈炼谤讪大臣，沽名钓誉，着锦衣卫重打一百，发去口外为民④。"严世蕃差人分付锦衣卫官校⑤，定要将沈炼打死。喜得堂上官是个有主意的人⑥，那人姓陆名炳⑦，平时极敬重沈公的节气；况且又是属官⑧，相得好的，因此反加周全，好生打个出头棍儿⑨，不甚利害。户部注籍⑩，保安州为民⑪。沈炼带着棒疮，即日收

---

①使气：使性子，逞意气。

②有心：疑是索性、干脆的意思（见《明清吴语词典》等）。只是一怪：反正总是要受责怪。《水浒传》第十一回："不若只是一怪，推却事故，发付他下山去便了。"《警世通言》卷三十二："始终只是一怪，不如辞了干净。"

③疏稿：奏疏的稿子。

④口外：泛指长城以北地区。也称"口北"。

⑤官校：各府衙门的低级军吏。明代常专指锦衣卫官校。

⑥堂上官：衙署的长官。

⑦陆炳：长期任锦衣卫长官，《明史》入《佞幸传》，但又说他"折节士大夫，未尝构陷一人，以故朝士多称之者。"

⑧属官：属员，下属官员。

⑨出头棍儿：指行杖刑时不用杖头而用杖身（中间部分）打，可以减轻被打人的苦楚。

⑩注籍：这里是登记注册的意思。

⑪保安州：元末改奉圣州为保安州，治所在永兴县（今河北涿州），明景泰二年（1451）移治今怀来县西北新保安。

拾行李,带领妻子,顾着一辆车儿,出了国门①,望保安进发。

原来沈公夫人徐氏,所生四个儿子:长子沈襄,本府廪膳秀才②,一向留家。次子沈衮、沈褒,随任读书。幼子沈裒,年方周岁。嫡亲五口儿上路。满朝文武,惧怕严家,没一个敢来送行。有诗为证:

> 一纸封章忤庙廊③,萧然行李入遐荒。
>
> 相知不敢攀鞍送,恐触权奸惹祸殃。

一路上辛苦,自不必说。且喜到了保安州了。那保安州属宣府④,是个边远地方,不比内地繁华。异乡风景,举目凄凉,况兼连日阴雨,天昏地黑,倍加惨戚。欲赁间民房居住,又无相识指引,不知何处安身是好。正在徬徨之际,只见一人打个小伞前来,看见路旁行李,又见沈炼一表非俗,立住了脚,相了一回,问道:"官人尊姓?何处来的?"沈炼道:"姓沈,从京师来。"那人道:"小人闻得京中有个沈经历,上本要杀严嵩父子,莫非官人就是他么?"沈炼道:"正是。"那人道:"仰慕多时,幸得相会。此非说话之处,寒家离此不远,便请携宝眷同行到寒家权下⑤,再作区处。"沈炼见他十分殷勤,只得从命。

行不多路便到了。看那人家,虽不是个大大宅院,却也精致。那人揖沈炼至于中堂,纳头便拜。沈炼慌忙答礼,问道:"足下是谁?何故如此相爱?"那人道:"小人姓贾名石,是宣府卫一个舍人⑥。哥哥是本卫千户,先年身故无子⑦,小人应袭。为严贼当权,袭职者都

①国门:国都的城门。

②廪膳秀才:即廪膳生员。明初,府、州、县学的生员,每人月给廪米六斗。后来生员名额增多,食廪者限于资深及优异者,称廪膳生员,其他生员则称"增广生员"和"附学生员"。

③庙廊:即廊庙。指朝廷。

④宣府:宣府镇,明代"九边"之一,治所在今河北宣化。

⑤权下:暂且住下。

⑥宣府卫:明代设置宣府左卫和右卫,治所在今河北宣化。舍人:这里指明代卫所武官的应袭子弟。

⑦先年:先前,往年。

要重赂，小人不愿为官。托赖祖荫，有数亩薄田，务农度日。数日前闻阁下弹劾严氏，此乃天下忠臣义士也。又闻编管在此，小人渴欲一见，不意天遣相遇，三生有幸！"说罢又拜下去。沈公再三扶起，便教沈衮、沈褒与贾石相见。贾石教老婆迎接沈奶奶到内宅安置。交卸了行李，打发车夫等去了。分付庄客，宰猪买酒，管待沈公一家。贾石道："这等雨天，料阁下也无处去，只好在寒家安歇了。请安心多饮几杯，以宽劳顿。"沈炼谢道："萍水相逢，便承款宿，何以当此！"贾石道："农庄粗粝，休嫌简慢。"当日宾主酬酢，无非说些感慨时事的说话。两边说得情投意合，只恨相见之晚。

　　过了一宿，次早沈炼起身，向贾石说道："我要寻所房子，安顿老小，有烦舍人指引。"贾石道："要什么样的房子？"沈炼道："只像宅上这一所，十分足意了，租价但凭尊教。"贾石道："不妨事。"出去踅了一回，转来道："赁房尽有，只是龌龊低洼，忽切难得中意的。阁下不若就在草舍权住几时，小人领着家小，自到外家去住①，等阁下还朝，小人回来，可不稳便。"沈炼道："虽承厚爱，岂敢占舍人之宅！此事决不可。"贾石道："小人虽是村农，颇识好歹。慕阁下忠义之士，想要执鞭坠镫②，尚且不能。今日天幸降临，权让这几间草房与阁下作寓，也表得我小人一点敬贤之心，不须推逊。"话毕，慌忙分付庄客，推个车儿，牵个马儿，带个驴儿，一伙子将细软家私搬去③，其余家常动使家火，都留与沈公日用。沈炼见他慨爽，甚不过意，愿与他结义为兄弟。贾石道："小人是一介村农，怎敢僭扳贵宦④？"沈炼道："大丈夫意气相许，那有贵贱？"贾石小沈炼五岁，就拜沈炼为兄；沈炼教两个儿子拜贾石为义叔；贾石也唤妻子出来都相见了，做了一家儿亲戚。贾石陪过沈炼吃饭已毕，便引着妻子到外舅李家去讫⑤。自

---

①外家：这里指岳父家。

②执鞭坠镫：侍候别人乘骑，多用来比喻倾心追随。亦说"执鞭随镫"。

③一伙子：一起，一总。

④僭扳：高攀。僭，僭越。扳，同"攀"。

⑤外舅：岳父。

此沈炼只在贾石宅子内居住。时人有诗叹贾舍人借宅之事,诗曰:

倾盖相逢意气真,移家借宅表情亲。

世间多少亲和友,竞产争财愧死人!

却说保安州父老,闻知沈经历为上本参严阁老贬斥到此①,人人敬仰,都来拜望,争识其面。也有运柴运米相助的,也有携酒肴来请沈公吃的,又有遣子弟拜于门下听教的。沈炼每日间与地方人等,讲论忠孝大节及古来忠臣义士的故事。说到关心处②,有时毛发倒竖,拍案大叫;有时悲歌长叹,涕泪交流。地方若老若小③,无不耸听欢喜④。或时唾骂严贼,地方人等齐声附和,其中若有不开口的,众人就骂他是不忠不义。一时高兴,以后率以为常。又闻得沈经历文武全材,都来合他去射箭。沈炼教把稻草扎成三个偶人,用布包裹,一写"唐奸相李林甫",一写"宋奸相秦桧",一写"明奸相严嵩",把那三个偶人做个射鹄⑤。假如要射李林甫的,便高声骂道:"李贼看箭!"秦贼、严贼,都是如此。北方人性直,被沈经历咶得热闹了⑥,全不虑及严家知道。自古道:"若要不知,除非莫为。"世间只有权势之家,报新闻的极多。早有人将此事报知严嵩父子。严嵩父子深以为恨,商议要寻个事头杀却沈炼,方免其患。适值宣大总督员缺⑦,严阁老分付吏部,教把这缺与他门下干儿子杨顺做去。吏部依言,就将杨侍郎杨顺差往宣大总督。杨顺往严府拜辞,严世蕃置酒送行,席间屏人而语,托他要查沈炼过失。杨顺领命,唯唯而去。正是:

合成毒药惟需酒,铸就钢刀待举手。

可怜忠义沈经历,还向偶人夸大口。

---

①阁老:明代设内阁大学士,一般人称之为"阁老",具有相当于宰相的权力。

②关心处:激动人心的地方。

③若:或。

④耸听:耸然而听(耸,通"悚")。耸,激动。

⑤射鹄(gǔ):箭靶。

⑥咶:吵闹。这里有鼓动的意思。

⑦宣大总督:指宣府、大同两镇总督。明初用兵,命京官至地方总督军务,非常设之官,后成为定制。员缺:官职空缺。员,官员的定额。

　　却说杨顺到任不多时,适遇大同鞑虏俺答①,引众入寇应州地方②,连破了四十余堡③,掳去男妇无算。杨顺不敢出兵救援,直待鞑虏去后,方才遣兵调将,为追袭之计。一般筛锣击鼓,扬旗放炮,都是鬼弄,那曾看见半个鞑子的影儿?杨顺情知失机惧罪,密谕将士,搜获避兵的平民,将他劗头斩首④,充做鞑虏首级,解往兵部报功。那一时不知杀死了多少无辜的百姓。沈炼闻知其事,心中大怒,写书一封,教中军官送与杨顺。中军官晓得沈经历是个揽祸的太岁,书中不知写甚么说话,那里肯与他送。沈炼就穿了青衣小帽⑤,在军门伺候杨顺出来,亲自投递。杨顺接来看时,书中大略说道:"一人功名事极小,百姓性命事极大。杀平民以冒功,于心何忍?况且遇鞑贼止于掳掠,遇我兵反加杀戮,是将帅之恶,更甚于鞑虏矣!"书后又附诗一首,诗云:

　　　　杀生报主意何如?解道"功成万骨枯"⑥。

　　　　试听沙场风雨夜,冤魂相唤觅头颅。

杨顺见书大怒,扯得粉碎。

　　却说沈炼又做了一篇祭文,率领门下子弟,备了祭礼,望空祭奠那些冤死之鬼。又作《塞下吟》云:

---

①鞑虏俺答:鞑虏是对当时入侵的鞑靼族的蔑称。元亡后,其宗族走漠北,去元之国号,称鞑靼。俺答是嘉靖时蒙古族最强的部落长。

②应州:今山西应县。

③堡:小城,堡塞。

④劗(zàn):刺,割。《今古奇观》顾学颉校注:"劗(jiǎn)头斩首:剃去一部分头发。古时汉人把头发盘在头上;而鞑靼人则是剃去四周的头发,留着辫子。因为要把汉人的头冒充鞑靼人的头,所以要这样做。"按:劗,原文作劗,依照古字书,二字相同。但"劗头"连用,仅此一例。因疑这里的"劗"字,很可能假借为"剃"。清初刊本《今古奇观》卷十三即改作"剃头斩首"。

⑤青衣小帽:指平民服装。

⑥解道:懂得,知道。功成万骨枯:指唐代诗人曹松的诗句"一将功成万骨枯"。

云中一片虏烽高①，出塞将军已著劳②。

不斩单于诛百姓③，可怜冤血染霜刀。

又诗云：

本为求生来避虏，谁知避虏反戕生！

早知虏首将民假④，悔不当时随虏行。

杨总督标下有个心腹指挥⑤，姓罗名铠，抄得此诗并祭文，密献于杨顺。杨顺看了，愈加怨恨，遂将第一首诗改窜数字，诗曰：

云中一片虏烽高，出塞将军枉著劳。

何似借他除佞贼⑥，不须奏请上方刀⑦。

写就密书，连改诗封固，就差罗铠送与严世蕃。书中说："沈炼怨恨相国父子，阴结死士剑客⑧，要乘机报仇。前番鞑虏入寇，他吟诗四句，诗中有借虏除佞之语，意在不轨。"世蕃见书大惊，即请心腹御史路楷商议。路楷曰："不才若往按彼处⑨，当为相国了当这件大事。"世蕃大喜，即分付都察院便差路楷巡按宣大。临行世蕃治酒款别，说道："烦寄语杨公，同心协力，若能除却这心腹之患，当以侯伯世爵相酬，决不失信于二公也。"路楷领诺。

不一日，奉了钦差敕令来到宣府，到任与杨总督相见了。路楷遂将世蕃所托之语，一一对杨顺说知。杨顺道："学生为此事朝思暮想，废寝忘餐，恨无良策，以置此人于死地。"路楷道："彼此留心，一来休负了严公父子的付托，二来自家富贵的机会，不可挫过。"杨顺道："说得是，倘有可下手处，彼此相报。"当日相别去了。

---

①云中：大同的旧名。

②著劳：有显著的功劳。

③单（chán）于：匈奴的首领，泛指外族首领。这里指俺答。

④假：借。

⑤标下：部下。

⑥何似：何如，不如。

⑦上方刀：即上（尚）方剑，此处因押韵，将"剑"改作"刀"。

⑧死士：敢死之士。

⑨按：按巡，巡视。

　　杨顺思想路楷之言，一夜不睡。次早坐堂，只见中军官报道："今有蔚州卫拿获妖贼二名①，解到辕门外，伏听钧旨。"杨顺道："唤进来。"解官磕了头，递上文书。杨顺拆开看了，呵呵大笑。这二名妖贼，叫做阎浩、杨胤夔，系妖人萧芹之党。原来萧芹是白莲教的头儿②，向来出入虏地，惯以烧香惑众，哄骗虏酋俺答，说自家有奇术，能咒人使人立死，喝城使城立颓。虏酋愚甚，被他哄动，尊为国师③。其党数百人，自为一营。俺答几次入寇，都是萧芹等为之向导，中国屡受其害。先前史侍郎做总督时④，遣通事重赂虏中头目脱脱⑤，对他说道："天朝情愿与你通好，将俺家布粟换你家马，名为'马市'，两下息兵罢战，各享安乐，此是美事。只怕萧芹等在内作梗，和好不终。那萧芹原是中国一个无赖小人，全无术法，只是狡伪，哄诱你家，抢掠地方，他于中取事。郎主若不信⑥，可要萧芹试其术法。委的喝得城颓，咒得人死，那时合当重用。若咒人人不死，喝城城不颓，显是欺诳，何不缚送天朝？天朝感郎主之德，必有重赏。'马市'一成，岁岁享无穷之利，煞强如抢掠的勾当。"脱脱点头道是，对郎主俺答说了。俺答大喜，约会萧芹，要将千骑随之，从右卫而入⑦，试其喝城之技。萧芹自知必败，改换服色，连夜脱身逃走，被居庸关守将盘诘，并其党乔源、张攀隆等拿住，解到史侍郎处。招称妖党甚众，山陕畿南⑧，处处俱有，一向分头缉捕。今日阎浩、杨胤夔亦是数内有名妖犯。杨总督省见获解到来，一者也算他上任一功，二者要借这个题目，牵害沈炼，如何不喜？当晚就请路御史，来后堂商议道："别个题目摆布沈炼不了，只有白莲教通虏一事，圣上所最怒。如今

- - - - - - -

①蔚州：今河北蔚县。
②白莲教：元代民间的一种秘密社团组织。
③国师：本为帝王赐给高僧的尊号。
④史侍郎：指史道（据《明史·鞑靼传》）。史道曾任大同巡抚，未做过总督。
⑤通事：翻译。脱脱：这里指俺答之子脱脱（据《明史·鞑靼传》）。
⑥郎主：历史上北方少数民族对君主、酋长的称呼。
⑦右卫：这里指大同右卫，治所在旧定边卫城（今山西右玉）。
⑧山陕畿南：山西、陕西和京城以南。

将妖贼阎浩、杨胤夔招中,窜入沈炼名字,只说浩等平日师事沈炼,沈炼因失职怨望,教浩等煽妖作幻,勾虏谋逆。天幸今日被擒,乞赐天诛,以绝后患。先用密禀禀知严家,教他叮嘱刑部作速覆本①。料这番沈炼之命,必无逃矣。"路楷拍手道:"妙哉,妙哉!"

两个当时就商量了本稿,约齐了同时发本。严嵩先见了本稿及禀帖,便教严世蕃传语刑部。那刑部尚书许论,是个罢软没用的老儿,听见严府分付,不敢怠慢,连忙覆本,一依杨、路二人之议。圣旨倒下:妖犯着本处巡按御史即时斩决。杨顺荫一子锦衣卫千户,路楷纪功,升迁三级,俟京堂缺推用②。

话分两头。却说杨顺自发本之后,便差人密地里拿沈炼下于狱中。慌得徐夫人和沈衮、沈褒没做理会,急寻义叔贾石商议。贾石道:"此必杨、路二贼为严家报仇之意,既然下狱,必然诬陷以重罪。两位公子及今逃窜远方,待等严家势败,方可出头。若住在此处,杨、路二贼,决不干休。"沈衮道:"未曾看得父亲下落,如何好去?"贾石道:"尊大人犯了对头,决无保全之理。公子以宗祀为重,岂可拘于小孝,自取灭绝之祸? 可劝令堂老夫人,早为远害全身之计。尊大人处贾某自当央人看觑,不烦悬念。"二沈便将贾石之言,对徐夫人说知。徐夫人道:"你父亲无罪陷狱,何忍弃之而去! 贾叔叔虽然相厚,终是个外人。我料杨、路二贼奉承严氏,亦不过与你爹爹作对,终不然累及妻子。你若畏罪而逃,父亲倘然身死,骸骨无收,万世骂你做不孝之子,何颜在世为人乎?"说罢,大哭不止。沈衮、沈褒齐声恸哭。贾石闻知徐夫人不允,叹惜而去。

过了数日,贾石打听的实,果然扭入白莲教之党,问成死罪。沈炼在狱中大骂不止。杨顺自知理亏,只恐临时处决,怕他在众人面前毒骂,不好看相,预先问狱官责取病状,将沈炼结果了性命。贾石

---

① 覆本:审核批准公文。

② 京堂:京堂官,中央各部、院、寺、监的长官。推用:进用。许政扬注:"明代制度,官员必俟考满,方能升授;若员缺当补,不等考满即升,则叫作推升。这里的推用,就是指推升。"

将此话报与徐夫人知道，母子痛哭，自不必说。又亏贾石多有识熟人情，买出尸首，嘱付狱卒："若官府要枭示时^①，把个假的答应。"却瞒着沈衮兄弟，私下备棺盛殓，埋于隙地。事毕，方才向沈衮说道："尊大人遗体已得保全，直待事平之后，方好指点与你知道，今犹未可泄漏。"沈衮兄弟感谢不已。贾石又苦口劝他弟兄二人逃走。沈衮道："极知久占叔叔高居，心上不安。奈家母之意，欲待是非稍定，搬回灵柩，以此迟延不决。"贾石怒道："我贾某生平，为人谋而尽忠。今日之言，全是为你家门户，岂因久占住房，说发你们起身之理？既嫂嫂老夫人之意已定，我亦不敢相强。但我有一小事，即欲远出，有一年半载不回，你母子自小心安住便了。"觑着壁上贴得有前、后《出师表》各一张，乃是沈炼亲笔楷书。贾石道："这两幅字可揭来送我，一路上做个记念。他日相逢，以此为信。"沈衮就揭下二纸，双手折叠，递与贾石。贾石藏于袖中，流泪而别。原来贾石算定杨、路二贼，设心不善，虽然杀了沈炼，未肯干休。自己与沈炼相厚，必然累及，所以预先逃走，在河南地方宗族家权时居住，不在话下。

却说路楷见刑部覆本，有了圣旨，便于狱中取出阎浩、杨胤夔斩讫，并要割沈炼之首，一同枭示。谁知沈炼真尸已被贾石买去了，官府也那里辨验得出，不在话下。

再说杨顺看见止于荫子，心中不满，便向路楷说道："当初严东楼许我事成之日^②，以侯伯爵相酬，今日失言，不知何故？"路楷沉思半晌，答道："沈炼是严家紧对头，今止诛其身，不曾波及其子。斩草不除根，萌芽复发。相国不足我们之意^③，想在于此。"杨顺道："若如此，何难之有？如今再上个本，说沈炼虽诛，其子亦宜知情，还该坐罪，抄没家私，庶国法可伸，人心知惧。再访他同射草人的几个狂徒，并借屋与他住的，一齐拿来治罪，出了严家父子之气，那时却将前言取赏，看他有何推托。"路楷道："此计大妙！事不宜迟，乘他家

---

①枭示：枭首示众。
②严东楼：东楼是严世蕃的别号。
③不足：不满足。

属在此，一网而尽，岂不快哉！只怕他儿子知风逃避，却又费力。"杨顺道："高见甚明。"一面写表申奏朝廷，再写禀帖到严府知会，自述孝顺之意；一面预先行牌保安州知州①，着用心看守犯属，勿容逃逸。只等旨意批下，便去行事。诗曰：

> 破巢完卵从来少，削草除根势或然。
>
> 可惜忠良遭屈死，又将家属媚当权。

再过数日，圣旨下了。州里奉着宪牌，差人来拿沈炼家属，并查平素往来诸人姓名，一一挨拿。只有贾石名字先经出外②，只得将在逃开报。此见贾石见几之明也③。时人有诗赞云：

> 义气能如贾石稀，全身远避更知几。
>
> 任他罗网空中布，争奈仙禽天外飞。

却说杨顺见拿到沈衮、沈褒，亲自鞫问，要他招承通房实迹。二沈高声叫屈，那里肯招？被杨总督严刑拷打，打得体无完肤。沈衮、沈褒熬炼不过，双双死于杖下。可怜少年公子，都入枉死城中。其同时拿到犯人，都坐个同谋之罪，累死者何止数十人。幼子沈襄尚在襁褓，免罪随着母徐氏，另徙在云州极边④，不许在保安居住。路楷又与杨顺商议道："沈炼长子沈襄，是绍兴有名秀才，他时得地⑤，必然衔恨于我辈。不若一并除之，永绝后患，亦要相国知我用心。"杨顺依言，便行文书到浙江，把做钦犯，严提沈襄来问罪。又分付心腹经历金绍，择取有才干的差人，赍文前去，嘱他中途伺便，便行谋害，就所在地方，讨个病状回缴。事成之日，差人重赏，金绍许他荐本超迁⑥。金绍领了台旨，汲汲而回⑦，着意的选两名积年干事的公

---

①行牌：下发令牌或公文。牌，这里指上级发给下级的公文。

②先经：事先已经。

③见几：从事物细微的变化中预见其先兆。与下面诗中所说的"知几"意思相近。

④云州：元置，治所在今河北赤城县北云州。明洪武五年(1372)废。

⑤得地：发迹，得志。

⑥超迁：越等升迁。

⑦汲汲：心情急切貌。

差,无过是张千、李万①。金绍唤他到私衙,赏了他酒饭,取出私财二十两相赠。张千、李万道:"小人安敢无功受赐?"金绍道:"这银两不是我送你的,是总督杨爷赏你的。教你赍文到绍兴去拿沈襄,一路不要放松他。须要如此如此,这般这般,回来还有重赏。若是怠慢,总督老爷衙门不是取笑的②,你两个自去回话。"张千、李万道:"莫说总督老爷钧旨,就是老爷分付,小人怎敢有违!"收了银两,谢了金经历。在本府领下公文,疾忙上路,往南进发。

却说沈襄,号小霞,是绍兴府学廪膳秀才。他在家久闻得父亲以言事获罪,发去口外为民,甚是挂怀,欲亲到保安州一看。因家中无人主管,行止两难。忽一日,本府差人到来,不由分说,将沈襄锁缚,解到府堂。知府教把文书与沈襄看了备细,就将回文和犯人交付原差,嘱他一路小心。沈襄此时方知父亲及二弟俱已死于非命,母亲又远徙极边,放声大哭。哭出府门,只见一家老小,都在那里搅做一团的啼哭。原来文书上有"奉旨抄没"的话,本府已差县尉封锁了家私,将人口尽皆逐出。沈小霞听说,真是苦上加苦,哭得咽喉无气。霎时间亲戚都来与小霞话别,明知此去多凶少吉,少不得说几句劝解的言语。小霞的丈人孟春元,取出一包银子,送与二位公差,求他路上看顾女婿。公差嫌少不受。孟氏娘子又添上金簪子一对,方才收了。沈小霞带着哭,分付孟氏道:"我此去死多生少,你休为我忧念,只当我已死一般,在爷娘家过活。你是书礼之家,谅无再醮之事③,我也放心得下。"指着小妻闻淑女说道:"只这女子年纪幼小,又无处着落,合该教他改嫁。奈我三十无子,他却有两个半月的身孕,他日倘生得一男,也不绝了沈氏香烟。娘子你看我平日夫妻面上,一发带他到丈人家去住几时④,等待十月满足,生下或男或女,那

① 无过是:无非是,不外乎。
② 不是取笑的:不是闹着玩的。
③ 再醮:再嫁。
④ 一发:一并,一起。

时凭你发遣他去便了。"话声未绝,只见闻氏淑英说道①:"官人说那里话! 你去数千里之外,没个亲人朝夕看觑,怎生放下? 大娘自到孟家去,奴家情愿蓬首垢面,一路伏侍官人前行。一来官人免致寂寞,二来也替大娘分得些忧念。"沈小霞道:"得个亲人做伴,我非不欲;但此去多分不幸,累你同死他乡何益?"闻氏道:"老爷在朝为官,官人一向在家,谁人不知? 便诬陷老爷有些不是的勾当,家乡隔绝,岂是同谋? 妾帮着官人到官申辩,决然罪不至死。就使官人下狱,还留贱妾在外,尚好照管。"孟氏也放丈夫不下,听得闻氏说得有理,极力撺掇丈夫带淑女同去,沈小霞平日素爱淑女有才有智,又见孟氏苦劝,只得依允。

当夜众人齐到孟春元家,歇了一夜。次早,张千、李万催趱上路。闻氏换了一身布衣,将青布裹头,别了孟氏,背着行李,跟着沈小霞便走。那时分别之苦,自不必说。一路行来,闻氏与沈小霞寸步不离,茶汤饭食,都亲自搬取。张千、李万初时还好言好语。过了扬子江,到徐州起旱②,料得家乡已远,就做出嘴脸来,呼么喝六,渐渐难为他夫妻两个来了。闻氏看在眼里,私对丈夫说道:"看那两个泼差人③,不怀好意。奴家女流之辈,不识路径,若前途有荒僻旷野的所在,须是用心提防。"沈小霞虽然点头,心中还只是半疑不信。

又行了几日,看见两个差人,不住的交头接耳,私下商量说话。又见他包裹中有倭刀一口④,其白如霜,忽然心动,害怕起来,对闻氏说道:"你说这泼差人,其心不善,我也觉得有七八分了。明日是济宁府界上,过了府去,便是大行山、梁山泺⑤,一路荒野,都是响马出入之所⑥。倘到彼处,他们行凶起来,你也救不得我,我也救不得你,

----

①英:据上下文,"英"当是"女"之误。按:本篇或称"闻氏",或称"淑女",或称"闻淑女",此处称"闻氏淑英"。

②起旱:走陆路。

③泼:骂詈之词,"泼"有无赖、下劣、讨厌等义。

④倭刀:日本所产佩刀,以锋利著称。

⑤大行山:同"太行山"。梁山泺:即梁山泊。泺,同"泊"。

⑥响马:旧时称在路上抢劫旅客的强盗,因抢劫时放响箭而得名。

如何是好?"闻氏道:"既然何此,官人有何脱身之计,请自方便,留奴家在此,不怕那两个泼差人生吞了我。"沈小霞道:"济宁府东门内,有个冯主事①,丁忧在家。此人最有侠气,是我父亲极相厚的同年。我明日去投奔他,他必然相纳。只怕你妇人家,没志量打发这两个泼差人,累你受苦,于心何安?你若有力量支持他②,我去也放胆。不然与你同生同死,也是天命当然,死而无怨。"闻氏道:"官人有路尽走,奴家自会摆布,不劳挂念。"这里夫妻暗地商量,那张千、李万辛苦了一日,吃了一肚酒,齁齁的熟睡,全然不觉。

次日早起上路,沈小霞问张千道:"前去济宁还有多少路?"张千道:"只四十里,半日就到了。"沈小霞道:"济宁东门内冯主事,是我年伯。他先前在京师时,借过我父亲二百两银子,有文契在此。他管过北新关③,正有银子在家。我若去取讨前欠,他见我是落难之人,必然慨付。取得这项银两,一路上盘缠,也得宽裕,免致吃苦。"张千意思有些作难。李万随口应承了,向张千耳边说道:"我看这沈公子,是忠厚之人,况爱妾行李都在此处,料无他故。放他去走一遭,取得银两,都是你我二人的造化,有何不可?"张千道:"虽然如此,到饭店安歇行李,我守住小娘子在店上,你紧跟着同去,万无一失。"

话休絮烦。看看巳牌时分,早到济宁城外,拣个洁净店儿,安放了行李。沈小霞便道:"你二位同我到东门走遭,转来吃饭未迟。"李万道:"我同你去,或者他家留酒饭也不见得。"闻氏故意对丈夫道:"常言道:'人面逐高低,世情看冷暖。'冯主事虽然欠下老爷银两,见老爷死了,你又在难中,谁肯唾手交还④?枉自讨个厌贱,不如吃了饭赶路为上。"沈小霞道:"这里进城到东门不多路,好歹去走一遭,

---

①主事:明代于各部司官中设主事,官阶为从六品。

②支持:对付,应付。

③北新关:在杭州武林门外,其地商旅辐辏,明代设关征税。"管过北新关",即指管理过此关的税务。

④唾手:比喻轻易。

不折了什么便宜。"李万贪了这二百两银子,一力撺掇该去。沈小霞分付闻氏道:"耐心坐坐,若转得快时,便是没想头了。他若好意留款,必然有些赍发。明日顾个轿儿抬你去。这几日在牲口上坐,看你好生不惯。"闻氏觑个空,向丈夫丢个眼色,又道:"官人早回,休教奴久待则个。"李万笑道:"去多少时,有许多说话,好不老气①!"闻氏见丈夫去了,故意招李万转来嘱付道:"若冯家留饭坐得久时,千万劳你催促一声。"李万答应道:"不消分付。"比及李万下阶时,沈小霞已走了一段路了。李万托着大意,又且济宁是他惯走的熟路,东门冯主事家,他也认得,全不疑惑。走了几步,又里急起来,觑个毛坑上自在方便了,慢慢的望东门而去。

却说沈小霞回头看时,不见了李万,做一口气急急的跑到冯主事家。也是小霞合当有救,正值冯主事独自在厅。两人京中,旧时识熟,此时相见,吃了一惊。沈襄也不作揖,扯住冯主事衣袂道:"借一步说话②。"冯主事已会意了,便引到书房里面。沈小霞放声大哭。冯主事道:"年侄有话快说,休得悲伤,误其大事。"沈小霞哭诉道:"父亲被严贼屈陷,已不必说了。两个舍弟随任的,都被杨顺、路楷杀害;只有小侄在家,又行文本府提去问罪。一家宗祀,眼见灭绝。又两个差人,心怀不善,只怕他受了杨、路二贼之嘱,到前途大行、梁山等处暗算了性命。寻思一计,脱身来投老年伯。老年伯若有计相庇,我亡父在天之灵,必然感激。若老年伯不能遮护小侄,便就此触阶而死。死在老年伯面前,强似死于奸贼之手。"冯主事道:"贤侄不妨。我家卧室之后,有一层复壁,尽可藏身,他人搜检不到之处。今送你在内权住数日,我自有道理。"沈襄拜谢道:"老年伯便是重生父母。"冯主事亲执沈襄之手,引入卧房之后,揭开地板一块,有个地

---

①老气:《汉语大词典》:"老练的气概。……亦用于讽刺年轻人老于世故或以老辈自居。"田宗尧《中国古典小说用语词典》:"唠叨。(老年人说话多唠叨,所以称'唠叨'为'老气'。)"《历代小说选》第二册上:"好不老气:好不识羞。"

②借一步:(因当场说话不便)请另找一僻静处。

道。从此钻下,约走五六十步,便有亮光,有小小廊屋三间,四面皆楼墙围裹,果是人迹不到之处。每日茶饭,都是冯主事亲自送入。他家法极严,谁人敢泄漏半个字,正是:

　　深山堪隐豹,柳密可藏鸦。

　　不须愁汉吏,自有鲁朱家①。

　　且说这一日,李万上了毛坑,望东门冯家而来。到于门首,问老门公道:"主事老爷在家么?"老门公道:"在家里。"又问道:"有个穿白的官人来见你老爷,曾相见否?"老门公道:"正在书房里吃饭哩。"李万听说,一发放心。看看等到未牌,果然厅上走一个穿白的官人出来。李万急上前看时,不是沈襄。那官人径自出门去了。李万等得不耐烦,肚里又饥,不免问老门公道:"你说老爷留饭的官人,如何只管坐了去,不见出来?"老门公道:"方才出去的不是?"李万道:"老爷书房中还有客没有?"老门公道:"这到不知。"李万道:"方之那穿白的是甚人?"老门公道:"是老爷的小舅,常常来的。"李万道:"老爷如今在那里?"老门公道:"老爷每常饭后,定要睡一觉,此时正好睡哩。"李万听得话不投机,心下早有二分慌了,便道:"不瞒大伯说,在下是宣大总督老爷差来的。今有绍兴沈公子名唤沈襄,号沈小霞,系钦提人犯。小人提押到于贵府,他说与你老爷有同年叔侄之谊,要来拜望。在下同他到宅,他进宅去了,在下等候多时,不见出来,想必还在书房中。大伯,你还不知道,烦你去催促一声,教他快快出来,要赶路走。"老门公故意道:"你说的是甚么说话?我一些不懂。"李万耐了气,又细细的说一遍。老门公当面的一啐,骂道:"见鬼!何常有什么沈公子到来②?老爷在丧中,一概不接外客。这门上是我的干纪③,出入都是我通禀,你却说这等鬼话!你莫非是白日撞

---

　　①"不须愁汉吏"二句:项羽死后,刘邦悬赏通缉项羽的大将季布,布髡钳自卖于鲁人朱家,后得赦。(见《史记·季布列传》)

　　②何常:同"何尝"。

　　③干纪:干系,责任。

么①? 强装么公差名色,掏摸东西的。快快请退,休缠你爷的帐②!"李万听说,愈加着急,便发作起来道:"这沈襄是朝廷要紧的人犯,不是当耍的,请你老爷出来,我自有话说。"老门公道:"老爷正瞌睡,没甚事,谁敢去禀! 你这獠子③,好不达时务!"说罢洋洋的自去了。李万道:"这个门上老儿好不知事,央他传一句话甚作难。想沈襄定然在内,我奉军门钧帖,不是私事,便闯进去怕怎的?"李万一时粗莽,直撞入厅来,将照壁拍了又拍,大叫道:"沈公子好走动了。"不见答应,一连叫唤了数声,只见里头走出一个年少的家童,出来问道:"管门的在那里? 放谁在厅上喧嚷?"李万正要叫住他说话,那家童在照壁后张了张儿,向西边走去了。李万道:"莫非书房在那西边? 我且自去看看,怕怎的!"从厅后转西走去,原来是一带长廊。李万看见无人,只顾望前而行。只见屋宇深邃,门户错杂,颇有妇人走动。李万不敢纵步,依旧退回厅上,听得外面乱嚷。李万到门首看时,却是张千来寻李万不见,正和门公在那里斗口。张千一见了李万,不由分说,便骂道:"好伙计! 只贪图酒食,不干正事! 已牌时分进城,如今申牌将尽,还在此闲荡! 不催趱犯人出城去,待怎么?"李万道:"呸! 那有什么酒食? 连人也不见个影儿!"张千道:"是你同他进城的。"李万道:"我只登了个东,被蛮子上前了几步④,跟他不上。一直赶到这里,门上说有个穿白的官人在书房中留饭,我说定是他了。等到如今不见出来,门上人又不肯通报,清水也讨不得一杯吃。老哥,烦你在此等候等候,替我到下处医了肚皮再来⑤。"张千道:"有你这样不干事的人! 是甚么样犯人,却放他独自行走? 就是书房中,少不得也随他进去。如今知他在里头不在里头? 还亏你放慢线儿讲话⑥。这是你的干纪,不关我事!"说罢便走。李万赶上扯住道:

①白日撞:白天闯进人家偷盗的窃贼。

②缠帐:纠缠。

③獠子:骂人语,本是对西南少数民族的侮辱性称呼。

④蛮子:北方人对南方人的蔑称。

⑤替:此"替"字费解,胡士莹校作"等"。

⑥放慢线儿:形容不着急,慢吞吞地。

"人是在里头，料没处去。大家在此帮说句话儿，催他出来，也是个道理。你是吃饱的人，如何去得这等要紧？"张千道："他的小老婆在下处，方才虽然嘱付店主人看守，只是放心不下。这是沈襄穿鼻的索儿，有他在，不怕沈襄不来。"李万道："老哥说得是。"当下张千先去了。

　　李万忍着肚饥守到晚，并无消息。看看日没黄昏，李万腹中饿极了，看见间壁有个点心店儿，不免脱下布衫，抵当几文钱的火烧来吃。去不多时，只听得扛门声响，急跑来看，冯家大门已闭上了。李万道："我做了一世的公人，不曾受这般呕气。主事是多大的官儿，门上直恁作威作势？也有那沈公子好笑，老婆行李都在下处，既然这里留宿，信也该寄一个出来。事已如此，只得在房檐下胡乱过一夜，天明等个知事的管家出来①，与他说话。"此时十月天气，虽不甚冷，半夜里起一阵风，簌簌的下几点微雨，衣服都沾湿了，好生凄楚。

　　捱到天明雨止，只见张千又来了。却是闻氏再三再四催逼他来的。张千身边带了公文解批，和李万商议，只等开门，一拥而入，在厅上大惊小怪，高声发话。老门公拦阻不住，一时间家中大小都聚集来，七嘴八张，好不热闹。街上人听得宅里闹炒，也聚拢来，围住大门外闲看。惊动了那有仁有义守孝在家的冯主事，从里面踱将出来。且说冯主事怎生模样：

　　　　头带栀子花圖摺孝头巾②，身穿反摺缝稀眼粗麻衫③，腰系
　　麻绳，足着草履。

众家人听得咳嗽响，道一声："老爷来了。"都分立在两边。主事出厅问道："为甚事在此喧嚷？"张千、李万上前施礼道："冯爷在上，小的

---

　　①知事：懂事。

　　②栀子花圖摺孝头巾：《古代白话短篇小说选集》注："明代官员及儒士便装时戴方巾，守孝时则用布摺成圖状。上'栀子花'，形容白色。"《话本选（上）》注："栀子花是白的颜色，头戴栀子花表示带孝。"

　　③反摺逢：《古代白话短篇小说选集》注："凡衣服缝线处均向内，孝服则摺缝向外，故称反摺缝。"

是奉宣大总督爷公文来的，到绍兴拿得钦犯沈襄，经由贵府。他说是冯爷的年侄，要来拜望。小的不敢阻挡，容他进见。自昨日上午到宅，至今不见出来，有误程限①，管家们又不肯代禀。伏乞老爷天恩，快些打发上路。"张千便在胸前取出解批和官文呈上。冯主事看了，问道："那沈襄可是沈经历沈炼的儿子么？"李万道："正是。"冯主事掩着两耳，把舌头一伸，说道："你这班配军②，好不知利害！那沈襄是朝廷钦犯，尚犹自可。他是严相国的仇人，那个敢容纳他在家？他昨日何曾到我家来？你却乱话，官府闻知传说到严府去，我是当得起他怪的？你两个配军，自不小心，不知得了多少钱财，买放了要紧人犯，却来图赖我！"叫家童与他乱打那配军出去："把大门闭了，不要惹这闲是非，严府知道不是当耍！"冯主事一头骂，一头走进宅去了。大小家人，奉了主人之命，推的推，拟的拟，霎时间被众人拥出大门之外，闭了门，兀自听得嘈嘈的乱骂。张千、李万面面相觑，开了口合不得，伸了舌缩不进。张千埋怨李万道："昨日是你一力撺掇，教放他进城，如今你自去寻他。"李万道："且不要埋怨，和你去问他老婆，或者晓得他的路数③，再来抓寻便了。"张千道："说得是，他是恩爱的夫妻。昨夜汉子不回，那婆娘暗地流泪，巴巴的独坐了两三个更次。他汉子的行藏④，老婆岂有不知？"两个一头说话，飞奔出城，复到饭店中来。

　　却说闻氏在店房里面听得差人声音，慌忙移步出来，问道："我官人如何不来？"张千指李万道："你只问他就是。"李万将昨日往毛厕出恭，走慢了一步，到冯主事家起先如此如此，以后这般这般，备细说了。张千道："今早空肚皮进城，就吃了这一肚寡气。你丈夫想是真个不在他家了，必然还有个去处，难道不对小娘子说的？小娘子趁早说来，我们好去抓寻。"说犹未了，只见闻氏噙着眼泪，一双手

---

① 程限：期限。

② 配军：发配充军的犯人，常用作骂人语。

③ 路数：底细，行径。

④ 行藏：行踪，底细。

扯往两个公人叫道:"好,好! 还我丈夫来!"张千、李万道:"你丈夫自要去拜什么年伯,我们好意容他去走走,不知走向那里去了,连累我们,在此着急,没处抓寻。你到问我要丈夫,难道我们藏过了他?说得好笑!"将衣袂掣开,气忿忿地对虎一般坐下①。闻氏到走在外面,拦住出路,双足顿地,放声大哭,叫起屈来。老店主听得,忙来解劝。闻氏道:"公公有所不知,我丈夫三十无子,娶奴为妾。奴家跟了他二年了,幸有三个多月身孕,我丈夫割舍不下,因此奴家千里相从。一路上寸步不离,昨日为盘缠缺少,要去见那年伯,是李牌头同去的②。昨晚一夜不回,奴家已自疑心。今早他两个自回,一定将我丈夫谋害了。你老人家替我做主,还我丈夫便罢休!"老店主道:"小娘子休得急性,那排长与你丈夫前日无怨③,往日无仇,着甚来由,要坏他性命?"闻氏哭声转哀道:"公公,你不知道我丈夫是严阁老的仇人,他两个必定受了严府的嘱托来的,或是他要去严府请功。公公,你详情他千乡万里④,带着奴家到此,岂有没半句说话,突然去了?就是他要走时,那同去的李牌头,怎肯放他? 你要奉承严府,害了我丈夫不打紧,教奴家孤身妇女,看着何人⑤? 公公,这两个杀人的贼徒,烦公公带着奴家同他去官府处叫冤。"张千、李万被这妇人一哭一诉,就要分析几句,没处插嘴。

　　老店主听见闻氏说得有理,也不免有些疑心,到可怜那妇人起来,只得劝道:"小娘子说便是这般说,你丈夫未曾死也不见得,好歹再等候他一日。"闻氏道:"依公公等候一日不打紧,那两个杀人的凶身,乘机走脱了,这干系却是谁当?"张千道:"若果然谋害了你丈夫

---

①对虎:《古代白话短篇小说选集》注:"旧时贵族墓道前,竖立石马石虎,两两成对。此以喻两个公差的愤怒无措之状。"《历代小说选》第二册上注:"旧时一种小孩游戏,两人怒视,以先发笑者为输。这里形容两个差人愤怒无措之状。"

②牌头:旧时对差役或军士的敬称。

③排长:这里也是对公差的敬称。

④详情:推详,仔细考虑。

⑤看着:这里是指望、靠着的意思。

要走脱时,我弟兄两个又到这里则甚?"闻氏道:"你欺负我妇人家没张智①,又要指望奸骗我。好好的说,我丈夫的尸首在那里? 少不得当官也要还我个明白。"老店官见妇人口嘴利害②,再不敢言语。店中闲看的,一时间聚了四五十人。闻说妇人如此苦切,人人恼恨那两个差人,都道:"小娘子要去叫冤,我们引你到兵备道去③。"闻氏向着众人深深拜福④,哭道:"多承列位路见不平,可怜我落难孤身,指引则个。这两个凶徒,相烦列位,替奴家拿他同去,莫放他走了。"众人道:"不妨事,在我们身上。"张千、李万欲向众人分剖时,未说得一言半字,众人便道:"两个排长不消辨得,虚则虚,实则实。若是没有此情,随着小娘子到官,怕他则甚!"妇人一头哭,一头走,众人拥着张千、李万,搅做一阵的,都到兵备道前。道里尚未开门。

那一日正是放告日期,闻氏束了一条白布裙,径抢进栅门,看见大门上架着那大鼓,鼓架上悬着个槌儿。闻氏抢槌在手,向鼓上乱挝,挝得那鼓振天的响。唬得中军官失了三魂,把门吏丧了七魄,一齐跑来,将绳缚住,喝道:"这妇人好大胆!"闻氏哭倒在地,口称泼天冤枉。只见门内幺喝之声,开了大门,王兵备坐堂,问击鼓者何人。中军官将妇人带进。闻氏且哭且诉,将家门不幸遭变,一家父子三口死于非命,只剩得丈夫沈襄。昨日又被公差中途谋害,有枝有叶的细说了一遍。王兵备唤张千、李万上来,问其缘故。张千、李万说一句,妇人就剪一句⑤,妇人说得句句有理,张千、李万抵搪不过。王兵备思想道:"那严府势大,私谋杀人之事,往往有之,此情难保其无。"便差中军官押了三人,发去本州勘审。

那知州姓贺,奉了这项公事,不敢怠慢,即时扣了店主人到来,听四人的口词。妇人一口咬定二人谋害他丈夫;李万招称为出恭慢

---

①张智:主见。
②店官:对店主或店员的称呼。
③兵备道:明代在按察司下设按察分司,分别按察各府、州、县,叫分巡道;分巡道而兼管兵备事宜的,称为兵备道。
④拜福:妇女行礼。参见本书卷一"万福"注。
⑤剪:这里指打断他人话头而进行反驳。

了一步,因而相失;张千、店主人都据实说了一遍。知州委决不下。那妇人又十分哀切,像个真情;张千、李万又不肯招认。想了一回,将四人闭于空房,打轿去拜冯主事,看他口气若何。

冯主事见知州来拜,急忙迎接归厅。茶罢,贺知州提起沈襄之事,才说得"沈襄"二字,冯主事便掩着双耳道:"此乃严相公仇家,学生虽有年谊①,平素实无交情。老公祖休得下问,恐严府知道,有累学生。"说罢站起身来道:"老公祖既有公事,不敢留坐了。"贺知州一场没趣,只得作别。在轿上想道:"据冯公如此惧怕严府,沈襄必然不在他家,或者被公人所害也不见得;或者去投冯公见拒不纳,别走个相识人家去了,亦未可知。"

回到州中,又取出四人来,问闻氏道:"你丈夫除了冯主事,州中还认得有何人?"闻氏道:"此地并无相识。"知州道:"你丈夫是甚么时候去的?那张千、李万几时来回复你的说话?"闻氏道:"丈夫是昨日未吃午饭前就去的,却是李万同出店门。到申牌时分,张千假说催趱上路,也到城中去了,天晚方回来。张千兀自向小妇人说道:'我李家兄弟跟着你丈夫冯主事家歇了,明日我早去催他去城。'今早张千去了一个早晨,两人双双而回,单不见了丈夫,不是他谋害了是谁?若是我丈夫不在冯家,昨日李万就该追寻了,张千也该着忙,如何将好言语稳住小妇人?其情可知。一定张千、李万两个在路上预先约定,却教李万乘夜下手。今早张千进城,两个乘早将尸首埋藏停当,却来回复我小妇人。望青天爷爷明鉴!"贺知州道:"说得是。"张千、李万正要分辩,知州相公喝道:"你做公差所干何事?若非用计谋死,必然得财买放,有何理说!"喝教手下将那张、李重责三十,打得皮开肉绽,鲜血迸流,张千、李万只是不招。妇人在旁,只顾哀哀的痛哭。知州相公不忍,便讨夹棍将两个公差夹起。那公差其实不曾谋死,虽然负痛,怎生招得?一连上了两夹,只是不招。知州相公再要夹时,张、李受苦不过,再三哀求道:"沈襄实未曾死,乞爷

_____

①年谊:指科举时代的同年之谊。

爷立个限期,差人押小的揖寻沈襄①,还那闻氏便了。"知州也没有定见,只得勉从其言。闻氏且发尼姑庵住下。差四名民壮②,锁押张千、李万二人,追寻沈襄,五日一比③。店主释放宁家。将情具由申详兵备道④,道里依缴了⑤。

张千、李万一条铁链锁着,四名民壮,轮番监押。带得几两盘缠,都被民壮搜去为酒食之费;一把倭刀,也当酒吃了。那临清去处又大,茫茫荡荡,来千去万,那里去寻沈公子? 也不过一时脱身之法。闻氏在尼姑庵住下,刚到五日,准准的又到州里去啼哭,要生要死。州守相公没奈何,只苦得批较差人张千、李万⑥。一连比了十数限,不知打了多少竹批⑦,打得爬走不动。张千得病身死,单单剩得李万,只得到尼姑庵来拜求闻氏道:"小的情极⑧,不得不说了。其实奉差来时,有经历金绍口传杨总督钧旨,教我中途害你丈夫,就所在地方,讨个结状回报⑨。我等口虽应承,怎肯行此不仁之事? 不知你丈夫何故,忽然逃走,与我们实实无涉。青天在上,若半字虚情,全家祸灭! 如今官府五日一比,兄弟张千,已自打死;小的又累死,也是冤枉。你丈夫的确未死,小娘子他日夫妇相逢有日。只求小娘子休去州里啼啼哭哭,宽小的比限,完全狗命,便是阴德。"闻氏道:"据你说不曾谋害我丈夫,也难准信。既然如此说,奴家且不去禀官,容

---

①揖寻:寻找。

②民壮:被征募服役的壮丁。

③比:即比较。旧时官府缉拿犯人或征收租税等,定期催逼。如到期不能完成,即行杖责,叫做比较。

④具由:指写公文陈述事由。具,陈述,开列。由,事由。《大元圣政典章新集至治条例·刑狱》:"若有似此违枉人员,各处当该官司即具由申牒本道廉访司,严行究治。"

⑤依缴:许政扬注:"缴,指下属向上级缴差的覆文。依缴,即批准覆文中所陈述的对事务的处理。"

⑥批较:即比较。一说因系用竹批行刑,故称"批较"。

⑦竹批:一头劈开的竹棍。

⑧情极:情急,发急。

⑨结状:官府证明事情已经了结的文书。

你从容查访。只是你们自家要上紧用心，休得怠慢。"李万喏喏连声而去。有诗为证：

> 白金廿两酿凶谋，谁料中途已失囚。
>
> 锁打禁持熬不得，尼庵苦向妇人求。

官府立限缉获沈襄，一来为他是总督衙门的紧犯，二来为妇人日日哀求，所以上紧严比。今日也是那李万不该命绝，恰好有个机会。

却说总督杨顺、御史路楷，两个日夜商量奉承严府，指望旦夕封侯拜爵。谁知朝中有个兵科给事中吴时来，风闻杨顺横杀平民冒功之事，把他尽情劾奏一本，并劾路楷朋奸助恶。嘉靖爷正当设醮祝釐①，见说杀害平民，大伤和气，龙颜大怒，着锦衣卫扭解来京问罪。严嵩见圣怒不测，一时不及救护，到底亏他于中调停，止于削爵为民。可笑杨顺、路楷杀人媚人，至此徒为人笑，有何益哉？

再说贺知州听得杨总督去任，已自把这公事看得冷了；又闻氏连次不来哭禀，两个差人又死了一个，只剩得李万，又苦苦哀求不已。贺知州分付，打开铁链，与他个广捕文书②，只教他用心缉访，明是放松之意。李万得了广捕文书，犹如捧了一道赦书，连连磕了几个头，出得府门，一道烟走了。身边又无盘缠，只得求乞而归，不在话下。

却说沈小霞在冯主事家复壁之中，住了数月，外边消息无有不知，都是冯主事打听将来，说与小霞知道。晓得闻氏在尼姑庵寄居，暗暗欢喜。过了年余，已知张千、李万都逃了，这公事渐渐懒散。冯主事特地收拾内书房三间，安放沈襄在内读书，只不许出外，外人亦无有知者。冯主事三年孝满，为有沈公子在家，也不去起复做官。

光阴似箭，一住八年。值严嵩一品夫人欧阳氏卒，严世蕃不肯扶枢还乡，唆父亲上本留己侍养，却于丧中簇拥姬妾，日夜饮酒作乐。嘉靖爷天性至孝，访知其事，心中甚是不悦。时有方士蓝道行，

---

①祝釐(xī)：祈求福佑，祝福。釐，通"禧"。

②广捕文书：即海捕文书。犹今之通缉令。

善扶鸾之术①。天子召见，教他请仙，问以辅臣贤否。蓝道行奏道："臣所召乃是上界真仙，正直无阿，万一箕下判断有忤圣心，乞恕微臣之罪。"嘉靖爷爷道："朕正愿闻天心正论，与卿何涉？岂有罪卿之理？"蓝道行书符念咒，神箕自动，写出十六个字来，道是：

高山番草，父子阁老；日月无光，天地颠倒。

嘉靖爷爷看了，问蓝道行道："卿可解之。"蓝道行奏道："微臣愚昧未解。"嘉靖爷道："朕知其说。'高山'者，'山'字连'高'，乃是'嵩'字；'番草'者，'番'字'草'头，乃是'蕃'字。此指严嵩、严世蕃父子二人也。朕久闻其专权误国，今仙机示朕，朕当即为处分，卿不可泄于外人。"蓝道行叩头，口称不敢，受赐而出。从此嘉靖爷渐渐疏了严嵩。有御史邹应龙看见机会可乘，遂劾奏："严世蕃凭借父势，卖官鬻爵，许多恶迹，宜加显戮。其父严嵩溺爱恶子，植党蔽贤，宜亟赐休退，以清政本。"嘉靖爷见疏大喜，即升应龙为通政右参议②。严世蕃下法司③，拟成充军之罪，严嵩回籍。未几，又有江西巡按御史林润，复奏严世蕃不赴军伍④，居家愈加暴横，强占民间田产，畜养奸人，私通倭虏，谋为不轨。得旨三法司提问⑤，问官勘实覆奏，严世蕃即时处斩，抄没家财；严嵩发养济院终老⑥。被害诸臣，尽行昭雪。

　　冯主事得此喜信，慌忙报与沈襄知道，放他出来，到尼姑庵访问那闻淑女。夫妇相见，抱头而哭。闻氏离家时，怀孕三月，今在庵中生下一孩子，已十岁了。闻氏亲自教他念书，《五经》皆已成诵，沈襄欢喜无限。冯主事方上京补官，教沈襄同去讼理父冤，闻氏暂迎归本家园上居住，沈襄从其言。

　　到了北京，冯主事先去拜了通政司邹参议，将沈炼父子冤情说了，然后将沈襄讼冤本稿送与他看。邹应龙一力担当。次日，沈襄

①扶鸾：即扶乩(扶箕)。一种假托神仙意旨占卜吉凶的迷信活动。

②通政右参议：明代设通政司，掌内外章奏。通政司置左右参议各一人。

③法司：掌司法刑狱的官署。

④不赴军伍：指未执行充军罪。

⑤三法司：刑部、都察院、大理寺的合称。

⑥养济院：官办的收容贫民的机构。

将奏本往通政司挂号投递①。圣旨下，沈炼忠而获罪，准复原官，仍进一级，以旌其直。妻子召还原籍；所没入财产，府县官照数给还。沈襄食廪年久准贡②，敕授知县之职。沈襄复上疏谢恩，疏中奏道："臣父炼向在保安，因目击宣大总督杨顺，杀戮平民冒功，吟诗感叹。适值御史路楷，阴受严世蕃之嘱，巡按宣大，与杨顺合谋，陷臣父于极刑，并杀臣弟二人，臣亦几于不免。冤尸未葬，危宗几绝，受祸之惨，莫如臣家。今严世蕃正法，而杨顺、路楷安然保首领于乡，使边廷万家之怨骨，衔恨无伸；臣家三命之冤魂，含悲莫控③。恐非所以肃刑典而慰人心也。"圣旨准奏，复提杨顺、路楷到京，问成死罪，监刑部牢中待决。

沈襄来别冯主事，要亲到云州，迎接母亲和兄弟沈袞到京，依傍冯主事寓所相近居住；然后往保安州访求父亲骸骨，负归理葬。冯主事道："老年嫂处适才已打听个消息，在云州康健无恙。令弟沈袞，已在彼游庠了④。下官当遣人迎之。尊公遗体要紧，贤侄速往访问，到此相会令堂可也。"

沈襄领命，径往保安。一连寻访两日，并无踪迹。第三日，因倦借坐人家门首，有老者从内而出，延进草堂吃茶。见堂中挂一轴子，乃楷书诸葛孔明两次《出师表》也。表后但写年月，不着姓名。沈小霞看了又看，目不转睛。老者道："客官为何看之？"沈襄道："动问老丈，此字是何人所书？"老者道："此乃吾亡友沈青霞之笔也。"沈小霞道："为何留在老丈处？"老者道："老夫姓贾名石，当初沈青霞编管此地，就在舍下作寓。老夫与他八拜之交，最相契厚。不料后遭奇祸，老夫惧怕连累，也往河南逃避。带得这二幅《出师表》，裱成一幅，时常展视，如见吾兄之面。杨总督去任后，老夫方敢还乡。嫂嫂徐夫人和幼子沈袞，徙居云州，老夫时常去看他。近日闻得严家势败，吾

①挂号：编号登记。

②准贡：准作贡生。

③莫控：不能控告、申诉。

④游庠：进学，即中了秀才。庠，古代乡学名。旧时称府学为"郡庠"，县学为"邑庠"。

兄必当昭雪,已曾遣人去云州报信。恐沈小官人要来移取父亲灵柩,老夫将此轴悬挂在中堂,好教他认认父亲遗笔。"沈小霞听罢,连忙拜倒在地,口称"恩叔"。贾石慌忙扶起道:"足下果是何人?"沈小霞道:"小侄沈襄,此轴乃亡父之笔也。"贾石道:"闻得杨顺这厮,差人到贵府来提贤侄,要行一网打尽之计。老夫只道也遭其毒手,不知贤侄何以得全?"沈小霞将临清事情,备细说了一遍。贾石口称难得,便分付家童治饭款待。沈小霞问道:"父亲灵柩,恩叔必知,乞烦指引一拜。"贾石道:"你父亲屈死狱中,是老夫偷尸埋葬,一向不敢对人说知。今日贤侄来此搬回故土,也不枉老夫一片用心。"说罢,刚欲出门,只见外面一位小官人骑马而来。贾石指道:"遇巧,遇巧!恰好令弟来也。"那小官便是沈褒,下马相见,贾石指沈小霞道:"此位乃大令兄讳襄的便是。"此日弟兄方才识面,恍如梦中相会,抱头而哭。贾石领路,三人同到沈青霞墓所,但见乱草迷离,土堆隐起。贾石引二沈拜了,二沈俱哭倒在地。贾石劝了一回道:"正要商议大事,休得过伤。"二沈方才收泪。贾石道:"二哥、三哥,当时死于非命,也亏了狱卒毛公存仁义之心,可怜他无辜被害,将他尸藁葬于城西三里之外。毛公虽然已故,老夫亦知其处,若扶令先尊柩回去,一起带回,使他父子魂魄相依,二位意下何如?"二沈道:"恩叔所言,正合愚弟兄之意。"当日又同贾石到城西看了,不胜悲感。次日,另备棺木,择吉破土,重新殡殓。三人面色如生,毫不朽败,此乃忠义之气所致也。二沈悲哭自不必说。当时备下车仗,抬了三个灵柩,别了贾石起身。临别,沈襄对贾石道:"这一轴《出师表》,小侄欲问恩叔取去,供养祠堂,幸勿见拒。"贾石慨然许了,取下挂轴相赠。二沈就草堂拜谢,垂泪而别。沈襄先奉灵柩到张家湾①,觅船装载。

　　沈襄复身又到北京,见了母亲徐夫人,回复了说话,拜谢了冯主事起身。此时京中官员,无不追念沈青霞忠义,怜小霞母子扶柩远

---

①张家湾:在通州(今北京通州)南十五里,临北运河,为明代南北水陆交通要会。

归,也有送勘合的①,也有赠赙金的②,也有馈赆仪的③。沈小霞只受勘合一张,余俱不受。到了张家湾,另换了官座船④,驿递起人夫一百名牵缆⑤,走得好不快。不一日,来到临清,沈襄分付座船暂泊河下,单身入城,到冯主事家投了主事平安书信,园上领了闻氏淑女并十岁儿子下船。先参了灵柩,后见了徐夫人。那徐氏见了孙儿如此长大,喜不可言。当初只道灭门绝户,如今依旧有子有孙;昔日冤家,皆恶死见报。天理昭然,可见做恶人的到底吃亏,做好人的到底便宜。

闲话休题。到了浙江绍兴府,孟春元领了女儿孟氏,在二十里外迎接。一家骨肉重逢,悲喜交集。将丧船停泊马头,府县官员都在吊孝。旧时家产,已自清查给还。二沈扶柩葬于祖茔,重守三年之制,无人不称大孝。抚按又替沈炼建造表忠祠堂,春秋祭祀。亲笔《出师表》一轴,至今供奉在祠堂之中。

服满之日,沈襄到京受职,做了知县。为官清正,直升到黄堂知府⑥。闻氏所生之子,少年登科,与叔叔沈襄同年进士。子孙世世书香不绝。

冯主事为救沈襄一事,京中重其义气,累官至吏部尚书。忽一日,梦见沈青霞来拜,说道:"上帝怜某忠直,已授北京城隍之职。屈年兄为南京城隍,明日午时上任。"冯主事觉来甚以为疑。至日午,忽见轿马来迎,无疾而逝。二公俱已为神矣。有诗为证,诗曰:

生前忠义骨犹香,魂魄为神万古扬。

料得奸魂沉地狱,皇天果报自昭彰。

---

①勘合:古时符契文书,上盖印信,分为两半,当事双方各执一半,验证时将两半相并,核对骑缝印信。这里指通行证。

②赙金:送给办丧事家的礼金。

③赆仪:临别时赠送的财物。

④官座船:官船。许政扬注:"座船(官船)为官署所有的,叫官座船;征自民间的,叫民座船。"

⑤驿递:驿站。

⑥黄堂知府:汉代太守办事的厅堂叫黄堂,后因俗称知府为"黄堂知府"。